Für Tony

Marian Keyes

Glücksfall

ROMAN

Aus dem Englischen
von Susanne Höbel

WILHELM HEYNE VERLAG
MÜNCHEN

Die Originalausgabe THE MYSTERY OF MERCY CLOSE
erschien bei Michael Joseph, einem Imprint
von Penguin Books

MIX
Papier aus verantwortungsvollen Quellen
FSC® C014496

Verlagsgruppe Random House FSC® N001967
Das für dieses Buch verwendete FSC®-zertifizierte Papier
Salzer Alpin liefert Salzer Papier, St. Pölten, Austria.

Vollständige deutsche Taschenbuchausgabe 10/2014

Printed in Germany 2014
Umschlaggestaltung und -illustration:
© Eisele Grafik-Design, München
Satz: C. Schaber Datentechnik, Wels
Druck und Bindung: GGP Media GmbH, Pößneck
ISBN: 978-3-453-40950-7

www.heyne.de

Mir kann es ja egal sein – ich meine, wenn das keine Ironie ist! –, aber ich bin weit und breit die Einzige, die nicht der Meinung ist, es wäre einfach göttlich, sich »irgendwo« einweisen zu lassen, um einmal »zur Ruhe zu kommen«. Man sollte mal meine Schwester Claire hören, wie sie darüber redet – als würde es sich um die erfreulichste Erfahrung der Welt handeln, eines Morgens in einer psychiatrischen Klinik aufzuwachen.

»Ich habe eine tolle Idee«, sagte sie zu ihrer Freundin Judy. »Wir kriegen beide zur gleichen Zeit einen Nervenzusammenbruch.«

»Fantastisch«, sagte Judy.

»Wir nehmen uns ein Doppelzimmer. Das wird herrlich.«

»Erzähl mir, wie es sein wird.«

»Alsoooo: freundliche Menschen ... weiche, zarte Hände ... sanft murmelnde Stimmen ... weiße Bettwäsche ... weiße Sofas ... weiße Orchideen ... alles in Weiß ...«

»Wie im Himmel«, sagte Judy.

»Genau, wie im Himmel!«

Kein bisschen wie im Himmel, wollte ich protestierend dazwischenfahren, aber sie ließen sich nicht beirren.

»... sanft plätscherndes Wasser ...«

»... süß duftender Jasmin ...«

»... irgendwo eine tickende Uhr ...«

»... ein helles Glockenläuten ...«

»... und wir liegen im Bett, zugedröhnt mit Xanax ...«

»... und blicken verträumt den Staubkörnchen nach ...«

»... oder lesen *Grazia* ...«

»... oder kaufen uns ein Magnum Gold von dem Eismann, der von Station zu Station geht ...«

Aber es gibt dort keinen Eismann, der Magnum Gold verkauft! Und auch nicht die ganzen anderen netten Dinge.

»Und eine weise Stimme würde sagen ...« Judy machte eine bedeutungsvolle Pause und fuhr dann fort: »›Wirf deine Bürde ab, Judy.‹«

»Und eine bezaubernde Krankenschwester würde leise vorbeischweben und alle deine Termine absagen«, sagte Claire. »Sie würde alle auffordern, uns in Ruhe zu lassen, und den undankbaren Mistkerlen würde sie sagen, es sei ihre Schuld, dass wir einen Nervenzusammenbruch haben, und sie müssten sehr viel liebevoller mit uns umgehen, falls wir jemals wieder rauskommen.«

Sowohl Claire als auch Judy hatten enorm vollgepackte Leben: Kinder, Hunde, Ehemänner, Berufe und die schwierige und zeitaufwendige – selbst gestellte – Aufgabe, zehn Jahre jünger auszusehen, als sie waren. Unablässig fuhren sie mit ihren Kleinbussen durch die Gegend, brachten Söhne zum Rugby-Training, holten Töchter vom Zahnarzt ab, rasten quer durch die Stadt von einem Termin zum anderen. Sie hatten das Multitasking zu einer Kunstform entwickelt: Die wenigen Sekunden an einer roten Ampel nutzten sie, um sich die Waden mit Bräunungscreme einzureiben, im Kino beantworteten sie während des Vorspanns ihre E-Mails, und um Mitternacht backten sie weiche rote Muffins und ließen sich gleichzeitig von ihren halbwüchsigen Töchtern als »fette Kuh« verspotten. Keine Minute wurde verschwendet.

»Wir kriegen bestimmt Xanax.« Claire gab sich weiter ihren Träumereien hin.

»Oh, wie schön.«

»So viel wir wollen. Sobald der Glückszustand nachlässt, läuten wir, und dann kommt eine Krankenschwester und gibt uns einen Nachschlag.«

»Und wir müssen uns nie anziehen. Jeden Morgen bringen sie uns einen frischen Baumwollschlafanzug, ganz neu, direkt aus der Packung. Und wir schlafen sechzehn Stunden am Tag.«

»Ach, schlafen ...«

»Es wird sich anfühlen, als wären wir in ein großes Marshmallow gebettet und schwebten glücklich dahin ...«

Es war höchste Zeit, den großen Irrtum in ihren köstlichen Träumereien aufzudecken. »Aber ihr wärt in einer psychiatrischen Klinik.«

Claire und Judy sahen verstört auf.

Dann sagte Claire: »Ich spreche nicht von einer psychiatrischen Klinik. Ich spreche von einem Ort, wo man ... zur Ruhe kommen kann.«

»Der Ort, wo Leute hingehen, um zur Ruhe zu kommen, ist aber eine psychiatrische Klinik.«

Sie schwiegen. Judy biss sich auf die Unterlippe. Offensichtlich dachten sie darüber nach.

»Was dachtet ihr denn, wo man hingehen kann?«, fragte ich.

»Na ja ... in so eine Art Kurhotel«, sagte Claire. »Wo man, also, wo man diese Pillen verschrieben bekommt.«

»Da sind Verrückte drin«, sagte ich. »Echt Verrückte. Total Kranke.«

Wieder schwiegen sie, dann sah Claire mich an, ihr Gesicht war rot angelaufen. »Mein Gott, Helen«, rief sie aus. »Du bist so gemein. Kannst du uns nicht einmal was Nettes gönnen?«

Donnerstag

1

Ich dachte ans Essen. Immer, wenn ich im Verkehr stecke, denke ich ans Essen. Das macht jeder normale Mensch, klar, aber nachdem ich jetzt daran gedacht hatte, fiel mir ein, dass ich seit heute Morgen sieben Uhr, also seit gut zehn Stunden, nichts mehr gegessen hatte. Im Radio spielten sie einen Song von den Laddz – schon der zweite an dem Tag, wenn das kein Pech ist! –, und während die sentimentalen, sirupzähen Klänge das Auto füllten, hatte ich einen Moment lang den überaus heftigen Wunsch, gegen einen Pfosten zu fahren.

Zur Linken kam eine Tankstelle in Sicht, vor der das rote Schild, das eine Cafeteria ankündigte, einladend in der Luft baumelte. Ich konnte mich aus diesem Stau herausstehlen und mir einen Donut kaufen. Nur dass die Donuts, die man an solchen Tankstellen kaufen kann, ungefähr so gut schmecken wie die Schwämme, die am Meeresboden liegen; es wäre besser, sich damit zu waschen. Außerdem kreiste über den Zapfsäulen ein riesiger Schwarm schwarzer Aasgeier, die mich irgendwie nervös machten. Nein, dachte ich, ich bleibe im Stau stehen, geduldig, und …

Moment mal! *Aasgeier?*

In einer Stadt?

Bei einer Tankstelle?

Ich blickte wieder in den Himmel – es waren keine Geier. Es waren Möwen. Ganz gewöhnliche irische Möwen.

Dann dachte ich: O nein, bitte nicht das wieder.

Eine Viertelstunde später hielt ich vor dem Haus meiner Eltern, sammelte mich einen Moment und suchte dann nach dem Hausschlüssel. Als ich drei Jahre zuvor ausgezogen war, wollten sie, dass ich ihn dalasse, aber vorausschauend, wie ich bin, habe ich ihn behalten. Mum redete davon, dass sie das Schloss austauschen würden, aber wenn man bedenkt, dass es acht Jahre gedauert hat, bis sie und Dad sich zum Kauf eines gelben Eimers durchringen konnten, wie standen da die Chancen, dass sie eine so komplizierte Sache wie ein neues Schloss organisiert bekommen würden?

Ich traf sie in der Küche an, wo sie Tee tranken und Kuchen aßen. Alte Leute. Was für ein fantastisches Leben sie hatten. Auch die, die kein Tai-Chi machten. Sie sahen auf und starrten mich mit kaum verhohlenem Unmut an.

»Ich habe euch etwas mitzuteilen«, sagte ich.

»Was machst du hier?«, fragte Mum.

»Ich wohne hier.«

»Nein, du wohnst nicht hier. Wir sind dich endlich losgeworden. Wir haben dein Zimmer neu gestrichen. Wir waren noch nie so glücklich.«

»Ich habe gesagt, ich habe euch etwas mitzuteilen. Das ist es, was ich euch mitzuteilen habe: Ich wohne hier.«

Jetzt bekam sie es mit der Angst. »Du hast deine eigene Wohnung.« Sie sträubte sich, verlor aber an Überzeugungskraft. Wahrscheinlich hatte sie schon damit gerechnet.

»Das stimmt nicht«, sagte ich. »Seit heute Morgen habe ich keine Wohnung mehr.«

»Die Leute von der Hypothekenbank?« Unter der Standard-Grundierungscreme für irische Mütter war sie aschfahl.

»Was ist denn los?« Dad war taub. Außerdem häufig verwirrt. Man konnte nur schwer feststellen, welche Beeinträchtigung jeweils im Vordergrund stand.

»Sie ist mit ihren Zahlungen im RÜCKSTAND«, sagte Mum in sein gesundes Ohr. »Die Bank hat sich ihre Wohnung ZURÜCKGEHOLT.«

»Ich konnte mir die Rückzahlungen nicht mehr *leisten.* So wie du es sagst, klingt es, als wäre es meine Schuld. Außerdem ist es viel komplizierter.«

»Du hast doch einen Freund«, sagte Mum mit einem Fünkchen Hoffnung. »Kannst du denn nicht bei dem einziehen?«

»Das sind ja ganz neue Töne, von dir, der strengen Katholikin.«

»Wir müssen schließlich mit der Zeit gehen.«

Ich schüttelte den Kopf. »Bei Artie kann ich nicht wohnen. Seine Kinder erlauben das nicht.« Das stimmte nicht ganz. Nur Bruno wollte das nicht. Er hasste mich, aber Iona war ganz freundlich, und Bella verehrte mich sogar. »Ihr seid meine Eltern. Bedingungslose Liebe, wenn ich euch erinnern darf. Meine Sachen sind im Auto.«

»Was? Alles?«

»Nein.« Ich hatte für den Tag zwei Männer angeheuert, die bar auf die Hand bezahlt wurden. Was mir noch an Möbelstücken blieb, war jetzt in einem Lagerhaus jenseits des Flughafens untergebracht und wartete dort auf bessere Zeiten. »Nur meine Klamotten und ein paar Sachen für meine Arbeit.« Ziemlich viele, um ehrlich zu sein, denn mein Büro hatte ich schon im letzten Jahr aufgegeben. Und ich hatte auch eine Menge Klamotten dabei, obwohl ich beim Packen schon unglaublich viel aussortiert hatte.

»Aber wann hat das denn mal ein Ende?«, fragte Mum in einem Jammerton. »Wann kommen wir endlich in den Genuss unserer goldenen Jahre?«

»Nie.« Dad sprach plötzlich mit großer Überzeugung. »Sie ist Teil eines Syndroms. Die Generation Bumerang. Erwachsene Kinder, die wieder bei ihren Eltern einziehen. Ich habe davon in *Grazia* gelesen.«

Gegen *Grazia* konnte man schlecht etwas einwenden.

»Ein paar Tage kannst du bleiben«, willigte Mum schließlich ein. »Aber ich warne dich. Vielleicht verkaufen wir das Haus und machen eine Kreuzfahrt in der Karibik.«

In Anbetracht der niedrigen Immobilienpreise würde der Erlös für das Haus wahrscheinlich nicht einmal für eine Kreuzfahrt zu den Aran-Inseln reichen. Aber als ich zum Auto ging, um meine Sachen zu holen, beschloss ich, ihnen ihre Illusionen nicht zu zerstören. Schließlich gewährten sie mir ein Dach über dem Kopf.

»Wann gibt es Abendessen?« Nicht dass ich Hunger hatte, aber ich wollte mich mit den Abläufen vertraut machen.

»Abendessen?«

Es gab kein Abendessen. »Wir kochen eigentlich nicht mehr«, gestand Mum. »Jetzt, wo wir nur noch zu zweit sind.«

Das waren bedrückende Neuigkeiten. Mir ging es so schon schlecht genug, da fehlte es noch, dass meine Eltern sich plötzlich so aufführten, als säßen sie im Wartezimmer des Todes. »Aber was nehmt ihr dann zu euch?«

Sie sahen sich überrascht an, dann wanderten ihre Blicke zu dem Kuchen vor ihnen. »Na ja, Kuchen, oder?«

Zu einer anderen Zeit wäre mir das gerade recht gewesen – in meiner Kindheit hatten meine Schwestern und ich es als hochriskant erachtet, etwas zu essen, das Mum gekocht hatte –, aber jetzt war ich in keiner sehr guten Verfassung.

»Und wann gibt es den Kuchen?«

»Jederzeit, wann immer du möchtest.«

Das ging überhaupt nicht. »Ich brauche eine feste Zeit.«

»Also, um sieben.«

»In Ordnung. Übrigens ... über der Tankstelle habe ich einen Schwarm Geier gesehen.«

Mum verzog die Lippen zu einem dünnen Strich.

»In Irland gibt es keine Geier«, sagte Dad. »Der heilige Patrick hat sie vertrieben.«

»Da hat er recht«, sagte Mum mit Nachdruck. »Es waren keine Geier.«

»Aber ...« Ich sprach nicht weiter. Wozu auch? Ich machte den Mund auf und schnappte nach Luft.

»Was machst du?« Mum klang besorgt.

»Ich ...« Ich wusste es selbst nicht. »Ich versuche zu atmen. Meine Brust ist so eng. Es ist kein Platz für die Luft da.«

»Natürlich ist da Platz. Atmen ist die natürlichste Sache der Welt.«

»Ich glaube, meine Rippen sind zusammengeschrumpft. Wie wenn man alt wird und die Knochen schrumpfen.«

»Du bist dreiunddreißig. Warte, bis du so alt bist wie ich, dann kannst du über geschrumpfte Knochen reden.«

Obwohl ich nicht wusste, wie alt Mum wirklich war – sie log ständig darüber und erzählte die unwahrscheinlichsten Geschichten, manchmal erwähnte sie die wichtige Rolle, die sie bei dem Aufstand von 1916 gespielt hatte (»Ich habe geholfen, die Unabhängigkeitserklärung zu tippen, die der junge Padraig auf den Stufen des Postamts verlesen hat«), dann wieder schwärmte sie von ihrer Jugend, in der sie zu den Klängen von »The Hucklebuck« getanzt hatte, als Elvis in Irland war (Elvis war nie in Irland, und er hat auch nicht »The Hucklebuck« gesungen, aber wenn man ihr das sagte, wurde es nur schlimmer, und sie beharrte darauf, dass Elvis auf seinem Weg nach Deutschland einen geheimen Besuch in Irland gemacht und den Song speziell auf ihren Wunsch hin gesungen hatte) –, schien sie mir so groß und kräftig wie schon immer.

»Atme tief ein, mach schon, jetzt mach, das kann doch jeder«, drängte sie mich. »Jedes Kind kann das. Was hast du heute Abend vor? Nach dem ... Kuchen? Sollen wir fernsehen? Wir haben neunundzwanzig Folgen von *Come Dine With Me* aufgenommen.«

»Ah ...« Ich wollte *Come Dine With Me* nicht sehen. Normalerweise sah ich mir zwei Fernsehshows am Tag an, aber plötzlich war ich sie leid.

Bei Artie hatte ich eine offene Einladung. Seine Kinder würden da sein, und ich war mir nicht sicher, dass ich die Kraft hatte, mit ihnen zu sprechen, außerdem verhinderte ihre Anwesenheit meinen freien, umfassenden sexuellen Zugang zu ihm. Aber er hatte die ganze Woche in Belfast gearbeitet, und ich ... ja, warum es nicht zugeben? ... ich vermisste ihn.

»Wahrscheinlich gehe ich zu Artie«, sagte ich.

Mums Gesicht hellte sich auf. »Kann ich mitkommen?«

»Auf keinen Fall! Ich habe dich gewarnt!«

Mum war überaus angetan von Arties Haus – man kennt den Typ, wenn man Zeitschriften für Einrichtung und Design liest: Von außen wirkt es wie ein bodenständiges Arbeiterhaus, das direkt am Gehweg steht und aussieht, als würde es seine Mütze ziehen und sich an die etablierte Ordnung halten. Das Schieferdach sackt ein wenig durch, und die Haustür ist so niedrig, dass nur Menschen, die offiziell als Zwerge klassifiziert sind, durch sie hindurchgehen können, ohne sich den Schädel an dem Balken zu zerschmettern.

Ist man aber erst mal drin, stellt man fest, dass jemand die ganze rückwärtige Mauer weggenommen und durch ein futuristisches Wunderland aus Glas, einem schwebenden Treppenhaus, Schlafzimmern wie Schwalbennester und Fenstern im Dach ersetzt hat.

Mum war bisher erst einmal da gewesen, zufällig – ich hatte ihr verboten, aus dem Wagen zu steigen, aber sie hatte sich frech darüber hinweggesetzt –, und war von dem Haus so beeindruckt, dass sie mich in arge Verlegenheit gebracht hatte. So einen Vorfall würde es nicht noch einmal geben.

»In Ordnung, ich komme nicht mit«, sagte sie. »Aber ich möchte dich um einen Gefallen bitten.«

»Was denn?«

»Dass du mit mir zu dem Laddz-Comeback-Konzert gehst.«

»Bist du des Wahnsinns?«

»*Ich*, des Wahnsinns? Du hast es gerade nötig, du mit deinem Gerede von Geiern.«

2

Ein umgewandeltes, für Zwerge geeignetes ehemaliges Arbeiterhaus ist ja schön und gut, nur dass es da meistens keine praktische Tiefgarage gibt. Ich brauchte länger, bis ich einen Parkplatz fand, als ich für die drei Kilometer zu Arties Haus gebraucht hatte. Schließlich zwängte ich meinen Fiat 500 (schwarz mit weißer Innenausstattung) zwischen zwei enorme SUVs und öffnete die Tür zu der verglasten Kokon-Welt. Ich hatte einen eigenen Schlüssel – erst sechs Wochen zuvor hatten Artie und ich einen feierlichen Schlüsseltausch vorgenommen. Er gab mir einen Schlüssel zu seinem Haus, und ich gab ihm einen Schlüssel zu meiner Wohnung. Denn damals hatte ich noch eine Wohnung.

Von dem hellen Licht des Juniabends geblendet, folgte ich den Stimmen durch das Haus und die magische, schwebende Treppe hinunter zu der holzgetäfelten Veranda, wo eine Gruppe gut aussehender blonder Menschen versammelt war, die ein Puzzle zusammensetzten. Artie, mein attraktiver Wikinger Artie. Und Iona, Bruno und Bella, seine hübschen Kinder. Und Vonnie, seine hübsche Exfrau. Sie saß neben Artie auf den Holzbohlen, ihre schmale gebräunte Schulter rieb sich an seiner großen, kräftigen. Ich hatte nicht damit gerechnet, sie zu sehen, aber sie wohnte ganz in der Nähe und kam oft vorbei, meistens zusammen mit ihrem neuen Freund Steffan.

Sie bemerkte mich als Erste. »Helen!«, rief sie mit großer Herzlichkeit.

Ein Begrüßungschor empfing mich, strahlende Gesichter wandten sich mir zu, Arme streckten sich mir entgegen, und ich wurde von allen geküsst. Eine herzenswarme Familie, diese Devlins. Nur Bruno hielt sich zurück, und er brauchte gar nicht zu glauben, dass mir das nicht aufgefallen war. Im Kopf führte ich eine Liste der vielen, vielen Male, die er mich schroff behandelt hatte. Mir entging nichts. Wir alle haben unsere Begabungen.

Bella, die von Kopf bis Fuß in Rosa gekleidet war und nach Kirschkaugummi roch, war ganz aus dem Häuschen, als sie mich sah. »Helen, Helen.« Sie warf sich mir in die Arme. »Dad hat gar nicht gesagt, dass du kommst. Kann ich dir die Haare kämmen?«

»Bella, lass Helen doch erst mal Luft holen«, sagte Artie.

Bella war neun und von liebendem Naturell, und damit war sie das jüngste und schwächste Mitglied in der Gruppe. Dennoch wäre es dumm, sie zurückzuweisen, aber zunächst musste ich mich um ein paar Dinge kümmern. Ich sah zu der Stelle, wo Vonnies Oberarm den von Artie berührte. »Rück zur Seite«, sagte ich. »Du bist zu nah an ihm dran.«

»Sie ist seine Frau.« Brunos mädchenhafte Wangen leuchteten empört ... oder hatte er Rouge aufgetragen?

»Exfrau«, sagte ich. »Und ich bin seine Freundin. Er gehört mir.« Dann machte ich schnell »Hahaha«, aber das war nicht aufrichtig. (Doch sollte mich jemand kritisieren, dass ich egoistisch oder unreif war, und mich vorwurfsvoll fragen: »Was ist denn mit dem armen Bruno?«, dann konnte ich jederzeit sagen: »Meine Güte, das war ein *Witz*. Er wird doch wohl einen *Witz* verstehen.«)

»Ehrlich gesagt, Artie hat sich an *mich* gelehnt«, sagte Vonnie.

»Das stimmt nicht.« Heute ging mir dieses Spiel, das ich jedes Mal mit Vonnie spielen musste, auf die Nerven. Ich fand kaum die Worte für eine Fortsetzung dieses Getues.

»Du machst das dauernd. Hör endlich auf damit. Er ist verrückt nach mir.«

»Ach, recht hast du.« Gutmütig rutschte Vonnie so weit von ihm ab, dass jetzt viel Platz zwischen ihr und Artie war. Ihre Art war nicht meine, aber irgendwie mochte ich sie.

Und welche Rolle spielte Artie in dem Spiel? Seine ganze Aufmerksamkeit galt der unteren linken Ecke des Puzzles, das war seine Rolle. Ohnehin war er der Typ, dessen Stärke im Schweigen lag, aber wenn Vonnie und ich mit unserem Alphaweibchen-Gerangel anfingen, hielt er sich – so wie ich es ihm aufgetragen hatte – vollständig heraus.

Anfangs hatte er mich vor ihr in Schutz nehmen wollen, aber das hatte mich zutiefst gekränkt. »Das ist ja, als wolltest du sagen, sie sei furchterregender als ich.«

Aber das eigentliche Problem war Bruno. Er war zickiger als das gemeinste Mädchen und hatte, ich weiß es wohl, gute Gründe dafür, denn seine Eltern hatten sich getrennt, als er zarte neun Jahre alt war, und jetzt war er dreizehn und wurde von Wut erzeugenden Hormonen überschwemmt. Das drückte er aus, indem er sich im Faschisten-Look kleidete: taillierte schwarze Hemden, enge schwarze Hosen, die er in kniehohe, glänzend schwarze Lederstiefel steckte. Das sehr, sehr blonde Haar trug er, von einem schräg in die Stirn fallenden Achtzigerjahre-Pony abgesehen, kurz geschnitten. Außerdem benutzte er Wimperntusche, und jetzt sah es so aus, als würde er es auch mit Rouge versuchen.

»Ja, gut!«, sagte ich mit einem etwas angespannten Lächeln in die versammelten Gesichter. Artie hob den Blick von dem Puzzle und sah mich aus blauen Augen intensiv an. Himmel. Ich schluckte. Ich wollte auf der Stelle, dass Vonnie nach Hause ging und die Kinder sich in die Betten verzogen, damit ich mit Artie allein sein konnte. Ob es unhöflich war, sie zum Gehen aufzufordern?

»Was zu trinken?«, fragte er und ließ meinen Blick nicht los. Ich nickte stumm.

Ich rechnete damit, dass er aufstehen würde und ich ihm dann in die Küche folgen könnte, um schnell an ihm zu schnuppern.

»Ich hole dir was«, sagte Iona verträumt.

Ich verkniff mir ein frustriertes Aufheulen und sah ihr nach, wie sie die Treppe zur Küche hinunterglitt. Iona war fünfzehn. Ich fand es erstaunlich, dass man sie beauftragen konnte, ein Glas Wein von einem Zimmer ins nächste zu tragen, ohne dass sie es bis auf den letzten Tropfen leerte. Als ich fünfzehn war, habe ich alles getrunken, was ich in die Finger bekam. »Hast du Hunger, Helen?«, fragte Vonnie. »Im Kühlschrank ist noch Fenchelsalat mit Vacherin Mont-d'Or.«

Mein Magen verschloss sich, auf keinen Fall würde etwas hineingelangen. »Ich habe schon gegessen.« Das stimmte nicht. Nicht mal eine Scheibe von dem Abendkuchen meiner Eltern hatte ich in mich hineinzwingen können.

»Sicher?« Vonnie musterte mich von oben bis unten. »Du siehst ein bisschen dünn aus. Nicht dass du irgendwann dünner bist als ich.«

»Keine Angst, das passiert schon nicht.« Aber vielleicht doch. Die letzte richtige Mahlzeit hatte ich … ich konnte mich gar nicht mehr erinnern, vielleicht vor einer Woche oder so zu mir genommen. Anscheinend hatte mein Körper aufgehört, meinem Gehirn zu melden, dass er Nahrung brauchte. Oder vielleicht war mein Kopf so voll mit Sorgen, dass er die Information nicht mehr aufnahm. In den seltenen Fällen, wo doch eine Meldung durchgekommen war, hatte ich mich außerstande gesehen, etwas so Kompliziertes zu tun, wie Milch über eine Schale Cheerios zu gießen. Selbst das Popcorn, das ich am Abend zuvor zu essen versucht hatte, erschien mir höchst merkwürdig. Warum würde man diese pappigen kleinen Styroporkugeln essen wollen, die einem den Gaumen zerschnitten und dann Salz in die Wunden rieben?

»Helen!«, sagte Bella. »Lass uns was spielen!« Sie brachte einen rosa Plastikkamm und eine rosa Plastikschachtel mit rosa Haarklipsen und rosa Haargummis zum Vorschein. »Nimm doch Platz.«

O nein. Friseur. Na ja, wenigstens spielten wir nicht wieder Autoanmeldung beim Verkehrsamt. Das war das schlimmste Spiel überhaupt: Ich musste stundenlang anstehen, während sie in einer imaginären Glaskabine saß. Ich hatte versucht zu erklären, dass ich das Auto doch online anmelden konnte, aber Bella protestierte und sagte, dann wäre es ja kein Spiel mehr. »Hier ist dein Wein«, sagte sie, und dann zischend zu Iona: »Schnell, gib ihr das Glas, du siehst doch, dass sie Stress hat.«

Iona hielt mir ein Glas Rotwein hin und ein großes Glas mit einem Getränk und klimpernden Eiswürfeln. »Shiraz oder selbst gemachten Baldrian-Eistee. Ich wusste nicht, was dir lieber ist, deshalb habe ich beides gebracht.«

Eine Sekunde lang liebäugelte ich mit dem Wein, dann entschied ich mich dagegen. Ich befürchtete, ich könnte nicht mehr aufhören, wenn ich erst einmal angefangen hatte, und ein grauenvoller Kater war mehr, als ich ertragen konnte.

»Keinen Wein, danke.«

Ich wappnete mich innerlich gegen den Ausbruch der Proteste, der gewöhnlich auf so eine Aussage folgte: »Was? Keinen Wein! Hat sie wirklich gesagt, keinen Wein? Was ist in sie gefahren?« – Ich rechnete fest damit, dass die Devlins mich zu Boden ringen und in den Schwitzkasten nehmen und mir das Glas Shiraz durch einen Trichter einflößen würden, aber niemand sagte etwas. Einen Moment lang hatte ich vergessen, dass ich nicht bei meiner eigenen Familie war.

»Oder lieber eine Cola light?«, fragte Iona.

Meine Güte, die Devlins waren die perfekten Gastgeber, selbst ein exzentrisches Mädchen wie Iona. Sie hatten immer Cola light für mich im Kühlschrank, von ihnen trank das niemand.

»Nein danke, so ist es gut.«

Ich nahm einen Schluck von dem Baldriantee – nicht unangenehm, aber auch nicht besonders angenehm – und ließ mich auf einem der dicken Bodenkissen nieder. Bella kniete sich neben mich und fing an, mir den Kopf zu streicheln. »Du hast so schöne Haare«, murmelte sie.

»Danke.«

Allerdings war sie der Auffassung, dass alles an mir schön war, auf ihre Wahrnehmung war nicht unbedingt Verlass.

Mit ihren kleinen Fingern fuhr sie durch mein Haar und trennte es in Strähnen, nach und nach entspannten sich meine Schultern, und zum ersten Mal seit ungefähr zehn Tagen konnte ich richtig atmen. Meine Lungen füllten sich mit Luft, die dann wieder ausströmte. »O Gott, tut das gut.«

»War es ein harter Tag?«, fragte sie teilnahmsvoll.

»Du machst dir keine Vorstellung, meine kleine rosa Amiga.«

»Erzähl's mir.«

Ich wollte schon mit der ganzen traurigen Geschichte loslegen, doch da fiel mir ein, dass sie erst neun war.

»Na ja«, sagte ich und gab mir Mühe, dem Ganzen einen fröhlichen Klang zu geben. »Ich konnte meine Rechnungen nicht bezahlen, und deshalb musste ich aus meiner Wohnung ausziehen …«

»Was?« Artie war fassungslos. »Wann denn?«

»Heute. Aber es ist in Ordnung.« Ich sprach mehr zu Bella als zu ihm.

»Aber warum hast du mir nichts gesagt?«

Ja, warum eigentlich nicht? Zwar hatte ich, als ich ihm vor sechs Wochen den Schlüssel gegeben hatte, so etwas angedeutet, aber ich hatte es wie einen Witz klingen lassen. Schließlich war das ganze Land mit Hypothekenrückzahlungen im Rückstand und bis zum Anschlag verschuldet. Aber letztes Wochenende hatte er die Kinder bei sich gehabt, dann war er die ganze Woche weg gewesen, und mir fiel es schwer, schwierige Dinge am Telefon zu besprechen. Ehrlich gesagt hatte ich mit niemandem darüber gesprochen.

Als mir gestern Morgen klar wurde, dass ich am Ende war – und zwar schon längst, aber ich hatte bis zuletzt die Hoffnung, dass irgendetwas geschehen würde und es doch noch weiterginge –, hatte ich für heute die beiden Packer bestellt. Wahrscheinlich hatte ich aus Scham nichts gesagt. Oder vor lauter Traurigkeit? Oder aus Schock? Schwer, es genau zu sagen.

»Und was machst du jetzt?« Bella klang erschüttert.

»Ich bin wieder zu meinen Eltern gezogen, nur für eine Weile. Sie haben zurzeit eine Phase, wo sie sich sehr alt fühlen, deswegen gibt es bei ihnen nichts Richtiges zu essen, aber das geht sicherlich vorüber …«

»Warum wohnst du nicht bei uns?«, fragte Bella.

Sofort stieg Zornesröte in Brunos pfirsichzartes Gesicht. Im Normalzustand war er so zornig, dass man denken würde, er müsste von Pickeln geradezu übersät sein, sozusagen als äußere Manifestation, aber nein, seine Haut war weich, glatt, zart.

»Weil dein Dad und ich uns erst seit Kurzem kennen ...«

»Seit fünf Monaten, drei Wochen und sechs Tagen«, sagte Bella. »Das sind fast sechs Monate. Das ist ein halbes Jahr.«

Ich sah besorgt in ihr eifriges kleines Gesicht.

»Und ihr passt gut zusammen«, sagte sie mit Begeisterung. »Das sagt Mum. Stimmt doch, Mum, oder?«

»Das stimmt in der Tat«, sagte Vonnie mit einem kleinen ironischen Lächeln.

»Ich kann nicht hier einziehen.« Ich gab mir Mühe, fröhlich zu klingen. »Bruno würde mich in der Nacht erdolchen.« Und dann mein Make-up stehlen.

Bella war entsetzt. »Nein, das würde er nicht tun.«

»Doch«, sagte Bruno.

»Bruno!«, fuhr Artie ihn an.

»Entschuldigung, Helen.« Bruno wusste, was sich gehörte. Er wandte sich ab, aber da hatte ich schon gesehen, dass seine Lippen stumm die Worte »Verpiss dich, du Schlampe« geformt hatten.

Es bedurfte meiner ganzen Selbstbeherrschung, nicht zurückzugeben: »Nein, verpiss *du* dich, du kleiner Faschist.« Ich war immerhin fast vierunddreißig, sagte ich mir. Und Artie könnte mich dabei sehen.

Das Aufleuchten meines Handys lenkte mich ab. Eine neue Nachricht. Mit einem interessanten Betreff: »Untertänigst«. Dann sah ich, wer sie geschickt hatte: Jay Parker. Beinah hätte ich das Telefon fallen lassen.

»Liebste Helen, mein kleiner Drachen. Obwohl es mich fast umbringt, es zu sagen: Ich brauche deine Hilfe. Wie wär's, wenn wir die Vergangenheit begraben und du dich bei mir meldest?«

Eine Ein-Wort-Antwort reichte. Ich brauchte keine Sekunde, um sie zu tippen. »Nein.«

Ich erlaubte Bella, mit meinen Haaren zu spielen, und trank meinen Baldriantee, ich sah den Devlins zu, wie sie ihr Puzzle zusammensetzten, und ich wünschte mir, dass alle – ausgenommen Artie, natürlich – abhauen würden. Könnten wir nicht wenigstens reingehen und den Fernseher anschalten? Da, wo ich aufgewachsen bin, betrachteten wir den Aufenthalt im Freien mit Misstrauen. Selbst im Hochsommer gingen wir nicht in den Garten, schon allein deswegen nicht, weil das Kabel für den Fernseher nicht so weit reichte. Im Leben der Familie Walsh hatte das Fernsehen immer eine wichtige Rolle gespielt; nichts, aber auch gar nichts – Geburten, Todesfälle, Hochzeiten – hatte sich je ereignet, ohne dass im Hintergrund der Fernseher gelaufen wäre, am besten mit einer lautstarken Seifenoper. Wie hielten die Devlins das nur aus – dauernd miteinander zu *sprechen?*

Vielleicht lag das Problem aber auch gar nicht bei ihnen. Vielleicht war ich das Problem. Die Fähigkeit, mich mit anderen zu unterhalten, schien aus mir zu entweichen wie Luft aus einem Ballon. Es fiel mir jetzt bereits schwerer als noch vor einer Stunde.

Mit ihren weichen Fingern strich Bella mir über die Kopfhaut, und sie murmelte und brabbelte vor sich hin und hatte schließlich einen Punkt erreicht, wo sie mit ihrem Werk zufrieden war.

»Schön! Du siehst aus wie eine Prinzessin von den Maya. Guck mal.« Sie hielt mir den Handspiegel vors Gesicht. Ich erhaschte einen Blick von meinem Haar, das zu zwei langen Zöpfen geflochten war, und einem handgewebten Band, das unter meine Ponyfransen gewunden war. »Guckt mal, wie Helen aussieht.« Sie ließ ihren Blick über die anderen schweifen. »Ist sie nicht schön?«

»Sehr schön«, sagte Vonnie und klang überzeugend ehrlich.

»Wie eine Prinzessin von den Maya«, wiederholte Bella.

»Stimmt es, dass die Maya das Magnum erfunden haben?«, fragte ich.

Es entstand ein kurzes, überraschtes Schweigen, dann ging die Unterhaltung weiter, als hätte ich nichts gesagt. Hier war ich weit von meiner Wellenlänge entfernt.

»Sie sieht genau wie eine Maya-Prinzessin aus«, sagte Vonnie. »Nur dass Helens Augen grün sind, und eine Maya-Prinzessin hätte sicherlich braune Augen. Aber die Haare sind genau richtig. Hast du gut gemacht, Bella. Möchtest du noch Tee, Helen?«

Zu meiner eigenen Überraschung war ich – wenigstens gerade jetzt – die Devlins gründlich leid, mit ihrem guten Aussehen und ihrer anmutigen Wohlerzogenheit und ihren Brettspielen und freundschaftlichen Trennungen und den Kindern, die zum Essen ein halbes Glas Wein bekamen. Ich wollte mit Artie allein sein, aber es würde nicht dazu kommen, und ich hatte nicht einmal die Energie, sauer zu sein – er konnte schließlich nichts dafür, dass er drei Kinder und eine anspruchsvolle Arbeit hatte. Er wusste nicht, wie es mir heute ergangen war. Oder gestern. Oder wie meine Woche verlaufen war.

»Keinen Tee mehr, Vonnie, danke. Ich sollte besser gehen.« Ich stand auf.

»Du gehst?« Artie sah mich eindringlich an.

»Wir sehen uns am Wochenende.« Oder wenn die Kinder das nächste Mal bei Vonnie waren. Ich hatte den Überblick über ihren Zeitplan verloren, der sehr kompliziert war und zum Ziel hatte, dass die drei Kinder mit beiden Elternteilen gleich viel Zeit verbrachten, nur dass die Tage von Woche zu Woche wechselten, je nachdem ob Artie oder Vonnie (meistens Vonnie, um ehrlich zu sein) einen Kurzurlaub planten, zu einer Hochzeit eingeladen waren oder dergleichen.

»Ist alles in Ordnung?« Ein besorgter Ausdruck zeigte sich auf seinem Gesicht.

»Bestens.« Ich konnte jetzt nicht davon anfangen.

Er umfasste mein Handgelenk. »Bleib doch noch ein bisschen.« Und leise fügte er hinzu: »Ich sage Vonnie, sie soll gehen. Und die Kinder müssen irgendwann ins Bett.«

Aber das konnte noch Stunden dauern. Artie und ich gingen nie vor den Kindern ins Bett. Natürlich war ich morgens oft da, sodass es offenkundig war, dass ich die Nacht dort verbracht hatte, aber wir alle taten so, als würde ich in einem imaginären Gästebett schlafen und Artie hätte allein in seinem Bett gelegen. Obwohl ich Arties Geliebte war, gaben wir vor, ich wäre einfach nur eine Freundin der Familie.

»Ich muss gehen.« Ich hielt es nicht länger aus, draußen rumzusitzen und darauf zu warten, dass ich mit Artie allein sein und ihm die Klamotten von seinem schönen Körper reißen konnte. Eher würde ich platzen.

Aber erst das Abschiednehmen. Das dauerte ungefähr zwanzig Minuten. Ich halte nicht viel von langen Abschiedsreden; ginge es nach mir, würde ich leise murmeln »Ich muss mal«, und mich dann einfach aus dem Staub machen.

Sich zu verabschieden finde ich geradezu unerträglich langweilig. In meinem Kopf bin ich schon längst weg, sodass mir das ganze »Mach's gut« und »Bis dann« und dazu das ewige Lächeln wie reine Zeitverschwendung vorkommt. Manchmal möchte ich die Menschen von mir abschütteln, mir ihre Hände von der Schulter reißen und davonstürzen, in die Freiheit. Aber bei den Devlins war es immer eine große Sache – Umarmungen, Küsse auf beide Wangen –, selbst Bruno machte dabei mit, offensichtlich konnte er seine bürgerliche Erziehung nicht ganz abschütteln. Dann vierfache Küsse von Bella, auf beide Wangen, Stirn und Kinn, und der Vorschlag, dass ich bald einmal bei ihr übernachten solle.

»Ich leihe dir auch meinen Schlafanzug, den mit den Erdbeertörtchen drauf«, versprach sie mir.

»Du bist neun«, sagte Bruno oberhochnäsig. »Und sie ist alt. Wie soll ihr dein Schlafanzug denn passen?«

»Wir sind gleich groß«, sagte Bella.

Und so komisch es auch war, es stimmte beinah. Ich war für mein Alter klein und Bella für ihres ziemlich groß. Sie waren alle groß, die Devlin-Kinder, das hatten sie von Artie.

»Meinst du wirklich, du solltest jetzt allein sein?«, fragte Artie mich auf dem Weg zur Haustür. »Dein Tag war doch ziemlich schlimm.«

»Ja, ja, mir geht es prächtig.«

Er nahm meine Hand und rieb die Handfläche über seine Brustmuskeln unter dem T-Shirt, dann tiefer, über seinen Bauch.

»Aufhören.« Ich zog meine Hand zurück. »Besser nichts anfangen, was wir nicht zu Ende bringen können.«

»Ist gut. Aber lass mich das hier entfernen, bevor du gehst.«

»Artie, ich meinte …«

Zärtlich löste er das Maya-Stirnband, das Bella mir umgebunden hatte, schwenkte es durch die Luft und ließ es auf den Boden fallen.

»Oh«, sagte ich. Und dann wieder »oh«, als er mit der Hand über meinen Haaransatz strich und anfing, die beiden Zöpfe zu öffnen. Ich schloss die Augen und erlaubte seinen Händen, in meinen Haaren zu wühlen. Mit seinen Daumen massierte er mir die Schläfen, dann meine Stirn und die steilen Falten zwischen den Augenbrauen, dann die Stelle, wo mein Hinterkopf in den Nacken überging. Langsam entspannte sich mein Gesicht, meine Kiefer lockerten sich, und als er aufhörte, war ich in einem so seligen Zustand, dass eine weniger standfeste Frau umgefallen wäre.

Ich schaffte es, stehen zu bleiben. »Habe ich auf dich draufgesabbert?«, fragte ich.

»Diesmal nicht.«

»Gut. Ich gehe jetzt.«

Er beugte sich zu mir hinunter und küsste mich, und sein Kuss war zurückhaltender, als ich es mir gewünscht hatte, aber es war besser, kein Feuer zu entfachen.

Ich ließ meine Hand zu seinem Hinterkopf gleiten. Ich fuhr gern mit den Fingern durch sein Nackenhaar und zupfte daran, nicht so, dass es wehtat. Nicht richtig weh.

Als wir uns losließen, sagte ich: »Ich mag dein Haar.«

»Vonnie sagt, es muss geschnitten werden.«

»Ich sage, muss es nicht. Und ich treffe hier die Entscheidungen.«

»Gut«, sagte er. »Versuch ein bisschen zu schlafen. Ich ruf dich später an.«

In den letzten Wochen hatten wir ein – ja, ich denke schon, man kann es Ritual nennen – entwickelt, wobei wir uns kurz anriefen, bevor wir einschliefen.

»Und was deine Frage angeht«, sagte er, »so lautet die Antwort Ja.«

»Welche Frage?«

»Ob die Maya das Magnum erfunden haben.«

3

Kaum saß ich im Auto, wurde mir klar, dass ich kein Ziel hatte. Ich fuhr auf die Autobahn, aber als ich an die Ausfahrt zu dem Stadtteil kam, wo meine Eltern wohnten, ließ ich sie links liegen und fuhr einfach weiter.

Ich fuhr gern Auto. Ein bisschen war es, als säße man in einer Blase. Ich war nicht mehr da, wo ich weggegangen war, und noch nicht da, wo ich hinfuhr. Es war, als hätte ich beim Weggehen aufgehört zu existieren und würde erst wieder zu existieren beginnen, wenn ich ankam. Und das gefiel mir, dieser Zustand des Nicht-Seins.

Beim Fahren holte ich tief Luft durch den Mund und versuchte die Luft zu schlucken, um zu verhindern, dass meine Brust sich wieder verschloss.

Als mein Handy klingelte, brach mir der Angstschweiß aus. Ich nahm es und warf schnell einen Blick auf das Display: Nummer unterdrückt. Das konnten alle möglichen Leute sein – in letzter Zeit hatte ich jede Menge unwillkommener Anrufe gehabt, wie das bei Menschen mit unbezahlten Rechnungen eben so ist, aber ein Gefühl im Bauch sagte mir, wer dieser geheimnisvolle Anrufer war. Und ich würde ihm nicht antworten. Nach fünfmal Klingeln schaltete sich die Mailbox ein. Ich warf das Handy auf den Beifahrersitz und fuhr weiter.

Ich drehte das Radio an, das immer auf Newstalk eingestellt war. Um diese Zeit am Abend gab es *Off the Ball*, eine Sportsendung mit Beiträgen, die mich nicht interessierten – Mannschaftsspiele, Laufsport und so. Mit halbem Ohr hörte ich zu, wie Sportler und Trainer redeten, und erkannte an ihren Stimmen, wie wichtig das alles für sie war. Ich dachte: Für euch ist das so wichtig, aber mich berührt das *überhaupt* nicht. Und meine Sachen sind lebenswichtig für mich und bedeuten euch nichts. Gibt es denn etwas, das *an sich* wichtig ist?

Einen Moment lang sah ich die Dinge im rechten Maß. Für die Leute im Radio bricht eine Welt zusammen, wenn sie am Samstag nicht das Finale um den Lokalpokal gewinnen. Schon jetzt haben sie riesige Angst vor einer Niederlage. Und sie üben ihre Verzweiflung. Aber es ist nicht wichtig.

Nichts ist wichtig.

Mein Handy klingelte wieder: Nummer unterdrückt. Wie beim Mal davor hatte ich eine starke Vermutung, wer es war. Nach fünfmal Klingeln hörte es auf.

Die Autobahn war um diese Tageszeit – kurz vor zehn – fast leer, und die Sonne ging endlich unter. So war das Anfang Juni, die Tage waren endlos, und ich hasste dieses ewig dauernde Licht. Wieder klingelte das Telefon. Mir wurde klar, dass ich darauf gewartet hatte. Fünfmal klingeln, dann Ruhe. Wenige Minuten später das Gleiche noch mal. Klingeln, Ruhe, Klingeln, Ruhe, immer wieder, so wie er es früher schon gemacht hatte. Wenn er etwas wollte, dann musste es sofort sein. Schließlich griff ich nach dem Handy, und weil ich es unbedingt zur Ruhe bringen wollte, waren meine Finger anscheinend auf das Zehnfache ihres Umfangs geschwollen, sodass ich die Tasten nicht drücken konnte.

Endlich hatte ich es abgeschaltet und Jay Parker zum Schweigen verdonnert. Ich atmete auf und fuhr weiter.

Merkwürdige Wolken hingen am Horizont. Ich konnte mich nicht erinnern, schon einmal solche Formationen gesehen zu haben. Der Himmel wirkte fremdartig und bedrohlich, die Dämmerung blieb und blieb, das Licht wollte überhaupt nicht verschwinden, und ich glaubte es nicht länger aushalten zu können. Eine Welle furchtbaren Entsetzens wogte durch mich hindurch.

Ich war auf halbem Weg nach Wexford, als die Sonne endlich unterging und ich mich imstande fühlte, umzukehren und zu Mum und Dad zu fahren.

Als ich mich meinem neuen Zuhause näherte, erlaubte ich mir – für den Bruchteil einer Sekunde nur – die Vorstellung, wie es wohl wäre, wenn ich mit Artie zusammenlebte. Sofort, als wäre eine Guillotine runtergesaust, schnitt ich den Gedanken ab. Ich konnte nicht darüber nachdenken, es ging nicht, es war einfach zu furchterregend. Nicht dass Artie etwas in der Richtung erwähnt hätte. Bella war die Einzige, die bisher davon geredet hatte. Aber was wäre, wenn ich feststellte, ich wollte mit ihm leben und er nicht mit mir? Oder schlimmer noch, dass er es *doch* wollte?

Meine Wohnung zu verlieren war so schon schlimm genug, ohne dass es zu Verwerfungen mit Artie führte. Es war zart, das Ding zwischen ihm und mir, aber wir kamen gut klar. Müssten wir notgedrungen über ein Zusammenleben nachdenken und dann feststellen, dass es zu früh dazu war – das würde uns nicht guttun. Auch wenn wir die Entscheidung einfach verschoben, würde es sich trotzdem wie ein Misstrauensvotum anfühlen. Oder angenommen, ich zog bei ihm ein, und dann merkten wir, dass es keine gute Idee war. Gab es aus einer solchen Situation überhaupt ein Zurück?

Ich seufzte schwer. Ich wollte, ich hätte meine Wohnung nicht verloren. Ich wollte, dass Artie zu mir in meine Wohnung kommen konnte, wann immer mir danach war. Aber diese Möglichkeit gab es jetzt nicht mehr, würde es nie mehr geben. Auf gar keinen Fall würden er und ich zusammen bei Mum und Dad sein – womöglich miteinander schlafen, während sie in ihrem Zimmer gegenüber waren! Das wäre zu schrecklich! Das würde nicht funktionieren. Dass es solche Veränderungen überhaupt geben musste. Ich hasste es, wie sie alles auf den Kopf stellten.

Ein mir unbekannter eleganter, niedriger Sportwagen stand vor dem Haus von Mum und Dad, und ein Mann lauerte im Schatten. Es hätte ein durchgeknallter Vergewaltiger sein können, aber als ich ausstieg, war es keine große Überraschung (aber dennoch eine von der unangenehmen Sorte), dass sich der Mann, als er ans Licht trat, als Jay Parker herausstellte. Ich hatte ihn fast ein Jahr lang nicht gesehen – nicht, dass ich nachgerechnet hätte –, und er war völlig unverändert. Mit seinem schmal geschnittenen Hipster-Anzug, seinen dunklen, tänzelnden Augen und seinem beflissenen Lächeln sah er genau aus wie das, was er war: ein Hochstapler.

»Ich habe angerufen«, sagte er. »Gehst du nie dran?«

Ich verlangsamte meine Schritte nicht. »Was willst du?«

»Ich brauche deine Hilfe.«

»Die bekommst du nicht.«

»Ich bezahle dafür.«

»Ich bin viel zu teuer für dich.« Ich hatte nämlich auf der Stelle eine sehr teure Sonderrate für Jay Parker erfunden.

»Stell dir vor, du bist mir nicht zu teuer. Ich kenne deine Sätze. Ich gebe dir das Doppelte. Im Voraus. Bar auf die Hand.« Er zog ein dickes Bündel Banknoten hervor. So dick, dass ich stehen blieb.

Ich blickte auf das Geld, ich sah Jay Parker an. Ich wollte nicht für ihn arbeiten. Ich wollte nichts mit ihm zu tun haben.

Aber es war sehr viel Geld.

Benzin im Tank, Telefonguthaben aufgestockt, ein Besuch beim Arzt.

Misstrauisch fragte ich ihn: »Worum geht es?«

Mit Sicherheit war es etwas Heikles.

»Ich möchte, dass du jemanden für mich findest.«

»Wen?«

Er zögerte. »Das ist vertraulich.«

Ich sah ihm in die Augen. Wie sollte ich jemanden finden, dessen Identität so vertraulich war, dass ich sie nicht erfahren durfte?

»... Ich meine, es ist eine heikle Sache ...« Mit der Spitze seines spitzen Schuhs schob er ein paar Kieselsteine umher. »Die Presse darf nichts davon erfahren.«

»Wer ist es?« Jetzt war ich wirklich neugierig.

Seine Miene war besorgt.

»Wer?«, fragte ich noch einmal.

Plötzlich kickte er einen der Kieselsteine, der darauf in einem hohen eleganten Bogen durch die Luft flog. »Ach, Scheiß drauf, ich kann's dir ruhig sagen. Wayne Diffney.«

Wayne Diffney! Von dem hatte ich gehört. Ich wusste sogar eine ganze Menge über ihn. Vor sehr langer Zeit, wahrscheinlich Mitte der Neunzigerjahre, war er bei den Laddz gewesen. Damals waren die Laddz eine der beliebtesten irischen Boygroups. Nicht ganz dieselbe Liga wie Boyzone oder Westlife, aber trotzdem ein riesiger Erfolg. Ihre ruhmreichen Tage lagen weit zurück, versteht sich, und jetzt waren sie so alt und untalentiert und lachhaft, dass sie, nachdem sie völlig untergegangen waren, auf der anderen Seite wieder hochkamen, denn viele Menschen dachten mit großer Zuneigung an sie. Die Gruppe war eine Art Nationalschatz geworden.

»Du weißt es bestimmt schon, die Laddz treten nächste Woche in drei megagroßen Comeback-Konzerten auf. Mittwoch, Donnerstag, Freitag.«

Ein Laddz-Comeback! Nein, davon hatte ich nichts gewusst – ich hatte ja ein paar andere Sorgen im Kopf –, aber plötzlich wurde mir das eine oder andere klar: alle paar Sekunden ihre Lieder im Radio, und meine Mutter, die mich überreden wollte, mit ihr in das Konzert zu gehen.

»Hundert Euro pro Karte, Merchandising-Produkte an den Ausgängen«, sagte Jay wehmütig. »Quasi die Lizenz zum Gelddrucken.«

Alles sehr typisch für Jay Parker, schmuddeliger kleiner Abzocker, der er war.

»Und?«, hakte ich nach.

»Ich bin ihr Manager. Aber Wayne wollte – will – nicht mitmachen. Er ...« Jay brach ab.

»... schämt sich?«

»... ziert sich.«

Er ziert sich. Das konnte ich mir vorstellen. Bei den Laddz gibt es, wie in allen Boygroups, fünf Typen: Der Talentierte. Der Süße. Der Schwule. Der Verrückte. Und der Sonderling.

Wayne war immer der Verrückte gewesen. Seine Verrücktheit zeigte sich am deutlichsten an seinen Haaren: Man hatte ihm eine Frisur verpasst, mit der sein Haar aussah wie das Opernhaus in Sydney, und er hatte es mit sich machen lassen. Zu seiner Verteidigung muss man sagen, dass er damals sehr jung war und es nicht besser gewusst hat, und in den letzten Jahren hatte er es mit einer völlig normalen Frisur wiedergutgemacht.

All das lag natürlich mehrere Leben zurück. Viel Wasser war den Fluss runtergeflossen, seit sie einen Nummereins-Hit gehabt hatten. Die Fünfergruppe der Laddz war zu einem Quartett geschrumpft, als sich der Talentierte nach zwei erfolgreichen Jahren abgesetzt hatte. (Er war zu einem Weltstar geworden, der seine trübe Herkunft in einer Boygroup nie, niemals erwähnte.) Die zurückgelassenen vier machten noch eine Weile weiter, und als sie sich irgendwann trennten, interessierte es niemanden.

Unterdessen brach Waynes Privatleben zusammen. Seine Frau Hailey verließ ihn und tat sich mit einem echten Rockstar, einem gewissen Shocko O'Shaughnessy, zusammen. Als Wayne einmal auf Shockos Landsitz auftauchte und seine Frau zurückholen wollte, erfuhr er, dass sie von Shocko schwanger war und keinerlei Absicht hatte, zu Wayne zurückzukehren. Zur gleichen Zeit war Bono zu Gast bei seinem Freund Shocko und stellte sich schützend vor ihn, und in dem ganzen Aufruhr schlug der aufgebrachte Wayne Bono mit einem Schlagstock aufs linke Knie und brüllte: »Das ist für *Zooropa!*«

Nach so viel Unglück beschloss Wayne, sich als richtiger Künstler neu zu erfinden, er trennte sich also von seiner verrückten Frisur, ließ sich ein Spitzbärtchen wachsen, sagte ein- oder zweimal in Sendungen des öffentlichen Radiosenders »fuck« und nahm ein paar Alben mit Akustikgitarre und Songs über unerwiderte Liebe auf. Wegen der weggelaufenen Frau und der Attacke gegen Bono gab es in der Öffentlichkeit viel Zuspruch für Wayne, und er hatte einigen Erfolg, aber offenbar nicht genug, denn sein Label ließ ihn nach wenigen Alben fallen, und kurze Zeit später verschwand er völlig aus dem Blickfeld der Öffentlichkeit.

Dann war es ziemlich lange still um ihn ... doch inzwischen schien genug Zeit vergangen zu sein. Der eisige Schnee des Winters war getaut, der Frühling gekommen. Die kreischenden Teenie-Fans der Laddz von damals waren jetzt erwachsene Frauen, die Kinder und einen Hang zur Nostalgie hatten. Genau betrachtet war das Comeback-Konzert nur eine Frage der Zeit gewesen.

Und so, erzählte Jay Parker mir, hatte er sich vor drei Monaten den vier Männern als Manager angeboten und ihnen (das vermute ich nur, aber ich kenne ihn ja) ungeheure Reichtümer versprochen, wenn sie sich für eine Weile wieder zusammentun würden. Sie alle hatten sich bereit erklärt und umgehend genaue Anweisungen bekommen, Kohlehydrate aus ihrer Ernährung zu streichen und täglich ein Lauftraining von acht Kilometern zu absolvieren. Und ein bisschen zu üben. Bloß nicht übertreiben.

»Die angekündigten Konzerte schlagen unglaublich hohe Wellen«, sagte Jay. »Und wenn alles gut geht, machen wir eine Tournee durchs ganze Land, vielleicht kriegen wir ein paar Auftritte in England, eine DVD zu Weihnachten, wer weiß, was noch ... Die Jungs könnten ein bisschen Kohle gut gebrauchen.«

Soweit ich gehört hatte, waren die Laddz bankrott oder mehrfach verheiratet oder klassischen Oldtimern verfallen, von allem etwas.

»Aber Wayne ist nicht richtig eingestiegen«, sagte Jay. »Vielleicht am Anfang, aber in der vergangenen Woche war es ... schwierig mit ihm. In den letzten Tagen ist er nicht zu den Proben gekommen. Jemand hat ihn mit einer Feigen-Focaccia und einem Glas Nutella gesehen ... Außerdem hat er sich den Kopf kahl rasiert ...«

»Was?«

»Beim Beten hat er geweint.«

»Beim Beten!«

Jay machte eine abfällige Handbewegung. »John Joseph besteht darauf.«

Stimmte ja. John Joseph Hartley – der Süße, wenigstens war er das vor fünfzehn Jahren gewesen – war irgendwie gläubig. »Was genau meinst du mit Beten?«, fragte ich. »Buddhistisches Mantra-Singen?«

»Nein, nein. Alte Schule. Hauptsächlich Rosenkranz. Schadet ja nicht. Wahrscheinlich ist es eine gute Übung, um einander näherzukommen. Aber einmal, wir waren mitten im dritten schmerzhaften Geheimnis, da ist Wayne plötzlich in Tränen ausgebrochen. Hat wie ein Mädchen geheult. Rennt weg, kommt am nächsten Tag – also gestern – nicht zu den Proben, und als ich bei ihm zu Hause klingele, trägt er ein T-Shirt mit Schokoladenflecken und hat sich eine Glatze rasiert.«

Sein berühmtes Haar. Sein ehemals und neuerdings wieder verrücktes Haar. Armer Wayne. Offensichtlich wollte er wirklich nicht mehr mitmachen.

»Ich meine, das mit dem Haar, das würden wir hinkriegen«, sagte Jay. »Und der Bauchansatz. Er hat mir versprochen, er würde sich zusammennehmen, aber heute Morgen ist er wieder nicht gekommen. Und ist auch nicht ans Telefon gegangen, weder Festnetz noch mobil. Wir haben beschlossen, mit den Proben weiterzumachen. Soll er doch einen Tag aussetzen und seinen kleinen Protest ausleben, dachten wir …«

»Wer ist wir?«

»Ich. Und John Joseph, gewissermaßen. Nach der Probe habe ich bei Wayne angerufen, da war sein Mobiltelefon abgestellt, also bin ich *wieder* bei ihm zu Hause vorbeigefahren, als hätte ich so nicht schon genug zu tun. Und er ist weg. Er ist einfach … verschwunden. Und deswegen bin ich bei dir.«

»Nein.«

»Doch.«

»Es gibt Dutzende von Privatdetektiven in dieser Stadt. Alle suchen verzweifelt Aufträge. Geh zu einem von ihnen.«

»Hör zu, Helen.« Plötzlich klang er leidenschaftlich. »Ich könnte jede alte Spürnase darauf ansetzen, die Buchungen der Fluggesellschaften der letzten vierundzwanzig Stunden anzuzapfen. Ich könnte mich sogar persönlich hinsetzen und jedes Hotel im Land anrufen. Aber mein Gefühl sagt mir, dass da nichts bei rumkommt. Wayne ist ein schwieriger Typ. Jeder andere hätte sich in einem Hotel versteckt, mit Zimmerservice und Massagen. Golf.« Er unterdrückte einen Schauder. »Aber Wayne … ich habe keine Ahnung, wo er ist.«

»Und?«

»Ich brauche dich, weil du in Waynes Kopf gucken sollst. Ich brauche jemanden, der ein bisschen abseits des Normalen denkt, und du, Helen Walsh, bist auf deine eigene, unangenehme Weise ein Genie.«

Daran war etwas Wahres. Ich bin träge und unlogisch. Meine sozialen Fähigkeiten sind begrenzt. Ich langweile mich schnell und bin leicht gereizt. Aber ich habe brillante Augenblicke. Sie kommen und gehen, ich kann mich nicht auf sie verlassen, aber es gibt sie.

»Wo immer sich Wayne versteckt hat«, sagte Jay Parker, »er ist direkt vor unserer Nase.«

»Ach wirklich?« Ich machte die Augen groß auf und sah von rechts nach links, von oben nach unten und um mich herum. »Direkt vor unserer Nase, sagst du? Siehst du ihn? Nein? Ich auch nicht. Damit wäre diese These widerlegt.«

»Ich will nur sagen, dass er sich nicht richtig versteckt, nicht wie ein normaler Mensch. Er versteckt sich, das schon, aber wenn wir ihn dann finden, schlagen wir uns an die Stirn und denken, das war doch die logischste Stelle überhaupt.«

»Jay, es klingt, als wäre Wayne ... unter Stress. Wenn er sich die Haare abrasiert und so. Ich weiß, dass du es kaum erwarten kannst abzukassieren. Mit den Laddz-Geschirrtüchern und den Laddz-Brotdosen, aber wenn Wayne Diffney irgendwo da draußen mit dem Gedanken spielt, sich etwas anzutun, dann ist es deine Verantwortung, es jemandem zu sagen.«

»Sich etwas anzutun?« Jay starrte mich überrascht an. »Wer sagt das denn? Du hast das alles ganz falsch verstanden. Wayne schmollt einfach nur.«

»Wer weiß …«

»Er ist beleidigt, das ist alles.«

Vielleicht. Vielleicht übertrug ich die Gedanken in meinem Kopf in den von Wayne.

»Ich glaube, du solltest zur Polizei gehen.«

»Die machen da nichts. Er ist freiwillig abgehauen, er ist seit höchstens vierundzwanzig Stunden weg … Und die Presse darf nichts erfahren. Ich habe eine Idee, Helen Walsh. Komm mit, wir gehen zu ihm nach Hause und gucken mal, ob du dich da hineinfühlen kannst. Gib mir eine Stunde, und ich bezahle dich für zehn. Zum doppelten Tarif.«

Eine Stimme in meinem Kopf sagte immer wieder: Jay Parker ist ein schlechter Mensch.

»Haufenweise Zaster«, sagte Jay verführerisch. »In diesen mageren Zeiten für Privatdetektive.«

Da hatte er nicht unrecht. Die Zeiten waren nie magerer gewesen. Zwei schlimme Jahre lagen hinter mir, die Aufträge wurden immer weniger, ich hatte kaum etwas zu tun und verdiente schließlich gar kein Geld mehr. Aber um ehrlich zu sein, war es gar nicht die Verlockung des Geldes, die mein Herz höher schlagen ließ, es war der Gedanke, dass ich etwas zu tun bekäme, dass da ein Rätsel war, auf das ich mich konzentrieren konnte, und dass ich mich in meinem Kopf nicht dauernd mit mir selbst beschäftigen musste.

»Wie sieht es aus?«, fragte Jay und sah mich direkt an.

»Erst das Geld.«

»Okay.« Er gab mir ein Bündel Scheine, und ich zählte nach. Er hatte mir das Geld für zehn Stunden zum doppelten Tarif gegeben, wie er versprochen hatte.

»Fahren wir jetzt zu Waynes Haus?«

»Einbruch ist nicht mein Ding.« Na ja, manchmal schon. Es ist gegen das Gesetz, aber was wäre das Leben ohne den einen oder anderen kleinen Adrenalinstoß?

»Keine Angst, ich habe den Schlüssel.«

4

Wir fuhren in Jays Auto, einem dreißig Jahre alten Jaguar, wie sich herausstellte. Hätte ich mir auch denken können. Einen Jaguar-Oldtimer fahren »Geschäftsleute«, die immer irgendwelche obskuren Pläne schmieden und gelegentlich kleine Unstimmigkeiten mit dem Finanzamt haben.

Ich schaltete mein Handy wieder an, dann feuerte ich einen Haufen Fragen auf Jay ab.

»Hatte Wayne Feinde?«

»Die Friseurinnung war hinter ihm her wegen Verbrechen gegen das Haar.«

»Nimmt er Drogen?«

»Soweit ich weiß, nicht.«

»Hatte er sich Geld von unabhängigen Finanzexperten geliehen?«

»Meinst du von Kredithaien? Keine Ahnung.«

»Woher weißt du, dass er freiwillig abgehauen ist?«

»Wer würde ihn denn entführen wollen? Ich bitte dich.«

»Du bist wohl nicht besonders begeistert von ihm.«

»Ach, so schlecht ist er nicht. Ein bisschen zu intensiv vielleicht.«

»Wann hat das letzte Mal jemand von euch mit ihm gesprochen?«

»Gestern Abend. Ich habe ihn um acht Uhr gesehen, und John Joseph hat um zehn mit ihm telefoniert.«

»Und heute Morgen ist er nicht zur Probe gekommen?«

»Genau. Und als ich heute Abend bei ihm vorbeigefahren bin, war er nicht zu Hause.«

»Woher weißt du das? Bist du ins Haus gegangen? Du bist in das Haus eines anderen gegangen, als der nicht da war? Meine Güte, du bist wirklich dreist.«

»Du bist doch diejenige, die beruflich bei anderen Leuten einbricht.«

»Nicht bei meinen Freunden.«

»Das habe ich doch nur gemacht, weil ich *besorgt* war.«

»Wieso hast du einen Schlüssel?«

»Musiker. Muss man an der kurzen Leine halten. Ich habe von allen Laddz die Schlüssel. Und den Code für ihre Alarmanlagen.«

»Was meinst du, wo Wayne hin ist?«

»Keine Ahnung, aber ich konnte seinen Pass nicht finden.«

»Ist er bei Twitter?«

»Nein. Er hält sich lieber zurück.« Jays Stimme war voller Verachtung.

»Facebook?«

»Schon. Aber seit Dienstag hat er nichts mehr gepostet. Er ist allerdings auch nicht einer von denen, die jeden Tag was reinstellen.« Wieder mit Verachtung.

»Wenn er irgendwas, egal was, postet, sag mir sofort Bescheid. Ach, und ich brauche ein möglichst neues Foto von ihm.«

»Kein Problem.« Jay warf mir eins in den Schoß.

Ich blickte nur kurz darauf und warf es ihm zurück.

»Was soll ich denn mit seinem Pressefoto? Wenn du willst, dass ich ihn finde, dann muss ich wissen, wie er aussieht.«

Jay warf mir das Bild wieder zu. »So sieht er aus.«

»Kunstbräune? Grundierung? Föhnfrisur? Eingerastetes Grinsen? Kein Wunder, dass er weggelaufen ist.«

»Vielleicht ist im Haus eins«, sagte Jay. »Eins, das realistischer ist.«

»Was hat er in den letzten Jahren gemacht? Seit seine Neuerfindung gescheitert ist?« Darüber habe ich mir oft Gedanken gemacht – was wird aus Boygroups, wenn ihre Zeit vorbei ist?

»John Joseph hat ihm immer mal wieder Arbeit zugeschoben. Als Produzent.«

John Joseph Hartley, der Süße. Keiner weiß, wie er es geschafft hat, aber in den letzten Jahren hatte er die Schande, einst Mitglied in einer Boygroup gewesen zu sein, abgeschüttelt und sich eine neue Karriere als Produzent gezimmert. Allerdings Produzent für niemanden, von dem man schon mal gehört hatte – auf einen Anruf von Kylie konnte er lange warten –, und die meisten seiner Aufträge kamen aus dem Nahen Osten, wo sie vielleicht nicht so wählerisch waren.

Aber anscheinend fuhr er damit nicht schlecht. Erst kürzlich hatte er unter enormem Blitzlichtgewitter seitens der Presse eine der Künstlerinnen, die bei ihm unter Vertrag waren, eine Sängerin aus dem Libanon – oder war es Jordanien? Jedenfalls irgendwo da in der Gegend – geheiratet. Eine dunkeläugige Schönheit namens Zeezah. Einfach nur der eine Name, wie Madonna. Oder, wie meine Mutter sagen würde, Hitler. Meine Mutter hatte es hart getroffen, dass ein irisches Mädchen nicht gut genug für John Joseph war, obwohl Zeezah vorhatte, vom Islam zum Katholizismus zu konvertieren. Sie und John Joseph hatten sogar ihre Flitterwochen in Rom verbracht, um ihre guten Absichten zu demonstrieren.

Jedenfalls war Zeezah in Ägypten und anderen Ländern ein Riesenstar, und John Joseph hatte vor, sie auch in Irland, England und dem Rest der Welt ganz groß rauszubringen.

»Kann es sein«, sagte Jay gedehnt und deutete einen Themenwechsel an, »dass du zurzeit einen neuen Lover hast?«

Ich verschloss meinen Mund zu einer schmalen Linie. Woher wusste er das? Und was ging es ihn an?

»Gar nicht so neu«, sagte ich. »Es sind schon fast sechs Monate.«

»Sechs Monate«, sagte Jay mit gespielter Ehrfurcht. »Meine Güte.«

Ich sah ihn an. »Du hast es nicht gewusst, oder? Das war ein Schuss ins Blaue.«

»Doch, ich wusste es«, beharrte er.

Aber er hatte es nicht gewusst. Ich hatte mich von ihm linken lassen. Mal wieder.

»Wir könnten sein Haus von den Mobilfunkmasten aus überwachen lassen«, sagte Jay.

»Wessen Haus? Arties? Ich könnte ihn einfach anrufen, wenn du ihn unbedingt kennenlernen willst.«

»Quatsch, ich meine natürlich Waynes.«

»Du hast zu viele Filme gesehen.«

»Wieso?«

»Dafür braucht man eine Genehmigung. Von den Männern in blauer Uniform.«

»Können wir rausbekommen, wo er in den letzten sechsunddreißig Stunden seine Kreditkarte oder einen Geldautomaten benutzt hat?«

»Schon möglich.« Ich überlegte. Ich wusste noch nicht, ob ich diesen Auftrag annehmen würde. Je weniger ich sagte, desto besser. »Dazu musst du in seinen Computer reinkommen. Weißt du zufällig sein Passwort?«

»Nein.«

»Na, überleg mal.« Vielleicht war Wayne einer von den vertrauensseligen Menschen, die ihr Passwort auf einem gelben Post-it neben der Tastatur kleben hatten. Vielleicht aber auch nicht.

»Kennst du keinen Hacker?«, fragte Jay. »So einen jungen Typen, ein Genie in Skater-Klamotten, der irgendwo in einem versteckten Keller mit achtzehn Rechnern haust und die Computeranlage im Pentagon knackt, einfach nur so zum Spaß?«

»Wie schon gesagt, du hast zu viele Filme gesehen.«

5

Wenn Leute erfahren, dass ich Privatdetektivin bin, sind sie gewöhnlich beeindruckt, manche finden es sogar aufregend, aber sie haben keine Ahnung. Es kommt nur selten vor, dass jemand versucht, mich zu erschießen. In Wirklichkeit ist es erst zweimal vorgekommen, und ehrlich gesagt ist es nicht halb so lustig, wie es klingt.

Dass eine Frau diesen Beruf ausübt, finden die Leute doppelt aufregend. Jeder erwartet, dass ein Schnüffler ein Mann ist, gut aussehend, ein bisschen verlottert, mit einem Alkoholproblem und drei Exfrauen, gewöhnlich ein pensionierter Polizist, der unter eher undurchsichtigen – aber eindeutig ungerechten – Umständen aus dem Dienst ausgeschieden ist.

Aber während es viel zu wenig gut aussehende und leicht verlotterte Privatdetektive gibt, laufen mehr als genug ehemalige Polizisten herum, viel zu viele, um ehrlich zu sein. Anscheinend ist es der natürliche Gang der Dinge, wenn sie den Polizeidienst verlassen: Sie sind es gewöhnt, überall ihre Nase reinzustecken, und wenn sie zu ihren alten Kollegen noch guten Kontakt pflegen, haben sie Zugang zu allen möglichen Informationen, an die Leute wie ich nicht rankommen. Wenn ich wissen will, ob jemand aktenkundig geworden ist, muss ich mich auf Vermutungen und Spekulationen stützen, aber die Burschen rufen einfach ihren alten Kumpel Paudie O'Flatfoot an, der den Computer anschaltet und ihnen genaue Auskunft gibt.

Doch in jeder anderen Hinsicht sind ehemalige Polizisten hoffnungslos als Privatdetektive. Das Allerletzte. Ich glaube, das liegt daran, dass sie es gewohnt sind, die volle Macht des Gesetzes hinter sich zu haben und nur ihre Plakette zu zeigen, und schon tun die Leute, was sie ihnen sagen.

Sie tun sich schwer mit dem Übergang ins normale Leben, wo die Menschen ihnen keinerlei Auskunft schuldig sind. Wenn man möchte, dass Leute einem etwas erzählen, und man dafür weder einen Durchsuchungsbefehl noch eine Polizeiplakette vorweisen kann, dann braucht man Charme. Dann muss man Feingefühl beweisen. Dann muss man raffiniert sein. Dann kann man sich nicht in Schuhen Größe achtundvierzig vor den Menschen aufbauen, ein Schinkensandwich in der Tasche, und sie mit Fragen bombardieren.

Und wenn es darum geht, jemandem nachzuspüren, sind ehemalige Polizisten gänzlich untauglich. Sie steigen einfach nicht aus dem Auto – zu dick? zu faul? –, aber manchmal muss man das, besonders außerhalb der Stadt.

Einmal hatte mich eine Versicherung beauftragt, Nachforschungen anzustellen, weil ein Klient behauptete, er habe ein gelähmtes Bein, und eine hohe Versicherungssumme gefordert hatte. Er wohnte in einem Bauernhaus, das sowohl entlegen als auch komplett frei stehend war, sodass es nirgendwo eine Möglichkeit gab, sich zu verstecken, ohne dass er es gesehen hätte. Also grub ich mir – jawohl, ich grub mir mit eigenen Händen und einem Spaten – eine Kuhle, in der ich an den drei folgenden Tagen jeweils dreizehn Stunden liegend verbrachte und meine Kamera auf das Haus gerichtet hielt.

Es regnete, die Erde wurde zu Schlamm. Meine Sachen waren völlig durchweicht. Ich fror und langweilte mich und konnte nicht mal pinkeln gehen. Aber ich harrte aus, bis ich mein Beweismaterial auf Video hatte.

Und diese Gelegenheit ergab sich, als ein Lastwagen durch das Moor kam und der Mann aus dem Haus trat, ziemlich beweglich und leichtfüßig für jemanden, der ein lahmes Bein hatte. Der Lastwagen hielt vor dem Haus, und mein Kandidat schwang sich auf die Ladefläche und fing zusammen mit dem Fahrer an, eine Badewanne auszuladen. (Mit Löwenfüßen, aber modern, die Füße aus rostfreiem Stahl statt aus Kupfer und die Außenseiten der Wanne in einem silbrigen Zinnton gehalten. Sehr edel.)

Ich war von der Badewanne so bezaubert, dass ich beinahe verpasst hätte, was dann geschah, nämlich dass der Mann mit dem lahmen Bein eine Leiter herbeiholte, sie an die Hauswand lehnte und die Badewanne durch ein Schlafzimmerfenster ins Haus bugsierte. *Klick-klick-klick* machte mein Fotoapparat in meinem schlammigen Versteck, *surr-surr-surr* machte meine Videokamera, und nachdem es dunkel geworden war, kletterte ich aus der Kuhle, füllte sie mit Erde und ging zurück in die Frühstückspension, wo ich mich eine Stunde lang in die (bedauerlicherweise sehr gewöhnliche) Badewanne legte, Wodka mit Cola light trank, die ich ins Zimmer geschmuggelt hatte, und mich, zufrieden mit meiner erfolgreich durchgeführten Arbeit, erholte.

Ein ehemaliger Polizist würde nie diesen Einsatz bringen. Er wäre der Meinung, das habe er nicht nötig. Diese Art von Observierung. Und noch etwas über ehemalige Polizisten: Sie haben riesige Angst, dass jemand auf sie schießt. Richtige Hosenscheißerangst. Wie schon gesagt, ist zweimal auf mich geschossen worden, und obwohl es sicherlich nicht angenehm war, so war es doch interessant. Sogar – ja, doch – aufregend. Damit kann man zur Unterhaltung auf einer Dinnerparty beitragen.

Aber wann gehe ich schon zu einer Dinnerparty?

Oft fragen mich die Leute, wie ich zu meinem Beruf gekommen bin, als wäre es etwas so Geheimnisvolles wie der Eintritt in eine Freimaurerloge. Und die Antwort ist ganz einfach, viel einfacher, als man glauben mag: Ich habe eine Kurs gemacht. Nicht in Los Angeles. Nicht in Tschetschenien. Sondern in einer Fachhochschule, fünf Minuten mit dem Auto von mir.

Es war auch nicht die Art Kurs, bei dem alle Teilnehmer für ein zehntägiges Intensivtraining auf einen Landsitz gekarrt werden, von wo aus sie in die Wälder ausschwärmen und von unsichtbar bleibenden Schützen beschossen werden, wodurch sie auf die Realität des bevorstehenden Berufsalltags vorbereitet werden sollen.

Nein, mein kleiner Kurs war ein Abendkurs, einmal in der Woche, Mittwochabend. Acht Wochen lang.

Große Hoffnungen hatte ich nicht, weil ich in beruflicher Hinsicht schon vieles versucht hatte und in vielem gescheitert war.

Nach dem Schulabschluss hatte ich zwei Jahre an der Universität verbracht und versucht, ein Studium zu absolvieren, aber mir kam alles so dumm und sinnlos vor, dass ich durch sämtliche Prüfungen fiel. Darauf folgte eine kurze Phase, in der ich mich um den Titel »Schlechteste Kellnerin der Welt« bemühte, dann wollte ich Flugbegleiterin werden, aber ich schaffte es nicht, freundlich genug zu sein. Danach machte ich eine Ausbildung zur Kosmetikerin. Ich hatte gehofft, als Kosmetikerin Arbeit beim Film zu bekommen und Schauspieler mit unechtem Blut und dergleichen schminken zu können, aber als Freiberuflerin musste ich jedes Mal, für jeden Auftrag, mit zehntausend anderen Kosmetikerinnen konkurrieren, wir mussten darum rangeln wie in einer Szene in *Gladiator*. Derjenige, der überlebt, kriegt den Auftrag. Um das Gemetzel mit den Freiberuflern kam man nur herum, wenn man gute Beziehungen zu denen hatte, die die Termine machten, und das gelang mir nie.

In der Regel werde ich nicht genommen. Ich habe die falsche Persönlichkeit. Oder besser gesagt, ich werde für *kurze Zeit* genommen, dann werde ich entlassen. Eine Film-Agentin erklärte mir, als sie meinen Vertrag beendete, ich hätte ein irreführendes Gesicht. »Sie sind hübsch«, sagte sie, »Ihre Gesichtszüge sind ebenmäßig, und in *Grazia* stand ein Artikel, in dem es hieß, die Menschen seien so programmiert, dass sie den Anblick von Menschen mit ebenmäßigen Zügen angenehm finden. Es lag also nicht an mir, ich bin nur meinem biologischen Imperativ gefolgt. Sie haben ein ebenmäßiges Gebiss, und wenn Sie lächeln, sehen Sie … *reizend* aus, so könnte man sagen. Aber das sind Sie nicht, hab ich recht?«

»Ich hoffe, ich bin es nicht«, sagte ich.

»Sehen Sie, Sie machen es schon wieder. Sie sind vorlaut und unfähig, Ihre Gedanken zu filtern …«

»… und meine Gedanken sind oft ziemlich böse.«

»Genau.«

»Ich suche meine Bürsten und Schwämme zusammen und gehe.«

»Ja, bitte.«

Jedenfalls meldete ich mich, eher aus einer Laune heraus, für den Kurs »Private Ermittlung für Anfänger« an und schaffte es zum ersten Mal in meinem Leben, einen ganzen Kurs mitzumachen. Ich hatte so viel ausprobiert und war die ganze Zeit auf der Suche nach etwas, das zu mir passte, und nachdem ich mich jedes Mal drei oder vier Wochen lang gelangweilt hatte, schützte ich eine Erkältung vor und behauptete, ich müsse eine Woche zu Hause bleiben. Und wenn es eine Woche später war und der Abend für den Kurs kam, sagte ich mir, jetzt hätte ich schon so viel versäumt, dass ich auch ganz wegbleiben könnte, bis zum nächsten Herbst.

Aber dieser Kurs war anders. Er machte mir Hoffnung. Das ist eine Arbeit, die ich kann, dachte ich. Sie würde zu meiner schwierigen Persönlichkeit passen.

Trotzdem, der Lehrplan war ziemlich lahm. Ein beträchtlicher Teil befasste sich mit Technik und den verschiedenen Methoden, wie man jemanden ausspionieren konnte, was ich höchst interessant fand. Allerdings gab es furchtbar viele Einschränkungen für den Ermittler wegen des

»Freedom of Information Act« und der Datenschutzbestimmungen. Der Kursleiter erklärte uns in großer Ausführlichkeit, was wir alles *nicht* tun durften und dass es lauter faszinierende und wunderbare Daten in der Welt gab, an die wir aber ohne offizielle Genehmigung nicht herankamen.

Dann erwähnte er mit verschwörerischem Augenzwinkern die Möglichkeit von »Kontakten«. Anscheinend haben alle Privatdetektive »Kontakte«.

Ich hob die Hand. »Meinen Sie mit ›Kontakten‹ Leute, die Zugang zu Informationen haben, die auf legalem Wege nicht erhältlich sind?«

Der Kursleiter sah mich gequält an. »Die Antwort überlasse ich Ihrer Diskretion, Helen.«

»Das verstehe ich als Ja. Und wie finden wir diese Kontakte?«

»Unter www.illegalcontacts.org«, sagte er. »Das war ein Witz«, fügte er eilig hinzu, als er sah, dass einige Kursteilnehmer sich eifrig die Adresse notierten. »Jeder findet seine eigenen Kontakte. Aber es ist illegal«, betonte er wieder. »Es ist illegal, solche Informationen weiterzugeben, aber es ist auch illegal, dafür zu bezahlen. Viel besser ist es, den Fall anhand von gründlicher Überwachung und Zeugengesprächen zu bearbeiten.«

»Es empfiehlt sich also, mit einem Polizisten zu schlafen?«, fragte ich. »Oder mit jemandem, der bei Vodafone arbeitet? Und bei Mastercard?«

Er sah mich an, als würde er die Antwort verweigern, dann sagte er: »Sie könnten es ja erst mal mit Muffins versuchen. Gehen Sie nicht gleich aufs Ganze.«

Wir waren eine nette kleine Gruppe, und an unserem letzten Abend feierten wir mit Glühwein und Mince Pies, obwohl es bis Weihnachten noch einen Monat war, dann gingen wir, ausgestattet mit unseren Urkunden, in verschiedene Richtungen hinaus in die Welt.

Innerhalb einer Woche – *einer Woche* – hatte ich eine Stelle als Privatdetektivin.

Sicher, Irlands Wirtschaft florierte, und alle Firmen suchten neue Mitarbeiter, aber ich war doch sehr angetan, dass eins der großen Häuser in Dublin mich einstellte. Wenn ich groß sage, meine ich natürlich klein. Aber für eine private Ermittlungsagentur in Irland war es groß. (Zehn Mitarbeiter.)

Die Firma war auf elektronische Abtastung spezialisiert. Man kennt das: Ein Betrieb hatte eine wichtige Besprechung, bei der vertrauliche Dinge diskutiert wurden, und alle hatten panische Angst, dass sie von der Konkurrenz oder einem korrupten Mitarbeiter abgehört wurden. Deswegen wurden Leute wie ich mit lauter technischem Gerät losgeschickt, das wie verrückt piepte und plärrte, sobald es unter dem Tisch oder in der Tastatur eine Wanze erspürte.

Schnell erkannte ich, dass auch ein abgerichteter Affe diese Arbeit tun könnte und dass es nicht das war, was ich mir vorgestellt hatte. Aber dann geschah es zum ersten Mal in meinem Leben, dass ich nicht entlassen, sondern von einem Headhunter abgeworben wurde! Für eine andere große private Ermittlungsagentur in Dublin, und wenn ich groß sage, meine ich natürlich klein. Und die Arbeit war eine komplett andere. Kein Job mehr für abgerichtete Affen. Sondern haufenweise Eselsarbeit, also Überwachung.

Doch weil Irland so war, wie es zu der Zeit war, nämlich mit Geld gepflastert und voller Menschen, die Flausen im Kopf hatten, spielte sich ein Teil der Überwachungsarbeit im Ausland ab. Eine Zeit lang war das Leben ziemlich glamourös. Ich wurde nach Antigua geschickt, wo ich in einem Fünf-Sterne-Hotel wohnte. Ich wurde nach Paris geschickt, wo ich ebenfalls in einem Fünf-Sterne-Hotel wohnte. Zugegeben, ich musste arbeiten und konnte nicht gerade auf der Rue du Faubourg Saint-Honoré auf und ab schlendern und Schuhe kaufen. Stattdessen hielt ich hochempfindliche Mikrofone an Hotelzimmerwände, nahm belastende Gespräche zwischen Männern und Frauen auf, die nicht Mann und Frau waren, und kam zurück mit Beweisen für eine Affäre.

Und natürlich gab es auch die Aufträge, bei denen ich drei Tage in einer schlammigen Grube verbrachte, aber ehrlich gesagt haben mir die auch Spaß gemacht. Ich ließ nichts unversucht, bis ich ein Ergebnis vorweisen konnte. Man könnte sagen, ich war – ein dummes Klischee, ich weiß – gierig. Gierig auf den Adrenalinrausch, wenn ich den Bösen zu fassen bekam. Wenn ich die schier unmöglich zu entdeckenden Beweise doch entdeckte.

Natürlich war es nicht nur Spaß und Vergnügen. Manchmal wurde ich entdeckt, und ein wütender Ehebrecher versuchte mich anzugreifen und meine Kamera zu zerstören. Beim ersten Mal bekam ich es wirklich mit der Angst zu tun. Mir war nicht klar gewesen, in welche Gefahr ich mich begab. Aber es schreckte mich nicht ab. Ich passte einfach nur besser auf.

Ich machte mir einen Namen als zuverlässige und sogar furchtlose Ermittlerin, und zum ersten Mal in meinem Leben wollten viele Menschen mich auf ihrer Gehaltsliste führen – ich bekam von allen Seiten Angebote, aber ich beschloss, das zu tun, was sich jeder wünscht: Ich würde mich selbstständig machen. Ich wollte keinen über mir haben, nur die Aufträge annehmen, die mich interessierten, nur so lange arbeiten, wie *ich* es wollte, und ich wollte – oberste Priorität für viele – am Freitagnachmittag früh Feierabend haben.

Aber ich muss ehrlich sagen, selbstständig sein ist nicht so leicht, wie es sich anhört. Ich musste Tausende von Euro für eigene Überwachungsgeräte ausgeben, ich musste neue Klienten suchen, weil ich die alten nicht abwerben und mitnehmen durfte, und ich musste alles mit mir allein ausmachen, ohne Kollegen, die hinter mir aufräumten oder mal ans Telefon gingen.

Aber ich habe es geschafft. Ich habe mir eine Facebook-Seite eingerichtet, Visitenkarten drucken lassen und ein hübsches kleines Büro gemietet. Wenn ich hübsch sage, meine ich natürlich hässlich. Geradezu abscheulich. Ein winziges Loch am Rande einer heroinverseuchten Wohnsiedlung.

Seltsam, denn zu dem Zeitpunkt hätte ich mir ein besseres Büro leisten können. Ich hatte mir ein richtig schönes ganz in der Nähe der Grafton Street angesehen, ideal gelegen für die Runde durch die Schuhgeschäfte in der Mittagspause. Es hatte dicke Teppiche, eine hohe Decke, die perfekte Größe und ein dünnes blondes Mädchen, das an der Rezeption das Telefon bediente. Aber ich lehnte es ab und entschied mich stattdessen dafür, jeden Morgen über benutzte Injektionsnadeln zu steigen.

Als meine Schwester Rachel das hörte, sagte sie, das bestätige nur ihre ursprüngliche Analyse, dass mit mir etwas nicht stimme. Und sie hat das alles studiert, sie muss es wissen. (Sie ist Suchtberaterin, weil sie früher selber süchtig war.)

Sie sagte, ich sei auf abnorme, beinahe schon psychotische Weise widersprüchlich.

Und wo sie recht hat, hat sie recht – so scheint es bei mir zu sein.

6

Es ist immer eine Überraschung, wenn ein berühmter Mensch in einem ganz gewöhnlichen Haus wohnt. Bloß weil einer im Fernsehen war, stelle ich mir vor, dass er in einem Penthouse mit weißen Ledersofas lebt. Als wäre das ein Gesetz.

Wayne Diffneys Haus stand in Mercy Close. Hinter dem Namen verbarg sich eine verschwiegene Sackgasse, die von der Küstenstraße im Vorort Sandymount abging. Insgesamt gab es nur zwölf Häuser, auf jeder Seite sechs, was die Befragung der Nachbarn überschaubar machte.

Falls ich den Auftrag annahm.

Es waren kleine, aber allein stehende Häuser, jedes mit einer niedrigen Mauer und einem eigenen kleinen Vorgarten. Vage Einflüsse von Art déco – hohe Fenster mit Bleirahmen, Tulpen-Glasbilder über der Haustür.

Jay zog den Schlüssel heraus und wollte sofort aufschließen, aber ich sagte, er solle klingeln.

»Vielleicht ist Wayne wieder da«, sagte ich. »Zeig Respekt.«

Nachdem wir sechsmal geklingelt hatten und niemand an die Tür gekommen war, nickte ich Parker zu. »Also mach.«

»Danke.« Er stieß die Tür auf, und ich wartete, dass die Alarmanlage ansprang, aber es blieb still.

»Keine Alarmanlage?«, fragte ich.

»Doch, er hat eine, aber sie war vorhin auch nicht eingeschaltet, als ich es probiert habe.«

Wayne war also weggegangen, ohne die Alarmanlage einzuschalten. Welche Rückschlüsse ließ das auf seinen Geisteszustand zu?

»Und du bist nicht daraufgekommen, sie einzuschalten, als du gegangen bist?«

»Wieso ich? Ich bin doch nicht vom Sicherheitsdienst.«

Komisch, als ich meine eigene geliebte Wohnung an dem Tag zum letzten Mal verließ, hatte ich die Alarmanlage einschalten wollen. Ich wollte die Wohnung so gut wie irgend möglich beschützen, wenn ich schon nicht mehr da sein konnte. (Allein die Tatsache, dass der Strom abgestellt worden war, hinderte mich daran.) Mein Herz fühlte sich an, als wollte es brechen, wie bei einer Frau in einem miesen Fernsehfilm, die Krebs hat und auf den Tod wartet und ihrer geliebten elfjährigen Tochter mit brüchiger Stimme Ratschläge fürs Leben gibt. »Dass du mir nie ...« Schlimmes Husten. »Meine Süße, dass du mir nie ... nie braune Schuhe zusammen mit einer schwarzen Handtasche trägst.« *Hust-hust, hust-hust.* »Oder besser, trag überhaupt nie braune Schuhe, sie sind grässlich.« *Hust-hust.* »Mein süßer Schatz, ich muss jetzt sterben, aber denk dran ...« Husten aus tiefster Kehle. »Denk dran, dass du nie zum Aerobic gehst, wenn du gerade vom Friseur kommst. Deine Haare krausen sich dann nur.« (Fernsehfilme spielten immer in einer Zeit, als die Leute noch Aerobic machten.)

Jay hob die Post und Werbezettel auf, die auf der Matte lagen, und fing gleich an, die Umschläge aufzureißen.

»He«, sagte ich, »es ist gegen das Gesetz, fremde Post zu lesen.«

Aber ihm war das egal, und mir ehrlich gesagt auch, denn ich war überwältigt von dem schönen Haus, in dem Wayne wohnte. In Anbetracht meines eigenen jüngsten Verlusts war es nicht verwunderlich, dass ich voller Hausneid war, aber Waynes Haus war wirklich etwas Besonderes. Eher klein, aber erstaunlich geschmackvoll.

Die Wände waren mit Farben von Holy Basil gestrichen. Meine Güte, wie ich nach Holy-Basil-Farben gierte. Ich selbst hatte sie mir nicht leisten können, aber ich kannte ihre Farbskala in- und auswendig. Der Eingangsbereich war in *Schlamm* gehalten, das Treppenhaus in *Treibholz* und das Wohnzimmer – wenn ich mich nicht furchtbar täuschte – in *Toter Wal*. Farben, die mir persönlich *sehr* zusagten. Ich ging unverzüglich ins Wohnzimmer zu der Anrichte – ein wunderbares Möbelstück, das in die Nische neben dem hübschen kleinen Kamin aus den Dreißigerjahren eingebaut war – und riss die Schubladen eine nach der anderen auf. Es dauerte nicht länger als eine halbe Sekunde, bis ich ein kleines Büchlein auf die Platte legte und zu Jay sagte: »Na, hier hätten wir seinen Pass.«

Jay wurde rot. »Wie habe ich den bloß übersehen können?«

»Er ist also noch im Lande.« Oder irgendwo auf den Britischen Inseln. Man kann über die Reisefreiheit innerhalb der EU sagen, was man will, aber wenn man in einem Land lebt, das nicht zum Schengen-Abkommen gehört, kann man ohne Pass nirgendwo hin. »Das macht alles um vieles leichter.«

»Und wenn er einen gefälschten Pass hat?«, fragte Jay.

»Woher würde er einen gefälschten Pass bekommen? Du hast gesagt, Wayne sei ein ganz normaler Bürger.«

»Er könnte ein raffinierter Verbrecher sein, ein Spion, ein Maulwurf.«

Aber das war unwahrscheinlich.

Ich sah mir sein Passfoto an. Sein Haar – mit normaler Frisur – war hellbraun, und sein Aussehen war gewöhnlich, Tendenz gut aussehend. Mir gefiel, wie er aussah. Ich legte den Pass wieder in die Schublade.

»Was sind das für Leute?« Über dem Schubladenteil war ein kleines Wandregal angebracht, auf dem mehrere Fotos standen.

Jay ließ rasch seinen Blick darüber wandern. »Seine Mutter und sein Vater, wenn ich mich nicht irre. Das ist Richard, sein Bruder, den kenne ich, und das ist seine Frau, ihren Namen weiß ich nicht mehr, vielleicht Vicky. Die andere Frau, das ist Waynes Schwester Connie. Und die Kinder? Bestimmt seine Nichten und Neffen.«

»Wahrscheinlich ist Wayne bei ihnen.« Ich war verärgert und erstaunt, dass Jay nicht auf das Offensichtliche gekommen war. »Sieht aus, als würden sie sich nahestehen.«

»Tun sie auch. So nahe, dass Waynes Mutter heute Abend bei John Joseph angerufen hat, weil Wayne nicht ans Telefon ging und sie sich Sorgen machte.«

»Warum John Joseph?«

»Weil er mit den Diffneys dicke ist.«

»Wo wohnen sie?«

»Die Eltern wohnen in Clonakilty, County Cork, der Bruder ist in Upstate New York.«

»Wayne ist bestimmt in Clonakilty«, sagte ich hartnäckig.

Jay seufzte. »Wayne hat sich abgesetzt, und er ist beileibe nicht dumm. Wenn er bei seiner Familie wäre, könnte man ihn doch viel zu leicht finden.«

»Vielleicht sollte ich nach Clonakilty fahren und mich mit seiner Mutter unterhalten.«

»Mir ist egal, was du tust, Hauptsache, Wayne wird gefunden. Mach ruhig die Tour nach Clonakilty und zurück. Dauert acht Stunden.«

Jetzt, da Jay mir zustimmte, war ich mir nicht mehr so sicher. Clonakilty war wirklich sehr weit weg. Außerdem war die Stadt weltberühmt für ihre Blutwurst, und ich hatte nicht die Nerven, in eine Stadt zu fahren, wo sie Blutwurst machten und damit auch noch prahlten.

Ich müsste mir das noch einmal durch den Kopf gehen lassen …

Es gab auch ein Foto von Wayne mit John Joseph Hartley, auf dem sie einen Preis mit einer arabisch anmutenden Aufschrift entgegennahmen, aber keine Fotos mit irgendwelchen Frauen, nicht mal eins von seiner früheren Frau.

»Hat Wayne eine Freundin?«

»Soweit ich weiß, nicht.«

»Kinder?«

»Nein.«

»Wo ist sein Festnetzanschluss?« Ich entdeckte das Telefon auf der anderen Seite des Zimmers. Achtundzwanzig Anrufe waren eingegangen, die ersten vier von Jay, der Wayne aufforderte, umgehend zu den Proben zu kommen.

»Heute Morgen?«, fragte ich Jay.

Er nickte.

Der nächste Anruf war von jemandem, dessen Stimme mir irgendwie bekannt vorkam.

»Du musst sofort kommen.« Wer immer es war, er klang sehr erregt. »John Joseph ist kurz davor auszurasten.«

»Und wer ist das …?«, fragte ich.

»Frankie.«

Natürlich! Frankie Delapp, der Schwule und jedermanns Liebling.

Die nächste Nachricht. Wieder Frankie. Es klang, als wäre er in Tränen aufgelöst. »John Joseph bringt dich um.«

»Ah, Wayne ...« Eine andere Stimme, der Ton eine Mischung aus Empörung und Zuneigung.

»Wer ist das?«, fragte ich.

»Roger.«

Roger St Leger, auch der Sonderling genannt. Niemand verstand, weshalb er bei den Laddz mitmachte, er war einfach eine komplette Leerstelle in einem weißen Anzug und diente lediglich dazu, die Band zu vervollständigen. Er war niemandes Liebling. Aber sein wirkliches Leben war recht ausschweifend: drei geschiedene Ehen und sieben – sieben! – Kinder. Wie konnte so was überhaupt erlaubt sein?

»Komm schon, Kumpel«, Roger versuchte, aufmunternd zu klingen. »Ich weiß, es ist schwer, aber mach es fürs Team, ja?«

»Wayne.« Diesmal eine junge Frau. Sie klang exotisch und zugleich enttäuscht.

»Zeezah«, sagte Jay. »John Josephs neue Frau.«

»Du musst zu den Proben kommen«, sagte Zeezah. »Du lässt die anderen hängen. Das ist doch gar nicht deine Art.«

Und so weiter mit den Nachrichten, von Jay, Frankie, Roger. Kein Anruf von John Joseph, aber warum sollte er anrufen, wenn alle anderen es für ihn taten?

Während ich die Anrufe abhörte, ging ich die Nummern durch, die Wayne zuletzt angerufen hatte. Sein Telefon speicherte nur die letzten zehn Nummern.

Ich wählte sie, weil ich so vielleicht erfahren würde, was er in den letzten Tagen getrieben hatte. Er hatte Pizza gegessen, wie ich schnell feststellte – die sieben Anrufe, die am längsten her waren, gingen an Pizza-Domino. Die restlichen drei, alle an diesem Morgen zwischen acht und halb neun, waren für Head Candy, einen Friseursalon in der Stadt. Als ich die Nummer gewählt hatte, teilte mir die automatische Ansage mit, dass ich außerhalb der Geschäftszeiten anrief. Hatte Wayne einen Termin machen wollen, um sein Haar in Ordnung bringen zu lassen? Wollte er sich eine Perücke kaufen? Lief er zurzeit mit einem Haupt voller kastanienbrauner Locken in der Stadt herum? Ich würde morgen in dem Laden anrufen.

»Offensichtlich war er heute Morgen noch hier«, sagte ich zu Jay. »Wieso glaubst du überhaupt, dass er abgehauen ist? Woher willst du wissen, dass er nicht einfach einen Tag blaumacht?«

»Es hat sich schon seit ein paar Tagen angebahnt. Glaub mir, er ist weg.«

Plötzlich sprach eine andere Stimme auf dem Anrufbeantworter. »Hi, Wayne, Gloria hier.« Sie klang süß und erfreut. »Ich habe gute Nachrichten.« Dann verstummte sie, als wäre ihr plötzlich bewusst geworden, dass es vielleicht nicht so geschickt war, die Details der guten Nachrichten auf ein Band zu sprechen, das jeder abhören konnte. »... Kleinen Moment, ich melde mich gleich noch einmal. Auf dem Handy.«

»Wer ist Gloria?«, fragte ich Jay.

»Keine Ahnung.«

»Welche guten Nachrichten hatte sie?«

»Weiß ich auch nicht.«

»Warum sollte er verschwinden, wenn er gerade gute Nachrichten erhalten hat?«

»Ich weiß es nicht. Deswegen bezahle ich *dir* ja diese exorbitante Summe.«

»Wie lautet ihre Nummer? Schnell, bevor die nächste Nachricht abgespielt wird.«

»Nummer unterdrückt«, sagte Jay.

Ich glaubte ihm nicht. Ich musste es selbst überprüfen, aber er hatte recht. Nummer unterdrückt. Mist.

»Um wie viel Uhr hat sie angerufen?«

»Zehn Uhr neunundvierzig.«

Noch eine letzte Nachricht war auf dem Band, aber das war keine Nachricht, sondern nur das Klicken von einem Handy, das ausgedrückt wurde. Das war um 11.59 Uhr. Ich schrieb die Nummer auf. Vielleicht war es unbedeutend, aber wer weiß.

Endlich – endlich! – sagte die automatische Ansagestimme: »Keine neuen Nachrichten.«

»Also los!« Ich stürmte die Treppen hoch, immer zwei Stufen auf einmal.

Ins Schlafzimmer – wieder sehr schöne Wandfarben, eine Wand *Schorf*, die anderen drei *Schimmel*, die Decke *Gemetzel* – eine Atmosphäre verworrener Energie. Socken und Unterwäsche hingen aus einer Kommodenschublade, die Tür des Kleiderschranks stand offen, einige Bügel klapperten leer auf der Stange. In der Ecke unter dem Fenster war schwach ein koffergroßes Rechteck im Staub zu sehen. Er hatte nicht genug für eine lange Abwesenheit mitgenommen, aber anscheinend hatte er eine Tasche gepackt.

Also eher unwahrscheinlich, dass er sich umgebracht hatte. Wer packt schon frische Unterwäsche ein, wenn er vorhat, sich im Alkohol zu ersäufen? (Andererseits – *irgendwas* packt man schon ein, aber dazu kommen wir noch.)

Die Möglichkeit, dass er entführt worden war, wurde dadurch jedoch nicht ausgeschlossen. Ein Kidnapper könnte ihm möglicherweise erlauben, frische Unterwäsche mitzunehmen. Im Ernst, wenn jemand öfter Leute entführte, könnte er durch üble Erfahrung gelernt haben, wie wichtig es ist, seinen Gefangenen frisch und reinlich zu halten. Ohne die unangenehmen Details zu erörtern – frische Unterwäsche konnte sehr willkommen sein.

Allerdings gab es keinerlei Anzeichen von einem Kampf. Waynes Schlafzimmer war weder durchwühlt noch besonders unordentlich – einfach normal. Sein Bett war gemacht, aber die Bettdecke war nicht so glatt gestrichen, dass man daran einen Ordnungsfanatiker hätte erkennen können.

»Hat er eine Putzfrau?«, fragte ich Jay.

»Keine Ahnung.«

Die Staubschicht auf dem Fußboden deutete ich als Hinweis, dass er keine hatte, was hieß, dass es eine Person weniger zu befragen gab, und das konnte gut oder schlecht sein, je nachdem wie ich das betrachten wollte.

Ich zog die oberste Schublade des Nachttischs auf; sie enthielt den üblichen Kram: Münzen, Haare, zerdrückte Quittungen, alte Kugelschreiber, Gummibänder, alte Batterien, Adapter, zwei Feuerzeuge – ein grünes und eins mit dem Kolosseum in Rom drauf –, eine Tube Bonjela-Gel und ein paar Tablettenpackungen – Gaviscon, Clarityn, Cymbalta. Nichts Besonderes.

Ich sah mir schnell die Bücher auf dem Nachttisch an. Nichts Geringeres als der Koran und der Roman des letzten Booker-Preisträgers – langsam begriff ich, warum es zwischen Wayne und Jay nicht so gut klappte. Jay brüstete sich damit, das einzige Buch, das er je gelesen habe, sei *The Art of War*. Und selbst das ist gelogen. Er hat es *gekauft*, aber er hat es nicht *gelesen*. Nicht, dass ich ihn kritisieren könnte, ich bin selbst keine große Leserin. Der Grund, warum ich das Buch auf dem Nachttisch erkannte, war der, dass der Autor, der ständig im Fernsehen auftrat, die lächerlichste Frisur hatte, die ich je an einem Menschen gesehen hatte, egal ob Mann oder Frau. Sein Haar war aus dem Gesicht geföhnt und ringelte sich in vielen kleinen Locken, reihenweise Locken, die immer größer und voller wurden, je weiter sie sich hinten am Kopf befanden. Man sollte denken, es sei anatomisch unmöglich, dass ein Mensch einen solchen Kopf hatte, so hoch und so breit, mit einem solchen Hinterkopf.

Artie hatte mich auf die Frisur dieses Menschen aufmerksam gemacht, und jetzt bereitete es uns riesigen Spaß, im Bett zu liegen und den überreichlichen Haarschmuck des Mannes auf YouTube zu bestaunen.

Auf Waynes Nachttisch lag außerdem eine CD, *The Wonder of Now*, ein Produkt der derzeit modischen New-Age-Welle mit spirituellem Zeug. Ich war sehr versucht, die CD zu nehmen und an die Wand zu schmeißen. Auf meiner »Tonnenliste« stand sie ganz oben. Es beruhigte mich etwas, als ich sah, dass die Zellophanhülle noch drumrum war und Wayne sich die CD wenigstens nicht angehört hatte.

Auf der Fensterbank standen zwei Duftkerzen, beide zur Hälfte runtergebrannt. Es gab nur zwei Gründe, warum ein Mann Duftkerzen in seinem Zimmer hatte: Entweder er hatte regelmäßig Sex oder er meditierte. Was traf bei Wayne zu?

»Ich finde dieses Haus schauderhaft«, sagte Jay und betrachtete die schönen Wände mit unbehaglichem Blick. »Ich habe das Gefühl, es … beobachtet mich.«

Das zweite Schlafzimmer war klein und wirkte unbenutzt, alle vier Wände waren im Ton *Stille Verzweiflung*, die Decke in *Vierzig Tage in der Wüste* gestrichen. Kleiderschrank und Schubfächer waren leer. Hier gab es nichts für mich.

Das kleinste Zimmer wurde als Büro genutzt. Von unschätzbarem Wert wäre jetzt natürlich ein Kalender. Wie wunderbar waren die Zeiten, als eine verschwundene Person ihren Kalender in Buchform samt Stift auf dem Schreibtisch liegen hatte, mit Einträgen in ordentlicher Handschrift wie: »Kneipe, 11 Uhr morgens. Treffen mit Waffenhändler.« Aber heutzutage sind alle Kalender elektronisch. Komplett nutzlos. Was immer Wayne vor seinem Verschwinden unternommen hatte, war mit ihm verschwunden, im Innenleben seines Mobiltelefons.

Auf dem Schreibtisch stand ein Computer und lockte mich mit seinen Geheimnissen. Ich drückte wiederholt auf die Tasten und wartete auf das Hochfahren, und währenddessen schweifte mein Blick über die Wände, die Schubladen, die Ordner, und suchte den kleinen gelben Zettel, auf dem Wayne sein Passwort notiert hatte.

Aber es fand sich nichts, und nach einer Weile verweigerte mir der Rechner weiteren Zugang.

Ich saß am Tisch und drückte ungeduldig die Maus, hinter mir verströmte Jay Unruhe.

»Mach seine Mails auf«, sagte er.

»Das geht nicht. Alles ist mit einem Passwort geschützt. Was könnte sein Passwort sein?«

»Weiß nicht. Wichser?«

»Komm schon, denk nach.« Mein Blick glitt durchs Zimmer und suchte Anhaltspunkte. »Was sind seine Vorlieben? Wir haben nur drei Versuche. Nach drei falschen Passwörtern fährt sich das System runter, und wir kommen überhaupt nicht mehr weiter. Also denk gründlich nach. Was ist ihm wichtig?«

»Bier?«

»Es müssen sechs Buchstaben sein.«

»Schokoladenkuchen.«

»Sechs, habe ich gesagt.«

»Mich darfst du nicht fragen, ich kenne ihn nicht so gut. Du musst die anderen Laddz fragen. He, da klingelt ein Telefon.«

Es war meins. Ich nahm es aus der Tasche und sah aufs Display. Ein Anruf von Artie. Ich warf Jay einen verstohlenen Blick zu. Ich wusste nicht, warum, aber ich konnte mit Artie nicht sprechen, während Jay zuhörte. Ich würde ihn später anrufen.

Ich steckte das Handy wieder in meine Tasche und nahm einen der Ordner von dem Regal an der Wand. Kontoauszüge, Kreditkartenabrechnungen, alles ordentlich abgeheftet, das musste man Wayne lassen. Mal was anderes als einen Mülleimer nach nützlichen Informationen zu durchwühlen, und *niemand*, das muss auch mal deutlich gesagt werden, schickt seine Papiere durch den Reißwolf, trotz aller Warnungen vor Identitätsdiebstahl.

Waynes Unterlagen waren faszinierend.

Seine Hypothekenrückzahlungen? Pünktlich geleistet. Glückspilz.

Dispokredit? Im Rahmen.

Kreditkarten? Drei Stück, zwei bis zur Grenze ausgeschöpft, wie bei jedem normalen Menschen. Für weiß der Himmel wie lange hat er immer nur das Minimum bezahlt. Aber auf der dritten hatte er noch Spielraum – in den meisten Monaten hatte er den gesamten ausstehenden Betrag bezahlt. Nach dem, was darauf abgerechnet wurde, nahm ich an, dass er diese Karte für Ausgaben im Rahmen seiner Arbeit benutzte: Flüge, Hotels – das Sofitel in Istanbul, zum

Beispiel – und Auszahlungen von Geldautomaten in Kairo und Beirut.

Einkommen? Unregelmäßig. Aber hin und wieder doch. Ein rascher Überblick über die letzten beiden Jahre ergab, dass seine Ausgaben seine Einnahmen nicht überstiegen. Merkwürdig. Aber es gibt tatsächlich solche Menschen auf der Welt. Meine Schwester Margaret ist auch eine von denen.

Inzwischen hatte ich eigentlich genug erfahren, insbesondere da die neuesten Auszüge zwei Wochen alt waren und keine Auskunft über Waynes heutigen Aufenthaltsort gaben, aber ich konnte nicht aufhören zu lesen.

Meine Güte, es war faszinierend, wofür er sein Geld ausgab. Ein Abonnement für die Zeitschrift *Songlines*. Ein Dauerauftrag für das Hundeasyl. Interessant, dreiundvierzig Euro für die Pâtisserie Valerie. Auf diese Weise kann man *ein ganzes Leben* rekonstruieren. Seine Kfz-Versicherung war bezahlt, seine Gebäudeversicherung war bezahlt, offenbar war er ein grundsolider Bürger.

»Helen!«, sagte Jay und unterbrach meine Lektüre.

»Oh ... Moment. Hast du irgendwo ein Ladegerät gesehen?«

»Nein.«

Ich auch nicht. Das konnte bedeuten, dass Wayne es mitgenommen hatte. Und das wiederum minderte die Wahrscheinlichkeit, dass er zum Mitkommen gezwungen worden war.

»Was war in der Post, die du, obwohl es das Briefgeheimnis verletzt, aufgemacht hast?«

»Nichts. Nichts Nützliches jedenfalls. Ein paar Fan-Briefe. Ein Brief von seiner Privatversicherung mit der Bestätigung, dass er den Jahresbeitrag bezahlt hat.«

»Keine Drohbriefe von der Steuerbehörde, weil er denen ein Vermögen an Steuern schuldet?«

»Nein.«

Waynes Schulden waren also nicht so groß, dass sich dafür das Weglaufen lohnte. Aber immerhin groß genug, dass die geplanten Auftritte mit den Laddz willkommen waren. Schwierig, daraus etwas zu schließen. Ich musste mir einfach Zugang zu seinem Computer verschaffen …

»Jetzt«, sagte ich, »das Badezimmer.«

Oh, was für ein schönes Badezimmer. Die Wände waren in *Gebrüll* gestrichen, die Decke in *Jesus am Kreuz*.

»Was hat er bloß mit den Farben?«, fragte Jay. »Das ist ja wie im Horrorfilm hier.«

Beim Waschbecken lagen weder Zahnbürste noch ein Ladegerät, ein weiterer Beweis dafür, dass Wayne wahrscheinlich aus eigenem Antrieb gegangen war. Auf der Fensterbank und den Borden standen jede Menge Flaschen mit Shampoo, Conditioner, Sonnencreme, Aftershave und anderen Sachen, die von Männern wie Frauen benutzt werden konnten. Unmöglich festzustellen, ob kürzlich etwas weggenommen worden war.

Den Badezimmerschrank ließ ich mir bis zum Schluss. Rasierer, Zahnseide, normale Schmerzmittel und – aha! – eine kleine braune Flasche mit – aha! – Stilnox. Ein beliebtes – bei mir sogar *sehr* beliebtes – Schlafmittel, nur dass mein Arzt es mir nicht mehr verschrieb. Es juckte mich, diese kleine braune Flasche mit Vergessenspillen in meine Tasche gleiten zu lassen, aber das ging natürlich nicht, ich arbeitete schließlich professionell. Außerdem lauerte neben mir Jay Parker.

»Er hat Schlafprobleme«, sagte ich.

»Wer hat die nicht?«

»Schuldgefühle, Jay?«

»Los, weiter.«

»Nehmen wir uns die Küche vor.« Ich rannte nach unten. »Durchsuch du den Abfall«, sagte ich zu Parker, denn dass ich das nicht machen würde, war wohl klar. Wayne hatte einen von diesen Mülleimern mit vier Abteilungen zur Wiederverwertung: Glas, Papier, Metall und Hausmüll (also Essensreste).

Ich ging an den Kühlschrank. »Keine Milch«, sagte ich. »Gut, das gefällt mir.«

»Wie bitte?«

»Milch kaufen. Das ist so erbärmlich. Wozu braucht man die?«

»Man tut sie in den Tee.«

»Wer trinkt schon Tee?«

»Dann in Kaffee.«

»Wer trinkt Kaffee mit Milch? Oder wer trinkt Kaffee, wenn er Cola light trinken kann? Wenn man erst anfängt, Milch zu kaufen ... also ... dann heißt das, man hat den Mut verloren.«

»Mann, Helen, ich habe dich so vermisst, dich und deine verrückten Ideen. Aber es kann ja sein, dass Wayne Milch gekauft und sie weggekippt hat, bevor er getürmt ist.«

»Hast du eine leere Milchpackung gefunden?«

»Noch nicht ... He! Sieh dir das an!«

»Was denn?«

»Kuchen!« Parker fischte die Reste von einem Stück Schokoladencremerolle aus dem Abfalleimer. »Er soll die Kohlehydrate weglassen. Er muss noch drei Kilo abnehmen.«

Er starrte mich an, in seinem Gesicht das Unverständnis eines Mannes, der noch nie Gewichtsprobleme hatte. Jay

Parkers Stoffwechsel war so schnell wie ein kenianischer Läufer: Was immer er aß – und er ernährte sich nicht gut, wenigstens früher nicht –, er nahm nie zu.

Mit raschem Blick untersuchte ich den Inhalt des Kühlschranks. »Käse, Butter, Bier, Wodka, Cola light, Oliven, Pesto. Nichts Bemerkenswertes.« Ich knallte die Tür zu und machte mich an den Tiefkühlschrank. »Wie hast du mich gefunden?«

»Habe bei deinem Nachbarn geklopft. Er hat mir von deiner Wohnungskrise erzählt. Ich dachte, vielleicht bist du bei einer Freundin untergekommen. Dann fiel mir ein, dass du keine hast. Also habe ich Mammy Walsh angerufen, und die hat mir die ganze Geschichte erzählt. Mochte mich immer gern, Mammy Walsh.«

Mir kam die Galle hoch. Er hatte kein Recht, Mum so zu nennen. Es machte mich wütend, dass er die Kosenamen der Menschen ausschnüffelte. Er kriegte es in Sekundenschnelle heraus, da er ständig irgendwelche Informationen aufschnappte, die ihm dienen konnten, und nutzte sie dann schamlos aus, sodass alle dachten, er gehöre dazu, obwohl das nicht überhaupt nicht der Fall war.

Wessen Schuld war es denn, dass ich keine Freunde hatte?

Grimmig fuhr ich mit meiner Suche fort. Im obersten Fach des Tiefkühlschranks war eine riesige Tüte Erbsen. Warum immer Erbsen? Alle hatten sie Erbsen im Tiefkühlschrank! Dabei waren Erbsen wirklich das Letzte. Vielleicht brauchte man sie in Notfällen? Wenn jemand zum Beispiel die Treppe runterfiel und einen dreifachen Oberschenkelknochenbruch hatte. »Komm, setz dich, wir legen dir eine Tüte Erbsen auf die Stelle, und am Dienstag kannst du wieder Zumba machen.« Im nächsten Fach lagen vier Pizzen.

Weiter unten fand ich Brot, Kabeljaufilet, Kartoffelecken. Nichts Verdächtiges.

Dann die Küchenschränke. Tomaten in Dosen, Pasta, Reis, es hätte nicht normaler sein können.

»Hast du noch deine Tonnenliste?«, fragte Jay.

»Hhmm.«

»Steh ich immer noch ganz oben?«

»Ganz oben? *Du?* Du bist gar nicht drauf.«

Auf meiner schönen Tonnenliste standen Dinge, die mir wichtig waren. Die ich verabscheute, das schon. Und zwar so sehr, dass ich sie in die Tonne hauen wollte, daher der Name. Aber sie *bedeuteten* mir etwas. Jay Parker bedeutete mir nichts.

»Es tut mir leid«, sagte er.

»Was tut dir leid?«

»Alles.«

»Was, alles?«

»Einfach alles.«

»Ich weiß nicht, wovon du redest.«

»Können wir nicht ...«

Ich hob meine Hand und brachte ihn zum Verstummen. Ich musste noch einmal nach oben in das kleine Zimmer. Mir war etwas entgangen. Ich wusste nicht, was, aber meine Intuition verlangte, dass ich noch einmal nachsah, und tatsächlich, hinter dem Vorhang (ich will lieber gar nicht erst von Waynes Vorhängen anfangen, so fabelhaft, wie die waren) fand ich es. Ein Foto. Darauf Wayne und ein Mädchen. Ihre Wangen waren aneinandergepresst, die beiden waren sonnengebräunt und lächelten. Im Hintergrund der Eindruck von Meereslicht, Sanddünen und Strandhafer. Es sah ein bisschen nach Abercrombie-&-Fitch aus – vielleicht trugen sie sogar Kaschmir-Kapuzenpullis in Pastellfarben –, aber nicht gekünstelt. Ich vermutete, dass sie das Bild mit Selbstauslöser gemacht hatten. Waynes Lächeln schien aufrichtig glücklich. Das Mädchen hatte Sommersprossen, lebhafte blaue Augen und zerzaustes, sonnengebleichtes Haar. Das war Gloria. Ich war bereit, mein Leben drauf zu verwetten.

Ich nahm das Foto mit nach unten und zeigte es Jay. »Wer ist das?«, fragte ich.

Er schüttelte den Kopf. »Keine Ahnung. Die geheimnisvolle Gloria?«

»Genau, was ich denke.« Ich steckte das Foto in meine Handtasche. »Übrigens, was für ein Auto fährt Wayne?«

»Einen Alfa Romeo.«

»Gut. Machen wir einen kleinen Spaziergang in der Nachbarschaft, mal sehen, ob wir ihn finden.«

Kaum waren wir an drei Häusern vorbeigegangen, als Jay sagte: »Da steht er.«

»Bist du dir sicher? Es könnte mehr als einen schwarzen Alfa Romeo in Dublin geben.«

Er legte die Hände als Schild an die Schläfen und spähte in den dunklen Innenraum. »Eindeutig. Da liegt sogar eins von seinen blöden Büchern auf dem Sitz.«

Ich sah mir das Buch an. Ein ganz normaler Thriller. Überhaupt nicht blöd.

Waynes Auto gefiel mir. Es war italienisch, folglich schick, aber nicht angeberisch, weil es schon einige Jahre alt war. Es war schwarz, eigentlich die einzig mögliche Farbe für ein Auto. Wozu hat man all die anderen sogenannten Farben überhaupt? Um uns den Schwung zu nehmen, zweifellos. Wenn man bedenkt, wie viel Zeit wir damit verschwenden, uns zwischen einem roten und einem silberfarbenen Auto zu entscheiden. Hätte ich in der Welt das

Sagen, wäre meine erste despotische Tat, den Besitz von nichtschwarzen Autos per Gesetz zu verbieten.

»Also, wenn sein Auto noch hier ist und er aus eigenem Antrieb weggegangen ist, erscheint es mir plausibel, dass er mit dem Taxi gefahren ist.« Alle Lebensfreude wich von mir bei dem Gedanken an die öde Aufgabe, ein Dutzend oder mehr Taxibetriebe in Dublin zu überreden, mir ihre Aufzeichnungen zu zeigen.

»Es sei denn ...« (Das war andererseits ein noch unangenehmerer Gedanke ...) »Es sei denn, er ist mit dem Bus oder der DART gefahren. Wayne kennt sich nämlich mit öffentlichen Verkehrsmitteln aus, richtig?«

»Woher weißt du das?«

»Keine Ahnung. Ich weiß es eben.« Jay sah mich voller Bewunderung an. »Siehst du. Ich wusste, du bist die Richtige für diesen Auftrag.«

7

Und jetzt?«, fragte Jay. »Zu spät, um die Nachbarn zu befragen?«

»Viel zu spät.«

»Wir könnten zu John Joseph gehen.«

»Es ist Mitternacht«, sagte ich. »Der ist doch bestimmt im Bett, oder?«

»Kaum«, sagte Jay höhnisch. »Rock 'n' Roll kennt keinen Schlaf.«

»Das meine ich ja. John Joseph ist näher am Prostatakrebs als an Rock 'n' Roll. Außerdem, die Stunde, für die du mich bezahlt hast, ist um.«

Jay seufzte, griff in seine Hüfttasche und holte ein weiteres dickes Bündel Scheine hervor. Er zählte mehrere ab. »Noch zwei Stunden zu deinem exorbitanten Satz.«

»*Danke.* John Joseph, wir sind auf dem Weg.«

John Joseph war in einer neu gebauten Wohnanlage in Dundrum anzutreffen. Ein elektronisch gesteuertes Tor und ein uniformierter Sicherheitsmann in einer Plexiglashütte versperrten den Eingang.

»Alfonso. Komm schon«, sagte Jay und berührte mit der Motorhaube fast das Tor. »Mach schon auf.«

»Mr. Parker? Weiß Mr. Hartley, dass Sie kommen?«

»Er erfährt es gleich.«

»Ich rufe eben durch.« Alfonso nahm ein seltsames braunes Telefon zur Hand, eins wie aus einem Siebzigerjahre-Film, und Jay trat frustriert aufs Gaspedal.

»Ich dachte, du hättest Schlüssel zu den Wohnungen deiner Künstler«, sagte ich.

»Habe ich auch«, sagte Jay. »Aber nur für wenn sie nicht da sind.«

»Und was machst du dann? Schleichst dich bei ihnen rein und schnüffelst an ihren Topflappen? Oder leckst am Käse und steckst ihn wieder in die Packung?«

Das Tor glitt zur Seite, und Alfonso winkte uns durch.

»Muchas gracias«, rief Jay, als wir hindurchgondelten. »Eines Tages wirst du erkennen, Helen«, sagte er, »dass ich nicht das Ekelpaket bin, das du in mir siehst.«

»Ist das die Garage?«, fragte ich, als wir an einem Gebäude von der Größe einer Lagerhalle vorbeifuhren. Die berühmte Garage, randvoll mit Oldtimern. »Komm, wir gucken uns den Aston Martin an.«

»Sag nichts über den Aston Martin.«

»Warum nicht?«

Jay fuhr in eine Haltebucht neben einem riesigen Portal. »Lass es einfach. Da, dein Handy. Ganz schön begehrt, was?«

Wieder Artie. Jetzt war nicht die Zeit dafür. Nicht, solange Jay Parker in meiner Nähe war und der Fall einige Schwungkraft entwickelte.

Aber es fühlte sich schlecht an, es einfach klingeln zu lassen, obwohl ich wusste, dass es Artie war. Trotzdem, ich steckte das Telefon wieder in meine Handtasche. Ich würde ihn anrufen, sobald es ging.

Als ich aufsah, ruhten Parkers dunkle Augen auf mir. Ich erschauderte. »Guck mich nicht so an.«

»Wer war das am Telefon? Dein Typ, oder? Hält dich an der kurzen Leine, was? Oder ist es andersrum?«

»Jay, jetzt …« Halt's Maul. Niemand hielt irgendwen an irgendeiner Leine.

»Ernste Sache, das mit euch? Und ich dachte, ich wäre der einzige Mann, den du je geliebt hast.«

Das Blut schoss mir in den Kopf, und mein Mund machte sich bereit, Jay mit einigen wohlgewählten Worten zu vernichten, aber so viele Worte lagen miteinander im Clinch und wollten raus – wie eine Horde Betrunkener in einer Bar bei einer Razzia –, dass sie sich am Ausgang verhedderten und schließlich keins es schaffte.

»War ein Witz!« Er lachte mir in mein starres, der Sprache beraubtes Gesicht, dann sprang er aus dem Auto. »Ich weiß doch, wie sehr du mich hasst. Jetzt komm.« Er eilte die breiten Granitstufen hinauf, und eine kleine Südamerikanerin in schwarzem Kleid und weißer Schütze führte uns in eine riesige Empfangshalle, die mindestens drei Stockwerke hoch war.

»*Hola*, Infanta«, sagte Jay. »*¿Cómo estás?*«

»Mr. Jay!« Infanta war offensichtlich hocherfreut, ihn zu sehen. Eine erstaunlich schlechte Menschenkennerin, wie mir schien. »Warum Sie nicht gekommen drei Tage? Ich Sie vermisst!«

»Ich habe Sie auch vermisst.« Jay umfing sie und tanzte mit ihr durch die Halle.

Ich sah ihnen zu. Meine Hände zitterten, und mein Gesicht fühlte sich an wie bei einem Sonnenbrand. Wut, nahm ich an. Wenn ich diesen Auftrag übernahm, müsste ich mein Zusammensein mit Jay Parker auf ein Minimum beschränken. Er hatte eine verheerende Wirkung auf mich.

»Ah, Mr. Jay!« Infanta machte dem wilden Tanz ein Ende. »Mr. John Joseph wartet in Empfangsraum auf Sie.«

»Ich muss Sie aber mit meiner Freundin Helen Walsh bekannt machen«, sagte Jay, atemlos und mit geröteten Wangen.

Infanta betrachtete mich voller Ehrfurcht. »Wir lieben alle Jay Parker. Sie sind glückliche, Sie sind seine Freundin«, sagte sie.

»Er ist nicht mein Freund«, sagte ich, und Infanta trat schockiert einen Schritt zurück.

»Nett«, sagte Jay. »Bring die Arme ruhig in Verlegenheit.«

»Aber du bist wirklich nicht mein Freund.« Ich sah von ihm zu ihr. »Infanta, es tut mir leid, aber er ist nicht mein Freund.«

»Ist okay«, sagte sie, und es war fast ein Flüstern.

Ich musste tief in mein Inneres gehen und die stählerne Befestigung suchen, die im Begriff war, sich zu verbiegen. Ich klammerte mich an sie und versuchte, Kraft zu schöpfen. Mehr als das verschreckte kleine Gesicht einer Infanta war nötig, bevor ich, Helen Walsh, Schuldgefühle bekommen würde.

Der sogenannte Empfangsraum war *riesig*. Man konnte John Joseph am anderen Ende kaum erkennen. Er stand am Kamin und hatte den Ellbogen auf den Sims gestützt, aber es sah aus, als müsste er sich dazu ein bisschen strecken. Zugegeben, es war nicht gerade ein kleiner Kamin, aber trotzdem.

Die Inneneinrichtung, die er gewählt hatte, war wie die Halle eines Adligen im Mittelalter ausgestaltet (glaube ich). Hölzerne Wandverkleidung mit geschnitzten Verzierungen, Wandbehänge und ein absolut riesiger dreistöckiger Kronleuchter, der aus den Geweihen irgendwelcher prähistorischer Tiere gefertigt war. Zwei irische Wolfshunde rekelten sich vor dem Feuer, und von den Wandleuchten flackerte Kerzenlicht.

»Jay!« John Joseph kam mit großen Schritten quer durch den Raum auf uns zu – einen Moment lang dachte ich sogar, er würde auf einen der Wolfshunde aufspringen –, und obwohl er in gewisser Weise eine nationale Witzfigur war, konnte ich nicht umhin, beeindruckt zu sein, weil er ein Star war. Aus der Nähe sah er aus wie ein gealterter Waldschrat. Das rehäugige Gesicht, das ihn als Neunzehnjährigen so hinreißend gemacht hatte, war jetzt ein wenig verschrumpelt.

»Sie müssen Helen Walsh sein.« Er gab mir einen warmen, festen Handschlag. »Danke, dass Sie so schnell bereit waren, an Bord zu kommen. Setzen Sie sich. Was darf ich Ihnen zu trinken anbieten?«

Ich habe die Angewohnheit, spontan Abneigung gegen Menschen zu fassen. Es spart einfach Zeit. Außerdem kann ich Leute nicht leiden, die »an Bord kommen« sagen, außer natürlich, es sind Seeleute, aber meistens sind es keine. Allerdings, bei John Joseph wollte ich nicht so voreilig sein.

Er war freundlich und angenehm und erweckte den Eindruck, dass er die Sache im Griff hatte. Sein Blick sprang wachsam umher, und er musterte mich von oben bis unten – nicht aufdringlich, eher aufmerksam. Eindeutig nicht der Widerling, den ich erwartet hatte.

Er war klein. Nicht viel größer als ich, und ich bin eins achtundfünfzig. Aber von kleinem Wuchs zu sein heißt nicht, dass man nicht tüchtig sein kann, oder sogar Furcht einflößend – zumindest sagt man mir das nach.

Eine Cola light erschien aus dem Nichts, obwohl ich mich nicht erinnern konnte, darum gebeten zu haben, und ein Kaffee wurde vor Parker hingestellt. Eine gut funktionierende Maschine, der Hartley-Haushalt. John Joseph setzte sich neben mich, auf eins von vier sehr langen Sofas.

»Fangen wir an«, sagte er.

»Okay. Fangen wir am Anfang an«, sagte ich. »Nimmt Wayne Drogen? Besorgt er sich von zwiespältigen Typen Geld?«

»Nichts dergleichen. Dazu ist er nicht der Typ.«

»Wie lange kennen Sie ihn?«

»Seit mindestens fünfzehn Jahren. Eher zwanzig. Wir waren zusammen bei den Laddz.«

»Ich habe gehört, er arbeitet manchmal für Sie?«

»Oft sogar. Meistens bei den Produktionen. Wir produzieren überwiegend in der Türkei, in Ägypten und im Libanon.«

»Angenommen, Wayne benutzt Geldautomaten oder seine Kreditkarten, dann finden wir seinen Aufenthaltsort am schnellsten, wenn wir seinen Computer öffnen können. Haben Sie eine Ahnung, wie sein Passwort lautet?«

John Joseph neigte den Kopf zur Seite, und seine Augen bekamen einen verträumten, in die Ferne gerichteten Ausdruck. »Ich denke wirklich nach«, sagte er. »Aber durch das Botox, zu dem Jay mich überredet hat, sieht es aus, als wäre ich hirntot. Ich würde die Stirn runzeln, wenn ich könnte.«

Das entlockte mir kein Lächeln, aber amüsiert war ich doch.

Nach kurzer Zeit schüttelte er den Kopf. »Nein. Keine Ahnung. Tut mir leid.«

»Es ist sehr wichtig. Wenn Ihnen irgendetwas einfällt, melden Sie sich bei mir. Ich gebe Ihnen meine Karte.«

Es war deprimierend, aber ich musste die Änderungen auf der Visitenkarte mit dem Kugelschreiber vornehmen. »Die Büronummer gibt es nicht mehr.« Ich strich sie aus. »Und die Privatnummer hat sich geändert.« Ich schrieb meine Festnetznummer auf – meine *ehemalige* Festnetznummer, fiel mir da ein, mein Gott, es war entsetzlich. Ich schrieb die Festnetznummer meiner Eltern hin.

»Ich sollte mir neue Visitenkarten drucken lassen ...«, sagte ich vage. Es war hoffnungslos. »Und kann ich Ihre Nummer haben?« Er gab mir eine Handynummer – nur eine. Leute wie er haben normalerweise mindestens vier Mobilnummern und jede Menge Festnetz- und Büronummern, aber er gab mir nur diese eine, und das war schließlich auch genug, wenn ich ihn erreichen wollte.

»Gut, John Joseph, Sie waren der Letzte, der mit Wayne gesprochen hat. Sie haben ihn gestern Abend angerufen? Das ist sechsundzwanzig Stunden her. Wie wirkte er auf Sie?«

»Nicht besonders gut … Ihm ist das Comeback ein Gräuel. Er sagt, die Boygroup-Zeit liegt weit zurück, es ist ihm peinlich, die Lieder zu singen, er schafft es nicht, Diät zu halten, und er wird niemals in die Bühnenkostüme passen.«

»Sie waren also nicht überrascht, als er heute Morgen nicht zur Probe kam?«

»Doch, überrascht war ich schon. Gestern Abend hatte er mir versprochen zu kommen. Ich habe ihm geglaubt.«

»Sind Sie um ihn besorgt?«

»Inwiefern? Sie meinen, dass er sich etwas …?«

»Ja, genau, dass er sich etwas antun könnte.« Besser, das Kind beim Namen zu nennen, ich hatte nicht die ganze Nacht Zeit.

»Um Gottes willen, nein, so schlimm ging es ihm nicht.«

»Hätte jemand ihn entführen können?«

John Joseph schien überrascht. »Wer sollte einen wie ihn denn entführen?«

»Was war das Letzte, was er gesagt hat?«

»›Wir sehen uns morgen früh.‹«

»Nicht gerade sehr erhellend. Die nächste Frage liegt auf der Hand, aber haben Sie eine Ahnung, wohin er gegangen sein könnte?«

Er schüttelte den Kopf. »Keine Ahnung. Aber mit Sicherheit kein Luxushotel oder so, Wayne ist da ein bisschen … eigen …«

»Ich habe Jay schon gefragt, und er war sich nicht sicher, aber Sie können mir bestimmt eine Auskunft geben.«

»Fragen Sie nur«, sagte John Joseph.

»Hat Wayne eine Freundin?«

»Nein.«

Er log.

Ich weiß nicht, woher ich das wusste, vielleicht hatte er zu schnell geantwortet, oder seine Pupillen hatten sich zusammengezogen, aber irgendeine unterbewusste Aussage hatte ich mitgekriegt.

»Verbergen Sie etwas?«

»Nein, nichts.« In der mittelalterlichen Beleuchtung war es schwer, etwas zu erkennen, aber John Joseph sah aus, als wäre er blass geworden. Das Schweigen zwischen uns zog sich in die Länge, und entgegen allen Regeln, die ich gelernt hatte, war ich diejenige, die es brach.

»Gloria.«

»Wer ist Gloria?« In seiner hilflosen Abwehrhaltung tat er mir schon wieder leid.

»Sie wissen nicht, wer Gloria ist?«

»Nein.«

»Dann sollte ich Ihnen vielleicht ein Foto zeigen. Damit Sie sich erinnern.« Ich kramte in meiner Handtasche und fand das Foto von Wayne und dem Mädchen. »Hier«, sagte ich.

Er warf einen kurzen Blick darauf und sagte dann: »Das ist Birdie.«

»Wer?«

»Seine ehemalige Freundin. Birdie Salaman.«

»Nie von ihr gehört.«

»Sie gehört nicht zur Szene. Ist nicht in dem Business, das wir Showbusiness nennen.«

Nein, bitte, rede nicht so.

»Sie haben sich getrennt, weiß nicht genau, vor neun Monaten ungefähr.«

Vor neun Monaten? Das war lange her, und er hatte immer noch ein Foto von ihr im Gästezimmer liegen, das Traurigkeit ausströmte.

»Haben Sie eine Nummer von Birdie?«

»Muss ich erst suchen. Ich schicke sie Ihnen per SMS.«

»Und eine Gloria kennen Sie wirklich nicht?«

»Wirklich nicht.«

Irgendetwas war da. Ein Flackern, ein Zucken, mit dem bloßen Auge kaum wahrzunehmen, aber es war da. Ich müsste später noch mal nachhaken, jetzt würde ich keine Auskunft von ihm bekommen. Wenn man diese Arbeit eine Weile gemacht hat, lernt man, was man vorantreiben kann und was man ruhen lassen muss. Zeit, es aus einer anderen Richtung zu versuchen.

»Stehen Sie mit Waynes Eltern in Kontakt?«

»Seine Mutter hat heute gegen sechs angerufen und gefragt, warum er nicht ans Telefon geht. Seine Eltern haben keine Ahnung, wo er sein könnte. Er hat eine Schwester, Connie, die auch in Clonakilty lebt, und einen Bruder, Richard, er lebt im Staat New York. Wayne ist bei keinem von ihnen.«

»Ja, aber … wenn er bei seiner Familie unterschlüpfen wollte, würde man Ihnen das wohl kaum sagen, oder?«

John Joseph sah verwirrt aus. »Warum würde Mrs. Diffney mich dann anrufen? Außerdem verstehen Sie das nicht. Ich kenne sie schon sehr lange, ich bin fast so etwas wie ein Sohn für sie. Sie würden mich nicht belügen. Glauben Sie mir, er ist bei keinem von ihnen, und seine Familie ist ebenso besorgt um ihn wie ich.«

Die Bestätigung dieser Auskunft müsste ich selbst einholen, aber es klang irgendwie authentisch. Ich würde die Fahrt nach Clonakilty eine Weile rausschieben.

Den Bruder in New York konnte ich zum Glück ganz fallen lassen: Ohne Pass war es unmöglich, dass Wayne in die Staaten reiste.

»Ich brauche die Namen, Adressen und Telefonnummern von den Leuten in Clonakilty.«

»Die habe ich«, rief Jay mir vom anderen Ende des Sofas zu. »Ich schicke sie dir gerade per SMS.«

Ich wandte mich wieder John Joseph zu. »Raucht Wayne?«

»Nein. Hat vor Jahren damit aufgehört.«

Gut, also waren die Feuerzeuge in seiner Schublade nur für die Duftkerzen.

»Hat er eine Putzfrau?«

»Nein. Carol – also seine Mutter – hat ihn gut erzogen. Und er findet Putzen entspannend.«

Jay Parker schnalzte verächtlich, und ich bedachte ihn mit einem eiskalten Blick, denn zufälligerweise fand ich Hausarbeit ebenfalls entspannend. Bis vor Kurzem war mir Schmutz gar nicht aufgefallen. Ich hätte glücklich in einem Erdloch gelebt, solange man dort SkyPlus empfangen konnte, aber in dem Moment, da ich meine eigene Wohnung bezog, verstand ich endlich den Reiz von Saugen und Putzen – die Befriedigung, den Stolz … Aber zurück zu Wayne.

»Hat er irgendwelche gesundheitlichen Probleme, von denen wir wissen sollten?«

John Joseph zuckte hilflos mit den Schultern. »Wir sind Männer, wir sprechen nicht über solche Sachen. Er könnte Hodenkrebs haben, seine Eier könnten ihm abgefallen sein, er würde trotzdem einfach über Fußball reden.«

»Wo wir beim Thema sind: Welchen Verein unterstützt er?«

»Liverpool. Aber ganz normal, er ist nicht, wie soll ich sagen, besessen oder verrückt oder so.«

»Mir fiel auf, dass er ein paar …« Ich konnte mich kaum überwinden, das Wort zu sagen, so sehr verabscheute ich es, »... spirituelle Bücher und so in seinem Schlafzimmer hat. *The Wonder of Now*, solchen Scheiß.«

»Ach, er kauft dauernd Bücher von Amazon, aber er liest sie nicht.«

»Die nächste Frage ist schrecklich, aber ich muss sie trotzdem stellen.«

John Joseph sah mich alarmiert an.

»Macht Wayne ... Yoga?«

»Um Gottes willen, nein!«

»Oder meditiert er?«

»Nein! Er ist ein ganz normaler Mann«, sagte John Joseph. »Beachten Sie diese blöden Bücher gar nicht.«

Oh, mein Gott! In dem Moment kam Zeezah herein, John Josephs neue Frau, und plötzlich war mir alles andere gleichgültig. Zwar hatte ich Zeezahs Hochzeitsfoto auf dem Cover von *Hello!* gesehen, aber ich wollte sie doch sehr gern in ihrer viel gepriesenen körperlichen Schönheit bewundern. Ich weidete mich an ihrem Anblick und überlegte mir Ausdrücke, mit denen ich sie Menschen, die ich mochte, später beschreiben konnte. Stramm und schmollend. Internationale Föhnfrisur. Weiße Reithosen. Auf Hochglanz polierte Reitstiefel. Kurze Jacke mit eng gezurrter Taille. Konturenstift, der so dick aufgetragen war, dass er wie ein dünner Oberlippenbart aussah. Aber das Beste war eine kleine schwarze Reitgerte.

»Hi, Zeezah«, sagte Jay.

»Oh, hiiii«, sagte sie irgendwie abwesend.

»Zeezah«, sagte Jay. »Das ist Helen Walsh.«

»Oh, hiiii«, sagte sie und klang noch abwesender. Dann ging sie zum Kamin und stellte sich, unter welchem Vorwand auch immer, mit dem Rücken zu uns, und ich schwöre, dass ich nie zuvor – und auch seither nie wieder – einen

Hintern wie ihren gesehen habe. So rund, so vollkommen in der weißen Hose. Ich war wie gebannt von diesem Anblick, wirklich gebannt.

Aber nicht eingeschüchtert. Ich verkniff mir sogar ein überlegenes kleines Lächeln. O ja, Zeezah, jetzt bist du sehr sexy. O ja, jetzt bist du so reif und prall, als würdest du gleich bersten. Aber in zehn Jahren wirst du schrecklich fettleibig sein. Du siehst aus wie eine, die unter Vollnarkose bei einer Liposuktion stirbt.

Sie ließ die Gerte in Richtung der Hunde durch die Luft sausen, und die Tiere winselten und wichen vor ihr zurück.

Ich mag keine Hunde. Genauer gesagt hasse ich sie sogar. Aber selbst ich fand, dass das zu weit ging.

John Joseph sah verlegen aus. »Lass die Hunde in Frieden, Baby.«

Sie hockte sich hin und sagte in schmeichlerischem Ton: »Tut mir leid, liebe Hündchen.« Sie streichelte sie, und die Hunde leckten ihr in unterwürfiger Dankbarkeit die Hände. Eklig.

»Ist es nicht seltsam?«, sagte sie. »Ein bisschen Grausamkeit, und sie lieben mich umso mehr?«

Sie lächelte und sah jung und raffiniert aus, und zu meiner großen Überraschung (von der angenehmen Sorte) stellte ich fest, dass ich sie mochte.

»Komm und sprich mit Helen«, sagte John Joseph. »Sie will uns helfen, Wayne zu finden.«

»Ist gut.« Sie setzte sich neben mich und nahm doch tatsächlich meine Hand. Mit großem Ernst sagte sie: »Bitte. Sie müssen Wayne finden. Er ist ein guter Mann.«

»Niemand behauptet etwas anderes«, sagte Jay wie zur Verteidigung.

»Doch, du. Du sagst, er ist schwach.«

»Ich habe nicht gesagt, dass er schwach ist. Ich habe gesagt, er hat keine Willenskraft.«

»Glaubst du wirklich, Frankie Delapp isst spätabends keine Kekse mit Marmelade drin?« Zeezah war voll des Hohns. »Glaubst du wirklich, Roger St Leger trinkt kein Bier?«

»Er trinkt kein Bier. Er trinkt Wodka, und Wodka darf er trinken, weil er keine Kohlehydrate enthält.«

Hier waren sie wieder, die Kohlehydrate.

»Zeezah, gibt es jemanden, der Wayne Böses wünscht?«

»Wayne ist ein guter Mann.«

»Haben Sie eine Ahnung, wo er sein könnte?«

»Nein.« Sie seufzte und ließ meine Hand los. »Aber geben Sie mir Ihre Nummer, ich rufe Sie an, wenn mir etwas einfällt.«

»Natürlich.« Ich fischte meine Visitenkarte aus der Tasche. Als ich an diesem schrecklichen Morgen aufgewacht war, wer hätte da gedacht, dass ich am Ende des Tages einem Superstar meine Telefonnummer geben würde (auch wenn sie nur im Nahen Osten ein Star war)?

»Und wenn ich Sie sprechen will?«, tastete ich mich vor. »Erreiche ich Sie dann über John Joseph?«

Sie setzte eine sehr strenge Miene auf. »Ich bin eine unabhängige Person und habe mein eigenes Telefon. Ich schicke Ihnen in genau diesem Moment meine Nummer.«

»Gut, bestens ... wunderbar.« Ich konnte es kaum erwarten, Mum zu erzählen, dass ich Zeezahs Nummer hatte. Ich würde es ihr brühwarm erzählen. Obwohl, vielleicht besser nicht, sie würde die Nummer womöglich stehlen und Zeezah mit Hasstexten bombardieren.

»Gut, ich möchte Sie alle drei bitten: Lassen Sie Ihrer Fantasie freien Lauf und sagen Sie mir in einem Satz, wo

Wayne Ihrer Meinung nach sein könnte. Tun Sie sich keinen Zwang an. Betrachten Sie es als Spiel, und ich fange an. Ich glaube, Wayne ist bei einem Brotbackkurs im Ballymaloe House.«

»Beim Brotbacken?«, rief Jay aus.

»Beim Sushirollen, wenn dir das lieber ist. John Joseph?«

»Ich glaube, Wayne ist … in einer Klinik, wo er sich das Bauchfett absaugen lässt.«

»Ach ja?« Jays Miene hellte sich auf. »Meinst du, bis Mittwochabend ist das geheilt?«

»Das ist ja nur ein Spiel«, sagte Zeezah. »Ich glaube, Wayne ist … bei seinen Eltern und holt sich dort ein paar Streicheleinheiten.«

»Ich glaube, Wayne ist …«, sagte Jay, »… in diesem Buddhisten-Zentrum in West Cork und macht einen Meditationskurs.« Oh! Wie hässlich von ihm, so etwas auch nur zu denken! »Nein, ich habe es mir anders überlegt. Ich glaube, er macht bei einem Pasteten-Wettessen in North Tipperary mit und gewinnt haushoch. Er wird mit Sicherheit für das nationale Wettessen aufgestellt.«

»Zeezah«, sagte ich. »Kennen Sie Waynes Freundin Gloria?«

»Gloria?« Ich könnte schwören, dass ihr Gesicht erstarrte. Nur einen winzigen Augenblick lang, aber ich hatte es gesehen. »Wer ist Gloria?«

Ich sagte nichts. Ich wartete, dass sie das Schweigen brach. Sie schüttelte den Kopf. »Ich kenne keine Gloria.«

Vielleicht stimmte das. Vielleicht bildete ich mir alles nur ein. Schließlich war ich nicht gerade in Bestform.

»Zeezah, die wichtigste Frage: Haben Sie eine Ahnung, was Waynes Passwort für den Computer sein könnte? Mit sechs Buchstaben.«

Während sie nachdachte, waren ihre Augen in die weite Ferne gerichtet, ihre Stirn war faltenfrei. Jay konnte unmöglich auch ihr eine Botox-Spritze verordnet haben, oder? Sie war erst einundzwanzig. Aber vielleicht hatte ihre Stirn keine Falten, weil sie so jung war.

»Sechs Buchstaben?« Plötzlich wurde sie lebhaft, und mein Herz machte einen Sprung. »Ich weiß!«, rief sie. »Könnte Zeezah sein, oder?« Sie kicherte, und ich versuchte, höflich, aber matt, ebenfalls zu lachen, was aber keine so gute Idee schien, denn es klang wie das Heulen eines Seehundes, und die anderen sahen mich verschreckt an. Und dabei hatte ich das Gefühl, als hätte ich mir eine Muskelzerrung im Brustkorb zugezogen.

8

Und jetzt?« Wir standen vor John Josephs Haus. Ich war müde. Nett zu Menschen zu sein war gegen mein Naturell, aber Informationen bekam man von ihnen nur, wenn man sich bei ihnen beliebt machte.

»Ich fahr dich nach Hause«, sagte Jay.

Bei seinen Worten überkam mich ein entsetzliches Gefühl. Den ganzen Tag hatte ich mir gewünscht, es möchte Abend werden, doch jetzt, da der Himmel dunkel war, schien alles noch bedrohlicher. Ich hatte Angst, nach oben zu gucken, weil ich mir sicher war, ich würde zwei Monde im Himmel hängen sehen. Ich hatte das Gefühl, mich einer katastrophalen kosmischen Verwandlung unterzogen zu haben und jetzt auf einem anderen Planeten zu leben, einem, der oberflächlich gesehen der Erde ähnelte, aber nicht die Erde war. Und alles an diesem Planeten war falsch, er funktionierte über andere Schwingungen. Er war düster und unheilvoll, auf unbestimmbare und schreckliche Art.

»Wir könnten zu Frankie fahren«, sagte ich verzweifelt.

»Um ein Uhr morgens?«

»Er und Myrna haben doch gerade Zwillinge aus Honduras importiert. Wahrscheinlich ist der ganze Haushalt wach.«

»Es heißt ›adoptiert‹ – es geht schließlich nicht um eine Kiste Bananen –, und woher weißt du das?«

»Aus den Zeitschriften. Mum und Claire kaufen sie alle. Schick Frankie eine SMS.«

Frankie Delapp: der Schwule. Seit die Laddz sich getrennt hatten, war sein Leben bunt und vielfältig verlaufen. Erst hatte er ein Restaurant eröffnet, das ein Reinfall war und ihn mit einem Schuldenberg zurückließ. Dann hat er ein Kosmetikstudio aufgemacht, und auch das war zum Scheitern verurteilt. Danach war er bankrott. Aber der größte Skandal kam, als er sich als Hetero outete. Seine Fans waren sprachlos, seine Beliebtheit ging drastisch zurück. Über Nacht wurde er in die Wüste geschickt, wo er viele Jahre gemieden und missachtet verbrachte, aber in den letzten sechs Monaten hatte sein Leben eine erstaunliche Kehrtwende erlebt. Irgendwie war es ihm gelungen, einen regelmäßigen Auftritt als Filmkritiker in *A Cup of Tea and a Chat* zu bekommen, der Nachmittagsshow auf RTÉ. Niemand wusste, wie er da reingekommen war, denn er hatte so gut wie keine Ahnung von Filmen und galt gemeinhin nicht als besonders spritzig.

Aber gab es im Leben nicht immer wieder die absonderlichsten Zufälle – wie zum Beispiel einen lokalen Ausbruch von Tuberkulose? Und plötzlich war Frankie der beliebteste Mann in Irland. Er war liebenswürdig und freundlich, und die Menschen teilten seinen populistischen Geschmack. Alle Filme mit Jennifer Aniston kriegten automatisch fünf Sterne, mit einem Oscar ausgezeichnete hingegen nur zwei. »Ich habe mich gelangweilt, Schätzchen. Es war sehr *öde*, und was sie anhatten – zum Verzweifeln. Ich musste mittendrin rausgehen und mir noch mal was zu knabbern holen.«

Er war bei allen beliebt, vom Maurer bis zur Nonne, und der Satz »Was hält Frankie davon?« war sofort in aller Munde. Von einem Tag auf den anderen wollten die Menschen seine Meinung hören, zu allem, nicht nur zu Filmen, und bevor man sichs versah, verschwand eine der Hauptmoderatorinnen von *A Cup of Tea and a Chat* in einer Säuberungsaktion im Sowjetstil von der Bildfläche, und Frankie nahm ihren Platz ein. Kurz darauf wurde ihm, in einem kühnen, die strenge Hierarchie von RTÉ missachtenden Sprung, die Moderation von *The Rose of Tralee* übertragen, und sofort kamen Gerüchte in Umlauf, dass er für *Saturday Night In* vorgesehen war, sobald Maurice McNice abtrat. Man konnte ohne Übertreibung sagen, dass er auf dem Sektor der leichten Unterhaltung in Irland hockte wie ein aufgedonnerter Koloss mit künstlich gebräunter Haut.

Seine Lebensgefährtin war ungefähr fünfzehn Jahre älter als er. Myrna, den Nachnamen weiß ich nicht. Sie kam aus Vermont, hatte kurze graue Locken, ein herausfordernd ungeschminktes Gesicht und einen zu den Wechseljahren passenden Kleidungsstil. Sie gehörte zu den Adventisten vom Siebenten Tag, was immer die waren, und wenn sie jemanden witzig fand, sagte sie: Der ist »zum Piepen«.

Während wir warteten, ob Frankie sich melden würde, ging ich ein paar Schritte weiter, bis ich außer Jays Hörweite war, und rief Artie an. Mit ihm zu sprechen würde mich trösten, aber zu meiner Überraschung (von der unangenehmen Sorte) war sein Telefon ausgeschaltet. Ich hatte zu lange gewartet, er war schlafen gegangen. »Ich bin's«, sagte ich zu seiner Sprachbox. »Es tut mir leid, dass es so spät geworden ist. Du wirst es nicht glauben, aber ich habe einen Auftrag. Ich rufe dich morgen an.« Jetzt der Abspann. Wie sollte ich meine Nachricht beschließen? Wir kannten uns seit fast sechs Monaten, und keiner von uns hatte auch nur ein einziges Mal das Wort »Liebe« benutzt. Stattdessen hatten wir andere, »ironische« Versionen gefunden, es auszudrücken. »Sei versichert«, sagte ich, »dass ich dich aufs Äußerste wertschätze.«

Dann hörte ich die Nachricht ab, die er mir aufgesprochen hatte.

»Baby, ist alles in Ordnung? Du hättest mir das mit der Wohnung sagen sollen. Wir sprechen darüber. Vonnie ist gegangen, die Kinder sind im Bett, kommst du noch mal vorbei?«

Oh, einen Moment lang, der Gedanke … dass ich meinen Schlüssel in sein Türschloss stecken, auf Zehenspitzen durch sein stilles Haus gehen, mich ausziehen und in sein Bett schlüpfen würde, dass ich näher an ihn heranrücken, seine Haut an meiner spüren würde. Aber ich hatte zu tun.

»Wie immer du dich entscheidest«, war sein Schlusssatz, »ich bleibe dir stets gewogen.«

Ich schaltete das Handy ab und drehte mich zu Jay um, der viel näher stand, als ich gedacht hatte. »SMS von Frankie«, sagte er.

»Was schreibt er?«

Jay gab mir sein Handy, und ich las:

Gut von dir zu hören, Jay, komm vorbei, die Babys sind ein Geschenk von dem Mann über uns, aber sie weinen die ganze Zeit. Nichts von Wayne? Wenn wir ihn nicht finden können, sitzen wir in der Scheiße, sorry, muss an Schulkosten für die Kinder denken, bin doch nicht aus Geld gemacht, bloß weil ich im Fernsehen auftrete, aber RTÉ ist knauseriger als jeder Geizhals. Grüße, Umarmung xoxoxo.

»Komm«, sagte ich, »fahren wir hin.«

Auf der Fahrt sagte Jay: »Erinnerst du dich an unseren ersten Abend?«

»Nein.«

Es war auf einer Party. Ich war nicht eingeladen. Später erfuhr ich, dass er auch nicht eingeladen war.

Er tanzte zu einem James-Brown-Song, als ich ihn sah. Er war ein richtig guter Tänzer, und die Musik war auch richtig gut. Aber der Song war noch nicht halb vorbei, da rief er dem DJ schon zu, was anderes aufzulegen.

Es war nur zu offensichtlich, dass wir viele Gemeinsamkeiten hatten: kurze Aufmerksamkeitsspanne. Ständige Gereiztheit. Grundlegende existenzielle Unzufriedenheit.

Nach einem kurzen Gespräch stellten wir weitere Übereinstimmungen fest: eine Abneigung gegen Kinder und Tiere. Der Wunsch, viel Geld zu verdienen, ohne die nötige harte Arbeit dafür zu leisten. Eine Begeisterung für Hula-Hoops.

Ganz offensichtlich waren wir füreinander bestimmt.

Als wir weggehen wollten, stellte eine Frau sich vor uns, und ihr Gesicht strahlte vor Freude. »Ihr zwei seid entzückend. Ihr seht wie Zwillinge aus, Hänsel und Gretel, aber böse.«

Zwillinge könnte man sagen. Jay und ich waren drei Monate zusammen, drei Monate voller Spaß und Vergnügen. Dann fand ich heraus, was er wirklich für einer war, und das war's dann.

Frankie redete ohne Pause, und er machte das, was Politiker auch immer machen: Er sprach sein Gegenüber in jedem Satz fünfzehnmal mit Namen an. In dem kleinen Wohnzimmer trat man überall auf Windeln und Babyunterlagen und andere Kinderutensilien. Über Frankies rechter Schulter lag ein Mulltuch, und am linken Hosenbein war ein milchiger Kotzstreifen zu sehen.

Jay, der in seinem dunklen Anzug und der schmalen Krawatte hip und weltgewandt und völlig fehl am Platz aussah, blieb mit verächtlicher Miene, von der Unordnung deutlich angewidert, an der Zimmertür stehen.

Frankie nahm meine Hand und führte mich zum Sofa. »Schmeiß das alles auf den Fußboden, Helen. Ist egal, was es ist, mach schon, es spielt keine Rolle.« Mit einer ausholenden Bewegung beförderte er Fläschchen und Lätzchen und Kekse und Strampelhöschen auf den Teppich und wiederholte die Bewegung so lange, bis er genügend Platz geschaffen hatte, dass wir uns beide setzen konnten.

»Komm schon, Jay, Schatz«, rief er. »Jetzt ist Platz.«

»Ich stehe hier gut, Frankie.« Und Jay zog sich noch ein bisschen weiter in seine Ecke bei der Tür zurück.

»Wie du willst, keiner zwingt dich.« Frankie wandte Jay den Rücken zu, er richtete seine ganze Aufmerksamkeit auf mich und sah mich sogar direkt an. »Helen. Ich bin reich gesegnet, Helen, sehr reich. Das Fernsehen, die Kinder, das Comeback – der Alte da oben meint es gut mit mir.« Er drehte seine Augen zur Decke, zog dann ein kleines goldenes Kreuz aus seinem Halsausschnitt und küsste es. »Aber ich würde gern einmal eine Nacht schlafen, Helen. Vier Stunden am Stück.« Seine Augen füllten sich mit Tränen, die er schnell wegwischte. »Der Baby-Blues.« Dann drehte er sich um und rief über die Schulter: »Jay, Schatz, singst du im Kopf die Wilson-Pickett-Songs?«

Bevor Jay antworten konnte, hatte Frankie sich wieder zu mir umgedreht. »Sieht er nicht so aus, als würde er Wilson-Pickett-Songs im Kopf singen? Oder einen von Otis Redding? Jedenfalls etwas Sentimentales? Um diese Unordnung auszuschalten. ›Sitting on the dock of the bay‹ ... Sitzt du da gerade, Jay, Schatz? Ich mach das auch, Helen, ich singe in meinem Kopf, um wegzukommen, aber ich singe lieber Boney M., ›By the Rivers of Babylon‹, da würdet ihr mich finden.«

Aus einem anderen Zimmer hörte man Babyweinen.

»Sie sind engelhaft, Helen, alle beide, aber ich bin mir nicht sicher, dass das mit den Zwillingen eine gute Idee war. Kaum hört eins auf zu weinen, fängt das andere an. Myrna und ich, wir sind am Ende. Ohne die Botox-Spritze, die Jay mir verordnet hat, sähe ich jetzt aus wie vierzig. Helen, Schatz, hast du was von Wayne gehört?«

»Das wollte ich gerade dich fragen.«

»Stunde der Barmherzigkeit.« Er bohrte sich die Faust in die Wange. »Ich bin mit meinen Nerven am Ende, Helen. Du musst ihn finden. Ich brauche das Geld unbedingt. Ich habe haufenweise Schulden, und jetzt bin ich auch noch für eine Familie verantwortlich. Die Wohnung haben wir gemietet, und du siehst ja selbst, sie eignet sich nicht für kleine Kinder.« Das stimmte, es war eng, überall lagen Sachen rum. »Die Leute denken, ich schwimme im Geld, Helen, wegen der Fernsehauftritte, aber das stimmt nicht, Helen. Die sind richtig knauserig. Als Verkehrshelferin am Zebrastreifen würde man mehr verdienen, und das ist die Wahrheit.«

»Hast du eine Ahnung, die leiseste Ahnung, was Waynes Passwort für den Computer sein könnte?«

Frankie sah mich entgeistert an. »Waynes Passwort? Ich weiß ja nicht mal meins, in meinem Zustand heute.«

»Erzähl doch mal, Frankie, was für ein Typ ist Wayne eigentlich so?«

»Ein ganz Lieber, Helen, ein Schatz. Wir mögen ihn alle richtig gern. Stimmt schon, manchmal ist er ein bisschen anstrengend und niedergeschlagen und wortkarg, und manchmal weigert er sich, Gitarre zu spielen, und sagt, wir sollen ihm lieber beide Arme mit einem rostigen Buttermesser absäbeln, und dann muss man ihm gut zureden, und das dauert und dauert und hält uns alle auf, und die ganze Zeit könnten wir bei unseren Lieben sein, aber bestimmt hat er seine Gründe dafür ... Ein Schatz, Helen, das ist er, ein ganz Lieber.«

»Hast du eine Ahnung, wo er jetzt sein könnte?«

»Er macht nicht einfach blau. Aber es ist kein Ort, auf den man gleich kommt.«

»Das sagen alle. Aber worauf kommt man nicht gleich?«

Jetzt fing ein zweites Baby an zu weinen. In der Wohnung herrschte eine Atmosphäre nur mühsam im Zaum gehaltener Hysterie. Für mich war das überhaupt nichts, es machte mich kolossal nervös.

Ich bat Frankie, sich vorzustellen, wo Wayne sein könnte, so wie bei John Joseph und Zeezah. »Egal was, und wenn es noch so verrückt klingt.« Denn auch wenn die Menschen denken, es ist reine Fantasie, ist doch immer etwas Wahres dran.

»Ich glaube, Wayne hat …«, sagte Frankie, »… einen Camper gemietet und fährt jetzt in Connemara herum und fotografiert Ginsterbüsche.«

»Hat er mal gesagt, dass er sich für Camper interessiert? Oder für Ginster?«

»Nein. Aber du hast gesagt, ich soll mir was ausdenken.«

»Wer ist Gloria?«, fragte ich und hoffte, er wäre überrascht.

»Gaynor? Estefan?«

Himmel. »Sonst kennst du keine Glorias?«

Es hatte keinen Sinn. Ich konnte seine Aufmerksamkeit nicht halten. Er war aufgedreht und fahrig, und obwohl er Nähe herzustellen schien, indem er dauernd meinen Namen sagte, sah er mir kaum in die Augen. Vielleicht log er hinter der billigen Fassade, und ich würde es nicht merken. Wir tauschten Telefonnummern aus, dann verabschiedeten Jay und ich uns.

9

Roger St Leger – der Sonderling – war eine Überraschung (von der interessanten Sorte). Typ Lüstling. Irgendwie sexy, aber auf eine kaputte, gescheiterte Art.

Er lebte in einer Geistersiedlung in einem Vorort weit draußen, und wenn es nicht mitten in der Nacht gewesen wäre, hätten wir Stunden für den Weg gebraucht.

Ich überredete Jay hinzufahren, denn ich war zwar einerseits erschöpft, aber andererseits putzmunter und hellwach. Der Gedanke, in einem Bett zu liegen, während Katastrophengedanken durch meinen Kopf rasten, war mir unerträglich. Da war es doch besser, meine Nase in die Angelegenheiten anderer Leute zu stecken.

»Heißt das, du nimmst den Auftrag an?«, fragte Jay.

Da war ich mir noch nicht sicher. Mir gefiel die Idee, Geld zu verdienen, und dass ich etwas zu tun haben würde, war auch in meinem Sinne, aber ich wollte mich nicht auf diese Sache einlassen, wenn sie sich als tückisch erwies. »Ich muss erst mal sehen …« Und ein paar Mails schicken. Ich nahm mein Handy und schrieb zwei kurze Mails. Wenn ich die Antworten hatte, würde ich meine Entscheidung treffen. »Ich sag dir bald Bescheid. Eine Frage«, sagte ich, während wir fuhren, »sind sie alle religiös? Die Laddz?«

»Nein.« Er klang entrüstet.

»Aber was sollte das mit Frankie – wie er das Kreuz küsst und dem Mann da oben dankt?«

»Alles Getue. Völlig bedeutungslos. Gut, John Joseph ist religiös, das stimmt«, sagte er. »Aber Wayne nicht.« Und mit einem gewissen Trotz fügte er hinzu: »Und Roger ist auf keinen Fall religiös.«

Plötzlich schien das Stück Autobahn vor uns … irgendwie … ich weiß auch nicht. Bedeutungsvoll. Vertraut, vielleicht.

»Wo sind wir?«, fragte ich.

Jay ging es ähnlich. Er sah mich nicht an, und er wollte mir offensichtlich nicht antworten. »Lies die Schilder.« Er zeigte auf das große blaue Schild über den vier Fahrspuren.

»Da steht, nächste Ausfahrt Ballyboden«, sagte ich.

»Jetzt weißt du es.«

»Das ist doch Scholarstown, oder?«

Wo Bronagh wohnte. Oder früher gewohnt hatte. Keine Ahnung, ob sie noch da war.

Rogers Wohnungseinrichtung sah von vorn bis hinten so aus, als wäre sie in Eigenarbeit zusammengebaut worden. Billig, minderwertig, schäbig, hässlich. Das Sofa stand auf schiefen Beinen, auf dem Teppich waren Kaffeeflecken. Zumindest hoffte ich, dass es Kaffee war.

»Toll, was du aus der Wohnung gemacht hast«, sagte Jay. »Wie kommt es, dass du noch auf bist?«

»Zeit für meinen Frühsport.« Der Sarkasmus eines Menschen mit ausschweifendem Lebensstil, begriff ich; er war eindeutig noch nicht im Bett gewesen.

»Trinkst du allein?« Jay hob eine halb leere Wodkaflasche auf.

»Jetzt nicht mehr«, sagte Roger. »Wer ist sie?« Er musterte mich von oben bis unten, ganz anders als John Joseph es getan hatte. Im wirklichen Leben hatte Roger die Ausstrahlung eines Bösen, was sich auf Fotos und im Fernsehen nicht vermittelte. Er hatte eine schwarze Mähne, ähnlich wie Bryan Ferry, und lange, schlaksige Gliedmaßen. Aber er sah verlebt aus – schwer zu glauben, dass er erst siebenunddreißig war.

»Helen Walsh«, sagte Jay. »Privatdetektivin, angesetzt auf die Suche nach Wayne.«

»Ach je.« Roger sank auf seine schäbige Couch. »Kannst du ihn nicht in Ruhe lassen? Gib dem armen Kerl doch zwei Tage. Der kommt schon zurück.«

»Auf gar keinen Fall. Die Uhr läuft. Wir stellen eine Show mit Weltklasseniveau auf die Beine. Nächsten Mittwoch ist das erste Konzert, Roger, falls du es vergessen hast. Heute in sechs Tagen. *Heute in sechs Tagen*«, sagte Jay noch einmal. »O Gott.« Er wurde aschfahl. »Es ist noch so viel zu tun: die Soundchecks, die Kostümproben, das Merchandising ... Morgen früh kommen im Hafen vierzigtausend T-Shirts mit Laddz-Aufdrucken aus China an. Außerdem zwanzigtausend Laddz-Schals. Wir müssen die Programme drucken, die Pashminas ...«

»Pashminas!« Ich stieß das Wort verächtlich hervor. Man stelle sich einen Laddz-Pashmina vor! Wäre das nicht ein bedauernswerter Mensch, der so etwas tragen würde?

»Wenn Wayne nicht zurückkommt, was machen wir dann mit dem ganzen Zeug?« Es klang, als würde Jay zu sich selbst sprechen.

»Wirf einfach alles ins Meer«, sagte ich.

»Es ist schon bezahlt.«

»Warum das denn?«

»Die Hersteller wären wohl kaum damit einverstanden, dass wir die nicht verkauften Sachen zurückschicken. Was sollen die denn mit übrig gebliebenen Laddz-Pashminas? Wir müssen die Dinger verkaufen, wir haben ein Vermögen dafür bezahlt.«

»Ach, entspann dich«, murmelte Roger, aber ihm schien auch ein bisschen mulmig zu werden.

»Und dann die Medien«, sagte Jay. »Himmel, die Medien! Am Wochenende haben wir Termine beim Radio und Fernsehen. Wie sollen wir denen erklären, dass Wayne nicht da ist, der Verrückte?«

»Bis dahin ist er zurück«, sagte Roger. »Außerdem«, fuhr er an mich gerichtet fort, »ist Wayne nicht verrückt. Verrückt ist das Letzte, was er ist.«

Ich stellte Roger die üblichen Fragen und bekam auch von ihm nur negative Antworten – keine Drogen, keine

Kredithaie, keine Freundin, keine Ahnung, wie sein Passwort lautete.

»Wo hält er sich Ihrer Meinung nach auf?«, fragte ich.

Er seufzte. »Wahrscheinlich ist er zu Hause und versteckt sich unterm Bett.«

»Warum sagen Sie das?«

»Es ist so. Wir sind erwachsene Männer. Dieses Comeback ... keiner von uns will auf der Bühne herumhüpfen, alle in den gleichen Kommunionsanzügen, wie wir das gemacht haben, als wir jung waren.«

»Außer Frankie«, sagte Jay.

»Außer Frankie. Aber für uns andere ist es peinlich. Nur, haben wir eine Wahl? Es ist eine Möglichkeit, ein paar Kröten zu verdienen, und wir sind alle pleite.«

Überrascht sagte ich: »Auch John Joseph?«

Er lachte bitter. »Sie haben ihn kennengelernt? Sie lieben ihn? Sie liebt ihn«, sagte er zu Jay. »Alle lieben ihn.«

»Entschuldigen Sie bitte, ich mochte ihn, aber ...«

»Und Zeezah? Entzückend, nicht wahr?«

»In gewisser Weise, ja, fand ich schon.«

»Hören Sie mir zu. Wie heißen Sie noch? Helen? Wahrscheinlich habe *ich* mehr Geld als John Joseph. Ja, ich weiß, Sie denken, so wie das hier aussieht, aber glauben Sie mir, es kostet ein Vermögen, diese Hartley-Show am Laufen zu halten – Alfonsos und irische Wolfshunde sind nicht gerade billig. Und jetzt, nachdem Zeezah sich von ihrem Label getrennt hat und John Joseph seine eigene Knete in sie investieren muss, steckt er bis zum Anschlag in Schulden.«

Ich brauchte einen Moment, um das zu verdauen. »Und der Aston Martin?«, sagte ich zu Jay.

»Verkauft«, mischte Roger sich ein. »Wie der Bugatti, wie der Lamborghini und die beiden Corvettes. Jetzt hat er nur noch Zeezahs Evoque, und der wird auch noch verkauft, wenn sich nicht was ändert.«

Himmel. War das wirklich wahr? Ich warf Jay einen kurzen Blick zu, und sein Ausdruck sagte mir, dass es genauso war. Einen Moment lang war ich wie erstarrt, dann fing ich mich und beschloss, die Sache von einer anderen Seite anzugehen.

»Mögen Sie Wayne?«, fragte ich Roger.

»Ob ich ihn mag? Ich *liebe* ihn. Wayne ist wie ein Bruder. Alle Laddz sind für mich wie Brüder.«

»Wenn Sie den Sarkasmus mal einen Moment lang weglassen könnten ...«

Roger dachte nach. Es sah aus, als hätte er sich diese Frage noch nie gestellt. »Doch, ich mag Wayne.«

»Sie müssen ihn ja recht gut kennen, nachdem Sie zusammen in der Band waren und so eng miteinander gearbeitet haben.«

»Ja, schon, aber ... das ist alles lange her. In den letzten – was?, zehn? fünfzehn? – Jahren, seit die Laddz sich getrennt haben, habe ich ihn kaum gesehen. Er und ich, wir sind nicht eng miteinander, nicht wie er und John Joseph. Aber er ist ein anständiger Typ. Er hat *Prinzipien.*« So wie er es sagte, klang es wie eine Krankheit. »Zu viele Prinzipien. Man sollte sich das Leben nicht so schwer machen.«

»Tun Sie mir einen Gefallen«, sagte ich. »Überlegen Sie bitte, wo Wayne zum jetzigen Zeitpunkt sein könnte. Lassen Sie Ihrer Fantasie freien Lauf.«

»Ist gut. Ich glaube, Wayne irrt ziellos durch die Straßen, in einem Dämmerzustand, und versucht, die Passanten zu beißen.«

Könnte passieren. Manchmal geraten Menschen in einen seltsamen Zustand, in dem sie alles vergessen, sogar ihren Namen. Aber das ist selten.

»Oder er ist verhaftet worden und sitzt in einer Zelle.«

»Weswegen verhaftet?«

»Himmel, wegen irgendwas. Urinieren in der Öffentlichkeit – obwohl das nicht Waynes Stil ist; oder weil er sich als Augenfacharzt ausgegeben hat …«

»Ach, es hat keinen Sinn, Sie zu fragen«, sagte ich, »Sie sind einfach zu zynisch.«

Außerdem war es ausgeschlossen, dass ein Gerichtsreporter nicht Waynes Namen erkannt hätte. Wenn Wayne verhaftet worden wäre, hätte das ganze Land inzwischen davon erfahren.

»Hier ist meine Visitenkarte.« Ich gab sie Roger. »Rufen Sie mich an, wenn Ihnen etwas einfällt, auch wenn es noch so unbedeutend scheint. Kann ich mir Ihre Nummer aufschreiben?«

»Selbstverständlich! Und rufen Sie mich auf jeden Fall an, wenn Sie glauben, ich könnte Ihnen, ehm … in irgendeiner Weise behilflich sein. Ja, auf jeden Fall.« Alter Schwerenöter. Er warf Jay Parker einen durchtriebenen Blick zu. »Ich trete niemandem zu nahe, oder? Oder spüre ich zwischen euch gewisse Schwingungen?«

»Nein«, sagte ich, »keineswegs.«

»Na gut.« Roger lachte kurz und sarkastisch. »Noch weitere Fragen? Oder kann ich mich wieder setzen?«

»Nur noch eine. Wieso hat Jay Parker nicht darauf bestanden, dass Sie sich auch Botox spritzen lassen?«

Jay und Roger sahen sich überrascht an.

»Das habe ich natürlich«, sagte Jay.

»Sie sollten mich mal ohne sehen«, sagte Roger und lachte wieder sein bitteres Lachen.

»Danke, dass Sie uns geholfen haben«, sagte ich. »Komm, Jay, gehen wir.«

Kurz bevor ich die Tür erreichte, sagte ich über die Schulter hinweg: »Übrigens, Roger, Gloria schickt Grüße.«

Er sah betroffen aus. »Wirklich?«

Volltreffer!

Ich kam zurück und setzte mich neben ihn, ganz nah. »Erzählen Sie mir doch von Gloria«, forderte ich ihn freundlich auf.

Er sah aus, als wäre ihm schlecht. »Besser, Sie sagen es. Worum geht es? Eine Aufnahme beim Sex? Nicht ... bitte nicht, nicht schon wieder eine Vaterschaftsklage.«

»Wovon reden Sie?«, sagte ich.

»Wovon reden *Sie?*«

Verwirrung sprang zwischen uns hin und her, dann begriff ich: *Kein* Volltreffer.

»Sie kennen gar keine Frau, die Gloria heißt, oder?«, fragte ich.

»Nein.«

»Sie erkennen nicht einmal den Namen, aber Sie glauben, Sie könnten mit ihr ein Kind gezeugt haben?«

Er zuckte die Achseln. »Jetzt verstehen Sie meine Welt.«

Als wir zurück in die Stadt fuhren, sagte ich zu Jay: »Ich brauche Waynes Handynummer.«

»Schicke sie dir schon.«

»Und den Schlüssel zu seinem Haus.«

»Ich lasse einen nachmachen und bringe ihn dir morgen früh vorbei.«

»Gib mir einfach deinen.«

»Nein. Ich lasse einen nachmachen.«

Ich sagte: »Ich möchte in Waynes Haus eine Kamera installieren, damit wir sofort Bescheid wissen, wenn er nach Hause kommt.«

Spionagetechnik, wie ich sie liebe. Meine Schwester Claire verbringt jede freie Minute im Internet auf der Seite von Net-a-Porter und sieht sich Schuhe an, die sie sich nicht leisten kann, und mir geht es ähnlich mit Spionage-Produkten. Nicht dass man mich missversteht, ich liebe Klamotten, ich liebe Schuhe, ich liebe Handtaschen, zurzeit stehe ich voll auf Halstücher und kaufe dauernd neue, oder wenigstens so lange, bis meine Karte nicht mehr akzeptiert wird.

Das Komische ist ja: Man würde denken, ein Halstuch reicht. Man würde denken, wenn man erst kein Halstuch gehabt hat und dann eines besitzt, wäre das Leben um vieles reicher. Aber erst als ich ein Tuch hatte, wurde mir bewusst, dass es da draußen eine ganze Welt von Tüchern gab, die ich alle nicht besaß. Ich musste mir weitere kaufen. Und je mehr Tücher ich mir kaufte, desto mehr wollte ich – und so geht es mir mit allem.

Ich kaufte mir also mehr Halstücher, und so schön jedes einzelne auch war, es war nie *genug*. Dann widerfuhr mir das große Pech, dass ich sah, wie eine Französin sich ein Isabel-Marant-Tuch lässig um ihren eleganten französischen Hals schlang. Ich wünschte inständig, das wäre mir erspart geblieben, denn ich wusste, ich würde es nie mit ihrem lässigen Chic, mit ihrer angeborenen Grazie, ihrer natürlichen Eleganz aufnehmen können. Aber das hinderte mich nicht daran, es trotzdem zu versuchen. Und statt mir selbst und meinen Unzulänglichkeiten die Schuld zu geben, gab ich sie dem Tuch – wenn es nur etwas breiter oder länger wäre oder mehr Seide enthielte oder ein echtes von Alexander McQueen wäre statt einer billigen Kopie, dann würde es klappen.

Wo waren wir …?

»Hast du verstanden, was ich gesagt habe?«, sagte ich zu Jay. »Ich muss in Waynes Haus eine Kamera installieren. Und ich will einen Peilsender an seinem Auto anbringen.«

»Jetzt?«

»Wann denn sonst? In einem Monat? Jede Sekunde zählt.«

»Okay.« Er klang müde und widerstrebend.

»Erst müssen wir zu meinen Eltern fahren und die Sachen holen.«

»Ah, nein, Helen, es ist drei Uhr morgens. Um sieben muss ich am Hafen sein und die Merchandising-Produkte für die Laddz beim Zoll abholen. Da ist viel zu tun, du solltest mal die Papiere sehen, und die Spürhunde, die da überall rumrennen und ihre schmutzigen Pfoten an deinem Anzug abwischen, und du musst eine Kiste nach der anderen aufmachen und zeigen, dass du keine kleine Chinesin ins Land schmuggelst. Lass uns die anderen Wayne-Aktionen danach machen.«

»Und wenn er inzwischen zurückkommt, und wir verpassen ihn?«

»Gerade bin ich so erledigt, dass es mir völlig egal ist.«

»Aber ...«

»Ich sage, wir machen für heute Nacht Schluss, und schließlich bin ich derjenige, der dich bezahlt.«

»Wo du es erwähnst ... Ich weiß noch nicht, ob ich den Auftrag annehme, aber wenn, dann sind das meine Bedingungen.« Ich listete sie für ihn auf, und zu meiner Überraschung (von der beunruhigenden Sorte) war er ohne jeden Widerspruch einverstanden. Er feilschte nicht einmal.

»Bist du auch sicher, dass du verstanden hast?«, sagte ich. »Eine Woche Honorar. Im Voraus. In bar.« Ich betonte jedes Wort. »Und ich meine echtes Geld, keine Benzingutscheine.« So was Ähnliches war mir nämlich mal passiert, da ging es um einen Sorgerechtsfall. Ich hatte neununddreißig Stunden auf einem Baum zugebracht und mir die Milz verkühlt, und am Schluss wurde ich für meine Bemühungen mit Feuerholz im Wert von fünfhundert Euro entlohnt.

10

Kaum hatte ich den Schlüssel ins Schloss gesteckt, als Mum im Nachthemd und mit Lockenwicklern im Haar oben an der Treppe erschien. »Es ist zehn nach drei. *Morgens.*« Sie kam die Treppe runter, und ich war wie geblendet von ihrem durch eine dicke Schicht Nachtcreme fettig glänzenden Gesicht. »Wo warst du?«

»Unterwegs mit Jay Parker. Danke übrigens, dass du ihm gesagt hast, wo er mich finden kann.«

»Hintergehst du Artie?«

»Wir waren nicht zum Vergnügen unterwegs. Wir waren arbeiten. Du wirst nicht glauben, wen ich heute Nacht getroffen habe. Aber du darfst es niemandem erzählen. Schwöre es bei der roten Gucci-Tasche des Papstes.«

»John Joseph Hartley und Zeezah.«

»Woher weißt du das?«

»Jay Parker hat mir erzählt, dass er die Laddz managt, also habe ich meine Schlüsse gezogen.«

»Ich war bei ihnen zu Hause.«

Aber das mit den irischen Wolfshunden und dem Geweih-Kronleuchter wusste sie schon. Eine ganze Ausgabe des *RSVP Magazine* war dem Thema gewidmet gewesen. Keine Ahnung, weshalb ich es nicht mitgekriegt hatte.

»Jay hat gesagt, er besorgt mir Karten für die Premiere.«

»Ach, Mum ...«

»Was?«

»Dann denken die doch, ich bin unprofessionell.« Außerdem gab es vielleicht gar keine Laddz-Konzerte, wenn Wayne nicht wieder auftauchte.

»Ich habe mit Claire gesprochen.« Meine älteste Schwester. »Und sie hat gesagt, sie kommt nicht mit.«

Das war nicht unbedingt eine Überraschung. Claire hatte sehr, sehr viel zu tun. Außerdem entsprach es nicht ihrem Wesen, jemandem einen Gefallen zu tun. Manche behaupteten, wir seien uns ähnlich.

»Dann habe ich mit Margaret gesprochen, und sie hat gesagt, sie würde mitkommen, wenn ich keinen anderen finde.«

Margaret, die zweitälteste nach Claire, war ebenfalls sehr beschäftigt – sie hatte zwei Kinder, Claire drei –, aber sie hatte ein ausgeprägtes Pflichtgefühl.

»Ich will nicht mit Margaret gehen«, sagte Mum.

»Aber sie ist deine Lieblingstochter.«

»Sie tanzt wie ein Onkel bei einer Hochzeit, sie würde mich bloß blamieren.«

»Du bist auch nicht gerade Ginger Rogers.«

»Ich bin eine ältere Frau, niemand erwartet von mir, dass ich Pirouetten drehe. Also, ich weiß auch nicht, warum, aber ich würde am liebsten mit dir gehen.«

»Frag Rachel«, sagte ich. »Oder Anna.« Meine anderen Schwestern. Wir waren insgesamt fünf.

»Scheinbar hast du vergessen, dass sie in New York leben.«

»Frag sie trotzdem. Man weiß nie.«

»Wie viele Stunden meines Lebens habe ich bei euren miesen Theateraufführungen in der Schule vergeudet oder bei langweiligen Ballettabenden oder grauenvollen Sportfesten? Bei fünf Kindern sind das Jahre meines Lebens, *Jahre*, sage ich dir, und ich bitte um einen einzigen Abend …«

Das reichte. »So reizend es auch ist, nachts um drei an der Treppe zu stehen und deinen Beschwerden zu lauschen, aber ich habe zu tun.«

»Also gut«, sagte sie pikiert. »Entschuldige bitte, dass ich dir deine kostbare Zeit gestohlen habe.« Sie ging wieder nach oben, der Rücken steif in vorwurfsvoller Haltung.

»Hast du keine Freundinnen, mit denen du in das Laddz-Konzert gehen kannst«, rief ich ihr hinterher.

»Die sind alle tot.«

Sie verschwand im Schlafzimmer, und ich hatte den Wunsch, sie zurückzurufen. Ich wollte mit jemandem sprechen, darüber, wie seltsam es war, Jay Parker wiederzusehen, und dass wir ganz nah an dem Ort vorbeigefahren waren, wo Bronagh gewohnt hat, und wie traurig das war. Aber Mum hatte Bronagh nie gemocht. Als sie sich das erste Mal begegneten, hatte Mum dagestanden wie vom Donner gerührt. Ihr Blick mit weit aufgerissenen Augen war von mir zu Bronagh und wieder zurück gewandert, als stünde sie unter Schock, und man konnte praktisch ihre Gedanken lesen: »Ich dachte, ich hätte das schwierigste Kind, das eine Mutter haben kann, aber hier ist tatsächlich ein noch schlimmeres.«

War Bronagh wirklich schlimmer als ich? Ich hätte gesagt, wir waren einander ebenbürtig. Manchmal gelang es mir, dass ihre Augen mit purer Bewunderung an mir hingen, aber es bestand kein Zweifel, sie legte die Messlatte sehr hoch. Zum Beispiel bei unserer ersten Begegnung.

Es war ein Sommertag vor ungefähr sechs Jahren, und ich kämpfte mich auf der Grafton Street voran, schlängelte mich durch die Fußgängermengen und ärgerte mich über jeden Einzelnen, der nicht exakt im gleichen Tempo ging wie ich. »Herr im Himmel«, brummelte ich vor mich hin, »könnt ihr nicht einfach weitergehen? Das kann doch nicht so schwer sein.« Berechtigterweise unwirsch zu sein gefiel mir sehr gut, so gut, dass ich einen Moment nicht aufpasste und jemand wie aus dem Nichts kommend plötzlich vor mir auftauchte. Nicht irgendjemand, sondern ein Mann mit langen blonden Dreadlocks; er trug ein Klemmbrett bei sich und hatte eine Weste mit dem Namen einer Wohltätigkeitsorganisation an.

Er ging rückwärts vor mir her und hatte die Arme weit ausgestreckt. »Sprich mit mir, he du, sprich mit mir. Zehn Sekunden?«

Ich senkte den Kopf. Blickkontakt war tödlich. Ich war wütend auf mich selbst, weil ich mich in den Dunstkreis des Wohltätigkeitsmenschen hatte ziehen lassen. Ich hätte es kommen sehen und mich dagegen wappnen müssen. Ich betrachtete es sogar als ein Zeichen persönlichen Versagens, dass dieser Typ in mir überhaupt eine mögliche Kandidatin sah.

Ich wich zur Seite hin aus, und er machte die Bewegung mit, als wären wir durch eine Nabelschnur miteinander verbunden. Ich duckte mich nach links, er duckte sich ebenfalls, mit einer beinahe tänzerischen Anmut. Langsam stieg Panik in mir auf. »Also gut, ich mache dir einen Vorschlag«, sagte der Typ. »Du gibst mir fünf Sekunden? Du hast fantastische Schuhe, weißt du das? Hörst du mir zu? Diese Sportschuhe sind echt *krass*. Warum sprichst du nicht mit mir?«

Mit beinahe übermenschlicher Anstrengung riss ich mich aus seinem Kräftefeld und sprang zur Seite, um ihn aus sicherer Entfernung zu verfluchen, und er rief hinter mir her, sodass halb Dublin es hörte: »Damit du dir noch ein Paar Sportschuhe kaufen kannst, das du nicht brauchst, aber zwei Euro pro Woche, um einem gelähmten Esel zu helfen, kannst du nicht aufbringen, was? Du tust mir wirklich verdammt leid.«

Ich bedauerte zutiefst, dass ich das Geräusch nicht beherrschte, das manche Leute von sich geben, wenn sie eine Verwünschung aussprechen. Ich hätte damals, als es mir passierte, einfach besser aufpassen sollen. (Weil ich einer Frau mit einem Furcht einflößenden Lächeln und einem karierten Kopftuch keine Glückserika abkaufen wollte, schüttete sie mit hypnotisch klingender, kehliger Stimme einen Schwall übler Verwünschungen über mir aus.)

Noch während ich überlegte, ob ich trotzdem versuchen sollte, ihm mit einem Zauberspruch Angst einzujagen, wandte sich der Wohltätigkeitstyp jemand anderem zu – wegen der kurzen Haare und der schmalen Figur dachte ich zunächst, es sei ein Junge. Aber dann erkannte ich, dass es eine Frau war, ungefähr so alt wie ich. Sie hatte irgendetwas Besonderes an sich, weshalb ich meinen Blick nicht abwenden konnte.

»He«, sagte der Typ mit schmeichlerischer Stimme. »Du hast geile Sportschuhe.«

»Findest du?«, fragte die junge Frau. »Wirklich?«

»Ja, finde ich. Hast du Zeit für ein kurzes Gespräch?«

Ich schlich mich näher an sie heran, und die Passanten stießen mit mir zusammen und fluchten leise. Aber ich nahm das kaum wahr, weil ich so gebannt war von dem, was sich da anbahnte – irgendwie wusste ich, dass diese junge Frau etwas Dramatisches vorhatte, vielleicht einen

Kung-Fu-Tritt und einen Griff an seinen ohnehin schon obszön tief sitzenden Hosenbund, sodass seine Jeans ihm in die Kniekehlen rutschten.

Aber auch ich war nicht auf das vorbereitet, was sie tat: Sie warf sich ihm an den Hals, schlang ihre Arme um ihn und umarmte ihn fest. »Deine Sportschuhe sind auch ganz toll«, sagte sie.

»He ...« Er lachte überrascht. »Danke, das ist nett.«

»Und deine Haare ...« Sie griff in seine Dreadlocks und zog kräftig daran. »Ist das eine Perücke?«

»Nein ... alles meins.« Er lächelte verunsichert und versuchte, sich von ihr zu lösen.

»Nein, nein, nein.« Sie umklammerte ihn noch fester. »Du musst umarmt werden, weil du so etwas Nettes über meine Sportschuhe gesagt hast.« Ihre Augen funkelten vor Boshaftigkeit.

»Ja, aber ...«

Inzwischen waren einige Passanten stehen geblieben und weideten sich vergnügt an seinem Unbehagen.

Der Wohltätigkeitstyp versuchte, die Hände der jungen Frau von sich zu lösen, aber sie klammerte sich an ihn wie ein Äffchen, sodass selbst ich langsam Mitleid mit ihm bekam, bis sie ihn schließlich freigab. Er eilte auf der Grafton Street davon und zerrte dabei an seiner roten »Rollstühle für Esel«-Weste, in dem verzweifelten Versuch, sie auszuziehen. »Wohin willst du denn?«, rief sie ihm nach. »Ich dachte, du bist mein Freund.«

Spontaner Applaus unter den Zuschauern kam auf, und sie lachte, ein wenig stolz, ein wenig verlegen. »Ach nein, ist schon gut.«

Ich wartete, bis ihre Bewunderer sich verzogen hatten, dann ging ich zu ihr, wie ich es früher im Kindergarten gemacht hatte, und sagte: »Ich bin Helen.« Es war ein unverhohlener Freundschaftsantrag.

Sie musterte mich eine Minute, registrierte kühl alle Einzelheiten, war offensichtlich zufrieden mit dem, was sie sah, denn auf ihrem Gesicht erschien ein sehr hübsches Lächeln, und sie sagte: »Ich bin Bronagh.«

Ich war nicht sicher, was ich als Nächstes tun sollte. Ich wollte sie zur Freundin haben, wusste aber nicht, wie ich das anstellen sollte. Mir fiel es anscheinend schwer, Freunde zu finden, ich meine, echte Freunde. Für viele Jahre meines Lebens musste ich mich mit den Menschen in meiner Familie begnügen, obwohl ich vieles an ihnen auszusetzen hatte, aber ich konnte ja nicht weglaufen. Lange war meine Schwester Anna meine beste Freundin gewesen, obwohl ich mich pausenlos über sie lustig machte, aber dann setzte sie sich nach New York ab und hinterließ ein großes Loch in meinem Leben.

»Hast du gerade etwas vor?«, fragte ich Bronagh. »Hättest du Lust auf eine Cola light?«

Sie runzelte die Stirn und schien beunruhigt. »Bist du lesbisch?«

»Nein.«

»Dann ist ja gut.« Wieder strahlte sie mich mit einem breiten Lächeln an. »Dann auf eine Cola light.«

11

Ich ging nach oben, in Mums und Dads »Büro« (Claires ehemaliges Schlafzimmer), und stellte den Computer und den Scanner an. Mein eigener Kram – Bürosachen, Überwachungsgeräte – war überall im Haus verteilt, in meinem Schlafzimmer, im Esszimmer, und einiges auch hier in diesem Büro. Wenn ich erst mal alles ein bisschen besser organisiert hatte, würde ich mich vielleicht mehr – es fiel mir schwer, das Wort auch nur zu denken, sehr ärgerlich, in-die-Tonne-ärgerlich – *angekommen* fühlen.

Wenigstens gab es im Haus einen Internetanschluss. Vor zwei Jahren hatte ich Mum und Dad dazu überredet, und jetzt war ich heilfroh. Ich gab »Gloria« bei Google ein und kriegte eine Million Treffer, nicht einer davon hilfreich. Wer hat gewusst, dass Van Morrison einen Song mit dem Titel »Gloria« gesungen hat? Muss vor meiner Geburt gewesen sein.

Ich las meine E-Mails: Noch keine Antworten auf die zwei, die ich am Abend geschrieben hatte, aber es war schließlich mitten in der Nacht. Und keine von John Joseph mit der Nummer von Birdie Salaman. Auch die würde sicherlich am Morgen kommen.

Dann bearbeitete ich das Foto von Wayne und Birdie, retuschierte Birdie weg und machte Wayne eine Glatze. Es wäre sinnvoll, ein Foto von Wayne zu haben, auf dem er aussah wie jetzt, mit kahl rasiertem Schädel. Leider war das Resultat nicht sehr befriedigend (sein Kopf hatte sich bei der Aktion etwas verformt), aber es müsste reichen. Ich würde es ausdrucken, sobald ich meinen Drucker angeschlossen hatte.

Mit Birdie Salaman hatte ich mehr Glück – sie war bei Facebook. Sie hielt sich ziemlich bedeckt, aber es gab ein Foto, und sie war deutlich zu erkennen. Ich überlegte, ob ich eine Freundschaftsanfrage senden sollte. Oder sollte ich lieber warten, bis John Joseph mir ihre Nummer gab? Vielleicht könnte er mich ihr vorstellen. Aber Geduld ist wirklich nicht meine starke Seite, sodass ich lieber eine Anfrage abschickte – ich konnte mich einfach nicht bremsen.

Wo ich schon dabei war, überprüfte ich auch gleich Wayne auf Facebook. Er war noch verschlossener als Birdie, nicht einmal ein Foto gab es von ihm. Ich schickte ihm auch eine Anfrage. Man konnte ja nie wissen.

Dann wählte ich seine Handynummer. Es war nicht sehr wahrscheinlich, dass er zu dieser frühen Stunde drangehen würde, aber man konnte auch in diesem Fall nie wissen. Das Handy war abgeschaltet, und ich hinterließ keine Nachricht.

Ich hätte gern Birdies Adresse gehabt – eine echte Adresse, keine virtuelle – für den Fall, dass John Joseph sich nicht mit ihrer Telefonnummer meldete. Es gab ein paar Möglichkeiten, die ich versuchen konnte. Dann hatte ich einen genialen Einfall: Ich würde einfach im Telefonbuch nachsehen! Die einfachsten Ideen sind immer die besten. Mein Telefonbuch lag zuunterst in einem der Kartons, in die ich mein Leben verstaut hatte, aber im Haus musste es auch irgendwo eins geben. Ich entdeckte es neben mehreren Dutzend Konservendosen mit Birnen und mindestens zweihundert Packungen von Club-Milk-Keksen – offenbar horteten Mum und Dad Vorräte für den Weltuntergang – und hatte Birdie innerhalb weniger Sekunden gefunden – eine Adresse *und* einen Festnetzanschluss. Sie lebte in Skerries, in North County Dublin, am Meer, nett, vielleicht war da das Abercrombie-&-Fitch-artige Foto gemacht worden. Am liebsten hätte ich sie sofort angerufen, aber die sicherste Methode, jemanden für immer zu vergraulen, bestand darin, ihn morgens um vier aus dem Bett zu klingeln.

Noch eine letzte Suche. Ich durchforstete – was völlig legal war – die Grundbucheinträge, und sofern Wayne sich nicht hinter einer Gesellschaft verbarg, besaß er kein weiteres Eigentum, wenigstens nicht in Irland oder im Vereinigten Königreich, und konnte sich auch da nicht verstecken.

Mehr konnte ich wirklich nicht tun, ich musste schlafen gehen. Ich stöpselte mein Handy ins Ladegerät, legte es neben mich – seine freundliche Präsenz war sehr angenehm – und machte die Augen zu.

12

Also. Artie Devlin. Unsere erste Begegnung lag schon eine Weile zurück, gut achtzehn Monate. Ich war in einer Ehegeschichte engagiert und versuchte, die komplizierten finanziellen Manöver des untreuen Gatten zu entwirren, als mir jemand vorschlug, ich könnte mich an Artie Devlin wenden. »Er arbeitet im Bereich Finanzbetrug und Steuerhinterziehung, der versteht was von dieser multiplen Kontenführung.«

Aber ich war nicht sonderlich interessiert, weil ich meine Sachen lieber allein rauskriegte – welchen Sinn hatte es, mein eigener Boss zu sein, wenn ich dauernd andere Leute um Hilfe bitten musste?

Wenige Tage später wurde sein Name erneut erwähnt, und auch diesmal ignorierte ich ihn, denn ich glaubte nicht an Zufälle, ich glaubte nicht an Schicksal, und ich glaubte nicht an ein wohlwollendes Universum mit einem allumfassenden Plan.

Dann fiel sein Name ein drittes Mal, und ich sagte: »Wer, um Himmels willen, ist dieser Artie Devlin, den mir alle aufdrängen wollen?« Anscheinend war er bei der Polizei, aber – wie mir jeder eiligst versicherte – keiner von den fettigen Schinkenspeck futternden Streifenpolizisten. Er arbeitete in einer Elitegruppe für Betrugsbekämpfung, und der banale Name der Einheit strafte die Gewichtigkeit der Aufgaben Lügen. Sein Gebiet war Steuerhinterziehung, Betrug und Vorteilsnahme großen Stils, er brachte Großbetrüger in Industrie und Wirtschaft zur Strecke.

Artie Devlin trug keine Uniform und hatte auch keinen Schlagstock. Stattdessen verfolgte er Spuren auf dem Papier, er konnte Bilanzen lesen und hatte einen Universitätsabschluss in Steuerrecht.

»Er ist ein guter Typ«, sagte man mir. Und – mit mehr Nachdruck: »Er sieht richtig gut aus, sehr, sehr sexy.«

Der allgemeinen Meinung nach war er ein Gesetzesvollstrecker der besonderen Klasse, und bei so viel Achtung und Bewunderung, die ihm allseits entgegengebracht wurde, war er mir suspekt, bevor ich ihn überhaupt kennenlernte.

Aber die Tage vergingen, und ich hatte immer noch keinen Zugriff auf die finanziellen Machenschaften des betrügerischen Ehemanns, sodass ich schließlich doch Artie Devlin anrief und ihn um einen Gefallen bat, worauf er sagte, er habe am nächsten Donnerstag eine Stunde Zeit.

Wir trafen uns an seinem Arbeitsplatz, der sich keineswegs in einer Polizeistation befand, sondern in einem Großraumbüro, in dem lauter lässig gekleidete Menschen an Schreibtischen saßen und auf Bildschirme mit Zahlenkolonnen starrten. Dicke Wälzer über Steuerrecht und Rechnungswesen lagen überall herum, aber die Menschen (in der Mehrzahl Männer, zugegeben) waren fit und muskulös, wie Superhelden des Steuerrechts. (»Ruf den Bilanzen-Boy her!«) (»Da müssen wir den Algorithmen-Typen holen.«)

Artie hatte ein verglastes Eckbüro. Er war groß und gut aussehend und zurückhaltend – und *extrem* präzise in seiner Wortwahl bei der Vermittlung von Informationen, so wie Polizisten eben sind, auch die ohne Schlagstock. Trotz seiner Professionalität hatte er etwas Ungezähmtes, etwas Wildes an sich, oder vielleicht war er einfach nicht dazu gekommen, sein Oberhemd zu bügeln.

Er fragte, ob ich einen Kaffee wollte.

»Ich halte nicht viel von warmen Getränken«, sagte ich. »Außerdem gibt es viel zu besprechen. Fangen wir an.«

Einen Moment lang sah er mich an. »Gut«, sagte er schließlich, »fangen wir an.«

Ich wuchtete meinen dicken Ordner auf den Schreibtisch, und er ging die Dokumente durch und erklärte mir, was es mit Offshore-Banken und Nummernkonten und anderen schändlichen Praktiken auf sich hatte.

Es war ziemlich kompliziert, aber nach einer Weile begriff ich, worum es ging. Und sofort wurde ich übermütig. »Sagen Sie mal«, sagte ich zu Artie Devlin. »Fahren Sie eigentlich oft auf die Kaimaninseln?«

Er hob den Blick von dem Ordner, sah mich mit seinen blauen Augen an und sagte, ein wenig widerwillig: »Ich war einmal da.«

»Sind Sie da so braun geworden?«

Nach einer Pause sagte er: »Nein.«

Ich sah ihn mir gründlich an. Er hatte nicht die schreckliche, typisch irische Haut, die nicht braun wird, sondern einfach nur sommersprossiger (ich weiß, wovon ich rede). Im Gegenteil, er hatte wunderschöne Haut – wie Schweden sie haben –, die von der Sonne golden wird. »Schien die Sonne nicht?«, fragte ich.

»Ich habe gearbeitet«, sagte er.

Dann wurde ich von einem Foto auf seinem Schreibtisch abgelenkt. Drei blonde Kinder, die alle so aussahen wie er.

»Ihre Nichten und Neffen?«, fragte ich.

»Nein, das sind meine Kinder.«

Zu erfahren, dass er Kinder hatte, war eine große Überraschung (von der sehr unangenehmen Sorte). Das hatte mir niemand erzählt. Außerdem sah er nicht danach aus. Im Gegenteil. »Sie sehen eher nach … ›Ärzte ohne Grenzen‹ aus.«

Er reagierte nicht auf meine Bemerkung, aber ich fuhr trotzdem fort. »Sie wissen schon – jemand, der ab und zu einen Adrenalinschub braucht und glücklicher in einem improvisierten Zelt in einer Kriegszone ist, wo er im Schein einer Sturmlaterne Arme und Beine amputiert, statt in einem Vorort mit einer Familie und Kindern.«

»Nein«, sagte er. »Arme und Beine habe ich noch nie amputiert.«

Es entstand ein seltsames Schweigen, und ich machte mich gerade bereit zu gehen, als er unerwartet gesprächig wurde. »Um ehrlich zu sein«, sagte er, »ich habe mir immer vorgestellt, dass die Leute bei ›Ärzte ohne Grenzen‹ einen verborgenen Todeswunsch haben.«

»Wirklich?«

»Verstehen Sie mich nicht falsch, was sie tun, ist gut, sehr gut sogar, aber was ist daran auszusetzen, wenn man in einem Vorort wohnt und eine Familie hat?«

»Viel«, sagte ich. »Sehr viel.«

»Nein«, beharrte er. »Es ist zweifellos besser, als seine Lebenserfüllung darin zu finden, dass man Menschen wieder zusammennäht, während einem die Kugeln um den Kopf pfeifen.«

»Richtig«, sagte ich. »Genau.« Offen gestanden war ich von ihm, von seiner Gesprächigkeit einerseits und seiner Festigkeit andererseits, plötzlich sehr eingenommen.

»Sagen Sie«, sagte ich, »ich muss es einfach wissen: Welche Beziehung haben Sie zu der Mutter Ihrer Kinder?«

»Wir sind geschieden.«

»Erst seit Kurzem?« Ich versuchte, teilnahmsvoll zu klingen.

»Ist schon ein paar – zwei? – Jahre her.«

»Ah. Doch schon eine Weile. Reichlich Zeit, dass die Wunden heilen konnten.«

Er sah mich an, sah mich lange unverwandt an, und schließlich schüttelte er den Kopf und lachte leise.

Ich war wirklich ziemlich scharf auf diesen Artie Devlin. Gern hätte ich achtundvierzig Stunden in einem Hotelzimmer mit ihm verbracht. Aber mehr auch nicht. Ich wollte keine Komplikationen. Ich wollte keine Diskussionen um zwei Uhr nachts darüber, »in welche Richtung die Beziehung geht«. Ich wollte nicht, dass die Bedürfnisse seiner Kinder so wichtig waren wie meine eigenen.

Denn so sieht es aus, wenn man mit einem Mann zusammen ist, der Kinder hat. (Schwer für eine Frau, das zuzugeben, weil sie Angst hat, für egoistisch gehalten zu werden, und egoistisch darf eine Frau auf gar keinen Fall sein.)

Ich hatte mich von alleinstehenden Vätern zurückgehalten, weil ich wusste, wie sie waren – besorgt um ihre Kinder und deren Wohlergehen, immer darauf bedacht, vorsichtig vorzugehen, weil man ihnen nicht alle fünf Minuten eine neue Freundin vorsetzen konnte. Eine Einstellung, die keinen Spaß machte, wenn man auf Spontaneität ohne Verpflichtung aus war.

Und natürlich, das Einzige, was noch schlimmer war als ein Mann, der Angst hatte, seinen Kindern zu viel zuzumuten, war ein Mann, dem das scheißegal war.

Ich dankte also Artie für seine Hilfe, versicherte ihm, dass ich mich erkenntlich zeigen würde, wenn sich die Gelegenheit ergab, und machte mich – ein klein wenig traurig – auf den Weg.

In den Wochen darauf hatte ich reichlich Gelegenheit, an Artie zu denken. Seine Erläuterungen erwiesen sich als äußerst hilfreich, weil sie mir den Fall erschlossen. Das bedeutete, dass ich meiner Klientin sagen konnte, wie viel Geld ihr fremdgehender Mann wirklich hatte, was wiederum sie in die Lage versetzte, ihn damit zu konfrontieren und das zu fordern, was ihr zustand. Damit war der Fall geklärt, und das wäre mir ohne Artie Devlin nicht gelungen.

Als ich das Abschlusshonorar von meiner dankbaren Klientin erhielt, fand ich, dass es angebracht war, mich bei Artie mit einem Geschenk zu bedanken. Nichts Großes, nichts Umwerfendes, aber etwas, das irgendwie von Bedeutung war. Ich grübelte und grübelte, und schließlich hatte ich die Idee für das perfekte Geschenk: ein Skalpell.

Ein paar Leute versuchten mir das auszureden. Eine Flasche Whiskey sei eher angemessen, sagten sie, und ihre

Stimmen klangen schrill vor Bedenken. Oder eine Packung Kekse. Aber ich war mir sicher – ein Skalpell war genau das Richtige. Es würde Artie an mich erinnern, an unser Gespräch über »Ärzte ohne Grenzen«. Ich war überzeugt, dass es ihm gefallen würde.

Ich kaufte also ein kleines, glitzerndes Skalpell und verpackte es – in einer ganz untypischen Anwandlung von Sicherheitsdenken – in einem Karton, den ich in Meter von Luftkammerfolie wickelte, dann schrieb ich »Vorsicht!« auf ein neongelbes Post-it. Beruhigt, dass sich so niemand versehentlich die Finger abschneiden würde, schrieb ich einen kurzen, aber aufrichtigen Brief an Artie und dankte ihm für seine Hilfe. Und obwohl Claire, Margaret und sogar Bronagh besorgt fragten, ob mit meinem Kopf alles in Ordnung sei, und mich daran erinnerten, dass ich erst kürzlich die Antidepressiva abgesetzt hatte, war ich überzeugt, dass ich es genau richtig gemacht hatte.

Doch vier Tage darauf traf ein Päckchen bei mir ein, und als ich es öffnete, fand ich darin das Skalpell.

Ich starrte es an und fühlte mich erstaunlich ernüchtert.

Enttäuschung, das war das Gefühl, Enttäuschung, dass Artie den Witz nicht verstanden hatte, dazu das Gefühl, unerwartet zurückgewiesen worden zu sein. Doch dann las ich den Begleitbrief.

Liebe Helen, hieß es da, *so hübsch dies auch ist und so angenehm die Erinnerungen an den gemeinsam verbrachten Nachmittag sind, die es weckt, ist es leider so, dass Menschen im öffentlichen Dienst keine Geschenke annehmen dürfen. Deshalb schicke ich dies mit Bedauern zurück. Artie Devlin.*

Mir gefiel der Ton des Briefes, mir gefiel seine Handschrift – insbesondere gefiel mir die Tatsache, dass er keine Smileys anstelle der i-Punkte gemacht hatte. Und die Erinnerung war plötzlich sehr lebendig: wie attraktiv er war in seiner zugeknöpften Art und welches Vergnügen es sein könnte, ihn aus der Reserve zu locken, sodass ich, obwohl er der Vater von drei Kindern war, überlegte, ihn anzurufen und vielleicht ein bisschen anzumachen.

Doch dann funkte das Schicksal (obwohl ich nicht daran glaube) dazwischen. Am nächsten Tag, wirklich, genau am Tag danach – ist das zu glauben? – begegnete ich Jay Parker, und obwohl ich es immer noch nicht fassen kann, waren von da an alle Gedanken an Artie Devlin wie aus meinem Kopf geblasen.

13

Als Privatdetektiv hat man nur selten mit ordentlichen Vermisstenfällen zu tun. Natürlich, meine Arbeit klang unglaublich aufregend, wenn ich erzählte, dass ich nach Antigua und Paris reiste, aber im Grunde war es die meiste Zeit nur ein ganz gewöhnlicher Job und hatte in erster Linie mit der Überprüfung von Fakten zu tun. Im letzten Jahr zum Beispiel verbrachte ich zwei der langweiligsten Monate meines Lebens, als eine Gruppe reicher Amerikaner irischer Abstammung mich mit der Erstellung von Familienstammbäumen beauftragte und ich zahllose Tage in der staubigen Dunkelheit eines Archivs inmitten von Geburts-, Sterbe- und Heiratsregistern meine Nachforschungen anstellen musste.

Doch so langweilig es auch war, ich war dankbar für den Auftrag.

Wie hatte Irland sich verändert! Auf dem Höhepunkt des wirtschaftlichen Wachstums, als Irland zu Recht der Keltische Tiger genannt wurde, hatten die Menschen geradezu verzweifelt nach neuen Dingen gesucht, für die sie ihr Geld ausgeben konnten. Damals bekam ich ständig Aufträge, Ehegeschichten auszukundschaften: Männer oder Frauen, hauptsächlich Frauen, wollten herausfinden, ob ihr Partner eine Affäre hatte. Einige der Frauen hatten echte Gründe für einen Verdacht, aber viele engagierten mich nur, um mitreden zu können – sie hatten sich Strähnchen färben lassen, besaßen Tausend-Euro-Handtaschen und eine Anlageimmobilie in Bulgarien. Und wenn die Nachbarin einen Privatdetektiv anheuerte, warum dann nicht auch sie?

Meine Maxime ist es, nach Kräften das Gute zu fördern, deswegen riet ich den Ehepartnern immer, sich die Sache noch einmal gründlich zu überlegen, denn so stark ihr Verdacht, dass sie hintergangen wurden, auch sei, den endgültigen Beweis dafür zu bekommen konnte vernichtend sein. Aber sie wollten es unbedingt wissen – und plötzlich hatten sie das Video in der Hand, das ihren Mann bei einem Rendezvous mit einer anderen Frau zeigte.

Aber ich war nur der Bote. Es war nicht meine Aufgabe, meinen Klientinnen die Hand zu halten und sie an meiner Schulter weinen zu lassen, weil sie erkennen mussten, dass sich ihr bequemes Leben in Wohlgefallen auflöste und sie für eine jüngere Frau Platz machen mussten. Manchmal klammerten sie sich an mich und flehten mich um Rat an. Und ich muss sagen, was immer man von mir halten mag (damit meine ich besonders meine Schwester Rachel, die einmal gemutmaßt hatte, dass bei mir eine Schraube locker sei), es macht mir keinen Spaß, schlechte Nachrichten zu überbringen. Aber ich musste professionell bleiben. Sprechen Sie mit Ihren Freundinnen, riet ich den Frauen. Sprechen Sie mit Ihrer Mutter. Sprechen Sie mit Ihrer Therapeutin. Sie könnten sogar, sagte ich, mit der Telefonseelsorge sprechen. Aber mit mir zu sprechen hat wirklich keinen Sinn, weil Mitgefühl nicht zu meinem Dienstleistungsspektrum gehört. Also, es ist ja nicht so, dass ich kein Mitgefühl hatte, aber wenn man es erst mal für eine empfand, dann musste man es auch für die anderen aufbringen, und dann ging man irgendwann einfach unter in all der Traurigkeit.

Als dann der wirtschaftliche Einbruch kam, gehörten meine Dienste neben den Luxushandtaschen zu den ersten Posten, die gestrichen wurden. Wenn Ehemänner sich heute anderweitig vergnügen, wollen die Frauen es gar nicht wissen, denn während es mit ihnen finanziell auf und ab geht (hauptsächlich ab) wie auf einer Achterbahn, liegt ihre einzige Rettung darin, ihre Männer festzuhalten. Es kann sich sowieso niemand mehr eine Trennung leisten, weil die Häuser über Nacht ihren Wert verloren haben. Plötzlich geht es vor allem darum zusammenzubleiben.

Und meine andere nützliche Verdienstquelle, nämlich für Firmen die Angaben potenzieller neuer Mitarbeiter zu überprüfen, brach in der Krise ebenfalls weg, weil niemand mehr neue Leute einstellte.

Eine Zeit lang wurde der Einbruch in meiner Auftragslage durch vermehrte Aufträge von Versicherungsgesellschaften ausgeglichen, die die Rechtmäßigkeit von Forderungen überprüfen wollten – wie bei dem Mann mit dem »gelähmten« Bein, der trotzdem mühelos eine Badewanne auf einer Leiter ins Haus befördern konnte. Rückenprobleme kamen in diesen Fällen häufig vor. Beispielsweise wurden Forderungen eingereicht, dass jemand sechs Monate Bettruhe brauchte, nicht arbeiten konnte und verlangte, dass die Krankenversicherung die Kosten dafür übernahm. Also wurde ich losgeschickt, damit ich mich mit einer Videokamera in einer Hecke versteckte, in der Hoffnung, den Patienten bei lebhaftem Fußballspiel mit seinem Enkel und im Vollbesitz seiner Kräfte filmen zu können.

Dann ging einer meiner größten Auftraggeber pleite, und ich bekam es richtig mit der Angst zu tun. Ich musste als Bittsteller zu den Versicherungskonzernen gehen, die ich in meinen glorreichen Zeiten, als ich mich vor Aufträgen nicht retten konnte, abgewiesen hatte. Und da wir hier in Irland sind, erinnerten sich diese Firmen nur zu gut an die erfahrene Zurückweisung und genossen die Gelegenheit, mir in meiner schwierigen Situation die Tür vor der Nase zuzuknallen.

Nachforschungen für Versicherungen waren, um ehrlich zu sein, das, was ich an meiner Arbeit am wenigsten mochte. Ich mochte es, wenn ich ein Ergebnis vorlegen konnte, aber bei den Aufträgen der Versicherungen hatte ich mittlerweile ein ungutes Gefühl. Versicherungskonzerne sind böse, das weiß jeder. Sie zahlen nie, und wenn sie, was selten genug der Fall ist, nicht umhinkommen, eine winzig kleine Zahlung zu leisten, reicht es einfach nicht. Leute, die ihr Leben lang eine Hausratversicherung bezahlt haben in der Annahme, dass sie Hilfe erhalten, wenn sie in eine Notlage geraten, stellen in einem solchen Fall fest, dass sie sich schwer geirrt haben. Wird ihr Haus bei einer Sturmflut unter Wasser gesetzt, gehen die Besitzer zu ihrer Versicherung, und die findet wunderbarerweise eine Klausel im Vertrag, in der steht, dass die Versicherung, ja, stimmt, für

Wasserschäden haftet, *aber nur, wenn das Wasser nicht nass ist.* Oder ähnlichen Unsinn.

(Douglas Adams sagt, Versicherungsforderungen seien der Beweis, dass Zeitreisen möglich sind, ja, dass sie sogar ständig vorkommen. Und so funktioniert es, sagt er: Man reicht seine Schadensersatzforderung ein, eine stinknormale Forderung wie etwa, weil einem das Fahrrad – das, nebenbei bemerkt, schwarz ist – gestohlen wurde, worauf die Versicherungsgesellschaft in der Zeit zurückreist und die ursprüngliche Police so ändert, dass sie die Haftung für den Diebstahl von Fahrrädern übernimmt, *ausgenommen von schwarzen.* Dann kommt die Firma zurück in die Gegenwart und schickt dem Versicherten einen schnippischen Brief, in dem es heißt: »Wir weisen Sie auf Klausel Nr. soundso in Ihrer Police hin, die uns von der Haftung für den Diebstahl von solchen Fahrrädern, die schwarz sind, enthebt, und angesichts der Tatsache, dass Ihr Fahrrad so schwarz ist wie unser Herz, brauchen wir Ihnen keinen müden Penny zu bezahlen. Wir verbleiben mit besten Wünschen.« Und man steht da und wird wahnsinnig und sucht die Police nach dieser Klausel ab und fragt sich: Wie kommt es, dass ich mich an diese verrückte Klausel über schwarze Fahrräder nicht erinnere? Ich hätte den Vertrag doch niemals unterschrieben, wenn ich das bemerkt hätte.)

Wie gesagt, sie sind *böse,* und es gab Momente, da hatte ich den Wunsch, mich auf die Seite des Klienten zu schlagen, der sorglos mit seinem Enkel Fußball spielte. Ich wollte mich davonschleichen und der bösartigen Versicherung berichten, dass besagter Klient bettlägrig war und nach Morphium verlangte. Nur, wenn man zu viele Berichte einreicht, die zugunsten des Klienten ausgehen, bekommt man keine Aufträge mehr – sie wollen ja nur Beweise dafür, dass sie betrogen werden –, und auch ich muss meine Rechnungen bezahlen. Vor die Wahl gestellt zwischen Mitgefühl und Cola light im Kühlschrank, blieb mir nichts anderes übrig, als mich für Cola light zu entscheiden. Nichts, worauf ich stolz wäre, aber was kann man tun?

Freitag

14

Ich schlief drei Stunden; länger konnte ich schon seit einiger Zeit nicht mehr schlafen. Was mich weckte, war ein Schmerz, der sich quer über meinen Brustkorb zog. Das war schon einmal passiert – ein Gefühl schrecklicher Enge in meiner Brust, so schlimm, dass ich eine Weile lang keinen BH getragen hatte. Dann fiel mir mein missglücktes Lachen am Abend zuvor bei John Joseph ein, und ich dachte voller Hoffnung: Vielleicht habe ich mir nur einen Muskel gezerrt.

Aber ich wusste, das war es nicht. Schwärze zog in meinem Inneren auf und breitete sich wie öliges Gift aus, und von außen drückte eine noch tiefere Schwärze auf mich, als würde ich mit einem Aufzug in die Tiefe stürzen.

Ich hatte Angst vor dem, was da draußen lauerte – ein schrecklicher, dunkel bewölkter Himmel, ganz unangemessen für Juni –, aber ich hatte noch größere Angst davor, im Bett zu bleiben.

Ich überlegte, ob ich sofort mit der Suche nach Wayne beginnen sollte, also, ob ich mich unverzüglich ins Auto setzen und nach Clonakilty fahren sollte, immerhin eine Fahrt von gut vier Stunden. Egal was John Joseph gesagt hatte, ein Besuch bei Waynes Familie war ganz offensichtlich der nächste Schritt. Nein, Moment mal … zurück – *offensichtlich* der nächste Schritt? Bisher hatte jeder gesagt, dass Wayne nicht an einem offensichtlichen Ort sein würde. Also sollte ich, gegen meine Intuition, den Besuch in Clonakilty erst mal verschieben, weil es *zu offensichtlich* war. Es sei denn, es war ein geschickter Doppelbluff von Wayne und so offensichtlich, dass es überhaupt nicht offensichtlich war … Himmel, es war einfach noch zu früh am Tag für diese Akrobatik im Kopf.

Mum saß in dem Zimmer gegenüber, dem Büro, am Computer.

»Was machst du da?«, fragte ich.

»Ich guck mir die Schlampe auf YouTube an.«

»Welche Schlampe?«

Sie brachte kaum den Namen heraus, so stark presste sie die Lippen zusammen.

»Zeezah. Komm, sieh sie dir an«, forderte sie mich auf. »Es ist so widerlich.«

Aber faszinierend.

»Man könnte denken, sie balanciert auf einem Surfbrett«, sagte Mum und starrte auf den Bildschirm. »Und ihr Frauenarzt liegt auf demselben Surfbrett auf dem Rücken und versucht, bei ihr einen Abstrich zu machen, und sie ist einverstanden, aber dann bringen die Wellen sie immer wieder aus dem Gleichgewicht, und wenn sie sich gefangen hat, geht sie wieder in die Hocke … Das mit dem Islam verstehe ich nicht«, sagte Mum. »Ich dachte, die Mullahs kommen und vertrimmen sie mit einem Bambusrohr, wenn ihnen versehentlich die Burka verrutscht und ein Mann ein Stück von der Augenbraue zu sehen kriegt, aber schau sie dir doch an, wie sie sich verrenkt. Ich versteh das einfach nicht!«

So rätselten wir über die Widersprüche des Islam. Oder Mum rätselte, und ich hörte zu, offenbar fehlte mir die Energie zu sprechen.

»Soll ich es noch einmal abspielen?«, fragte Mum.

»Warum nicht?« Sie hatte sowieso schon auf Wiederholung gedrückt.

»Warum hat John Joseph eine Muslimin geheiratet, wenn er doch ein frommer Katholik ist? Und warum ging das alles so schnell? ›Eine Liebesaffäre im Wirbelwind‹, haben die Zeitungen geschrieben. Vier Monate von dem Moment, als sie sich kennenlernten, bis zur Hochzeit. Wahrscheinlich brauchte sie ein Visum.«

»Aber will sie nicht zum Katholizismus konvertieren? Haben sie ihre Hochzeitsreise nicht nach Rom gemacht? Haben sie nicht einen Segen vom ›Heiligen Vater‹ bekommen?« Ich sagte »Heiliger Vater« in einem sarkastischen Ton.

»Das haben sie ganz bestimmt nicht. Und sag ›Heiliger Vater‹ nicht in diesem Ton. Ich höre die Verachtung in deiner Stimme.«

»Egal. Es ist so schummrig hier, Mum, können wir das Licht anschalten?«

»Das Licht ist an.«

Tatsächlich, es war an.

»Möchtest du Frühstück?«, fragte sie, nachdem wir uns den Zeezah-Clip noch drei- oder viermal angesehen hatten.

Ich schüttelte den Kopf.

»Gott sei Dank.«

»Warum?«

»Wir haben nichts im Haus.«

»Warum nicht?« Ich wollte wirklich kein Frühstück, aber es kränkte mich, dass meine Eltern ihren Pflichten ihrem Kind gegenüber nicht nachkamen.

»Wir gehen jeden Morgen ins CaffeinePeople und trinken eine Latte und essen Dinkel-Muffins. Wir lesen die Zeitung. Die sind an solchen Stäben aufgehängt. Man liest die

Zeitung, dann hängt man sie wieder an den Ständer. Wir sind wie die Europäer. Du kannst mitkommen, wenn du versprichst, die Zeitung nicht zu stehlen oder uns Schande zu machen.«

Unvermittelt und zu meiner eigenen Überraschung traf ich eine Entscheidung. »Ich glaube, ich gehe zum Arzt.«

»Wegen der Geier?«

Ich nickte. »Und noch ein paar anderer Sachen.«

»Welche Sachen?«

»Ach, na ja ...«

»Hast du deinen Alexander-McQueen-Schal weggegeben?«

Ich schüttelte den Kopf.

»Dann ist es nicht so schlimm.«

Ich biss mir auf die Lippe. Es hatte keinen Sinn, ihr zu sagen, dass ich über meinen Alexander-McQueen-Schal längst hinweg war.

Man musste aktiv sein, dann konnte man es schaffen. Ich fand also meinen Drucker, stöpselte ihn ein, verband ihn mit dem Computer und druckte die fünf Fotos von dem glatzköpfigen Wayne aus, die ich etwaigen Zeugen vorlegen konnte.

Als ich damit fertig war, beschloss ich, Artie anzurufen. Dann zögerte ich. Ich fühlte mich so merkwürdig, so abgetrennt von der Welt, vielleicht war es keine gute Idee, mit ihm zu sprechen. Ich wusste nicht, ob es mir gelingen würde, normal zu klingen, und ich wollte ihn nicht beunruhigen.

Und was, wenn er beunruhigt wäre? Wenn er mit mir so, wie ich war, nicht zurechtkam? Was wäre dann mit uns?

Diese Gedanken waren so unangenehm, dass ich beschloss, nichts zu riskieren. Ich würde ihn nicht anrufen, oder erst später. Aber ich fand nichts Spannendes im Netz, keine aufregenden Trennungen von Berühmtheiten, keine Zusammenbrüche, und nach einer Weile beschloss ich, ihn doch anzurufen. Er müsste sich einfach damit abfinden, dass ich merkwürdig war.

Und dann, nach all diesen Überlegungen, war sein Handy abgeschaltet. Vielleicht war er joggen gegangen. Vielleicht war er aber auch schon im Büro und hatte eine Besprechung. Vielleicht war er mit seinen Kindern beim Frühstück – und sie aßen Eierkuchen, die er ihnen selbst gebacken hatte. Bei der Vorstellung, dass sie alle um den Tisch saßen und Eierkuchen mit Blaubeeren und Ahornsirup aßen, überfiel mich ein unangenehmes Gefühl, das ich als milde Eifersucht identifizierte. Schwierig, wenn dein Geliebter ein treu sorgender Vater ist. Den Gedanken zuzulassen, dass ich für Artie, sosehr er mir auch zugeneigt war, nie an erster Stelle stehen würde, war wirklich eine Herausforderung.

Gut, ich musste mich mit etwas anderem beschäftigen. Ich versuchte es wieder mit Waynes Handy – auch abgeschaltet. Was war mit seiner Website – würde die mir Aufschluss über seine Persönlichkeit geben? Aber es war nur eine Anzeige der Plattenfirma mit rein sachlichen Informationen – seine Alben, seine Auftritte, solche Sachen. Auf der Website stand nach wie vor, dass er am nächsten Mittwoch, Donnerstag und Freitag im MusicDrome spielen würde. Na, das würde sich zeigen.

Es war 7.58 Uhr, zu früh, um Birdie Salaman anzurufen, deshalb sah ich mir eine Auswahl von Halstüchern im Netz an, während die Minuten langsam dahinkrochen. Endlich – endlich! – war es halb neun, eine passable Zeit für einen Anruf, aber nach dreimal Klingeln sprang Birdies Anrufbeantworter an. Wurden Anrufe sondiert? War sie zur Arbeit gegangen? Wer weiß. Ich hinterließ eine Nachricht, holte tief Luft und wählte die Nummer von Dr. Waterbury. Dabei betete ich insgeheim, dass er Shannon O'Malley, seine Sprechstundenhilfe, mit der ich zur Schule gegangen war, inzwischen gefeuert hatte.

Leider war sie immer noch da und freute sich anscheinend, mich am Apparat zu haben. »Helen Walsh! Von dir habe ich neulich gerade gesprochen! Ich habe Josie Fogarty getroffen, die hat inzwischen vier Kinder, und sie sagte: ›Erinnerst du dich an Helen Walsh, wie verrückt die war?‹ Bist du inzwischen verheiratet? Wir müssen uns mal auf ein Glas Wein treffen, einen Abend ohne Kinder. *Toll*, dass du anrufst. Wie geht es dir?«

»Erfreue mich bester geistiger und körperlicher Gesundheit«, sagte ich. »Weshalb ich einen Termin machen möchte.«

»Gott, du bist zum Schreien komisch«, sagte sie. »Aber das warst du ja schon immer.«

Ich würde mir einen anderen Arzt suchen müssen, wenn mir jedes Mal, wenn ich einen Termin machen wollte, dieses Geschwätz drohte.

»Ich habe den Terminkalender vor mir«, sagte sie. »Heute ist er bis unters Dach voll, aber ich guck mal, ob ich dich zwischenschieben kann, weil du eine alte Freundin bist. Gib mir mal deine Nummer, ich rufe dich zurück.«

Das erste Mal war ich bei Dr. Waterbury – ich rechnete im Kopf nach – im Dezember 2009 gewesen, also vor zweieinhalb Jahren. Sechs Monate davor war ich in meine neue Wohnung gezogen, und seine Praxis lag in der Nachbarschaft.

Damals war nicht Shannon seine Sprechstundenhilfe gewesen, sondern eine Frau, die ich nicht kannte, und ich musste ziemlich lange warten. Allerdings war es Dezember, da ist bei Ärzten immer viel los.

Als ich schließlich in das innere Heiligtum vorgelassen wurde, sah Dr. Waterbury kaum auf und hämmerte weiter auf die Tasten seines Computers ein. Er hatte eine Stirnglatze und wirkte irgendwie getrieben. Trotz der wenigen Haare war er nicht alt. Das gefiel mir. Alte Ärzte fand ich unerträglich, sie spielten sich auf, als wären sie Gott, was sie längst nicht mehr sind, seit wir bei Google unsere Symptome eingeben und unsere eigenen Diagnosen stellen können.

»Helen ... ah ... Walsh.« Er klapperte weiter und gab mich in seine Datenbank ein.

Dann schob er alles beiseite, sah mir ins Gesicht und fragte, als würde ihn das wirklich interessieren: »Wie geht es Ihnen?«

»Sie sind der Experte«, sagte ich. »Sagen Sie es mir.« Wofür, glaubte er, bezahlte ich ihm sechzig Euro? »Ich sage Ihnen, wie es aussieht: Ich wache jeden Morgen um vier Uhr vierundvierzig auf, ich kann nichts Richtiges essen – ich weiß nicht, wann ich das letzte Mal Hühnchen gegessen habe –, und wie es bei *True Blood* weitergeht, interessiert mich plötzlich auch nicht mehr.«

»Weitere Symptome?«

»Ich glaube, ich habe einen Gehirntumor, und ich glaube, er drückt auf einen Teil meines Gehirns und bewirkt, dass ich komisch werde. Können Sie eine CT machen lassen?«

»Schwindelanfälle? Lichtblitze? Beeinträchtigte Sicht?«

»Nein.«

»Kopfschmerzen? Gedächtnislücken? Farbenblindheit?«

»Nein.«

»Was tun Sie gerne? Was bereitet Ihnen zurzeit Freude?«

»Nichts«, sagte ich. »Aber für mich ist das normal, ich bin von Natur aus unzufrieden.«

»Wirklich nichts? Musik? Kunst? Wie steht es mit Schuhen?«

Ich war überrascht (eine Überraschung von der angenehmen Sorte). »Sehr gut, Doc.« Ich sah ihn fast bewundernd an. »Schuhe sind sehr wichtig.«

»So sehr wie sonst auch?«

»Hmm ... Meistens kaufe ich Schuhe im Dezember, mit hohen Absätzen und Glitzerzeug, für Partys und so, aber jetzt, wo Sie es erwähnen – dieses Jahr habe ich noch gar nicht daran gedacht.«

»Handtaschen?«

»Jetzt wollen Sie sich nur einschmeicheln.« Dann fiel mir etwas ein. »Also ... meine Schwester Claire hat eine neue Tasche von Mulberry, dunkelgrau, aus Ponyleder. Nicht dass ich glaube, Sie würden das Modell kennen, aber es ist eine fabelhafte Tasche, und ich leihe mir immer Claires neue Sachen aus – ich meine, natürlich ohne sie vorher zu fragen. Diesmal habe ich es nicht getan.«

»Wie ist es mit der Arbeit? Sie sind ... eh ...« Er studierte mein Formular. »... Privatdetektivin. Mein Gott.« Seine Miene hellte sich auf. »Das kling interessant.«

»Das sagen alle.«

»Und? Ist es interessant?«

»Na ja ...« Zugegeben, inzwischen war es schon eine Weile her, dass ich es interessant gefunden hatte, mir ein Versteck zu buddeln. Tatsache war, dass meine anfängliche – ja, Entschuldigung, aber ich muss es so nennen – Gier nachgelassen hatte. Es war eher die Angst vor Armut als die

Liebe zu meinem Job, weshalb ich Anrufe beantwortete und zu Besprechungen ging. Und nachdem mir vor einer Weile ein Mann, den ich observierte, in die Magengrube geboxt hatte, war ich weniger vertrauensvoll beim Ausspionieren von Bösewichten.

»Es verursacht sicher starken Stress, könnte ich mir vorstellen«, sagte er und überraschte mich mit seinem Einfühlungsvermögen.

»Das stimmt.« Die langen Tage, die Ungewissheit, ob man ein Ergebnis bekam oder nicht, die Angst vor körperlichem Schaden, die Tatsache, dass man nicht zur Toilette gehen konnte – es kam alles zusammen.

»Gibt es noch etwas, das ich wissen sollte?«, fragte er.

Da war noch etwas, und ich dachte, ich sollte es ihm erzählen. »Sie kennen bestimmt die Geschichte, die in allen Nachrichten war, von den vier jungen Leuten, die bei einem Autounfall in Carlow ums Leben gekommen sind? Ich weiß, es ist schlimm, so etwas zu sagen, aber ich wünschte, ich wäre einer von ihnen gewesen.«

Er machte sich eine Notiz. »Haben Sie öfter solche mittelbaren Todeswünsche?«

»Was meinen Sie damit?«

»Das, was Sie gerade geschildert haben. Wenn man den Wunsch hat zu sterben, aber nicht unbedingt einen Plan, den eigenen Tod herbeizuführen.«

»Genau so fühlt es sich an«, sagte ich, fast ein wenig erregt, weil jemand anders meine merkwürdigen, furchterregenden Gedanken in Worte kleidete. »Ich wünschte, ich wäre tot, aber ich weiß nicht, wie ich es anstellen soll. Zum Beispiel hätte ich sehr gern ein Aneurysma.« Immer wieder im Laufe eines Tages versuchte ich es herbeizureden, ich redete auf die Blutgefäße in meinem Gehirn so intensiv ein wie andere Menschen auf ihre Grünpflanzen, und bat sie inständig zu platzen. »Jetzt mal los«, sagte ich in dem Versuch, sie anzufeuern, »tut mir den Gefallen. Platzt! Platzt doch!«

»Gut«, sagte er. »Ein Gehirntumor ist bei Ihnen sehr unwahrscheinlich.«

»Sie brauchen mich nicht zu schonen. Die Chemotherapie ängstigt mich nicht, die Operation auch nicht, das ist mir alles egal. Ich will nur, dass es angepackt wird.«

»Das hört sich für mich eher nach einer Depression an.«

Er hätte ebenso gut sagen können, er glaubte, mir würden Feenflügel aus dem Rücken wachsen.

Depression war etwas, das es nicht gab. Wir alle hatten Tage, an denen wir uns dick oder arm oder müde fühlten, Tage, an denen die Welt feindselig und abweisend war und es sicherer schien, im Bett zu bleiben. Aber das war das Leben. Das war kein Grund, Tabletten zu nehmen oder sich krankschreiben zu lassen. Pommes und Fernsehen mitten am Tag und anschließend ein paar Spontankäufe bei ASOS waren eine viel bessere Kur.

Jedenfalls fühlte ich mich nicht deprimiert, es war eher so, dass ich ... Angst hatte.

»Ich verschreibe Ihnen ein Antidepressivum.«

»Nicht nötig.«

»Nehmen Sie das Rezept doch einfach mit. Sie brauchen die Tabletten ja nicht zu holen, wenn Sie nicht wollen, aber Sie haben es zur Hand, falls Sie es sich anders überlegen.«

»Das wird sicher nicht passieren.«

Himmel, ich hatte ja keine Ahnung.

15

Während ich auf den Rückruf von Shannon O'Malley wartete, wählte ich die Nummer von Head Candy, dem Friseur, den Wayne gestern dreimal angerufen hatte. Diesmal hatte ich Glück, eine Mädchenstimme meldete sich mit: »Head Candy.« Dann hörte ich ein anderes Klingelsignal, und das Mädchen sagte: »Einen Moment bitte«, und bevor ich etwas antworten konnte, machte es *klick*, und ich musste mir anderthalb Minuten lang irgendein Gedudel anhören. Dabei wusste ich, dass sie weder auf der anderen Leitung sprach noch eine Kundin hatte, sondern einfach in die Luft starrte und mit ihren Fingernägeln mit Leopardenmuster auf die Theke trommelte, aber so ist das eben, wenn man beim Friseur anruft, oder? Einen höflich zu behandeln kommt für sie nicht infrage, da gibt es keine Ausnahme, sie haben ihren Kodex, der so unnachgiebig und heilig ist wie der der Samurai.

Nachdem der genau bemessene Zeitraum für eine Beleidigung verstrichen war, kam sie wieder an den Apparat. »Was kann ich für Sie tun?« Vor meinem geistigen Auge sah ich den pfauenblauen Streifen in ihrem albinoweißen, zwanzig Zentimeter hohen asymmetrischen Haarturm, der hart wie Eischnee war.

»Sie, mein Fräulein«, sagte ich und gab meiner Stimme einen warmen Ton. »Sie stehen ganz oben auf meiner Tonnenliste.« Dann sprach ich schnell weiter. Es ist ganz wichtig, schnell weiterzusprechen, wenn man gerade jemanden heruntergemacht hat. Man darf ihm keine Chance geben, sich zu fangen, das ist wirklich wichtig. »Hi, ich bin …« Wer sollte ich heute sein? »… Ditzy Shankill. Die Assistentin von Wayne Diffney. Wayne hat sein Handy verloren. Er glaubt, er könnte es bei Ihnen liegen lassen haben. Er war doch bei Ihnen ...«

Jetzt komm schon, Eischnee-Kopf, sag mir, ob du ihn gesehen hast.

»Aber er ist doch gar nicht gekommen. Nein, da oben, auf dem Bord, eins drüber.«

Laut Klausel vierzehn im Verhaltenskodex für Friseurinnen ist es Pflicht, sich mit einem körperlich anwesenden Menschen zu unterhalten, während man gleichzeitig mit einem körperlich abwesenden Menschen am Telefon spricht.

»Wie bitte? Wayne ist nicht gekommen?«

»Das macht fünfundvierzig Euro. Möchten Sie noch Shampoo? Nein? Laser? Nein, Wayne hatte einen Termin bei Jenna, gestern um eins, aber er ist nicht gekommen.«

»Wann hat er den Termin gemacht?«

»Geben Sie hier Ihre PIN ein. Gestern Morgen. Um halb neun. Wir hatten gerade aufgemacht. Es sei dringend, sagte er. Aber Jenna konnte frühestens um eins, und selbst dann mussten wir noch andere Kunden verschieben. Und dann ist er nicht gekommen.«

»Hat er angerufen, um den Termin abzusagen?«

»Nein. Und ich habe Ärger mit Jenna gekriegt. Aber woher sollte ich das wissen? Das hat er noch nie gemacht.«

»Hat Wayne seine Termine sonst auch in letzter Minute gemacht?«

»Nein. Er ist ein ruhiger Typ. Unauffällig. Normalerweise.«

»Danke, Sie haben mir sehr geholfen.«

»Wirklich?« Sie klang beunruhigt. Würde sie jetzt wieder irgendwelchen Ärger bekommen?

Mum kam rein und wollte mich überreden, mit ihr und Dad ins CoffeeNation zu gehen.

»Ich habe heute Morgen viel zu tun«, sagte ich. »Ich muss zum Arzt, außerdem kommt Jay Parker, um mir einen Schlüssel zu bringen.«

Ihre Augen bekamen einen verträumten Ausdruck. »Ich verstehe nicht, warum du dich von Jay Parker getrennt hast. Ihr beide zusammen wart perfekt.«

Ich warf ihr einen kalten Blick zu. »Perfekt, inwiefern?«

»Ihr wart beide ... also ... es war lustig mit euch.« Sie sagte das etwas verlegen, es ist ihr immer schon schwergefallen, etwas Freundliches über ihre Kinder zu sagen. So ist das in ihrer Generation. Mum wollte nicht, dass wir ein starkes Selbstbewusstsein entwickelten. Ich glaube, es gibt da ein Gesetz, wonach irische Mütter gerichtlich belangt werden können, wenn bei einer ihrer Töchter Zeichen von normalem Selbstwertgefühl beobachtet wurden. Zufälligerweise hatte ich ein gutes Selbstwertgefühl, aber das habe ich mir selber zulegen müssen, und sollten die entsprechenden Leute das jemals rausbekommen, könnte es für Mum eine Menge Ärger bedeuten.

»Ich dachte, dir gefällt Artie.«

Nach einer langen Pause sagte sie: »Artie ist recht eigen.«

»Wieso klingt das bei dir wie eine üble Beleidigung? Meinst du damit, er schleimt sich nicht so bei dir ein wie Jay Parker?«

»Nicht jeder hat solchen Charme.«

»Ich hatte ›Schleim‹ gesagt, nicht ›Charme‹.«

»Bei Artie, also, das ist schwierig, oder? Mit der Exfrau, die gar nicht so richtig ex zu sein scheint ...«

»Sie ist ex. Sie ist ganz und gar ex.« Ich machte mir über alles Mögliche Sorgen, aber eine nicht abgeschlossene Beziehung zwischen Artie und Vonnie gehörte nicht dazu.

»Aber sie ist dauernd bei ihm im Haus.«

»Sie sind befreundet, sie sind zivilisiert, sie sind ...« Wie sollte ich es erklären? »Sie gehören zur Mittelschicht.«

»Wir gehören auch zur Mittelschicht, aber wir machen so etwas nicht.«

»Ich glaube, wir sind in der falschen Mittelschicht. Sie sind liberal.«

»Das stimmt, wir sind nicht im mindesten liberal.« In ihrer Stimme lag eine gewisse Befriedigung. »Aber mit den drei Kindern, da mutest du dir eine Menge zu.«

»Gar nichts ›mute ich mir zu‹. Ich besuche ihn, ich habe wunderbaren Sex mit ihm ...«

»Oh!« Sie heulte auf und zog sich die Strickjacke über die Augen.

»Hör sofort auf damit!«

»Und wenn du nun eigene Kinder haben willst?«

»Ich will keine Kinder.«

»Warum willst du dir dann die Kinder von einem anderen zumuten? Und gleich drei. Einer davon ein Neonazi.«

»Er ist kein richtiger Neonazi, ich hätte das nicht sagen sollen, er mag nur deren Stil.«

»Und die kleine Bella. Sie ist ganz verrückt nach dir.«

Das stimmte allerdings.

Und es machte mir Sorgen. Ich wollte nicht, dass jemand zu sehr an mir hing.

Ich las meine Mails. Gute Nachrichten und schlechte Nachrichten. Nein, sagen wir einfach, schlechte Nachrichten. Ich hatte Antworten von meinen beiden Kontakten – was gut war –, und beide weigerten sich, mir zu helfen – und das war offensichtlich schlecht.

Um ehrlich zu sein, war ich nicht ganz aufrichtig, als ich zu Jay Parker sagte, er habe zu viele Filme gesehen. Es ist durchaus möglich, sich Zugang zu privaten Telefon- oder Bankdaten zu verschaffen.

Wenn man bereit ist, dafür zu bezahlen.

Und wenn man bereit ist, gegen das Gesetz zu verstoßen.

Früher einmal gaben Menschen, die Zugang zu vertraulichen Informationen über andere hatten, diese unbekümmert weiter – natürlich im Gegenzug für Geld oder Vergünstigungen oder »Geschenke« –, aber seit es die Datenschutzgesetze gibt, hat sich das geändert. Hin und wieder werden Menschen entlassen oder sogar strafrechtlich verfolgt, weil sie ein paar Informationen, zum Beispiel über die Vorstrafen eines Menschen, weitergegeben haben. Dadurch ist meine Arbeit um vieles schwerer geworden.

Aber vor ein paar Jahren hat ein sehr erfolgreicher Privatdetektiv in Dublin, in der Hackordnung viele Stufen über mir, mich mit zwei Kontakten in Verbindung gebracht, die Gold wert sind: einer für Telefonüberwachung, der andere für Finanzen. Weil ich ihm in einer Sache geholfen hatte, stellte er zur Belohnung die Verbindung her. Natürlich lernte ich die Leute nicht persönlich kennen. Ich wusste so gut wie nichts über diese beiden, außer dass sie von England aus operierten und dass sie – wahrscheinlich, weil ihre Arbeit komplett illegal war – sehr teuer waren.

Ich nahm sie nicht sehr oft in Anspruch, hauptsächlich, weil meine Klienten nicht über ausreichend Kleingeld verfügten.

Aber vor ungefähr achtzehn Monaten arbeitete ich an einer Ehegeschichte und stieß dauernd, wie ich mich auch drehte und wendete, an eine Wand, sodass ich am Ende voller Frustration die Geduld verlor und, ohne mich vorher bei meinem Klienten abzusichern, beide Kontakte einschaltete.

Sie lieferten mir Bank- und Telefonangaben, die offen gestanden erstaunliche Einblicke gewährten, aber meine Klientin – eine Frau, die ihren Mann verdächtigte, sie zu betrügen und Geld zur Seite zu schaffen – verschloss sich plötzlich den Tatsachen. Ihre Ehe sei völlig intakt, alles in bester Ordnung, und mit diesen »widerwärtigen Lügen«, wie sie die Informationen bezeichnete, wolle sie ganz gewiss nichts zu tun haben.

Sie weigerte sich, mein Honorar zu bezahlen. Wir rangen wochenlang miteinander, aber als sie drohte, mich der Polizei zu melden, musste ich die Sache fallen lassen – und konnte folglich meine Auskunftgeber nicht bezahlen. Und weil in diesem Bereich so viel auf Vertrauen fußt, hatte ich zwei gute Verbindungen ruiniert. Drei sogar, weil auch der Privatdetektiv, der mir die Kontakte zugeschanzt hatte, nichts mehr mit mir zu tun haben wollte.

Als wir in der Nacht zuvor auf dem Weg zu Roger St Leger waren, hatte ich zwei Mails mit Anfragen geschickt, eine an den Telefonmann, die andere an den für Bankinformationen, hatte versprochen, meine Schulden zu begleichen und für mögliche neue Informationen einen Vorschuss zu bezahlen. Aber ich setzte keine große Hoffnung darauf, dass sie mir verzeihen würden.

Und so war es dann auch. In meinem moralischen Universum gab es daran nichts zu beanstanden: Wenn dir jemand übel mitspielt, verschwendest du deine Zeit nicht mit bitteren Gefühlen, sondern lässt ihn eiskalt fallen.

Ja. So weit, so gut, wenigstens theoretisch. Aber seien wir ehrlich, bittere Gefühle können ganz schön guttun. Außerdem war ich auf die Hilfe dieser Kontakte angewiesen, weswegen ich beschloss, ihnen eine weitere Mail zu schicken, mit noch blumigeren Entschuldigungen und, ganz wesentlich, dem Angebot von mehr Geld. Ich drückte auf »Senden«. Ich konnte nur abwarten.

Dann sah ich nach, ob John Joseph mir die Angaben über Birdie Salaman geschickt hatte. Hatte er nicht. Aufgrund meiner eigenen Bemühungen hatte ich ja längst eine Adresse und eine Festnetznummer von Birdie, was mir weiterhalf, aber ich fand es ... also, ich fand es interessant, dass ich nichts von ihm gehört hatte, noch nicht einmal die Nachricht, dass er nichts finden konnte.

Mein Telefon klingelte. »Helen, Shannon hier, Praxis Dr. Waterbury, mit guten Nachrichten. Er hat Zeit für dich, wenn du innerhalb der nächsten Viertelstunde hier sein kannst.«

Fünfzehn Minuten, fantastisch! Das hieß, ich brauchte nicht einmal so tun, als hätte ich vor zu duschen.

Aber anziehen, das könnte ein Problem sein. Alle Sachen waren in Kartons verpackt und nach dem Zufallsprinzip im Haus verteilt, und ich hatte keine Ahnung, was wo war, weil ich in einem so schlimmen Zustand gewesen war, als ich mein Leben verpacken und aufteilen musste.

Für meinen jämmerlich kurzen Nachtschlaf hatte ich einen von Dads Schlafanzügen aus der Bügelwäsche gezogen, aber ich konnte unmöglich den ganzen Tag lang in den Klamotten älterer Menschen rumlaufen. Ich war nicht Alexa Chung.

Ich rief meine Schwester Claire an, aber ihre Mailbox schaltete sich ein. Sie ging nie ans Telefon, weil sie nie rechtzeitig rankam, es lag immer irgendwo tief vergraben in ihrer Einkaufstasche von Louis Vuitton, und manchmal überlegte ich, wie viele Wochen ihres Lebens sie wohl schon damit verschwendet hatte, sich alte Telefonnachrichten anzuhören. »Ich bin's«, sagte ich. »Ich brauche was zum Anziehen. Könntest du ein paar Sachen vorbeibringen? Sieh dich auch bei Kate um.«

Claire war fast dreißig Zentimeter größer als ich, aber ich war bereit, Hosen hochzukrempeln und Hemden in die Hose zu stopfen, denn ihre Sachen waren todschick. Hinzu kam die erfreuliche Tatsache, dass sie eine sehr gut angezogene siebzehnjährige Tochter hatte, die ungefähr so groß war wie ich.

Noch während ich sprach, machte ich einen der Kartons auf und zupfte an den Sachen, die zuoberst lagen. Buntes kam mir entgegen und fiel zu Boden – Strandkleider, Bikinis –, offenbar hatte ich den Karton mit den Urlaubssachen aufgemacht. »Nur für ein, zwei Tage«, sagte ich. »Bis ich mich sortiert habe.«

Ich öffnete den nächsten Karton und fand drei Kaschmir-Strickjacken, die ich nie hätte kaufen sollen. Ich bin nicht der Typ für Kaschmir-Strickjacken. Um es vorsichtig auszudrücken. Ich hatte sie gekauft, weil ich vorübergehend der irrigen Vorstellung erlegen war, dass Kleidung eine Investition war. Hinzu kam, dass mir die Farben nicht standen – Karamell, Sahnetoffee, Kaffee (anders gesagt: hellbraun, mittelbraun, dunkelbraun). Ich trage niemals Braun, egal in welchem Ton, aber die Namen hatten mich getäuscht, und ich hatte beim Einkaufen wohl übersehen, dass es sich um Strickjacken handelte und nicht um Muffins.

Ich mag Schwarz und Grau und manchmal sehr dunkles Dunkelblau oder Dunkelgrün, solange es fast schwarz ist. Hin und wieder ein wenig Gelb oder Orange, kleine Tupfer nur, wie bei den Sportschuhen. Wenn ich mir Wayne Diffneys Haus anziehen könnte, würde ich das tun.

Weiteres Herumkramen beförderte ein merkwürdiges Strickkleid in einer abscheulichen Farbe nach oben – warum hatte ich das bloß eingepackt? Ich hätte es gleich wegwerfen sollen. Und warum hatte ich diesen Pullover gekauft? Mit *Rollkragen,* die zweitschlimmste Kragenform nach dem Schalkragen und völlig untragbar. Ich wühlte tiefer und fand noch mehr groteske Sachen ... dann zwang ich mich aufzuhören. Ich würde sonst noch durchdrehen.

Ich rief meine Schwester Margaret an, die nach anderthalbmal Klingeln abnahm. Sie nimmt immer ab, sie ist sehr gewissenhaft.

»Geht es dir gut?«, fragte sie.

»Ich musste wieder bei Mum und Dad einziehen.«

»Das habe ich gehört.«

»Alle meine Sachen sind eingepackt, ich habe nichts zum Anziehen.«

»Bleib einfach, wo du bist«, sagte sie. »Ich bin schon auf dem Weg und bringe dir was vorbei.«

»Nein, nein, nicht nötig«, sagte ich schnell. Ausgeschlossen, dass ich etwas anziehen konnte, was Margaret gehörte. Margaret ist, wie Claire, einen Kopf größer als ich, und obwohl es mit Claires Sachen möglich gewesen wäre – mit Margarets ging es auf keinen Fall: Zwischen ihrem und meinem Geschmack liegen Welten, falls man überhaupt das Wort »Geschmack« für Margarets Geschmack benutzen kann. Sie gehört nämlich zu den verwunderlichen Menschen, die denken, Kleider sind lediglich dazu da, unsere Blöße zu bedecken. Der Chic der Zweckmäßigkeit, könnte man sagen. Wenn es beispielsweise kalt war, und sie hatte nur einen senfbraunen Grobstrickpullover aus Acryl zur Hand, *würde sie ihn anziehen.* Sie würde sich nicht einmal dafür entschuldigen. Jeder andere vernunftbegabte Mensch würde eher Frostbeulen und den Verlust eines Körperteils in Kauf nehmen.

Ich habe schon oft darüber nachgedacht, woher ihr Desinteresse an Mode wohl kommen könnte – selbst Mum findet, dass sie sich zu nachlässig kleidet –, und wahrscheinlich liegt es daran, dass sie weiß, wer sie ist, und damit einigermaßen glücklich ist. Was natürlich gut ist. In gewisser Weise.

»Du brauchst mir nichts zu bringen«, sagte ich. »Ich wollte nur ein bisschen jammern.«

»Ich komme später vorbei«, sagte sie. »Wir packen deine Sachen aus und richten dir dein Zimmer ein, machen es dir ein bisschen gemütlich, Mum und ich und … Claire.« Sie zögerte bei »Claire«, weil Claire in jeder Gleichung die Unbekannte war. Nicht, dass sie faul oder unzuverlässig war. Nein, sie hatte einfach sehr, sehr viel zu tun. Eine, die fürs Multitasking einen Preis bekommen sollte. Sie hatte eine Arbeit, einen attraktiven Mann und drei Kinder, darunter eine jederzeit explosionsgefährdete Tochter im Teenageralter. Kommt zu dieser Mischung noch der Kampf gegen die Vorboten der Wechseljahre hinzu, hat man das Rezept für eine überforderte Frau.

»Wir sehen uns dann«, sagte Margaret.

»Gut, danke.« Ich legte auf und stellte mich den Fakten. Ich hatte keine Wahl: Ich musste die Jeans von gestern noch einmal anziehen. Und die Schuhe von gestern. Und das Halstuch von gestern. Aber nicht die Unterwäsche von gestern. Das ging zu weit. Wieder zog ich in einem anderen Karton an ein paar Ärmeln und Hosenbeinen und hatte unerwartetes Glück, denn der Inhalt meiner Wäscheschublade kam zum Vorschein.

Jetzt schminken, sagte ich zu mir. Das soll wohl ein Witz sein, antwortete ich mir. Zähneputzen, das musste reichen.

16

Genau dreizehn Minuten später war ich beim Arzt, musste aber noch siebenundzwanzig Minuten warten. Warum machen sie das immer? Warum behandeln sie einen nicht wie einen erwachsenen Menschen und sagen klipp und klar, wie lange man warten muss?

Frage: Woran merkt man, dass eine Sprechstundenhilfe lügt?

Antwort: Ihre Lippen bewegen sich.

Als ich mich ins Wartezimmer zu den vielen kranken Menschen setzte, wurde das schreckliche Sinkgefühl, das ich seit dem Aufwachen hatte, immer stärker. Ich hatte es in Schach halten können, während ich telefonierte und im Internet surfte, aber jetzt saß ich still und hatte keine Ablenkung, und da schlug es mit aller Wucht zu.

Es war eine solche Anstrengung, nicht aufzuspringen und wegzurennen, dass ich mich auf dem Stuhl wand.

Es wurde noch schlimmer dadurch, dass Shannon O'Malleys Stimmung umschlug, von hysterisch, aber freundlich zu verletzt und beinahe aggressiv.

»Wir haben dich bei unserem Jahrestreffen vermisst«, sagte sie vorwurfsvoll. »Warum bist du nicht gekommen?«

Ich starrte sie an, mir fiel keine Antwort ein.

»Es war toll«, sagte sie. »Toll, alle wiederzusehen.«

Sie machte eine Pause, damit ich etwas sagen konnte, aber auch diesmal hatte mein Verstand kein einziges Wort parat.

»Ich war danach Ewigkeiten richtig aufgedreht«, sagte sie, fast ein wenig trotzig.

Plötzlich kam mir der schreckliche Gedanke, es könnte meine Schuld sein, dass ich keine Freunde hatte. Vielleicht war bei mir wirklich eine Schraube locker, wie Rachel behauptete. Warum konnte ich nicht wie ein normaler Mensch zu meinem Jahrestreffen gehen? Ohne das Gefühl zu haben, dass ich mich stattdessen lieber mit Benzin übergießen und ein Streichholz dranhalten wollte. Dann fiel mir wieder ein, dass ich einmal eine Freundin gehabt hatte, eine ausgezeichnete Freundin sogar, eine Freundin von besonderer Qualität.

»Du hattest wahrscheinlich viel zu tun«, sagte Shannon und klang (obwohl ich ohne Weiteres zugeben würde, dass meine Deutungen nicht immer verlässlich sind) fast unfreundlich.

Ich betrachtete sie unschlüssig. Wie viel wusste sie über mich? Hatte sie meine Akte gelesen? Hatte sie bestimmt. Man konnte nicht an einem Platz arbeiten, an dem es massenweise vertrauliche Informationen über Menschen gab, die man kannte, und nichts davon lesen.

»Obwohl, du solltest mal drei Kinder haben, wenn du wissen willst, was es heißt, viel zu tun zu haben.« Sie klang ein klein bisschen weniger feindselig. »Natürlich ist es auch sehr bereichernd. Du müsstest mal meinen Sohn kennenlernen. Ein weiser Mensch, wie es ihn selten gab, gerade zehn Jahre alt, wird demnächst fünfzig …«

Öde, oh, so öde. Kein Wunder, dass ich nicht zu dem Jahrestreffen gehen wollte, wenn man da mit solchen Menschen zusammenkam. Ich versuchte, die Vorstellung auszublenden, indem ich mir ein paar von Bronaghs frechen Scherzen ins Gedächtnis rief, und mir fiel ein richtig guter ein, aber selbst wenn ich versuchen würde, Shannon O'Malley zu erklären, was daran so lustig gewesen war, würde sie es trotzdem nicht verstehen.

Bronagh und ich waren auf einer Party, als Kristo Funshal plötzlich dort auftauchte. Inzwischen ist Kristo Funshal praktisch in Vergessenheit geraten, weil seine Schauspielkarriere ein völlig berechtigtes Ende gefunden hat, aber damals ritt er auf einer mäßigen Welle des Erfolgs, und obwohl er verheiratet war, machte er unablässig die Frauen an. Er sah gut aus, nach Schauspielerart, und damit meine ich, dass er aussah, als bestünde er aus Mahagoni und Latex.

Seine Anwesenheit auf der Party erregte einiges Aufsehen, alle Frauen außer Bronagh und mir warfen ihm von der Seite her Flirtblicke zu und kicherten hinter vorgehaltener Hand, und Kristo grinste so frech und arrogant, dass ich fast gekotzt hätte. Plötzlich winkte er mich mit gekrümmtem Zeigefinger zu sich.

»Hast du das gesehen?«, sagte ich zu Bronagh. »Dieser Drecksack.«

Sie war nicht überrascht und zuckte nur die Achseln. Sie nannte mich den »Köder«. »Es ist dein Aussehen«, sagte sie oft. »Du kriegst Männer für uns beide. Sie kommen deinetwegen und bleiben meinetwegen.« Und damit hatte sie recht.

Kristo machte wieder diese Geste, und ich sagte voller Empörung zu Bronagh: »Geh zu ihm und sprich mit ihm.«

»Und ...?« Ihr entging wirklich nichts. Sie wusste sofort, dass es ein »Und« gab.

»Und sag in jedem Satz das Wort ›Sprack‹, in zehn Sätzen hintereinander. Ich komme mit und passe auf.«

»Was ist ein Sprack?«

»Keine Ahnung. Es muss auch nicht Sprack sein, du kannst irgendein Wort nehmen, solange du es immer wieder benutzt, bis er ausrastet.«

»Gut, ich fange mit Sprack an, dann improvisiere ich. Komm.« Sie zog mich durch den Raum und stellte sich, klein und tough, wie sie war, vor ihn hin.

»Hi!« Er ignorierte Bronagh und sprach zu mir mit öliger Stimme.

»Sie sehen heute ja sehr sprack aus.« Bronagh lenkte seine Aufmerksamkeit auf sich.

»Ich sehe wie aus?«

»Sehr sprack, wirklich. Ich habe gesehen, wie Sie diesen kleinen Frisbee beäugt haben.«

»Frisbeeee.« Er leckte sich regelrecht die Lippen. »Genau.«

»Heute Abend sind lauter Plinte hier«, sagte Bronagh munter. »Das macht die Menschen ein bisschen kogel. Tremm!« Sie schlug in die Hände – nur einmal, aber sehr laut –, und Kristo machte einen kleinen Satz.

Er sah mich an und sagte mit einem abschätzigen Nicken in Bronaghs Richtung: »Wovon redet sie?«

»Tremm!« Ich schlug in die Hände. »Spüren Sie das nicht?«

»In Ihrem Nimbus?«, fragte Bronagh. »Oder in Ihrem Striff? Eins, zwei, drei, tremm. Kommen Sie, klatschen Sie sich auf die Kokosnüsse, klatschen Sie sich auf die Soutane, eins, zwei drei, tremm!«

»Können Sie mal Ihre verrückte Freundin loswerden?«, sagte er zu mir.

»Verrückt?«, sagte ich. »Was zum Flier wollen Sie damit sagen? Jetzt alle zusammen, eins, zwei, drei, tremm!«

Das war's. Er gab sich geschlagen, machte auf dem Absatz kehrt und ging.

Ich konzentrierte mich wieder auf Shannon O'Malley. Aber ihr Gerede war noch immer von lähmender Ödnis. »... du weißt, wie das mit Kindern ist, sie brauchen Raum für sich«, sagte sie gerade. Ich klinkte mich sofort wieder aus.

Bronagh war tausend Shannon O'Malleys und ihresgleichen wert gewesen. Dann hatte ich schon lieber keine Freunde, bevor ich mir solchen Mist anhörte.

Shannon redete immer weiter, und ich heftete meinen Blick auf die Tür zu Dr. Waterburys Behandlungszimmer und sehnte mich danach, dass sie sich öffnete. Endlich sagte sie die magischen Worte: »Du kannst jetzt reingehen.«

»Ah, Helen, hallo.« Dr. Waterbury schien erfreut, mich zu sehen, was, wenn man es recht bedenkt, seltsam war, denn wenn man Arzt ist, kommt niemand zu einem, weil er gute Nachrichten zu überbringen hat. »Wie geht es Ihnen?«

»Ich sage Ihnen, wie es mir geht. Gestern habe ich gedacht, ich hätte einen Schwarm Aasgeier über der Tankstelle gesehen.«

Er sah mich prüfend an. »Aasgeier? Wenn ich mich richtig erinnere, waren es letztes Mal Riesenfledermäuse.«

»Sie haben ein ausgezeichnetes Gedächtnis.«

»Riesenfledermäuse, Aasgeier, eigentlich kein großer Unterschied, oder? Ich nehme an, es waren keine wirklichen Geier. Möwen? So wie letztes Mal?«

»Möwen. Ich brauche wieder eine Ladung von den Glückspillen.«

»Gibt es andere Symptome?«

»Eigentlich nicht. Aber ich habe immer so einen Schmerz in der Brust. Manchmal habe ich Mühe zu atmen.«

»Sonst noch etwas? Können Sie schlafen?«

»Ich schlafe volle drei Stunden.«

»Schwierigkeiten beim Einschlafen? Oder wachen Sie früh auf?«

»Beides, glaube ich.«

»Wie ist es mit dem Appetit? Wann haben Sie das letzte Mal eine ordentliche Mahlzeit zu sich genommen?«

»... ehh ...« Ich dachte nach. »Im April.«

»Im Ernst?«

»Im Ernst. Aber ich war noch nie eine, die regelmäßige Mahlzeiten am Tisch einnimmt.«

»Jetzt erinnere ich mich«, sagte er. »Käsesandwich mit Farmersalat. Davon haben Sie sich ernährt. Was beschäftigt Sie sonst noch?«

Stockend sagte ich: »Ich habe Mühe, mit Menschen zu sprechen, ich möchte niemanden in meiner Nähe haben. Aber ich will auch nicht allein sein. Es fühlt sich ziemlich seltsam an. Bedrohlich seltsam. Die Welt sieht … seltsam aus. Ich habe keine Lust zu duschen, mir ist egal, was ich anziehe. Alles hat etwas Unheilvolles, als würde gleich etwas Schreckliches passieren. Manchmal fühlt es sich so an, als wäre es schon passiert.«

»Wie lange geht das schon so?«

»Seit ein paar Tagen.« Ich überlegte. »Oder ein paar Wochen. Seit einer Weile. Bitte, Herr Doktor, verschreiben Sie mir wieder die Glückspillen, und dann gehe ich.«

»Ist irgendetwas passiert, dass es zu diesem Rückfall gekommen ist?«

»Es ist kein Rückfall. Es ist nur vorübergehend.«

»Irgendwelche Verluste in letzter Zeit? Traumatische Erfahrungen?«

»Na ja, mein Zuhause, meine Wohnung … der Strom wurde abgestellt, mein Bett wurde gepfändet.«

»Ihr *Bett?*«

»Ja, es ist ein bisschen kompliziert. Ich musste gestern wieder zu meinen Eltern ziehen. Zählt das als traumatisch?«

»Was glauben Sie, Helen?«

»Oh, fangen Sie nicht so an. Sie sind mein Arzt, nicht mein Therapeut.«

»Wo Sie das erwähnen: Gehen Sie noch zu ihr? Antonia Kelly, oder?«

»Ja, so heißt sie, und nein, ich gehe nicht mehr hin.«

»Warum nicht?«

»Es ging mir besser.«

»Könnte nicht schaden, sie mal anzurufen. Irgendwelche Selbstmordfantasien?«

»Na ja … wo Sie davon sprechen. Also, ich habe keinen konkreten Plan, aber ich würde mir zu gern ein ungewöhnliches Virus einfangen, das zum Tode führt.«

»Hmm. Verstehe.« Das gefiel ihm nicht. »Hört sich nicht gut an. Können Sie sich vorstellen, noch einmal …«

»Nein!« Niemals. Daran wollte ich nicht einmal denken. »Sagen Sie …« Es war schwierig, die Frage zu stellen, aber es musste sein. »Sagen Sie mir bitte: Rieche ich?«

Er seufzte. »Ich habe nicht sieben Jahre an der Universität studiert, um solche Fragen zu beantworten.«

»Das heißt, ja.«

»Nein, Sie riechen nicht. Wenigstens nicht bis hier.« Aber er saß ziemlich weit weg, nicht nah genug, um es genau sagen zu können. »Helen … fragen Sie jemand anderen. Zum Beispiel Ihre Mutter.«

»Sie ist alt. Ihr Geruchssinn ist in letzter Zeit nicht mehr so gut.«

Er seufzte und wandte sich dem Bildschirm zu. »Mal sehen. Antidepressiva. Effexor hat letztes Mal bei Ihnen nicht angeschlagen. Cymbalta auch nicht. Und Aponal. Aber das Seroxat hat gewirkt. Versuchen wir es einmal damit. Und wir fangen mit einer hohen Dosis an, es hat keinen Zweck, lange rumzuprobieren.« Er hämmerte auf die Tasten.

»Wenn Sie schon ein Rezept ausstellen«, sagte ich. »Ich würde sehr gern richtig schlafen. Ob ich wohl Schlaftabletten haben könnte? Ich verspreche auch, keine Überdosis zu nehmen.«

Schon deshalb nicht, weil ich wusste, dass es nicht funktionieren würde.

Erstaunlich, was man alles im Netz herausfinden kann. Eine Überdosis Schlaftabletten: Eine Umfrage würde wahrscheinlich ergeben, dass die meisten Menschen, die an Selbstmord denken, auf diese Weise ihr Leben beenden wollen. Aber da könnten sie ihr blaues Wunder erleben. O ja. Es ist nicht mehr wie in den guten alten Zeiten, als man sich darauf verlassen konnte, dass eine Handvoll Schlaftabletten einem den ewigen Schlaf beschert. Heute, wo die Leute sofort vor Gericht ziehen, haben die Pharmakonzerne solche Angst vor einem Prozess, dass ihre Beruhigungsmittel einen eingebauten Schleudersitz haben. Nimmt man eine Überdosis, würde man seinem Leben trotzdem nicht unbedingt ein Ende machen. Wahrscheinlich würde man einfach kotzen. Natürlich, man könnte am eigenen Erbrochenen ersticken und sich doch noch ins Jenseits befördern, aber *verlassen* kann man sich darauf nicht. Und vielleicht hat man sich die Mühe gemacht und Abschiedsbriefe geschrieben. Und vielleicht ein paar persönliche Sachen verschenkt.

Man könnte in die unangenehme Situation geraten, wo man seine Schwester bitten muss, den Alexander-McQueen-Schal zurückzugeben.

Ich meine, das ist doch schrecklich *peinlich*.

17

Ich ging sofort zur Apotheke, holte mir meine Antidepressiva und nahm die erste gleich da, im Laden, schluckte sie ohne Wasser runter, so verzweifelt war ich. Wie schon zuvor hatte Waterbury betont, dass man bis zu drei Wochen auf eine positive Wirkung warten musste. Aber ich betrachtete die Medikamente als Schutzschild, der vielleicht mein Abgleiten in den Horror, die Hölle, wie immer man es nennen möchte, verhindern konnte. Außerdem wurde ich Besitzerin von zwölf Schlaftabletten, zwölf kleinen Kugeln der Freiheit. Am liebsten hätte ich gleich vier oder fünf genommen und wäre für zwei Tage abgetaucht, hätte einfach aufgehört zu existieren, aber sie waren kostbar, ich durfte sie nicht verschwenden.

Ich stieg in mein Auto und war schon auf halbem Wege zu meiner Wohnung, als mir alles wieder einfiel, und plötzlich war ich überwältigt von Traurigkeit.

Meine Exwohnung war nichts Besonderes, eine kleine Zwei-Zimmer-Wohnung im vierten Stock eines Neubaus, aber mir bedeutete sie eine Menge. Es war nicht nur die Annehmlichkeit, allein zu wohnen, was für einen reizbaren Menschen einfach von unschätzbarem Wert ist. Auch nicht der Stolz, die Hypothek zurückzahlen zu können.

Vielmehr hatte ich hier etwas, wofür mir keine Kompromisse abverlangt wurden. So viele Jahre meines Lebens hatte ich andere Menschen gegen mich aufgebracht und mich selbst zurücknehmen müssen, um klarzukommen, dass ein eigenes Zuhause meine einzige Chance war, ganz ich zu sein.

Noch bevor ich eingezogen war, überhäufte Claire mich mit Inneneinrichtungsmagazinen, und alle redeten davon, die kleinen Zimmer »zu öffnen«, sie »licht und luftig« zu machen. Dad, der hocherfreut darüber war, dass ich endlich zu Hause auszog, wollte sogar einen Wagen mieten und schlug vor, dass wir zu Ikea fuhren, alle zusammen. »Wir machen einen Ausflug«, sagte er. »Wir können da auch mittagessen, ich habe gehört, es gibt ausgezeichnete schwedische Fleischbällchen. Wir kaufen alles, was du brauchst, auch einen Eisportionierer.« Aber statt meine Wohnung mit reinen, klaren Linien nach skandinavischem Vorbild einzurichten, tat ich das genaue Gegenteil. Ich machte sie dunkel und interessant und geheimnisvoll. Und ich stellte lauter Antiquitäten rein.

Ich sage Antiquitäten, aber ich meine natürlich alten Trödel, schließlich war Geld knapp, jetzt, da ich die Hypothek hatte. Ich ging zu Nachlassverkäufen, wo man einen großen Karton mit altem Kram praktisch umsonst bekam, und normalerweise waren kaputte Lampen und hässliche Ölbilder von Pferden drin, aber hin und wieder fand man etwas Nützliches oder auch Hübsches. Auf diese Weise hatte ich einen langen Garderobenspiegel erworben, der nur wenige blinde Flecken aufwies, und eine sehr hübsche Waschschüssel mit einem Krug, beide fast unversehrt.

Mein Bett stammte aus einem Kloster, das geschlossen worden war, und bestand aus Mahagoni mit schwarzen Lackintarsien an Kopf- und Fußteil. Dafür, dass Nonnen den weltlichen Gütern abgeschworen haben sollen, war es ziemlich stark verziert, aber vielleicht hatte es der Mutter Oberin gehört. Ich stellte mir vor, dass sie in dem prächtigen Bett lag, Weingummi aß, Madeira trank und sich dabei *America's Next Top Model* ansah, während die bleichen Novizinnen in der eisigen Kapelle auf tiefgefrorenen Erbsen knieten und von einem Abendessen aus gekochtem Wasser träumten.

Im Laufe der Monate trug ich weitere Einrichtungsgegenstände zusammen. Ich stellte ein großes Bündel Pfauenfedern vors Wohnzimmerfenster, damit das Licht durch sie hindurch gefiltert wurde und bläulich wirkte. Dann, durch einen glücklichen Zufall, fand ich bei einer Auktion zwei Vorhänge mit Pfauenmuster, die perfekt zu den Pfauenfedern passten. Leider waren die Vorhänge viel zu groß, die Vorhangstange reichte quer über die ganze Wand, und bei zugezogenen Vorhängen war es im Zimmer wie in einer Grotte, aber trotzdem.

Ich wählte die Wandfarben sorgfältig aus. Wie schon gesagt, konnte ich mir die Farben von Holy Basil nicht leisten, deshalb versuchte ich, billige Nachahmungen zu finden, und das gelang mir anscheinend auch, denn Tim, der Maler, bekam schreckliche Kopfschmerzen, nachdem er mein Schlafzimmer dunkelrot gestrichen hatte. (Bei Holy Basil hieß die fast identische Farbe *Fäulnis*.) »Ich werfe Aspirin ein, als wären es Smarties«, sagte er und meldete sich zwei Tage krank.

Dann versteifte ich mich darauf, dass ich schwarze, ungemusterte Bettwäsche haben wollte; ich verbrachte Stunden im Netz und verfluchte The White Company.

Eine Weile war die Verschönerung meiner Wohnung meine Hauptbeschäftigung. Ich war wie verliebt, ich konnte an nichts anderes denken. In einem Moment glühender Inspiration warf ich ein Gazetuch über den Spiegel, sodass mein Spiegelbild etwas Geisterhaftes bekam. Dann nahm ich es wieder runter. Es war zu viel.

Damit fing eine Phase milder Revision an. Ich warf die Waschschüssel und den Krug raus, weil es Waschutensilien waren. Und sie mehrere Sprünge hatten. Und einfach ein bisschen daneben waren. Plötzlich hatte ich Zweifel an dem Kriegsschiffgrau in meinem Badezimmer. Ich übermalte es mit Gelb. (Die Farbe hieß *Butterblume.*) (Aber bei Holy Basil hieß sie *Schlamm.*) Das schwere Teak-Büfett hatte, wie sich herausstellte, Holzwurm. Und die moosgrüne Chenille-Tischdecke schimmelte.

Insgesamt war meine neue Wohnung im ständigen Werden begriffen, und ich wählte die Leute, denen ich sie zeigte, sorgfältig aus. Ich wollte, dass sie meine Wohnung so sehr liebten wie ich, und manche taten es, manche nicht. Bronagh fand sie natürlich großartig, Claire fand sie großartig, Dad fand sie – womit ich nicht gerechnet hatte – großartig, und Anna murmelte leise: »Ferne Stimmen, stille Leben«, was, glaube ich, ein gutes Zeichen war.

Margaret hingegen war nicht so begeistert. Bei ihrem ersten Besuch sah sie sich ängstlich die efeugrünen Wände an und sagte: »Es ist ein bisschen zum Fürchten.« Ein paar Wochen später teilte sie mir kurz und bündig mit: »Ich möchte nicht, dass meine Kinder zu dir in die Wohnung kommen. Nach unserem Besuch bei dir haben sie schlecht geschlafen.«

Rachel sagte, die Wohnung sei Ausdruck eines kranken Hirns. Als sie den dunkelblauen Flur betrat, brach sie in lautes, höhnisches Gelächter aus und sagte düster: »Jetzt ist mir alles klar.«

Und als Jay Parker in mein Leben trat, sagte er, eine halbe Stunde in meinem Wohnzimmer, während *Top Gear* im Fernsehen lief, sei so, als wäre man lebendig begraben.

18

Als ich wieder zum Haus meiner Eltern kam, wartete Mum mit einem Muffin auf mich.

»Banane und Pekannuss, ich weiß, es ist die falsche Farbe, aber du könntest es mal probieren. Alles in Ordnung?«, fragte sie. »Du siehst so …«

»Bestens«, sagte ich. »Es sind nur die Wolken. Wenn es so bedeckt ist wie jetzt, streikt mein Kopf.«

Ihr Gesicht nahm einen seltsamen Ausdruck an. »Der Himmel ist blau.«

Ich sah aus dem Fenster: Tatsächlich, der Himmel war blau. »Seit wann das denn?«

»Schon den ganzen Morgen.«

Aber das machte es auch nicht besser. Der leere Himmel sah hart und kalt und unbarmherzig aus. Hätte man nicht ein paar Wölkchen dazwischensetzen können, um ihn weicher zu machen?

»Was hat der Arzt gesagt?«, fragte Mum.

Wie viel sollte ich ihr erzählen? Ich dachte an ihre Reaktion, als ich die Geier gesehen hatte.

Am besten erzählte ich nichts.

Vor zweieinhalb Jahren hatte ich gelernt, keinen Trost von den Menschen um mich herum zu erwarten, denn sie konnten mir keinen geben. Wir alle hatten Angst. Keiner verstand, was mit mir los war, und niemand konnte etwas zu meiner Besserung beitragen, sodass sich alle hilflos und schuldig fühlten und schließlich verärgert waren. Ja, sie hatten mich lieb, das wusste ich im Kopf, auch wenn mein Herz es nicht spüren konnte, aber ein bisschen waren sie auch böse auf mich. Als hätte ich mich dazu entschieden, eine Depression zu bekommen, und würde mich absichtlich gegen die Medikamente sträuben, die mich heilen sollten.

Selbstverständlich wollten alle, dass ich geheilt wurde. Und als es mir schließlich besser ging – nach sechs höllischen Monaten –, wollte niemand, dass ich jemals wieder krank wurde.

»Er hat mir wieder die Glückspillen verschrieben. Das hilft bestimmt. Hat Jay Parker einen Schlüssel für mich vorbeigebracht?«

»Nein.«

Mist. Ich wollte in Bewegung bleiben, meinen Kopf beschäftigen, die Gedanken in Schach halten.

Es war schon nach zehn. Wann genau wollte er mir die Schlüssel denn bringen? Ich schickte ihm eine SMS, und er schrieb zurück, er sei auf dem Weg. Das konnte viel bedeuten von einem, der unzuverlässig und ein Lügner war.

»Ich frage mich bloß ...«, sagte Mum.

Ich wusste, was sie sich fragte.

»... was ist eigentlich schiefgegangen mit dir und Jay Parker?«

»Habe ich komplett vergessen.« Ich würde niemals irgendwem erzählen, was passiert war. Ich hatte es bei unserer Trennung nicht getan und würde es auch jetzt nicht tun.

»Das ist erst ein Jahr her«, sagte Mum. »Das kannst du nicht vergessen haben.«

»Ich habe es aus meinem Bewusstsein verbannt«, sagte ich fröhlich.

»Aber ...«

»Ich habe den Datensatz gelöscht ...«

»Das kannst du nicht! Niemand kann das.«

»Ich habe einen starken Willen.« Ich lächelte lieblich. »In der Hinsicht habe ich Glück. Komm, zwing mich lieber, zu duschen und mir die Haare zu waschen, solange ich warte.«

Sie zögerte einen Moment, sie wollte von der Jay-Parker-Geschichte nur ungern ablassen, dann sagte sie: »Na gut.« Mit der finsteren Miene einer Gefängniswärterin bugsierte sie mich ins Badezimmer.

Mum hat eine starke theatralische Neigung, sie kann sich sehr gut in eine Rolle hineinversetzen. Gelegentlich, wenn ich einen Engpass hatte und sie mich bei meiner Arbeit unterstützte, konnte sie sich richtig hineinsteigern, als wären wir Fernsehdetektive, die die Geschwindigkeitsbegrenzung überschreiten und sich mit der Schulter gegen verschlossene Türen werfen.

Ehrlich gesagt war es bei mir ganz ähnlich. Zu meiner Entschuldigung kann ich aber vorbringen, dass es nur am Anfang so war, als ich Tagungsräume nach Abhörgeräten absuchte und mich fragte, wann das Leben endlich richtig aufregend würde.

Zu meiner Überraschung (von der ungewissen Sorte) war Claire da, als ich aus dem Badezimmer kam.

»Was zum Anziehen für dich.« Sie warf mir eine Tasche entgegen. »Hab mir Mühe gegeben.«

Ich hatte sie eine Weile nicht gesehen, zwei Wochen vielleicht. Sie sah großartig aus. Ihr Haar war lang und seidig, ihre Kunstbräune untadelig, sie trug lässige Caprihosen, ein knappes T-Shirt, das mit einer Anime-Figur bedruckt war, und enorm hohe Schuhe mit Keilabsatz. An ihrem Arm klimperten unzählige Silberreifen, auf denen Hindu-Gebete eingraviert waren. So was kam dabei heraus, wenn man eine halbwüchsige Tochter hatte. Möglich, dass Kates Hormone verrücktspielten, aber sie half ihrer Mutter, modisch voll auf der Höhe zu sein.

»Du bist richtig dünn geworden«, sagte sie und konnte den Neid in ihrer Stimme nicht verhehlen.

Schon, jetzt war ich noch dünn, aber wenn die Medikamente erst einmal zu wirken begannen, würde mich ein brüllender Hunger nach Kohlehydraten überfallen. Mein Stoffwechsel käme praktisch zum Erliegen, mein Gesicht würde die Form eines Vollmonds annehmen und mein Bauch sich in mehrere Reihen von Speckrollen legen. Eine Wabbelfrau. Es war alles entsetzlich, die Krankheit *und* die Heilmethode.

»Wie kommt es, dass du gar keine Cellulite an den Armen hast?«, fragte ich.

»Jeden Tag eine Stunde Gewichtheben. Na, sagen wir, eine halbe Stunde. Und vielleicht auch nicht jeden Tag. Wir kämpfen den guten Kampf weiter. Wir dürfen nie, niemals klein beigeben.«

»Gibt's was Neues?«

»Jede Menge.« Sie nahm ein Nicorette-Kaugummi aus der Packung und steckte es sich in den Mund. »Habe mit dem Rauchen aufgehört«, sagte sie. »Lasse den Pony rauswachsen. Suche nach einem Rezept für vegetarische Lammkasserolle. Muss dem Hund die Eier entfernen lassen. Überlege, Kate in einem von diesen Erziehungscamps für Teenager unterzubringen. Das Übliche eben.« Sie kramte in ihrer Handtasche und holte ein Buch hervor, das sie Mum gab.

»Danke, Liebes.«

»Nein, ich muss für meinen Buchclub lesen. Könntest du das bis Montag für mich tun und mir dann sagen, wovon es handelt?«

»Ich werde es versuchen, aber jetzt, wo Helen Geier sieht und nichts isst und dein Vater taub wird …«

»Ach, ist auch egal. Wir sitzen sowieso nur rum, trinken Wein und lästern über unsere Männer. Wir sprechen nie über die Bücher. Sollen wir Helens Sachen auspacken?«

Etwas huschte über meine Seele. Ein Unbehagen. Anders als das Unbehagen, das ich seit dem Aufwachen gespürt hatte. Ich wühlte in meinen Gedanken und fand den Grund: Irgendwo in diesen Kartons waren Fotos. Kompromittierende Fotos. Von Artie. Nackt und ohne jede Hemmungen – drücke ich mich verständlich aus?

Ich hätte sie niemals ausdrucken sollen.

Aber sie waren versteckt. Eingewickelt in ein T-Shirt in einem Karton in einer Tüte. Niemand würde sie finden.

»Ich muss nur schnell mal los und Pastamehl kaufen«, sagte Claire. »Ich kriege heute Abend Besuch und will Orecchiette machen, aber in diesem verdammten Kaff kann man nirgendwo Pastamehl kaufen. Unten in der York Street ist ein Italiener, da versuche ich es mal. In fünf Minuten bin ich zurück.«

Sie verschwand mit fliegendem Haar.

»Meinst du, sie kommt zurück?«, fragte Mum etwas kläglich.

»Ist doch egal. Margaret ist bestimmt gleich hier.«

»Ach, was soll's!«, erklärte Mum. »Da kommt Jay Parker!«

Ich warf einen Blick aus dem Fenster.

Eindeutig Jay Parker, gekleidet wie immer – auf Figur sitzender Anzug, weißes Hemd, schmale Krawatte –, stolzierte er selbstbewusst auf das Haus zu..

»Sieh ihn dir an«, sagte Mum voll unverhohlener Bewunderung. »Er hat so viel … wie heißt das? Fluidum?«

Sie rannte die Treppe runter, um ihn einzulassen, und ich kam, etwas langsamer, hinterher. Zu meiner großen Überraschung (von der besorgniserregenden Sorte) kam Dad auch in den Flur – in einem Vorgang, der an ein Wunder grenzte, hatte er sich von seinem Sessel vor der Sportschau gelöst und war gekommen, um Jay Guten Tag zu sagen.

»Wir haben dich vermisst.« Dad mochte Jay Parker sehr gern.

»Das stimmt, das stimmt«, pflichtete Mum ihm mit kindlicher Begeisterung bei. Auch Mum mochte Jay Parker sehr gern. Alle mochten Jay Parker – meine Schwestern, Bronagh, Bronaghs Mann Blake, *alle*.

Nachdem sie einen Moment geplaudert hatten, wurde Dad nervös. Er konnte nicht allzu lange vom Fernseher wegbleiben, sonst würde etwas Schlimmes passieren.

»Komm bald mal wieder vorbei«, sagte er. Es folgte eine Schrecksekunde, in der es so aussah, als wollte Dad Jay in einer Männerumarmung an sich drücken, aber nach einem Moment der Verunsicherung, der eine Ewigkeit zu dauern schien, trennten sie sich ohne Zwischenfall.

Jetzt wandte Jay Parker seine Aufmerksamkeit mir zu. Mit großer Geste präsentierte er mir den Schlüssel und einen kleinen Zettel. »Schlüssel und Code für die Alarmanlage bei Wayne.«

Ich las die Zahl, die Wayne für seine Alarmanlage gewählt hatte – 0809 – und überlegte, welche Bedeutung sie haben mochte, denn niemand entscheidet sich rein zufällig für eine Nummer, auch wenn er es noch so sehr versucht.

»Was ist mit meinem Honorar?«, fragte ich Parker.

»Dazu wollte ich gerade kommen.« Er besaß die Dreistigkeit, mir einen pikierten Blick zuzuwerfen, als hätte ich unterstellt, er sei der Typ, der sich, ohne die Rechnungen zu bezahlen, aus dem Staub machen würde. Er zog ein schmales Bündel Zwanzig-Euro-Scheine heraus. »Hier sind zweihundert, mehr hat der Geldautomat nicht rausgerückt.«

Ich blitzte ihn an. Er hatte sich bereit erklärt, mir das Honorar für eine Woche im Voraus zu bezahlen.

»Morgen kann ich wieder zweihundert holen«, protestierte er. »Und übermorgen auch. Und überübermorgen. Es gibt keine Geldknappheit, es liegt an den Maschinen, die sind schuld.«

»Was ist mit dem Geld, das du gestern Abend hattest?«

»Das meiste habe ich dir gegeben. Außerdem habe ich noch andere Ausgaben, haufenweise Ausgaben.«

Er konnte zur Bank gehen und am Schalter Geld abheben. Aber wer geht heute noch zur Bank? Kann man das überhaupt noch? Wurde nicht inzwischen alles, was mit Banken zu tun hatte, aus fußballstadiongroßen unterirdischen Callcentern heraus geregelt?

»Ich könnte dir den Betrag in einem Schwung auf dein Konto überweisen lassen«, sagte er mit listigem Blick. »Aber ich dachte, es ist dir vielleicht lieber, wenn du bar bezahlt wirst.«

»Was ist eigentlich los?«, fragte Mum Jay. »Was ist das für eine Arbeit, die Helen für dich macht?«

»Das ist vertraulich«, sagte ich.

»Wenn ich es jemandem erzählen dürfte, Mammy Walsh …« Er schüttelte traurig den Kopf, »dann würde ich es dir erzählen.«

Sie sah uns an und überlegte, ob sie nachhaken sollte, dann ließ sie es. »Ich freue mich richtig auf das Konzert am Mittwoch«, sagte sie fröhlich.

»An den Abend wird man sich erinnern, Mammy Walsh, an den wird man sich erinnern.«

»Sag mal.« Mum rückte näher an Jay heran. »Stimmt es, dass Docker als Überraschungsgast auftritt?«

»Docker?«, fragte ich. »Wo hast du das denn gehört?«

»Es wird in allen Foren diskutiert. Er würde an einem der drei Abende kommen. Stimmt das?«

Offensichtlich war das Jay völlig neu. Aber er verarbeitete die Information so schnell, dass man die Räder in seinem Gehirn fast rattern hören konnte. Besser als mit dem Gerücht, dass Docker, ehemals der Talentierte, bei einem der Konzerte auftreten würde, konnte man das Land nicht in Aufregung versetzen und den Kartenverkauf anheizen.

»Die fünf Laddz, wieder vereint«, sagte Mum.

»Ahaha! Na ja. Vielleicht. Es wird nichts verraten. Aber du weißt ja«, sagte Jay und tippte sich an die Nase, »diese Information ist streng geheim.«

»Lass das«, sagte ich. »Das ist gemein.«

Die Wahrscheinlichkeit, dass Docker, oder Shane Dockery, wie er früher hieß, bei dem Laddz-Comeback auftreten würde, lag bei null. Seit vielen Jahren war Docker ein Weltstar. Nicht nur als Sänger, sondern auch als Hollywoodschauspieler – er hatte sogar einen Oscar gewonnen – und als Regisseur. Er lebte in einem anderen Universum als die Laddz. Er jettete in Privatflugzeugen durch die Welt und war Pate von einem von Julia Roberts' Kindern, außerdem tat er laufend Gutes, förderte den Handel mit Fair-Trade-Produkten und die Edamame-Bohnenbauern, setzte sich für politische Gefangene ein und so weiter. Selbst John Joseph mit seiner mittelalterlichen Ritterhalle und seiner Karriere als Produzent sah daneben armselig aus.

»Ich muss ein paar Dinge mit dir besprechen«, sagte ich und schob Jay ins Wohnzimmer. »Es besteht die Möglichkeit, dass ich an Waynes Telefonkontakte und Bankdaten rankommen kann, aber es kostet, weil ich zwei Sachen bezahlen muss – eine noch ausstehende Rechnung von einem alten Fall und die neuen Informationen.«

»Warum sollte ich die Rechnung von einem anderen bezahlen?«

»Weil der andere es nicht tut und weil die ausstehende Rechnung bezahlt werden muss, bevor man Neues in Auftrag geben kann.«

»Wie viel?«

Ich nannte die Summe.

»Herrgott!«, sagte er, offensichtlich schockiert. »Ich habe keinen Goldesel.«

»Du kannst es auch lassen.«

Er dachte ausgiebig nach. »Okay«, sagte er. »*Falls* ich das Geld habe, und damit sage ich nicht, dass ich es habe, aber *falls* ich es habe, wie lange dauert es dann, bis wir an die Informationen kommen?«

»*Falls* es möglich ist, an die Informationen heranzukommen, und ich sage nicht, dass es möglich ist, aber *falls* es möglich ist, drei bis vier Tage.«

»So lange?« Er zählte die Tage an seinen Fingern ab. »Heute ist Freitag. Das heißt, vielleicht erst nächsten Dienstag.« Er sah mich besorgt an. »Glaubst du wirklich, bis dahin ist Wayne immer noch nicht wieder da?«

»Ich habe keine Ahnung.«

Er seufzte. »Kannst du dich nicht einfach in seinen Computer hacken? An dem Passwort vorbei? Mal im Ernst, kennst du keinen handzahmen Hacker?«

Ich kannte mal eine Informatik-Studentin, hocherfreut, mir zu helfen und sich damit ein Taschengeld zu verdienen. Aber letzten Sommer hatte sie ihren Abschluss gemacht, eine gute Stelle gefunden und Angst bekommen, man könne sie verhaften, und seitdem hatte ich noch keinen befriedigenden Ersatz gefunden. Versucht hatte ich es schon. Es war eins meiner Dauerprojekte. Alle paar Monate fuhr ich zum Technology College in der City West, spendierte den IT-Studenten dort Drinks und versuchte, mir ein Bild von ihrer Intelligenz und ihrer Korrumpierbarkeit zu machen, aber ich war bisher nicht fündig geworden: Die Intelligenten waren nicht korrumpierbar, und die Korrumpierbaren waren nicht intelligent genug.

Mit Verzweiflung in der Stimme sagte Jay: »Wenn ich mich ins Auto setze und zum Technology College fahre, hätte ich in fünf Minuten einen Studenten gefunden, der sich in Waynes Computer hacken könnte.«

»Das bezweifle ich, denn das Semester war vor zwei Wochen zu Ende, aber bitte, viel Glück.«

Er sah mich wortlos an.

»Oder«, fuhr ich fort, »du kannst einen anderen Privatdetektiv anheuern. Mir ist das scheißegal. Offen gestanden wäre ich froh, nichts mit dir zu tun haben zu müssen.«

Nach einer langen Pause sagte er: »Glaubst du, wir könnten das jemals hinter uns lassen? Glaubst du, du könntest mir jemals verzeihen?«

»Ich?« Weltbeste im Grollen und Erfinderin der Tonne? »Niemals.«

Er zuckte zusammen, als hätte ich ihn geschlagen. Eine weniger standfeste Frau hätte sicher ein klein wenig Mitleid mit ihm empfunden. Aber natürlich gehöre ich nicht zu dieser Sorte.

Forsch sagte ich: »Zeit, dass du dich entscheidest, Jay Parker. Es ist Freitag, Bankgeschäfte müssen wir heute abwickeln. Sonst ist das Wochenende da, und dann können wir vor Montag nichts tun.«

»Gut«, sagte er leise. »Ich überweise das Geld innerhalb der nächsten Stunde.«

Es gab keine Garantie, dass Sharkey oder Telefon-Mann (die »Namen« meiner geheimnisvollen Kontakte beziehungsweise die Namen, unter denen ich sie kannte) mir zuarbeiten würden, aber natürlich standen die Chancen viel besser, wenn sie ihr Honorar bekamen. Und wenn sie es nicht taten? Dann wäre es Jay Parkers Verlust, und das geschähe ihm nur recht.

»Gut«, sagte ich. »Ich fahre zu Wayne und sehe nach, ob ich was finde.«

19

Waynes Auto stand noch an derselben Stelle. Es war nicht bewegt worden, was ich an dem Stück Papier, das ich unter den linken Hinterreifen gelegt hatte, erkennen konnte – der alte Trick mit dem Haar auf der Tür. Wayne war wahrscheinlich nicht wieder ins Haus gekommen, aber ich läutete trotzdem zwölfmal, um mich zu vergewissern, dann schloss ich mit dem Schlüssel, den Jay mir gegeben hatte, die Tür auf. Sofort fing die Alarmanlage an zu schrillen, dass mir fast die Ohren abgefallen wären. Ich hatte Jay gezwungen, sie einzuschalten, als wir am Abend zuvor das Haus verlassen hatten, und in einem Anflug von Panik versuchte ich, auf dem Zettel den Code zu entziffern, und drückte auf die entsprechenden Zahlen.

Die schrillen Töne verebbten, und ich war dankbar für die plötzliche gnadenvolle Stille. Und natürlich erfreute ich mich aufs Neue an Waynes wunderbarer Farbpalette, bewunderte die kühne Zusammenstellung und empfand einen Moment lang tiefen Frieden.

Langsam fühlte ich mich in sein Haus ein. Die Post hatte nichts Nützliches gebracht, und auf dem Anrufbeantworter waren keine neuen Nachrichten. Ich hörte die letzten Nachrichten noch einmal ab, die von Gloria mit besonderer Aufmerksamkeit. Wer war sie? Was war die gute Nachricht? Ich musste Gloria unbedingt finden, denn wenn ich sie fand, würde ich Wayne finden. Das *wusste* ich.

Glorias Nachricht war die vorletzte. Beim letzten Anruf hatte jemand einfach aufgelegt. Es war eine Handynummer, und ich konnte mir vorstellen, dass es ein Taxifahrer war. Da Wayne nicht sein Auto genommen hatte, bestand die Möglichkeit, dass er ein Taxi dahin genommen hatte, wo er hin wollte – vorausgesetzt natürlich, dass sein Verschwinden freiwilliger Natur war oder dass nicht ein Freund ihn abgeholt hatte –, und heute rufen Taxifahrer immer an, um zu sagen, dass sie vor der Haustür stehen, weil sie zu faul sind, auszusteigen und die paar Meter zur Tür zu gehen. Kein Wunder, dass wir eine Nation von Fettsäcken sind.

Ich nahm mein Handy und wählte diese Nummer. Nach fünfmal Klingeln schaltete sich die Mailbox an. Eine Männerstimme, älter und ein bisschen rau. »Hier Digby. Sprechen Sie nach dem Signalton.«

»Digby, hier ist Helen.« Ich zwang mich beim Sprechen zum Lächeln, was immer schwierig ist, selbst in guten Momenten, aber es lohnt sich. Wenn man einen Unbekannten anruft, sollte man so tun, als würde man ihn kennen.

Oft glauben die Angerufenen dann, sie seien mit einem befreundet und zum Helfen aufgerufen. Ganz schön schwierig für Menschen wie mich, aber die Sache ist so: Wenn ich eine sonnige Persönlichkeit *hätte*, wäre ich nicht Privatdetektivin, sondern hätte einen Job in einer PR-Agentur, ich würde hochhackige Schuhe tragen, mit weißen Zähnen lächeln, allen das Gefühl geben, sie seien etwas Besonderes, und ein entsprechendes Gehalt kassieren. »Hören Sie, Digby, als Sie Wayne Diffney am Donnerstagmorgen abgeholt haben, in …« Wie lautete eigentlich die verdammte Adresse? Ich ging die Briefe durch, die an dem Morgen gekommen waren. (Ein Fan-Brief »an Lovely Wayne, Am Meer, Dublin, Irland«. Das nützte mir gar nichts. Ich suchte weiter und fand einen ordentlich adressierten Brief.) »… in Mercy Close Nummer vier. Das ist gleich an der Küste in Sandymount. Jedenfalls, er glaubt, er hat etwas auf dem Rücksitz liegen lassen, und bietet eine Belohnung. Nur eine kleine, nicht dass Sie denken, Sie können sich davon ein Haus in St Barts kaufen …« Mein Seelöwenlachen stieg mir in der Kehle hoch, und mein Brustkorb bebte. Ich müsste wirklich mal lernen, richtig zu lachen. »Rufen Sie mich also zurück. Meine Nummer haben Sie ja.« Natürlich hatte er meine Nummer nicht, aber wenn ich sagte, er hatte sie, würde er glauben, dass wir uns kannten und dass ihm das entfallen sei, vielleicht in einem frühen Stadium von Alzheimer. »Falls Sie sie nicht finden können, sie lautet …« Und ich ratterte meine Handynummer runter.

Möglich war es, dass er zurückrief. Die meisten Leute sind scharf auf eine Belohnung. Aber es war ebenso möglich, dass Digby solche Tricks schnell durchschaute. Oder er wusste, dass nichts im Auto liegen geblieben war, und er hatte Angst, man würde ihn des Diebstahls verdächtigen. Oder Wayne hatte ihn großzügig dafür bezahlt, dass er den Mund hielt und nicht sagte, wo er Wayne abgesetzt hatte. Es gab endlose Abwandlungen, die alle auf der Annahme basierten, dass Wayne freiwillig verschwunden war. Aber das war vielleicht nicht der Fall, und wenn es nicht der Fall war, dann musste ich schnell herausfinden, wo er war.

Wieder sah ich mich voller Bewunderung in Waynes Wohnzimmer um. Schön. Ich wollte es nicht abwerten, indem ich es als »gemütlich« bezeichnete, aber es war kein ausgesprochen männliches Zimmer mit harten, kantigen Linien und braunen Eames-Ledersesseln. (Sie bringen mich zum Gähnen, Eames-Sessel, sie sind so fantasielos.) Nein, in diesem perfekt ausbalancierten Raum standen ein wunderschönes Sofa und zwei Sessel, mit unterschiedlichen, aber farblich aufeinander abgestimmten Polsterstoffen bezogen. Es gab einen Kamin – bestimmt gehörte er zu der ursprünglichen Ausstattung – und ein hohes Fenster mit einem Metallrahmen – auch das sicherlich original – mit einer Jalousie davor.

Rechts vom Kamin waren in die Nische Borde und Schubladen eingebaut – sehr hübsch, von exzellenter handwerklicher Qualität, lackiert in ... ich rate nur, ich rate, aber ich hätte mein Leben drauf verwettet: *Grünspan* von Holy Basil.

Aber, wie bei Männern offenbar unerlässlich, war eine ganze Wand mit CDs vollgestellt. Ich hätte die eine oder andere rausziehen sollen, vielleicht hätte sie mir etwas über Wayne gesagt, aber ich brachte es einfach nicht fertig. Ich habe kein Interesse an CDs, nicht das geringste Interesse an Musik. Es langweilt mich zu Tode. Und es geht noch weiter – tief in mir drinnen bin ich überzeugt, dass keine Frau wirklich Musik mag. Frauen, die Musik mögen, sind mir suspekt. Um ehrlich zu sein, ich glaube ihnen einfach nicht. Auf Konzerten rumhängen und über Gitarrenriffs und Basslines schwafeln – das machen sie doch nur, weil sie sich einen Mann angeln wollen. Und wenn sie sich dann einen geangelt haben, kriechen sie unters Bett, kramen ihr Michael-Bublé-Poster hervor, pusten den Staub weg, drücken einen dicken Kuss drauf und hängen es wieder an die Wand.

Ich ging durch den Flur. Die Sache war eilig, eilig, eilig, aber ich wollte Wayne *erspüren*. Meine Güte, die Küche, welche Schönheit, die Schränke in *Unheil*, die Wände in *Frostbeule*. Der Geschmack dieses Mannes war unfehlbar. Einfach unfehlbar.

Zwar waren die Küchenstühle von Ikea, aber Wayne hatte eine gute Wahl getroffen, denn sie sahen so aus, als würden sie in dieses Holy-Basil-Wunderland gehören. Ich zog einen in den Flur hinaus, bis zur Haustür, und stellte mich darauf.

Einen Moment lang erfasste mich der mächtige Wunsch, ich möge vom Stuhl fallen und mir meinen Kopf so stoßen, dass ich ein Blutgerinnsel im Gehirn bekam und tot war, bevor jemandem auffiel, dass ich nicht da war – schließlich passieren die meisten Unfälle zu Hause. Das Zuhause der Menschen ist sehr, sehr gefährlich, draußen in der Welt ist man viel sicherer, soweit man hört, selbst wenn man aus Flugzeugen springt und im Auto kurvenreiche Strecken fährt. Aber ich war ein Pechvogel, ich würde mir einfach nur den Knöchel brechen und mit schrecklichen Schmerzen vier Tage in der Notaufnahme verbringen, wo ich um Schmerzmittel betteln müsste, aber zugunsten solcher Patienten übergangen würde, die das Glück hatten, sich mit dem Knethaken ihrer Brotmaschine die Zunge ausgerissen zu haben, und zu verbluten drohten.

Ich stand auf dem Stuhl und befestigte eine winzige Kamera an der Decke. Wenn ich winzig sage, meine ich winzig: Sie war nicht größer als ein Stecknadelkopf. Fast nicht zu sehen. Mit Bewegungsmelder. Köstlich! Falls also Wayne nach Hause kam, sagen wir, um sich frische Klamotten zu holen oder so, würde in dem Moment, da er durch die Tür kam, auf meinem Handy – ist das zu glauben? – eine Mitteilung erscheinen!

Es gab Zeiten – das ist gar nicht einmal so lange her –, da musste man, wenn ein Mensch vermisst wurde, tagelang im Auto vor dessen Haus sitzen und darauf hoffen, dass er irgendwann aufkreuzte. Und jetzt hat man dieses kleine Wunderding.

Dann ging ich aus dem Haus und brachte – ganz lässig, falls mich jemand sah – ein elektronisches Gerät an der Seite von Waynes Auto an. Denn wäre es nicht furchtbar peinlich, wenn Wayne, sollte er zurückkommen, sich mit seinem schönen schwarzen Alfa aus dem Staub machte, während ich nur wenige Meter entfernt war?

Wie die Kamera war auch der Peilsender ein winziges Gerät, das mit einem Magneten haftete. Und so funktionierte es: Sobald das Auto losfuhr, würde auch hier eine Mitteilung an mein Handy geschickt, und von da ab würde ich Waynes Bewegungen auf meinem Display verfolgen können.

Ich ging wieder ins Haus, und zehn Sekunden später piepte mein Handy und teilte mir mit, dass eine Person Waynes Haus betreten hatte. Sofort rauschte Adrenalin durch meine Adern, doch dann wurde mir klar, dass *ich* diese Person war und dass ich jedes Mal, wenn ich Waynes Haus betrat, den gleichen Text bekommen würde. Aber war doch gut – so wusste ich wenigstens, dass es funktionierte.

Überwachungstechnik, ich liebte sie wirklich – ständig wurden neue Erfindungen vorgestellt, und als Privatdetektivin musste man am Ball bleiben. Aber vor zwei Jahren, als die Rezession richtig einschnitt, konnte ich nicht mehr mithalten. Damals kam es mit zwei Firmen, die reichlich Knete hatten, zum Bruch, und ich verlor mehrere Aufträge. Und weniger Einkommen bedeutete weniger Geld, um neue Geräte anzuschaffen, was weniger Aufträge bedeutete – und schon geht es abwärts.

Kein Geld kam herein, nichts. Selbst als ich vor zweieinhalb Jahren krank war, hatte ich noch ein kleines Einkommen, weil ich bei ein paar Firmen auf der Gehaltsliste stand. Dann – über Nacht, so schien es mir – ging überhaupt nichts mehr. Ich hatte ohnehin schon alles zurückgefahren, hatte mein Büro aufgegeben, und als in dem Jahr meine Hausratsprämie fällig wurde, habe ich sie nicht bezahlt. Alles veränderte sich drastisch: Luxusausgaben für Friseur, Halstücher und teures Make-up wurden gestrichen; meine Waschmaschine ging kaputt, und ich konnte sie nicht reparieren lassen; meine elektrische Zahnbürste ging kaputt, und ich konnte mir keine neue kaufen. Die offensichtliche Lösung bestand darin, meine Wohnung zu verkaufen, doch dann ließ ich sie schätzen und stellte fest, dass ich nach Rückzahlung der Hypothek mehr für die Wohnung bezahlt hätte, als ihr momentaner Marktwert war.

Wie hunderttausend andere auch ging ich zum Sozialamt und war gespannt, welche Vorwände sie finden würden, um mich abblitzen zu lassen. Sie stürzten sich auf die

Tatsache, dass ich selbstständig war. Fairerweise muss man sagen, wäre es nicht das gewesen, hätten sie einen anderen Grund gefunden – dass ich lange Haare hatte, dass ich an einem Dienstag geboren war, dass ich als Kind geglaubt hatte, alle Katzen seien Mädchen und alle Hunde Jungen und dass sie einander heiraten würden. Sozialhilfe kriegte man nur, wenn man nie arbeitete. Hier also mein Rat: Gleich nach der Schule Stütze beantragen und nie, nie einen Job annehmen.

Jedes Honorar, das ich bekam, wurde nach bestimmten Prioritäten ausgegeben. Ich *musste* meine Steuer bezahlen, weil ich nicht im Knast enden wollte; ich *musste* ein Telefon haben – das war meine Rettungsleine, mehr als Nahrung oder Cola light; und wenn möglich, würde ich mein Auto behalten – ohne Auto konnte ich meine Arbeit nicht tun, und sollte es zum Schlimmsten kommen, konnte ich in meinem Auto leben. Ich machte das, wovon einem strengstens abgeraten wird: Ich benutzte meine Kreditkarte für meine Hypothekenrückzahlungen. Als das Kreditlimit erreicht war, musste ich damit aufhören. Ich bekam eine kleine Gnadenfrist, bevor ich auf die Straße gesetzt wurde: weil so viele Menschen mit ihren Rückzahlungen im Verzug waren, hatte die Regierung eine zeitweilige Amnestie erlassen.

Dennoch war es nur eine Frage der Zeit, bis ich obdachlos wurde, und inzwischen schuldete ich einen beängstigend hohen Betrag auf meiner Kreditkarte und war nicht in der Lage, auch nur die kleinste Rückzahlung zu leisten. Das machte mir so viel Angst, dass ich mir erlaubte, die Rechnungen erst gar nicht aufzumachen. Nach einer Weile kamen keine Rechnungen mehr, stattdessen bekam ich Post in braunen Umschlägen. Die ersten drei ignorierte ich, bis ich in einem Anfall von Mut den vierten aufriss und las, dass ich wegen der Zahlungsrückstände einen Gerichtstermin hatte.

In meiner Panik überlegte ich, ob ich jemanden bitten sollte, mir Geld zu leihen. Es gab nur wenige Menschen in meinem Umkreis, die einigermaßen solvent waren: Margaret, meine Eltern, Claire und Artie. Aber Margarets Mann war gerade entlassen worden, und die Renten meiner Eltern waren gekürzt worden, sodass sie auch nur gerade eben über die Runden kamen. Claire gelang es, mit zahllosen finanziellen Bällen zu jonglieren, aber wenn man alle ihre Außenstände zusammenzählte, waren ihre Schulden möglicherweise größer als meine. Artie war finanziell wahrscheinlich abgesichert, aber das spielte keine Rolle, denn ich würde ihn *nie* um Geld bitten. Nein, in dieser Sache war ich allein auf mich gestellt.

Obwohl ich mir nicht viel davon versprach, ging ich zu einer von der Regierung angebotenen Schuldnerberatung. Ein Mann mit Brille sagte mir in ziemlich vorwurfsvollem Ton, ich sei sehr töricht gewesen und meine Situation sei dramatisch. Dann fragte er mich, ob ich »Vermögenswerte« hätte, die ich verkaufen könnte.

»Vermögenswerte?«, sagte ich. »Na klar, ich habe eine Jacht. Nur eine kleine, aber sie müsste schon so ein, zwei Millionen wert sein. Und ein Haus am Comer See. Würde das helfen?«

Seine Miene hellte sich beträchtlich auf, dann verdüsterte sie sich schlagartig wieder. »Haha«, sagte er dumpf.

»Ja, wirklich, haha«, sagte ich. »Meinen Sie nicht, wenn ich auf einem Haufen von Vermögenswerten säße, wäre es mir nicht eingefallen, sie zu verkaufen? Halten Sie mich etwa für einen Kretin?«

»Bitte benutzen Sie keine diskriminierenden Wörter«, sagte er spröde.

»Was? Sie meinen Kretin? Kretin ist nicht diskriminierend, Kretin ist ein medizinischer Fachbegriff.« Es gelang mir gerade noch, nicht voller Verachtung »Sie Kretin« hinzuzufügen.

Jedenfalls versuchte ich, meine Überwachungsgeräte über eBay zu verkaufen, aber die Angebote waren so lachhaft, dass ich beschloss, die Dinger lieber zu behalten.

»Ich rate Ihnen, an Ihre Gläubiger heranzutreten und anzubieten, Ihre Schulden in kleinen Raten zurückzuzahlen«, sagte der spröde Mann. »Wenn Sie jetzt bitte mein Büro verlassen würden.«

Als ich davonging, fiel mir wieder auf, wie leicht ich mir Feinde machte. Ich hatte es nicht einmal darauf angelegt, aber der Mann hasste mich. Trotzdem tat ich, was er mir geraten hatte, aber die Kreditkartenfirma schrieb zurück, dass meine kleinen Raten zu klein seien, und sie würden mich trotzdem vor Gericht bringen.

Ich gab unterdessen nicht auf und versuchte unermüdlich, an Aufträge heranzukommen. Hin und wieder hatte ich auch Glück, aber überall gingen die Firmen pleite, bevor sie mir mein Honorar bezahlt hatten – den letzten Monat hatte ich nichts weiter getan, als diejenigen aufzuspüren, die mir noch Geld schuldeten.

Es wurde immer schlimmer. Mein Satellitenfernsehen wurde abgestellt, und ich konnte nur noch den Schwachsinn der staatlichen Sender empfangen. Weil ich mir die Gebühren für die Müllabfuhr nicht mehr leisten konnte, musste ich meinen Abfall zu meinen Eltern bringen, was ich ganz, ganz schrecklich fand. Mein Gerichtstermin kam, und ich ging nicht hin, weil ich dachte, wozu?

Dann, vor zehn Tagen, um die Katastrophe komplett zu machen, kam die letzte Mahnung für meine Stromrechnung – wenn ich sie nicht innerhalb von sieben Tagen bezahlte, würde der Strom abgestellt. Ich würde ohne klarkommen, beschloss ich trotzig. Es war Sommer, ich brauchte keine Heizung, kein Licht, und ich kochte nie. Ich konnte kalt duschen und brauchte keinen Kühlschrank. Gut, ich müsste auf DVDs verzichten und – was viel wichtiger war – mein Handy woanders aufladen. Trotzdem, ich wollte mich nicht unterkriegen lassen und beschloss, dass ich es schaffen würde. Die Stromwerke hielten Wort und schalteten nach sieben Tagen ab. Obwohl ich darauf vorbereitet war, war es ein Schock. Ich hatte geglaubt, sie würden nachgeben und mir eine Frist einräumen. Aber nein. Also – kein Licht, kein warmes Wasser, kein Saft aus der Steckdose für mein Telefon.

Am Morgen darauf wurde ich von lautem Klopfen an der Tür geweckt. Drei kräftige Männer standen davor, einer gab mir ein Blatt Papier. Ich las, was draufstand: Das Gericht hatte in meiner Abwesenheit ein Urteil gesprochen, und die Männer waren da, um aus meiner Wohnung Gegenstände im Wert meiner Kreditkartenschulden abzuholen. All das geschah im Rahmen des Gesetzes.

Widerstand war zwecklos, also lud ich die Jungs ein und bot ihnen meine kaputte Waschmaschine an. Die wollten sie nicht, auch auf meine Ölgemälde von Pferden waren sie nicht sehr scharf. Im Gegenteil, sie schienen von meiner Wohnung eher leicht verstört zu sein.

Ich hätte tun können, was viele andere Menschen in einer ähnlichen Situation tun, ich hätte sie angreifen, bespucken, ihnen in den Arm fallen können. Doch das hätte nichts geändert.

Meine Couch, die Sessel und den Fernseher hatten sie im Handumdrehen rausgetragen. Dann sahen die Männer sich um und überlegten, was sie als Nächstes nehmen sollten, und plötzlich hellten sich ihre Mienen auf – sie hatten mein Bett entdeckt, und das gefiel ihnen. Sie dachten, es könnte ein paar Pfund wert sein. Mit unglaublicher Zielstrebigkeit schafften sie einen Werkzeugkasten herbei und zerlegten in null Komma nichts mein Mutter-Oberin-Bett.

Stumm und zutiefst gekränkt sah ich zu, wie sie die einzelnen Teile wegtrugen. Sie nahmen das Fußteil und das Kopfteil mit den hübschen Intarsien, die Matratze, die Decke und die Kissen – selbst die schwarzen Bezüge, nach denen ich so lange gesucht hatte, nahmen sie mit.

Ich hielt die Tränen zurück und sagte zu einem der Männer: »Wie können Sie nachts schlafen?«

Er sah mir in die Augen und sagte: »Ganz, ganz schlecht, um ehrlich zu sein.«

Dann verschwanden sie ebenso dramatisch, wie sie gekommen waren, und in der darauf folgenden Stille sah ich, dass ich in einer Wohnung ohne Strom, ohne Sofa, ohne Stühle, ohne Müllabfuhr, ohne Versicherung und ohne Bett stand.

Das war der entscheidende Moment: Ich gab auf, ich streckte die Waffen oder wie immer man es nennen will. Ich hatte mit so viel Energie versucht, die Katastrophe abzuwenden, neue Aufträge an Land zu ziehen, eine optimistische Haltung zu bewahren, und jetzt konnte ich nicht mehr kämpfen.

Ich rief auch nicht bei der Hypothekenbank an, um zu sagen, dass ich auszog, sie würden das ohnehin schnell genug merken, sondern bestellte unverzüglich zwei Männer mit einem Lieferwagen, die das, was von meinem Leben geblieben war, einpackten und in ein Depot brachten.

Um diese düsteren Gedanken zu verscheuchen, setzte ich mich auf Waynes Sofa, was eine wunderbare Erfahrung war. Dann wechselte ich in einen seiner Sessel, und auch das war sehr angenehm. Ich merkte, dass ich mich in dem Haus wohlzufühlen begann, und darin lag eine Gefahr, denn ich stand noch unter dem Schock des Verlusts meiner eigenen wunderschönen Wohnung, was schließlich erst einen Tag zurücklag. Ich hatte Waynes Schlüssel und den Code für die Alarmanlage, da musste ich aufpassen, dass ich nicht versehentlich einzog.

Also. Ich machte eine Liste der Aufgaben.

1. Gloria finden.
2. Die Nachbarn befragen.
3. Mit Birdie sprechen.
4. Digby, den möglichen Taxifahrer, finden.
5. Nach Clonakilty fahren und mit Waynes Eltern sprechen, aber nicht gleich. Erst, wenn es nicht mehr wie der normale nächste Schritt aussah.

Doch statt mit meiner Aufgabenliste wie der Wirbelwind zur Tür hinauszueilen, beschloss ich, mich eine Weile auf dem Fußboden im Wohnzimmer auszustrecken, auf einem sehr attraktiven Teppich, und an die Decke zu starren (die in gewagtem *Ennui* gestrichen war). Ich stellte laut die Frage: »Wo bist du, Wayne?«

Wo war er? Fuhr er mit einem Camper in Connemara herum und fotografierte Ginsterbüsche? Oder war er entführt worden? Ich hatte die Idee nicht richtig ernst genommen, weil Jay und die anderen Laddz so sehr darauf beharrten, dass Wayne nur schmollte, aber plötzlich sah ich vor meinem geistigen Auge, wie Wayne in einen dunklen Wagen geworfen wurde, Arme und Beine mit Elektrokabel gefesselt.

Doch wer würde ihn entführen? *Warum* würde jemand ihn entführen? Er hatte kein Geld. Oder doch? Hatte ich bei meiner oberflächlichen Untersuchung seiner finanziellen Lage etwas übersehen? Ich musste noch einmal in sein Büro gehen und nachsehen, denn normalerweise gibt es zwei Gründe, weshalb Menschen verschwinden: Geld und Liebe.

Und wenn es nicht darum ging, ein Lösegeld zu erpressen, gab es noch andere Gründe für eine Entführung. Jemand könnte das Comeback der Laddz sabotieren wollen. Jemand, der etwas gegen Jay hatte (da musste es Hunderte von Menschen geben) oder gegen die Sponsoren. Andererseits schien es sinnlos, Wayne so lange vor dem ersten Auftritt zu entführen – je länger man einen Menschen gefangen hält, desto größer die Chance, dass man entdeckt wird.

Wenn jemand ernstlich an Sabotage dachte, hätte er Wayne am Mittwoch entführt, am Tag des ersten Konzerts. Dann wäre keine Zeit gewesen, ihn zu finden, die Presse zu instruieren, Erstattungen zu organisieren … Ein riesiges Chaos wäre entstanden.

Natürlich gab es auch die Möglichkeit, dass ein Wahnsinniger am Werk war. Ein übergeschnappter Fan, ein Stalker, dessen Hingabe außer Kontrolle geraten war, könnte sich Wayne gegriffen haben. In diesem Moment könnte Wayne, in einem schlecht sitzenden weißen Anzug an ein rosarotes Sofa gekettet, in einer plüschigen Höhle sitzen und die größten Laddz-Hits immer wieder von Neuem singen müssen, während seine geheimnisvolle Entführerin (wenn, wäre es eine Frau) rief: »Noch mal von vorne, von vorne.«

Oder konnte die Sache eine Finte sein, von Jay inszeniert? Um den Kartenverkauf anzukurbeln?

(Wie lief überhaupt der Kartenverkauf? Das musste ich herausfinden.)

Konnte es sein, dass Jay ein doppeltes Spiel mit mir trieb? War es möglich, dass er Wayne vorübergehend hatte »verschwinden lassen«? Und mich angeheuert hatte, um ihn zu »finden«? Aber mich in Wirklichkeit für den Job ausgesucht hatte, weil ich unfähig war?

War das Gerede, die Presse raushalten zu wollen, eine Täuschung? Würde in ein, zwei Tagen auf mysteriösen Wegen etwas über den »verschwundenen Wayne« in die Boulevardblätter gelangen? Und einen riesigen Run auf die Karten auslösen, weil die Leute sehen wollten, ob Wayne am ersten Abend auf der Bühne stand?

Die Vorstellung versetzte mir einen schmerzhaften Stich. Wenn Jay Parker, der Mistkerl, tatsächlich so etwas geplant hatte, dann ... dann ...

Meine Wut wich einem Gefühl von Trostlosigkeit. Mir würde schon eine Strafe einfallen, ich würde nur nicht jetzt darüber nachdenken, jetzt wollte ich über Wayne nachdenken.

Ich weiß nicht, warum, ich kannte ihn ja gar nicht, aber ich wollte ihm helfen. Wahrscheinlich, weil ich fand, dass er nett aussah.

Was natürlich ein klägliches Kriterium war. Man brauchte nur an Stalin zu denken. Wüsste man nicht, dass er ein Böser war, könnte man denken, dass er mit seinem Schnurrbart und seinen braunen Augen zu den ganz Netten gehörte.

Ich konnte mich bei Wayne genauso irren wie bei Stalin.

Trotzdem kam ich zu dem Schluss, dass es sich lohnte, dem Gedanken nachzugehen, dass Wayne nicht aus freien Stücken verschwunden, sondern irgendwelchen üblen Typen in die Hände gefallen war.

Einen Kontakt in die Welt der Kriminellen hatte ich: Harry Gilliam.

Wir lernten uns vor ein paar Jahren kennen, als sein Assistent mich mit einem Fall beauftragte. Harry und ich waren am Ende ganz schön gebeutelt und geschlagen, in meinem Fall sogar buchstäblich. Ein Hund hatte mir in den Hintern gebissen, obwohl das nicht der Grund ist, warum ich Hunde hasse. Ich hasste sie schon vorher, zum Glück entstand also kein bleibendes Trauma.

In gewisser Weise stand Harry in meiner Schuld, aber ich zögerte, ihn anzurufen. Ein Gefallen ist wie Geld, man kann ihn für Nichtigkeiten verschleudern. Man sollte sich also absolut sicher sein, dass man genau das bekommt, was man will. Nach reiflicher Überlegung kam ich zu dem Schluss, dass Wayne es wert war.

Ich wählte Harrys Nummer, und nach dem sechsten Klingeln sagte jemand: »Ja?«

»Harry?«, sagte ich überrascht. Früher war er nie persönlich ans Telefon gegangen.

Mit scharfer, verärgerter Stimme sagte er: »Sie wissen, dass Sie meinen Namen am Telefon nicht sagen dürfen.«

»Das hatte ich vergessen, es ist so lange her.« Ich hätte eine scharfe Antwort geben können, aber es war keine gute Idee, ihn gegen mich aufzubringen. Ich hatte ihn zwar schon immer ein wenig lächerlich gefunden, aber wichtig war, dass er gute Verbindungen hatte. Und Zugang zu Informationen, die ich nirgendwo anders bekommen konnte. »Ich muss mit Ihnen sprechen. Nur ein, zwei Fragen.«

Er besprach nie Geschäftliches am Telefon. Früher dachte ich, das sei überzogener Quatsch, aber seitdem ich mehr über das Abhören von Telefonen wusste, war mir klar, dass er recht hatte.

»Kann ich vorbeikommen?«

Im Kopf versuchte ich zu kalkulieren, wie lange die Befragung von Waynes Nachbarn dauern würde. Unmöglich, es einzuschätzen. Die unangenehme Wahrheit war, dass Gespräche mit Nachbarn – Nachbarn aller Art – normalerweise zu nichts führten. Entweder waren die Leute wie Automaten mit verschlossenen Gesichtern, wollten »nicht mit reingezogen werden« und knallten einem die Tür vor der Nase zu, oder aber, was viel schlimmer war, sie fanden es aufregend, an einem Fall beteiligt zu sein, und obwohl sie nichts Nützliches beizutragen hatten, verschwendeten sie viel Zeit mit unnützem Geschwätz und Mutmaßungen (»Könnte auch bei El Kaida sein. Ich meine, irgendwer *muss* ja dazugehören«).

Besser, gleich mit Harry zu sprechen. Der Spatz in der Hand und so.

»Kann ich gleich kommen?«, fragte ich.

»Nein. Ich sage Ihnen Bescheid. Jemand ruft Sie an.«

Nachdem er aufgelegt hatte, fühlte ich mich sehr, sehr schlecht. Ich stellte mich der Tatsache, dass Wayne vielleicht nie wiederkam, dass er womöglich tot war. Die meisten Polizisten sagen, wenn man eine verschwundene Person nicht innerhalb von achtundvierzig Stunden findet, kann man sie abschreiben. Natürlich meinten sie damit Menschen, die nicht freiwillig verschwunden waren, und Wayne versteckte sich vielleicht einfach irgendwo. Aber trotzdem.

Um diese deprimierenden Gedanken zu zerstreuen, schaltete ich den Fernseher an, der auf einem der eleganten, maßgefertigten Borde in der Nische neben dem Kamin stand.

Es war der reine Zufall, aber wer erschien da vor mir auf dem Bildschirm, sodass ich mich sofort gerade hinsetzte? Docker! Es war ein Bericht auf Sky News über ihn und Bono und ein paar andere berühmte Wohltäter, die im Namen einer darniederliegenden Nation eine Petition im Büro des Premierministers einreichten. Ich sah mir Docker ganz genau an. Er war so attraktiv und poliert und gut gebaut. Kaum zu glauben, dass er Ire war.

20

Da fiel mir ein: Ich hatte immer noch nichts von John Joseph Hartley gehört, und jetzt ging es schon auf Mittag zu. Was steckte dahinter? Wollte er nicht, dass Wayne gefunden wurde?

Ich schaltete die Nachrichten aus – in Waynes Haus den Fernseher laufen zu lassen fühlte sich ein bisschen wie eine Grenzüberschreitung an – und wählte John Josephs Nummer. Nach dem dritten Klingeln war er dran. »Hi, Helen.«

»John Joseph? Was ist mit Birdie Salaman? Sie wollten mir ihre Nummer und so geben.«

»Tut mir leid, Schätzchen, ich habe keine Nummer gefunden, nichts. Tatsache ist, ich habe sie nur ein-, zweimal gesehen. Ich habe die meiste Zeit in Kairo gelebt, als

Wayne mit ihr zusammen war. Wir hatten nie viel miteinander zu tun.«

»Wissen Sie, wo sie wohnt?«

»Northside. In Swords oder Portmarnock, irgendwo in der Richtung.«

»Wissen Sie, wo sie arbeitet?«

»Nein, tut mir leid.«

»Was für einen Job sie hat?«

»Keine Ahnung, Schätzchen. Tut mir leid.«

»Das ist ja schade«, sagte ich in neutralem Ton.

»Ja. Muss jetzt weiter, Lunch, hier kommt unser Hüttenkäse. Aber wenn ich Ihnen helfen kann, jederzeit, Tag oder Nacht …«

Ich legte auf und dachte:

1. Nenn mich nicht »Schätzchen«.
2. Behandle mich nicht wie eine Idiotin.
3. Nenn mich nicht »Schätzchen«.

Ach, und 4. Nenn mich nicht »Schätzchen«.

Offensichtlich wollte John Joseph nicht, dass ich mit Birdie Salaman sprach, und das war schade, denn ich hatte ihn gemocht, und jetzt mochte ich ihn nicht mehr. Ich argwöhnte, dass er … dass er, was genau eigentlich? Ich wusste es auch nicht. Die Rädchen in meinem Kopf drehten sich nicht schnell genug. Ich wusste nur, dass ich ihn nicht damit konfrontieren sollte. Noch nicht. Ich sollte noch eine Weile abwarten. Vielleicht meldete Birdie sich bei mir. Und wenn nicht? Ich wusste ja, wo sie wohnte. Ich konnte zu ihr rausfahren und sie in ihrem eigenen Haus belästigen.

Während meines überhaupt nicht hilfreichen Gesprächs mit John Joseph hatte ich einen Anruf von Artie verpasst, also rief ich zurück.

»Ich bin's«, sagte ich.

»Ist bei dir auch alles in Ordnung, Baby?«

»Wie meinst du das?« War ihm aufgefallen, dass ich mich seltsam verhielt?

»Ich meine das mit deiner Wohnung. Sie ist dir doch so wichtig. Dass du sie verloren hast … Wir sollten darüber sprechen.«

»Schon. Später«, sagte ich schnell. Unter gar keinen Umständen wollte ich ein Gespräch mit ihm führen, in dem die Möglichkeit, dass ich bei ihm einzog, irgendwie auftauchte. Ich wollte nicht einmal, dass sie in unsere Gedanken kam. Zu viel war im Umbruch, es gab zu viele Veränderungen und Merkwürdigkeiten, ich wollte an dem festhalten, was gut war, und nicht riskieren, dass es kaputtging. »Stell dir vor, ich habe seit gestern einen Auftrag«, sagte ich frohgemut. »Ein Glücksfall.« Ich wusste, dass ihm der Themenwechsel nicht behagte, aber er käme sich schäbig vor, wenn er keine freundliche Bemerkung dazu machte, dass ich einen Auftrag hatte, denn schließlich hatte er gesehen, wie schlecht es für mich lief. »Das hast du schon erzählt«, sagte er. »Das ist wunderbar. Wie kam es dazu?«

»Gestern Abend kam ein Anruf. Nachdem ich bei dir weggefahren war.« Das stimmte mehr oder weniger. »Jemand ist verschwunden. Ist ganz schön viel zu tun, um ehrlich zu sein. Muss mich ranhalten. Bis bald. Mach's gut … und … beste Grüße.«

»*Aller*beste Grüße.« Er lachte leise und legte auf.

Ich starrte auf mein Telefon und sann darüber nach, wie unvorhersehbar doch das Leben sein konnte: Artie Devlin war mein Geliebter. Und zwar – wie Bella gestern Abend ausgerechnet hatte – seit fast sechs Monaten.

Seltsam, dass sich unsere Wege wieder gekreuzt hatten. Nachdem das Skalpell von ihm zurückgekommen war und ich einen Moment lang überlegt hatte, wie ich ihn mir zum Geliebten nehmen könnte, hatte ich Jay Parker bei einer Party kennengelernt, auf der weder er noch ich hätten sein sollen, und diese Begegnung hatte mich dermaßen umgehauen, dass ich Artie völlig vergaß. Selbst als Jay und ich uns vor einem Jahr trennten, dachte ich nicht an Artie.

Dann, ein paar Wochen vor Weihnachten, fand im Gemeindesaal der Kirche in meiner Nachbarschaft ein Basar statt.

Für mich sind Basare das Größte, wirklich das Größte. Oft sind die Leute erstaunt, dass jemand, der so unzufrieden ist wie ich, solche dilettantischen Veranstaltungen mag – mit selbst gebackenen Kuchen, selbst gestrickten, kratzigen Fausthandschuhen, die bei näherer Betrachtung alle den Daumen rechts haben –, aber je stümperhafter ein Basar war, umso reizvoller fand ich ihn. Eine zusätzliche Attraktion bestand für mich darin, dass alles, was es zu kaufen gab, so billig war, dass selbst ich es mir leisten konnte, obwohl ich kein Geld hatte. Es gab mir das Gefühl, reich und verschwenderisch zu sein, wie ein russischer Oligarch.

Auf dem Parkplatz vor der Halle fanden Weihnachtsbäume reißenden Absatz und wurden von ein paar kräftigen Gemeindemitgliedern in Maschendraht verpackt und in Kofferräumen verstaut.

In der Halle selbst war die Stimmung gemäßigt festlich. Weihnachtsmusik dudelte im Hintergrund, und ich schlenderte von Stand zu Stand. Ich erstand einen kleinen selbst gebackenen Schokoladenkuchen und blieb stehen, um die Lotteriepreise zu begutachten – Herr im Himmel, sie waren lachhaft: eine Flasche Gingerale, eine Rolle Tesafilm, eine

Packung Marlboro Lights. Aber alles diente einem guten Zweck. Ich kaufte eine Handvoll Lose.

An dem Stand mit Marmelade und Chutney blieb ich stehen und wollte von der Frau den genauen Unterschied zwischen Marmelade und Chutney erklärt haben, doch als sie mir keine befriedigende Auskunft geben konnte, ging ich weiter, ohne etwas gekauft zu haben, worüber sie eindeutig erleichtert war.

Die Frau an dem Stand mit Strickwaren strickte tatsächlich – »Eine Balaklava für meine Großnichte«, sagte sie und klapperte munter und selbstzufrieden mit den Nadeln. Geht es nur mir so, oder ist das Geräusch von klappernden Stricknadeln das unheilvollste Geräusch auf der Welt? Und die seltsamen Dinge, die auf diese Weise fabriziert werden – gibt es wirklich Leute, die so was wie diese Sturmhaube anziehen? Weil mir die Frau Angst einflößte, gab ich vor, ihre kratzig aussehenden Produkte eingehend zu betrachten, aber ehrlich, ich spürte schon, wie Pickel auf meiner Haut entstanden.

»Was ist das?«, fragte ich und betrachtete verwundert ein Ding, das wie eine flauschige Halsmanschette aussah.

»Das ist ein Schlauchschal«, sagte sie verärgert. »Ein hübscher, handgestrickter Schlauchschal. Ziehen Sie ihn über, er hält Ihren Hals und Nacken schön warm.«

Ich musste sofort von ihr weg. »Ich glaube, Sie haben gerade eine Masche in der Mütze für Ihre Großnichte fallen lassen«, sagte ich, und als sie sich aufgeregt über ihre Arbeit beugte, ging ich schnell zum nächsten Stand, einem Büchertisch, auf dem sich gelbstichige Taschenbücher türmten. »Fünf für einen Euro«, bellte die Bücherverkäuferin mich an. »Zwölf für zwei Euro.«

»Ich lese nicht viel«, sagte ich.

»Ich auch nicht«, sagte sie. »Aber man kann sie zum Feueranzünden benutzen. Der nächste Winter wird hart. Fünfzig für fünf Euro. Ich gebe Ihnen den ganzen Tisch für zehn.«

Dann – ich hatte mir das Beste bis zum Schluss aufgehoben – ging ich zu meinem Lieblingsstand, dem mit dem Trödel. Oder besser, dem Ramsch.

Normalerweise lag an diesem Stand der letzte Schrott: zerbrochene Ornamente, Teller mit Sprung, ein einzelner Schlittschuh. Offensichtlich hatte sich die Frau vom Gemeindekomitee, die diesen Stand betreute, im Laufe des Jahres etwas Schlimmes zuschulden kommen lassen, denn es war richtig demütigend, bei diesem ganzen Krempel sitzen zu müssen.

Nicht nur konnte man keinen Stolz für die ausgelegten Waren empfinden, sondern man saß dort auch fern von den anderen, in einem echten Sibirien. Die meisten Basarbesucher machten einen großen Bogen um den Stand. Bazillen, die schreckliche Angst vor Bazillen! Da fiel mir etwas für meine Tonne ein: Menschen, die mit einem dramatischen Erschauern »Igittigitt« bei dem Gedanken sagen, dass jemand anders etwas berührt haben könnte. Eine affektierte Überempfindlichkeit, die erst vor Kurzem aus den USA zu uns gekommen ist. Sehr, sehr ärgerlich. Keine Ahnung, was die Leute damit beweisen wollen. Dass sie einen höheren Reinlichkeitsanspruch haben als die anderen? Dass die anderen schmutziger sind als sie selbst? Tatsache ist, dass die Menschheit eine sehr lange Zeit überlebt hat (viel zu lange, wenn man mich fragt), ohne dass die in Höhlen lebenden Jäger und Sammler eine kleine Tube antibakterieller Handcreme mit Granatapfelduft im Lendenschurz bei sich getragen hätten.

Ich kramte in dem Trödel und erlebte einen kurzen erregenden Moment, als ich ein Paar Salz-und-Pfeffer-Streuer in Form von zwei Kamelen fand. Bis ich sie in die Hand nahm und sah, wie grottenhässlich sie tatsächlich waren. Ich stellte sie schnell zurück.

Hoffnung keimte in der Dame im Twinset hinter dem Tisch auf und verlosch dann wieder.

Zwischen all dem Krempel sah ich plötzlich etwas, das möglicherweise nicht kompletter Schrott war! Eine Haarbürste mit Silberrücken und ein dazu passender Handspiegel. Irgendetwas daran war traurig und gespenstisch, als hätte beides einem Kind im achtzehnten Jahrhundert gehört, das an der Pest gestorben war (vielleicht hätte eine Tube antibakterieller Handcreme mit Granatapfelduft die Kleine retten können). Sie würden ideal in mein etwas trauriges und gespenstisches Schlafzimmer passen.

Ich griff danach – sie gehörten mir schon –, aber zu meiner großen Verwunderung war eine andere Hand schneller. Eine kleine Hand mit knallrosa lackierten Fingernägeln.

Es war ein kleines Mädchen, obwohl, so klein auch wieder nicht, ungefähr neun. Sie griff nach der Bürste und dem Spiegel und drückte beides an ihre rosa bekleidete Brust.

»Die wollte *ich* gerade«, sagte ich, zu überrascht, um mich zurückzuhalten. Ich weiß, dass in der seltsamen, modernen Welt, in der wir leben, Kinder die Könige sind. Was immer sie wollen, müssen sie bekommen. Wir dürfen ihnen nichts verweigern. In ihrer Anwesenheit dürfen wir uns nicht einmal zu unseren eigenen Wünschen und Bedürfnissen bekennen. (Ist das eigentlich schon ein Gesetz? Wenn nicht, dann wird es bald so weit sein. Man achte darauf.)

»Sie hat sie zuerst gehabt, alles, was recht ist«, sagte die Frau am Stand. Wahrscheinlich war den ganzen Morgen nicht so viel los gewesen wie gerade jetzt.

Hatte es einen Sinn zu erwähnen, dass ich nicht an »alles, was recht ist« glaubte? Ich war bereit, mich mit ihr für die Bürste mit Spiegel anzulegen.

»Oh.« Das Mädchen sah mich an. Offenbar gefiel ihr, was sie sah. »Du kannst sie haben, bitte.« Sie schob mir das Set zu, und ich – ja! – ich nahm es.

»Nein!«, sagte die Frau hinter dem Tisch. Eindeutig hatte sie etwas gegen mich, weil ich erst ihre Hoffnung geweckt und dann zerstört hatte, als ich mich gegen das Kamel-Salz-und-Pfeffer-Paar entschieden hatte. »Du hast zuerst danach gegriffen, kleines Fräulein. Ich habe es gesehen. Sie!« Sie wies mit einem anklagenden Finger auf mich. »Geben Sie dem Mädchen seine Sachen zurück.«

»Sie gehören mir nicht«, sagte das Mädchen. »Ich weiß gar nicht, ob ich genug Geld habe, um sie zu kaufen.«

Glaub mir, Mädchen, dachte ich, du hast *mit Sicherheit* genug Geld. Das Twinset hinter dem Tisch verkauft sie dir zu jedem Preis, und sei er noch so gering, bloß damit ich sie nicht bekomme.

Das kleine Mädchen hatte ein kleines rosa Portemonnaie hervorgeholt. »Ich kaufe Weihnachtsgeschenke für meine Familie. Ich darf für jeden fünf Euro ausgeben.«

»Das passt ja perfekt!«, sagte das Twinset. »Fünf Euro soll das Set nämlich kosten!«

»Und was können Sie über seine Herkunft sagen?«, fragte das kleine Mädchen, als wären wir bei Sotheby's.

»Wie, seine Herkunft?«, fragte das Twinset. »Was meinst du damit?«

»Woher kommt es?«

»Aus einem Karton. Zusammen mit dem ganzen anderen Schrott.« Das Twinset ließ den Blick bitter über die traurigen Waren schweifen. »Woher soll ich das wissen? Ich wollte eigentlich den Strickstand machen.«

Was sie wohl getan hatte, dass ihr dieses Schicksal beschieden war? Hatte sie die Vorsitzende nicht ausreichend für den Victoria-Sponge-Kuchen des Komitees gelobt? Kuchenkriege waren eine besonders heftige Form der Auseinandersetzung. Einen selbst gebackenen Kuchen zu kritisieren ist fast so schlimm, wie von einem Baby zu sagen, es sehe aus wie ein Serienmörder. Man kann sich nicht vorstellen, welche Kräfte des Bösen auf diese Weise entfesselt werden.

Das kleine Mädchen sah mich mit großen Augen an. »Wirst du der Bürste und dem Spiegel ein gutes Zuhause geben?«

»Ja.«

»Ich vertraue dir. Ich spüre, dass du ein gutes Herz hast.«

»Ah ... danke, vielen Dank. Du aber offensichtlich auch.«

»Bella Devlin.« Sie streckte mir höflich die kleine Hand entgegen, und ich legte die Sachen ab, damit ich sie ergreifen und schütteln konnte. »Helen Walsh.«

Ich gab der Standdame fünf Euro, und sie lohnte es mir mit einem zitronensauren Lächeln.

»Es ist richtig, dass du sie bekommst«, sagte Bella. »Ich hatte überlegt, sie meinem Bruder zu schenken, aber jetzt weiß ich, dass ich mich geirrt habe. Oh!« Sie sah jemanden hinter mir, und ihr Gesicht strahlte. »Da ist mein Dad. Er kauft gerade unseren Weihnachtsbaum.«

Ich drehte mich um, und er stand vor mir. Artie Devlin, der attraktive Polizist. Der Skalpell-Mann.

»Dad!« Bella platzte mit ihren Neuigkeiten heraus. »Das ist meine neue Freundin, Helen Walsh.«

Ach, du lieber Gott. Ich starrte zu Artie hoch. Er starrte zu mir herunter.

»Wir kennen uns«, sagten wir beide.

»Wirklich? Wie?« Bella riss die Augen auf.

»Durch die Arbeit«, sagte ich.

»Wie alt bist du denn?« Anscheinend war Bella der Ansicht, dass sie und ich ungefähr gleichaltrig waren.

»Dreiunddreißig.«

»Oh. So *alt?* Ich dachte, du bist vielleicht vierzehn. Oder fünfzehn. Ich wusste ja nicht ...« Sie zog sich an einen kleinen Platz in ihrem Kopf zurück, und als sie wieder hervorkam, hatte sie sich gefangen. »Du bist dreiunddreißig. Und er ...« Sie nickte zu Artie hinüber. »Er ist einundvierzig. Bist du verheiratet, Helen? Hast du einen Mann und Babys und all das?«

»Nein.«

Neue Berechnungen fanden anscheinend in Bellas Kopf statt, dann entspannte sich ihr Gesicht, und sie sagte fröhlich: »Könnten wir nicht zu deinem Haus gehen und ausprobieren, ob deine neue Bürste mit dem Spiegel dahin passt?«

»Mal langsam, Bella«, sagte Artie rasch und wollte sie mit sich ziehen. »Lass Helen in Ruhe ...«

»Kommen Sie«, sagte ich, »gehen wir zu meinem Haus; allerdings sollte ich gleich dazusagen, dass es nur eine Wohnung ist.«

»Wann?« Artie war verdutzt. »Wie? Jetzt?«

»Ja, ich lade Sie auf ein weihnachtliches Glas Cola light ein.« Ich warf alle Vorsichtsmaßnahmen über Bord. »Ich kann sogar Kuchen anbieten.«

Bella bestand darauf, in meinem Auto mitzufahren. Sie sagte, weil der Weihnachtsbaum so viel Platz einnahm, passte sie bei Artie nicht mehr rein.

»Aber das war nur ein Vorwand«, sagte sie, sobald wir losgefahren waren. »Ich wollte mit dir über ihn sprechen. Er arbeitet zu viel. Und er hat keine Freundin. Er macht sich unseretwegen Sorgen. Falls wir eine emotionale Bindung zu einer Freundin von ihm entwickeln, und dann trennen sie sich. Deswegen hat er keine Freundinnen. Aber er ist wirklich nett, und er wäre bestimmt ein guter Freund, falls du interessiert bist. Außerdem weiß ich schon, dass wir beide, du und ich, viele Gemeinsamkeiten hätten.«

»Na ja … also …« Himmel, was sollte ich sagen? Als ich losgegangen war, wollte ich nur zum Basar, und jetzt sah es so aus, als würde ich mit einer kompletten neuen Familie nach Hause kommen.

»Die Trennung von unserer Mutter verlief sehr freundschaftlich, falls du deswegen Bedenken hast«, fuhr Bella fort. »Sie hat einen Freund, der ist cool. Wir sind oft alle zusammen, meistens sogar. Das geht sehr gut.«

»Wirklich?«

»Na ja.« Bella seufzte und klang plötzlich sehr erwachsen. »Es ist nicht ideal, aber wir müssen eben das Beste draus machen.«

Bella war von meiner Wohnung hingerissen. Sie rannte von einem Zimmer zum anderen – keine weiten Wege – und erklärte: »Es fühlt sich an, als wäre jemand hier gestorben, aber gut, irgendwie! Wie wenn das ganze Jahr Halloween wäre! Aber damit meine ich nicht, dass du ein Grufti bist, es ist viel komplizierter. Mum fände deine Inneneinrichtung interessant, oder, Dad?« Zu mir sagte sie: »Mum ist Innenarchitektin. Jetzt will ich die neue Bürste mal bei deinen Haaren ausprobieren. Ist doch komisch, wie gut sie in diese Wohnung passt, oder? Sie sollte hier sein.«

Ich musste mich vor meine Frisierkommode setzen, und sie bürstete mir die Haare, was alles ein bisschen merkwürdig war, wenn man drüber nachdachte, also ließ ich es sein.

Artie lehnte stumm an der Schlafzimmerwand und sah mich im Spiegel mit seinen blauen, blauen Augen an. Nie zuvor oder seither habe ich einen Mann so heftig begehrt.

Die Qualen dauerten endlos, während Bella mir die Haare bürstete und Artie und ich uns vor Begierde verzehrten und unsere Blicke sich im Spiegel ineinander verhakten.

Plötzlich sagte Bella: »Wie viel Uhr ist es?« Mit Schwung holte sie ein kleines rosa Handy aus ihrem rosa Täschchen und sagte: »Dad, du musst mich zu Mum bringen! Sie hat heute ihre Weihnachtscocktailparty, und ich helfe ihr beim Servieren! Wir tauschen jetzt unsere Nummern aus. Helen, du gibst uns deine. Und jetzt schicken wir dir unsere.«

Während Artie mit seinem Handy hantierte, nahm Bella meinen Arm und flüsterte mir zu: »Wir sind alle das ganze Wochenende bei Mum. Er ist frei. Ganz und gar frei.« Dann sagte sie mit lauter Stimme: »Wiedersehen, Helen, es war mir ein Vergnügen, deine Bekanntschaft zu machen. Ich *weiß*, dass wir uns wiedersehen werden.«

Verlegen sagte Artie zu mir: »Es dauert ungefähr zwanzig Minuten bis zu ihrer Mum.«

Das hieß, er wäre in vierzig Minuten wieder hier.

Er schaffte es in einunddreißig.

»Bella hat gesagt, ich soll wieder zu dir fahren«, sagte er, als ich die Tür öffnete und er mit einem Schwall kalter

Winterluft hereinkam. »Es ist zugegebenermaßen ein recht ungewohntes Gefühl, von meiner neunjährigen Tochter verkuppelt zu werden.«

»Gib mir deinen Mantel«, sagte ich. »Mein Plan sieht nämlich vor, dass du eine Weile bleibst.«

Wir lachten beide schrill und in leichter Panik, und mir wurde bewusst, dass er ebenso nervös war wie ich.

Er ließ den Mantel von seinen Schultern gleiten, ein dunkles, schweres Teil, und ich half ihm damit. Das war das erste Mal, dass ich ihn berührte.

»Ich habe einen Garderobenständer«, sagte ich mit einigem Stolz. »Einen runden.« Einen Garderobenständer zu haben schien mir sehr zivilisiert. Ich hatte ihn von einem Toten in Glasthule gekauft – also, vielmehr von seiner Familie, aus seinem Nachlass.

Aber bei dem Gewicht von Arties Mantel fiel der Ständer um. Wir standen dabei, als er sich zur Seite neigte und umfiel. »Wollen wir uns weigern, das als Omen zu betrachten?«, fragte Artie.

»Okay.«

»Leg den Mantel einfach da auf die Couch«, sagte er. »Da liegt er gut.«

»Wie findest du meine Wohnung?«, fragte ich. »Ich mache hier keine Konversation, obwohl diese Situation verdammt heikel ist.«

Denn wenn er meine Wohnung nicht mochte, würde es mit uns nichts.

Artie ging vom Wohnzimmer zur Küche zum Schlafzimmer, registrierte stumm die kleinen Einzelheiten der Einrichtung und sagte nach einer Weile: »Es trifft nicht jedermanns Geschmack.«

Er warf mir einen Blick zu.

»Aber«, fügte er hinzu, und der blitzende Blick aus seinen Augen fuhr mir direkt in den Unterleib, »du auch nicht.«

Das war die richtige Antwort.

Gut, genug geflirtet, genug Vorspiel, oder wie man es nennen will. Ich konnte nicht länger warten.

»Ich bin mir unsicher wegen des Betts«, sagte ich.

»Aha?« Er zog eine Augenbraue hoch. Wieder ein Schuss in meinen Unterleib.

»Es ist ziemlich schmal«, sagte ich. »Wenn du nun nicht reinpasst?«

»Oh ...«

»Da gibt's nur eins«, sagte ich. »Alles ausziehen.«

Er war schon dabei, sich das Hemd aufzuknöpfen.

Himmel, er war herrlich. Groß und kräftig und sexy. Ich streckte ihn auf meinem Bett aus und senkte mich langsam auf ihn hinunter, aber innerhalb weniger Sekunden drängten seine Hüften nach oben, und sein Gesicht verzerrte sich. Zu schnell.

»Tut mir leid«, sagte er, zog mich zu sich hinunter und legte sein Gesicht an meinen Hals. »Es ist eine Weile her.«

»Macht nichts«, sagte ich. »Bei mir ist es auch eine Weile her.«

Kurz darauf machten wir es noch einmal, diesmal richtig. Danach lagen wir keuchend und erschöpft und schweigend nebeneinander, während draußen der Winterhimmel, schwer von noch nicht gefallenem Schnee, dunkel wurde.

Dann sagte ich: »Mach schon.«

»Was?«

»Jetzt kommt der Teil, wo du sagst: ›Wie geht es jetzt weiter?‹«

»Und, wie geht es jetzt weiter?«

»Nein«, sagte ich. »Dieses Gespräch führen wir nicht. Ich weiß nicht, was jetzt geschieht. Ich bin keine Wahrsagerin. Niemand weiß, was kommt. Ich weiß, dass deine Situation nicht ideal ist. Ich weiß, dass du an deine Kinder denken musst. Ich weiß, dass es keine Versicherung gegen Katastrophen gibt. Wenn wir an all die Dinge dächten, die im Leben schieflaufen können, würden wir nie mehr aus dem Haus gehen. Wir würden uns weigern, den Mutterleib zu verlassen.«

»Du bist sehr weise.« Er schwieg. »Oder sehr wasweiß-ich.«

»Ich weiß nicht, was ich bin. Aber ich begehre dich. Und deine Tochter mag mich. Und wir müssen unser Leben leben, mit allen Risiken und so weiter.«

»Was mit meinen Kindern passiert, ist mir sehr wichtig.«

»Ich weiß.«

»Und meine frühere Frau ist eine … beeindruckende Person.«

»Ich bin auch verdammt beeindruckend, wenn ich in der Stimmung dazu bin.«

»Ich möchte dich nicht in … unangenehme Situationen bringen.«

»Bitte!« Ich war empört. »Du unterschätzt mich. Und zwar erheblich.«

Damit hätten wir die Ehefrau abgehandelt, und die neunjährige Tochter war jetzt schon eine treue Verbündete. Der dreizehn Jahre alte Sohn würde sich mit Sicherheit in mich verlieben, blieb als Unsicherheitsfaktor nur Iona, die fünfzehnjährige Tochter. Wunderbar, alles würde wunderbar.

21

Komisch, aber ich lag immer noch flach auf dem Rücken in Waynes Wohnzimmer. Ich zwang mich aufzustehen und ging nach oben in sein Büro. Ich wollte seine Geldangelegenheiten noch einmal und diesmal etwas genauer überprüfen – ob es ungewöhnliche Ausgaben oder, was wichtiger war, ungewöhnliche Einnahmen gab. Zugegeben, ich näherte mich dem Fall nicht systematisch, sondern folgte meinem Bauchgefühl. Wenn ich an einer Sache interessiert war, dann war sie der Definition nach interessant, richtig?

Ich holte ein paar Ordner aus dem Regal – Bankauszüge, Steuerbescheide, von Wayne selbst ausgestellte Rechnungen. Manches war leicht zuzuordnen – Tantiemen für die Aufnahmen der Laddz wurden zweimal im Jahr ausgeschüttet, im September und im März. Ist das zu glauben? *Immer noch!* Nach all den Jahren. Die Beträge wurden kleiner, aber es waren immer noch ein paar Pfund. Weitere Tantiemen wurden für Waynes Solo-Platten gezahlt – erheblich weniger als für die Laddz-Aufnahmen, kaum mehr als ein paar Cent. Dann gab es Überweisungen von Hartley Inc., und man brauchte kein Genie zu sein, um herauszufinden, dass es sich um John Josephs Firma handelte. Sie kamen sporadisch, waren unterschiedlicher Höhe und konnten Waynes Rechnungen zugeordnet werden. Alles war klar und wohlgeordnet und ziemlich bescheiden, Wayne verdiente keine enormen Summen. Ungefähr das, was ich in einem guten Jahr verdienen würde. Aber als ich die verschiedenen eingehenden Posten des letzten Jahres addierte, stellte ich fest, dass die Summe nicht mit der auf der Steuererklärung übereinstimmte. Ich rechnete noch einmal nach, und als ich wieder dieselbe Differenz erhielt, dachte ich zunächst, dass er bei seiner Steuererklärung schummelte. Aber nein, das Gegenteil war der Fall. Er hatte sein Einkommen um fünftausend Euro höher angegeben.

Seltsam. Ich blätterte die Auszüge für sein Sparkonto zurück und entdeckte den Posten, im Mai letzten Jahres, eine Einzahlung von fünftausend Dollar, grob gerechnet entsprach das fünftausend Euro.

Es gab keinen Hinweis, woher oder von wem das Geld gekommen war. Anders als die Tantiemenzahlungen oder die Überweisungen von Hartley Inc. war der Verwendungszweck lediglich eine Reihe von Zahlen.

Und warum war es eine ganz gerade Summe? Und in Dollar?

Ich blätterte zurück zu dem Jahr davor und fand auch da, ebenfalls im Mai, eine Einzahlung von fünftausend Dollar. Und im Jahr davor. Um weiter zurückgehen zu können, musste ich einen neuen Ordner aus dem Regal holen, aber es war dasselbe – fünftausend Dollar. Immer im Mai. Seit mindestens zehn Jahren, vielleicht auch länger, aber Waynes Ablage ging nicht weiter zurück.

Woher kam das Geld? Auf dem Kontoauszug stand nur die Nummer, aber jemand – der Steuerberater? Ein Steuerprüfer? – hatte mit der Hand »Lotus Flower« danebengeschrieben, und bei Google erfuhr ich, dass es ein Label mit diesem Namen gab, das zu Sony gehörte.

Also rief ich bei Sony an und gab vor, Agnes O'Brien von der Steuerbehörde zu sein und Wayne Diffneys Einnahmen überprüfen zu wollen. Normalerweise, wenn man sagt, man sei vom Finanzamt, richten sich die Leute kerzengerade in ihrem Stuhl auf und sind hilfsbereit, aber ich wurde von einer Abteilung in die nächste gereicht, durch die weniger glorreichen Hinterstuben der Buchhaltung, von Dublin nach England und wieder zurück, und es dauerte eine Weile, bis ich begriff, dass die Angestellten nicht vorsätzlich ihre Hilfe verweigerten, sondern dass sie verwirrt waren, weil die Nummer keinen Bezug zu einer Aufnahme von Lotus Flower hatte.

Schließlich gab ich es auf. Ich setzte mich auf den Fußboden von Waynes Büro und wusste nicht weiter. Was jetzt?

Müßig blätterte ich in einigen der älteren Kontoauszüge, und auch da hatte jemand mit der Hand hilfreich eine Erklärung auf den Auszug neben den Betrag geschrieben, nur dass es diesmal nicht »Lotus Flower« war, sondern »Dutch Whirl«.

Ich schöpfte neuen Mut und griff wieder zum Telefon. Ich wählte die Nummer von Maybelle in London, weil sie von allen, mit denen ich gesprochen hatte, am wenigsten dumpf gewirkt hatte. Außerdem fand ich ihren Namen cool.

»Maybelle«, sagte ich, »hier ist noch einmal Agnes O'Brien von der irischen Finanzbehörde. Sagt Ihnen der Name Dutch Whirl etwas?«

»Ja. Das war ein Plattenlabel. Aber das ist schon vor Jahren eingestellt worden.«

»Meine Liebe, haben Sie vielleicht Zugang zu den Platten von Dutch Whirl?« Als Agnes O'Brien sprach ich mit knapper, monotoner Stimme.

»Mmm ... mal sehen.« Sie hämmerte auf die Tasten und summte dazu, und ich fand, sie klang fabelhaft, als hätte sie einen riesigen Afro-Kopf, leuchtend blauen Lidschatten und unglaublich kunstvoll lackierte Fingernägel.

Ich hingegen trug Ecco-Schuhe und eine grob gestrickte dunkelblaue Strickjacke. (In meiner Agnes-O'Brien-Verkörperung.)

»Hier, ich hab's gefunden«, sagte sie. »Geben Sie mir die Nummer durch.«

»Null«, sagte ich sehr bedächtig. »Null. Null.« Ich artikulierte jedes Wort sehr sorgfältig, denn ich war mir sicher, Agnes O'Brien wäre auf jeden Fall sehr gründlich. »Oder, wie die jungen Leute heute sagen, zero, zero, zero, neun ...«

»Tantiemen«, sagte Maybelle, als ich endlich fertig war, »für ›Windmill Girl‹.«

Windmill Girl! Was? »Windmill Girl«? Der Song, der Docker zum Weltstar gemacht hatte. *Windmill girl, you blow me away.*

Ich war so aufgeregt, dass ich fast vergessen hätte, mit meiner monotonen Agnes-O'Brien-Stimme zu sprechen. »Es sind keine Tantiemen«, sagte ich. Das war unmöglich. Tantiemen variierten abhängig von den Verkaufszahlen. Tantiemen bekam man zweimal im Jahr, im September und im März. Und das Wichtigste: Warum sollte Wayne Diffney für einen Song von Docker Tantiemen kassieren?

»Irgendwas ist daran komisch«, sagte Maybelle und hämmerte weiter auf die Tasten.

Recht hast du, Maybelle, das ist wirklich komisch. Forsch ein bisschen und berichte mir dann.

Während sie also in verstaubten Ordnern wühlte, gab ich bei Google »Windmill Girl Wayne Diffney« ein und erhielt zu meiner Überraschung (von der angenehmen Sorte) Tausende von Zeitungsartikeln, die mehr als zehn Jahre alt waren. Während ich die Seiten runterscrollte und sie dabei kurz überflog, fiel mir etwas Interessantes auf – in all der

Aufregung, dass ein Ire (Docker) in den USA großen Erfolg hatte und dass die Laddz sich kurz darauf trennten, war eine wenig beachtete Tatsache untergegangen, nämlich dass Wayne den Refrain von »Windmill Girl« geschrieben hatte. Es hieß, dass Wayne und Docker auf ihren Gitarren rumgeklimpert hatten und einen Song komponieren wollten. Docker hatte den Hauptteil des Songs schon zusammen, aber in einem Geniestreich war Wayne der Refrain eingefallen. Normalerweise hätten sie beide die Rechte an dem Song gehabt, aber Wayne schenkte Docker seinen Anteil zum Geburtstag.

Das Nächste war, dass Docker den Song als Solist aufnahm, und der Titel wurde weltweit ein Riesenerfolg. Wayne konnte daran nichts ändern, er hatte seine Rechte abgetreten. Seltsam war nur, dass Wayne davon absah, Docker zu denunzieren und finanzielle oder künstlerische Anerkennung zu verlangen.

Und noch seltsamer war, dass niemand sagte: Meine Güte, ist Wayne nicht ein brillanter Songwriter? Denn das war er. Über »Windmill Girl« konnte man sagen, was man wollte, aber es war ein mitreißender Song.

Vermutlich verblasste Wayne neben Docker, der so offensichtlich ein Star war.

Der Rest der Geschichte ist bekannt. »Windmill Girl« war der erste Schritt auf Dockers Weg zu weltweitem Erfolg. Wayne hingegen schrieb zahllose weitere Songs, aber nie wieder etwas, das sich damit messen konnte.

Unterm Strich, wenn man ans Karma dachte, konnte man sagen, dass Docker in Waynes Schuld stand.

Und das war Docker auch klar – warum sonst zahlte er eine Beteiligung für einen Song, an dem er die alleinigen Rechte besaß? Mein Handy klingelte, es war Maybelle, die mir meine Schlussfolgerungen bestätigte – dass die jährlichen Zuwendungen in Höhe von fünftausend Euro direkt von Docker kamen. Sie versuchte noch, mir irgendwelche technischen Einzelheiten und rechtlichen Hintergründe zu erklären, aber das wirklich Wichtige hatte ich längst verstanden.

»Vielen Dank, meine Liebe«, sagte ich in meinem letzten Auftritt als Agnes O'Brien. »Ich werde Sie in meine Gebete einschließen.«

Ich zitterte vor Aufregung. Die Verbindung zu Docker eröffnete völlig neue Perspektiven. Docker hatte Geld und Kontakte und Zugang zu Privatfliegern. Ihm war es zuzutrauen, dass er Wayne ohne Pass außer Landes brachte. Wayne konnte irgendwo in der Welt sein.

Deshalb musste ich, *und zwar ziemlich dringend,* mit Docker sprechen. Das jedoch war ebenso unmöglich wie ein Plausch mit dem lieben Gott.

Waynes Telefonrechnungen konnten da hilfreich sein. Ich sprang auf, fand in einem Ordner die entsprechenden Verbindungsnachweise und überflog die Nummern der ausgehenden Anrufe, wobei ich besonders nach der Vorwahl 310, der Nummer für Beverly Hills und Malibu, suchte. Nichts.

Allerdings kam mehrmals die Vorwahl 212 vor: Manhattan. Großartig. Wen hatte Wayne in Manhattan angerufen? Da gab's nur eine Methode.

In Dublin war es zwei Uhr nachmittags, und das hieß, es war neun Uhr morgens in New York. Da müssten sie doch an der Arbeit sein, oder, in der Stadt, die niemals schläft?

Schon nach dem zweiten Klingeln wurde abgenommen. Docker persönlich? Das bezweifelte ich, und ich wappnete mich für eine sonnige Singsang-Stimme, man kennt das ja: »Docker Enterprise, Sie sprechen mit April, ich liebe meine Arbeit und habe gerade den allerbesten Mango-Pfefferminz-Tee getrunken, das Wetter hier in Manhattan ist supertoll, und jetzt bin ich ganz heiß darauf, Sie durchzustellen.«

Stattdessen war es eine Männerstimme, tief und brummend und, das war das Überraschende, in einer fremden Sprache sprechend. Offenbar hatte ich mich verwählt. Schnell legte ich auf und wählte noch einmal, diesmal tippte ich jede einzelne Ziffer sorgfältig ein. Wieder hatte ich die Brummstimme dran. Da stimmte was nicht.

Ich suchte eine andere Manhattan-Nummer auf der Telefonrechnung, und diesmal meldete sich wirklich ein Mädchen, und sie hatte tatsächlich den fröhlichen Tonfall, der anscheinend den Telefonmädchen auf der ganzen Welt eingebläut wird. Aber wie der Mann zuvor sprach sie eine fremde Sprache, die ganz ähnlich wie die des Mannes klang, guttural und beinahe wie ein Räuspern.

»Hallo«, sagte ich vorsichtig.

»Guten Tag.« Sie brauchte weniger als einen Herzschlag, um ins Englische zu wechseln. »Funky Kismet Group. Ich heiße Yasmin. Was kann ich für Sie tun?«

»Wo sind Sie?«

»An meinem Arbeitsplatz.«

»Ich meine, in welcher Stadt?«

»In Stamboul.«

»Ist das dasselbe wie Istanbul?«

»Ja.«

Istanbul! Richtig! Da hatten sie dieselbe Vorwahl wie in Manhattan. Das hatte ich sogar gewusst, und wenn mein Kopf normal funktioniert hätte, wäre es mir auch eingefallen. Die Ländervorwahl war natürlich eine andere, und das wäre mir wahrscheinlich auch aufgefallen, hätte die Aussicht, Docker an den Apparat zu kriegen, mein Hirn nicht völlig benebelt.

»Was kann ich für Sie tun?«, fragte Yasmin wieder.

»Verraten Sie mir bitte nur eins«, sagte ich, »Sie haben sich mit Funky Kismet gemeldet. Ist das eine Plattenfirma?«

»Ja.«

»Danke. Eh ... *Inschallah*. Ende.«

Mist. Wayne hatte also nicht Docker angerufen. Er hatte in der Türkei angerufen, im Zusammenhang mit seiner Arbeit. Und eine kurze Überprüfung der anderen ausländischen Nummern ergab, dass er auch ab und zu mit Kairo und Beirut telefonierte.

Die einzige Nummer in den Staaten, bei der Wayne regelmäßig angerufen hatte, war Upstate New York, und ich hätte gewettet, dass es die seines Bruders Richard war. Um ganz sicherzugehen, wählte ich sie. Ein Mann nahm an, und ich sagte: »Spreche ich mit Richard Diffney?«

»Ja.«

»Mein Name ist Helen Walsh. Ich rufe wegen Wayne an.«

»Was ist mit ihm?«, fragte Richard besorgt. »Ist er wieder da?«

»Nein. Noch nicht. Ich vermute, Sie haben nichts von ihm gehört?«

»Nein.«

»Und Sie haben keine Ahnung, wo er sein könnte?«

»Nein. Tut mir leid.« Man kann sich am Telefon natürlich nie sicher sein, aber er klang wirklich so, als würde es ihm leidtun.

»Übrigens, ich würde gerne Gloria, seine Freundin, kontaktieren.«

»Gloria?« Er klang aufrichtig verdutzt. »Die kenne ich nicht. In meiner Gegenwart hat er diesen Namen nie erwähnt.«

Ich unterdrückte ein Seufzen, aber es war den Versuch wert gewesen.

»Wenn Sie von Wayne hören, würden Sie mich bitte anrufen?« Ich ratterte meine Nummern runter und verabschiedete mich.

Spontan beschloss ich, Waynes Eltern anzurufen. Auch wenn es viel zu naheliegend sein mochte, er konnte trotzdem bei ihnen sein. Am anderen Ende wurde sofort abgenommen, von einer Frau mit sanfter Stimme.

»Spreche ich mit Mrs. Diffney?«, fragte ich.

»Ja …«

»Ich heiße Helen Walsh. Ich bin …«

»Ja. John Joseph hat mir Bescheid gesagt. Gibt es etwas Neues von Wayne?«

»Ich muss mit ihm sprechen. Bitte sagen Sie mir, wo er ist.«

»Aber …«

»Ich weiß, dass Sie ihn versteckt halten, aber diese Sache ist wirklich sehr wichtig.«

»Ich verstecke ihn nicht …« Sie klang verdutzt. »Ich habe keine Ahnung, wo er ist. Ich dachte, Sie seien engagiert worden, um ihn zu finden.«

Ich glaube, ich kann einen Lügner durchschauen. Natürlich ist es besser, wenn man jemandem ins Gesicht sehen kann, aber auch bei Stimmen erkenne ich die Pausen, die Auslassungen, die winzigen Unterbrechungen, die andeuten, dass jemand sich etwas ausdenkt. Mrs. Diffney klang so ehrlich wie ein Tag lang war (und im Moment waren sie schrecklich lang).

»Also gut. Aber wenn Sie von Wayne hören, sagen Sie mir bitte sofort Bescheid.«

»Haben Sie denn nichts gehört? Haben Sie eine Idee, wo er sein könnte? Wir machen uns ... Sorgen.« Sie schluckte, es klang, als unterdrückte sie ein Weinen.

»Es ist noch zu früh, Mrs. Diffney. Aber seien Sie unbesorgt.«

»Warum müssen Sie mit ihm sprechen?«

»Ach, nichts. Das ist nur ein Trick, mit dem ich Leute normalerweise dazu bringe, Sachen zu erzählen, die sie eigentlich für sich behalten wollen.«

»Ach so. Also ...«

»Auf Wiederhören, Mrs. Diffney. Danke, dass Sie sich die Zeit genommen haben.«

Langsam stellte ich die Ordner wieder ins Regal. Ich war tief in Gedanken versunken.

Ich wollte die Idee nicht aufgeben, dass Docker irgendwie eine Rolle in dem Ganzen spielte. Vielleicht hatten er und Wayne E-Mails ausgetauscht. Ich blickte zu Waynes Computer hinüber – ich musste da unbedingt rein. Wie könnte sein Passwort bloß lauten? Vielleicht Docker? Oder sogar Birdie? Beide Namen hatten sechs Buchstaben. Aber ich war mir bei beiden nicht sicher genug, um einen meiner drei kostbaren Versuche dafür aufs Spiel zu setzen. Ich musste mich gedulden und versuchen, in Waynes Kopf reinzukommen.

Ich wählte Jay Parkers Nummer. »Hör mal, hast du eine Nummer von Docker?«

Ich wusste, dass er keine hatte, aber ich wollte ihn in Verlegenheit bringen.

»Docker? Docker, der Superstar? Meinst du den?«

»Genau den.«

»Ah … Ich melde mich wieder, ja?« Dann legte er auf.

Nach wenigen Sekunden rief er zurück.

»Das ging aber schnell«, sagte ich. »Gib sie mir durch.«

Ich rieb nur Salz in die Wunde. Ich wusste genau, dass er sie nicht hatte.

»Pass auf«, sagte er. »Du darfst John Joseph nicht nach Dockers Nummer fragen.«

»Warum nicht?«

»Weil er sie nicht hat. Das würde ihn nur kränken, und ich will nicht, dass seine Stimmung umschlägt, es ist so schon schwierig genug.«

»Gibt es Ärger zwischen ihnen?«

»Keinen Ärger. Sie haben keine Verbindung mehr, nichts Außergewöhnliches, aber John Joseph hat das Gefühl …«

Ich begriff. John Joseph glaubte, Docker ebenbürtig zu sein, und wollte mit ihm befreundet sein und gemeinsam Partys auf Jachten feiern und Kleinbauern in Ghana besuchen. Doch obwohl John Joseph ein dicker Fisch in einem kleinen Teich war, kannte Docker ihn nicht.

»Hat es Sinn, Frankie zu fragen?«, fragte ich. Das meinte ich nicht ernst. Frankie war ungefähr so nützlich wie eine Teekanne aus Schokolade.

»Du könntest es versuchen …«

»Roger?«

»Ach, damit würde ich mich nicht aufhalten. Warum fragst du überhaupt?«

»Es könnte sein, dass Docker Wayne hilft.«

»Docker? Hast du den Verstand verloren? Er lebt in einer komplett anderen Welt. Er würde den Unterschied zwischen Wayne Diffney und einem Loch im Boden nicht erkennen.«

»Da täuschst du dich, mein Freund.« Schnell fügte ich hinzu: »Das habe ich nicht so gemeint. Du bist nicht mein Freund. Es ist mir so rausgerutscht.«

»Helen, hör mal, wir brauchen doch nicht so ...«

»Wir brauchen Dockers Nummer«, sagte ich noch einmal. »Sprich mit allen und melde dich erst wieder, wenn du mehr weißt.«

»Die Zahlungen sind durchgegangen«, sagte er. »Die an den Telefon- und den Banktypen.«

Er erwartete, dass ich ihm dankte. Aber es war schließlich *sein* Fall. Um mich zu vergewissern, dass es wirklich stimmte, sah ich schnell in meinen Mails nach. Ja, von beiden Quellen waren Bestätigungen eingegangen, dass sie das Geld bekommen hatten und den Auftrag bearbeiteten. Es war ehrlich gesagt eine Erleichterung, dass so nützliche Leute wie sie mich nicht länger auf der Schwarzliste führten. Ja, es begann sich sogar ein kleines Kribbeln in meinem Bauch auszubreiten – diese Leute waren gnadenlos und würden keinen Stein auf dem anderen lassen. Wer konnte wissen, was sie an Informationen herausbekamen? Dockers Telefonnummer wäre eines der kleineren Wunder, die sie enthüllen würden.

22

Was jetzt? Es war zehn vor drei. Digby, der möglicherweise der Taxifahrer war – und der Letzte, von dem ein Anruf auf Waynes Festnetzanschluss eingegangen war –, hatte sich nicht gemeldet, um seine »Belohnung« zu fordern, und mein Gefühl sagte mir, dass er es auch nicht tun würde. Irgendwas war in seiner Stimme, sie klang abgebrüht, ein bisschen überdrüssig.

Trotzdem beschloss ich, noch einen Versuch zu starten, und diesmal hatte ich die gute Idee, ihn von Waynes Anschluss aus anzurufen; vielleicht würde er denken, es sei Wayne, und abnehmen. Aber auch diesmal ging der Anruf direkt zur Mailbox, und ich raffte unverzüglich all meine Energie zusammen, um mit munterer, freundlicher Stimme eine Nachricht zu hinterlassen. »Digby, hahaha, Helen hier, eine Freundin von Wayne. Rufen Sie doch bitte zurück, ja? Meine Nummer haben Sie, aber für alle Fälle gebe ich sie Ihnen noch einmal.« Ich entrang mir noch ein paar luftige Lacher, dann legte ich auf und wandte meine Aufmerksamkeit Birdie Salaman zu – auch sie hatte nicht zurückgerufen.

Bei dieser Arbeit darf man nicht zu empfindlich sein. Das heißt, man darf es nicht persönlich nehmen.

Birdie war vielleicht im Urlaub, vielleicht war sie krank, aber ich hatte das Gefühl, sie wich mir aus. Ich sollte ihr einen spontanen Besuch abstatten. Andererseits zögerte ich, den ganzen Weg bis Skerries zu fahren, nur um nachzusehen, ob sie da war. Vielleicht war sie eine der wenigen im Land, die noch eine Arbeitsstelle hatten.

Ich sah bei Google nach. Bei ihrem Namen bekam ich mehrere Seiten über Vogelreservate, Salamander und Echsen, aber ich suchte weiter, ging zur nächsten Seite, und da, plötzlich hatte ich es! Nach Hunderten von Einträgen fand ich eine einzeilige Erwähnung von Birdie Salaman in einer recht unbekannten Zeitschrift, die *Paper Bags Today* hieß.

Das *musste* sie sein.

Es gab ein Zitat von ihr: »Die Steuer auf Plastiktüten hat eine überaus positive Wirkung auf unsere Industrie.« Ich las den Artikel mit Interesse und einem gewissen Vergnügen. Ist es zu fassen, dass Papiertüten ein Wachstumsbereich sind? Eine herzerwärmende Geschichte in diesen Zeiten der Rezession. Allerdings hart für die, die in der Plastiktüten-Branche arbeiten.

In dem Artikel stand, dass Birdie leitende Verkaufsmanagerin eines Betriebs sei, der Brown Bags Please hieß und seinen Sitz – unerwartet günstig – ganz in der Nähe hatte, nämlich in Irishtown.

Bevor ich jedoch ins Auto sprang, rief ich an, um zu hören, ob sie da war.

Eine Frau nahm ab, ersparte mir aber das gewöhnliche Telefongetue und sagte schlicht: »Brown Bags Please.« Sie legte keine Betonung auf das Wort »Please«, sondern ließ das Ende einfach weggleiten, als wäre sie es leid, es sagen zu müssen, weshalb ich den Eindruck bekam, dass BBP vielleicht nur eine kleine, nicht sehr wichtige Firma sei.

»Kann ich mit Birdie sprechen?«

»Worum geht es?«

»Papiertüten.«

»Ich stelle Sie durch.«

Nach einigem Klicken und Zischen war die Frau wieder dran. »Ich kann sie nicht finden, aber sie ist hier. Vielleicht ist sie rausgegangen, um Chips zu kaufen, davon hatte sie vorhin gesprochen. Soll ich ihr etwas ausrichten? Ich müsste mal einen Stift suchen.«

»Nein, vielen Dank. Ich rufe ein andermal an.«

Das würde ich nicht tun. Ich würde persönlich aufkreuzen und war schon unterwegs.

Ich wollte gerade ins Auto steigen, als mein Handy klingelte. Harry, der Gangster. Vielmehr einer seiner »Mitarbeiter«.

»Er kann Sie in den nächsten zwanzig Minuten sehen.«

Zwanzig Minuten! »Mann, gibt er mir nicht einmal eine halbe Stunde? Es ist Berufsverkehr und Freitagnachmittag ...«

»Zwanzig Minuten. Er geht heute Abend zu einem Hahnenkampf für wohltätige Zwecke ...«

»... ach so, und vorher muss er sich noch Sonnenbräune aufsprühen, ich weiß.«

»Moment mal ...«

»Dasselbe Büro wie früher?«

»Ja.«

Harrys Zentrale war Corky's, eine gottverlassene Billardhalle in der Gardiner Street. War man nicht ohnehin schon lebensmüde, reichten fünf Sekunden unter den toxischen orangefarbenen Neonröhren, dass einem jeglicher Lebenswille aus dem Körper wich. Wie jedes Mal saß Harry mit finsterem Blick ganz hinten, die Schultern krumm, die Ellbogen auf den Resopaltisch gestützt. Wenn man diesen gewöhnlich aussehenden Mann sah – klein, unauffällig, ein borstiger rötlicher Schnurrbart auf der Oberlippe –, konnte man sich kaum vorstellen, dass er ein Gesetzesbrecher von erheblicher Bedeutung war.

Wir nickten uns zur Begrüßung zu, und ich rutschte in die Nische und versuchte, auf der Bank eine Stelle zu finden, wo nicht alle Polstermasse fehlte. Obwohl inzwischen mehrere Jahre vergangen sind, kann die Wunde an meinem Hintern noch immer höllisch wehtun, wenn ich falsch sitze.

»Möchten Sie etwas trinken, Helen?«

Das war keine Einladung, mit ihm ein Gläschen zu heben – Harry trank nur Milch. Und weil es zu meiner widerborstigen Persönlichkeit gehörte, bestellte ich immer etwas, wovon der Barkeeper vom Corky's noch nie gehört hatte – Grasshopper, flambierten Sambuca, B52.

»Gern, ich nehme einen Screwdriver, Harry, danke.«

Er machte dem Barkeeper irgendwelche Zeichen, dann richtete er seinen täuschend milden Blick auf mich. »Was kann ich für Sie tun?«

»Ich suche nach jemandem. Wayne Diffney.«

Harrys Miene verzog sich kein bisschen.

»Er war bei den Laddz. Der Boygroup. Er war der mit den Haaren.«

Ein Licht ging hinter Harrys Augen an. »Die Haare. Jetzt weiß ich, wen Sie meinen. Armer Kerl.«

Irgendwas klapperte, und jemand legte einen metallenen Gegenstand vor mir auf den Tisch. Einen Moment lang hatte ich Angst hinzusehen, ich dachte, es könnte ein Folterinstrument sein, aber dann sah ich aus dem Augenwinkel, dass es ein Schraubenzieher war. Ein echter Schraubenzieher.

»Trinken Sie«, sagte Harry mit einem Glitzern in den Augen.

»Toll, danke, zum Wohl.« Mir reichte es mit dem Spiel. Das nächste Mal würde ich einfach um eine Cola light bitten. Etwas war anders an Harry … Früher hatte ich nie Angst vor ihm, wenn ich mit ihm zu tun hatte. Wahrscheinlich weil ich vor nichts Angst hatte. Ich glaubte nicht an Angst, ich glaubte, sie sei von Männern erfunden worden, damit sie das ganze Geld und die guten Stellen bekamen. Aber irgendwie wirkte Harry verändert. Härter – vielleicht weil seine Frau ihn verlassen hatte und mit einem jüngeren Mann nach Marbella durchgebrannt war, wo sie gemeinsam eine Bar eröffnet hatten. Aber vielleicht hatte sich Harry auch gar nicht verändert. Vielleicht lag es an mir.

»Also. Wayne, der mit den Haaren?«, hakte Harry nach.

»Er ist verschwunden, wahrscheinlich gestern Morgen. Ich wollte hören, ob Sie oder einer Ihrer … Kollegen etwas darüber wissen. Zurzeit sieht er so aus.« Ich schob das retuschierte Foto des kahl geschorenen Wayne über den Tisch.

Harry sah es sich ziemlich genau an.

»Ist er in etwas verwickelt?«

»Soweit ich weiß, nicht. Aber man kann nie sicher sein.«

»Ich höre mich um. Aber die Szene hat sich verändert. Viele Freiberufler. Ausländer.«

Ich wusste, was er meinte. Aus der ehemaligen Sowjetunion, aus dem Militär. Ein paar von ihnen mischten bei den Privatdetektiven mit, aber taugten überhaupt nichts, sie waren schlimmer als die ehemaligen Polizisten, und das wollte schon was heißen. Die Jungs hatten eine Nacht in einer Ausnüchterungszelle in Moskau verbracht und hielten sich plötzlich für Vin Diesel, den Obermacker. Sie lebten in einer Fantasiewelt; es waren genau die Schwachköpfe, die auf ihrem Facebook-Foto eine Spielzeug-Kalaschnikow neben einem stümperhaft reinretuschierten Hubschrauber in der Luft schwenkten.

»Und ich interessiere mich für eine Frau namens Gloria«, sagte ich.

»Gloria, und wie weiter?«

»Ich weiß nur Gloria. Aber ich habe das Gefühl, wenn ich sie finde, finde ich auch Wayne.«

»Wie kommen Sie an diese Sache?«, fragte Harry.

»Durch den Manager der Laddz. Jay Parker.«

»Noch mal.«

»Jay Parker.«

Er tippte mit dem Nagel an sein Milchglas, worauf ich rausplatzte: »Was wissen Sie über Jay Parker?«

»Ich, Helen? Was sollte ich wissen?«, sagte er milde. »Überlassen Sie die Sache mir. Ich habe Ihre Nummern.«

»Danke.«

»Und dann sind wir quitt? Ich brauche Sie dann nicht mehr zu sehen?«

»Das weiß ich nicht, Harry. Vielleicht brauchen Sie irgendwann meine Hilfe?«

Er sah mich an, hart und kalt.

»Ah … na gut«, sagte ich. »Vielleicht auch nicht.«

23

Ich möchte mit Birdie Salaman sprechen.«

Die Frau am Empfangstisch bei Brown Bags Please sah haargenau so aus, wie ich sie mir vorgestellt hatte – eine unzufriedene Mutter, der jede Minute hinter dem Schreibtisch zu viel war. Sie hatte mein Mitgefühl. Mir würde es auch so gehen.

»Sie sind wer …?«

»Helen Walsh.«

»Haben Sie einen Termin?«

»Ja.«

»Gehen Sie rein.« Sie zeigte auf die Tür.

Ich war sehr erfreut, dass Birdie noch da war. Ich war schnell und wild durch die ganze Stadt gefahren und hatte die Strecke vom Corky's nach Irishtown in nicht zulässiger Zeit zurückgelegt, aber da es nach vier Uhr am Freitagnachmittag war, hatte ich befürchtet, ihr Wochenende hätte vielleicht schon begonnen.

Ich klopfte und ging rein. Birdie Salaman war hübsch, hübscher als auf dem Foto. Ihr Haar hatte sie zu einem losen Knoten im Nacken geschlungen, und sie trug einen Bleistiftrock und eine hübsche zitronengelbe Chiffonbluse. Ich sah, dass sie ihre Schuhe unterm Schreibtisch abgestreift hatte: ein Paar gelbe, schwarz gepunktete Riemchensandalen.

»Ms. Salaman, ich heiße Helen Walsh.« Ich gab ihr meine Visitenkarte. »Ich bin Privatdetektivin. Darf ich mit Ihnen über braune Papiertüten sprechen?«

»Aber sicher.«

»Gut! Schön!« Dann merkte ich, dass ich mit dieser Eröffnung nicht weiterkam. »Entschuldigung«, sagte ich verlegen. »Ich meinte, kann ich mit Ihnen über Wayne Diffney sprechen?«

Ihre Miene verschloss sich. »Wer hat Sie reingelassen?«

»Ihre Empfangsdame vorne.«

»Ich spreche nicht über Wayne.«

»Warum nicht?«

»Weil. Ich. Nicht. Über. Ihn. Spreche. Würden Sie jetzt bitte gehen?«

»Ich möchte Sie um Hilfe bitten.« Ich überlegte. Ich sollte ihr nichts Vertrauliches erzählen, aber wie sonst würde ich erreichen, dass sie mit mir sprach? »Wayne ist verschwunden.«

»Das ist mir egal.«

»Warum? Wayne ist ein netter Kerl.«

»Gut, wenn Sie nicht gehen, dann gehe ich.« Sie tastete unter dem Tisch mit den Füßen nach ihren Schuhen.

»Bitte erzählen Sie mir, was passiert ist. Sie und Wayne wirkten so glücklich.«

»*Was?* Woher wissen Sie das?«

»Ich habe ein Foto gesehen. Sie beide sahen so nach Kaschmir und Abercrombie and Fitch aus.«

»Sie haben private Fotos gesehen?«

»In seinem Haus.« Ich sprach schnell. Ich war zu weit gegangen. »Ich spioniere Ihnen nicht nach.« Doch, das tat ich wohl, aber nicht in schlechter Absicht.

Sie war schon an der Tür, die Hand auf der Klinke.

»Sie haben meine Nummer«, sagte ich. »Rufen Sie mich an, wenn Sie …«

Sie schoss quer durch das Zimmer, riss meine Visitenkarte in vier Stücke und warf sie in den Papierkorb. Dann war sie wieder an der Tür.

Ich musste es wagen, aber es war riskant, sie konnte mich dafür schlagen. »Birdie, wo kann ich Gloria finden? Waynes Freundin Gloria?«

Sie antwortete nicht. Sie marschierte am Empfangstisch vorbei und hätte beinahe die Tür aus den Angeln gerissen. Trotz ihrer hohen Absätze ging sie sehr schnell.

»Wohin gehst du?«, rief die unzufriedene Mutter ihr hinterher.

»Raus.«

»Bring mir ein Cornetto mit.«

24

Was für ein Reinfall!

Demoralisiert wie ich war, ging ich auf die Straße, lehnte mich an mein Auto und wartete, dass das Gefühl von Scham und Scheitern vorübergehen würde.

Nach einer Weile nahm ich mein Handy heraus. Wenn bis jetzt kein Text, keine E-Mail und kein Anruf eingegangen waren, dann würde später irgendwas eingehen. Wenn ich nur lange genug wartete, würde mein Handy mir Trost spenden. Ohne mein Handy würde ich sterben.

Es gab keine eingegangenen Meldungen, also wählte ich Arties Nummer, aber die Sprachbox sprang sofort an. Aus lauter Verzweiflung und dem Bedürfnis heraus, eine freundliche Stimme zu hören, rief ich Mum an.

Sie begrüßte mich voller Wärme, und das bedeutete, dass sie die Nacktfotos von Artie nicht gefunden hatte. »Claire ist nicht wiedergekommen, aber Margaret und ich haben den ganzen Tag ausgepackt«, sagte sie. »Wir machen es richtig schön für dich. Wie läuft der geheimnisvolle Auftrag mit Jay Parker?«

»Ach, na ja, ganz gut. Übrigens, weißt du zufälligerweise was über Docker?«

»Docker?« Sie klang erfreut. »Über den weiß ich jede Menge. Was möchtest du wissen?«

»Ach, alles. Wo wohnt er?«

»Man könnte sagen, er ist ein Weltbürger«, sagte sie und stieg in das Thema richtig ein. »Er ist ›überall auf der Welt zu Hause‹. Eine zweitausend Quadratmeter große Wohnung in einer alten Knopffabrik in Williamsburg. Trostlos. In *People* hat ein Artikel darüber gestanden, sie mussten so tun, als fänden sie es großartig, aber Heilige Mutter Gottes, es war, wie nennt man das noch? *Degoutant.* Das trifft es genau. Kahle Backsteinmauern, wie ein Flüchtlingslager, die Holzböden schäbig, und keine Zimmereinteilung, du weißt, was ich meine, nur Stellwände, die die verschiedenen Bereiche abtrennen, und so groß, dass er Rollschuhe braucht, um vom ›Schlafbereich‹ zum ›Toilettenbereich‹ zu kommen. Da kriegt man ja Albträume, wenn man sich das nur ansieht. Die Toilette mit Kettenspülung! Wenn ich das sehe, will ich mir gleich die Hände waschen. Man würde denken, wenn einer so viel Geld hat ...« Sie seufzte schwer. »Und in New York hat er ein Zimmer im Chelsea Hotel, als Dauergast, und wenn man sich nur die Bilder ansieht, kribbelt es einen schon. Ist es zu fassen? Ich fange schon an, mich zu kratzen, nur vom Erzählen! Dann hat er noch eine ›Hütte‹, so nennt er es, irgendwo auf einem Berg in den Cairngorms. Ein Zimmer, kein Strom, kein fließend Wasser. Da ist er, wenn er seinen ›Kopf auslüften‹ will.«

»Und das alles weißt du aus deinen Zeitschriften?«

»Ich lese sie sehr gründlich, und ich habe ein fotografisches Gedächtnis.«

»Das stimmt nicht.«

Nach einer kurzen Pause sagte sie: »Du hast recht, das stimmt nicht. Ich weiß nicht, warum ich das gesagt habe. Es fühlte sich einfach gut an. Soll ich weitererzählen? Er hat eine Wellblechhütte mit zwei Zimmern in Soweto – seine Lieblingswohnung, sagt er, na dann gute Nacht, sage ich. Dann sein Domizil in Los Angeles mit neunundvierzig Zimmern, ein Bauernmarkt gehört auch dazu, sollte ihn mal der Wunsch überkommen, einen wurmstichigen Apfel zu kaufen ...«

Herr im Himmel, Wayne könnte in jedem dieser Häuser versteckt sein. Ihn zu finden war aussichtslos.

»… und dann sein Haus in County Leitrim.«

»Moment mal! Was war das? Er hat ein Haus in County Leitrim?«

»Aber ja!« Sie klang überrascht, dass ich das nicht wusste. »Es liegt am Lough Conn. Er hat es vor sechs oder sieben Jahren gekauft. Hat aber nie dort gewohnt. Kannst du dir das vorstellen? Ganz schön protzig. Manche von uns – und ich spreche mit einer, die es gerade am eigenen Leibe erfährt – haben nicht mal ein Dach über dem Kopf. Also, natürlich hast du ein Dach über dem Kopf, du hast *mein* Dach über dem Kopf, aber es ist nicht dein *eigenes* Dach, und Docker besitzt so viele Dächer, dass er gar nicht unter allen gewohnt haben kann.« Sie klang ziemlich bitter und verstummte.

»Ich dachte, du magst ihn.« Ich musste das Gespräch schnell beenden und mich *umgehend* beim Grundbuchamt einloggen.

»Das dachte ich auch«, sagte sie. »Aber jetzt bin ich mir nicht mehr so sicher.«

»Mum, danke für deine Auskünfte, aber ich muss jetzt Schluss machen.«

Mit zitternden Fingern schaltete ich den Computer ein und fand es wenige Minuten später: Vor sieben Jahren war ein Haus auf einem ein Hektar großen Seegrundstück von einer Gesellschaft mit Sitz in Kalifornien erworben worden. Docker war der einzige Inhaber der Firma.

Ich starrte auf den Bildschirm und versuchte, diese unerwartete Information zu verdauen.

County Leitrim – seltsame Gegend für das Haus eines Weltstars. Oder nicht? Ich wusste es nicht, denn obwohl es von Dublin nicht weit entfernt war – vielleicht zwei Stunden mit dem Auto –, war ich nie dort gewesen. Kannte auch niemanden, der von dort kam. Vielleicht kam ja auch niemand von dort, vielleicht war die Gegend völlig unbewohnt. Wie der Mars.

Seen. Das war auch schon alles, was ich über Leitrim wusste. Angeblich gab es dort viele Seen. Sehr, sehr viele Seen.

Der nächste Schritt war, Dockers Haus über Google Earth zu lokalisieren, aber ich benutzte das Programm sehr widerstrebend, weil ich immer noch zutiefst gekränkt war.

Als ich das erste Mal von Google Earth hörte, dachte ich, es sei *live*. Ich dachte, man könnte es anschalten und jedes Haus auf der Welt ausspionieren und sehen, was dort passierte, in *Echtzeit*. Ich dachte, man würde Menschen rein- und rausgehen und Autos ankommen und wegfahren sehen. Ich hatte nicht begriffen, dass es Fotos waren. Und das wäre ja nicht weiter schlimm gewesen, wenn ich nicht einer Klientin von meiner Vorstellung erzählt hätte.

»Ja, natürlich«, hatte ich zuversichtlich gesagt. »Geben Sie mir einfach die GPS-Nummer für das Haus in Schottland, dann können wir gleich auf meinem Laptop sehen, ob das Auto Ihres Mannes da ist. Vielleicht erwischen wir ihn sogar, wie er aus dem Liebesnest seiner Freundin eilt, dieser schmierige Ehebrecher.«

»Meinen Sie wirklich?« Sie klang zweifelnd.

»Absolut«, sagte ich und zog sie näher an den Bildschirm heran. »Sehen Sie doch, da ist das Haus und das ist … aber das bewegt sich ja gar nicht.« Ich drückte auf alle möglichen Tasten. »Der Bildschirm reagiert nicht. Einen Moment, ich fahre den Laptop runter und starte ihn neu, dauert nur ein paar Sekunden.«

Zum Glück war es eine Frau. Man kann mich ruhig sexistisch nennen, aber es ist eine Tatsache, dass Frauen viel nachsichtiger sind als Männer, wenn es um technologische Pannen geht.

Die Scham von damals war noch ganz lebendig, aber ich fand ein Bild von Dockers Haus. Ein verschwommenes Rechteck als Dach, drum herum jede Menge Grün, außer auf einer Seite, wo alles schwarz war, vermutlich der See. Jenseits des Grundstückzauns war noch mehr Grün. Ein entlegenes Haus in einem entlegenen Teil einer entlegenen Grafschaft. Da musste Wayne sich verstecken, oder? Wayne und Gloria? Oder?

Mir wurde alles klar: Wayne hatte den Verzicht auf Kohlehydrate und die Peinlichkeit, die alten Laddz-Songs singen zu müssen, nicht ausgehalten und wollte sich für ein paar Tage verdrücken. Also schickte er Docker, seinem alten Freund, eine Mail, und der sagte, ich schulde dir bis in alle Ewigkeit etwas für den Refrain von »Windmill Girl«, natürlich kannst du in meinem Haus im entlegenen Seenland Leitrim unterkommen und deine reizende Gloria mitnehmen.

Sie entschieden sich für Glorias Auto, weil – also, einfach so. Vielleicht hatte Wayne einen Tatterich vom Zuckerentzug und traute sich mit zitternden Händen nicht ans Steuer. Dann war etwas passiert, was den Plan umstieß – vielleicht hatte Gloria einen Platten. Genau! Gloria hatte einen Platten. Sie befürchteten schon, sie könnten nicht fahren, aber dann hatte sie den Reifen gewechselt und Wayne angerufen und gesagt: »Ich habe gute Nachrichten!« Und dann sind sie losgefahren.

Sie waren bestimmt da. Ich musste nur ins Auto steigen und hinfahren. Ich würde auf der Stelle losfahren!

Aber Augenblick ... waren sie wirklich da? Lohnte es sich, den ganzen Weg nach Leitrim zu fahren, bloß aufgrund einer Vermutung? Doch, dachte ich. Meine Intuition sagte mir, dass Wayne in Dockers Haus war.

Aber … es bestand ein Unterschied zwischen Intuition und … und … wie sollte man es nennen? Wahnsinn, wahrscheinlich. Diese beiden sollte man auf keinen Fall verwechseln.

Vielleicht wollte ich nichts lieber als eins von Dockers Häusern von innen sehen?

Ich biss mir auf die Fingerknöchel und traf eine sehr schwere Entscheidung: Ich würde warten. Nur ein, zwei Stunden. Das war auch vernünftig. Es war Freitagnachmittag, auf den Straßen aus Dublin hinaus staute sich der Verkehr.

Und in dieser Zeit würde ich das tun, was ich schon vor Stunden hätte tun sollen. Ich war schon fast zurück in Mercy Close – ich würde zu Waynes Nachbarn gehen.

Schon jetzt ärgerte ich mich über ihre Nutzlosigkeit.

25

Der Verkehr war gar nicht so schlimm, obwohl es Freitagabend war. Mein Handy klingelte, es war Claire, und ich stellte sie auf Lautsprecher.

»Was gibt's?«, fragte ich.

»Diese Kate«, seufzte sie. »Sie ist ein Monster, wirklich. Ich weiß, das sollte man nicht über das eigene Kind sagen, aber ich hasse sie.«

»Was hat sie denn diesmal gemacht?«

»Sie hat mir ins Bein gebissen.«

»Wirklich? Warum?«

»Einfach nur so. Sie ist ein Scheusal. Sie ist noch schlimmer als du damals.«

»Geht das überhaupt?«, fragte ich voller Mitgefühl.

»So schlimm wie Bronagh! Genauso schlimm. Klar, dass sie sich gemocht haben. Ach, verdammt!« Im Hintergrund hörte ich Sirenen und undefinierbaren Lärm.

»Was ist da los?«

»Ich bin über eine rote Ampel gefahren – ist doch kein Wunder. Ich habe es verdammt eilig! Und jetzt sind die Scheißbullen hinter mir her, in ihren Scheißstreifenwagen!«

»Halt mal lieber an.«

»Kommt gar nicht infrage! Ich habe es verdammt EILIG. Scheiß drauf, sie können nicht über mich bestimmen.«

»Claire, halt an.«

»Ach, Scheiße, meinetwegen.« Sie unterbrach die Verbindung, und ich fing an, über Bronagh nachzudenken.

Leute, die sie gerade erst kennenlernten, wussten offensichtlich nichts mit ihr anzufangen, denn sie gab sich keine Mühe, attraktiv zu wirken. Zum Beispiel hatte sie ziemlich kurze Beine, aber während andere Frauen mit kurzen Beinen ihr Leben lang diese Tatsache zu kaschieren versuchten, indem sie auf zehn Zentimeter hohen Absätzen durch die Gegend stolzierten, trug Bronagh flache Schuhe, wie zum Trotz. Sie tat überhaupt die meisten Dinge aus Trotz.

Es gab jede Menge Leute, die sich regelrecht vor ihr fürchteten, aber ebenso viele – mehr sogar –, die ihr unbedingt gefallen und sich vor ihr beweisen wollten. Menschen, von denen man das nie erwartet hätte – zum Beispiel Margaret –, bewunderten sie. In Bronaghs Nähe wurde Margaret ausgelassen und mädchenhaft. »Sie ist so *lustig*.«

Aber Mum wollte nichts mit ihr zu tun haben. »Ich kenne dich dein Leben lang«, sagte sie zu mir. »Bronaghs Spiel durchschaue ich. Leute schockieren und gegen alle Regeln verstoßen. Und wie die Leute sich amüsiert haben und ihre Gesichter wie das Empire State Building strahlten, bloß weil sie den Priester ›Missus‹ genannt hat. Das war *mein* Priester, er hat in *meinem* Haus einen Besuch gemacht. Wenn sich jemand über ihn lustig machen darf, dann ich.«

Auch Claire mochte Bronagh nicht. Aber Kate fand sie spitzenmäßig. »Bronagh fürchtet sich vor nichts.«

»Ich mich auch nicht«, sagte ich.

Kate sah mich aufmerksam durch eine Wolke Zigarettenrauch (damals war sie dreizehn) aus kajalumränderten Augen an und sagte: »Ja, schon ... aber du bist ... an dir ist etwas, also sagen wir, da ist eine Schwäche.«

»Eine Schwäche!«

»Weichheit, meinetwegen. Aber Bronagh? Die ist hart wie Stahl, durch und durch.«

Ich fühlte mich sehr gekränkt und verlieh dem auch Ausdruck.

»Siehst du?«, sagte Kate sanft wie eine Schlange, tupfte mit dem Finger einen Krümel Tabak aus dem Mundwinkel und betrachtete ihn, bevor sie ihn wegschnipste. »Dir ist es wichtig, was ich denke. Bronagh wäre das scheißegal.«

Gefangen. Fluchtweg abgeschnitten.

Innerhalb von zwanzig Minuten war ich wieder in Mercy Close, parkte vor Waynes Haus und guckte mir die zwölf Häuser in der Sackgasse an. Wo sollte ich anfangen? Am offensichtlichsten waren die beiden Häuser rechts und links von Waynes – die Leute dort hätten am ehesten etwas gehört oder bemerkt –, aber oftmals funktionierte es so nicht. Ich brauchte jemanden, der den ganzen Tag zu Hause und überdies sehr neugierig war.

Eigentlich brauchte ich jemanden, der alt war, so wie die Leute früher alt waren. Aber vergiss es.

Modernes aktives Altern – so etwas Bescheuertes! Wie schön war es doch in den guten alten Zeiten, als die Menschen ab ihrem sechzigsten Geburtstag mit Rheuma und Arthrose zu Hause hockten und erst um sechs den Fernseher anstellten. Ihnen blieb gar nichts anderes übrig, als den ganzen Tag am Fenster zu sitzen, in einem scheußlichen braunen Sessel, die Nase in den Netzgardinen, von wo aus sie alles mit überraschend scharfem Blick beobachteten und sich erstaunlicherweise trotz ihres hohen Alters noch die kleinsten Einzelheiten merkten.

Aber heutzutage? Nichts dergleichen. Heute gibt es Abenteuerreisen und Aquarellmalen und Aerobic für Senioren. Tai Chi im Gemeindezentrum, *Oprah* am Nachmittag, dazu Plankton-Tabletten, um die Gelenke beweglich zu halten. Anti-Aging-Nahrungsmittelergänzung, Super-Haftcreme für Zahnersatz, diskrete Inkontinenzeinlagen – sie haben so viel Freiheit!

Früher waren ältere Menschen eine reiche Quelle für jeden, der Informationen suchte. Und sie waren hocherfreut, wenn sie jemanden – einfach irgendjemanden – hatten, der mit ihnen sprach.

Ich war völlig entmutigt und wollte schon aufgeben. Aber dann dachte ich wieder an Wayne. Seinetwegen musste ich weitermachen.

Bei Nummer drei – dem Haus direkt neben Waynes – machte keiner auf. Wer immer sie waren, vielleicht hatten sie einen Job. Ich würde es später wieder versuchen. Weder im Haus daneben noch in dem nächsten traf ich jemanden an. Ich ging auf die andere Straßenseite, versuchte es nach dem Zufallsprinzip mit Nummer zehn, und die Tür wurde von einem Musterexemplar aktiven Alterns aufgemacht. Eine Frau, rüstig, fit, forsch, mit schwingendem silberblondem Pagenkopf. Sie trug eine figurbetonte graue Hose und eine Art Tunika mit offenem Kragen. Um den Mund hatte sie Fältchen, aber ihre Augen leuchteten in hellem Blau. Vielleicht war sie sechzig. Oder dreiundneunzig. Schwer zu sagen bei dem vielen Lebertran, den Menschen wie sie sich einverleibten.

Ich reichte ihr meine Visitenkarte. »Ich wollte Sie bitten, mir ein paar Fragen zu beantworten.« Das war heikel – wie konnte ich Fragen über Wayne stellen, ohne zu sagen, dass er verschwunden war?

»Ich wollte gerade los«, sagte sie.

»Yoga für Senioren?«

Nach einem langen, prüfenden Blick auf mich sagte sie: »Ich hole meine Enkelin vom Kindergarten ab.«

Ach ja? Sah eher nach einer Verabredung mit dem Gärtner aus. K-Y-Gleitcreme – stand ganz oben auf der Liste für ungehemmte Rentnerfreuden.

»Außerdem«, sagte sie. »Ich bin erst sechsundsechzig.«

Über ihre Schulter hinweg sah ich eine zusammengefaltete Zeitung auf dem Sofa. Das Sudoku hatte sie gelöst. Offenbar war es ihr ein Anliegen, ihr altes Hirn in Bewegung zu halten.

»Sie sehen kaum wie fünfzig aus.« Ich musste mich mit Antworten, die unter die Gürtellinie trafen, zurückhalten. Ich hatte nichts davon, wenn ich potenzielle Zeugen verprellte. »Es tut mir leid, dass ich das mit dem Yoga gesagt habe. Es war nicht so gemeint. Bei mir tickt es manchmal nicht richtig.«

Sie neigte den Kopf in königlicher Geste. Ich stand so weit unter ihr.

»Ich muss jetzt tatsächlich gehen.« Plötzlich hielt sie ihre Autoschlüssel in der Hand und ließ sie klimpern.

»Waren Sie gestern Morgen zufällig zu Hause?«, fragte ich. »Oder am Mittwochabend?« Obwohl ich mir ziemlich sicher war, dass Wayne bis gestern Morgen zu Hause war, schadete es nicht herauszufinden, ob sich am Mittwoch irgendetwas Außergewöhnliches ereignet hatte.

Jetzt warf sie sich die Tasche über die Schulter und schaltete die Alarmanlage an. »Mittwochs gehe ich zu meinem Weinclub, und donnerstagmorgens spiele ich Golf.«

Genau das habe ich gemeint. Kann einen richtig zur Weißglut bringen, oder?

»Sie haben also nicht gesehen, ob Wayne Diffney von einem Taxi abgeholt wurde?«

Sie zog die Haustür hinter sich zu und glitt an mir vorbei zu ihrem Auto, einem Yaris, sehr passend. Sie fahren alle einen Yaris. Ich glaube, die Autos werden von der Regierung zugeteilt. Ich meine, wer würde schon freiwillig Geld für einen Yaris ausgeben? »Nein«, sagte sie.

»Sind Ihnen irgendwelche seltsamen Frauen aufgefallen, die zu Wayne Diffneys Haus gekommen sind? Vielleicht darunter eine, die auf den Namen Gloria hört?«

»Keine seltsamen Frauen.« Und als sie munteren Schrittes den schmalen Pfad entlangging, sagte sie, mit einem Blick über die Schulter: »Außer Ihnen, meine Gute.«

26

Ich ging nach nebenan, zur Nummer elf. Eine Frau mittleren Alters, die irgendwie niedergeschlagen aussah, kam zur Tür. Hinter ihr schienen gleich mehrere Fernsehapparate zu laufen. Ich ahnte drangvolle Enge, genervte Teenager und einen großen Bedarf an Haarglätter. Ich fing mit meinen Fragen an, aber sie fiel mir sofort ins Wort. »Wir waren in Urlaub. Wir sind erst vor zehn Minuten wiedergekommen.«

»Urlaub?«, fragte ich. »Wir befinden uns in einer Rezession. Niemand macht Urlaub.«

Sie sah mich an, als hätte ich sie des Verrats bezichtigt – wie konnten sie und ihre Familie es wagen, Urlaub zu machen, wenn das Land am Rande des Ruins stand? »Wir haben einen Wohnwagen in Tramore«, sagte sie beschämt. »Er ist vierzehn Jahre alt und sehr klein.«

»Trotzdem«, sagte ich. »Sie müssen doch Platzmiete bezahlen und ...«

»Wir haben versucht, ihn zu verkaufen. Niemand wollte ihn haben. Außerdem, falls es Ihnen dann besser geht, wir hatten einen furchtbaren Urlaub. Ich habe drei Kinder, drei Teenager, die wollen nach Thailand. Wir sind früher als geplant zurückgekommen, eigentlich wollten wir bis morgen bleiben, aber wir haben es nicht mehr ausgehalten.« Plötzlich hielt sie inne. »Ach, hauen Sie doch ab, ich brauche Ihnen gar nichts zu erzählen.« Und sie schlug mir die Tür vor der Nase zu.

Einen Moment dauerte es, bis ich mich wieder gefangen hatte – ich musste wirklich etwas feinfühliger auftreten –, dann warf ich die Schultern zurück und marschierte auf das nächste Haus zu. Ein Mann um die fünfzig, etwas grau und eingesunken, mit Haarbüscheln, die ihm aus den Ohren wuchsen, machte auf.

»Gestern Morgen habe ich gearbeitet«, sagte er.

»Und am Mittwochabend?«

»Montags, mittwochs und freitags schlafe ich bei meiner Freundin.«

»Sie haben eine *Freundin?*«

Bei ihm war es kein einfaches Zuschlagen, er warf die Tür mit voller Wucht ins Schloss. Er holte richtig aus und – *krach!* Die Fensterscheiben klirrten.

Mir reichte es. Ich stellte die Nachbarbefragung ein. Ich war nicht in der richtigen Verfassung dafür und richtete nur Schaden an. Ich würde weitermachen, sobald – ja, *sobald*, nicht falls (ich musste unbedingt an einer positiven Einstellung festhalten) – es mir besser ging. Jetzt würde ich mich in Waynes Haus zurückziehen und auf dem Fußboden in seinem Wohnzimmer ausstrecken. Ich würde an die Decke starren und so tun, als wäre das Haus meins. Vielleicht würde mir etwas einfallen.

Mit matten Schritten ging ich über die Straße auf Waynes Haus zu, als ich hörte, wie jemand »He!« rief.

Überrascht blickte ich auf. Die Stimme kam von Nummer sechs, dem letzten Haus auf Waynes Seite der Straße.

»Was ist mit uns?«

Ein »junges Paar« – eine blonde Frau und ein blonder Mann, beide in den Zwanzigern – winkte mich zu sich.

»Wir haben gesehen, wie Sie bei den anderen geklopft haben«, sagte die Frau fröhlich.

»Wir haben gewartet, dass Sie zu uns kommen!«

»Wir haben gesehen, wie Sie überall rumschnüffeln.«

»Gestern Abend auch.«

»Oh«, sagte ich, mir wurde leichter ums Herz. Das war großartig. Ich war gerade auf die moderne Version eines neugierigen, argusäugigen alten Menschen gestoßen: ein junges arbeitsloses Pärchen.

Sie stellten sich als Daisy und Cain vor und hießen mich wärmstens willkommen. Sie waren sehr gebräunt – »vom Sonnenbaden im Garten«. Cain war Software-Verkäufer und seit acht Monaten arbeitslos, Daisy war Verkäuferin für Sanitäranlagen und seit anderthalb Jahren arbeitslos.

»Wir haben beide Antidepressiva verschrieben bekommen«, sagte Daisy mit irgendwie unpassender Fröhlichkeit, »aber wir können sie uns nicht mehr leisten.«

Sie führten mich in ihr Wohnzimmer. »Kommen Sie. Kommen Sie rein.« Leider war das Haus von Daisy und Cain nicht so attraktiv wie die beiden selbst. Die kühnen Tapeten stammten aus einer Zeit, als große Muster in lauten Farben modern gewesen waren, aber die Zimmer waren eindeutig zu klein dafür.

»Wir bieten Ihnen nichts zu trinken an ...«

»... wir haben nämlich nichts, was wir Ihnen anbieten könnten.«

Sie lachten laut.

Diese Fröhlichkeit! Dieses bizarre, optimistische Verhalten. Vielleicht übten sie sich in einer positiven geistigen Haltung. Vielleicht – mein Mund kräuselte sich verächtlich – hörten sie *The Wonder of Now*.

»Wir können uns auch nichts zu essen leisten, deshalb essen wir Tomatensuppe. Ich war noch nie so dünn«, sagte Daisy.

Das schreiende Tapetenmuster stellte seltsame Dinge mit meinen Augen an, es verzerrte die Perspektive, und alle paar

Sekunden schien die Wand ins Dreidimensionale zu kippen und sich vor mir aufzubäumen.

»Fragen Sie, was Sie wollen«, sagte Cain. »Wir beobachten unsere Nachbarn die ganze Zeit.«

»Wir gehen nie aus«, sagte Daisy. »Wir unternehmen nichts. Wir sind immer zu Hause.«

In dem Moment wollte die Wand einen großen Satz auf mich zu machen, und ich schrak zurück und hielt mir zum Schutz den Arm vor die Augen.

»Das macht sie manchmal«, sagte Daisy im Ton einer Entschuldigung. »Ich wollte die Tapete nicht.«

»Und jetzt werden wir sie nicht mehr los.«

»Um was für eine Geschichte geht es denn?«, fragte Daisy.

»Hat es mit Wayne Diffney zu tun?«, fragte Cain.

»Was hat er gemacht?«, fragte Daisy interessiert. »Hat er eine Affäre mit der Frau eines anderen? Der Frau eines Politikers, wahrscheinlich. Die Presse ist ihm auf den Fersen, und am Sonntag kommen alle Zeitungen mit großen Schlagzeilen, stimmt's? Deswegen hat er sich abgesetzt.«

»Er hat sich abgesetzt?«

»Ja.« Cain verdrehte die Augen. »Deswegen ist er gestern Vormittag in dem großen schwarzen Auto weggefahren.«

Mein Nervensystem sprang an und generierte genug Strom, um ganz Hongkong damit zu versorgen. »Einen Moment mal, bitte.« Ich konnte kaum sprechen, weil mein Mund so trocken war. »Sie haben gesehen, wie Wayne in ein großes schwarzes Auto gestiegen ist? Gestern Vormittag?«

»Ja. Wie spät war es, Daze? Ungefähr halb zwölf?«

»Eine Minute vor zwölf.«

»Wie können Sie das so genau sagen?«, fragte ich.

»Der erste Teil der *Jeremy Kyle Show* war gerade vorbei. Es gibt drei hintereinander. Um elf, um zwölf und um eins.«

»Ist Wayne mit seinem eigenen Auto weggefahren?« Ich wollte ein paar Punkte klären. »Sie wissen, dass er einen schwarzen Alfa hat?«

Cain schüttelte den Kopf. »Es war nicht sein Auto. Das steht ja noch da. Es war ein großer SUV.«

»Und dann? Ist er einfach losgefahren?«

»Nein. Wayne ist nicht selbst gefahren. Da waren noch andere Leute. Männer. Einer von denen ist gefahren.«

Männer! Mein Herz fing so laut an zu klopfen, dass ich kaum klar denken konnte. »Wie viele Männer?«

»Mindestens einer«, sagte Cain mit Überzeugung.

»Zwei«, sagte Daisy.

Meine Zunge war am Gaumen festgeklebt, und ich versuchte sie zu lösen. »Bitte denken Sie über die nächste Frage sorgfältig nach. Sagen Sie nichts, bloß weil Sie denken, das möchte ich hören, antworten Sie einfach ehrlich.«

»Okay.«

»Wie sah Wayne aus?«

Nach einigem Nachdenken sagte Cain: »Irgendwas stimmte nicht mit seinen Haaren.«

»Stimmt. Irgendwie sah es … wirr aus.«

»Ich meinte eher: Wie wirkte er? Glücklich? Nicht so glücklich?«

Sie sahen einander an. Ihnen schien aufzugehen, wie ernst die Sache war. Cain schluckte.

»Also«, sagte Daisy bedächtig. »Es ist schon möglich, dass er Angst hatte.«

Nach ein paar Augenblicken nickte Cain und sagte: »Genau. Angst.«

»Wirklich? Sah es aus, als würde er gezwungen?«

Sie wechselten Blicke. »Wenn Sie das so sagen ...« Ein besorgter Ausdruck flog über Cains Gesicht, und er suchte bei Daisy Zustimmung.

»Ja«, sagte sie. »Ja.«

O nein!

»Warum haben Sie nicht die Polizei gerufen?« Meine Stimme war schrill und panikerfüllt.

Es entstand eine kleine Pause, dann sagte Cain: »Weil wir im Garten Cannabis anpflanzen.«

»Und wir dachten nicht ...«, sagte Daisy. »Wenn man sieht, wie jemandem ins Auto geholfen wird, denkt man ja noch nichts Schlimmes.«

Verdammt. Ein großes schwarzes Auto, ein verängstigter Mann, der zum Einsteigen gezwungen wird? Was *haben* sie sich denn gedacht?

»Haben Sie sich die Autonummer aufgeschrieben? Oder einen Teil?«

»Ehhh, nein.« Offensichtlich waren sie gar nicht darauf gekommen. »Ich bin mir nicht sicher, dass ein Nummernschild dran war«, sagte Cain ein wenig trotzig.

Das war kompletter Unsinn.

Was waren das für Menschen? Zwei Kiffer, die zusahen, wie ein Mann entführt wurde, und dann gelassen weiter vor ihrer *Jeremy Kyle Show* saßen?

Mir wurde ganz beklommen zumute. An dem Punkt verabschiedete ich mich von dem Fall. Ab jetzt konnte sich die Polizei drum kümmern. Mit Furcht einflößenden Männern, die dicke schwarze SUVs fuhren, konnte ich es nicht aufnehmen.

Mir war es egal, dass Jay Parker auf Diskretion bestanden hatte. Das war schön und gut, solange man annehmen konnte, Wayne sei freiwillig abgehauen. Aber das hier war eine andere Größenordnung.

Ich stand auf und warf mir meine Tasche über die Schulter.

»Was werden Sie machen?« Daisy sah mich überrascht an.

Dann war es an mir, überrascht zu sein. »Ein Mann ist entführt worden«, sagte ich und stand schon an der Wohnzimmertür.

»Sie können nicht einfach gehen«, sagte Cain.

Von meinem inneren Gefühl getrieben, beeilte ich mich und stand schon im Flur, als Daisy mich zu meinem Entsetzen am Ärmel zupfte und wieder ins Zimmer ziehen wollte. Ich schüttelte sie ab und sah dann, dass Cain zwischen mir und der Tür stand und mich am Gehen hinderte.

Was sollte das? Was wollten sie von mir? Ich war verwirrt, verstört, ich hatte richtig Angst.

»Das können Sie nicht tun«, sagte Cain.

»Das wollen wir doch mal sehen«, sagte ich spontan und kämpferisch.

»Dass Sie das wirklich tun wollen«, sagte Daisy. »Sie gemeine Zicke.« Zu meiner Bestürzung brach sie in Tränen aus und fing an zu schluchzen. »Stimmt doch, ihr seid alle Zicken.«

Cain stand mit dem Rücken zur Tür. Mein Gesicht war zehn Zentimeter von seinem entfernt. Wir starrten uns an. Ich musste einen Moment warten, bis ich den Stahl in meinem Inneren gefunden hatte, und zwang die Härte in meinen Blick.

»Lassen Sie mich gehen«, sage ich.

»Ach, lass sie«, sagte Daisy. »Zicke.« Sie wedelte mit ihrem Handy. »Sehen Sie!«, brüllte sie mich an. »Wir bestellen jemand anders! Sofort! Sie können sich verpissen.«

»Aber …«

»Wir brauchen Sie nicht, wir haben andere Möglichkeiten.«

Dann trat Cain zur Seite, ich hatte die Hand am Türgriff, die Tür ging auf, es war wie im Film. Plötzlich war ich draußen und atmete tief ein. Freiheit!

Ich fing sofort an zu rennen, zu meinem Auto. Meine Hände zitterten, das Herz schlug mir bis zum Halse, und ein heißes Prickeln lief über mein Gesicht. Was, um Himmels willen, hatte das alles zu bedeuten gehabt? War ich soeben Zeuge von der schlimmen Wirkung von Marihuana geworden? Oder waren sie durch die Hoffnungslosigkeit anhaltender Arbeitslosigkeit in den Wahnsinn abgeglitten?

Ich kam zu meinem Auto und stieg ein. Ich setzte nicht den Blinker, ich guckte nicht, ob die Straße frei war, ich löste nicht einmal die Handbremse, ich fuhr einfach los.

27

Bevor ich wusste, wie mir geschah, war ich bereits auf der Küstenstraße in Richtung Stadt. Ein schrilles Geräusch vom Armaturenbrett forderte mich auf, die Handbremse zu lösen. Ich zog an dem Griff, und das Kreischen hörte auf. Zum Glück.

Jetzt mal eins nach dem anderen. Vor Cain und Daisy, den beiden Übergeschnappten, war ich erst mal in Sicherheit. Ich saß in meinem Auto, und das Kreischen hatte aufgehört. So weit, so gut. Aber Wayne Diffney war entführt worden, und darüber musste ich die Polizei informieren, und allein bei diesem Gedanken rauschte eine schreckliche Welle der Verzweiflung durch mich hindurch. Man macht sich ja keine Vorstellung, wie das bei der Polizei ist. Dort geht alles mit unerträglicher Langsamkeit zu. Hunderte von Formularen müssen ausgefüllt werden. Nie lässt sich ein Kugelschreiber auftreiben. Ein Schichtwechsel findet mitten im Satz statt, und man muss mit seinem Bericht wieder ganz von vorn anfangen, mit einem neuen Polizisten. Jahreszeiten gehen ins Land, ganze Gletscher schmelzen, bevor man den Verlust einer Brieftasche erfolgreich gemeldet hat. Wayne konnte hundertmal tot sein, ehe der ganze bürokratische Krempel erledigt war.

Allerdings gab es eine Möglichkeit, den ganzen unsäglichen Prozess zu umgehen. Es verstieß zwar gegen ethische Grundsätze, aber warum sollte ich mich an ethische Grundsätze halten? Der schnellste Weg, die Polizei zu alarmieren, führte über Artie.

Das würde ihn nicht glücklich machen, aber Pech.

Ich fuhr an den Rand und wählte seine Handynummer, und diesmal war er sofort dran.

»Wo bist du?«, fragte ich.

»Bei der Arbeit.«

»Im Büro?«

»Ja.«

»Weich nicht von der Stelle. Ich bin auf dem Weg zu dir.«

Ich schaltete ab, bevor er etwas sagen konnte.

Er saß an seinem Schreibtisch in dem Büro mit der gläsernen Wand. Sein hellblaues Hemd war zerknautscht, die Manschetten umgeschlagen, und seine Haare waren für einen Polizisten zu lang. Alles in allem ein erfreulicher Anblick.

Ich machte die Tür hinter mir zu. Einige seiner Macho-Kollegen liefen draußen im Großraumbüro rum, und ich wollte nicht, dass sie etwas hörten. Mir fiel auf, dass sie alle zerknautschte Hemden trugen; offensichtlich hatten sie keine Frauen in ihrem Leben, die bereit waren, Hemden zu bügeln – vielleicht hatte das was mit ihrem Beruf zu tun.

»Also«, sagte ich, zog einen Stuhl heran und setzte mich Artie gegenüber an den Schreibtisch. »Das ist die Geschichte.« Ich erzählte ihm alles – von Wayne, Daisy und Cain, von den Männern im schwarzen SUV …

Artie nahm es gelassen auf. Zu gelassen.

»Gab es Anzeichen von Gewalt?«, fragte er.

»Das weiß ich nicht, ich weiß nicht, wie es bei Wayne normalerweise aussieht.«

»Zerbrochenes Glas? Umgestoßene Möbel? Nachbarn, die von Schreien berichten?«

»Hör mir zu, Artie – Männer, mindestens zwei Männer, sind mit Wayne in einem dicken schwarzen Auto weggefahren.«

»Geh zur Polizei.«

»Du bist die Polizei.«

»Nein, bin ich nicht.«

Na ja, einerseits doch, andererseits nicht.

»Nicht die Sorte, die du brauchst«, fügte er hinzu.

Ich sah ihn durchdringend an und hoffte, er würde sich bedrängen lassen, mir zu helfen. Er erwiderte meinen Blick und blieb dabei ruhig und entspannt auf seinem Stuhl, die Arme hinter dem Kopf verschränkt.

»Ich weiß, dass es ›unangemessen‹ ist«, sagte ich. »Unangemessen«, auch so ein Wort, das ich hasse. In die Tonne damit, gleich nach »geerdet« und »spirituell«.

»Artie, auf einer gewöhnlichen Polizeiwache nehmen die mich doch nicht ernst. Wenn sie hören, dass ich Privatdetektivin bin, werden sie alles tun, um meine Arbeit zu behindern. Und wenn ich ihnen dann noch sage, dass es um Wayne geht, fällt ihnen gleich seine Frisur ein, und sie lachen sich kaputt. Es gibt doch bestimmt jemanden, der dir noch einen Gefallen schuldet.«

»Tu das nicht, Helen.«

»Du musst mir helfen.«

»Ich muss dir nicht helfen.«

»Du bist mein Geliebter.«

Er seufzte.

»Ich sage Vonnie, dass du gemein zu mir bist.«

Er verdrehte die Augen.

»Ich sage Bella, dass du gemein zu mir bist.«

Wieder verdrehte er die Augen, und ich sah ihn flehentlich an.

»Nein, Helen.« Er schüttelte den Kopf. »Dieser Blick wirkt bei mir nicht.«

Aber ich sah ihn weiter unverwandt an und überlegte, was er wohl die ganze Zeit dachte und wie lange es dauern würde, bis ich mich durchsetzte. Ich war ziemlich beeindruckt, dass er so lange standhielt, aber schließlich – er hatte den Blick nicht gesenkt – nahm er den Telefonhörer und sagte: »Artie Devlin. Können Sie mir bitte Sergeant Coleman geben?«

Wenige Sekunden darauf kam ein wichtiger Mensch an den Apparat – natürlich ein Mann –, und Artie sprach Ewigkeiten mit selbstbewusster Stimme und gab ihm alle möglichen Informationen: Waynes Adresse, die von Daisy und Cain, meine Adresse. Meine Telefonnummer, mein Geburtsdatum.

Zum Schluss sagte er: »Ich wäre Ihnen dankbar, wenn Sie es vorrangig behandeln könnten.«

Dann legte er auf.

»Gut«, sagte er zu mir. »Zwei Beamte sind auf dem Weg zu Daisy und Cain. Ich komme mit.«

»Ich stehe in deiner Schuld«, sagte ich.

Er nickte. »Das stimmt, du stehst in meiner Schuld.« Dann lächelte er. Es war ein so böses, böses Lächeln – nie hatte ich mehr bedauert, dass sein Büro aus Glas war.

28

Und jetzt? Ich sollte Jay Parker über die neuesten Entwicklungen unterrichten. Aber ehrlich gesagt war es mir nicht recht, dass das Ganze für mich schon vorbei sein sollte. Zwar hatten Daisy und Cain mich in panische Angst versetzt, aber die Arbeit hatte mir Spaß gemacht, und sie hatte mich abgelenkt. Jetzt spürte ich, wie die Schwärze, die über mir schwebte und die ich hatte fernhalten können, solange ich nach Wayne suchte, sich auf mich senken wollte. Die Dunkelheit wurde noch verstärkt durch meine Sorgen um Wayne. Wer hatte ihn entführt? Wo war er jetzt?

Um den Fall noch fünfzehn Minuten in die Länge zu ziehen, beschloss ich, Jay von Angesicht zu Angesicht zu informieren.

Die ganze Woche über hatten die Laddz im Europa Music-Drome geprobt, wo die Konzerte stattfinden sollten, und es bestand die Chance, dass ich ihn dort antreffen würde.

Für irische Verhältnisse war das MusicDrome, das fünfzehntausend Zuschauer fasste, gigantisch. Die Halle lag größtenteils im Dunkeln. Die Tribünen mit den leeren Sitzplätzen stiegen in finstere Höhen auf und wirkten bedrohlich und düster. Aber die Bühne war hell erleuchtet und wimmelte von Menschen – Choreografen, Beleuchter, Kostümfrauen, Techniker, Roadies mit langen Mähnen –, sie alle eilten umher und sahen sehr geschäftig aus. Auf der riesigen Bühne, inmitten der anderen Menschen, übten die Laddz ein paar Tanzschritte, über die selbst ich in meinem benommenen Zustand grinsen musste. Frankie legte sich mächtig ins Zeug, er schlug sich auf die Brust, und seine Augen traten hervor. Roger St Leger neben ihm bewegte sich so gut wie gar nicht, und seine Verachtung für die ganze Prozedur sickerte aus jeder Pore seines Körpers. John Joseph strengte sich mehr an, die Tanzschritte richtig zu setzen, schließlich war er eine Art Vortänzer, aber man sah ihm an, dass es ihm peinlich war.

Der Typ am Ende der Reihe – wohl ein Techniker, der offensichtlich für Wayne einspringen musste – war der Einzige, der etwas taugte. Er war fantastisch, seine Bewegungen waren fließend und rhythmisch, daneben wirkten die anderen geradezu erbärmlich. Ich konnte meinen Blick nicht von ihm abwenden.

Dann erkannte ich zu meiner Überraschung (von der extrem unangenehmen Sorte), dass es Jay Parker war. Er hatte Jackett und Krawatte abgelegt, die Hemdsärmel aufgekrempelt und schwang die Hüften.

Ich brauchte einen Moment, um mich wieder zu fangen. Sicher, Jay Parker war ein guter Tänzer – er hatte schon immer so etwas *Schlüpfriges*.

Als er mich sah, hörte er auf der Stelle mit seinen Hüftschwüngen auf. Er kam zu mir, zog mich in eine Ecke und sagte leise: »Hast du ihn gefunden?«

»Noch nicht.«

»Wo steckt er?«

Plötzlich tauchte John Josephs Gesicht neben Jay auf. Dann war Zeezah auch da. Woher war sie plötzlich gekommen?

Ich machte den Mund zu. Diskretion war geboten.

»Sprich ruhig weiter«, sagte Jay. »Hier gibt es keine Geheimnisse.«

»Also«, sagte ich, »ich habe Aussagen von Augenzeugen, dass Wayne gestern Morgen entführt wurde.«

»Was?« Selbst Jay schien schockiert.

»Er wurde von mindestens zwei Männern in einem schwarzen SUV weggebracht.«

»Aber wer sollte Wayne Diffney entführen?«, fragte Jay. »Und warum?«

»Das weiß ich nicht, aber die Polizei hat den Fall übernommen. Ich zieh mich da raus.«

»Was? Jetzt warte mal! Du hast die Polizei eingeschaltet? Ich habe doch gesagt, keine Polizei!« Jays Miene verdüsterte sich.

»Ein Mensch ist entführt worden«, sagte ich. »Das ist wichtiger als diese Show, die du hier aufführen willst.«

Jay blitzte mich an, dann hellte sich sein Gesicht auf, denn ihm dämmerte, wenn er mit der Situation klug umging, konnte er eine größere Publicity-Wirkung erzielen und mehr Karten verkaufen, als er sich in seinen wildesten Träumen ausgemalt hatte. Man konnte richtig sehen, wie sich die Rädchen in seinem Gehirn drehten, während er fieberhaft überlegte, wie er diese neuesten Entwicklungen so wenden konnte, dass sie am Ende Geld einbrachten. Herzzerreißende Aufrufe in den Sechs-Uhr-Nachrichten von Waynes Eltern, die flehten: »Bitte, lassen Sie unser Baby frei.«? Oder ein großes Getue um einen leeren weißen Hocker auf der Bühne, während die Band ihre Lieder sang?

Plötzlich wurde meine Aufmerksamkeit auf John Joseph und Zeezah gelenkt. Sie hatten sich ein paar Schritte von Jay entfernt und sprachen leise und angespannt miteinander. Sie sahen besorgt aus, sehr besorgt sogar, und mit einem Mal setzte meine Fantasie ein. Was, wenn John Joseph und Zeezah für Waynes Verschwinden verantwortlich waren? Vielleicht hatten sie ihn sogar *umgebracht!* Und seine Leiche in einer flachen Grube in ihrem Garten vergraben, und morgen würden sie einen kleinen Springbrunnen aus Beton darauf errichten. Oder vielleicht lag seine Leiche in diesem Augenblick der Länge nach auf der Küchentheke, während Alfonso und Infanta, die folgsamen Bediensteten, ihn mit einer Kettensäge zerlegten, um ihn anschließend an die Hunde zu verfüttern?

»Was gibt es zu bereden?«, fragte ich sie.

»Wir machen uns solche Sorgen um Wayne«, sagte Zeezah.

»Ach ja?« Ich weiß nicht, warum, aber ich nahm ihr das nicht ab. Außerdem war es gut, sie mal in richtigem Licht zu sehen. Sie war zwar immer noch sehr schön, aber ziemlich behaart. An den Schläfen in Höhe der Kieferknochen hatte sie einen so starken Haarwuchs, dass sie damit gegen Elvis' Koteletten in seiner Las-Vegas-Phase hätte konkurrieren können. Warum ließ sie sich nicht lasern? Ich meine, ich habe mir meine Beine lasern lassen, und die Schmerzen waren zugegebenermaßen grausam – zumindest bevor ich übers Internet illegal eine Betäubungscreme gekauft hatte –, aber für die Wangenpartien würde sie keine fünf Minuten brauchen. Ich könnte ihr eine Tube anbieten, ich hatte noch zwei übrig, aber wie stellte ich das diplomatisch genug an?

»Warum sollte jemand Wayne entführen?«, fragte Zeezah.

»Heiliger Vater!« Frankie Delapp hatte sich zu uns gesellt. »Wayne ist entführt worden? Aber warum? Und wenn jemand mich auch entführen will? Ich bin viel wichtiger als Wayne. Ich bin im Fernsehen. Das würde sich für einen Entführer viel mehr lohnen. Außerdem bin ich Familienvater, ich muss meine Kinder ernähren.«

Er drehte sich zu Jay Parker um. »Du musst uns bewachen lassen. Aufpasser rund um die Uhr!«

»Halt endlich die Klappe«, knurrte Jay. »Und reiß dich zusammen. Ich spreche mit der Polizei und lass mir erzählen, was wirklich passiert ist. Niemand wird dich entführen.«

Roger St Leger kam zu uns herübergeschlendert. »Ihr kennt mich, ich probiere alles aus, auch Inzest und alkoholfreies Bier, aber die Vorstellung, entführt zu werden, reißt mich nicht gerade vom Hocker.«

»Ich kümmere mich drum.« Jays Gesichtsausdruck bekam etwas Panisches. »Niemand wird entführt. Ihr tanzt da jetzt mal weiter, und ich gehe zur Polizei. Ich kläre das.«

Mein Handy klingelte. Artie. »Wo bist du?«, fragte er. »Wie schnell kannst du bei Daisy und Cain sein?«

»Warum? Was ist los? Die sind gefährlich, die zwei, sie machen mir Angst.«

»Nein, sie sind harmlos. Ich bin bei ihnen. Und die Officers Masterson und Quigg auch. Aber du solltest möglichst schnell herkommen.«

»Wirklich?« Artie hatte keinerlei Hang zu Theatralik. Er hätte das nicht gesagt, wenn er es nicht ehrlich meinte. »Ist gut, bin schon unterwegs.«

Ich legte auf und schrak vor der Menge fragender Gesichter zurück – Jay, John Joseph, Zeezah, Roger und Frankie. Besonders Frankie. Er sah aus wie Jesus am Kreuz in den letzten Zügen.

»Aufhören!«, sagte ich.

»Was ist passiert?«

»Die Polizei ist jetzt bei den beiden Leuten, die gesehen haben, wie Wayne entführt wurde, und sie wollen mit mir sprechen.«

»Ich komme mit«, sagte Jay.

»Wir kommen alle mit«, sagte Frankie.

»Das geht nicht, ihr seid zu viele.«

»Wir sind vielleicht auch in Gefahr«, sagte Frankie mit wildem Blick. »Wer Wayne entführt, würde auf jeden Fall auch mich entführen. Ich meine, ich trete im Fernsehen auf, ich bin öffentlich bekannt, ich bin ein *Star.*«

»Wayne ist unser Bruder«, sagte Roger St Leger. Wieso klang alles, was er sagte, wie Hohn? »Es ist nur verständlich, dass wir uns Sorgen machen.«

»Also gut!«, sagte ich. »Aber wir fahren mit meinem Auto, alle sechs.« Irgendwie musste ich die Situation im Griff behalten, ich wollte nicht, dass wir nacheinander eintrafen. »Und wenn die Polizisten nicht wollen, dass ihr bei der Befragung dabei seid, dann lasst das nicht an mir aus.«

»In Ordnung.«

»Und wenn sie es doch erlauben, dann rede nur ich. *Nur ich.* Verstanden?«

John Joseph, Zeezah, Frankie und Roger quetschten sich auf die Rückbank meines Fiat 500. Jay Parker sah sich für den Beifahrersitz privilegiert, und wir machten uns auf den Weg nach Sandymount. Hinter mir wurde geschubst und gemeckert, weil es so eng war.

Ich fuhr schnell. An der Waterloo Road hatten wir eine gelbe Ampel vor uns, ich drückte aufs Gaspedal, und wir rauschten über die Kreuzung, als die Ampel auf Rot schaltete. Hinter mir rief Roger St Leger: »Schneller!«

»Himmel«, sagte Jay Parker. »Wie in alten Zeiten.«

Das dachte ich auch. In meinem Kopf lief gerade ein Film mit dem Titel: *Als Jay Parker mein Geliebter war.* In dem Film sah ich, wie Jay und ich in diesem Auto mit Höchstgeschwindigkeit zu einer Verabredung fuhren, von der Jay mir vorher nichts gesagt hatte und zu der wir zu spät kommen würden. »Das geht so nicht, immer alles in letzter Minute!« Meiner Erinnerung nach hatte ich mich fortwährend beschwert, aber in dem Film schien ich ausgelassen und bester Stimmung. Wir hatten viele Abende damit zugebracht, von Pubs zu Clubs zu Partys zu rasen, wo wir neue Freunde kennenlernten und andere verloren. »Ich bin Geschäftsmann«, hatte Jay immer gesagt. »Ich halte mich nicht an Zeiten.«

»Was für eine Art von Geschäftsmann?«, hatte ich jedes Mal gefragt und jedes Mal eine andere Antwort bekommen.

»Ich bin im Gastronomie-Gewerbe«, behauptete er eines Abends.

»Das sagst du heute! Gestern hast du versucht, den Verkauf eines Mähdreschers einzufädeln.«

»Ja, stimmt«, sagte er lachend. »Man muss das Netz möglichst breit auswerfen ...«

Er war erstaunlich: Er kannte die unterschiedlichsten Menschen – Bauern, Kosmetikerinnen, Banker, Leute im Staatsdienst, kleine Gangster –, und immer führte er irgendetwas im Schilde. Er hatte seine Finger überall drin, wo etwas köchelte, er bewegte sich in einem komplexen Netz von Kontakten. Ich hatte überhaupt keinen Überblick und mochte es nicht, wenn er mich im Dunkeln ließ. Eigentlich war gern *ich* die Geheimnisumwitterte in einer Beziehung, aber Jay Parker war darin viel besser als ich.

Ständig schlug er neue Treffpunkte vor und machte mich mit neuen Leuten bekannt, immer wieder überraschte er mich – »Ich habe dem Typen gesagt, wir treffen uns auf ein Bier – in Kopenhagen! Kommst du mit?«

Na ja. Der Film *Als Jay Parker mein Geliebter war* entpuppte sich als Reinfall. Vielversprechende Eröffnungsszenen, das schon, und ein interessanter Mittelteil, aber am Schluss eine bittere Enttäuschung.

29

Ich klingelte bei Daisy und Cain, und Artie machte auf. Er warf einen Blick auf die Truppe, seufzte, sagte aber nichts. Es war lächerlich, wie stolz ich war, dass er ein so stattlicher und attraktiver Mann war, als wäre ich persönlich für sein gutes Aussehen verantwortlich. Dennoch beschloss ich, ihn nicht als meinen Freund vorzustellen, falls ich seinen professionellen Status dadurch kompromittierte.

Wir gingen hinter ihm her durch den Flur ins Wohnzimmer, wo die Officers Masterson und Quigg – ein Mann und eine Frau – bei Cain und Daisy saßen, die beide überaus betretene Mienen machten.

Dann, als die Laddz, Jay und Zeezah in ihr Wohnzimmer drängten, das so schon voll genug war, blickten sie überrascht auf. Sie staunten mit offenem Mund, als vor ihnen Menschen standen, die sie bisher nur in Hochglanzmagazinen gesehen hatten. Auch die Polizisten wirkten überwältigt.

»Ich würde ja gerne alle miteinander bekannt machen«, sagte ich, »nur wären wir dann den ganzen Abend hier.«

»Sind Sie ... Zeezah?« Daisy war so fassungslos, dass es aussah, als würde sie gleich in Ohnmacht fallen.

»Das ist Zeezah«, sagte ich. »Aber sie wird keine Fragen beantworten.«

»Und ich bin Frankie Delapp«, sagte Frankie. »Mich kennen Sie bestimmt aus dem Fernsehen.«

»Still jetzt«, sagte ich. »Kommt alle rein.« Ich pferchte die Meute hinter mir zusammen, sodass sie Daisy und Cain, die auf der Couch saßen, gegenüberstanden. Ich blieb stehen, um die Sache während der Befragung besser im Griff zu haben. Außerdem waren die Sitzplätze schon besetzt. Zu dem Zeitpunkt waren wir zu elft in dem Raum. Die Tapete, die bei so vielen Besuchern vollends aus dem Häuschen geriet, sprang vor und zurück wie nichts Gutes.

»Was also wird gespielt?« Ich richtete die Frage an Artie, weil ich hoffte, von ihm am ehesten eine vernünftige Antwort zu bekommen. »Wo ist Wayne? Ist er inzwischen gefunden worden?«

»Es ist besser, die beiden berichten«, sagte er mit einem Nicken zu Daisy und Cain. »Daisy, wollen Sie anfangen?«

Daisy sprach und hielt dabei die Augen gesenkt. »Wir haben gedacht, Sie seien eine Reporterin.«

»Ich?«, fragte ich. »Wie meinen Sie das?«

»Wir haben gesehen, wie Sie herumgeschnüffelt und Fragen gestellt haben, wie eine Reporterin, und wir dachten, es müsste etwas mit Wayne zu tun haben, weil er der Einzige hier ist, der ein bisschen wie eine Berühmtheit aussieht.«

Cain erzählte weiter. »Wir haben wirklich gesehen, wie Wayne gestern Morgen in ein Auto gestiegen ist ... Freiwillig ... Er hatte eine Tasche dabei. Aber wir dachten, wenn wir es ... also ... wenn wir es ein bisschen spannender machen und sagen, er sei zum Einsteigen gezwungen worden und habe verängstigt ausgesehen, dann würden Sie uns mehr für die Geschichte bezahlen.«

»Wie viele Männer waren bei ihm?«, fragte ich. »War überhaupt jemand dabei?«

»Ja, es war einer dabei, aber nur einer. Und der wirkte ... also ... als würden sie sich kennen. Vielleicht war er ein Freund, aber ich habe ihn nicht erkannt. Dann, im letzten Moment, sah es so aus, als hätte Wayne etwas vergessen, denn er sprang aus dem Auto, und der andere hat ihn nicht gehindert. Er hat gewartet, bis Wayne ins Haus gegangen war und wieder rauskam, dann setzte Wayne sich auf den Beifahrersitz, und sie sind abgefahren.«

»Wayne ist also nicht gezwungen worden?«

»Nein.«

»Wayne ist nicht entführt worden?«

»Entschuldigen Sie bitte«, flüsterte Daisy. »Es ist nur so – wir haben so wenig Geld. Wir dachten, wenn wir ein bisschen übertreiben und das erzählen, was Sie hören wollen, würden Sie uns dafür bezahlen. Wir haben nicht geglaubt, dass wir mit der Polizei zu tun bekommen würden.«

»Sie haben den anderen Mann also nicht erkannt?«, fragte ich.

Beide schüttelten den Kopf.

»Und es war auch kein dicker schwarzer SUV«, sagte Cain. »Das haben wir auch erfunden. Es war einfach ein blauer Toyota. Vielleicht fünf Jahre alt.«

»Ein Taxi?«

»Nein, kein Taxi. Ein normales Auto.«

»Warum wollten Sie mich daran hindern, Ihr Haus zu verlassen?«

»Wir dachten, Sie sind Reporterin und wollten mit unserer Geschichte abhauen, ohne dafür zu bezahlen. Es tut uns leid, dass wir Ihnen Angst gemacht haben.«

»Sie haben mir keine Angst gemacht.« Das stimmte zwar nicht, war aber jetzt nicht das Thema.

»Da müssen schon andere als Sie beide kommen, wenn Helen Walsh Angst kriegen soll«, sagte Jay Parker erregt.

Artie sah Jay aus schmalen Augen interessiert an. »Entschuldigung«, sagte er. »Sie sind wer?«

Jay musterte Artie einen Moment lang. Dann sagte er kühl: »Ich bin Jay Parker, der Manager der Laddz. Und wer genau sind Sie?«

»Sei still«, sagte ich zu Jay. Er brachte meinen Gedankenfluss ins Stocken.

Also, was nun? Dies waren die Tatsachen: Wayne wurde immer noch vermisst und war mit einem unbekannten Mann verschwunden, und ich hatte einen Joker, warum ihn nicht ausspielen?

»Cain und Daisy. Ich werde Ihnen eine Frage stellen, und ich möchte, dass Sie sehr sorgfältig über Ihre Antwort nachdenken.«

»In Ordnung.« Sie nickten feierlich.

»Der andere Mann, der, der das Auto fuhr«, sagte ich. »Könnte es sein, dass es … Docker war?«

»Docker!«

Allein durch das Aussprechen des Namens prickelte es in dem Raum vor neuer Energie. Cain und Daisy richteten sich auf und sahen einander verwundert an. Ich spürte, wie die Atmosphäre hinter mir, zwischen Jay, John Joseph, Zeezah, Frankie und Roger, geladen war. Selbst die Mienen von Masterson und Quigg belebten sich.

Ich hielt meinen Blick auf Cain und Daisy gerichtet. »Erzählen Sie mir nicht, was ich Ihrer Meinung nach hören möchte, sagen Sie mir einfach, was Sie gesehen haben. War es Docker?«

»Meinen Sie *Docker?* Docker, den Filmstar?«

»Ja, Hollywood-Docker. Der mit dem Oscar – könnte er es gewesen sein? Vielleicht mit einer Sonnenbrille und einer Baseballkappe getarnt?«

Sie sahen mich an, als litten sie Höllenqualen. Sie wollten es unbedingt richtig machen. Sie wollten unbedingt, dass der Mann Docker war.

»Aber er trug gar keine Sonnenbrille«, sagte Daisy.

»Auch keine Baseballkappe. Und er sah aus, als wäre er um die fünfzig …«

»… und er war kleiner als Docker, viel kleiner.«

»… und gedrungener.«

»… und mit weniger Haaren. Wir konnten ihn gut sehen, als er Waynes Tasche in den Kofferraum packte.«

»Und warum sollte Docker ein fünf Jahre altes Auto fahren?«

Gut, es war also nicht Docker. Docker war siebenunddreißig und sah zehn Jahre jünger aus. Er war eins achtzig groß und rank und schlank. Er hatte volles Haar, und seine Starqualitäten waren auf große Entfernung erkennbar. Eher wäre er mit einem Wasserflugzeug in Mercy Close gelandet, als mit einem fünf Jahre alten Toyota zu kommen. Aber die Fragerei hatte sich gelohnt. Es lohnte sich immer zu fragen.

Eine kurze Pause entstand.

»Das ist alles«, sagte Artie. »Mehr wissen sie nicht.«

»Und was ist mit Wayne?«, fragte ich. »Wo ist er hin?«

»Das ist seine Sache«, sagte Officer Masterson.

»Aber er hat sich untypisch verhalten. Als stünde er unter Stress.«

»Inwiefern?«

»Er hatte sich den Kopf rasiert.«

»Bei den Haaren – das versteht doch jeder.«

»Er hat Kuchen gegessen.«

»Er hat sich den Kopf rasiert? Er hat Kuchen gegessen? Gut, ich setze mich mit dem Polizeiinspektor in Verbindung und sorge dafür, dass es einen Fernsehaufruf gibt.«

»Das nennt man Sarkasmus, oder?«

»Gut erkannt.«

»Er hat geweint.«

»Manchmal weinen Männer. Das ist nicht gegen das Gesetz …«

»Haben Sie eine Ahnung, wie viele Menschen in letzter Zeit verschwunden sind?«, fragte die Polizistin Quigg mich. »Überall im Land kommen Frauen zur Polizei und melden ihren Partner als vermisst. Männer verschwinden, weil sie ihre Hypothek nicht bezahlen können, weil sie die Gehälter ihrer Angestellten nicht bezahlen können. Es ist eine *Epidemie.*«

»Wayne schuldete keine großen Summen. Er hat seine Rückzahlungen geleistet, seine Kreditkartenrechnungen waren bezahlt.«

»Wir haben keinen Grund zu denken, dass er in Gefahr ist.« Masterson und Quigg standen mit einer Unbeholfenheit auf, die ihnen bestimmt an der Polizeiakademie beigebracht worden war. »Und Sie«, sagten die Polizisten und wandten sich Cain und Daisy zu, »Sie können froh sein, dass Sie keine Anzeige bekommen, weil Sie die Zeit der Polizei verschwendet haben.«

Sie hatten außerdem Glück, dass sie keine Anzeige für den Anbau von Cannabis im Garten kassierten. Aber das war anscheinend niemandem aufgefallen.

Wir verließen im Gänsemarsch das Haus. Das dauerte seine Zeit. Masterson und Quigg bestiegen ihr Polizeiauto und fuhren weg. Es drängte mich, Artie anzufassen, aber ich wollte die Grenzen nicht noch mehr verwischen, als ich es bereits getan hatte. »Danke für alles«, sagte ich. »Ich rufe dich an, sobald ich Zeit habe.«

Er schüttelte den Kopf und lachte, halb entrüstet, dann setzte auch er sich ins Auto und fuhr los.

Kein Mann der vielen Worte, dieser Artie.

Als unsere Beziehung anfing, dauerte es Wochen, bevor er mir erzählte, warum er und Vonnie sich getrennt hatten. Jedes Mal wenn ich das Thema anschnitt, zog er sich in ein tiefes Schweigen zurück, aber ich bohrte und bohrte, und irgendwann hatte ich ihn so weit.

Offenbar hatten sie beide sehr viel gearbeitet – Vonnie hatte Häuser verschönert, Artie Steuersünder zur Strecke gebracht –, sodass ihnen kaum Zeit füreinander blieb, und irgendwann begegnete Vonnie einem anderen Mann. Einem Mann, der zehn Jahre jünger war als sie. Er war Designer – darüber hatten sie sich kennengelernt –, aber manchmal legte er auch bei Festivals auf, und dann trug er einen Pork-Pie-Hut im Hipster-Stil. *Also wirklich.*

Ich hatte ihn ein paarmal gesehen und fand ihn sehr nett; er hatte einen ausgeprägten Sinn für Humor. Ich konnte mir bloß nicht vorstellen, dass man einen wie ihn haben wollte, wenn man einen wie Artie hatte. Er war ein … *Leichtgewicht*, so könnte man es wohl am besten beschreiben.

Artie hatte vorgeschlagen, zu einer Eheberatung zu gehen, was Vonnie rundweg ablehnte. Sie wusste, was sie wollte. Sie wollte Steffan mit dem Pork-Pie-Hut, und sie wollte nicht mehr verheiratet sein.

»Und wie hast du dich gefühlt?«, wollte ich von Artie wissen.

»Es war …« Er brach ab. Als Polizist musste er genau die richtigen Worte wählen. »Es war vernichtend. Als wir geheiratet haben, dachte ich, das ist … für immer. Ohne Vonnie, ohne unsere Familie wusste ich gar nicht, wer ich war. Aber ich konnte nichts tun. Ich habe nichts unversucht gelassen, ich wollte, dass sie uns noch eine Chance gibt, aber sie war fest entschlossen. Und am Schluss ging es um die Kinder. Das Wichtigste war, dass es ihnen gut ging.«

»Klingt sehr zivilisiert«, sagte ich. »Ohne Anschreien? Ohne zerbrochenes Geschirr?«

»Doch, mit Anschreien«, gab er zu. »Aber ohne zerbrochenes Geschirr.«

Das passte. Ich würde mich auch nicht trauen, einen von Vonnies Tellern zu zerbrechen. Wenn es nicht ein handbemaltes Einzelstück von Graham Knuttel war, dann war es Teil eines kostbaren Service, das einst einem Adligen in Schweden zur Zeit von König Gustav Adolf gehört hatte.

Vonnie kaufte ein neues Haus, und Artie und sie beschlossen, sich das Sorgerecht für die Kinder Iona, Bruno und Bella zu teilen, die in beiden Häusern Zimmer hatten. Ach, und Vonnies Haus! Ich hatte gedacht, dass Arties Haus (von Vonnie eingerichtet) das schönste auf der Welt sei, aber das war, bevor ich ihres gesehen hatte. (Ich spare mir die

Details, man stelle sich nur ein ehemaliges Pfarrhaus aus grauem Granitstein im neogotischen Stil vor, das mit jedem modernen Luxus, wie Fußbodenheizung und Dimmer-Beleuchtung, ausgestattet ist.) Manchmal fragte ich mich, ob sie Artie nur verlassen hatte, weil sie ein neues Haus zum Spielen haben wollte.

Jay Parker, John Joseph, Zeezah, Frankie, Roger und ich hatten eine improvisierte Besprechung auf der Straße vor Cains und Daisys Haus.

»Was sollte das mit Docker?«, fragte Roger und sah mich forschend an.

»Nichts. Vergessen wir das. War nur ein Versuch. Wir wissen jetzt also – da sind wir uns doch einig, oder? –, dass Wayne gestern Morgen mit einem Mann weggefahren ist. Einem unbekannten Mann.«

»Ist er schwul?«, kreischte Frankie. »Er will mich wohl nachahmen.«

»Du bist ja nicht mehr schwul«, sagte Jay.

»*Jetzt gerade* nicht. Aber ich *könnte* schwul sein. Jederzeit.«

»Wayne ist nicht schwul«, sagte Zeezah. »Bitte kränkt ihn nicht auf diese Weise.«

»Ist doch nicht schlimm, wenn jemand schwul ist«, sagte Roger. »Ich bin es auch gelegentlich, wenn es sich so ergibt.«

»Bitte!«, sagte ich. »Können wir einfach beim Thema bleiben. Ein Mann um die fünfzig, haben sie gesagt.«

»Ein Bär«, jammerte Frankie. »Ein runder, gemütlicher Bär.«

»Passt die Beschreibung auf jemanden, den ihr kennt?«, fragte ich.

»Woher sollen wir jemanden kennen, der um die fünfzig ist?« Frankie klang empört.

»Gut«, sagte ich. »Ihr seid wirklich eine große Hilfe. Alle miteinander. So sieht es also aus.« Ich ließ meinen Blick von Frankie zu John Joseph zu Zeezah zu Roger und schließlich zu Jay wandern. »Der attraktive Mann, der bei dem Gespräch anwesend war, ist der euch aufgefallen? Er ist mein Freund.« Ich machte eine kleine Pause, um sicherzugehen, dass Jay die Information verarbeitete. Ich konnte es nicht genau sehen, aber möglicherweise wurde er ein wenig blass. »Er heißt Artie Devlin. Es ist Freitagabend«, sagte ich. »Ich könnte jetzt zu ihm gehen und die nächsten Stunden mit ihm im Bett verbringen.« Das stimmte so nicht, denn seine Kinder wären da, aber warum es kompliziert machen? »Oder soll ich weiter nach Wayne suchen?«

John Joseph sah aus, als sei ihm die Vorstellung von mir und Artie im Bett zuwider, aber anscheinend war er bereit, darüber hinwegzukommen. »Wir wollen, dass Wayne gefunden wird«, sagte er. »Natürlich wollen wir, dass du weiter nach ihm suchst. Aber welche Spuren verfolgst du?«

Welche Spuren verfolgte ich? Ich hatte die Docker-Verbindung. Ich hatte das Haus in Leitrim.

Zwischen Jay Parker und mir fand eine stumme Verständigung über Blicke statt. *Sag es ihm nicht,* teilte mir sein Blick mit. *Was du auch hast, sag es ihm nicht.*

Aber ich hatte ohnehin schon beschlossen, John Joseph nichts zu erzählen. Ich vertraute ihm nicht. Und ich mochte ihn nicht. »Ich möchte es lieber nicht sagen, jetzt noch nicht ... Es könnte sich als Irrweg erweisen.«

»Ich komme mit dir«, sagte Jay.

»Nein«, sagte ich.

»Doch.«

»Entweder er oder ich«, sagte John Joseph.

»Oder ich«, sagte Roger.

»Du bestimmt nicht«, sagte John Joseph mit unvermittelter Heftigkeit. Er wandte sich wieder mir zu. »Wir bezahlen dich, also gehörst du uns. Du darfst nicht einfach abhauen. Wenn du jetzt einer Spur nachgehst, kommt einer von uns mit.«

Ich sah ihn an. Ich wollte auf keinen Fall mehrere Stunden im Auto in seiner Gesellschaft verbringen.

»Was ist mit Frankie?«, fragte ich.

»Ich!«, kreischte Frankie. »Herr im Himmel! Ich will nicht mitkommen. Nimm's mir nicht übel, Helen, du bist ein Schatz, aber ich habe keine Lust, mich in Gefahr zu begeben!«

»Auch ich würde mich lieber keiner Gefahr aussetzen«, sagte Zeezah höflich.

»In Ordnung«, sagte ich und hielt John Josephs Blick dabei völlig cool stand. »Parker, setz dich ins Auto.«

Parker eilte zu meinem Auto wie ein junger Hund, der merkt, dass er gleich Gassi gehen darf, und als ich den Motor startete und auf die Straße fuhr, hatte ich einen Augenblick lang die Vorstellung, wir würden gemeinsam zu einer Reise aufbrechen, und ein beunruhigendes Schwindelgefühl breitete sich in mir aus.

30

»Nur dass du gleich Bescheid weißt«, sagte ich zu Artie, »ich schlafe nie mit einem Mann bei der zweiten Verabredung.«

Er bedachte mich mit einem kleinen Lächeln und hielt mir die Tür zu dem Restaurant auf. Es war unsere erste Verabredung in der Welt, unser erstes Treffen seit dem Tag, als ich Bella bei dem Basar kennengelernt und später am Abend Sex mit ihrem Vater gehabt hatte.

Als Artie an dem Abend meine Wohnung verließ, sagte er, er würde anrufen, aber das bezweifelte ich. Ich argwöhnte, dass er mich einfach für zu schwierig halten würde, aber ich hatte mich geirrt. Er rief am nächsten Tag an und fragte, ob er mich zum Essen ausführen dürfe.

»Vielleicht könnten wir einander ein bisschen besser kennenlernen«, schlug er vor.

»Mein Gott, ich würde behaupten, wir kennen uns schon ziemlich gut.«

»Aber ein paar Einzelheiten haben wir, glaube ich, ausgelassen. Wäre Mittwochabend ein guter Termin?«

Leider war Mittwochabend kein guter Termin, da ich auf Margarets Knirpse aufpassen sollte. »Donnerstag?«, sagte ich. »Oder Freitag?«

»Geht nicht«, sagte er. »Da sind die Kinder bei mir.«

Wir einigten uns auf den Dienstag der folgenden Woche. Er reservierte einen Tisch und holte mich von meiner Wohnung ab, und als er mich in engem schwarzem Kleid, in Schuhen mit sehr hohen Absätzen und mit wallendem Haar vor sich sah, schien er ein bisschen überwältigt.

»Wow!«, sagte er.

»Was ist? Hast du erwartet, ich würde in Jeans und Turnschuhen kommen? Ich hoffe, du willst mit mir nicht zum Pizza-Express gehen.«

Er selbst sah auch ziemlich beeindruckend aus. Dunkelblaues, tailliertes Hemd, die Ärmel aufgekrempelt, sodass seine schönen Unterarme sichtbar waren, schwarze, gut sitzende Hose und, besonders sexy, ein Gürtel mit einer flachen, silberfarbenen Schnalle. Das Design war schlicht, die Schnalle zog aber dennoch viel Aufmerksamkeit auf sich und weckte in mir den Wunsch, sie zu öffnen. Doch das lag vielleicht nur daran, dass ich schon wusste, was an Reizvollem darunter verborgen lag.

Ich zog mir meinen kurzen, schwarzen, schwingenden Mantel im *Mad Men*-Stil über, auf den ich sehr stolz war. Ich hatte ihn für zehn Euro in einem Kleiderbasar erstanden, aber er war nie getragen worden, das Preisschild war sogar noch dran.

Als wir im Auto saßen (ich sollte erwähnen, dass es ein schwarzer SUV war), erklärte er mir, wohin er mich ausführen würde. Es war ein beliebtes und begehrtes Restaurant – nicht in der Klasse für Michelin-Sterne, aber bekannt für seine intime Atmosphäre und die hohen Preise. Wie hatte er es nur geschafft, dort zehn Tage vor Weihnachten einen Tisch zu bekommen?

Bevor wir reingingen, fragte ich ihn besorgt: »Bezahlst du heute Abend?«

»Ja.« Er lächelte. »Ich bezahle.«

»Dann erwartest du vermutlich, dass ich mit dir schlafe?«

»Ja.« Er lächelte wieder. »Allerdings.«

»Nur dass du gleich Bescheid weißt«, sagte ich zu Artie, »ich schlafe nie mit einem Mann bei der zweiten Verabredung.«

»Das ist ja ärgerlich«, sagte er. »Dann solltest du lieber keinen Kaviar bestellen.«

»Du hast Glück«, sagte ich. »Ich würde mich lieber selbst in Brand setzen, als Kaviar zu essen.«

Wir gingen hinein und wurden unverzüglich und formvollendet an unseren Tisch geführt, die Speisekarten wurden gebracht, Getränke serviert, und die Bestellung für das Essen wurde aufgenommen. Dann richtete ich meine Aufmerksamkeit auf Artie. »Na, dann los«, sagte ich. »Das ist der Augenblick, wo diese sehr, sehr lästigen Menschen immer sagen: ›Erzähl mir doch etwas von dir.‹«

»Was möchtest du denn wissen?«

»Ach, komm.« Ich war leicht ungeduldig. »Es war deine Idee, dass wir uns kennenlernen würden. Ich war vollkommen glücklich damit, nur mit dir zu schlafen.«

»Na gut, also, ich arbeite. Ich arbeite viel, könnte man sagen.«

Nach und nach erfuhr ich, wie das so mit seinem Leben war. Mehrmals in der Woche ging er morgens zum Joggen, er lief ein paar Meilen, manchmal mit einem Bekannten, der Ismael hieß. Einmal im Monat spielte er Poker mit seinen Kollegen.

Aber die Zeit, die er mit den Kindern verbrachte, war ihm heilig, was er sehr deutlich machte. Und was sie in dieser gemeinsamen Zeit machten, klang ehrlich gesagt ein bisschen wie bei den Waltons. Ich fragte immer wieder nach, um ein klareres Bild zu bekommen.

Sie gingen oft ins Kino. »Auch Iona?«, fragte ich überrascht. In meinem Kopf waren Iona und Claires Tochter Kate zu einer Person verschmolzen, und Kate würde nach meiner Vorstellung nur ins Kino gehen, wenn sie die Absicht hatte, es abzufackeln. »Natürlich, Iona auch«, sagte er.

Vor ein paar Wochen hatten sie zusammen einen Brotbackkurs gemacht, und im Januar wollten sie einen Tageskurs »Vietnamesisch Kochen« machen, zu viert. »Iona auch?«, fragte ich wieder.

»Ja, Iona auch«, sagte er. »Warum nicht?«

Sie gingen in Wicklow spazieren.

»Geht ihr etwa ... wandern?« Ich war drauf und dran, meine funkelnde Abendtasche zu nehmen und das Restaurant zu verlassen. Mit Leuten, die wanderten, wollte und *konnte* ich nichts zu tun haben.

»Nein, nicht wandern.« Er lachte. »Wir gehen spazieren.«

Irgendwann wurde die Vorspeise serviert, und ich aß, ohne recht zu bemerken, was genau ich zu mir nahm. Dann kam der Hauptgang, und es war wieder so.

»So, Helen, jetzt bin ich sehr, sehr lästig«, sagte Artie. »Erzähl mal etwas von dir. Was machst du so?«

Ich dachte nach. »Nichts. Außer dass ich arbeite, aber auch das ist zurzeit ziemlich flau, also mache ich im Grunde nichts.«

»Nichts?«

»Nichts. Ich treibe keinen Sport, ich lese nicht, ich spiele nicht gern, ich mache mir nichts aus Essen, ich lebe von Käse und Farmersalat mit Brot.« Leicht verstört sagte ich: »Himmel, mir war gar nicht klar, wie langweilig ich bin.«

»Aber langweilig bist du nicht im Mindesten.«

Das gab mir neuen Mut. »Ich sehe mir oft DVDs an. Skandinavische Krimis, zum Beispiel. Manchmal gehe ich auch ins Kino. Wenn ein skandinavischer Krimi kommt. Und ich sehe mir gern irgendwelchen Quatsch auf YouTube an, fette Schweine, die Stepptanz machen, so was. Und ich kaufe gern ein, besonders Schals und Halstücher. Das ist schon alles, Artie, das bin ich in Kürze.«

»Magst du Tiere?«

»In Wirklichkeit? Nicht auf YouTube? Nein. Ich hasse Tiere. Hunde besonders.«

»Kunst? Theater? Musik?«

»Nein. Nein. Nein. Hasse all das. Besonders Musik.«

»Steht ihr euch in der Familie nah?«

Ich überlegte. »Nah« konnte man es wohl nennen. »Wir stehen uns schon nah«, sagte ich zurückhaltend. »Aber wir sind sehr gemein zueinander. Heute Morgen habe ich meiner Mutter erklärt, wenn sie nicht aufhört, sich alt zu benehmen, würde ich mich für ein Gesetz starkmachen, wonach jeden Montagmorgen ein Bus durch die Straßen fährt und alle alten Leute einsammelt, die sich beklagen, dass sie den Fernseher nicht hören oder die Tasten auf ihrem Handy nicht erkennen können oder dass sie Hüftschmerzen haben. Dann würden sie in einem geschlossenen Heim untergebracht. Aber ja, wir sind uns nah.«

»Und wie ist es mit deinen Schwestern?«

»Wir sind uns sehr nah. Obwohl zwei in New York leben.«

»Und Freunde?«

Das war ein heikles Thema. »Zurzeit keine. Aber das ist nicht meine Schuld, ich erzähle es dir ein andermal. Wie ist das also mit deinen Kindern? Muss ich sie kennenlernen und mit ihnen zu dem Brotbackkurs gehen und das alles?«

»Nein.« Plötzlich war er ernst. »Bella hast du ja schon kennengelernt, und das ist etwas schwierig, weil sie dauernd nach dir fragt, aber es ist besser, wenn du die anderen nicht kennenlernst.«

»Ach sooo.«

»Wenigstens vorerst nicht«, fügte er hinzu.

»Habe ich dich richtig verstanden? Du möchtest mich als dein Sexhäschen haben, und deine Kinder bekommen deine Liebe und Zuneigung und den Löwenanteil von deiner Zeit?«

»So krass würde ich das nicht ausdrücken«, sagte er.

»Du verstehst mich falsch«, sagte ich. »Das passt mir sehr gut. Ich will keine eigenen Kinder – ich meine, vielleicht in siebzig Jahren, wenn ich etwas erwachsener geworden bin, aber mit Sicherheit nicht jetzt, und mit *Sicherheit* will ich nicht verantwortlich für die Kinder anderer Leute sein.«

»Verstehe.«

»Artie, lass uns aufrichtig miteinander sein. Du bist nicht mein Typ.«

Er setzte eine Miene höflichen Interesses auf. »Und wer ist dein Typ?«

Sofort sah ich Jay Parker vor mir, Jay mit seiner Energie, seinem sprudelnden Temperament, seiner elementaren Unzuverlässigkeit.

»Das spielt jetzt keine Rolle«, sagte ich. »Wichtig ist nur, dass du es nicht bist. Und mir gefällt nicht, was du alles mitbringst. Andererseits, die Vorzüge.« Ich zählte sie an meinen Fingern auf. »A: Ich bin scharf auf dich. B: Ich bin scharf auf dich.«

Er sah mich lange an. »Du hast C vergessen.«

»Das wäre?«

»Das wäre, dass ich scharf auf dich bin.« Wir sahen uns an. »Ich bin richtig scharf auf dich, richtig scharf«, wiederholte er. Leise fuhr er fort: »Seit wir uns getroffen haben, denke ich an nichts anderes. Ich will die ganze Zeit bei dir sein, dich ausziehen, deine Haut schmecken, dein Haar berühren, deinen schönen Mund küssen.«

Plötzlich hatte ich Mühe zu atmen.

Ich schluckte. »Ich durchbreche meine Regel, dass ich mit einem Mann nicht bei der zweiten Verabredung schlafe.«

Artie streckte seinen Arm in die Leere zwischen den Tischen aus, und im selben Moment stand hinter ihm, als hätte er ihn aus der Luft herbeigezaubert, ein Kellner, der die Kreditkarte, die mit einem Mal in Arties Hand erschienen war, entgegennahm. Innerhalb von Sekunden war der Kellner mit dem Lesegerät zurück, Artie gab die Nummer ein, und schon standen wir auf, er half mir in meinen schwingenden Basarmantel, und wir gingen sehr schnell, rannten fast zu seinem Auto.

Auf dem Weg dorthin zog er mich in einen Eingang und küsste mich, und ich küsste ihn zurück, dann musste ich ihn von mir wegschieben. »Nein.«

Wir konnten es ja nicht hier auf der Straße treiben, und genau das würde passieren, wenn er nicht aufhörte. »Beherrsch dich«, sagte ich. »Sei mannhaft. Bring mich dahin, wo ein Bett ist.«

Er fuhr, und wir sprachen nicht. Es gab nichts zu sagen. Irgendwie war es beinahe schrecklich, die Spannung so wie bei einer Fahrt ins Krankenhaus mit einem Schwerkranken. Jede rote Ampel, jedes langsame Auto vor uns, das uns behinderte, war eine Qual.

Er nahm mich mit zu sich. Und seine Schönheit kombiniert mit der Schönheit seines Hauses war so überwältigend, dass mir kaum etwas in der Erinnerung blieb, außer dass es eine der besten Nächte in meinem Leben war.

Am folgenden Morgen weckte er mich, als es draußen noch dunkel war. Er war schon angezogen. Schläfrig fragte ich ihn: »Muss ich jetzt abhauen? Bevor die Kinder kommen?«

»Nein. Ich muss zur Arbeit. Es tut mir leid, ich hatte versucht, ein paar Termine zu verschieben, damit wir heute den Morgen zusammen verbringen können, aber das ging nicht. Du kannst so lange bleiben, wie du willst, zieh einfach die Tür zu, wenn du gehst. Ich habe dir Eierkuchen gemacht.«

»Eierkuchen?«, sagte ich schwach. Wie seltsam.

»Und ich habe hier etwas für dich.«

»Oh, wie schön.« Es versteht sich, dass ich an eine schöne Erektion dachte, aber es war eine Topfpflanze. Eine dunkelgrüne Aspidistra, fast schwarz. An der Grenze zu düster.

Ich setzte mich im Bett auf und starrte sie an. Eine erstaunliche Pflanze.

»Gefällt sie dir?«, fragte er begierig.

»Ich ... Mann. Ich weiß nicht, was ich sagen soll. Sie ist *herrlich.*«

»Ich habe sie selbst ausgesucht«, sagte er schnell. »Bella war nicht dabei. Ich fand, sie würde in deine Wohnung passen.«

»Das stimmt. Sie passt genau. Sie ist perfekt.«

Daran erkannte ich, dass er mein Wesen – allen Einschränkungen zum Trotz, als da wären sein anstrengender Beruf und seine drei Kinder – begriff, und vielleicht würden wir zusammen etwas draus machen können.

Ich schlief wieder ein. Als ich aufwachte, war es hell, und ich wanderte in dem gläsernen Wunderhaus herum und stellte forensische Erkundigungen an.

Man kann sich denken, dass Vonnie meine Neugier erregte, und die Tatsache, dass sie für dieses wunderschöne Haus verantwortlich war, steigerte nur meine Gier nach Information. Es gab ein paar Fotos von ihr, und sie sah fantastisch aus. Man musste sie nur ansehen, dann wusste man, dass sie zu den Frauen gehörte, die immer dünn sein würden, dünner sogar als ihre fünfzehnjährige Tochter, ohne dass es ihr schwerfiel. Ihr Stil war künstlerisch lässig, sie trug winzig kleine, hauchdünne Tops ohne BH darunter, ausgeblichene Jeans und Flipflops. Dann entdeckte ich ein Foto von ihr, auf dem sie ein Kostüm von Vivienne Westwood und Lippenstift so rot wie der von Paloma Picasso trug, und sie sah so umwerfend aus, dass ich schwer schlucken musste, um die Angst im Zaum zu halten.

Aber eigentlich waren es die Fotos von Iona, die ich richtig interessant fand. Ich nahm die Bilder in die Hand und betrachtete sie intensiv – ihr langes, seidiges Haar, ihre schönen, verträumten Augen –, und ich versuchte, sie psychisch zu übertrumpfen. *Ich bin stärker als du,* dachte ich und zog vor Anstrengung eine Grimasse. *Ich habe keine Angst vor dir. Ich habe keine Angst vor dir!*

31

Mum nennt den Navi immer »Die sprechende Landkarte«, Wie eine mittelalterliche Bäuerin, die an Hexerei glaubt. Und es war gut, dass ich einen hatte, denn auf der altmodischen, nicht sprechenden Landkarte aus Papier befand sich dort, wo Dockers Haus angeblich stand, keine Straße. Der See wohl, den konnte man sehen, aber keine Straße. Ich hatte den Verdacht, auch mithilfe der teuflischen sprechenden Landkarte würde Dockers Haus in Leitrim nicht leicht zu finden sein. Es wäre ein ausgezeichnetes Versteck.

Wir waren schon eine gute halbe Stunde gefahren, bevor ich Jay Parker unser Ziel nannte. Es gab keinen Grund für die Verzögerung, wahrscheinlich wollte ich einfach nur grausam sein, aber ich muss zugeben, er quälte mich nicht wie erwartet mit Fragen, sondern saß neben mir und spielte mit seinem Handy.

Schließlich sagte ich: »Wir fahren nach Leitrim.«

»Warum?«

»Weil Docker da ein Haus hat.«

Er richtete sich auf. »Was hat die Sache mit Docker auf sich?«

»Ich habe Hinweise gefunden. Es gibt eine Verbindung zwischen Docker und Wayne. Seit ›Windmill Girl‹.« Ich rang mit mir: Einerseits musste es geheimnisvoll klingen, andererseits hatte ich den starken Wunsch, ein wenig zu prahlen.

Jay versuchte seine Aufregung zu zähmen, aber sie füllte das Auto spürbar. »Wie hast du herausgefunden, dass Docker da ein Haus hat?«

»Das geht dich gar nichts an.« Ich würde nicht unbedingt wie eine superschlaue Ermittlerin dastehen, wenn ich ihm sagte, dass meine Mutter in *Hello!* davon gelesen hatte.

»Wo genau ist es denn?«

»Guck doch mal auf die Landkarte da.«

Jay studierte die Landkarte, und als er sah, wie entlegen Dockers Haus war, sagte er: »Wayne ist da. Keine Frage. Wir haben ihn. Ich wusste, dass du die richtige Spur hattest … Mann, du bist einfach gut.«

»Warum sollte ich John Joseph nichts sagen?«

»Du sollst es ihm schon sagen …«

»Du lügst doch …«

»… nur jetzt noch nicht.«

»Aber ihr beide, ihr seid auf derselben Seite?«

»Ja, klar, das schon.«

Er klang nicht aufrichtig, er klang ein bisschen gekünstelt, und plötzlich ging mir ein Licht auf. »Ah, du magst ihn nicht!«

»Das kann man so nicht sagen. Er hat viele bewundernswerte Eigenschaften. Er arbeitet viel, er ist ein guter Geschäftsmann … Er hat klare Ziele.«

»Das stimmt.« Ich sah zur Seite und bedachte Parker mit einem verächtlichen Blick. »Er hat *sehr* klare Ziele.« Ich dehnte das Wort absichtlich. »Gut, jetzt sei still, ich stelle das Radio an.«

»Hörst du immer noch Newstalk?«

»Sag nicht ›immer noch‹, als würdest du mich kennen.«

Aber ich hörte tatsächlich »immer noch« Newstalk. Ich mochte alle Sendungen auf Newstalk und hatte das Gefühl, die Moderatoren waren meine Freunde.

Jay konzentrierte sich wieder auf sein Handy, und ich hörte mir *Off the Ball* an, aber als wir in die Nähe der Grenze zwischen Longford und Leitrim kamen, wurden die Straßen schmaler, und die Verbindung zu dem Sender riss ab. Ich suchte die Frequenzen ab und fand einen Lokalsender, dessen einfache, anspruchslose Beiträge ich tröstlich fand.

Gegen zehn Uhr hatten wir Carrick-on-Shannon erreicht, und die Landschaft wurde immer gespenstischer. Zinngraue Seen traten unvermittelt ins Blickfeld, Teiche mit einer Wasseroberfläche wie Glas, umstanden von spitzem Schilf, waren in der Landschaft verteilt. Ertränkte Felder, leicht bebend in der Stille, lagen zu beiden Seiten der Straße, und die Sonne, die einfach nicht untergehen wollte, tauchte die gesamte Szenerie in ein furchtbares lavendelblaues Licht.

Ich habe Leute sagen hören, dass eine Depression so ist, als würde man von einem großen schwarzen Hund verfolgt. Oder als wäre man in einen Glaskasten gesperrt. Bei mir fühlte es sich anders ah, eher so, als wäre ich vergiftet worden. Als würde mein Gehirn schmutzig braune Giftstoffe ausstoßen und alles damit verseuchen – meine Sicht, meine Geschmacksnerven, und vor allem meine Gedanken.

Bei dem ersten schrecklichen Ausbruch vor zweieinhalb Jahren hatte ich die ganze Zeit Angst. Es war eine diffuse Angst, einfach das schreckliche Gefühl einer unmittelbar bevorstehenden Katastrophe. Wie der schlimmste Kater aller Zeiten. Aber einen Kater kann man wenigstens auf die Wodka Martinis schieben, auf den Alkohol allgemein, und man weiß, dass er vergehen wird, wenn man nur lange genug wartet. Außerdem weiß man, dass die chemischen Substanzen schuld sind. Man selbst kann nichts dafür.

Beim letzten Mal habe ich eines Abends versucht, den Horror zu bannen, indem ich mich besinnungslos betrank, aber es nützte gar nichts. Ich hob nicht ab, ich konnte der Schwärze nicht entkommen, und der nächste Morgen war der schlimmste meines Lebens. Ich hatte das Gefühl, als wäre ich über Nacht in ein Loch gefallen und ungefähr tausend Stockwerke tief hinabgestürzt. Obwohl es auch vorher schon schlimm gewesen war, hatte ich mir dennoch nicht vorstellen können, dass es mir je so schlecht gehen würde. Es ist ja nur ein Kater, sagte ich mir. Du musst nur diesen einen Tag überstehen, dann geht es vorüber.

Aber es ging nicht vorüber, ich blieb tausend Stockwerke unter der Erde, und danach vermied ich aus Angst, mich wieder zu betrinken.

Ich umklammerte das Lenkrad und betete inbrünstig, dass ich nicht wieder in diese Hölle hinabsteigen müsste. Ich hatte Angst vor allem, was das mit sich brachte – die Medikamente, die keine Wirkung zeigten, die Gewichtszunahme, die ständigen Selbstmordgedanken, die Yoga-Kurse. Schlimmer noch als die Yoga-Kurse waren die Idioten, die sie leiteten und in ihren Trainingshosen mit Gummizug irgendwas von »Herzzentrum« schwafelten …

Ungefähr bei dem Gedanken brach die Verbindung zu dem Lokalsender ab. Wir fuhren in der Stille weiter, bis es mir weniger unangenehm schien, mit Parker zu sprechen, als meinen Gedanken nachzuhängen.

»Was hast du im letzten Jahr gemacht?«, fragte ich ihn.

»Nichts.«

Ich schnaufte verächtlich. Für Jay Parker war es unmöglich, nichts zu tun, er war immer auf Achse. Mit ihm zusammen zu sein war wie eine Fahrt mit der Achterbahn – aufregend, das ja, aber nach einer Weile wurde einem schlecht.

»Ich meine das ernst«, sagte er. »Ich habe nichts gemacht. Einen Monat lang bin ich nicht aufgestanden.« Er blickte hinaus auf die leere Landschaft. »Ich war vernichtet. Ich hatte keinen Antrieb. Ich habe neun Monate nicht gearbeitet. Dieser Auftrag mit den Laddz ist der erste Job seitdem.«

Also, von mir brauchte er sich kein Mitleid zu erhoffen.

Ich kam wieder auf das Thema zurück, das mir keine Ruhe ließ. »Warum wolltest du nicht, dass ich zu John Joseph etwas über Docker sage? Was hast du vor?«

»Nichts. Ich wollte einfach … na ja … es ist kindisch. Ich wollte etwas wissen, was die anderen nicht wissen. Für ein Weilchen wenigstens.«

»Du hast etwas vor«, sagte ich. »Du verfolgst noch etwas anderes. Vergiss nicht, dass ich dich kenne. Du heckst doch immer irgendwas aus.«

»Das stimmt nicht. Ich bin nicht mehr so.« Er nahm meine Hand und zwang mich, ihn anzusehen. Seine Augen blickten dunkel und aufrichtig. »Es ist wahr, Helen, ich bin jetzt anders.«

Verärgert schüttelte ich ihn ab. »Verdammt, lass das, sonst baue ich noch einen Unfall.«

Vor uns in der geisterhaften Landschaft kam ein Gebäude in Sicht. »Ist das eine Tankstelle? Ich brauche eine Cola.«

Aber die Tankstelle war geschlossen. Es sah aus, als wäre sie seit Jahren geschlossen. Seit 1950 ungefähr. Abblätternde Farbe, verblichenes Rot, eine Atmosphäre trostloser Verlassenheit.

Ich stieg trotzdem aus. Ich musste telefonieren, ohne dass Jay Parker mir im Nacken saß. Ich hatte Harry Gilliam in die Sache reingezogen, und da ich jetzt überzeugt war, dass Wayne sich aus freien Stücken versteckt hielt, wollte ich die Aktion mit Harry abblasen.

Harry nahm beim dritten Klingeln ab. Im Hintergrund war lautes Gackern und Krächzen, sodass ich es kaum hörte, als er Hallo sagte.

»Entschuldigung, dass ich Sie bei Ihrem Wohltätigkeitshahnenkampf störe«, sagte ich.

»Worum geht es, Helen?«

»Um das, worüber wir gesprochen haben. Sie brauchen sich nicht mehr um die Sache zu kümmern.«

Es folgte ein langes, von Gackern gefülltes Schweigen.

Dann sagte er: »Haben Sie Ihren Freund gefunden?«

»Nein, das nicht, noch nicht. Aber ich glaube, sein Verschwinden gibt keinen Anlass mehr zu ... Sorge.«

Wieder Schweigen. Mehr Gackern. Ich weiß nicht, wie er es schaffte, so bedrohlich zu wirken.

»Ich habe in dieser Sache schon gewisse Auslagen gehabt«, sagte er.

»Das tut mir leid«, sagte ich. »Sehr leid.«

»Sehen Sie sich vor, Helen.«

»Ist das eine Drohung? Oder ist das eine aufrichtige Warnung? Im Moment fällt es mir schwer, Andeutungen zu verstehen.«

»Ich muss aufhören«, sagte er. »Meine Henne ist gleich dran.«

Kreischendes Gegacker drang an mein Ohr, dann war es abrupt still.

Lange, sehr lange blickte ich auf das Handy, erst allmählich löste ich mich aus der Starre. Eine Nachricht war in meiner Mailbox eingegangen. Von Mum, und irgendwie klang ihre Stimme merkwürdig. »Ich und Margaret, wir haben deine Sachen fertig ausgepackt.« Mir war auf der Stelle klar, warum ihre Stimme merkwürdig klang – sie hatte die Fotos gefunden. »Wir haben Nacktbilder von Artie gefunden.« Ihre Stimme klang wie erstickt. »Jetzt verstehe ich …« Sie zwang sich zum Weitersprechen. »Jetzt verstehe ich, was dir so an ihm gefällt.«

Verdammt. Verdammt, verdammt. Verdammt noch mal. Was hatte sie damit gemacht? Sie zerrissen? Sie diskret zwischen meiner Unterwäsche versteckt? Oder hatte sie eins in einen kitschigen Bilderrahmen gesteckt und auf dem polierten, ovalen Tisch zu den Fotos ihrer Enkelkinder gestellt?

Bei ihr wusste man nie. Manchmal schlug sie wie wild um sich und gab sich hochmoralisch, dann wieder führte sie sich auf wie eine von uns.

So oder so, ich konnte ihr Haus nie wieder betreten. Nie wieder.

»Komm«, sagte ich zu Jay Parker. »Steig ein.«

Wir fuhren weiter. Langsam wurde es dunkel, und die sprechende Landkarte führte uns immer tiefer in ein fremdes, wildes Land. Die Fahrt dauerte sehr lange, viel länger als die zwei Stunden, mit denen ich gerechnet hatte.

Wir fuhren auf engen, gewundenen Straßen, um beunruhigend scharfe Kurven und auf Wegen mit beiderseits hohen Hecken, die im Ufersand ausliefen.

Zweimal musste ich wenden und zurückfahren, den Blick in die kahle, dunkle Landschaft gerichtet, auf der Suche nach einer versteckten Abzweigung, an der ich vorbeigefahren war. Dunkelheit breitete sich um uns herum aus, und in mir wuchs das Gefühl, dass Jay Parker und ich die einzigen Menschen auf der Welt waren.

Langsam stieg Hoffnungslosigkeit in mir auf, doch just in dem Moment meldete das Navi: »Sie haben Ihren Zielort erreicht.«

»Tatsächlich?«, sagte ich überrascht.

Ich trat auf die Bremse, fuhr mit quietschenden Reifen ein paar Meter zurück und bremste erneut. Die Scheinwerfer warfen ihr Licht auf ein Tor, das abweisend und beinahe bedrohlich wirkte und mindestens drei Meter hoch war. Das Tor war in eine hohe, unfreundliche Mauer eingelassen, und obwohl ich im Dunkeln nicht viel sehen konnte, wirkte das, was ich sah, sehr professionell, sehr abgeschottet.

Ich sprang aus dem Auto, Jay hinter mir her, und versuchte, das Tor aufzustoßen, aber zu meiner Enttäuschung war es fest verschlossen. Es bewegte sich nicht einen Millimeter und war offensichtlich elektronisch verriegelt.

Hektisch schaute ich mich nach allen Seiten um und suchte verzweifelt nach etwas, das mir helfen würde. Wir waren so nah dran, Wayne zu finden … Ich musste da rein.

Ah. In der Mauer war eine Sprechanlage. Ich wollte auf den Knopf drücken und wich gleichzeitig zurück. Ich war so aufgeregt, und ich wollte jetzt nichts vermasseln.

Ich sah Jay an. Im hellen Licht der Scheinwerfer zeigte sich in seiner Miene dieselbe Mischung aus Triumph und Besorgnis, die auch ich verspürte.

Er nickte zu der Sprechanlage hinüber. »Sollen wir ... drücken?« In meinem Kopf ging alles durcheinander. Sollten wir mit einem Überraschungsmoment arbeiten? Wenn Wayne hörte, dass Jay da war, würde er dann abhauen und sich irgendwo verstecken, bis wir weg waren?

Eher nicht, dachte ich. Schließlich war er kein Verbrecher auf der Flucht.

»Drück drauf«, sagte ich. »Mal sehen, was passiert.«

»Mach du's. Ich will nicht.«

Seltsamerweise wollte ich auch nicht. Ich war nervös und besorgt und fand alles sehr beunruhigend. Andererseits war es nicht verboten, auf eine Klingel zu drücken, also drückte ich drauf und lauschte gespannt mit angehaltenem Atem, welche Stimme sich melden würde. Die von Wayne? Von Gloria?

Über meinem Kopf ertönte ein Surren, und ich sah nach oben. Eine Kamera bewegte sich und richtete sich so aus, dass sie mich gut ins Visier bekam. »Himmel!« Das war richtig unheimlich.

»Ist jemand im Haus?« Jay klang panisch oder vielleicht auch nur sehr aufgeregt. »Sieht uns einer?«

»Ich weiß nicht. Vielleicht. Vielleicht ist es auch eine automatische Kamera, die aktiviert wird, wenn man auf den Knopf drückt.«

Ich trat zurück, aus dem Blickfeld der Kamera, und Jay und ich warteten schweigend darauf, dass die Sprechanlage zu knistern anfangen würde.

Nichts passierte. Noch nicht.

»Drück noch mal«, sagte Jay.

Ich ging vor und drückte wieder auf den Knopf, und wieder schwang sich die Kamera über mir in Position. Wahrscheinlich wurde sie von einem Bewegungsmelder aktiviert und nicht von einem Menschen bedient. Ich wusste nicht, ob das gut oder schlecht war.

Das Tor öffnete sich auch diesmal nicht, niemand sprach zu uns, und nach einer Weile drückte ich erneut auf die Klingel, diesmal länger. Noch vier- oder fünfmal wiederholte ich das Ganze, aber nichts geschah.

»Wenn jemand da ist«, sagte ich, »wollen sie uns wohl nicht reinlassen.«

»Was machen wir jetzt?«, fragte Jay.

Na ja. Ich hatte ein kleines elektronisches Gerät dabei. Damit ließ sich das Tor vielleicht öffnen. Vielleicht aber auch nicht. Ich hatte keine Ahnung von Elektronik. Ich wusste nur, dass mein kleines Gerät manche Tore öffnete und manche nicht. Und manchmal legte es ein Tor vollends lahm, sodass nichts, kein Code, kein Drücken von Tasten im Haus es öffnen konnte, und dann musste jemand kommen und die gesamte Anlage neu programmieren.

Wenn das hier passierte, müssten wir eben über die Mauer klettern. Ich holte mein kleines Gerät aus der Tasche und hielt es an die Stelle, wo ich das Schloss vermutete, dann drückte ich auf den Knopf, und das Tor öffnete sich langsam und beinahe geräuschlos. Ich atmete erleichtert auf.

Wir setzten uns schnell ins Auto und fuhren auf das Gelände. Ein Scheinwerfer wie auf einem Gefängnishof wurde durch uns aktiviert und blendete uns mit seinem Licht. Und dann sahen wir vor uns das Haus.

Nicht riesig. Eher mittelgroß. Aber sehr beeindruckend. Ein Holzhaus im Stil von Frank Lloyd Wright mit einer gläsernen Front über zwei Stockwerke und einer Veranda mit Blick über den See.

Wir hielten beim Eingang, ich stieg aus und analysierte blitzschnell, was ich sah. Nirgendwo ein Hinweis auf ein Auto. Auch kein Lebenszeichen. Das Haus lag im Dunkeln, aber das war kein Grund, entmutigt zu sein. Wayne und Gloria hatten vielleicht das Licht ausgeschaltet und sich hinter der Couch versteckt, als sie uns am Tor gehört hatten.

Wieder schalteten sich durch Bewegung aktivierte Lampen an und überfluteten uns mit grellem Licht, und ich drückte mein Gesicht an ein Fenster und versuchte ins Innere des Hauses zu spähen. Ich sah ein Wohnzimmer, das in Braun, Rot und Orange gehalten war. Anscheinend hatte der Innenarchitekt ein Wildwest-Thema gewählt. Auf dem Dielenboden lagen Tierfelle, der mannshohe Kamin war aus rau behauenem Stein. An der Wand hingen Kuhhörner, und überall gab es Dinge, die mit Pferden zu tun hatten. Auf den Ledersofas lagen grob gewebte Decken, und ein Objekt sah aus wie ein Zaumzeug. Dekorative Metallteile – Steigbügel vielleicht? Zügel? – hingen von der Decke. Das Hässlichste aber war ein dreibeiniger Schemel mit einem Sitz, der aus einem alten Sattel gefertigt war.

Allerdings keine Spur von Wayne. Oder überhaupt von menschlicher Anwesenheit. Aber vielleicht konnte man in einem so abstoßenden Zimmer auch nicht damit rechnen, Menschen anzutreffen.

Ich war unschlüssig, was wir jetzt tun sollten. Wir hatten keinen Plan. Wir waren so lange durch die leere Landschaft gefahren, dass ich zu der Überzeugung gekommen war, wir würden das Haus niemals finden, würden nie an diesen Punkt gelangen.

Plötzlich hatte ich eine Idee. »Ruf ihn an«, sagte ich. »Ruf ihn an, und wir versuchen, ihn zum Rauskommen zu überreden.«

»Okay.« Aber als Jay auf sein Handy blickte, sagte er: »Kein Empfang.«

Ich nahm meins. Auch kein Empfang. Was für ein scheußliches Gefühl.

»Wir müssen ins Haus rein und mit ihm sprechen«, sagte Jay. »Wahrscheinlich ist er oben, in einem der Schlafzimmer. Soll ich mal raufrufen?«

»Moment, lass mich überlegen – gut, ja, mach.«

»Wayne!«, brüllte Jay. »WAYNE! Jay hier.« In der stillen, reinen Luft klang seine Stimme erstaunlich laut. »Hör zu, Wayne, alles ist okay, du hast nichts SCHLIMMES gemacht. Wir können es KLÄREN. Komm einfach RAUS.«

Das Schweigen – das Ausbleiben einer Antwort – hallte in der Seeluft wider. Auf mich wirkt die Luft um einen See immer ungewöhnlich still und geradezu gespenstisch, und hier war dieser Eindruck besonders stark. Ich gebe ohne Weiteres zu, dass ich Seen noch nie besonders mochte, ich habe sie immer ein bisschen, wie soll ich sagen, *selbstgefällig* gefunden. Als wüssten sie alles über uns und wir nichts über sie. Seen hielten sich *bedeckt*, das war meine Meinung. Hielten die Karten eng vor der Brust. Man wusste nie wirklich, was mit einem See los war, welche Geheimnisse er in seiner dunkelblauen Tiefe verbarg – er konnte *alles Mögliche* im Schilde führen. Das Meer hingegen war wie ein junger Hund (obwohl, junge Hunde mochte ich eigentlich auch nicht). Das Meer war überschwänglich und offen, es konnte nichts vor einem verstecken, selbst wenn es das wollte.

»Wir müssen ins Haus rein«, sagte Jay.

Plötzlich bekam ich Skrupel. Wenn Wayne wirklich nicht gefunden werden wollte, sollte ich das vielleicht respektieren. Aber dann spürte ich einen Adrenalinschub, und die Vorstellung, ganz nah dran zu sein, wischte alle Bedenken beiseite. Wichtig war nur, dass wir ins Haus kamen.

»Wie sollen wir reinkommen?«, fragte Jay.

»Wir machen einfach die Tür auf«, sagte ich triumphierend.

Ich ging zur Haustür und rüttelte am Griff – man konnte nie wissen. Aber sie war verschlossen.

Na gut. Eine kleine Demütigung.

»Und jetzt?«, fragte Jay.

»Jetzt klingeln wir.«

Aber es gab keine Klingel.

»Wir klopfen höflich an«, sagte ich und hämmerte gegen die gläserne Haustür, bis meine Fingerknöchel schmerzten.

»Und jetzt?«, fragte Jay.

»Wir brechen ein. Ist doch klar. Blödmann.«

Es klingt vielleicht, als würde es Spaß machen, aber so lustig ist es wirklich nicht, in ein Haus einzubrechen. Die praktischen Aspekte stellen oft eine große Herausforderung dar – normalerweise muss man erst einmal einen schweren Gegenstand finden, dann ein Fenster damit einschlagen, es öffnen, sich hindurchzwängen, ohne sich die Pulsadern an einer Scherbe aufzuschlitzen, dann durch das Haus rennen, während die ganze Zeit die Alarmanlage schrillt und den Kopf zum Bersten bringt.

Ein Glücksfall, dass die Tür aus Glas war, ich musste also nicht den Umweg über die Fenster machen. Und im Kofferraum hatte ich eine Dose Erdbeeren.

»Wozu hast du die denn im Auto?«, fragte Jay.

»Still jetzt.«

Mir war ein wenig übel. Es war eine Qual – so nah an Wayne dran zu sein und doch noch so viele Hindernisse überwinden zu müssen. Ganz zu schweigen von dem Gedanken, dass er vielleicht doch nicht da war.

Ich schlug hart mit der Dose gegen das Glas, aber die Dose sprang einfach zurück. Ich schlug wieder zu, diesmal härter und konzentrierter, und wurde belohnt: das Glas zersplitterte, ein kleines Loch war entstanden, von dem aus lange Sprünge in alle Richtungen verliefen. Ich schlug noch einmal zu, und jetzt brach ein großes Stück der Scheibe einfach aus dem Rahmen und fiel in den Flur, und kleine, hochgefährliche Scherben flogen durch die Luft.

Mit der Erdbeerdose schlug ich die spitzen Scherben um das Schloss herum ab, dann streckte ich die Hand durch das Loch und umfasste den Türgriff. »Sobald ich die Tür aufmache«, sagte ich zu Jay, »geht die Alarmanlage los, so laut, dass sie noch nächste Woche in unseren Ohren schrillen wird. Ignorier den Krach einfach und mach schnell. Wenn du glaubst, er ist oben, dann fangen wir da an. Bist du so weit?«

Ich drückte die Tür auf, wir rannten rein und trampelten über die Scherben, aber keine Alarmanlage fing zu kreischen an. Da war nichts als Stille. Unerwartete, verstörende Stille. Das konnte zweierlei bedeuten. Entweder jemand war im Haus, was gut war (aber auch schlecht, weil die betreffenden Personen ja offensichtlich nichts mit uns zu tun haben wollten). Oder die Alarmanlage war auf der örtlichen Polizeistation ausgelöst worden und schrillte jetzt dort. Und das bedeutete, dass ein Einsatzwagen, voll besetzt mit fett gefressenen Polizisten, die wie Hunde keiften und ihre Schlagstöcke schwenkten, in Kürze bei dem Haus eintreffen würde.

Es konnte noch ein Drittes bedeuten. Nämlich dass Docker nie in dem Haus gewohnt und sich deshalb nie um eine Alarmanlage gekümmert hatte. Vielleicht hatte er gedacht, das Tor habe eine ausreichend abschreckende Wirkung, und sich um den Rest nicht gekümmert.

»Schnell«, sagte ich zu Jay.

Wir rannten die Treppe hoch. Irgendwie fühlte es sich seltsam an, als unsere Füße auf die Holzstufen traten. Wir waren oben und eilten von einem Schlafzimmer zum nächsten – es gab drei, alle im Ranch-Stil eingerichtet –, sodass es eine Weile dauerte, bis mir aufging, was so seltsam war. Es war der Staub, zentimeterhoher Staub, der sich über lange Zeit ungestört angesammelt hatte und jetzt mit jedem unserer Schritte in die Höhe stob.

Niemand war in den Schlafzimmern, niemand unter den Betten, überall nichts als Staub. Meine Zuversicht verließ mich immer mehr, und ich rannte wieder nach unten. Meine letzte Hoffnung: die Küche.

Ich sagte mir, dass dort Zeichen von Leben zu finden sein müssten, nämlich in Form von massenhaft frischen Lebensmitteln – Milch, Eier, Käse, Schokoladenkuchen. Aber da war nichts. Und als ich sah, dass der Kühlschrank nicht einmal angeschaltet war, hatte ich das Gefühl, als wäre ich gegen eine Wand gedonnert.

Es war niemand da. Und es war auch seit langer, langer Zeit niemand hier gewesen.

Nicht Wayne. Nicht Gloria. Niemand.

32

Die Enttäuschung war so entsetzlich groß, dass ich nicht sprechen konnte. Jay auch nicht.

Alle Dringlichkeit hatte sich in nichts aufgelöst, und wir gingen wie in Trance auf die Veranda und blickten auf das stille, schwarze Wasser des Sees.

Lange Zeit starrten wir schweigend in die tintenschwarze Tiefe.

»Komisch«, sagte ich. »Es sieht wirklich aus wie Tinte. Es hat dieselbe Textur, irgendwie dickflüssig.«

»Man könnte darin ertrinken«, sagte Jay. »Im Fernsehen wird immer darauf hingewiesen, wie leicht es ist zu ertrinken.«

»Das ist ein Irrtum«, entgegnete ich. »Ertrinken ist sehr schwierig.«

Ich sollte es wissen.

Ich hatte damals, als ich es versucht hatte, an alles gedacht, und es hatte trotzdem nicht geklappt. Ich hatte sogar eine Tasche gepackt. Ich hatte einen Rucksack mit kleinen Hanteln gefüllt, die ich in einem anderen Leben gekauft hatte, als mir die Festigkeit meiner Oberarme noch wichtig gewesen war. Ich hatte mir Dosen mit Erdbeeren in meine Jackentaschen gesteckt und meine schwersten Stiefel getragen. Ich hatte bis Mitternacht gewartet und war dann bis zum Ende des Dún-Laoghaire-Piers gegangen, die ganze Meile, so weit weg vom Land und von den Menschen wie nur möglich, und war die schlüpfrigen, algenbewachsenen Steinstufen ins schwarze Wasser hinabgestiegen.

Das Wasser war so kalt, dass ich zögerte – nur einen Moment lang –, aber der größte Schock war, dass es mir nur bis zum Bauch reichte. Ich hatte damit gerechnet, dass das Wasser mich überspülen und hinaustragen würde, dorthin, wo es keine Schmerzen gab.

Beim Allmächtigen! Würde das Leben mich bis zum bitteren Ende demütigen?

Ich bot ihm die Stirn und bewegte mich auf das offene Meer zu, wo das Wasser tiefer war – tiefer sein musste, wie sonst sollten die großen Fähren da fahren können? –, aber wegen der Gewichte in meinen Taschen kam ich nur sehr langsam vorwärts.

»He!«, rief eine Frauenstimme vom Pier. »Sie da, im Wasser, was machen Sie da? Ist alles in Ordnung?«

»Bestens«, sagte ich. »Ich will nur ein bisschen schwimmen.«

Offensichtlich führte sie ihren Hund spazieren. Warum würde sie sonst um diese Zeit am Ende des Piers sein?

Ich bewegte mich weiter, langsam, mühselig, und hoffte irgendwann zu straucheln und in die Tiefe gezogen zu werden. Aber das Wasser blieb flach. Und mir wurde schrecklich kalt. Meine Kiefer schlugen unkontrollierbar aufeinander, meine Füße und Beine fühlten sich dick und taub an. Vielleicht wäre das der Verlauf. Statt zu ertrinken, würde mein Körper immer mehr erkalten, bis ich an Unterkühlung starb. Mir war es egal, wie es passierte, Hauptsache, es passierte.

Stimmen drangen durch die kalte, stille Nacht zu mir. Menschen, die ich nicht sehen konnte, sprachen über mich.

»... da draußen im Wasser. Da!«

Eine männliche Stimme: »Ich habe eine Taschenlampe.«

Ein Hund bellte, ein Lichtstrahl streifte über die Wasserfläche und landete auf meinem Kopf. Allmächtiger! Warum konnte sich ein Mensch nicht mal in Ruhe umbringen?

»Ist alles in Ordnung?« Der Mann mit der Taschenlampe klang besorgt.

»Ich schwimme nur«, rief ich so selbstbewusst wie möglich. »Lassen Sie mich in Ruhe. Kümmern Sie sich um Ihren Hund.«

Ein zweiter Mann sprach. »Sie schwimmt nicht, sie will sich umbringen.«

»Wirklich?«

»Es ist dunkel, es ist eisig. Sie ist voll bekleidet, sie will sich umbringen.«

»Dann sollten wir sie besser rausholen.«

Im nächsten Moment sprangen die beiden Männer und – was das Äußerste an Demütigung war – auch ihre beiden Hunde die Stufen hinunter und schwammen in meine Richtung. Als sie bei mir waren, zerrte einer der Männer mir den Rucksack von den Schultern und ließ ihn ins Wasser sinken. »Lassen Sie mich in Ruhe«, sagte ich, den Tränen nahe. »Kümmern Sie sich um Ihre eigenen Angelegenheiten.«

Aber zusammen steuerten sie mich zurück zu den Stufen, die Hunde schnauften und keuchten, und alle vier bildeten eine fröhliche kleine Flotte um mich herum.

Die Frau, die mich entdeckt und die gesamte Rettungsaktion ausgelöst hatte, half mir die letzten Stufen hinauf. »Was kann denn nur so schlimm sein«, fragte sie mit zutiefst besorgter Miene, »dass Sie das tun wollten?«

Hundeliebhaber, das war mir schon längst aufgefallen, zeichneten sich durch einen erstaunlichen Mangel an Fantasie aus.

»Wir sollten die Polizei anrufen«, sagte einer der Männer.

»Warum?«, sagte ich. Inzwischen weinte ich, ich heulte mir die Augen aus dem Kopf. Ich war nicht tot. Ich lebte immer noch, dabei hatte ich mich so darauf gefreut, tot zu sein. »Sich umbringen zu wollen ist kein Verbrechen.«

»Sie wollten sich also tatsächlich umbringen!«

»Wir sollten einen Krankenwagen rufen«, sagte die Frau.

»Mir fehlt nichts«, sagte ich. »Ich bin nur nass, und ich friere.«

»Nicht diese Art von Krankenwagen.«

»Oder meinen Sie die Männer in weißen Kitteln?«

»Ja, schon …«

»Sie ist ganz ausgekühlt«, sagte einer der Männer. »Durchnässt und ausgekühlt. Und ehrlich gesagt bin ich das auch.«

Arme Menschen – jetzt hatten sie mir das Leben gerettet und wussten nicht recht, was sie mit mir anfangen sollten.

»Im Auto habe ich eine Wolldecke«, sagte die Frau.

»Wir sollten zurückgehen«, sagte einer der Männer. »Viel kommt nicht dabei raus, wenn wir hier rumstehen.«

Also machten wir uns auf den Weg, drei von vieren tropfnass. Wir brauchten ungefähr zwanzig Minuten für die Meile bis zum Anfang des Piers und bildeten eine unbeholfene kleine Gruppe. Soweit ich verstand, kannten sich die drei untereinander nicht, sie waren lediglich zu einem friedlichen Spätabendspaziergang mit ihren Hunden unterwegs gewesen, als sie mich bei meinem Vorhaben angetroffen hatten, und jetzt mussten sie sich miteinander unterhalten. Die Hunde auf der anderen Seite hatten ihr Vergnügen: ein neuer Freund, Schwimmen bei Nacht – besser konnte das Leben nicht werden.

»Haben Sie ein Zuhause?«, fragte die Frau. »Kann ich jemanden für Sie anrufen?«

»Nein, nein, alles bestens.« Immer noch strömten mir die Tränen über das Gesicht.

»Sie könnten bei der Telefonseelsorge anrufen.«

»Ja, vielleicht.« Mir taten die Leute von der Telefonseelsorge leid. Bestimmt wollten sie jedes Mal, wenn sie feststellten, dass ich schon wieder dran war, am liebsten gleich auflegen.

»Haben Sie Ihre Arbeit verloren oder so etwas?«, fragte einer der Männer.

»Nein.«

»Ist Ihr Freund mit einer anderen abgehauen?«

»Nein.«

»Haben Sie an die Menschen gedacht, die Sie zurücklassen?«, fragte die Frau und klang plötzlich richtig wütend. »Ihre Eltern? Ihre Freunde? Warum denken Sie nicht an deren Gefühle? Wie es denen ergangen wäre, wenn nicht Ebbe gewesen wäre und wir zufällig vorbeigekommen wären?«

Ich sah sie durch meine Tränen hindurch an. »Ich habe eine Depression«, sagte ich. »Ich bin krank. Ich mache das nicht zum Spaß.«

Wenn man Lupus oder Krebs hat – oder eben eine Depression –, sollte man wirklich nicht noch von Leuten geplagt werden, die einem vorwerfen, dass man egoistisch ist.

»Also, ich glaube, das Beste wäre«, sagte einer der Männer, »wenn Sie irgendwo hingehen, wo Sie erst mal zur Ruhe kommen können.«

33

Es waren ungefähr drei Monate vergangen seit meinem ersten Besuch bei Dr. Waterbury, bei dem ich sein Rezept für Antidepressiva mit Spott entgegengenommen hatte, bis zu meinem Versuch, mich zu ertränken.

Der Abstieg in die Hölle hatte ungefähr drei bis vier Tage nach seiner Diagnose begonnen. Richtig sonnig war mir schon länger nicht zumute gewesen, aber plötzlich ging es steil bergab. Vielleicht, weil er es benannt hatte.

Ich hatte das Gefühl, in tausend Stücke zu zerspringen.

Wie bei einem kalbenden Eisberg brachen riesige Brocken von Angstzuständen in mir ab und stiegen an die Oberfläche. Alles sah hässlich und spitz und fremdartig aus, und ich hatte das Gefühl, in einem Science-Fiction-Film zu leben. Als wäre ich in einen Körper hineinkatapultiert worden, der meinem ähnlich war, auf einem Planeten, der ähnlich wie die Erde war, wo aber alles bösartig und bedrohlich war. Mir kam es vor, als wären alle Menschen um mich herum durch ihre Doppelgänger ersetzt worden. Ich fühlte mich nicht mehr sicher, absolut und überhaupt nicht sicher. Verunsichert war die beste Beschreibung, ich war im allerhöchsten Grad verunsichert.

Den ganzen Tag über schwirrten Bienen und Glasscherben in meinem Magen umher, sodass ich bis zum späten Abend keinen Bissen runterkriegen konnte. Dann überkam mich ein gieriger Hunger, und ich verschlang Kekse, Chips und mehrere Schälchen Frühstücksflocken.

Ich fing an, die Tabletten zu nehmen, doch nach wenigen Tagen saß ich wieder in der Praxis von Dr. Waterbury und verlangte eine höhere Dosis, aber er erklärte mir – freundlich, aber deutlich –, es würde mindestens drei Wochen dauern, bis die Medikamente wirkten, ich solle keine Wunder erwarten.

»Bitte, sagen Sie so etwas nicht.« Ich weinte und wand mich vor ihm. »Ich brauche etwas, das hilft, und ich muss schlafen. Bitte geben Sie mir Schlaftabletten.«

Widerstrebend gab er mir zehn Stilnox und wurde nicht müde, mich zu warnen, dass sie suchtgefährdend waren und dass ich, wenn ich mich zu sehr an sie gewöhnte, trotzdem nicht schlafen könnte.

»Aber ich kann auch so nicht schlafen!«, sagte ich.

»Ist irgendetwas geschehen?«, fragte er. »Gab es einen Auslöser … für diesen Zustand?«

»Nein.« Da war nichts, kein Trauma, weder in letzter Zeit noch in der Vergangenheit. Keine zerbrochene Beziehung. Niemand, der mir nahestand, war gestorben. Ich war nicht überfallen, ausgeraubt worden, nichts. Das Ganze kam aus heiterem Himmel.

Ich wünschte, es hätte etwas gegeben. Denn wenn ich nicht wusste, warum ich in diesem Zustand war, wie sollte ich dann wieder herauskommen, wie konnte ich je wieder normal werden?

»Haben Sie sich schon einmal so gefühlt?«, fragte er.

»Nein.« Ich ließ mein Leben schnell an mir vorüberlaufen. »Oder vielleicht doch … Ein paarmal. Aber nicht so schlimm. Nie so schlimm. Und die Anfälle dauerten nicht lange, sodass ich sie nicht richtig bemerkt habe. Wenn Sie das verstehen.«

Er nickte. »Depressionen sind episodisch.«

»Was bedeutet das?«

»Das bedeutet, wenn man einmal eine hatte, bekommt man irgendwann wieder eine.«

Ich starrte ihn an. »Sagen Sie das, damit ich mich besser fühle?«

»Es ist lediglich eine Information.«

Ich ging nach Hause und wartete, dass die drei Wochen vorübergingen, und während ich wartete, verbrachte ich viele Stunden im Internet, informierte mich bei Google über Depressionen und war alarmiert, weil die Beschreibungen nicht vollständig auf meine Symptome zutrafen. Bei einer klassischen Depression wurde alles, soweit ich es verstand, langsamer und kam schließlich zum Stillstand, sodass man am Ende gar nichts mehr tun konnte. Ich las einen Blog von einer Frau, die im Bett gelegen hatte und zur Toilette musste und es erst nach siebenundsechzig Stunden schaffte, aus dem Bett zu kriechen und aufs Klo zu gehen.

Bei mir war das nicht so. Ich war in ständiger Aufregung, ich musste immerzu etwas zu tun haben, musste mich bewegen. Allerdings brachte ich nichts zuwege, weil ich mich auf nichts konzentrieren konnte. Ich konnte nicht lesen, nicht einmal Zeitschriften. Wären da nicht DVDs gewesen, ich weiß nicht, was ich gemacht hätte.

Ich hatte nicht die Entscheidung getroffen, keine Mails zu schreiben, aber es wäre leichter gewesen, den Mount Everest zu besteigen, als einen Satz zu formulieren. Auch dass ich nicht ans Telefon ging, war kein fester Entschluss; ich wollte es durchaus, später oder am nächsten Tag, sobald ich wieder wusste, wie man als normaler Mensch sprach. Ich meldete mich auch nicht krank, so dramatisch war es nicht. Stattdessen meldete die Krankheit sich. Irgendwie war es mir gelungen, ein paar Fälle, an denen ich gerade arbeitete, abzugeben, und dann glitt ich in eine Situation, in der ich keine Arbeit hatte und von der ich fest annahm, dass sie nur vorübergehend sein würde, nur dass dieses Vorübergehend schon eine Weile dauerte.

Leute riefen an mit neuen Fällen, aber ich konnte nicht mit ihnen sprechen, und ich konnte sie auch nicht zurückrufen, und nach ein paar Tagen war es zu spät, ich wusste, dass jemand anders den Auftrag bekommen hatte.

Ich sah viel fern, besonders Nachrichtenprogramme, was ich früher nie getan hatte. Die schlimmen Nachrichten – Naturkatastrophen, Terroristenangriffe – riefen eine starke Reaktion bei mir hervor, aber nicht, wie es normal gewesen wäre. Sie weckten Hoffnungen in mir.

In den Internetforen zum Thema Depression sah ich, dass viele der Teilnehmer von schlimmen Ereignissen zutiefst mitgenommen waren, mich aber munterten sie auf. Wenn es irgendwo in der Welt ein Erdbeben gab – vielleicht könnte es dann auch eins in Irland geben, am besten gleich unter meinen Füßen. Ich wünschte niemandem etwas Böses, ich wollte, dass alle in Zufriedenheit lebten und ihr Leben in vollen Zügen genossen – aber ich wollte sterben.

Ich wusste, dass mein Geisteszustand bedenklich war, dass er irgendwie schräg und falsch war und dem gesunden Menschenverstand völlig zuwiderlief. Es gehörte zum menschlichen Instinkt, dass man sich vor Gefahr schützte, ich hingegen wollte mich der Gefahr in die Arme werfen. Irgendwann verließ ich meine Wohnung nur noch in der Hoffnung, dass mir etwas Schreckliches zustoßen würde, denn entgegen den Statistiken, nach denen nirgends so viele Unfälle passierten wie im Haus, war ich der Meinung, dass die Chancen, zu Tode zu kommen, draußen in der Welt erheblich größer waren.

Meine Medikamente waren mir das Kostbarste überhaupt. Ich trug sie in meinen Hosentaschen bei mir, und manchmal nahm ich sie heraus und betrachtete sie, als wollte ich mein Vertrauen in sie bekräftigen. Ich wartete jeden Morgen, bis es endlich elf war und ich wieder eine Tablette nehmen konnte, die mich dem Tag näher brachte, an dem ich geheilt sein würde.

Am allerwertvollsten waren jedoch meine Schlaftabletten. An dem Tag, als Dr. Waterbury endlich ein Einsehen hatte und mir ein Rezept ausschrieb, weinte ich vor Erleichterung – zumindest glaubte ich, es sei Erleichterung, aber damals weinte ich fast die ganze Zeit, sodass ich mir nicht sicher sein konnte –, und an dem Abend näherte ich mich der Schlafenszeit ohne die übliche Beklommenheit und ohne vier Folgen von *Curb Your Enthusiasm*.

In einer Hinsicht wirkte die Schlaftablette, denn sie versenkte mich für sieben Stunden in einen Tiefschlaf, aber als ich aufwachte, hatte ich das Gefühl, im Schlaf von Aliens entführt worden zu sein. Vorsichtig betastete ich meinen Hintern. Hatte man ein Experiment an mir durchgeführt? War ich mit der berüchtigten Analsonde untersucht worden?

Der mittels chemischer Substanzen herbeigeführte Schlaf war besser, als Stunden mit schrecklichen Gedanken wach zu liegen, aber durch die Tabletten hatte ich schlimme, sehr lebendige und detaillierte Träume. Selbst im unbewussten Zustand des Schlafs fühlte ich mich bedroht. Ich hatte das Gefühl, jede Nacht über Achterbahnen gejagt zu werden, während hässliche Menschen mich beschimpften. Und jeden Morgen erwachte ich unsanft in den Tag, mit dem Gefühl, dass ich einen langen, gruseligen Weg zurückgelegt hatte, während ich gleichzeitig nicht in meinem Körper war.

Doch so schrecklich diese frühen Tage auch waren, es haftete eine Unschuld an ihnen, weil ich zu dem Zeitpunkt noch darauf vertraute, dass die Medikamente mich heilen konnten. Wenn ich einfach die erforderlichen drei Wochen abwartete, sagte ich mir, dann würden die Tabletten ihre Wirkung tun, und mir würde es wieder gut gehen. Aber die drei Wochen vergingen, und mir ging es schlechter als zuvor. Meine Angst nahm zu, ich war zu nichts imstande.

Manchmal stieg ich spätabends ins Auto und fuhr stundenlang herum, aber zweimal ruinierte ich mir dabei den linken Vorderreifen, weil ich versehentlich auf den Bordstein gefahren war. Ich, die ich normalerweise so stolz auf meine Fahrkünste war, stellte offiziell eine Bedrohung auf der Straße dar.

Ich ging wieder zu Dr. Waterbury, und weil ich so viel im Internet geforscht hatte, wusste ich inzwischen mehr über Antidepressiva als er. Ich hätte alle Einzelheiten über jedes Mittel auf dem Markt nennen können und kannte alle unterschiedlichen Generika. Ich schlug vor, dass er mir ein weniger bekanntes trizyklisches Antidepressivum verschreiben solle, das, so hatte meine Internetrecherche ergeben, bei meinen spezifischen Symptomen helfen könnte. Er musste das Mittel in einem Buch nachschlagen und wirkte besorgt.

»Es kann sehr starke Nebenwirkungen haben«, sagte er. »Hautausschlag, Delirium, möglicherweise Hepatitis ...«

»Ja, schon«, stimmte ich ihm zu. »Tinnitus, Muskelstarre, kann zu Schizophrenie führen. Aber trotzdem. Das ist mir alles egal, solange es wirkt und ich nicht mehr das Gefühl habe, in einem Science-Fiction-Film zu sein.«

»Das Mittel wird nur selten verschrieben«, sagte er. »Ich persönlich habe es noch nie verschrieben. Sollen wir es nicht besser mit Cymbalta versuchen? Viele Patienten berichten über sehr gute Wirkung.«

»Von dem anderen Mittel habe ich im Internet gelesen …«

Er murmelte etwas, möglicherweise: »Verdammtes Internet.«

»… und eine Frau hat in ihrem Blog die gleichen Gefühle beschrieben, die ich habe, nämlich dass sie wach in einem Albtraum lebt, und die Tabletten haben ihr geholfen.«

Er schüttelte den Kopf. »Wir versuchen es mit dem Cymbalta, das ist sicherer.«

»Wenn ich Ja sage, geben Sie mir dann ein neues Rezept für Schlaftabletten?«

Nach einer langen Pause sagte er: »Wenn Sie sich einverstanden erklären, einen Therapeuten aufzusuchen.«

»Einverstanden.«

»Also gut.«

»Dauert es bei dem Cymbalta auch drei Wochen, bevor dic Wirkung eintritt?«

»Ich fürchte, ja.« Er schrieb mehrere Namen auf einen Zettel.

»Ein paar Therapeuten, die ich empfehlen kann.«

Ich warf kaum einen Blick darauf. Ich war nur an den Tabletten interessiert. Ich nahm das Rezept. »Drei Wochen, sagen Sie, dann geht es mir wieder gut.«

»Also …«

Aber die drei Wochen verstrichen, und ich musste wieder zu ihm gehen.

»Es geht mir schlechter als vorher.«

»Haben Sie die Therapeuten angerufen?«

»Ja! Natürlich habe ich das getan.« Ich wäre zu allem bereit, wenn ich glaubte, es könnte helfen. »Ich war sogar bei einer. Antonia Kelly. Sie ist nett, wirklich sympathisch.« Und sie hatte ein tolles Auto, einen Audi TT, natürlich schwarz. Ich war bereit, mein Vertrauen in eine Frau zu setzen, die einen so guten Geschmack in der Wahl des Autos bewies. »Ich gehe jeden Dienstag zu ihr. Darauf haben wir uns verständigt. Aber es dauert ewig, eine Therapie dauert *ewig*, bis man was erreicht. Das hat sie mir gesagt. Monate. Besonders, da ich eine glückliche Kindheit hatte.« Ich sah ihn mit wildem Blick an. »Wir haben überhaupt nichts, womit wir arbeiten könnten.«

»Irgendein Trauma müssen Sie doch haben …«

»Nein! Kein einziges! Ich wünschte, ich hätte eins!« Ich zwang mich, ruhiger zu werden. »Ich verspreche Ihnen, Dr. Waterbury, ich verspreche Ihnen, an meinen Problemen zu arbeiten, obwohl ich keine habe. Und obwohl ich das Wort hasse. Aber ich brauche etwas für jetzt. Kann ich bitte andere Tabletten haben? Bitte, können Sie mir die verschreiben, von denen ich Ihnen erzählt habe?«

»Also gut. Aber wie bei den anderen auch, dauert es drei Wochen, bevor die Wirkung einsetzt.«

»O nein.« Ich stöhnte. »Ich weiß nicht, ob ich drei Wochen aushalte.«

»Was meinen Sie damit?«

»Ich meine«, sagte ich, »wenn man den Zustand von meinem Kopf in körperlichen Schmerz übertragen könnte, würden Sie mir aus Mitgefühl ein Kissen aufs Gesicht drücken. Oder wenn ich ein Hund wäre, würden Sie mich erschießen.«

Nach einer langen Pause sagte er: »Ich glaube, Sie sollten überlegen, sich einweisen zu lassen.«

»Einweisen? Was meinen Sie damit?«

»In eine Klinik.«

»Weswegen?« Ich wusste nicht, was er meinte. Ich musste an damals denken, als mir der Blinddarm rausgenommen wurde. »Meinen Sie eine *psychiatrische* Klinik?«

»Ja.«

»Aber so schlimm ist es doch nicht! Wir müssen nur die richtigen Tabletten finden! Geben Sie mir doch einfach die schlimmen Tabletten, die, von denen man Muskelstarre und Schizophrenie bekommt, und es wird mir sofort besser gehen.«

Zögernd schrieb er mir das Rezept für das Trizyklikum mit all den Nebenwirkungen, und obwohl ich Hautausschlag sowie vorübergehend (und möglicherweise eingebildet) Tinnitus bekam, ging es mir davon nicht besser.

An dem Punkt erkannte ich, dass ich das, was man brauchte, um weiterzumachen, einfach nicht hatte.

34

Die Fahrt zurück von Leitrim verbrachten Jay Parker und ich in tiefem Schweigen. Zu sagen, wir waren entmutigt, trifft es nicht einmal annähernd.

Ich war so sicher gewesen, so absolut *überzeugt*, dass Wayne praktisch schon gefunden war. Aber nicht nur hatte ich ihn nicht gefunden, ich war darüber hinaus auch noch in das Haus eines weltberühmten Stars eingebrochen. Obwohl Docker dort nicht wohnte, obwohl er offensichtlich noch nicht einmal zu Besuch dort gewesen war, konnte es mir übel ergehen, sollte er beschließen, sich zu rächen. Ausschlussverfahren, öffentliche Beschimpfung und der Zorn seiner vielen treuen Fans.

Ich versuchte mir einzureden, dass er nie erfahren würde, wer der Einbrecher war. Aber Menschen wie er, mächtige

Menschen, konnten alles herausfinden. Und über dem Tor war die Kamera, die sicherlich einen hübschen kleinen Film von mir gemacht hatte.

Oh, Herr im Himmel, *das Tor*. Jay und ich mussten es weit offen stehen lassen, denn mein magisches kleines Gerät, das es freundlicherweise geöffnet hatte, weigerte sich trotzig, es wieder zu schließen. Noch schlimmer war, dass wir Dockers Haustür zertrümmert hatten. Vielleicht hätten wir das enorme Loch wenigstens mit Pappe und Klebeband notdürftig flicken sollen – falls wir zufälligerweise auf Pappe und Klebeband gestoßen wären –, aber wir waren so niedergeschmettert und enttäuscht, dass es uns nicht einmal in den Sinn gekommen war. Jetzt, auf halbem Wege nach Dublin, wurde mir bewusst, dass die Tierwelt sich in dem Haus einrichten und es übernehmen würde, wenn man das Glas nicht ersetzte. Die Tür musste repariert werden, aber selbst wenn ich eine ausgezeichnete Glaserin gewesen wäre, konnte ich nicht noch einmal nach Leitrim fahren. Es war einfach zu gespenstisch da.

Ich musste jemandem das mit der Tür erzählen. Bloß wem? Ich hatte keine Nummer von Docker, ich wusste nicht, wie ich ihn erreichen konnte. Sollte ich versuchen, einen Glaser aus Leitrim zu bestellen, ohne meine Identität preiszugeben?

Als wir die Ausläufer von Dublin erreichten, war es schon nach drei Uhr morgens, und die Sonne ging langsam auf.

Ich sprach, das erste Mal seit Stunden. »Jay, wo soll ich dich rauslassen?«

Er hatte den Kopf an das Seitenfenster gelehnt und schien mich nicht gehört zu haben.

»Jay?«

Er wandte sich mir zu. Er sah so deprimiert aus, wie ich mich fühlte. Normalerweise war er so munter und positiv, dass er mir einen winzigen Augenblick lang leidtat.

»Hast du geschlafen?«, fragte ich.

»Nein. Nur überlegt, wo er sein kann … Ich war mir so sicher, dass wir ihn da finden würden.«

»Ich auch.« Ein schreckliches Gefühl der Ermattung überkam mich bei dem Gedanken, dass ich wieder ganz von vorne anfangen musste. Ich musste mit den übrigen Nachbarn sprechen. Ich musste in die Blutwurst-Zentrale Clonakilty fahren, um mit Waynes Familie zu sprechen.

Und ich würde es tun. Ich würde immer weiter an der Oberfläche rubbeln, bis sich etwas zeigte. Und die Berichte von dem Telefonmenschen und dem Kreditkarten-Experten standen schließlich noch aus, es war nicht alles nur schlecht. »Wir finden ihn noch«, sagte ich.

»Meinst du?«

»Bestimmt.« Also, vielleicht.

Das schien ihn aufzuheitern. »Du bist fantastisch«, sagte er. »Du bist wirklich fantastisch. Ach, Helen, wir waren immer ein gutes Team, du und ich.«

»Nein, waren wir nicht.« Soeben hatte er den kleinen Anfang von gutem Willen verjagt, den ich einen Moment lang und irrtümlicherweise für ihn empfunden hatte. »Wo soll ich dich rauslassen?«

»Ich wohne immer noch in derselben Wohnung.«

Plötzlich war ich sehr wütend auf ihn – weil er wieder in mein Leben gestürmt war, weil er so tat, als könnten wir die verschwundene Nähe wiederherstellen, weil er annahm, ich würde mich an alles, was mit ihm zu tun hatte, erinnern.

Mit eisiger Höflichkeit sagte ich: »Du musst mir die Adresse noch mal sagen.«

»Was?« Er war völlig verdutzt. »Du weißt doch wohl noch, wo ich wohne.«

»Nein, leider nicht.«

»Aber du bist hunderttausendmal da gewesen.«

»Alles, was mit dir zu tun hat, wurde vor langer Zeit in Kisten verstaut und auf hohen Borden in einem unzugänglichen, staubigen Teil meines Gehirns abgestellt.«

Das verschlug ihm die Sprache. Ich spürte, wie er nach Worten rang, aber seine Gefühle waren in einem solchen Aufruhr, dass er keine fand. Und dann verließ ihn alles Leben, als wäre der Stöpsel aus ihm herausgezogen worden. »Meinetwegen«, sagte er tonlos. »Ich sage dir, wie du fahren musst.«

Als wir zu seiner Wohnung kamen, war es vier Uhr, und die Sonne stand bereits am Himmel. Dass sie auch immer die Aufmerksamkeit auf sich ziehen musste! Wie ein geltungsbedürftiges Kind.

Jay stieg aus und verzog das Gesicht zu einer Grimasse. »Grüß Mammy Walsh von mir, wenn du nach Hause kommst.«

»Mammy Walsh? Ich gehe zu meinem Freund. Du erinnerst dich, oder? Eins fünfundachtzig? Wahnsinnig attraktiv? Gut bezahlter Job? Ein durch und durch anständiger Mensch?«

»Klasse, lass es dir gut gehen. Vergiss nur nicht, dass wir immer noch auf der Suche nach Wayne sind.«

»Wir sprechen morgen drüber.«

»Es ist bereits morgen.«

»Egal.« Ich trat aufs Gaspedal, und mein Auto schoss mit einem erfreulich respektlos klingenden Kreischen davon.

Es war hell wie am Mittag. Die Sonne war ein erbarmungsloser weißer Ball an einem weißen Himmel, aber die Straßen waren leer. Es war, als wäre eine Bombe explodiert, eine, bei der alle Menschen getötet wurden und die Gebäude unversehrt stehen blieben. Nur ich hatte überlebt.

Als ich zwei junge Mädchen sah, die auf hohen Absätzen nach Hause stöckelten, erwartete ich halb, dass sie meinem Auto nachlaufen und wie die Kannibalen die Zähne fletschen würden, aber sie würdigten mich keines Blickes – auf den Beinen zu bleiben verlangte ihre ganze Konzentration.

Durch einen außergewöhnlichen Glückstreffer fand ich nur zwei Straßen von Arties Haus entfernt eine Parklücke.

Ich schloss die Tür auf, ging ins Bad und putzte mir die Zähne – meine Zahnbürste hatte ich immer dabei, auch wenn ich nicht gerade obdachlos geworden war. Wegen der Unwägbarkeiten in meinem Berufsleben hatte ich auch noch ein paar andere Sachen immer dabei: mein Make-up, das Ladegerät für mein Handy, sogar meinen Pass. Ich war wie eine Schnecke, ich trug mein gesamtes Leben auf dem Rücken mit mir herum.

Auf Zehenspitzen schlich ich mich in Arties Zimmer – oh, wie wunderbar waren Jalousien, die das Tageslicht ausschlossen – und zog mich leise aus. Im Dunkeln spürte ich seine Körperwärme und roch seine schöne Haut. Ich schlüpfte leise ins Bett, zwischen die herrlichen Betttücher, und fing an, mich zu entspannen.

Plötzlich schoss ein Arm hervor, und Artie zog mich zu sich.

»Ich dachte, du schläfst«, flüsterte ich.

»Ich schlafe ja auch.«

Aber er schlief nicht.

Artie schätzte einen kleinen Morgenfick.

Er biss mir in die Schulter, kleine Bisse, die beinahe wehtaten und mich gleichzeitig erschauern ließen. Er bewegte sich an meinem Schlüsselbein entlang und knabberte an meinen Brustwarzen, erst an der einen, dann an der anderen. Um uns herum war es vollkommen dunkel, und er fuhr mit Bissen und Küssen über meinen ganzen Körper hinweg, bis zu den Füßen, den Zehen, dann wieder zurück.

Wir sprachen nicht, alles war nur Fühlen und Tasten, bis ich dachte, ich müsste explodieren, und dann drang er in mich ein, schnell und wild. Er wartete, bis ich zweimal gekommen war – ich war erleichtert, dass wenigstens dieser Teil von mir noch so gut funktionierte –, dann spürte ich, wie er sich aufbäumte und sein Stöhnen zu unterdrücken versuchte, falls die Kinder ihn hörten. Im nächsten Moment ging sein Atem ruhig und gleichmäßig. Er war wieder eingeschlafen.

Der Glückliche. Ich konnte nicht schlafen. Ich war erschöpft, aber mein Kopf gab keine Ruhe. Ich zwang mich, langsam und tief zu atmen, und ermahnte mich streng: Zeit zu schlafen, du liegst mit Artie im Bett, alles ist in Ordnung.

Es klappte nicht. Ich war unruhig. Meine Schlaftabletten befanden sich einen knappen Meter entfernt in meiner Tasche – ich wollte eine nehmen und mich eine Weile lang dem Vergessen überlassen. Aber nicht hier, die Schlaftablette war zu kostbar, ich sollte sie nicht verschwenden. Ich wollte da sein, wo ich ohne Unterbrechung schlafen konnte, und Artie war meistens um sechs Uhr wach.

Mir wurde bewusst, dass ich nach Hause gehen wollte, und kaum war mir der Gedanke gekommen, breitete sich Erleichterung in mir aus. Dann fiel mir ein, dass ich kein

Zuhause mehr hatte, und der Verlust traf mich aufs Neue. Die Vorstellung, im Gästezimmer meiner Eltern zu schlafen, hatte einfach nicht denselben Reiz.

Aber die Panik nahm zu. Ich konnte einfach nicht länger hier liegen.

Ich glitt aus dem Bett und zog mich fast ohne jedes Rascheln an – selbst in meinem mitgenommenen Zustand achtete ich stolz auf den Einsatz meiner Fähigkeiten –, ging aus dem Schlafzimmer und schloss die Tür leise hinter mir.

Geräuschlos schwebte ich die gläserne Treppe hinunter. Ich bin ein Geist, dachte ich. Ich bin ein Schemen, ich bin die lebende Tote ...

»Helen! Du bist hier!«

»Herr im Himmel!« Ich dachte, mir würde das Herz vor Schreck aus der Brust springen.

Es war Bella, sie stand in ihrem rosa Schlafanzug im Flur und hielt ein Glas mit einem rosa Getränk in der Hand.

»Kommst du zu unserem Grillfest?«, fragte sie.

»Was für ein Grillfest? Es ist fünf Uhr morgens.«

»Wir machen ein Grillfest. Heute Abend. Um sieben. Es gibt selbst gemachtes Gingerale.«

»Wie schön, aber ich muss jetzt gehen ...«

»Möchtest du ein Glas Wein?«

Ich hätte liebend gern ein Glas Wein gehabt, aber weitaus wichtiger war, dass ich hier wegkam.

»Kann ich dir die Haare kämmen?«

»Ich muss jetzt gehen, Süße ...«

»Warum warst du gestern Abend nicht da, wir haben einen tollen Film geguckt. Über Edith Piaf. Ach, das war so traurig, Helen. Sie hatte einen Buckel, und deswegen hat sie lauter Drogen genommen.«

»Ist das wahr?« Ich war mir nicht sicher, ob Bella die Tatsachen nicht ein bisschen verdrehte, aber sie war schließlich auch erst neun.

»Als sie ein kleines Mädchen war, ist ihre Mutter weggelaufen, und sie musste in einem – wie heißt noch mal das Haus, wo Prostituierte wohnen?«

»Bordell.«

»Stimmt, in einem Bordell wohnen. Aber sie ist nicht Prostituierte geworden, obwohl sie es gekonnt hätte. Sie hat nur einen Mann geliebt, und am Tag nach ihrer Hochzeit ist er bei einem Flugzeugabsturz ums Leben gekommen.«

Sollte das wirklich wahr sein? Am nächsten Tag? Wenn das stimmte, war es in der Tat ein schreckliches Unglück.

»Sie war eine tragische Figur.« Wessen Worte waren das? Sie klangen nach Vonnie. War Vonnie dabei gewesen, als sie den Film gesehen hatten?

»Das hat Mum gesagt.«

Da hatte ich ja meine Antwort. »Ich muss jetzt gehen, Bella.«

»Ach, wirklich? Das ist aber traurig.« Sie sah ganz niedergeschlagen aus. »Ich habe ein Quiz, das möchte ich mit dir spielen. Ich habe es selbst gemacht und dabei speziell an dich gedacht, es hat mit Lieblingsfarben und allen Lieblingsdingen zu tun. Aber du kommst später, oder? Denk dran, es gibt selbst gemachtes Gingerale!«

35

Selbst gemachtes Gingerale! Wer hätte je gedacht, ich würde mich in einen Mann verlieben, der solche Dinge schätzte? Oder der Kinder hatte, die solche Dinge schätzten? Seltsam, diese Sache mit dem Verlieben und wie dadurch die unterschiedlichsten Menschen zueinanderfanden.

Bronagh und Blake zum Beispiel – *niemals* hätte man gedacht, dass aus ihnen ein Paar werden könnte. Als sie sich vor vier Jahren zusammentaten, war ich richtig schockiert, nicht nur, weil ich irgendwie gedacht hatte, es würde immer nur Bronagh und mich geben, sondern vielmehr, weil Blake ein rugbybegeisterter, geldbesessener Alphamann mit dröhnender Stimme war, von dem Typ, der automatisch auf geschmeidige, langgliedrige Blondinen reinfiel, auch wenn sie medizinisch für hirntot erklärt worden waren. Nie und nimmer hätte man gedacht, dass Bronagh sein Typ sein könnte.

Und ich hätte Haus und Hof verwettet, dass auch er nicht Bronaghs Typ war, aber da sieht man es wieder, plötzlich waren sie verrückt nacheinander.

Damals war Blake Immobilienmakler, versicherte aber jedem sofort, dass dies nur ein vorübergehender Job war. Blake war ein Mann, der einen Plan hatte: Er wollte Bauunternehmer werden, er wollte sehr erfolgreich sein, Autos mit aufheulenden Motoren fahren, ein Haus in Kildare und ein Anwesen in Holland Park besitzen.

Klar, ich war nicht gerade begeistert von ihm, aber seinen Geschmack musste ich bewundern: Er hatte Bronagh klar erkannt. Er akzeptierte sie in ihrer ganzen Verrücktheit. Bronagh würde nie die Vorzeigefrau an seiner Seite sein – um es mal vorsichtig auszudrücken –, und nie würde sie die perfekte Dinnerparty geben. Trotzdem nahm Blake sie zu all seinen Kundenumwerbungsterminen mit.

Einmal hatte Blake für einige seiner betuchten potenziellen Kunden Karten für ein Theaterstück in der Abbey besorgt, und ich weiß nicht, warum, aber ich war auch eingeladen. Alles fing ganz normal und zivilisiert an, mit Rosé Champagner in der Bar, Händeschütteln reihum und einem vielfachen »Sehr erfreut!«. Aber kaum hatten wir uns gesetzt und das Licht war ausgegangen, fing Bronagh an, sich über die schlechten Dialoge zu mokieren. Ich wartete darauf, dass Blake sie anstoßen und ihr zuzischen würde: »Psst, nicht vor den betuchten potenziellen Kunden«, aber er sagte kein Wort.

An einer besonders schrecklichen Stelle sagte Bronagh ganz laut: »O nein, das darf doch wohl nicht wahr sein!«, und als ich zu Blake hinübersah, bebte er vor Lachen.

In der Pause – für die armen Schauspieler auf der Bühne konnte sie bestimmt nicht früh genug kommen – führte Bronagh uns in die Bar, scharte uns eng um sich und verkündete: »Ich organisiere den Ausbruch. Wir pfeifen auf diesen Mist und genehmigen uns einen Drink in jedem Pub zwischen hier und Rathmines. Wer ist dabei?« Und die betuchten potenziellen Kunden stampften auf den Boden und johlten wie ein Rudel Wölfe bei Vollmond, und wir zogen los zur Mutter aller Kneipentouren, auf der Schuhe verloren gingen und ein Organspendeausweis liegen blieb, der viele Monate später auf den Philippinen wieder auftauchte; drei aus der Gruppe wachten am nächsten Morgen in Tullamore auf und hatten nicht die leiseste Erinnerung, wie sie dahingekommen waren, ein Mann namens Louis schenkte einem Obdachlosen sein Auto, einen BMW, und musste am nächsten Tag die Stadt durchstreifen und den Mann suchen, um sein Auto zurückzubekommen; eine Frau aus der Gruppe mit Namen Lorraine erlangte das Bewusstsein ausgestreckt auf ihrem Wohnzimmerboden wieder, in einen nagelneuen Mantel von Prada gehüllt, an dem noch das Preisschild von Brown Thomas – 1750 Euro – hing, und die einzige logische Erklärung war, dass sie mitten in der Nacht bei Brown Thomas eingebrochen und den Mantel gestohlen hatte.

Und trotzdem erklärten all diese betuchten potenziellen Kunden, sie hätten die beste Nacht ihres Lebens verbracht. Sogar der arme Louis, der seinen BMW nie wiedersah. (Und Lorraine hatte natürlich allen Grund, dankbar zu sein – für den neuen Prada-Mantel –, obwohl sie während der nächsten sechs Monate jeden Tag Angst hatte, die Polizei würde plötzlich vor ihrer Tür stehen.)

Samstag

36

Ich würde mich nicht auf die Couch legen, beschloss ich. Schon gar nicht – Gott bewahre – auf ein Bett. Das wäre eine Grenzüberschreitung. Aber auf dem Boden liegen, das war in Ordnung. Solange es der Fußboden in Waynes Haus war, auf dem ich lag, zählte es als Arbeit.

Nachdem ich Arties Haus verlassen hatte, wollte ich eigentlich nach Clonakilty fahren und Waynes Eltern und Schwester aufsuchen. Mir schien es eine gute Nutzung meiner Zeit – ich konnte nicht schlafen, und irgendwann müsste ich sowieso dahin, warum also nicht jetzt?

Doch nachdem ich ungefähr vierzig Minuten auf der leeren Autobahn gefahren war, hatte ich das Gefühl zu halluzinieren – ich war seit gestern Abend acht Uhr ununterbrochen unterwegs gewesen und stellte in meinem erschöpften Zustand eine echte Gefahr dar. Es sprach nichts dagegen, mein eigenes Leben aufs Spiel zu setzen – das war mir ein wirkliches Vergnügen, um ehrlich zu sein –, aber der Gedanke, einem anderen Schaden zuzufügen, war entsetzlich. Ich nahm die nächste Ausfahrt und fuhr zurück nach Dublin. Aber je näher ich der Stadt kam, desto deutlicher wurde mir bewusst, dass ich meine Wohnung nicht mehr hatte. Ich hatte kein Zuhause. Mein Gott, wie seltsam. Ich hatte kein Zuhause. Wohin sollte ich gehen?

Deshalb beschloss ich, bei Wayne anzuhalten, weil das als Arbeit zählte.

An einem Samstagmorgen um halb sieben war Mercy Close still und leer. Ich schloss die Tür zur Nummer vier auf, schaltete die Alarmanlage aus und spürte, wie sich eine gewisse Ruhe in mir ausbreitete, als würde ich hierhergehören. Das war nicht gut. Das hier war nicht mein Haus, ich wohnte nicht hier und würde auch nie hier wohnen. Ich täte gut daran, mir diese Fakten ein für alle Mal zu merken.

Zehn Sekunden später erhielt ich eine Mitteilung auf meinem Handy, die mich von meiner eigenen Ankunft in dem Haus in Kenntnis setzte. Gut, ja, das funktionierte.

Eine Weile wanderte ich in Waynes Haus umher und bemerkte Dinge, die mir vorher nicht aufgefallen waren. Am Kühlschrank hing eine Kinderzeichnung von einem Mann im Auto. Mit krakeliger Buntstiftschrift stand da: »Ich habe Onkel Wayne lieb«, dann eine lange Reihe Buntstiftküsse.

Ich bewunderte den Kamin im Wohnzimmer volle sieben Minuten lang. Schön. Musste ein Original sein. Die Form war aus den Dreißigerjahren, die wunderschönen schwarzen Keramikkacheln hatten ein Distelmotiv in Lila und Grün.

Er musste wirklich ein netter Kerl sein, dachte ich. Was hatte er doch für schöne Dinge. Dann breitete sich ein riesiges Gähnen in meinem Kopf aus und hätte mir beinahe den Kiefer ausgerenkt.

Plötzlich war ich sehr müde und wollte mich hinlegen. So ein schöner Teppich, dachte ich, als ich mich darauf niederließ, so ein schöner Holzfußboden. Ich legte mich flach auf den Rücken, denn solange ich flach auf dem Rücken lag, arbeitete ich. Sich auf die Seite zu drehen und zusammenzurollen galt als Ausruhen, folglich als Grenzüberschreitung, war folglich inakzeptabel, ich würde also flach auf dem Rücken liegen bleiben und an Waynes schöne Decke starren. Und mein Handy würde ich für eine Weile ausschalten …

Irgendwann erwachte ich mit einem entsetzlichen Ruck. Mein Herz klopfte wild, mein Mund war ausgetrocknet, aber irgendwie war ich stolz auf die Tatsache, dass ich immer noch flach auf dem Rücken lag. Durch und durch professionell. Ich nahm mein Handy und schaltete es an – es war Viertel nach eins. Ich hatte es geschafft, ungefähr fünf Stunden zu schlafen. Das war ausgezeichnet. So war weniger vom Tag übrig.

Zeit, meine Tablette zu nehmen, meine kostbare, wunderbare Tablette. Ich wankte in die Küche, füllte mir dort ein Glas mit Leitungswasser und hoffte, dass es voller schrecklicher Bakterien wäre. Bevor ich die Tablette runterschluckte, redete ich ihr gut zu. Wirke, sagte ich, mach, dass das schreckliche, schreckliche Gefühl verschwindet.

Ich stellte mir vor, wie sie durch meinen Körper sauste und dabei große Mengen von Serotonin freisetzte. Aber, ach! Wie sehr wünschte ich mir ein Blutgerinnsel in der Lunge! Ich versuchte das zu visualisieren, so wie Krebspatienten sich vorstellen sollen, dass sie ihre Krebszellen abschießen. Vor meinem geistigen Auge sah ich, wie das Gerinnsel größer wurde und sich ausdehnte und das ganze Blut sich dahinter staute wie Wasser hinter einem Damm, dann brach der Damm, und das Blut überflutete ihn, und ich verlor das Bewusstsein …

Ob es erlaubt war, dass ich mir eine Cola light aus Waynes Kühlschrank nahm?

Ich hatte Durst und brauchte etwas, das mich munter machte. Natürlich war es nicht erlaubt, davon zu trinken.

Genau genommen war es Diebstahl. Aber ich konnte Ersatz besorgen. Ich konnte die ganze Flasche leer trinken und eine neue kaufen, und wenn Wayne zurückkam, würde er nichts davon bemerken.

Vorausgesetzt natürlich, Wayne *kam* zurück. Ich starrte aus dem Küchenfenster in den kleinen Garten und ließ den heimlichen Gedanken zu: Vielleicht kam Wayne nie mehr zurück, und ich konnte einfach anfangen, hier zu wohnen. Vielleicht würde mein Leben zu einem gespenstischen Film, und ich würde Waynes Auto fahren und seine Sachen tragen. Vielleicht würde ich seine Nudeln essen und seine Cymbalta nehmen. Vielleicht wäre ich es, Helen Walsh, die am Mittwoch, Donnerstag und Freitag im weißen Anzug vor den kreischenden Tausenden stehen und singen würde, und niemand würde es bemerken. Vielleicht würde ich mich langsam in Wayne *verwandeln*. Vielleicht passierte das jetzt schon.

Jetzt fürchtete ich mich vor mir selbst.

Mit dem festen Vorsatz, in den nächsten Minuten raus und in ein Geschäft zu gehen, goss ich mir ein Glas von der Cola light ein und nahm mein geliebtes Handy. Viele Nachrichten waren eingegangen, während ich im Land der Träume weilte.

Eine von meiner Schwester Claire, die mich für den Tag zu einem Grillfest in ihrem Haus einlud. Zwanzig – in Zahlen zwanzig – SMS von Jay Parker, der mich auf zwanzig verschiedene Arten fragte, ob ich Wayne inzwischen gefunden hatte, und dann schrieb, dass John Joseph an dem Tag ein Grillfest veranstaltete und mit meiner Anwesenheit rechnete. Und eine von Artie:

Hab ich geträumt? Heute Abend Grillfest. Kommst du?

»Was ist denn los?«, sagte ich laut. »Ist heute nationaler Grilltag?«

Wirklich enttäuschend, wenn einem eine so exzellente sarkastische Bemerkung einfällt und niemand sie hört.

Ich wählte Waynes Nummer. Auch diesmal war das Handy abgeschaltet, aber ich hoffte, wenn ich immer mal wieder anrief, würde er vielleicht irgendwann drangehen.

Oben im Badezimmer putzte ich mir die Zähne und beäugte unsicher die Dusche, doch dann wurde mir mit großer Erleichterung bewusst, dass das unmöglich war. Waynes heißes Wasser zu benutzen? Das war *wirklich* Diebstahl!

Außerdem war ich nicht im Bett gewesen, war folglich nicht aufgestanden, musste mich also auch nicht waschen, und die fünf Stunden Schlummer auf Waynes Fußboden zählten nicht. Ich wusch mir gründlich Gesicht und Hände, das müsste genügen.

Als ich wieder unten war, zwang ich mich zu etwas, das unangenehm und beängstigend war – ich schrieb Docker eine lange Mail. Bei meinem spontanen Nickerchen war ich zu dem Entschluss gekommen, die Tatsache, dass ich in sein Haus eingebrochen war, direkt zu beichten, statt in der ständigen Angst zu leben, dass die Geschichte mich einholte.

Als Thema schrieb ich »Sorge um Wayne« und erzählte Docker alles – dass Wayne verschwunden war und ich vermutet hatte, er, Docker, würde ihm Asyl geben, dass ich von dem Haus in Leitrim erfahren hatte und überzeugt gewesen war, Wayne wäre dort, und dass ich das Glas in der Haustür zerschmettert hatte und einfach wieder nach Dublin gefahren war, obwohl das Haus sperrangelweit offen stand, und dass ich jetzt Angst hatte, eine Bande randalierender Eichhörnchen würde vom Wohnzimmer Besitz ergreifen und sich den ganzen Tag *Meerkat Manor* auf DVD ansehen. Ich erwähnte allerdings nicht, dass jedes Eichhörnchen, das etwas auf sich hielt, die schreckliche Ausstattung im Westernstil ablehnen würde. Ich dachte, das würde die Dinge nur unnötig komplizieren. Zum Schluss entschuldigte ich mich vielfach und versprach, die Tür reparieren zu lassen.

Weil ich nicht wusste, wie ich Docker erreichen konnte, schickte ich die Mail über seinen Agenten, einen (laut Internet) Currant Blazer in William Morris, der täglich wahrscheinlich mehrere Millionen Mails erhielt und meine deshalb nicht öffnen würde, aber wenigstens hatte ich es versucht.

Ich war überzeugt, dass es in Leitrim keinen Glaser gab – ja, ich war mir sogar ziemlich sicher, dass dort überhaupt niemand lebte, zumindest hatte ich keine Menschenseele gesehen –, aber eine schnelle Suche bei Google brachte eine ganze Reihe von Gewerben zutage – nicht nur Glaser, sondern auch Schmiede, Reiki-Therapeuten und sogar ein Nagelstudio, und das alles in der Region Leitrim. Wer hätte das gedacht!

Ich entschied mich für einen Glaser, der Terry O'Dowd hieß, rief ihn an und erzählte ihm die ganze Geschichte – das offene Tor, die eingeschlagene Tür, alles.

»Verstehe ...« Er atmete ins Handy. »Ich schreibe alles mit.« Er klang, als wäre er ein etwas behäbiger Mann Anfang sechzig mit einem Bauchansatz. »Eichhörnchen, sagen Sie?«

»Vielleicht auch Dachse.«

»Dach...se«, sagte er und schrieb mit. Ich hörte, wie sein Bleistift über das Papier kratzte. »Und wie lautet die Adresse?«

Ich sagte sie ihm.

Plötzlich wurde seine Stimme munter. »Das ist Dockers Haus! Kommt er nach Leitrim?«

»Nein.«

»Wir warten schon seit sieben Jahren auf ihn!«

»Er kommt nicht.«

»Im Moment ist er in London, nur einmal übers Wasser. Er tritt mit Bono auf. Sie reichen in der Downing Street eine Petition ein. Für Darfur, glaube ich.«

»Ich glaube, Tibet.«

»Ich glaube nicht, dass es Tibet ist. Tibet haben wir doch alle irgendwie hinter uns gelassen, oder?«

Könnte sein. Tibet war tatsächlich ein bisschen passé. »Aber Darfur ist es auch nicht. Vielleicht ...«

»Syrien!«, sagten wir wie aus einem Munde.

»Gott sei Dank, dass uns das eingefallen ist«, sagte er. »Es hätte mich sonst ganz verrückt gemacht.«

»Wir hätten bei Google nachsehen können.«

»Da haben Sie recht. Wie sind wir jemals ohne Google ausgekommen? Wir mussten uns die Dinge einfach merken, vermutlich.«

»So ist es, Mr. O'Dowd, so ist es.«

»Sagen Sie Terry, Helen.«

»Ist gut, Terry.« Ich schluckte. Wir hatten uns so gut verstanden, Terry und ich, aber jetzt würde es schwierig.

»Terry, was die Bezahlung angeht. Meine Kreditkarte ist ein bisschen ... Wie soll ich es sagen? Also, die Bank hat sie eingezogen. Aber ich schicke Ihnen einen Wechsel, gleich Montagmorgen. Ich würde Ihnen auch einen Scheck schicken, nur der wäre nicht gedeckt. Aber ein Wechsel ist kein Problem.« Dank des Bündels Scheine, das Jay Parker mir gegeben hatte.

Obwohl – das bedeutete, dass ich persönlich zu einer Bank gehen musste, und ich hatte ja schon die Vermutung geäußert, dass dies in der seltsamen modernen Welt, in der wir lebten, nicht mehr möglich war. Und was würde ich dann tun? Vielleicht wäre ich so frustriert, dass ich in einen Callcenter-Bunker neunundvierzig Stockwerke unter der Erde einbrechen würde. Dort würden Tausende und Abertausende von Mitarbeitern mit ihren Headsets sitzen und Wettbewerbe veranstalten, wer einen Anrufer am längsten in der Warteschleife hängen lassen konnte. Sie wären entsetzt, mich, einen echten, lebendigen Kunden, leibhaftig vor sich zu sehen, nicht so einen gesichtslosen Tropf am Ende der Leitung. Rote Lämpchen würden aufleuchten, Sirenen würden kreischen, und überall würden Lautsprecher krachend anspringen. »Alarm! Eindringling! Kontaminierung! Kontaminierung! Das ist keine Übung! Wiederhole: Das ist keine Übung!«

Himmel. Was für ein Gedanke. Vielleicht könnte ich Mum bitten, mir einen Scheck auszustellen, und ihr das Geld dafür geben. Nein, Mum konnte ich nicht fragen. Nicht nach den Fotos von Artie. Vielleicht würde Margaret mir helfen.

»Also, Terry, was schulde ich Ihnen?«

»Da es die Tür von Dockers Haus ist und da mir gefällt, wie Sie klingen, berechne ich nur das Material und nicht die Arbeit. Ich schicke Ihnen eine SMS mit dem Betrag. Ich möchte Sie nur um einen Gefallen bitten: Vielleicht könnten Sie nächstes Mal, wenn Sie mit Docker sprechen, ihn bitten, nach Leitrim zu kommen. Er könnte viel für Leitrim bewirken und auf uns aufmerksam machen.«

»Terry, auch ich habe viele freundliche Gefühle für Sie, aber ich kenne Docker gar nicht. Ich werde bestimmt nie mit ihm sprechen.«

»Versprechen Sie es mir einfach«, sagte er. »Sollten Sie ihm doch einmal begegnen, erzählen Sie ihm bitte von uns.«

»Das tue ich. Und am Montag schicke ich Ihnen den Wechsel, wenn alles gut geht, haben Sie ihn am Dienstag.«

»Keine Sorge«, sagte er. »Ich repariere die Tür heute noch. Und ein Freund von mir kann das Tor reparieren. Dann haben Sie die Sache aus dem Kopf.«

Er legte auf, und ich starrte auf das Handy. Manchmal waren Leute so freundlich, dass es mich fast umbrachte.

37

Ich rief Artie an.

»Habe ich dich geträumt?«, fragte er.

Ich lachte. »Ich war ein bisschen bei dir, aber ich konnte nicht schlafen ... Meine Gedanken kreisen die ganze Zeit um Wayne, du weißt, wie es ist.«

Er wusste es genau. Er war auch so. Er sprach mit mir nicht über seine Arbeit, weil sie so heikel und hoch vertraulich war, aber ich wusste, er verstrickte sich darin ebenso wie ich mich in meinem Job.

»Dann verstehe ich es richtig, dass er noch nicht wieder da ist?«

»Richtig.« Ich erzählte ihm von dem Leitrim-Fiasko. »Artie«, sagte ich dann, »wo ist Wayne deiner Meinung nach?«

Er schwieg. Er dachte nach. Er kannte das alles von seiner Arbeit. Leute, die einen Selbstmord inszenierten und sich dann mit einem Koffer voll Knete absetzten. Leute, die ihre Geschäftspartner in eine Falle mit einer Prostituierten lockten und sie dann mit Video-Aufzeichnungen erpressten.

»Ich weiß es nicht, Süße. Die Möglichkeiten sind endlos. Endlos. Die Extreme menschlichen Verhaltens ... es gibt keine Grenzen für das, was Menschen zu tun bereit sind und mit wem. Ich werde darüber nachdenken ... Aber wie geht es dir, ich meine, das mit deiner Wohnung und so?«

»Gut.« Ich klang trotzig, fast schon aggressiv, denn das musste sofort aufhören.

Nach einer Pause sagte er: »Solche Gespräche eignen sich nicht fürs Telefon.« Er klang traurig. »Aber oft ist das scheinbar unsere einzige Möglichkeit, ungestört zu sein ... Wir haben so ein Halbleben zusammen, wir sehen uns zwar, aber nie so richtig, weil immer die Kinder da sind.«

»Artie, das klingt gefährlich nach einem Gespräch über das Thema ›Wie können wir das Beste draus machen‹, und du weißt, was ich von solchen Gesprächen halte.«

»Manchmal sind solche Gespräche unvermeidbar.«

»Lass uns einfach eine Weile sehen, wie es weitergeht.«

»Ist gut. Eine Weile. Wie sieht es aus mit heute Abend? Die Kinder sind bei mir, aber kommst du auch? Wir wollen grillen.«

»Das habe ich gehört. Ich habe Bella heute Morgen um fünf getroffen. Selbst gemachtes Gingerale, habe ich gehört.«

»Genau. Die Vorbereitungen sind im Gange.«

»Ich komme.«

Ich beendete das Gespräch.

Ich hätte Jay Parker anrufen sollen, stattdessen wanderte ich nach oben in Waynes Büro und schaltete seinen Computer an, ich saß lange davor und versuchte, das Passwort zu erraten.

Dann, als wäre ein Licht in meinem Kopf angeknipst worden, wusste ich es: »Gloria«. Das *musste* es sein. Der Name hatte sechs Buchstaben, und Gloria war offensichtlich wichtig für Wayne – wieso war ich nicht eher darauf gekommen?

Aber wenn ich mich irrte?

Nein, ich irrte mich nicht. Gloria war der Schlüssel zu allem, das spürte ich tief in mir drinnen.

Mit zitternden Fingern tippte ich »G«. Dann »L«. Dann »O«. Dann hörte ich auf. Ich wollte nicht weitermachen, falls es nicht »Gloria« war und ich einen meiner drei kostbaren Versuche vergeudete. Aber ich hatte keine anderen Möglichkeiten mehr. Ich musste es versuchen. Schnell tippte ich die letzten Buchstaben und drückte auf »Eingabe«.

Nach zwei quälend langen Sekunden kam die Meldung: »Falsches Passwort«.

Ich starrte lange, sehr lange darauf. Ich wünschte mir, ich hätte es nicht versucht. Solange ich das Wort nicht eingegeben hatte, bestand Hoffnung.

Die Verzweiflung rollte in Wellen durch mich hindurch, und ich wartete, bis das Schlimmste vorbei war. Trotzdem war Gloria wichtig, sagte ich mir. *Sehr* wichtig. Ich wusste nur noch nicht, auf welche Weise. Aber irgendwann würde ich es herausbekommen. Und wenn ich erst Gloria gefunden hatte, würde ich auch Wayne finden.

Außerdem – ich hatte immer noch zwei Versuche für das Passwort, es war noch nicht alles verloren.

Langsam stand ich auf, ging in Waynes schönes Badezimmer, machte den Arzneischrank auf und nahm die Flasche mit den Schlaftabletten heraus. Ich überlegte, ob ich sie stehlen konnte. Wie wichtig waren sie für ihn? Ich zum Beispiel, ich wusste bis aufs Milligramm genau, wie viele ich noch hatte, aber ihm war es vielleicht egal, ihm würde vielleicht nicht einmal auffallen, dass sie weg waren. Ich zwang mich, die Flasche zurück in den Schrank zu stellen, klappte die Tür zu und ging wieder nach unten ins Wohnzimmer.

Ich legte mich wieder in die mir inzwischen vertraute Position flach auf den Fußboden und versuchte meine Gedanken über Wayne zu ordnen. Was hatte ich genau? Welche harten Fakten? Bei Gloria war ich vor die Wand gefahren, bei Docker ebenfalls. Was reine Fakten anging, hatte ich also herzlich wenig. Ich hatte das: Am Donnerstagmorgen, kurz vor zwölf, hatte jemand namens Digby übers Festnetz bei Wayne angerufen. Das war eine Tatsache. Ich stellte mir einen Stempel vor, der »FAKT« in großen schwarzen Buchstaben auf ein geheimes Dokument druckte. Das gefiel mir, es hatte etwas Befriedigendes. Eine weitere Tatsache war, dass Wayne wenige Minuten später mit einem untersetzten, glatzköpfigen Mann um die fünfzig in einem Auto weggefahren war. FAKT! Wieder mit dem Stempel.

Wahrscheinlich war die Annahme, dass der untersetzte Mann mit Glatze um die fünfzig mit Digby identisch war, nicht verkehrt. Deshalb war Digby der letzte Mensch, von dem ich wusste, dass er Wayne gesehen hatte. Und deshalb war es von elementarer Wichtigkeit, mit ihm zu sprechen. Aber ich hatte ihn zweimal angerufen – war das wirklich erst gestern gewesen? So viel war seitdem geschehen. Er hatte mich nicht zurückgerufen, und ich wusste, dass er es nicht tun würde. Ich musste mehr über ihn erfahren. Welche Bedeutung hatte er für Wayne? War er einfach ein gemieteter Fahrer? War er ein Freund?

Wen konnte ich fragen? Die Laddz kamen als Erste infrage. Sie hatten heftig geleugnet, einen untersetzten Typ mit Glatze um die fünfzig zu kennen. Aber ich hatte sie nicht gefragt, ob sie jemanden kannten, der Digby hieß. Oder ob Wayne gelegentlich von einem Mann, der so hieß, gesprochen hatte.

Sicher, ich hielt einfach nur alle Räder am Laufen, denn sobald ich die Berichte von dem Kreditkarten-Experten und dem Handyhacker hatte, wüsste ich genau, wo Wayne war. Nur würde ich diese Information frühestens Montag erhalten – also in sechsunddreißig Stunden –, und solange musste ich etwas tun. Irgendetwas.

Ich griff nach dem Handy – ich wollte Parker anrufen und ihn bitten, mir die Laddz, einen nach dem anderen, ans Telefon zu holen –, dann zögerte ich. Vielleicht sollte ich diese kleinen Befragungen lieber nicht übers Handy machen. Es gab immer visuelle Hinweise, die einem entgingen, wenn man die entsprechende Person nicht vor sich hatte. Die Digby-Frage sollte ich besser jedem von Angesicht zu Angesicht stellen.

O Gott. Dazu musste ich aufstehen. Und Waynes schönes Haus verlassen. Aber das war vielleicht besser so, sonst gewöhnte ich mich womöglich noch zu sehr daran.

So oder so, ich konnte nicht ewig auf dem Fußboden liegen bleiben. Wenn ich mir nicht die Laddz vornahm, musste ich mit der Befragung der Anwohner in Mercy Close weitermachen, mit Waynes nutzlosen Nachbarn, und ehrlich gesagt sah ich mich dazu nicht imstande.

Dann brach ein anderer Gedanke zur Oberfläche durch, einer, den ich seit der ergebnislosen Fahrt nach Leitrim immer mal wieder gehabt hatte: Vielleicht sollte ich Wayne einfach in Ruhe lassen. Offensichtlich wollte er nicht gefunden werden. Aber ich wurde dafür bezahlt, ihn zu finden. Auftrag war Auftrag. Außerdem musste ich unbedingt etwas zu tun haben. Und ich war neugierig, ich wollte wirklich wissen, wo er steckte. Und trotz meiner Verachtung für Jay Parker, meiner Abneigung gegen John Joseph und meiner echten Angst vor Roger St Leger hatte mich das ganze Comeback-Drama der Laddz ein bisschen infiziert – der Zeitdruck, die Proben, Tausende von Fans, die Karten gekauft hatten, weil sie das Opernhaus von Sydney auf Waynes Kopf sehen wollten …

Gut. Zu den Tatsachen. Digby. Ich würde mit den Laddz über ihn sprechen.

Wahrscheinlich waren sie im MusicDrome bei einer Probe, aber ich rief Parker an, um mich zu vergewissern.

»Guten Morgen«, sagte ich.

»Guten Morgen? Es ist zehn vor drei.«

Ach ja? Ausgezeichnet.

»Bist du bei den Laddz?«, fragte ich.

»Ob ich bei den Laddz bin?«, fragte er in einem Ton, der mir signalisierte, dass ich mich auf eine sarkastische Bemerkung gefasst machen sollte. »Ich wünschte, ich wäre bei den Laddz, Helen, ich wünschte es mir sehr. Aber ich bin nur bei *Dreiviertel* der Laddz, weil du trotz des beträchtlichen Honorars, das du bereits bekommen hast, das fehlende Viertel noch nicht gefunden hast.«

»Ich habe keine Zeit, mich mit dir anzulegen, Parker. Wo seid ihr? Auf der Bühne?«

»Wir proben die erste Nummer. Die Schwanenkostüme sind gerade angekommen.«

Schwanenkostüme?

»Sie sollten schon vor einer Woche geliefert werden. Anscheinend war es schwierig, die Stahlkorsetts hineinzubekommen. Auf die Gefahr hin, dass ich wie Frankie klinge, aber ich bin ein einziges Nervenbündel.«

»Das klingt fantastisch«, sagte ich. »Erzähl mir mehr.«

»Sie sind für die erste Nummer. Die Boys fliegen wie Schwäne auf die Bühne. Verstehst du, warum wir Wayne brauchen? Man muss das *üben.*«

»Ich komme sofort.«

Draußen in der Welt war es ein warmer Tag. In der Luft hing Essensgeruch. Burger, Würstchen, solche Sachen. Irgendwo in der Nähe wurde gegrillt. Einen köstlichen Moment lang glaubte ich tatsächlich, dass die irische Regierung ein Gesetz erlassen hatte, wonach unser Glücksquotient dadurch erhöht werden sollte, dass jeder im Land an diesem Tag aufgefordert wurde, zu einem Grillfest zu gehen und zu feiern. Vielleicht wurden Inspektoren ausgesandt, die überprüfen würden, ob die Menschen ein angemessenes Maß von Geselligkeit an den Tag legten, und wenn nicht, würden sie in ein Umerziehungslager geschickt, das wie eine irische Bar aussah und wo sie die nächsten sechs Monate damit zubringen würden, dreimal am Tag ein irisches Frühstück zu sich zu nehmen und zu lernen, wie man korrekt feierte. Aber nicht einfach nur, wie man feierte, obwohl das auch schon eine Herausforderung wäre, sondern wie man richtig auf den Putz haute, was viel schwieriger war. Ein Wochenende, an dem richtig auf den Putz gehauen wurde, war eine riskante Sache und stillenden Müttern sowie Menschen mit psychotischen Episoden nicht zu empfehlen.

Herr im Himmel, was mein Verstand alles mit mir anstellte ... Ich sah nach, ob Waynes Alfa noch dastand. Sicher, wenn Wayne gekommen und mit dem Auto weggefahren wäre, hätte ich zwar eine Nachricht erhalten, aber manchmal ist es ganz gut, wenn man etwas mit eigenen Augen sah. Das Auto war noch da, alles war unverändert.

Als ich zu meinem Wagen ging, rief jemand hinter mir: »He, Helen!«

Ich drehte mich um. Es waren Cain und Daisy. Wie Zombies kamen sie auf mich zu. Sie sahen aus, als hätten sie sich ein Jahr lang nicht die Haare gekämmt. Was gestern noch wie lässiger Surfer-Look ausgesehen hatte, erschien mir jetzt eher wie Wahnsinn im Anfangsstadium.

»Es tut uns leid, dass wir Ihnen gestern Angst gemacht haben«, rief Daisy.

»Können wir mit Ihnen sprechen?«, sagte Cain.

»Haut ab!«, sagte ich. »Lasst mich in Ruhe.«

Meine Hände zitterten, als ich das Auto aufschloss, und beim Losfahren starrten sie mir nach, als wären sie echt durchgeknallt.

38

Die Straßen waren so gut wie leer – was nur meinen Verdacht bestärkte, dass alle zur Teilnahme an einem Grillfest verpflichtet worden waren –, und ich kam eine Viertelstunde später beim MusicDrome an.

Wie beim letzten Mal auch lag die Halle in tiefster Dunkelheit, nur die Bühne erstrahlte im Scheinwerferlicht. Leute rannten herum und sahen geschäftig und besorgt aus. Viele hatten Klemmbretter dabei.

Ich konnte keinen von den Laddz sehen, spürte aber, dass Dinge im Gange waren. Ich stieg die Stufen zur Bühne hinauf und schlängelte mich zwischen Choreografen, Kostümleuten, Roadies mit Pferdeschwänzen zum Epizentrum der Energie durch. Dort standen John Joseph, Roger und Frankie mit nackten weißen Beinen (außer denen von Frankie, natürlich, die waren orange) und steckten in Gymnastikanzügen aus weißen Federn. Sie gaben lächerliche, mitleiderregende Figuren ab und sahen aus wie zu große Kinder. Selbst Roger mit seinen langen Gliedmaßen und lässigen Bewegungen hatte Mühe, das Demütigende der Situation zu überspielen.

Bei genauerem Hinsehen erkannte ich, dass in jeden Gymnastikanzug ein metallenes Korsett eingebaut war. Am Rücken ragten jeweils zwei dünne Metalldrähte aus dem Kostüm und verschwanden in der schattenreichen Unendlichkeit des Theaterhimmels meilenweit über uns. Mein Blick folgte den Drähten nach oben, immer weiter, in unermessliche Höhen, und ich beugte mich dabei so weit zurück, dass ich beinahe nach hinten gekippt wäre.

Ich hatte mich gerade wieder aufgerichtet, als jemand rief: »Hier kommen die Unterteile.«

Drei aus Federn gefertigte Hosen wurden von einer eifrigen kleinen Armee hereingetragen, Assistenten halfen den Laddz beim Ankleiden.

»Ich hab einen Horror vor Federn«, erklärte Frankie einer Kostümfrau, »eine irrationale Angst.«

»Ach je, aber was sollten Federn einem denn antun?« Die Kostümfrau klang warm und verständnisvoll.

»Es ist eine irrationale Angst.« Seine Stimme war hoch und schrill. »So ist das mit irrationalen Ängsten. Sie sind *irrational!*«

Jay Parker stand plötzlich neben mir. Ich spürte seine Anspannung. »Wo ist Wayne?«, fragte er.

»Ich arbeite dran«, sagte ich. »Ich muss allen dreien eine Frage stellen.«

»Warte noch ein paar Minuten«, sagte er. »Sie probieren die Kostüme zum ersten Mal. Wir wollen ...«

Aus dem Nichts tauchte Zeezah plötzlich auf, in extrem engen gelben Jeans – gelbe Jeans? –, und wandte sich hierhin und dorthin, schwang ihr schwingendes Haar, stülpte ihre Schmolllippen vor und war den Laddz mit ihren Federhosen behilflich. Sie fuhr mit den Händen an John Josephs Beinen entlang und glättete die Federn in einer mütterlich anmutenden Geste. Weiter zu Roger St Leger, und vor meinen erstaunt aufgerissenen Augen fasste sie ihm ans Gemächt und drückte zu, so schnell und ungeniert und auch schon vorbei, dass ich mich fragte, ob es wirklich geschehen war. Schockiert sah ich zu Jay hinüber, dann zu den anderen in meiner Nähe, doch anscheinend hatte niemand etwas bemerkt.

Hatte ich es mir eingebildet? Fing ich an, Dinge zu sehen, die nicht da waren?

Zeezah war jetzt bei Frankie, der ihr voller Anspannung von seiner Angst vor Federn erzählte.

»Sei stark«, sagte sie und verrückte seinen Hosenbund um einen Millimeter oder zwei. »Sei ein Held.«

Endlich hatte Zeezah ihre Hilfeleistungen beendet und trat zurück, und wir sahen uns der unvermeidlichen Wahrheit gegenüber: Die Laddz sahen nicht wie Schwäne, sondern wie Schneemänner aus. Mit ihren nackten Beinen hatten sie verletzlich und bedauernswert gewirkt, doch jetzt war ihr Anblick viel schlimmer.

»Herr im Himmel.« Jay schluckte hart. »Du machst dir keine Vorstellung, was diese Kostüme gekostet haben.« Er warf die Schultern zurück und rief zu der Kostümfrau hinüber: »Lottie, bring die Flügel an.« Mit leiser Stimme sagte er zu mir: »Wenn die Flügel dran sind, sehen sie besser aus.«

Drei Paar enorm großer Flügel wurden auf die Bühne getragen, und Lottie und ihre Gehilfinnen machten sich daran, sie an den Kostümen der drei Laddz zu befestigen.

Ein viertes Paar Flügel lag an der Seite. Die für Wayne, wurde mir klar. Ich musste ihn wirklich finden. Oder auch nicht. Wäre es nicht besser, ihn vor alldem hier zu bewahren?

Aber ich stieß den Gedanken zurück, ich gestattete mir nicht, ihn zu denken. Denn wenn ich die Suche nach Wayne aufgab, würde ich vielleicht verrückt.

»Heute hören wir so gegen fünf auf«, sagte Jay zu mir. »John Joseph lädt zum Grillen ein. Er sagt, wir brauchen alle eine Erholungspause und ein Bier und eine Unterbrechung des Kohlehydratverbots. Du sollst auch kommen. Bei der Gelegenheit könntest du mit Roger und Frankie über Wayne sprechen.«

»Woher weiß er, dass sie da sein werden?« Roger St Leger schien mir eher der Typ, der seine kostbare Freizeit in einem Verlies verbrachte, wo er mit Handschellen an die Wand gekettet war und sich bei einem kleinen autoerotischen Erstickungsspiel erholte, und nicht mit dem Verzehr halb roher Hühnerflügel und im Gespräch über Rasenmäher.

»John Joseph sagt, sie müssen kommen«, sagte Jay. »Er meint, so kurz vor dem ersten Konzert muss man ›die Energie konservieren‹.«

»John Joseph gestattet ihnen ein bisschen Freizeit, aber in dieser Freizeit müssen sie zu seinem Grillfest kommen? Ganz schön machtgeil, oder?«

»Er versucht eben, die Truppe zusammenzuhalten«, sagte Jay knapp. »Einen Mann haben wir schon verloren.«

»Mmm«, machte ich. Mir war nicht klar, ob John Joseph einfach nur machtbesessen war oder ob er in irgendwelchen üblen Geschäften mitmischte. Seine Weigerung, mir Birdie Salamans Handynummer zu geben, war so passiv-aggressiv gewesen. Und er hatte sehr merkwürdig reagiert, als ich nach Gloria fragte. Zeezah auch. Was steckte dahinter?

»Sie sind heute Abend im Fernsehen«, sagte Jay.

»Wer? Die Laddz?«

»In *Saturday Night In.*«

Saturday Night In war eine sehr beliebte irische Talkshow. Ich sage »sehr beliebt«, aber ich persönlich würde sie mir nicht ansehen, selbst wenn man mir eine langsame Erdrosselung mit einem Würgeisen androhte, aber ein großer Prozentsatz der Iren schien Gefallen an der Show zu haben. Sie wurde von Maurice McNice moderiert (eigentlich hieß er Maurice McNiece). Er war ein Urgestein des Fernsehens und machte die Sendung schon so lange, dass man bei Paddy Power günstige Wetten abschließen konnte, ob Maurice McNice eines Tages während der Sendung tot vom Stuhl fallen würde. Meiner Meinung nach war das der einzige Grund, warum die Leute überhaupt noch einschalteten.

»Wenn du also Wayne bis heute Abend neun Uhr finden könntest, wäre ich dir überaus dankbar«, sagte Jay.

»Ich würde nicht damit rechnen«, sagte ich.

Mein Handy kündigte mit einem Piepen eine Nachricht an. Von meiner Schwester Claire.

Beim Friseur. Dauert länger. Faule Bande. Kaufst du Hähnchen für Grillfest?

Die hatte Nerven, sollte sie sich ihr Hähnchen doch selber kaufen. Ich hatte schließlich zu tun.

Ein Mann, mit knisternden Walkie-Talkies beladen und eine gewisse Autorität ausstrahlend, kam auf uns zu. Jay stellte ihn mir als Harvey, den Bühnenmanager, vor.

»Wir haben das Geschirr mit dem Flaschenzug verbunden«, sagte Harvey zu Jay. »Sollen wir es probieren?«

»Warum nicht?«, gab Jay zurück.

Harvey gab die Anweisung an einen anderen Mann weiter, der an einem langen Schaltpult mit verschiedenen Bildschirmen und Tastaturen saß. »Packen wir's, Clive.« Dann rief er den drei Laddz zu: »Okay, Jungs, seid ihr so weit?«

»Wir sind so weit«, sagte John Joseph. Roger und Frankie sagten nichts.

»Macht die Bühne frei«, rief Harvey, und die Menge wich zurück, sodass die drei, plötzlich irgendwie klein und verletzlich, allein dastanden.

»Macht euch bereit«, sagte Harvey. »Fertig! Sie heben ab.«

Und die drei hoben langsam und holpernd vom Boden ab. Einen Meter, zwei, drei, vier Meter. Immer höher. Spontan brach Applaus los, Begeisterungsrufe waren von den Bühnenarbeitern zu hören.

»Mit den Flügeln schlagen«, rief Jay. »Die Flügel!«

»Ich finde das furchtbar.« Frankies Gesicht war rot und angespannt.

»Du machst das toll!«, rief Jay.

»Gar nicht toll!«

Höher ging's, höher und höher. John Joseph breitete die Arme aus und streckte grazil die Zehen, er kam richtig in Stimmung. Frankie hingegen machte ein kreuzunglückliches Gesicht, und Roger telefonierte mit seinem Handy.

»Gut. Jetzt anhalten«, sagte Jay, als die drei Männer sechs oder sieben Meter über dem Boden schwebten. Mit ihren dicken, gefederten Beinen und den riesigen Flügeln hingen sie in der Luft und sahen unheimlich und lächerlich zugleich aus, wie eine von diesen Kunstinstallationen, über die man beim Betrachten sagt: »Ich weiß zwar nicht viel über Kunst, aber das hier ist doch der letzte Scheiß.«

»Ich habe Höhenangst«, schrie Frankie.

»Du machst das toll«, rief Jay. »Du musst dich dran gewöhnen. Sing ein Lied, das hilft.«

»Ich habe Höhenangst! Ich habe Angst vor Federn! Lasst mich runter!«

»Du machst das toll«, riefen einige der Zuschauer. »Frankie, du machst das toll. Gib nicht auf, Frankie, du bist toll.«

»Lasst mich runter!«

»Lasst ihn runter«, sagte Zeezah.

Kaum hatte sie das gesagt, schlug die Stimmung um. Alle sprangen sofort auf und befolgten ihren Befehl. Es war phänomenal zu sehen, welche Macht sie hatte, und ich überlegte, was genau ihr diese Macht verlieh. Es liegt an ihrem Hintern, dachte ich. Er ist so rund und prall, dass die Menschen ihre Augen nicht davon abwenden konnten. Sie kann die Welt mit ihrem Hintern beherrschen.

»Lass ihn runter«, sagte Jay zu Harvey.

»Lass ihn runter«, sagte Harvey zu Clive, dem Mann am Schaltpult.

»Bin schon dabei.« Clive drückte verschiedene Tasten, aber nichts geschah; die Laddz hingen weiter in der Luft.

»Lass Frankie runter«, sagte Harvey mit einigem Nachdruck.

»Es geht nicht. Die Hebevorrichtung funktioniert nicht. Das Programm reagiert nicht. Er hängt fest.«

»Herr im Himmel!«, sagte Jay. »Was ist mit den anderen beiden?«

»Warte.« Clive klickte mit der Maus, und John Joseph und Roger schwebten gemächlich zum Boden zurück.

»Was ist jetzt?«, kreischte Frankie. »Ihr könnt mich nicht einfach hängen lassen. Ich habe Verlassensängste!«

»Bleib ganz ruhig«, rief Jay nach oben. »Wir kümmern uns drum.«

»Ich kann nicht ruhig bleiben! Ich bin nicht ruhig! Ich brauche eine Xanax! Hat jemand eine Xanax?«

»Ich muss das Programm für Frankie neu starten«, sagte Clive und presste hektisch die Tasten. »Das dauert eine Weile.«

»Ich brauche eine Xanax!«

John Joseph war wieder auf dem Boden angekommen. »Nehmt mir das verdammte Geschirr ab!«, befahl er, und ein Schwarm verängstigter Roadies kam herbeigeeilt und tat, wie er befohlen hatte.

»Das ist doch lächerlich!«, sagte John Joseph mit leiser Stimme und verhaltenem Zorn. »Das Ganze ist doch eine einzige beschissene Farce.« Er war aufs Äußerste gereizt und presste die Kiefer zusammen, was ihm anatomisch gesehen einiges abverlangte. Aber es war sehr effektiv, viel effektiver als ein Wutausbruch mit Fußaufstampfen.

John Joseph richtete seinen Zorn erst gegen Jay, dann gegen Harvey, dann gegen Clive, den Mann am Schaltpult. Sie waren unfähig, faul und dumm, lauter Amateure, die das Leben von Menschen in Gefahr brachten. Er warf mit Vorwürfen um sich wie mit Messern, unterdessen hing Frankie noch immer unter der Decke und rief klagend: »Helft mir doch, um Gottes willen, helft mir. Ich brauche eine Xanax.«

Er lief Gefahr, über John Josephs Zorn ganz vergessen zu werden.

»Roger.« Oberbefehlshaberin Zeezah marschierte zu Roger hinüber, der ebenfalls wieder festen Boden unter den Füßen hatte und gerade mithilfe der Roadies von dem Geschirr befreit wurde. »Gib mir eine Xanax für Frankie.«

»Woher soll ich denn eine Xanax haben?« Oh! Dass er es wagte! Zeezah schnipste mit den Fingern – ja doch, sie schnipste allen Ernstes mit den Fingern! (Ich hätte nicht geglaubt, dass ich das im wirklichen Leben einmal erleben würde) –, und Roger trottete gefügig zu seinem Jackett, das am Rande der Bühne lag. Er zog eine Brieftasche aus einer der vielen Taschen hervor, kramte einen Moment lang darin herum und legte dann eine kleine weiße Tablette in Zeezahs Hand.

»Vielen Dank«, sagte sie schnippisch und schloss die Hand über der Tablette. Sie rief zu Frankie hinauf: »Ich habe eine Xanax für dich.«

»Und wie willst du sie zu ihm hochkriegen?«, fragte jemand.

»Jemand muss hochgezogen werden«, sagte Harvey.

»Ich mache das selbst«, sagte Zeezah. Und schon legte sie sich das Geschirr an. Sie war bemerkenswert cool. Tapfer, könnte man sagen. John Joseph konnte sich glücklich schätzen, dass er sie hatte. Trotz der gelben Jeans.

Ich sah zu, wie sie nach oben schwebte, bis sie auf Frankies Höhe war, und ihm die Tablette gab. Doch statt gleich wieder runterzukommen, blieb sie da oben, sprach leise auf Frankie ein und versuchte offensichtlich, ihn zu beruhigen. Großartig. Beeindruckende Frau.

John Joseph machte abrupt kehrt und ging zum Parkett, wo er sich in der ersten Reihe niederließ. Er ging allein, und alle Energie ging mit ihm. Man sah, dass die Mannschaft vor Schreck wie erstarrt war. Verstohlen wurden ängstliche Blicke in seine Richtung geworfen, während man wartete, dass sein Zorn verrauchte und die Atmosphäre sich beruhigte.

Oben unter der Decke zeigte die Xanax ihre Wirkung, denn Frankie hatte aufgehört zu schreien, und sein Kopf neigte sich zur Seite. Auch das eine Kunstinstallation. Sie könnte den Titel »Lynchen« haben. Ich erschauderte.

Jay Parker stand immer noch neben mir. Ich spürte, dass seine Lebenskraft stark abgenommen hatte. Oder anders gesagt, er wirkte deprimiert.

»Kann ich jetzt John Joseph und Roger meine Frage stellen?«, fragte ich. Er warf einen Blick in das Dunkel des Zuschauerraums. Man konnte John Joseph nicht sehen, aber man spürte ihn.

»Viel Glück damit«, sagte Jay. »Übrigens, hier ist noch mal Geld. Zweihundert Euro.« Er gab mir ein Päckchen Scheine.

»Mir gefällt es so nicht, Parker«, sagte ich. »Dieses Stückwerk. Gib es mir alles auf einmal. Geh zur Bank und hol das Geld.«

»In Ordnung, mach ich, sobald es geht. Montag. Nur die Zeit ist so knapp ...«

Ich steckte mir die Finger in die Ohren. »Lalalalalahhh! Ich höre dein Gejammer gar nicht. Lalalalalahhh! Gut, ich spreche jetzt mit John Joseph.«

Ich stieg die Stufen von der Bühne hinunter und begab mich in John Josephs angsteinflößendes Kraftfeld.

Ich habe keine Angst vor John Joseph Hartley.

Er hämmerte wütend auf die Tasten seines Laptops. Als ich näher kam, hob er den Kopf und sagte höflich: »Helen, Schatz.«

Ich wartete, bis ich neben ihm war, dann feuerte ich meine Frage an ihn ab: »Hat Wayne einen Freund, der Digby heißt?«

Ich beobachtete ihn ganz genau. Ich war auf die kleinste Regung – ein Zucken des Augenlids, eine Verengung der Pupille – vorbereitet. Ich wollte sehen, ob er so reagierte wie an dem Abend, als ich ihn wegen Gloria gefragt hatte.

Er schüttelte den Kopf. Nichts. Keine verlegenen, umherhuschenden Blicke. Keine unwillkürliche Zuckung. Er argwöhnte nichts.

»Du hast ihn nie von einem Mann namens Digby sprechen hören? Sicher?«

»Hundert Prozent.«

»Gut.« Ich glaubte ihm.

Ich ging zu Roger hinüber, dessen Schwanenkostüm von Lottie, der Kostümfrau, gerichtet wurde. Sie kniete vor ihm und hatte den Mund voller Stecknadeln, und er streichelte ihr mit einer losen Feder gedankenverloren über die linke Brust. »Hören Sie auf damit!« Die Stecknadeln fielen ihr aus dem Mund. »Und geben Sie mir die Feder. Ich muss sie ankleben.«

»Roger«, sagte ich. »Kann ich mit dir sprechen?«

»Aber selbstverständlich!« Er zeigte auf den Bühnenrand. »Gehen wir dorthin, wo es schattig ist.« Er wedelte mit der Feder vor meiner Nase.

Auf keinen Fall schattig. Ich musste sein Gesicht sehen können. »Hier drüben«, sagte ich und führte ihn ins Scheinwerferlicht.

»Roger, hat Wayne in deiner Gegenwart je einen Mann namens Digby erwähnt?«

»Nein.« Er kitzelte mich mit der Feder im Gesicht.

»Würdest du bitte damit aufhören?«

»Nein«, sagte er. »Ich habe mich sexuell nicht im Griff. Das hast du bestimmt schon gehört.«

»Ein Mann namens Digby?«, wiederholte ich.

»Nie von ihm gehört. Ich würde es dir sagen. Also … immer noch keine Spur von Wayne?«

»Nein.«

Plötzlich fiel die lässige Haltung von Roger ab, und Schweißperlen bildeten sich auf seiner Stirn. »Wir müssen ihn wirklich finden. Du siehst doch, was für ein lachhaftes Spektakel das hier zu werden droht. Ohne Wayne sind wir aufgeschmissen.«

»Ich tue, was ich kann. Ich überlege nur …«, sagte ich. Ich wusste selbst nicht, wohin mich das führen würde.

»Du überlegst was?«

»John Joseph. Ich überlege, ob er was zu verbergen hat.«

»Zu verbergen?« Roger sah mich an, als wäre ich bescheuert. »Natürlich hat er was zu verbergen. John Joseph hat reichlich zu verbergen.«

»Wirklich? Zum Beispiel?«

»Ich meine, wir alle haben etwas zu verbergen.«

»Und was verschweigst du mir?«

»Nichts. Glaub mir. Ich verschweige dir nichts. Ich möchte, dass Wayne gefunden wird.«

Ich seufzte. »Also gut. Ruf mich an, wenn dir doch noch etwas einfällt.«

»Vielleicht rufe ich dich auch so an«, sagte er leise und anzüglich.

»Ach, hör doch auf.«

»Geht nicht.« Er klang fast stolz. »Habe mich sexuell nicht im Griff.«

Ich wandte mich ab und stieß auf Jay. »Wo ich schon hier bin, kann ich dich ja auch fragen. Weißt du, ob Wayne einen Freund hat, der Digby heißt?«

»Nein. Aber wie schon gesagt: So gut kenne ich Wayne nicht. Was hat Roger von sich gegeben?«

»Ich behaupte nicht, dass Roger St Leger ein Serienmörder ist«, sagte ich nachdenklich, »das behaupte ich wirklich nicht. Aber er steht mit so einem Killer auf derselben Stufe.«

Jays Miene hellte sich auf. »Ich weiß, was du meinst. Er ist der Typ, dem die Frauen noch in der Todeszelle nachstellen ...«

»Genau! Und ihm aufgeilende Fotos von sich schicken ...«

»... und dem Gouverneur schreiben und sich für eine Umwandlung des Todesurteils in lebenslänglich einsetzen. Hier kommt Frankie!«

Endlich wurde Frankie zur Erde runtergelassen, desgleichen Zeezah, cool und elegant.

Die Leute eilten zu ihm und wollten ihm helfen, aber er war sehr, sehr entspannt und konnte sich kaum auf den Beinen halten. Offensichtlich war es eine extra starke Xanax gewesen, die Roger hatte.

»Ich dachte, ich schaff's nicht«, wisperte Frankie und legte sich auf den Fußboden. Ich kniete mich über ihn. »Frankie. Mach die Augen auf. Hat Wayne einen Freund, der Digby heißt? Hast du ihn mal von einem Digby sprechen hören?«

»Nein«, sagte er schwach.

»Und du, Zeezah?«, fragte ich. »Hat Wayne mal von jemandem gesprochen, der Digby heißt?«

»Nein«, sagte sie fest und sah mich an, ihr Blick war aufrichtig, rein und klar. Anders als neulich, als ich sie nach Gloria gefragt hatte; da war sie nervös gewesen, diesmal glaubte ich ihr.

Ich glaubte ihnen allen. Wayne hatte keinen Freund, der Digby hieß. Digby war das erste Mal um zwei Minuten vor zwölf am Donnerstagvormittag in Waynes Leben getreten. Also musste Digby eindeutig der gedrungene Mann um die fünfzig mit Glatze sein, mit dem Wayne weggefahren war.

Damit war das geklärt.

Was kam als Nächstes?

39

Ich überlegte, ob ich nach Clonakilty fahren sollte, aber das schien ziemlich sinnlos, da ich in weniger als zwei Stunden zu John Josephs Grillfest wieder zurück sein sollte, also fuhr ich wieder nach Mercy Close. Irgendwie konnte ich mich von dem Haus nicht lange fernhalten. Unterwegs kaufte ich ein paar Flaschen Cola light, um das, was ich von Wayne gestohlen hatte – ja, gestohlen, warum es nicht beim Namen nennen? –, zu ersetzen, und noch einmal vier Liter für mich. Ich trank gern Cola light.

An der Tankstelle zwang ich mich, ans Essen zu denken. In einem Kühlfach lagen ein paar traurige Sandwiches mit grauem Fleisch, das Schinken zu sein behauptete. Das war nichts für meinen Magen. Eine Packung Cheerios, das müsste reichen, und Bananen, wenn sie welche hatten. Aber sie hatten keine, also nur Cheerios.

Ich fand ganz in der Nähe von Waynes Haus eine Parklücke, schloss das Haus auf, schaltete die Alarmanlage aus und spürte, wie ich aufatmete. Es war so schön hier.

Zehn Sekunden später erhielt ich eine Nachricht, dass ich im Haus angekommen war. »Ja, ich weiß, dass ich hier bin, vielen Dank, ja.« Es war alles so schön.

In der Küche stellte ich die Ersatzflasche Cola in den Kühlschrank und legte meine eigenen Flaschen ebenfalls hinein, dann überlegte ich, ob das vielleicht ein bisschen frech war. Schließlich benutzte ich die Kälte des Kühlschranks, für die Wayne den Strom bezahlte. Es fühlte sich etwas unverfroren an, also nahm ich die Flaschen wieder heraus.

Ich ging ins Wohnzimmer, setzte mich auf den Fußboden und aß sieben Handvoll Cheerios. Als die Zuckerwelle durch mich hindurchwogte, stand ich auf und machte mich bereit für eine erneute Durchsuchung des Hauses. Ich wusste nicht, wonach ich suchte, ich wusste nur, dass ich dranbleiben musste. Ich kam zu dem Schluss, dass ich am ehesten etwas Neues im Wohnzimmer entdecken würde, weil ich da bisher nichts anderes getan hatte, als auf dem Fußboden zu liegen und an die Decke zu starren.

Als Ausgangspunkt bot sich der eingebaute Wandschrank an. Er war zweigeteilt, der obere Teil bestand aus Borden, auf dem der Fernseher, die Skybox und andere technische Geräte untergebracht waren, im unteren Teil waren Schubladen. Ich war mir ziemlich sicher, dass ich die Schubladen schon durchgesehen hatte. Auf jeden Fall hatte ich die oberste aufgemacht, denn da hatte ich Waynes Pass gefunden, aber war es möglich, dass ich die restlichen vergessen hatte? Es wäre mir nicht ähnlich, aber konnte es sein, dass ich in meiner Überheblichkeit, weil ich den Pass gefunden hatte und vor Jay Parker damit angeben und seinen Misserfolg auskosten wollte, diesen Fehler gemacht hatte?

In rasendem Tempo zog ich eine Schublade nach der anderen auf und entdeckte Kabel und Ladegeräte und andere Dinge von unfassbarer Langweiligkeit. Aber in der untersten Schublade fand ich eine Videokamera. Wie sie so dalag, ganz allein, sah sie völlig harmlos und gleichzeitig erstaunlich schuldbewusst aus.

Der Anblick war so unerwartet, dass ich quer durch den Raum zurückwich, dann auf Zehenspitzen wieder heranschlich und sie erneut betrachtete. Kleines, unscheinbares Ding; trotzdem war mir ziemlich unbehaglich. Videokameras sind der Heilige Gral. Oder können es zumindest sein. Man weiß nie, was sie in sich bergen. Möglicherweise perverse, belastende Nacktaufnahmen, wenn man das glaubt, was so im Web »geleakt« wird.

Ich mochte Wayne, ich wollte nicht entdecken, dass er auf perverse, belastende Nacktaufnahmen stand, aber ich hatte einen Auftrag zu erledigen.

Ich nahm die Kamera aus der Schublade, klappte den kleinen Bildschirm auf und drückte auf »PLAY«. Eine Liste von Dateien, nach Datum geordnet, wurde angezeigt. Ich wählte die neueste, ein Film, der vor zehn Tagen gedreht worden war, und machte die Augen fest zu. Keine Nacktflöten, bitte, flehte ich das Universum an. Erspart mir ein Homevideo von Waynes Nacktflöte.

Oder von seinem Schamhaar. Ich fühlte mich zu zerbrechlich, um das Schamhaar eines Fremden anzusehen. Aber im nächsten Moment versuchte ich mir Waynes Schamhaar vorzustellen, und plötzlich ging meine Fantasie mit mir durch. War es möglich, dass er sich untenrum im Stil des Opernhauses von Sydney hatte frisieren lassen? Passend zu der früheren Frisur auf seinem Kopf? Doch der Tonspur des Films nach zu urteilen, bewegten wir uns nicht im Nacktflötenbereich. Eher klang es wie ein Familientreffen. Ich hörte Lachen und Stimmen, die gleichzeitig sprachen, und als ich vorsichtig ein Auge öffnete, sah ich, wie die

Kamera auf Waynes Mum zuhielt – ich erkannte sie von den Fotos auf dem Bord –, und Waynes Stimme sagte: »Und das ist Carol, das Geburtstagskind. Möchtest du zu diesem denkwürdigen Anlass ein paar Worte sagen?«

Carol lachte und wedelte mit der Hand. »Hör auf, hör auf, nimm das Ding da weg.«

»Na gut«, sagte Wayne. »Rowan, möchtest du mal das Filmen übernehmen?«

Nach einem verschwommenen Schwenk über den Fußboden erschien Wayne zusammen mit einem Jungen, der vielleicht zehn Jahre alt war, auf dem Bildschirm. »Wir filmen uns selbst«, sagte der Junge. »Ich bin Rowan, und das ist mein Onkel Wayne. Er ist mein Lieblingsonkel, aber das dürfen wir Onkel Richard nicht sagen.«

Richard war Waynes Bruder, Rowan war also der Sohn von Waynes Schwester.

»Grandma Carol hat heute Geburtstag«, sagte Rowan. »Sie wird fünfundneunzig.«

So alt?, dachte ich verblüfft. Sie sah um Jahrzehnte jünger aus. Immer das Gleiche, die Lebertran-Methode.

»Gar nicht wahr!«, sagte eine Stimme. »Ich bin fünfund*sechzig.*«

»Ich kann keine Zahlen«, sagte Rowan.

»Du bist ganz schön frech.«

»Mach du mal weiter«, sagte Wayne zu Rowan. Eine erneute Ansicht des Fußbodens, als Rowan die Kamera übernahm, und danach war die Kameraführung längst nicht mehr so stabil.

Unter Rowans Führung gingen wir durchs Haus – ich nahm an, dass es das Haus von Waynes Eltern war – und kamen zur Küche. »Das ist Mum«, sagte Rowans Stimme. »Und meine Tante Vicky.«

Zwei Frauen – Waynes Schwester Connie und Vicky, Waynes Schwägerin – saßen am Küchentisch. Sie tranken Rotwein, und die Kamera näherte sich ihnen so weit, dass man eine sagen hörte: »... und sie kann sich zwischen den beiden nicht entscheiden.« Plötzlich richtete Connie sich auf und blickte direkt in die Kamera. »Mensch, ist das Ding an?«

»Mach es aus!«, sagte Vicky. »Sonst kriegen wir noch eine Anzeige.«

Aber alles in freundlichem Ton.

Weiter ging's. Wir begegneten Granddad Alan (Waynes Vater), der eine Schürze und Topfhandschuhe anhatte und ein Blech mit Würstchen im Schlafrock aus dem Ofen holte. Dabei sang er »When I'm sixty-five« auf die Melodie von »When I'm sixty-four«.

Wir begegneten Baby Florence, das gar kein Baby mehr war, eher ein Kleinkind, das ein Plastikbötchen in unsere Richtung warf. Wir begegneten Suzie und Joely, zwei kleinen Mädchen, ungefähr in Bellas Alter und ebenso rosa. Eigentlich sind wir ihnen nicht richtig begegnet, denn sobald sie Wayne und Rowan mit der Kamera sahen, riefen sie: »Jungen raus!« Und die Kamera verzog sich eilig.

Wir begegneten Ben, Rowans älterem Bruder, der sich pubertär gab und mit verächtlicher Miene hinter einem Buch Deckung suchte. Wayne zeigte Rowan, wie man den Zoom bediente – man konnte das nicht sehen, sondern nur seine Stimme hören –, damit man den Titel lesen konnte.

»*Der Fremde* von Albert Camus«, sagte Rowans Stimme. »Eins von Bens blöden Büchern. Er liest die ganze Zeit.« Trotz des spöttischen Klangs verbarg seine Stimme nicht, dass Rowan von den Veränderungen in seinem Bruder verwirrt und ein bisschen gekränkt war.

»Damit hört er auch wieder auf«, sagte Wayne verständnisvoll.

»Du hast auch nicht aufgehört«, sagte Rowan.

»Ach, eigentlich schon, ich tu nur so.«

Dann sahen wir Kuchen und Kerzen und die Familie, die sich in der Küche versammelt hatte und »Happy Birthday« sang. Wir hörten Klatschen und Juchzen und den Ruf nach einer Rede. Als der kleine Film zu Ende war, wären mir fast die Tränen gekommen. Und ich hatte etwas sehr Wichtiges begriffen. Ich hatte begriffen, dass Wayne ein anständiger Mensch war. Er war gut zu Kindern, er erlaubte ihnen, mit seiner teuren Videokamera zu hantieren, und mischte sich nicht dauernd ein. Er liebte seine Familie, und seine Familie liebte ihn, das war offensichtlich.

Aus Gründen, die niemanden etwas angingen, wollte Wayne nicht mehr zu den Laddz gehören, und das war sein gutes Recht.

Ich würde die Suche abbrechen.

40

Ich musste mit Jay Parker von Angesicht zu Angesicht sprechen. Wenn ich es ihm am Handy sagte, würde er versuchen, mich davon abzubringen, aber wenn er die Entschlossenheit in meinem Blick sah, wüsste er, dass es mir ernst war.

Ich suchte meine Sachen zusammen, nahm auch meinen Karton Cheerios, und bevor ich die Alarmanlage einstellte, verabschiedete ich mich von Waynes schönem Haus. Schon jetzt vermisste ich es schmerzlich.

Ich fuhr zu John Josephs Anwesen und musste alle möglichen unverschämten Fragen von Alfonso beantworten, bevor er mich einließ. Eine Hausangestellte in Uniform – nicht Infanta – führte mich durchs Haus und durch eine enorm große Glastür wieder hinaus, in einen terrassenförmig angelegten, aufwendig gestalteten Garten.

Ich stand auf der Veranda, betrachtete die Menschen vor mir, bestimmt dreißig oder mehr, und rief mir Arties Worte in Erinnerung: »Die Möglichkeiten sind endlos. Endlos. Die Extreme menschlichen Verhaltens … Es gibt keine Grenzen für das, was Menschen zu tun bereit sind und mit wem.« Doch hier sah alles ziemlich zahm aus. Falls ich eine dunkle Unterströmung spürte, dann in meinem Kopf, es hatte nichts mit Wayne zu tun. Mit Wayne – wo immer er war, und ich wünschte ihm alles Gute – war alles in Ordnung. Die Suche nach ihm abzubrechen war richtig. Ich lieferte ihn keinem schrecklichen Schicksal aus.

Mir entging nicht, dass bisher niemand etwas zu essen bekommen hatte. Schwierigkeiten mit dem Holzkohlegrill. Der Grill stand auf der Veranda, wo Clive vom Schaltpult und Infanta verzweifelt versuchten, ihn in Gang zu bekommen.

Ich entfernte mich von ihnen, weil die Angst, die ihnen im Nacken saß, so schrecklich war. Früher oder später, das wussten wir alle, würde es John Joseph auffallen, und dann würde er sie zusammenstauchen.

Doch in diesem Moment hielt er eine Bierflasche und tat so, als wäre er kein Despot. Allerdings lag er Harvey, diesem Pechvogel, in den Ohren, und ich war mir sicher, es ging nicht um Fußball. Eher schienen Harveys Fehler und Versäumnisse das Gesprächsthema zu sein.

Ich beobachtete die Menschen im Garten. Wäre ich der Grillfestinspektor der irischen Regierung, müsste ich feststellen, dass sich das Maß der Geselligkeit lediglich um die Marke »hinreichend« bewegte. Wir waren noch weit entfernt von »gefährlich aus dem Ruder gelaufen«. (Die höchste Marke erreichte man, wenn es zu öffentlichem Urinieren kam. In dem Fall wurde einem vom irischen Präsidenten eine Medaille überreicht.)

Aber diese Ansammlung hier in John Josephs Garten müsste sich ein bisschen mehr ins Zeug legen, wenn sie nicht in einem grünen Wagen zu einem Umerziehungslager in Dublins Vergnügungsviertel Temple Bar befördert werden wollten, wo man ihnen beibringen würde, »richtig auf den Putz zu hauen«. Sie strengten sich einfach nicht genug an. Wenn mich nicht alles täuschte, erspähte ich jemanden – ich verengte meine Augen zu Schlitzen –, der Wasser trank. Wasser! Keinen Alkohol! Oh, das sah nicht gut aus für meinen Bericht, überhaupt nicht gut. Die Wassertrinkerin war Zeezah, und möglicherweise hatte sie Gründe dafür, dass sie dem Bier fernblieb, religiöse vielleicht. Aber wir Iren sind eine *sehr* religiöse Nation, und für uns war das noch nie ein Grund, uns nicht nach Strich und Faden zu besaufen.

Zeezah unterhielt sich charmant mit einem der haarigen Roadies. (Und die, das musste man ihnen lassen, strengten sich wirklich an: in beiden Händen eine Flasche Bier, und einer hatte sogar eine Flasche in seinem Pferdeschwanz verstaut. Ich würde ihre Namen herausfinden und sie für das Prädikat »sehr lobenswert« empfehlen.) Zeezah sah auf, und als sie mich entdeckte, glaubte ich, einen Schatten über ihr Gesicht huschen zu sehen, doch dann winkte sie und lächelte süß, und ich konnte nicht umhin, auch zu lächeln.

Ich sah Frankie, sein Blick noch immer glasig nach der Xanax-Episode. Und Roger St Leger, der seinen Charme bei einer unglückseligen Frau in sehr knappen, abgeschnittenen Jeans und Cowboystiefeln versprühte. Sie warf ihren sonnengebleichten Schopf nach hinten, zeigte ihren sonnengebräunten Hals und lachte laut, und ich wollte zu ihr eilen und sagen: »Oh, jetzt lachen Sie. Oh, jetzt sind Sie glücklich, aber warten Sie ab. Nur sechs Wochen, dann hat er Sie komplett wahnsinnig gemacht. Und dann werden Sie in die Notaufnahme eingeliefert, nachdem Sie versucht haben, sich mit dem Einwegrasierer, mit dem Sie sich eigentlich für ihn die Beine rasieren wollten, die Pulsadern aufzusäbeln.«

Aber was kann man tun? Man muss die Menschen ihre eigenen Fehler machen lassen. Wo wir von Fehlern sprechen, da war Jay Parker. Er erzählte Lottie und einer ihrer Assistentinnen irgendwelches dumme Zeug, hatte die Ärmel seines Hemdes aufgerollt, schwenkte seine Bierflasche und gestikulierte beim Sprechen.

Ich straffte meine Schultern, suchte meinen inneren Stahlträger und machte mich auf den Weg zu ihm. Als erspürten sie meine Entschlossenheit, wichen die Menschen vor mir zu beiden Seiten zurück, wie damals die Wassermassen bei der Teilung des Roten Meers.

Kurz bevor ich bei ihm war, drehte er sich auf dem Absatz zu mir um, wendig und elegant, als wäre er einer der Jackson Five. »Helen!« Er setzte den anderen Fuß auf und stoppte die Drehbewegung. Perfektes Zeitgefühl. Er schien begeistert, mich zu sehen.

»Hör zu, Parker, ich steige aus.«

»Was willst du damit sagen?« Er verstand mich sehr gut, das sah ich ihm an. Das Lächeln blieb in seinem Gesicht, aber seine Augen bekamen einen verunsicherten Ausdruck und sprangen umher, schon auf der Suche nach einem Ausweg.

»Ich möchte die Suche nach Wayne einstellen.«

»Warum? Das Geld kriegst du.«

»Es geht mir nicht ums Geld.« Nie hätte ich geglaubt, dass ich diesen Satz jemals laut sagen würde. »Hier sind Waynes Schlüssel.« Ich gab sie ihm und achtete tunlichst darauf, ihn nicht zu berühren. Zögernd nahm er sie entgegen.

»Aber womöglich ist Wayne in einer schlimmen Situation«, sagte er. »Vielleicht muss er *dringend* gefunden werden.«

»Nein, er ist in keiner schlimmen Situation, und er muss auch nicht gefunden werden. Er will bei den Konzerten nicht mitmachen. Lass ihn in Ruhe.«

»So einfach ist das nicht.« Parker nickte zu Frankie, dann zu Roger hinüber, die mich beide intensiv beobachteten. »Die brauchen das Geld.« Seine Augen wanderten weiter zu John Joseph und Zeezah, die mich ebenfalls anstarrten. »Alle brauchen das Geld. Das Leben dieser Menschen hängt davon ab, dass Wayne zurückkommt.«

»Dann such dir jemand anderen.«

»Ich will niemand anderen. Ich will dich.«

»Mich kannst du nicht haben.«

Er streckte den Arm aus, und ich starrte auf seine Hand, gespannt, ob er den Nerv hätte, mich zu berühren.

»Helen ...« Er sah so verzweifelt aus, dass ich fast nachgegeben hätte. Aber nur einen winzigen Moment lang.

»Ich hoffe, es geht für euch alle gut aus«, sagte ich und wollte mich davonmachen.

»Warte!«

Ich drehte mich um und sah ihn an.

Er schluckte, dann strich er die Strähne zur Seite, die ihm in die Stirn gefallen war. »Gut, lassen wir das mit Wayne. Aber könnten wir uns wieder treffen? Du und ich?«

Ich sah ihn sehr, sehr lange an.

»Ich vermisse dich«, sagte er, und es war fast ein Flüstern.

»Wirklich?« Plötzlich war mir sehr traurig zumute. »Und ich vermisse Bronagh.«

Als ich mich umdrehte und ging, quälte mich einen kurzen lähmenden Moment die Frage, ob ich Wayne einem schrecklichen Schicksal auslieferte, aber ich wusste, dass das nicht der Fall war. Ich hatte die richtige Entscheidung getroffen.

Warum also fühlte ich mich so elend?

Weil ich nichts hatte, womit ich meinen Kopf beschäftigen konnte, das war der Grund.

Weil ich nichts anderes tun konnte, als zum Haus meiner Eltern zu fahren und der Tatsache ins Gesicht zu sehen, dass ich kein Zuhause mehr hatte.

Weil ich nichts zu tun hatte und mich der Tatsache stellen musste, dass ich seit über vierundzwanzig Stunden nicht geduscht hatte und es keine Ausflüchte mehr gab.

Die Welle von tiefer Schwärze, die aus meinem Inneren heraufwogte, drohte mir die Sicht zu nehmen. Es war wie eine Sonnenfinsternis. Aber ich kannte das schon. Ich wusste, was ich zu tun hatte. Einen Fuß vor den anderen setzen. Bis es nicht mehr weiterging.

41

Auf dem Weg zum Haus meiner Eltern stürmten lauter Erinnerungen an Bronagh auf mich ein.

Sie hatte nie Schmuck getragen – keine Ohrringe, keine Armreifen, nichts. Deshalb glaubte ich an dem Tag, als sie zu mir in meine brandneue Wohnung kam, ich würde halluzinieren.

»Bronagh«, sagte ich. »Warum trägst du diesen Ring da?«

Sie blickte auf ihre linke Hand mit dem großen quadratischen Diamanten hinunter, als würde sie gar nicht zu ihr gehören. »Ach so, ja. Blake hat mich gebeten, ihn zu heiraten.«

»Und … willst du das?«

»Ich denke schon.«

»Aha. Aber sollten wir dann nicht ausgelassen kreischen und Luftsprünge machen?«

»Ja, schon. Und du musst mich umarmen und weinen und sagen, wie sehr du dich für mich freust.«

»Na gut, versuchen wir es mal.«

Wir hielten uns an den Händen, und ich versuchte das mit dem Kreischen, aber es ist so, wie wenn man auf Kommando lachen soll – es so hinzukriegen, dass es natürlich klingt, ist schwer.

»Jetzt die Umarmung«, sagte sie.

Pflichtbewusst umarmte ich sie und sagte: »Ich freue mich so sehr für dich.«

»Du musst weinen«, sagte sie.

»Das kann ich nicht«, sagte ich. »Ich glaube, ich stehe unter Schock.«

»*Du* stehst unter Schock?«

»Komm«, sagte ich, »wir legen uns auf Bett und jammern über dies und das und versuchen, unser inneres Gleichgewicht wiederzuerlangen.«

Wir legten uns nebeneinander auf mein Mutter-Oberin-Bett, und um einen Anfang zu machen, hielt ich eine Klagerede über Menschen, die Tabletts benutzten. »Ich weiß, dass es eine bequeme Methode ist, die Teetassen und so in die Küche zu transportieren, aber es ist so spießig.«

»So richtig Fünfzigerjahre!«

»Ich würde lieber jeden Teelöffel einzeln in die Küche tragen, als ein Tablett zu benutzen.«

»Muss ich ein Kleid anziehen?«

»Um einen Teelöffel zu tragen?« Einen Augenblick wusste ich nicht, wovon sie sprach. »Ach so, zum Heiraten. Du musst nichts tun, was du nicht willst. Du bist Bronagh Keegan.«

»Nicht mehr lange.«

»Was meinst du damit? Du nimmst Blakes Namen an?«

»Wahrscheinlich.«

»Mann. Das musst du nicht, weißt du?«

»Aber ich glaube, ich will es. Muss ich dann ein Kleid anziehen?«

»Du machst es mit Kirche und allem Drum und Dran?«

»Ja. Ich werde mir so blöd vorkommen in einem Kleid. Völlig idiotisch.«

Ich hatte sie nie in einem Kleid gesehen, aber ich konnte mir vorstellen, dass sie komisch aussehen würde.

»Zieh doch einfach Jeans und einen Kapuzenpulli an«, schlug ich vor.

»Vielleicht. Wenn sie weiß wären?«

»Ja … vielleicht.«

»Kannst du meine Brautjungfer sein?«

»Klar! Sicher! Danke. Ich meine, es wird mir eine Ehre sein. Wird es noch mehr geben?« Aber mir fiel niemand ein, der noch dafür infrage kam.

»Nein. Nur du.«

Es heißt, eine Braut sieht immer schön aus.

Aber man hätte nicht wirklich sagen können, dass Bronagh *schön* aussah. Sie trug das schlichteste Hochzeitskleid, das man je gesehen hatte – der Schneiderin hatte sie gesagt, sie solle ihr einfach ein weißes Laken über den Kopf werfen und ein Loch für den Kopf hineinschneiden, und obwohl es die arme Schneiderin beinahe umbrachte, gab sie sich Mühe, den Auftrag zu erfüllen.

Bronagh trat mit wildem Blick an den Altar, als hätte sie ein waghalsiges Kunststück vor. (Als ich mir später das Video ansah, war es wie der Anfang eines Horrorfilms, wenn man sich die Fingernägel in die Handflächen gräbt, weil man jeden Moment damit rechnet, dass etwas Schreckliches passiert. Und das umso mehr, als auf Blakes Gesicht ein leicht debiler Ausdruck von Liebe und Dankbarkeit stand.) Bis zur letzten Sekunde rechnete ich damit, dass Bronagh sich auf dem Absatz umdrehen und wieder aus der Kirche stürmen würde oder dass sie etwas Unerhörtes tun würde, wie Blakes Vater abzuknutschen, aber nein, alles ging glatt über die Bühne.

42

Im Haus meiner Eltern war mein ganzer Kram ausgepackt und ordentlich verstaut worden. Die Kleider hingen im Kleiderschrank, die Unterwäsche lag gefaltet in Schubladen, und das Nacktfoto von Artie steckte verborgen unter einem kleinen Berg ordentlich zusammengerollter Strümpfe.

Auf dem Boden des Kleiderschranks waren meine zwei Dutzend Paar sehr hübschen, sehr hohen Schuhe aufgereiht: mit Leopardenmuster, mit Zehenloch, mit Schnalle, mit Glitter, mit Riemchen, so viele verschiedene. Ich starrte sie an, als sähe ich sie zum ersten Mal in meinem Leben. Sie waren so schön, aber sie sahen ganz schön schwierig aus. Wie konnte ich mich in ihnen aufrecht halten? Es war mir unvorstellbar, dass ich vor noch gar nicht langer Zeit sogar in ihnen gerannt war.

In meiner Zeit mit Jay Parker hatte ich praktisch immer High Heels getragen. Damals war ich eine sehr aufsehenerregende Erscheinung gewesen. Mit Artie zusammen war es anders, viel unauffälliger. Sicher, gelegentlich hatten wir Ausgang (allerdings gehörten sowohl der Ausdruck als auch das Konzept in die Tonne), aber die Zeit, die wir miteinander verbrachten, und wie wir sie verbrachten, wurde größtenteils von seinen Kindern bestimmt.

Aber wenigstens hatten sie mich kennengelernt, sie wussten, dass ich existierte.

Artie und ich waren nämlich ganz schön ins Schlingern geraten, weil er versucht hatte, seine beiden Welten voneinander getrennt zu halten. Anfangs war das gut gegangen. Im Januar und Februar hatten wir uns häufiger verabredet – manchmal kam er zu mir in die Wohnung, manchmal ging ich zu ihm –, aber wir konnten uns nicht spontan und je nach Stimmung sehen. Wenn die Kinder bei Vonnie waren, hatten wir das Haus für uns, aber wenn sie bei ihm waren, hatte ich keinen Zugang zu ihm. Das gefiel mir nicht, aber er gefiel mir, und die ganze Sache war zu zerbrechlich, als dass man sie genau analysieren konnte, deshalb beschloss ich, nicht weiter darüber nachzudenken, zumindest vorerst nicht.

Ich machte mir unnötig viele Gedanken über Iona. Oft – wenn Artie nicht im Zimmer war – starrte ich ihr Bild an und versuchte in Gedankenübertragung zu sagen: *Wag es, mir das Leben schwer zu machen, und ich sorge dafür, dass dein Daddy mich mehr liebt als dich.* Aber das hätte ich niemals zugegeben, selbst unter Folter nicht.

Im März hatte ich die Nase voll davon, dass ich verheimlicht werden musste, und eines Morgens kam es zu einem Ausbruch. Nach einer Nacht bei Artie hatte ich mich angezogen und wollte gerade gehen. »Gut«, sagte ich, »ich gehe jetzt.«

Er reichte mir den BH, den ich am Tag zuvor getragen hatte. »Vergiss den nicht.«

»Vielen, vielen Dank«, sagte ich mit sarkastischem Unterton.

»Wie meinst du das?« Ihm entging nichts.

»Dass ich bloß keine Spuren hinterlasse.«

Er sah mich an, sein Gesicht war verschlossen. »Du weißt, dass es kompliziert ist.«

»Das sagst du dauernd, und es fängt an, mich zu langweilen.«

Ich entriss ihm meinen BH und stopfte ihn in meine Handtasche, dann ging ich ohne ein weiteres Wort. Er konnte mich mal. Ich hatte es satt, ein Niemand zu sein.

Ich beschloss, seine Anrufe nicht zu beantworten. Aber er rief nicht an. Ich rief auch nicht an, und das war schwer, schwerer, als ich gedacht hatte. Als ein Tag nach dem anderen verging, an dem ich nichts von ihm hörte, wurde mir klar, dass es vorbei war. Na gut, ich hatte der Sache sowieso keine Zukunft gegeben; wir passten überhaupt nicht zusammen.

Komisch, als ich anfing, darüber nachzudenken, stellte ich fest, dass keine meiner Beziehungen länger als drei Monate gedauert hatte. Der Tag, an dem Artie und ich uns über meinen BH in die Haare kriegten, war genau drei Monate nach unserer Begegnung bei dem Weihnachtsbasar.

Was war mit mir los? Hatte ich absichtlich die Drei-Monats-Marke als Zeitpunkt gewählt, ab dem ich es leid war, die unsichtbare Geliebte zu sein? Mum hat oft erzählt, dass ich als Kind mit einem neuen Spielzeug erst glücklich war, wenn ich es kaputt gemacht hatte. Anscheinend hatte sich daran jetzt, da ich erwachsen war, nichts geändert.

Mit so einer Einstellung würde ich immer allein bleiben. Aber was konnte ich dagegen tun? Ich war eben so. Also packte ich meine Gefühle für Artie zusammen, all meine Traurigkeit, das Verlustgefühl. Ich presste sie fest zusammen und formte einen kleinen handlichen Würfel daraus, wie man das mit zerdrückten Autowracks macht, so klein, dass ich ihn an einer staubigen Stelle in meinem Kopf, an der ich selten vorbeikam, verstauen konnte. Das machte ich immer so mit Dingen, für die ich keine Gefühle mehr aufwenden wollte. Aber in dem Fall war es viel schwieriger, als ich gedacht hatte.

Nach acht abscheulichen Tagen rief er an. »Können wir uns treffen?«, fragte er.

»Warum? Damit du mir meine Sachen zurückgeben kannst? Ach, ich vergaß, es gibt gar keine Sachen von mir, die du mir zurückgeben könntest.«

»Können wir uns treffen? Können wir reden?«

»Gibt es überhaupt etwas, worüber wir reden können?«

»Wir probieren es mal. Vielleicht finden wir etwas. Kommst du zu einem Spaziergang mit mir?«

»Was genau meinst du mit Spaziergang? Draußen in der Landschaft?« Ich fand, dass es ein seltsamer Vorschlag war, aber vielleicht besser, als sich irgendwo gegenüberzusitzen. »Okay«, sagte ich. »Vielleicht geht das. Was muss ich tun?«

»Sportschuhe anziehen. Hast du eine regenfeste Jacke?«

»Nein.«

»Lass mich raten: Du hältst nicht viel von regenfesten Jacken.«

»Richtig.«

»Ich kümmere mich drum, und ich bringe ein Picknick mit.«

»… ehm … Artie, das Wort ›Picknick‹ gehört unbedingt in die Tonne. Würde es dir etwas ausmachen, es nicht mehr zu benutzen?«

»Ist gut. Sagen wir, ich bringe was zu essen mit? Tragbares Essen?«

Es war ein wunderschöner Tag Mitte März, ein Tag, der fast ein Schock war, weil einem plötzlich bewusst wird, dass der Winter nicht immer weitergehen wird, und der Körper spürt, dass es auch so etwas wie Sommer gibt.

Artie holte mich ab, und als ich in sein Auto stieg, begrüßten wir uns verhalten, wir küssten uns nicht und berührten uns auch nicht. Er fuhr zum Devil's Glen, einem entlegenen, dicht bewaldeten Teil von Wicklow, und als er ausstieg, musterte ich ihn genau: Er trug Wanderschuhe, Jeans, eine blaue Jacke aus irgend so einem Hightech-Material und hatte einen Rucksack auf.

»In die Tonne?«, fragte er. »Ist es der Rucksack?«

Wir bemühten uns beide um einen versöhnlichen, nicht zu ernsten Ton, deshalb sagte ich: »Ist nicht so richtig mein Fall. Aber du hast Glück – weil du so attraktiv bist, ist es nicht so schlimm. Übrigens«, fragte ich, »was ist, wenn es regnet?« Die Sonne stand hell am Himmel, aber wir waren in Irland.

»Du könntest das hier anziehen.« Artie holte etwas aus dem Kofferraum.

»Was ist das?«, fragte ich misstrauisch.

»Eine Jacke.«

Zögernd nahm ich das Ding entgegen. Es war schwarz und wog weniger als eine Tüte Süßigkeiten, eine von den kleinen, die es sich kaum lohnt aufzureißen, weil so wenig drin ist.

»Ist das so eine Hightech-Jacke? Aus so einem Geschäft?« Ein unangenehmer Gedanke beschlich mich. »Es ist nicht ... Vonnies, oder?«

»Nein.«

»Ionas?«

»Nein.« Er lachte.

»Woher hast du sie dann?«

»Ich habe sie gekauft.«

»Für mich?«

»Für dich.«

»Eine Art Geschenk, ja?«

»Ja«, sagte er nachdenklich. »Eine Art Geschenk. Willst du sie anprobieren?«

»Ich weiß nicht. Meinetwegen.« Ich zog die Jacke über, und er machte den Reißverschluss zu. Sie war in der Taille eng und saß perfekt an den Hüften, nicht zu eng, nicht zu weit. An den Ärmelbündchen hatte sie Klettverschlüsse, es gab eine hübsche kleine Kapuze, und zu meiner Überraschung (von der überraschenden Sorte) gefiel sie mir.

»Sie passt mir«, sagte ich. »Einfach perfekt. Wie hast du das hingekriegt?«

»Es gab drei Größen: S, M und L. Du bist klein, also habe ich S genommen.«

»Danke, dass du nicht gesagt hast: ›Ist doch keine Kunst.‹«

»Gern geschehen.«

»Und danke für die Jacke.«

»Gern geschehen.«

Er ging mir voran auf einem Pfad in den Wald, durch ein schmales Tal neben einem munteren Bach. Das Licht war seltsam und grün, und die Sonne brach nur hin und wieder durch die Bäume. Die einzigen Geräusche waren das Rauschen des Windes in den Ästen und das Sprudeln das Baches. Es fühlte sich an, als wären wir die einzigen Menschen auf dem Planeten.

Zu meiner Überraschung (von der bezaubernden Sorte) kamen wir hin und wieder an lustigen Sprüchen vorbei, die in Steine am Wegrand gemeißelt waren. Sprüche wie: »Hier verstecken wir uns nach der Schlacht.« »Im Teich kann ich Seepferdchen sehen. Weiter weg sind Bären und Wölfe.« »So müde. Ich kann nicht weitergehen. Ich schlafe hier heut Nacht.«

»Was sind das für Sprüche?«, fragte ich Artie.

»Einfach Sprüche. Kunst, wenn du so willst.«

Neben ein paar grob behauenen und mit Moos bewachsenen Stufen stand: »Ich muss diese Stufen mal sauber machen.« Das brachte mich zum Lachen. Gelegentlich sahen wir seltsame Holzskulpturen: einen großen, aus Holzscheiten gefertigten Ball; eine unheimliche Figur, die aussah, als wäre jemand mit dem Kopf nach unten aufgehängt worden. Ein Fenster mit vier Scheiben, das aus dem Baum hing und einen Rahmen für unseren Blick bildete.

Nachdem wir ungefähr eine Stunde gegangen waren, kamen wir zu einem Wasserfall, und der Pfad hörte auf. Bei dem Becken unten war wieder ein Spruch: »Wenn wir den Ring finden, mache ich dir einen Heiratsantrag.«

Auf diesen Spruch machte ich Artie nicht aufmerksam.

Er breitete eine wasserdichte Decke aus, holte Sandwiches mit Käse und Farmersalat heraus, ein paar Schokoriegel und eine Flasche Prosecco, und obwohl er sich die Mühe gemacht hatte, meine Lieblingsspeisen zuzubereiten, konnte ich nichts essen. Ich trank Prosecco aus einem weißen Plastikbecher. Ich wusste nicht, was Artie sagen würde, ich wusste nicht, wie es weitergehen konnte, aber ich merkte, dass er auf etwas zusteuerte. Es ging um alles oder nichts.

Ohne mich anzusehen sagte er: »Ich habe dich vermisst.«

Ich sagte nichts. Ich würde es ihm nicht erleichtern, und wenn er mich um mehr Zeit bat, würde ich sie ihm nicht gewähren.

»Bella fragt immer noch nach dir«, sagte er.

Ich zuckte mit den Schultern.

»Sie hat den anderen von dir erzählt.«

»Und?«

»Sie wollen dich kennenlernen.«

»Und?«

»Möchtest du das?«

Ich schwieg sehr, sehr lange. Dann fragte ich: »Möchtest du das?«

»Ja.«

»Ich verstehe.« Ich stand auf und nahm den Plastikbecher, aus dem ich getrunken hatte. Ich trug ihn mehrere Meter weit und stellte ihn dort ins Gras, dann ging ich zu Artie zurück und gab ihm den Korken von der Prosecco-Flasche.

»Was hast du vor?«, fragte er.

»Das ist ein Test. Wirf den Korken, und wenn du ihn in den Becher zielst, dann bin ich dazu bereit.«

Er versuchte zu erkennen, ob ich es ernst meinte. »Nein.« Er klang fast höhnisch.

»Nein?«

»Niemand wirft irgendwelche Korken in irgendwelche Becher. Triff dich mit meinen Kindern oder lass es, aber mach nicht solche Spielchen.«

Ich fing an zu lachen. »Genau das war der Test. Du hast mit Glanz bestanden.«

»Wovon redest du?«

»Du hast dich mannhaft verhalten.«

»Habe ich das?« Er drehte den Korken zwischen Daumen und Zeigefinger der rechten Hand, immer und immer wieder.

»Ich treffe mich mit ihnen«, sagte ich. »Mach etwas für uns aus.«

»Gut.«

»Nicht zu lang, beim ersten Mal. Kein Abendessen mit acht Gängen. Ich will nicht das Gefühl haben festzusitzen. Etwas, das schnell geht.«

»In Ordnung.« Beiläufig und fast ohne hinzugucken, warf er den Korken so, dass er in einem hohen, anmutigen Bogen durch die Luft flog und genau im Becher landete, der darauf zu wackeln begann und umfiel.

Die offizielle Begegnung mit Arties Familie fand an einem Samstagnachmittag im Wohnzimmer statt. Ich kam »auf einen Sprung« (in die Tonne) vorbei, zu einer Tasse Tee, obwohl ich lieber den ganzen Weg nach Santiago de Compostela in meinen Louboutins gegangen wäre, als »auf einen Sprung, zu einer Tasse Tee« bei Leuten vorbeizukommen, aber da waren sie alle und warteten auf mich, auch Vonnie.

Bella legte die Hand auf die Brust und hauchte: »Helen, wie lange haben wir uns nicht gesehen?«

Vonnie war noch netter zu mir als Bella. Beide waren entzückt von mir, sie gerieten ins Schwärmen und fanden mich ganz süß, als wäre ich eine Puppe. »Mum?«, rief Bella aus. »Habe ich nicht gesagt, dass sie bezaubernd ist?«

»Be-zau-bernd«, bestätigte Vonnie.

Vielleicht ein *bisschen* von oben herab, nur ein winziges kleines bisschen, aber an Wärme und Freundlichkeit mangelte es nicht.

Zu meiner großen Überraschung (von der angenehmen Sorte) war auch Iona sehr freundlich, wenn auch nicht besonders an mir interessiert. Der eigentliche Schock war Bruno. Er sah nicht im Entferntesten aus wie auf den Fotos, die überall im Haus zu finden waren, denn die zeigten einen ungelenken, lächelnden, vorpubertären Jungen. Inzwischen war er älter und von Kopf bis Fuß in enge schwarze Klamotten gekleidet, sein Haar war wasserstoffblond gefärbt, er trug Lidschatten und war voller stacheliger Feindseligkeit.

»Du bist also Dads neue *Freundin?*«, sagte er hochmütig.

»Ja.«

»Warst du schon mal hier? In diesem Haus?«

»Ehm … ja.«

Er zog einen hübschen rosa Stringtanga aus der Tasche und drückte ihn mir in die Hand. »Ich glaube, den hast du hier liegen lassen.«

Ich starrte auf den Tanga und schüttelte den Kopf. »Nicht meiner.«

»Mum und Iona und Bella gehört er auch nicht. Wem dann? Dad muss wohl noch eine … *Freundin* haben.«

Vielleicht hatte Artie wirklich noch eine Freundin. Vielleicht vögelte er eine andere Frau. Der Gedanke war so entsetzlich, dass ich mich auf der Stelle übergeben wollte.

»Oder vielleicht …« Ich gab Bruno den Tanga zurück. »… gehört er dir?«

Bella sog theatralisch die Luft ein, und Vonnie und Iona überstürzten sich förmlich damit, das Teil als ihres zu deklarieren.

Bruno und ich beachteten sie nicht und hielten uns gegenseitig mit Blicken fest: Das war Krieg.

Im Interesse des harmonischen Miteinanders auf lange Sicht hätte ich nachgeben und Bruno gewinnen lassen sollen. Stattdessen betrug ich mich genauso schlecht wie er. Ich musste zugeben, dass selbst ich – obwohl ich bereits genug Erfahrung mit Claires garstiger Tochter Kate hatte – von seiner Gehässigkeit schockiert war.

»Was ist hier eigentlich los?«, fragte Artie. »Woher hast du das?«

»Verpiss dich«, sagte Bruno zu Artie und tänzelte aus dem Zimmer. »Und du«, fügte er mit einem giftigen Blick hinzu, den er mir von der Tür her zuwarf, »du kannst dich auch verpissen.«

In einer späteren, von Artie und Vonnie durchgeführten Befragung gab Bruno zu, dass er den Tanga gekauft hatte, um möglichst großes Unheil zu stiften.

Aber die Episode bestimmte den Ton für alle zukünftigen Begegnungen zwischen Bruno und mir.

43

Ich stöpselte mein Ladegerät in die Steckdose und zwang mich zu dem Gedanken, dass ich es sehr gut hatte: Ich hatte Zugang zu Strom und ein Dach über dem Kopf und ein Bett, in dem ich schlafen konnte. Aber ich war fast vierunddreißig Jahre alt, und nachdem ich geglaubt hatte, den Schritt ins Erwachsenenleben geschafft zu haben, lebte ich wieder bei meinen Eltern. Der Schmerz war grauenhaft.

Ich wollte ins Bett kriechen und alle meine Schlaftabletten nehmen und mich ganz dem Vergessen überlassen – aber plötzlich stand Mum in der Tür.

Sie warf einen Blick auf mich, und ich sah ihre entschlossene Miene: Sie würde dieses Schiff nicht untergehen lassen. »Ab ins Badezimmer mit dir!«, sagte sie. »Wir gehen zum Grillfest.«

»Nein, Mum, ich kann nicht ...«

»Sage nie, das kann ich nicht. Komm schon, lass uns mal richtig über die Stränge schlagen und dir auch die Haare waschen.«

»Nein, Mum ...«

»Ja, Mum.«

Sanft, aber unnachgiebig brachte sie mich dazu, mich auszuziehen und in die Badewanne zu steigen. So als wäre ich wieder ein kleines Kind. Das ging sogar so weit, dass ich laut heulte, als ich Shampoo in die Augen kriegte.

»Hör auf zu heulen«, sagte sie und wickelte mich in ein Badetuch. »Wenigstens bist du sauber. Jetzt ziehen wir dir was an. Komm schon, hier sind schöne frische Sachen, schlüpf rein.«

Sie half mir in ein knappes T-Shirt und leichte Jeans, die Claire vorbeigebracht hatte. Man musste es Claire lassen, so unzuverlässig sie auch war, gelegentlich konnte sie einen wirklich überraschen, denn diese Sachen – die sie offensichtlich bei Kate gestohlen hatte – waren genau richtig für den milden (das heißt grässlichen) irischen Sommer.

Mum bestand darauf, dass ich getönte Sonnencreme und Wimperntusche, Rouge und Lipgloss benutzte und dass ich ihr dann meinen Alexander-McQueen-Schal zeigte, den ich Claire hinterlassen wollte, als ich das erste Mal versucht hatte, mich umzubringen.

»Häng ihn dir drüben beim Fenster auf«, sagte sie. »Wo ich ihn sehen kann. Dann weiß ich, dass du dir nichts antust.«

Mit matten Bewegungen tat ich, was sie sagte. Es hatte keinen Zweck, ihr zu sagen, dass der Alexander-McQueen-Schal schon lange keine Faszination mehr auf mich ausübte. Da fiel mir ein, dass ich diesmal überhaupt keine kostbaren Sachen zu verschenken hatte. Das jagte mir dann doch einen kleinen Schrecken ein. Stand es wirklich so schlimm um mich? Dass ich an »diesmal« dachte?

»Also, hier ist unsere Abmachung«, sagte sie.

»In die Tonne«, sagte ich automatisch. »Du hast gesagt ›unsere Abmachung‹.«

»Entschuldige bitte.« Sie ließ nicht locker. »Komm für zehn Minuten mit zum Grillfest. Danach kannst du mit deiner Arbeit weitermachen.«

»Keine Arbeit mehr. Arbeit ist vorbei.«

»Gut gemacht! Der Fall ist also gelöst.«

Was sollte ich darauf sagen?

»Jetzt erzähl mir doch mal genau, worum es eigentlich ging.«

»Das kann ich nicht.«

»Sage nie: Das kann ich nicht«, insistierte sie.

»Wirklich, Mum, es geht nicht.«

»Aber die Karten für das Laddz-Konzert haben wir doch, oder?«

»Sicher.« Ich würde das schon hinkriegen. Notfalls würde ich die Karten eben kaufen.

»Das heißt, dass Jay Parker nicht mehr herkommt?«

»Jay Parker kommt *ganz bestimmt* nicht mehr her.«

»Aha«, sagte sie.

»Was, aha?«

»Sollte es da vielleicht doch noch etwas geben? Etwas Unerledigtes zwischen dir und Jay Parker?«

»Zwischen mir und Jay Parker gibt es nichts Unerledigtes. Ich habe einen ...« Die Sache mit den Nacktfotos von Artie musste ja mal angesprochen werden, warum nicht jetzt? »Ich habe einen Geliebten.«

»Und was für einen! Ein echter Mann!«

»Warum redest du so? Welche Shows hast du im Fernsehen gesehen?«

»Ach, das Übliche. *America's Next Top Model.* Was gerade so läuft.«

»Jedenfalls eins möchte ich klarstellen. Artie. Ich ...« Ich zögerte. »Ich bin ihm sehr gewogen.«

»Sehr gewogen, wie? Wer hat jetzt Jane Austen gelesen? Gut, wenn du nicht arbeitest, kannst du ja auf jeden Fall mit zu Claires Grillfest kommen.«

»Zehn Minuten«, sagte ich. »Unter der Bedingung, dass wir in meinem Auto hinfahren.« Damit ich, falls notwendig, schnell flüchten konnte.

In Claires Garten hatte die Geselligkeit schon preisverdächtige Ausmaße angenommen. Hier bestand nicht die Gefahr, dass jemand in einem grünen Bus zu einem Umerziehungszentrum abtransportiert wurde. Etliche von Claires Freundinnen waren da, sie ließen ihre Kinder unbeaufsichtigt rumlaufen, schüttelten ihr gesträhntes Haar und trugen billig imitierte Versace-Sonnenbrillen (Versace, also wirklich!). Dabei gossen sie fröhlich den Wein in sich hinein, den sie hartnäckig *Vino* nannten. Das kam sofort in die Tonne.

Claire machte die Runde, eine Flasche mit obigem *Vino* in der Hand, und füllte die Gläser bis zum Rand, sodass Wein auf frisch pedikürte, korallenrote Fußnägel spritzte. Sie nahm ihre Gastgeberpflichten sehr ernst. Wenn nicht bei jeder Party, die sie gab, mindestens drei Personen mit Alkoholvergiftung ins Krankenhaus eingeliefert wurden, hatte sie das Gefühl, ihrer Aufgabe nicht gerecht geworden zu sein.

»Ach, da bist du ja«, sagte sie zu mir. »Gut, gut, wir haben uns ... ein wenig ... Sorgen um dich gemacht.«

»Mir geht es bestens«, sagte ich.

Vier, fünf kichernde Kinder stürmten über den Rasen und quetschten sich zwischen Claire und mir hindurch. Als sie weg waren, sagte ich: »Wie ist es dir gestern mit der Polizei ergangen?«

»Ich kriege drei Punkte und eine Geldstrafe, ich glaube, sie haben was von zweihundert Euro gesagt. Dreckskerle.«

»Richtig, genau, Dreckskerle. Aber vielen Dank, dass du beim Auspacken meiner Sachen geholfen hast.«

»Sehr gern. Nur dass ich gar nicht da war. Mum und Margaret haben das gemacht. Hier ist die ganze Wahrheit: Ich bin erst vorbeigekommen, als ich das mit den Fotos von Artie hörte. Himmel! Ganz schön *beeindruckend!*« Sie unterbrach ihr Lob auf Arties Gemächt, um die Kinder anzuschreien: »Passt bloß auf, ihr Gören, dass ihr den Leuten nicht die Gläser aus den Händen schlagt.« Dann wandte sie sich wieder mir zu. »Ich meine, wirklich, Helen, volle Punktzahl!«

»Ja, danke, Claire. Aber sag mal, warum machst du heute eigentlich ein Grillfest?«

»Weiß ich auch nicht. Es ist Samstag, das Wetter ist gut, es ist Sommer. Jede Entschuldigung ist recht, um sich ein paar Gläschen von dem guten alten Vino zu genehmigen.«

»Niemand hat dich gezwungen?«

Sie atmete tief ein und wusste einen Moment lang nicht, was sie sagen sollte. »Nein. Ist bei dir ... alles in Ordnung?«

»Bestens, großartig.«

»Ein Gläschen?«, sagte sie schnell.

Die Vorstellung, mich zu betrinken, war sehr verlockend, aber ich hatte Angst. So, wie ich mich fühlte, würde ich nach einem Glas Wein hundert weitere trinken wollen, und die Vorstellung von einem Kater war mir unerträglich. Besser, gar nicht erst anzufangen.

»Habt ihr Cola light?«

»Für wen? Für dich?« Der Gedanke, ein Erwachsener könne etwas trinken, das keinen Alkohol enthielt, schien Claire zu befremden. »Also, wenn du meinst. Auf dem Tisch beim Grill stehen ein paar Flaschen. Wir mussten sie kaufen, weil Kinder hier sind, aber wenn ich es zu entscheiden hätte, würden sie Dublins fantastisches Leitungswasser zu trinken bekommen. Monster, alle miteinander.«

Auf dem Weg zu dem Tisch mit der Cola light hielt ich den Kopf gesenkt und vermied es so, angesprochen zu werden.

Wie es die Regel bei allen Grillfesten ist, führte ein Mann die Oberaufsicht am Grill, und in diesem Fall war es Claires Mann Adam. Er trug – auch das eine Regel – eine Plastikschürze mit einem Spruch drauf, der so lahm war, dass ich mich nicht einmal mehr daran erinnern kann, und wurde bei seiner Arbeit von den Ehemännern von Claires Freundinnen unterstützt, die sich um den Grill scharten, Bier tranken und ein gutes Stück älter aussahen als ihre *Vino* trinkenden Frauen. Sie waren allerdings keineswegs älter, sie ließen sich einfach nur gehen – typisch für irische Männer. (Mit Ausnahme von Adam, der ungefähr so alt aussah wie Claire, was aber daran lag, dass er fünf Jahre jünger war als sie.)

Jemand hielt mir einen Pappteller mit einem Burger hin, und ich wich zurück. Der Burger sah schrecklich aus, völlig verkohlt lag er auf einer dicken, fetten Brötchenhälfte, und in dem Versuch, mich möglichst normal zu verhalten, biss ich davon ab. Das Brötchen fühlte sich an wie Watte. Der Watteball rollte in meinem Mund herum und schmeckte auch nach einigem Kauen nicht nach etwas Essbaren. Produzierte meine Mundhöhle keinen Speichel? Oder war das Brötchen tatsächlich aus Watte? Als Witz, vielleicht? Bei meiner Familie konnte man nie wissen.

In meiner paranoiden Verfassung sah ich mich im Garten um, aber nirgendwo entdeckte ich grinsende, schadenfrohe Gesichter.

Ich sah nur lauter Menschen, die sich Burger ins Gesicht stopften und deren Kinn mit Ketchup, Senf und Spucke verschmiert war. Und plötzlich schien der Garten voll von

Lebewesen einer Rasse, die kaum menschlich wirkte, sondern eher wie eine Kreuzung zwischen Mensch und Schwein anmutete.

Ich machte die Augen zu, um die schrecklichen Schweinchengesichter nicht sehen zu müssen, aber als ich sie wieder öffnete, war vor mir der Grill, auf dem die Würstchen wie widerliche, fette Knorpel lagen, und die Hühnchenteile wie tote, kopflose Babys aussahen. Der Ketchup war zu rot, und der Senf von einem schrecklichen, bedrohlichen Gelb.

Ich wandte mich ab, doch mein Blick wurde zu einem der Fenster oben im Haus gezogen, wo Kate stand und mit unfassbarer Boshaftigkeit auf uns hinunterstarrte. Es war wie in einem Horrorfilm.

Besser, ich ging.

Ich brauchte mich von niemandem zu verabschieden. Eine unhöfliche Familie hat eben auch Vorteile. Ich schob mich an den schweinsgesichtigen Halbmenschen vorbei und suchte die Sicherheit des Hauses auf, damit ich unbemerkt in die barmherzige Freiheit entkommen konnte, als eine Frau mir den Weg verstellte. Sie tauchte ganz plötzlich vor mir auf, wie die Hand aus dem Grab in *Carrie*.

»Helen Walsh!«, sagte sie.

Ich starrte sie an. Wer um alles in der Welt war das?

»Josie Fogarty!«, sagte sie. »Von der Schule! Was für ein Zufall! Erst neulich habe ich Shannon O'Malley getroffen – du weißt schon, die Arzthelferin von Dr. Waterbury –, und wir haben über dich gesprochen. Wir haben gesagt, wie verrückt du warst, einfach zum *Schreien*. Wir sollten uns alle mal treffen. Mein Ältester ist mit Claires Jüngstem im Judo, deswegen bin ich gekommen. Ich treffe mich immer noch mit vielen aus der Schule. Wen kennst du noch von früher?«

Sie machte eine Pause, woran ich merkte, dass sie eine Antwort von mir erwartete.

»Ich …« Aber mehr brachte ich nicht heraus. Ich versuchte es wieder. »Ich …« Ich sah sie flehentlich an. Es war schrecklich, ich konnte ihr nicht antworten. Ich war zu weit weg, zu tief vergraben. *Antworte*, sagte ich mir, *sag etwas*. Aber ich war achttausend Meilen hinter meinem Gesicht, und die Entfernung war zu groß, meine Stimme konnte sie nicht überbrücken.

»Ich …« Ich konnte meine Gesichtsmuskeln nicht mehr kontrollieren. Ich bemühte mich, normal und freundlich auszusehen, aber meine Muskeln zuckten wie die Gliedmaßen einer Marionette. Mein Blick war erstarrt, und ich konnte nichts dagegen machen.

Josie Fogarty sah mich befremdet an. Verwirrt. Dann verängstigt. Und plötzlich mit dem deutlichen Bedürfnis, woanders zu sein. Verzweifelt wartete sie, dass ich etwas sagen und uns damit aus diesem scheinbar endlos währenden Verharren befreien würde

»Schön, dass wir uns getroffen haben«, rang sie sich schließlich ab und entfernte sich mit schnellen Schritten.

Was für eine Demütigung. Aber der Weg vor mir war frei. Ich konnte gehen.

44

Man sagt, was einen nicht umbringt, macht einen stärker, aber das stimmt nicht. Es macht einen schwächer. Es macht einen ängstlicher.

Man sieht das manchmal bei Fußballspielern. Sie brechen sich den Fußknöchel, der Bruch wird geschient, das Bein kommt in ein komisches gläsernes Sauerstoffzelt, was die Heilung beschleunigt, sie kriegen das Neueste an Physiotherapie und werden als geheilt entlassen. Aber sie sind nie wieder so gut wie vorher. Sie können sich dem Spiel nicht mehr mit derselben Angriffslust hingeben.

Nicht weil ihr Fußknöchel schwächer wäre als zuvor, sondern weil sie den Schmerz erfahren haben, weil sie ihre eigene schockierende Verletzlichkeit erlebt haben, und zwar mit solcher Unmittelbarkeit, dass sie sich fortan unwillkürlich schützen. Die Unschuld ist verschwunden.

Ich hatte einen Ausbruch von Depression überstanden, und seither lebte ich in der Angst, dass es wieder passieren könnte. Und hier passierte es wieder.

Mein Zustand verschlechterte sich rapide. Während die Suche nach Wayne im Gange war, hatte ich mich aufrecht halten können. Jetzt war da nichts mehr.

Vielleicht würde es mir helfen, wenn ich zu Artie ging. Aber vielleicht auch nicht. Artie mochte starke Frauen. Und ich war nicht stark, nicht in diesem Moment.

Es bestand kein Zweifel, das Grillfest der Devlins hatte das Zeug zum Gewinner des Goldenen Sterns. Es würde mich nicht überraschen, wenn die Inspektoren eine Broschüre darüber herausbrächten, als Beispiel für andere, wie ein richtiges Grillfest aussehen sollte.

Obwohl es sich scheinbar schon dem Ende näherte – es war nach acht Uhr –, war es doch ein perfektes Fest. Die Stimmung war fröhlich, aber nicht zu ausgelassen. Zu den Gästen gehörten offenbar Nachbarn, Kollegen und Freunde der Kinder. Ein zynischer Beobachter hätte womöglich überlegt, ob die Gäste wegen ihres attraktiven Aussehens eingeladen worden waren, aber ich wusste, dass es nicht so war. In dem unwahrscheinlichen Fall, dass sich je ein hässlicher Mensch in das Kräftefeld der Devlins verlaufen sollte, würde man ihm mit derselben Wärme und Herzlichkeit begegnen wie den Gutaussehenden. Aber irgendwie kam es nie dazu.

Der Garten mit der Holzveranda und dem perfekten Rasen sah aus wie immer – als gehörte er in eine Zeitschrift. Aber mit dem Himmel hatten sie sich besondere Mühe gegeben. Die Grundfarbe war Tiefblau, und offenbar hatten sie ein paar ungewöhnlich zarte Federwolken ausfindig gemacht – sehr weiß mit einem hauchrosa Rand – und sie in einem atemberaubendem Arrangement vor dem Blau angeordnet.

Im ersten Moment konnte man denken, jemand – wahrscheinlich Vonnie – hätte eine Handvoll Wolken spontan an den Himmel geworfen, wo sie dann irgendwo landeten, aber es war mit Sicherheit viel kunstvoller. Und Vonnie würde ein solches Arrangement niemals dem Zufall überlassen.

Und hier war sie auch schon und schob die Flaschen mit den verschiedenen Saucen den Bruchteil eines Zentimeters nach links, sodass ein bezauberndes Ensemble entstand.

»Wieder hier?«, sagte ich. »Bist du jemals nicht hier?«

Sie lachte und schlang die Arme in einer festen Umarmung um meinen Körper.

»Komm mit zu Artie«, sagte sie.

Am Ende des Gartens, bei den Zypressen, führte Artie das Kommando über den Grill. Er trug keine Schürze mit der Aufschrift »Natural Born Griller«. Ein Akt des Widerstands.

»Sieh ihn dir an«, sagte Vonnie.

»Das tue ich.«

»Er muss sich die Haare schneiden lassen.«

»Muss er nicht.«

»Sag ihm, er soll sich die Haare schneiden lassen«, sagte sie. »Auf dich hört er.«

»Ich möchte nicht, dass er sich die Haare schneiden lässt.«

»Sag ihm, er soll sie sich schneiden lassen.«

»Nein.« Ich drehte mich so, dass ich ihr in die Augen sehen konnte. »Nein«, sagte ich wieder.

»Aua.« Sie sah mich funkelnd an. »Du bist ganz schön zäh.« Dann wandte sie sich ab und ließ mich mit Artie allein.

»Was sollte das gerade?«, fragte ich ihn.

»Sie möchte, dass ich mir die Haare schneiden lasse.«

»Aber …« Es ging Vonnie überhaupt nichts an, wie lang er die Haare trug. Sie waren geschieden, er konnte sich die Haare bis zu den Knien wachsen lassen, und es ging sie immer noch nichts an. Aber es war besser, ich hielt den Mund.

»Und?«, fragte Artie und zeigte auf den Grill. »Kann ich dich verlocken?«

»Du verlockst mich immer«, sagte ich. »Aber nicht mit einem Burger. Ich war heute schon bei siebzehn Grillfesten.« Wozu erwähnen, dass ich so gut wie nichts gegessen hatte?

»Ich sollte dich warnen, dass Bella nach dir Ausschau hält«, sagte er. »Sie hat ein Persönlichkeitsquiz zusammengestellt, das ganz auf dich zugeschnitten ist.«

»Okay.« Der Farmersalat lenkte mich ab. Er sah verblüffend gut aus. Ich blickte versonnen in die Schüssel. Es war normaler Kohl, den ich normalerweise nicht ausstehen konnte, aber er war außerordentlich schön. Was hatten sie damit gemacht?

Iona schwebte mit einem Glas Wein und einem Glas von dem viel gepriesenen Gingerale auf mich zu. Ich nahm das Gingerale, lehnte aber den Wein ab. »Lieber Cola light?«, fragte sie.

Ich nickte dankbar.

»Zwei Sekunden«, sagte sie.

Bruno stapfte in seinen schwarzen Klamotten umher, die Wangenkochen hatte er mit Rouge betont, und sein langer Pony hing ihm in die Augen. Als er an mir vorbeikam, zischte er: »Was macht *die* denn hier?«

»Deinem Dad einen blasen«, zischte ich zurück.

Und hier war Bella, die mit wichtiger Miene ein Hello-Kitty-Klemmbrett trug. »Helen, ich bin so froh, dich zu sehen. Hast du das Gingerale probiert? Es ist selbst gemacht, musst du wissen.«

»Und sehr köstlich. Iona holt mir eine Cola light.«

Bella warf einen scharfen Blick in Richtung Küche. Iona schwebte mit einem Glas auf uns zu.

»Iona«, sagte Bella. »Beeil dich mit Helens Cola!«

Iona gab mir das Glas.

»Danke, Iona«, sagte Bella knapp, dann wandte sie sich mir zu. »Wir brauchen ein bisschen Ruhe hierfür, Helen.«

Sie entführte mich ins Büro, dem höchsten Raum im ganzen Haus, ein Glasgehäuse, das auf einem Stahlträger aus dem Hauptteil des Gebäudes herausragte. Alle Wände und sogar der Fußboden waren aus Glas. Es war ein so erstaunliches Zeugnis der Ingenieurzauberkunst, dass ich mich nicht traute, darüber nachzudenken, weil mir dabei vielleicht der Kopf platzen würde.

Bella wies mir einen Platz auf einem Sitzsack aus Silberlamé zu und setzte sich dann selbst auf einen Stuhl, auf dem sie über mir thronte. Unter meinen Füßen konnte ich den Garten, die Gäste und sogar die Schüssel mit dem schönen Farmersalat sehen. Die Leute waren im Aufbruch. Gut. Vielleicht hätte ich Artie bald für mich.

»Bist du nervös?«, fragte Bella. »Was das Quiz über dich aussagen wird?«

»Ein bisschen.«

»Das ist ganz normal«, sagte sie freundlich. »Ich erkläre es dir. Ich stelle dir eine Frage, zu der es vier mögliche Antworten gibt: A, B, C oder D. Du gibst mir die Antwort, die dir richtig vorkommt. Ich möchte aber betonen, Helen, dass es keine falschen Antworten gibt. Denk nicht zu viel drüber nach, antworte einfach. Habe ich es genug erklärt?«

Ich nickte. Ich war jetzt schon erschöpft.

»Dann wollen wir anfangen. Was ist deine Lieblingsfarbe?« Sie hielt ihren Stift (natürlich rosa) über dem Klemmbrett, den Zettel mit den Fragen hielt sie hinter der Hand verborgen. »Rosa, Punkte, Streifen oder Pigment?«

»Pigment.«

»Pig-me-nt«, sagte sie langsam und setzte einen kleinen Haken auf das Blatt. »Damit hatte ich gerechnet. Bist du bereit für die nächste Frage? Wenn du ein Gemüse sein könntest, würdest du dann gern in Milch gekocht, à la dauphinoise zubereitet, geraspelt oder in Gemüsebrühe gegart werden?«

»In Gemüsebrühe, auf jeden Fall.«

»Das hatte ich vermutet«, sagte sie. »Die eleganteste Möglichkeit. Die nächste Frage, sie hat auch mit Gemüse zu tun. Wenn du ein Kohlkopf sein könntest, was würdest du sein wollen? Wirsing, Rotkohl, Grünkohl oder Weißkohl?«

»Keiner, weil …«

»… du verabscheust Kohl. Sehr gut! Das war eine Fangfrage! Ich kenne dich sehr gut. Was wiegt mehr? Ein Kilo Federn, ein Kilo Mascara, ein Kilo Sterne oder ein Kilo Kilos?«

»Ein Kilo Sterne.«

»Sterne? Du schafft es immer noch, mich zu überraschen, Helen. Würdest du lieber mit Delfinen in der Karibik schwimmen, Bungee-Jumping an der Golden Gate Bridge machen, an einem Drahtseil den Grand Canyon überqueren oder zehn Mars in einer Jurte in Carlow essen?«

»Das mit den Mars.«

»Ich auch. Wie möchtest du am liebsten sterben? Im Schlaf, in einem Luxus-Spa, in einem Menschengedränge bei der Eröffnung eines neuen Topshop oder bei einem Flugzeugabsturz?«

»Da ist mir alles recht.«

»Du musst eins wählen.«

»Gut, dann den Flugzeugabsturz.«

»Damit ist das Quiz zu Ende.«

Gott sei Dank. Das war gnädig..

»Du kannst dich jetzt entspannen«, sagte sie. »Ich rechne deine Punktzahl aus.«

Es gab viel Gemurmel, als sie die Informationen auswertete. Am Schluss sagte sie: »Das meiste sind Ds. ›Du kannst tanzen, lässt es aber lieber. Du wärst gern ein ›Flaneur‹, obwohl du nicht genau weißt, was das ist. Du neigst zu Schroffheit, aber du hast ein gutes Herz. Du scheust dich nicht davor, Warenhausmode mit Designer-Stücken zu mischen. Manchmal wirst du missverstanden. In deinem späteren Leben bekommst du vielleicht Gicht.‹«

Das war erstaunlich präzise, und das sagte ich ihr.

»Ich kenne dich gut. Ich habe dich genau studiert. Helen, darf ich dich jetzt um einen Gefallen bitten?« Ihr kleines Gesicht war ernst. »Würde es dir etwas ausmachen, wenn ich runtergehe und mich um Mum kümmere? Ich glaube, sie fühlt sich ein bisschen einsam.«

»Eh … nein, natürlich nicht.«

Sosehr ich Bella auch mochte, sie konnte einem alle Energie rauben. Doch kaum war ich allein, wurde ich von der Schwärze überrollt. Ich war schockiert davon, schockiert auch, wie viel schlimmer es in den letzten zwanzig Minuten geworden war. Es wuchs und wuchs, wie ein grauenhaftes Tier. Ich musste in Bewegung bleiben. Wenn ich Artie einen Moment für mich haben konnte, vielleicht würde die Schwärze damit gebannt. Oder vielleicht sollte ich eine Fahrt auf der Autobahn machen.

Ich saß noch auf dem Sitzsack, als Artie hereinkam. »Wie ich höre, neigst du zu Schroffheit, hast aber ein gutes Herz.«

Erfreut richtete ich mich auf, erleichtert, dass er gekommen war, dass ich nicht länger mit meinem Kopf allein sein musste. »Woher kennt das Kind Wörter wie ›schroff‹? Was seid ihr Devlins nur für merkwürdige Leute?«

»Vermute ich richtig, dass Wayne wieder aufgetaucht ist? Sonst wärst du doch nicht hier.«

Ich schüttelte den Kopf. »Er ist nicht wieder aufgetaucht. Ich habe beschlossen, die Suche aufzugeben.«

»Warum? Nein, erzähl es mir später.« Er hockte sich neben mich. »Heißt das etwa, du bist morgen Nachmittag frei? Denn ich glaube, ich bin sie alle drei gleichzeitig los. Bella ist bei einer Freundin, Iona macht bei einem Protestmarsch mit, und Bruno geht zu einer Make-up-Party. Könntest du vielleicht vorbeikommen?«

»Bestimmt.«

Leise, so leise, dass ich ihn kaum hören konnte, sagte er: »Gut!« Er streichelte mir über das Gesicht und sah mich mit solcher Intensität an, dass ich ihn beinahe unter Qualen bitten musste: »Oh, Artie, sieh mich nicht so sexy an, das halte ich nicht aus.«

Er stand auf. »Du hast recht. Wir können an dieser Stelle nicht weitermachen.«

»Ich könnte dich damit ablenken«, sagte ich, »dass ich dir alles, was mit Wayne passiert ist, erzähle.«

Artie setzte sich auf den Stuhl, auf dem Bella bis eben gesessen hatte, und ich blieb auf dem Sitzsack.

»Aber zuerst will ich dir von der Probe im MusicDrome erzählen. Wirklich, Artie, es war eine einzige Katastrophe.« Ich erzählte ihm die ganze traurige Geschichte, das mit den Schwanenkostümen, dem Computerausfall, John Josephs Wutanfall, Frankies Angstzuständen ... »Selbst wenn Wayne zurückkommt, können sie am Mittwoch niemals auftreten. Es würde mich wirklich nicht überraschen, wenn sie alle drei Konzerte absagen müssten.«

Ein seltsamer Ausdruck huschte über Arties Gesicht.

»Was ist?«, fragte ich.

»Nichts. Bloß ... das klingt nach einer Versicherungssache.«

»Wie meinst du das?«

»Wer finanziert die Konzerte?«

»One World Music ist der Promoter.« Ich hatte Jay Parker davon reden hören.

»Die Firma hat bestimmt viel reingesteckt«, sagte Artie. »Aber sie ist nicht der einzige Investor. Weißt du, wer die anderen sind?«

Ich schüttelte den Kopf.

»Normalerweise wird erwartet, dass die Band selbst einen Teil beisteuert«, sagte Artie.

Ich überlegte. Ich war überzeugt, dass Roger St Leger kein Geld hatte und Frankie auch nicht. Und John Joseph war vielleicht nicht unbedingt flüssig, aber er hatte bestimmt reichlich Vermögenswerte. Er konnte vielleicht etwas flüssig machen. Und Jay Parker – der hätte auf jeden Fall aus irgendeinem armen Schwein Geld rausquetschen können.

»Es ist so«, sagte Artie, »wer immer die Finanzierung macht, hat eine Versicherung dafür abgeschlossen. Wenn also das Konzert nicht stattfindet, kriegen sie ihr Geld zurück und, je nachdem wie der Vertrag aussieht, auch einen Teil des prognostizierten Profits.«

»Das heißt, wenn die Konzerte nicht stattfinden, könnte es eine Auszahlung von der Versicherung geben? Eine, die größer ist als die ursprüngliche Investition? Sodass die Investoren besser dran wären, wenn die Konzerte nicht stattfänden?«

»Vielleicht. Aber das sind alles Mutmaßungen.« Artie musterte mich sorgfältig. »Ich dachte, du hättest den Job aufgegeben.«

»Wie komme ich an die Details der Versicherungspolice?«

»Gar nicht, es ist ein privater Vertrag.«

Verschiedene unausgesprochene Dinge hingen zwischen uns in der Luft. Wahrscheinlich war Artie durchaus imstande, an die Information heranzukommen. Auf legale Weise. Wenn er einen entsprechenden Verdacht hatte. Aber ich würde ihn nicht darum bitten.

Ich stemmte mich aus dem Sitzsack und ging zu Arties Computer. »Das wollte ich die ganze Zeit schon nachsehen«, sagte ich. »Wie der Kartenverkauf läuft.«

Ich ging auf die Homepage von MusicDrome. Ungefähr die Hälfte der Karten für den Mittwoch war verkauft, die Hälfte für Donnerstag und weniger als ein Drittel für Freitag. Nicht sehr gut.

»Wenn ich jetzt einer der Investoren wäre«, sagte ich, »würde ich *hoffen*, dass die Konzerte abgesagt werden, richtig?«

Artie schüttelte den Kopf. »Noch nicht. Zu früh. Die ganze Publicity wird den Kartenverkauf ankurbeln. Heute Abend kommen sie im Fernsehen, bei Maurice McNice.«

»Wie sollen sie erklären, dass Wayne nicht dabei ist?«, fragte ich.

»Ihnen wird schon etwas einfallen«, sagte Artie. »Dieser Jay Parker sieht aus wie jemand, der schnell mal eine Idee hat.« In seinen Worten lag tiefe Verachtung! Dabei war er eigentlich gar nicht der Typ dafür. »Und morgen steht bestimmt etwas in der Zeitung. Warte mal ab.«

»Was zum Beispiel?«

»Ach, irgendwas. Eine billige Reportage über Frankies neue Kinder. Oder Zeezah bei einer Bikini-Modenschau. *Irgendwas.*«

In dem Moment klingelte mein Handy. Überrascht sah ich auf dem Display, dass es Harry Gilliam war. Was wollte er? Außer mir kühle Angstwinde durchs Gedärm blasen?

Ich ging dran, denn wenn ich es nicht tat, würde er einfach weiterklingeln.

»Harry«, sagte ich und zwang mich zu einem ungemein munteren Ton. »Wie sieht es aus? Wie geht es Ihrem Huhn?«

Nach einer langen Pause sagte er: »Cecily hat es nicht geschafft.«

Ich schluckte. »Das tut mir sehr leid.«

»Ja«, sagte er. »Sie hat mich im Stich gelassen.«

Plötzlich hatte ich die verstörende Vorstellung von einer Säuberungsaktion bei Morgengrauen im Hühnerhaus, wo Cecilys ganze Familie zusammengescheucht und jedem einzelnen Huhn der Hals umgedreht wurde. Oje.

»Mir ist zu Ohren gekommen«, sagte Harry, »dass Sie die Suche nach Ihrem Freund abgebrochen haben.«

»Das stimmt.«

»Suchen Sie weiter, Helen.«

Auf meiner Haut prickelte es vor Angst, Aufregung, Interesse. Hauptsächlich Angst. »Wie meinen Sie das?«

»So wie ich es gesagt habe, Helen. Könnte nicht einfacher ein. Suchen Sie weiter.«

»Warum? Ist er in Not? Was ist los?«

»Ich kriege eine Art Krampf in der Zunge, Helen. Ich sage es nur noch einmal: Suchen Sie weiter.«

»Aber wenn Sie etwas wissen, das mir helfen könnte, warum sagen Sie es mir dann nicht?«

»Ich? Was sollte ich wohl wissen?«

Und dann war er weg.

Sprachlos starrte ich auf das Handy. Ich hatte Angst vor Harry Gilliam. Richtig große Angst. Ich wusste nicht, warum. Früher war das anders gewesen. Doch jetzt war er irgendwie sehr bedrohlich. Vielleicht hatte er das in einem Kurs gelernt.

»Was ist?«, fragte Artie.

Ich starrte weiterhin auf mein Handy. Ich war sehr verwirrt. Wollte Harry Gilliam mir sagen, dass Wayne in Not war und gerettet werden musste? Oder wollte er mir sagen, dass er zwar nicht wusste, wo Wayne war, aber wenn er nicht gefunden würde, müsste ich dafür büßen? Sollte ich mir um Wayne Sorgen machen? Oder um mich selbst?

»Helen?«, sagte Artie sanft.

Was durfte ich ihm erzählen? Überall diese Grenzen, professionelle und private.

»Harry Gilliam?«, sagte ich.

Artie setzte seine Polizistenmiene auf und war plötzlich sehr diskret.

»Er ist mir … bekannt. Hat schwer unter der Rezession zu leiden. Die Leute kaufen nicht mehr so viele Drogen wie früher.«

»Das war er gerade. Er sagt, ich soll weiter nach Wayne suchen.«

»Warum?«

»Hat er nicht gesagt. Ich weiß gar nicht, wie er das geschafft hat, aber ich habe es mir überlegt.«

Nach einer langen Pause sagte Artie: »Vermutlich hat es keinen Sinn, dass ich dich bitte, es nicht zu tun.«

Ich sah ihn an. Ich brauchte nicht den Kopf zu schütteln.

»Ich kann auf mich aufpassen«, sagte ich. »Das ist einer der Gründe, warum du mich liebst.«

Überrascht sahen wir uns an – irgendwie war mir das »L«-Wort rausgerutscht.

»Es war ein Missgeschick«, sagte ich rasch. »Lass uns vernünftig sein, wir beachten es einfach gar nicht.«

Er sah mich weiter an. Schließlich sagte er: »Pass auf dich auf, Helen.«

Ich war mir nicht sicher, wovor er mich warnte, aber ich konnte gerade nicht länger darüber nachdenken.

»Das tue ich«, sagte ich. »Ich muss jetzt gehen.«

45

Als ich draußen auf der Straße war, rief ich Parker an. Er antwortete nach dem ersten Klingeln. »Helen?«

»Wo bist du?«

»Television Centre, bei RTÉ.«

»Ich bin auf dem Weg, ich will mir Waynes Schlüssel holen. Sorg dafür, dass für mich ein Ausweis am Empfang bereitliegt.«

»Was soll ...«

Ich legte auf. Ich wusste nicht, was los war, weder mit Harry noch mit Jay. Ich hatte Angst, aber ich war auch wütend, was unangenehm war, aber gleichzeitig – so seltsam es klang – besser als mein Befinden ohne den Fall.

Überrascht stellte ich fest, dass sie beim Empfang des Television Centre von mir wussten. Ich hatte mich auf ein ermüdendes Hin und Her mit einem wichtigtuerischen, machtbesessenen Angestellten eingestellt, aber ein laminierter Ausweis mit meinem Namen drauf lag für mich bereit, und nach einem kurzen Telefonat kam ein Laufbursche in Schwarz, der mich in den Green Room brachte.

Ich war noch nie in einem Green Room gewesen und stellte enttäuscht fest, dass er wie ein ganz gewöhnliches Wohnzimmer aussah. Es gab viele Sofas und in der Ecke eine Bar. Ungefähr zwanzig Personen saßen in Grüppchen zusammen, jeweils in einiger Entfernung von den anderen Grüppchen. Von der Laddz-Gruppe abgesehen hatte ich keine Ahnung, wer sie waren. Aber ich konnte raten. Ein Fernsehkoch, der sein Kochbuch lancieren wollte? Ein Frau mit künstlichen Brüsten und künstlichen Nägeln, die mit Männern des öffentlichen Lebens geschlafen hatte? Der

Kapitän des Schlagball-Teams, das das Finale in Munster gewonnen hatte? Eine mittelmäßige Band, die Werbung für eine Platte oder ein Konzert machen wollte? Oh, das waren natürlich die Laddz.

Die Laddz-Gruppe saß eng zusammen. Jay war da, versteht sich, sowie John Joseph und Zeezah, die leise ein privates Gespräch führten. Roger St Leger hatte die langbeinige Blonde mit der rauchigen Stimme mitgebracht, die er bei dem Grillfest aufgegabelt hatte. Beide waren betrunken und lagen auf einer Couch, wo sie laut und dreckig lachten und Wodka tranken und aussahen, als würden sie sich jeden Moment an die Wäsche gehen.

Frankie saß stocksteif und ungewöhnlich still auf einem Sessel. Im ersten Moment dachte ich, es wäre Rogers Gehabe, das ihm zuwider war, doch dann wurde mir klar, dass Frankie sich in einer komplizierten Situation befand. Im Moment war seine Fernsehkarriere von Erfolg gekrönt, und so wie es aussah, würde er das Erbe von Maurice McNice antreten, sobald der abdankte. Doch im Moment war es für Frankie, während er auf Maurice' Ableben wartete, ein bisschen peinlich, in dessen Show aufzutreten. Man könnte es geradezu für Häme halten.

Jay war in ein Gespräch mit einem Mann vertieft, der offenbar einer der Produzenten der Show war.

»Aber Wayne ist krank«, sagte Jay. »Er hat rasende Halsschmerzen. Er kann unmöglich singen.«

»Niemand verlangt, dass er singt«, sagte der Produzent. »Bei *Saturday Night In* wird nie gesungen. Es ist immer Playback.«

»Wayne liegt mit neununddreißig Fieber im Bett«, sagte Jay. »Er kann nicht mal aufstehen. Ein Interview mit John Joseph und seiner entzückenden neuen Frau ist da viel besser.«

Ich erfasste die Situation auf einen Blick: Vor Waynes Verschwinden waren die Laddz zum »Singen« zu der Show eingeladen worden, und jetzt versuchte Parker zu retten, was zu retten war, indem er John Joseph und Zeezah für ein Interview anbot.

Der Produzent war keineswegs glücklich mit diesem Änderungsvorschlag, weil es in der Show schon ein Interview mit dem frisch verheirateten Star des Schlagball-Teams geben sollte. »Das haben wir schon, ein Interview mit einer ›entzückenden neuen Ehefrau‹«, sagte der Produzent. »Aber wir haben noch keine Musikeinlage. Für Unterhaltungsshows gibt es gewisse Regeln! Hier ist die Gewichtung ganz falsch.«

»Die Frau da«, sagte Jay und zeigte auf Zeezah, »ist ein Star von Weltrang. Es ist ein echter Coup, ein Interview mit ihr zu bekommen.«

Ein Leuchten trat in die Augen des Produzenten. »Vielleicht kann sie singen?«

»Nein!« Jay sah die Werbewirkung für die Laddz schwinden. »Zeezah hat ihr Bühnenkostüm nicht dabei. Sie kann sich nicht einfach auf einen Schemel setzen und singen. Wie stellen Sie sich das vor?«

Der Produzent empfing wichtige knisternde Anweisungen über sein Walkie-Talkie und sprang auf. »Ich muss mich um andere Dinge kümmern«, sagte er zu Jay. »Aber wir zwei sind noch nicht fertig.«

Als der Mann losgerannt war, gab ich Jay einen Schlag auf die Schulter. Er sah mich an.

»Du bist wieder da?«, sagte er. »Was ist los?«

»Gib mir einfach die Schlüssel von Waynes Haus.«

»Sag mir erst, was los ist.«

»Dein Freund Harry hat mich überredet, weiter nach Wayne zu suchen.«

»Harry?« Jay sah aufrichtig verdutzt aus. Aber bei ihm wusste man nie. »Wer ist Harry?«

»Ist auch egal. Mir ist jetzt nicht nach deinem Gelaber. Aber merk dir dies: Du bezahlst mir weiter mein Honorar, was immer da zwischen dir und Harry läuft.«

»Ich habe keine Ahnung, wovon du redest«, sagte Jay. »Und ich bin froh, dass du wieder da bist. Aber das solltest du wissen: Als du den Fall heute Nachmittag abgegeben hast, hat John Joseph einen anderen Detektiv angeheuert.«

»Wen?«

»Walter Wolcott.«

Ich kannte ihn. Älterer Typ. Ganz andere Arbeitsmethode. Methodisch. Fantasielos. Schlug auch schon mal zu. Ehemaliger Polizist, das verstand sich von selbst.

»Die Airlines hat er schon überprüft, auch die mit Privatflugplätzen. Wayne ist auf jeden Fall noch im Lande.«

»Aber das wussten wir doch schon. Ich habe seinen Pass gefunden, erinnerst du dich?«

»Er hat auch die Fährhäfen überprüft, auch die kleinen, die Bootsverleiher. Wayne hat nichts dergleichen benutzt.«

Wolcott konnte das alles über seine alten Kollegen in Erfahrung bringen, und es kostete ihn keinen Penny. Die Solidarität unter den Männern in Blau ist sehr mächtig.

»Wolcott hat auch die großen Hotels überprüft«, sagte Jay.

Auch das konnte einer seiner Kollegen für ihn erledigen.

»Aber keine Spur von Wayne«, sagte Jay. »Er nimmt sich jetzt die kleineren Pensionen vor, B&B und so, aber das dauert.« Besonders, weil die in keinen Datenbänken gespeichert waren. »Vielleicht solltet ihr euch zusammentun«, sagte Jay.

Nie im Leben würde ich mich mit einem ehemaligen Bullen wie Wolcott zusammentun.

Ich wollte nicht, dass er *überhaupt* an dem Fall arbeitete. Es war unwahrscheinlich, dass wir auf ähnliche Weise vorgehen würden, aber unschöne Situationen waren denkbar, wenn wir beide mit demselben Informanten sprechen wollten. Besonders, wenn er zuerst zur Stelle war.

»Wie kommt er an die Handy- und Bankdaten ran?«, fragte ich.

Das war eigentlich das Wichtigste, und dass Wolcotts Polizeifreunde ihn mit den Daten beliefern konnten, war nicht sehr wahrscheinlich. Ohne einen Verdacht Informationen von Fluggesellschaften zu beschaffen ist nicht sehr illegal, aber Handy- und Finanzdaten auszuspionieren, war eine ganz andere Kategorie – eindeutig illegal.

Jay schüttelte den Kopf. »Wolcott konnte das nicht durch die üblichen Kanäle bekommen. Er brauchte Geld, aber John Joseph wollte es nicht lockermachen. Er ist völlig ausgeflippt, als er erfuhr, was ich dir bezahlt habe.«

»Ach ja?« Wie raffiniert war John Joseph wirklich? »Hat Wolcott überhaupt schon was bekommen? Oder wird er auf Erfolgsbasis bezahlt?«

»Genau das.«

Einen Moment lang tat Wolcott mir fast leid. Magere Zeiten für private Ermittler, das wusste ich selbst nur zu gut. Und kaum Raum für Verhandlungen. Aber es bedeutete, dass ich Wolcott gegenüber noch einen Vorsprung hatte. Ich würde die Handydaten und die Bankauskünfte direkt geliefert bekommen. Außerdem bekam ich zweihundert Euro am Tag, auch wenn das ziemlich knauserig war.

Der Produzent war zurück. »Also gut«, sagte er zu Jay. »Sie haben mir keine Wahl gelassen. Wir machen das mit der ›entzückenden neuen Ehefrau‹.«

»Danke, Mann …«

»Und rufen Sie mich nie wieder an. Nie wieder. Egal, wen Sie vertreten oder was Sie verkaufen wollen.«

»He, Sie müssen mir nicht gleich so kommen«, sagte Jay.

Der Produzent ignorierte ihn. »Sie beide«, sagte er zu John Joseph und Zeezah, »in die Maske.«

Jay gab mir Waynes Hausschlüssel, aber ich beschloss, noch eine Weile im Green Room zu bleiben. Ich sagte mir, dass ich das zu Forschungszwecken tat, aber in Wirklichkeit fand ich es faszinierend.

»Parker«, sagte ich, »was ist, wenn Wayne nicht wieder auftaucht und die Konzerte nicht stattfinden können?«

»Die Konzerte finden statt. Und wenn ich mich selbst auf die Bühne stellen und singen muss. Sie finden statt.«

»Mal im Ernst, abgesehen von One World Music, wer steht finanziell dahinter? Wenn das Unternehmen scheitert, wer kriegt das Geld von der Versicherung?«

Es dauerte einen Moment, bis er antwortete. »Das brauchst du nicht zu wissen.«

»Sag mir einfach, wer das Geld kriegt.«

»Wie gesagt, das brauchst du nicht zu wissen.«

Ich sah ihn durchdringend an. »Du kriegst auch was ab, richtig?«

Er sah mir nicht in die Augen. »Hör zu, such du einfach weiter nach Wayne. Für etwas anderes wirst du nicht bezahlt.«

Eine Viertelstunde später kamen John Joseph und Zeezah aus der Maske zurück. Das Make-up lag zentimeterdick auf ihren Gesichtern. *Zentimeter.*

»Was gibt es Neues?«, fragte John Joseph mich. »Ich höre, du nimmst deinen Rücktritt zurück.«

»Das stimmt, und du kannst Walter Wolcott wieder wegschicken.«

Es fiel John Joseph schwer, so dominant wie sonst aufzutreten, weil er perlrosa Lipgloss trug, aber er versuchte es. »Ich schicke ihn nicht weg«, sagte er. »Ich habe mehr Resultate in drei Stunden von ihm bekommen als von dir in zwei Tagen, und er hat mich noch keinen Penny gekostet. Ich überlege, ob wir nicht lieber dich wegschicken sollten.«

»Dein Freund Harry Gilliam besteht darauf, dass ich an dem Fall dranbleibe.«

War da ein Flackern? »Wer?«

»Harry Gilliam.«

»Kenne ich nicht.«

»Natürlich nicht.«

»Lasst das jetzt mal«, sagte Jay, hastig um Ausgleich bemüht. »Die Zeit läuft, der Mittwoch rückt näher. Je größer der Einsatz in dieser Sache, desto besser.«

John Joseph sah mich lange und eindringlich an. »Meinetwegen«, sagte er schließlich. Damit wandte er sich von mir ab und Roger zu: »Hör auf zu trinken. Du bringst uns in Verruf.«

Wir saßen in unbehaglichem Schweigen, bis zwei Laufburschen kamen und John Joseph und Zeezah holten. Sie waren als Erste dran, ein schlechtes Zeichen, es bedeutete, dass sie für die Show am unwichtigsten waren.

Wir sahen sie im Green Room auf dem Monitor. Bevor die Übertragung begann, bekreuzigte John Joseph sich, worauf Roger St Leger laut und hämisch lachte. Ich pflichtete ihm innerlich bei.

Maurice McNice beschrieb John Joseph als jemanden, ›der keiner Einführung bedarf‹, führte ihn dann aber doch ein, für alle Fälle.

»Erzählen Sie uns, wie Sie sich kennengelernt haben«, sagte Maurice und lächelte von John Joseph zu Zeezah und wieder zurück zu John Joseph. Er war ein Journalist der alten Schule. Stellte leichte Fragen. Wenn man auf Kontroverse aus war, würde man das hier nicht bekommen.

»Es war in Istanbul«, sagte John Joseph. »Zeezah trat bei der Geburtstagsfeier einer Freundin auf. Ich hatte keine Ahnung, wer sie war.«

Roger St Leger neben mir schüttelte sich vor Lachen und spottete: »Ach, du hattest keine Ahnung, wer sie war, ja?«

Und auf dem Bildschirm sagte Maurice McNice: »Sie hatten also keine Ahnung, dass sie ein Superstar war?«

»Nicht die geringste«, sagte John Joseph, und wieder lachte Roger mit betrunkenem Spott.

»Das Leben aus der Sicht von John Joseph Hartley«, sagte er. »Was für eine wunderbare Welt.« Dann fing er an zu singen.

»Ruhe«, sagte der Schlagball-Star. »Ich will zuhören. Und meine Frau auch.«

»Sorry, Mann, Sorry. Sorry, Mrs. Schlagball-Star.«

Rogers Zerknirschung dauerte keine halbe Sekunde. Als John Joseph wieder sprach, krümmte Roger sich erneut vor Lachen.

»Ich wusste nicht, dass sie ein Superstar war«, sagte John Joseph.

»Und ich wusste nicht, dass er einer war«, war Zeezah zu hören.

»Weil er keiner ist, deshalb«, sagte Roger.

Maurice McNice beachtete Zeezah nicht. Wie gesagt, alte Schule. War der Meinung, dass Frauen im Fernsehen nichts zu suchen hatten.

»Soweit ich weiß, interessieren Sie sich für Oldtimer«, sagte Maurice zu John Joseph. »Ich selbst mag Oldtimer auch. Erzählen Sie mir von Ihrem Aston.«

»Ah, ein schönes Automobil«, sagte John Joseph, ohne mit der Wimper zu zucken.

»›Aber nicht so schön wie meine Frau‹«, soufflierte Roger ihm.

»Aber nicht so schön wie meine Frau«, sagte John Joseph, und Roger wäre beinahe vor Lachen vom Sofa gefallen.

»Erzählst du Mr. McNice auch, dass du den Aston verkaufen musstest? Um die Karriere deiner ›entzückenden neuen Ehefrau‹ zu finanzieren?«, fragte Roger den Bildschirm. »Nein, natürlich nicht, dachte ich mir doch.«

Das Interview näherte sich dem Ende. »Frag nach den Konzerten, du alter Trottel«, murmelte Jay und heftete seinen Blick auf Maurice, als könnte er dessen Denken kontrollieren.

Man musste es Maurice lassen, er erwähnte die Konzerte ausführlich und gab die Daten und die Auftrittsorte an. Alle *korrekt*, was sehr ungewöhnlich war.

»Ein paar Karten gibt es noch«, sagte Maurice McNice – und lachte dann unerwartet hässlich, sodass es klang, als wäre nicht eine einzige Karte verkauft worden.

Und damit war das Interview zu Ende, es gab eine Pause mit Werbung, und wenige Minuten später kamen John Joseph und Zeezah, noch völlig im Adrenalinrausch, wieder in den Green Room. Die anderen umarmten sie und riefen begeistert: »Ihr wart großartig! Ihr wart fantastisch!«

Sogar ich machte dabei mit.

Zeezah umarmte mich. »Ich bin so froh, dass du es dir anders überlegt hast und Wayne finden willst. Bitte«, sagte sie, »du musst jetzt schnell los.«

Aber wohin? Es war halb elf, ein bisschen spät, um noch irgendwas anzufangen. Ich beschloss, zu Waynes Haus zu fahren – meine Inspirationsquelle, wie ich es inzwischen für mich nannte. Ich würde mich dort sammeln und warten, ob sich etwas ergab.

Ich fuhr die kurze Strecke bis Mercy Close und parkte drei Häuser von Waynes entfernt. Ich stieg aus und schlug die Autotür zu und nahm kaum die eiligen Schritte hinter mir wahr, als mich auch schon der Schlag traf. Etwas Hartes prallte auf meinen Hinterkopf, sodass mein Gehirn in den vorderen Teil des Schädels katapultiert wurde. Ich fiel nach vorn, die Straße kam mir entgegen und krachte gegen meine Stirn. Sterne explodierten hinter meinen Augen, Übelkeit stieg in mir hoch, und eine Stimme sagte leise in mein Ohr: »Lassen Sie Wayne in Ruhe.«

Alles war sehr schnell passiert. Ich wusste, es war dringend – *zwingend* – notwendig, dass ich mich umdrehte und sein Gesicht zu sehen bekam, aber ich konnte mich nicht rühren, so benommen war ich. Die Schritte entfernten sich schnell und wurden schwächer, dann war es still.

Ich wollte auf die Füße kommen und hinter dem Angreifer herrennen, aber mein Körper war dazu nicht in der Lage. Ich kniete auf der Straße, würgte zweimal, übergab mich aber nicht.

Weil es eine hochdramatische Situation war, nahm ich an, einer von Waynes Nachbarn würde rauskommen und mich fragen, ob alles in Ordnung sei, aber niemand ließ sich blicken. Also erhob ich mich wankend und versuchte den Umfang des Schadens auszumachen. Wie viele Finger hielt ich hoch? Drei. Aber das wusste ich, weil ich sie hochhielt. Welchen Tag hatten wir? Mit wem war Beyoncé verheiratet? Blutete ich?

Samstag. Jay-Z. Ja.

Ich hatte eine Beule an der Stirn und eine am Hinterkopf und Blut auf der Stirn.

Jemand hatte mir einen Schlag versetzt. Frechheit. Eine riesengroße *Frechheit*.

Ich war nicht ernstlich verletzt worden, aber genug, um mir Angst zu machen.

Nur, es hatte mir keine Angst gemacht.

Weil ich eher zu der widerspenstigen Sorte Mensch gehöre, hatte es sogar die gegenteilige Wirkung. Wenn Waynes Verschwinden so wichtig war, dass jemand mich von der Suche abhalten wollte – und mich niedergeschlagen hatte, Himmel noch mal! –, dann war ich wild entschlossen, ihn zu finden.

46

Sankt Teresa war das Krankenhaus für Nervenzusammenbrüche, das Krankenhaus, in das jeder in Dublin – oder wenigstens jeder in Dublin, der eine Krankenversicherung hatte – ging, wenn er »zur Ruhe kommen« musste. Es war die ganz in Weiß gehaltene Zuflucht mit freigebiger Xanax-Verabreichung, die in so vielen Fantasien meiner Schwester Claire und ihrer Freundinnen vorkam, obwohl keine von ihnen jemals da gewesen war, versteht sich.

Alle sagten, es sehe wie ein Hotel aus, aber das stimmte nicht. Es sah aus wie ein Krankenhaus. Ein schönes, zugegeben, aber es war trotzdem zweifelsfrei ein Krankenhaus. Es gab Fenster, die das Tageslicht hereinließen, aber die Betten waren eindeutig Krankenhausbetten, schmal und höhenverstellbar, mit Metallstreben als Kopfteil. Und die Funktion der schrecklichen, leise gleitenden Vorhänge zwischen den Betten, die einen abschirmten, wenn der Arzt kam und einen am Hintern untersuchte, ließ sich nicht vertuschen. (Allerdings fragte ich mich, warum der Arzt den Patienten in einer psychiatrischen Klinik am Hintern untersuchen musste.)

In Sankt Teresa gab es Stationen, die verriegelt wurden und wo höchste Sicherheitsvorkehrungen galten und man mit klirrenden Schlüsseln rein- oder rausgelassen wurde, aber wenn man zur Frühlingsblüten-Station wollte, wohin ich mich begab, fuhr man einfach mit dem Aufzug in die dritte Etage und ging rein.

Wenn sich die Aufzugtüren öffneten, führte ein langer, holzgetäfelter Flur – wahrscheinlich Walnussholz – zum Schwesternzimmer. Vom Flur gingen zu beiden Seiten Zimmer ab, in denen jeweils zwei Betten standen. Voller entsetzlicher Neugier starrte ich in jedes Zimmer, an dem ich vorbeikam. Manche waren leer und hell, und die Betten waren ordentlich gemacht. In anderen waren die Vorhänge vor den Fenstern zugezogen, und unter blauen Krankenhausdecken zeichneten sich gekrümmte Formen ab, mit dem Rücken zur Tür.

Es war schrecklich, es war furchtbar, in einer psychiatrischen Klinik zu sein, aber nachdem mein sorgfältig ausgetüftelter Plan, mich zu ertränken, so kläglich fehlgeschlagen war, wusste ich nicht mehr weiter und war für alle Vorschläge offen. Als mein Retter mit dem Hund vorschlug, dass ich irgendwohin gehen sollte, wo ich »zur Ruhe kommen« konnte, war das wie ein kleiner Funke Hoffnung.

Am nächsten Morgen rief ich Dr. Waterbury an, und er rief in Sankt Teresa an, aber auf der schönen, »hotelähnlichen« Station hatten sie kein Bett frei. Auf der nicht so schönen Station Osterglocken waren welche frei, aber da wurden die Türen abgeschlossen und Patienten manchmal in den Betten festgeschnallt, da wollte ich nicht hin.

Ich hätte fast den Verstand verloren: Irgendwohin musste ich, wo ich »zur Ruhe kommen« konnte, eine andere Möglichkeit hatte ich nicht mehr. Ich forschte im Internet, ob es ähnliche hotelartige Krankenhäuser in Irland gab, und es gab noch ein paar, aber sie waren ebenfalls belegt. Ich hatte meine Erkundigungen gerade auf das Vereinigte Königreich ausgedehnt und festgestellt, dass meine Krankenversicherung da nicht galt, als Dr. Waterbury mit einer wunderbaren Nachricht anrief: Auf der Station Frühlingsblüten war soeben ein Bett frei geworden. Entweder war jemand erstaunlich schnell gesund geworden, oder – was eher möglich schien – die Krankenversicherung hatte sich geweigert, weiterhin die Kosten für den Aufenthalt zu übernehmen. So kam es, dass ich Mum keine sechsunddreißig Stunden nach meinem abendlichen Schwimmausflug bat, mich in die Klapsmühle (ihr Ausdruck, nicht meiner) zu fahren.

Als die Anmeldeformalitäten erledigt waren, brachte ein nettes Mädchen Mum und mich zur Station Frühlingsblüten, wo eine Krankenschwester namens Mary mich herzlich begrüßte und Mum bedeutete, sie könne jetzt gehen und später, während der Besuchszeit, wiederkommen.

Nachdem Mum sich eilig und offensichtlich erleichtert verabschiedet hatte, sagte Mary zu mir: »Ich zeige Ihnen Ihr Zimmer. Sie teilen es mit Camilla, Sie werden sie später kennenlernen. Ihr Bett ist das bei der Tür.«

Mary durchsuchte meine Tasche und nahm mir meinen Föhn, mein Ladegerät, den Gürtel von meinem Bademantel weg (alles, woran ich mich erhängen könnte) und meinen Rasierer, alle meine Tabletten, selbst die Vitamintabletten, und auch – was mich mit Sorge erfüllte – die Antidepressiva. Obwohl sie nicht geholfen hatten, war mir die Aussicht, ohne sie zu sein, schrecklich.

»Keine Sorge«, sagte Mary. »Der Arzt wird mit Ihnen über Ihre Medikation sprechen und einen Behandlungsplan aufstellen.« Oh, das klang gut. Ein Behandlungsplan. »Dr. David Kilty ist für Sie zuständig«, sagte sie. »Er wird in Kürze bei Ihnen sein.«

»Und was mache ich so lange?«

Sie sah auf die Uhr. »Für die Beschäftigungstherapie ist es etwas spät. Sie können fernsehen – der Aufenthaltsraum ist gleich da vorne, oder Sie können sich aufs Bett legen.«

Ich legte mich also auf das hohe, schmale Bett und überlegte, auf welche Weise die Wunderheilung stattfinden würde. Ich wusste nicht recht, was ich mir von dem Aufenthalt versprach – was in psychiatrischen Kliniken geschah, war ein Geheimnis. Klar, ich war mir sicher, sie würden mich heilen. Dass ich mich aus freien Stücken in eine solche Institution begeben hatte, war ja ein extremer Schritt, und ich wusste, dass man aus Respekt vor dieser Entscheidung entsprechend extreme und effektive Heilungsmethoden anwenden würde. Aber als ich mir die

Details ausmalen wollte, war ich nicht mehr so sicher, wie das funktionieren würde.

Auf der Station war es sehr still. Keine Geräusche vom Flur, keine Geräusche aus den anderen Zimmern. Wie lange lag ich jetzt schon hier? Ich sah auf die Uhr, fast eine Stunde war vergangen, seit Mary mit mir gesprochen hatte. Was hielt meinen Arzt auf? Die vertraute Panik stieg in mir auf, aber ich sagte mir, dass von den *medizinischen Experten* ein Wunderplan für mich entwickelt werden würde und dass ich die Ruhe bewahren sollte. Es war in Ordnung, alles war in Ordnung.

Um mich abzulenken, beschloss ich, Camillas Privatsphäre zu verletzen. Auf ihrem ordentlich gemachten Bett saß ein Teddybär, und auf dem Bord standen verschiedene Karten mit Wünschen zur baldigen Genesung. Ich öffnete ihren Schrank und fand darin vier Hanteln, eine Yoga-Matte und zwei Paar Sportschuhe. Unser gemeinsames Badezimmer war voll von ihrem Zeug – mein detektivischer Blick, dem nichts entging, entdeckte, dass sie »feines, fliegendes Haar« hatte –, und eine Inspektion ihrer Garderobe ergab, dass sie Größe vierunddreißig trug.

Ein Klopfen an der Tür überraschte mich bei meinen neugierigen Erkundungen, und ein elfjähriger Junge kam herein. Zu meinem Erstaunen stellte er sich mir als Dr. David Kilty vor. Ich überlegte, ob er vielleicht einer der anderen Patienten war, einer von denen, die unter einer wahnhaften Störung litten, aber meine rigorose Befragung ergab, dass er einunddreißig Jahre alt war, alle seine Prüfungen bestanden hatte und seit fast drei Jahren als Krankenhauspsychiater arbeitete.

»Ich weiß nicht recht, Dave … Darf ich Sie Dave nennen?«

»Wenn Sie mögen. Obwohl ich Arzt bin.«

Er las die Unterlagen, die Dr. Waterbury geschickt hatte, und stellte mir genaue Fragen zu meinem Versuch, mich zu ertränken.

»Sind Sie immer noch in Selbstmordstimmung?«

»Nein …«

»Warum nicht?«

»Weil …« Weil ich es bereits versuchte hatte, ohne Erfolg. *Zweimal.*

Mein spätabendlicher Schwimmausflug war nämlich mein zweiter Versuch gewesen, mich umzubringen. Zehn Tage zuvor hatte ich meiner Schwester Claire meinen Alexander-McQueen-Schal gegeben, einen kurzen Brief mit einer Entschuldigung geschrieben und meine Schlaftabletten geschluckt, alle zehn auf einmal. Zu meinem Entsetzen wachte ich neunundzwanzig Stunden später auf, ohne größere Beeinträchtigungen. Außer der natürlich, dass ich noch lebte. Niemand hatte meine Abwesenheit überhaupt bemerkt, und Claire erklären zu müssen, dass ich meinen Schal wiederhaben wollte, war meine geringste Sorge. (»Ich habe ihn dir nur gegeben, weil ich dachte, ich wäre dann tot, aber jetzt lebe ich doch noch, und ich würde ihn gern zurückhaben.«) Ich hatte wirklich geglaubt, ich könnte mich auf die Schlaftabletten verlassen, und die Erkenntnis, dass Selbstmord zu begehen längst nicht so leicht war, wie ich angenommen hatte, war ein ziemlicher Schock. Ich war so demoralisiert, dass ich keinen Sinn mehr darin sah, einen weiteren Versuch zu unternehmen.

Doch schon wenige Tage später dachte ich wieder: »Wär doch gelacht«, und beschloss, einen neuen Versuch zu starten und diesmal erfolgreich zu sein. Ich brachte Tage damit zu, im Netz zu recherchieren.

Sich von einem hohen Gebäude oder von den Klippen zu stürzen, war in der Mythologie eine beliebte Methode, aber – wie ich bald herausfand – unglaublich schwierig umzusetzen. Örtliche Behörden und Selbstmordverhüter hatten alle möglichen Maßnahmen ergriffen, um Menschen daran zu hindern, sich in den Tod zu stürzen.

Es gab eine Grundregel: Wenn es keinen Schutzzaun drum herum gab, war es nicht hoch genug. Ich konnte es drauf ankommen lassen, und vielleicht hatte ich Glück, aber wahrscheinlicher war es, dass ich mir alle wichtigen Knochen in meinem Körper brechen und den Rest meines Lebens im Rollstuhl verbringen würde und durch einen Strohhalm ernährt werden müsste, und dieses Risiko konnte ich nicht eingehen.

Auch eine Überdosis Paracetamol barg ein Risiko: Sie brachte einen nicht unbedingt um, konnte aber die Leber zerstören, sodass man den Rest seines Lebens unter Schmerzen und Qualen verbringen musste.

Im Grunde genommen gab es nur zwei Methoden: sich die Pulsadern aufzuschneiden oder sich zu ertränken. Ich entschied mich fürs Ertränken und plante alles *bis ins kleinste Detail.* Ich hatte kiloweise Erdbeeren in Dosen gekauft, ich hatte an alles gedacht. Und es hatte trotzdem nicht funktioniert.

Gerade jetzt, da Dave mich mit seinem kleinen vorpubertären Gesicht ansah, fühlte ich mich niedergeschlagener, als ich mir je hätte vorstellen können. Schlimmer als in dem Moment, als ich mich mit Selbstmordabsichten trug. Ich war gefangen im Lebendigsein und glaubte, mein Kopf müsste zerspringen.

Aber ich war im Krankenhaus, und da würden sie mich auf wunderbare Weise heilen, deshalb sagte ich: »Ich glaube, ich bin über das Stadium hinaus. Ich glaube, ich bin immer noch … verrückt, aber … jetzt bin ich hier, und Sie sorgen dafür, dass es mir besser geht, oder?«

Dave diagnostizierte Angstzustände und eine Depression – was für eine Überraschung! –, erhöhte die Dosis der Antidepressiva auf das Doppelte und verschrieb mir, was ich barmherzig fand, Schlaftabletten.

»In ein paar Tagen komme ich wieder vorbei«, sagte er und erhob sich.

»Was?« Voller Panik sprang ich vom Bett und wollte ihn am Gehen hindern. »Ist das alles? Das kann nicht alles sein. Sie müssen doch mehr für mich tun. Wie werden Sie die wundersame Heilung vollbringen?«

»Sie können in den Anlagen spazieren gehen«, sagte er. »Die Natur hat eine heilende Wirkung. Oder Sie können in den Entspannungskurs gehen oder beim Yoga oder der Beschäftigungstherapie mitmachen.«

»Das meinen Sie nicht ernst«, sagte ich. »Beschäftigungstherapie? Meinen Sie Werken? Oder Stricken?«

»Oder Mosaikarbeiten. Malen. Es gibt ein umfangreiches Programm. Die Menschen finden das hilfreich.«

»Und das ist *alles?*« Ich war außer mir vor Empörung.

»Es gibt auch noch *The Wonder of Now*, damit erzielen wir gute Ergebnisse.«

»Und was ist das?«

Dave versuchte es zu erklären, es hatte damit zu tun, dass man für den Moment leben sollte, aber ich war zu erregt, um ihm richtig zuhören zu können. »Ich brauche Medikamente«, sagte ich flehentlich. »Ich brauche ganz spezielle, starke Tabletten oder Beruhigungsmittel. Xanax. Bitte geben Sie mir Xanax.«

Er tat es nicht. Anscheinend wurde Xanax nur in Notfällen und als kurzfristige Maßnahme verschrieben.

»Ich habe versucht, mich umzubringen«, sagte ich. »Wie schlimm muss es denn noch mit mir werden?«

»Sie waren in der Lage, sich selbst einzuweisen.«

»Ich habe mich in eine psychiatrische Klinik eingewiesen«, sagte ich. »Das heißt, *im Kopf* geht es mir gar nicht gut. Deshalb brauche ich Xanax.«

Aber er schmunzelte nur und sagte, ich könne sehr gut argumentieren und solle vielleicht eine Karriere als Anwältin erwägen.

Camilla war magersüchtig. Sie war nicht schwierig. Wahrscheinlich hatte sie gar nicht die Energie dazu. Den ganzen Tag aß sie nichts, bis zum Abend, dann verspeiste sie einen großen Teller Salat. Sie war ganz versessen auf Farmersalat. Sie *musste* welchen essen. Komisch, ich hatte gedacht, Magersüchtige essen gar nichts, und diese aß sehr wenig, das schon, aber sie aß, und was sie aß, war sehr bewusst ausgewählt.

Am ersten Abend fragte sie mich: »Warum bist du hier?«

»Depression.«

»Welcher Art?«, fragte sie neugierig. »Bipolar? Postnatal?« Postnatale Depression war besonders interessant, weil es eine Variante mit ziemlich extremen psychotischen Zuständen gab, die sich gerade einiger Beliebtheit erfreute.

»Eine ganz gewöhnliche Depression«, sagte ich leicht beschämt. »Die meiste Zeit möchte ich einfach nur sterben.«

»Ach die ...«

Die gab es dutzendweise.

Zu meiner Überraschung (von der *äußerst* unwillkommenen Sorte) erfuhr ich von den anderen Patienten keinerlei Solidarität oder Unterstützung. Es war nicht wie bei meiner Schwester Rachel, als sie in einer Entzugsklinik war. Soweit ich das damals sehen konnte, hatten sich dort alle Bewohner gegenseitig geholfen.

Aber hier war jeder in seiner eigenen privaten Hölle eingesperrt. Wir hatten alle unterschiedliche Gründe für unseren Aufenthalt: Magersucht, Zwangsstörung, bipolare Depression, postnatale Depression, ganz gewöhnliche, altmodische Nervenzusammenbrüche.

Obwohl es medizinisch gesehen Nervenzusammenbrüche nicht mehr gab (sie waren umbenannt worden und hießen jetzt »Große depressive Episoden«), war Sankt Teresa voll mit Patienten, die einen gehabt hatten: Männer und Frauen, die vom Leben überfordert waren, von den Anforderungen ihrer Kinder, ihrer Eltern, ihrer Bank oder ihrer Arbeitsstelle – besonders ihrer Arbeitsstelle. Menschen, auf die immer mehr Verantwortung geladen worden war, bis zu einem Punkt, wo das überladene System zusammenbrach und der Mensch nicht mehr funktionieren konnte.

Die Klinik war ihre Zuflucht. Viele waren seit mehreren Wochen hier, manche schon seit Monaten, und sie wollten gar nicht mehr raus, denn solange sie in der Klinik waren, konnte niemand sie anrufen, niemand ihnen E-Mails oder bedrohliche Briefe schicken, in denen stand, wie viel Geld sie schuldeten. Solange sie in der Klinik waren, mussten sie auch ihre an Alzheimer erkrankte Mutter nicht von der Polizeiwache abholen, sie mussten sich nicht mit dem Gerichtsvollzieher rumschlagen, der sie bis zu ihrem Arbeitsplatz verfolgte, mussten keine Familie versorgen und nach vier Stunden Schlaf pro Nacht ihre Arbeit machen.

Viele der Patienten, die einen Nervenzusammenbruch erlitten hatten, waren Unternehmer, deren Unternehmen Konkurs gemacht hatte und die Hunderttausende, vielleicht sogar Millionen schuldeten, die sie niemals zurückzahlen konnten. Sie hatten entsetzliche Angst, wieder in die wirkliche Welt geschickt zu werden, wo Leute ihnen an den Kragen wollten. In Sankt Teresa konnten sie schlafen und aus dem Fenster starren und fernsehen und nichts im Kopf haben – alles weiß und leer. Hier hatten sie ihren Frieden, hier war es ruhig, sie bekamen ihre Medikamente und drei Mahlzeiten am Tag (widerwärtiges Essen, aber das nur am Rande).

Das Einzige, wovor sie Angst hatten, waren die wöchentlichen Berichte ihrer Psychiater. Sie fürchteten, plötzlich als geheilt zu gelten und nach Hause geschickt zu werden.

Ich war anders als sie. Das, was mich bedrückte, die Ursachen – welche auch immer – für meine Niedergeschlagenheit lagen in mir selbst. Wohin ich auch ging, sie kamen mit mir.

Das andere, was die Patienten mit Nervenzusammenbrüchen fürchteten, war die Möglichkeit, dass ihre Krankenkasse die Kosten für den Aufenthalt nicht länger übernehmen und sie in ihr höllisches Leben zurückbefördern würde.

Doch selbst diese Sorge hatte ich nicht, denn vor einigen Monaten hatte ich eine Privatversicherung abgeschlossen, die auch einen langen Krankenhausaufenthalt abdeckte. Wie es dazu gekommen war, dass ich mein Geld so verantwortungsvoll investiert hatte, weiß ich nicht, es war keinesfalls typisch, aber so war es eben.

Vor meinem misslungenen Versuch, mich umzubringen, hatte ich das Lebendigsein fast unerträglich gefunden, aber ich entdeckte schnell, dass es in Sankt Teresa noch schlimmer war. Wenigstens hatte ich in der Welt draußen die Freiheit, mich in mein Auto zu setzen und einfach nur durch die Gegend zu fahren. Auch vor meinem Klinikaufenthalt war die Zeit unendlich langsam vergangen, aber innerhalb des Krankenhausareals kam sie vollends zum Stillstand.

Ich hatte nichts zu tun. Jeden Morgen und jeden Nachmittag gingen die Patienten, die etwas munterer waren, zu ihrem Backkurs oder Mosaikkurs oder einer der anderen beschäftigungstherapeutischen Maßnahmen. Und die Magersüchtigen schnallten sich ihre Gewichte an Fuß- und Handgelenke und hetzten durch die Anlage, bis sie ihre geplanten vier, sechs oder acht Meilen hinter sich gebracht hatten. Manchmal ging eine Krankenschwester raus und brachte sie unter Protest zurück.

Die katatonischen Patienten hockten zusammengesunken im Aufenthaltsraum und ließen vierundzwanzig Stunden lang Fernsehmist auf sich niederregnen, und die, die wirklich am Ende waren, blieben den ganzen Tag im Bett, wo sie ihre Mahlzeiten und ihre Medizin bekamen.

Ich passte in keine der Gruppen. Ich war unruhig, zappelig, voller Angst und sehr, sehr einsam.

Das einzig Gute an der Klinik war meine Schlaftablette. Die Schlaftabletten wurden jeden Abend um zehn Uhr ausgegeben, und ab 20.13 Uhr umschwirrten die Patienten das Schwesternzimmer. Ich fand es demütigend, wie in *Einer flog über das Kuckucksnest* dafür anstehen zu müssen, und zwang mich deshalb zu Zurückhaltung, aber Himmel! War ich dankbar, wenn ich die Tablette bekam.

Mum und Dad und Bronagh und meine Schwestern kamen mich besuchen, und sie waren, je nach Persönlichkeit, verstört, entsetzt, tieftraurig und komplett außerstande, mir gute Ratschläge zu erteilen. Alle waren sich darin einig, dass mein Versuch, mich zu ertränken, ziemlich extrem gewesen war.

»Aber du hast es nicht ernsthaft versucht«, sagte Claire immer wieder. »Es war mehr ein Hilferuf, oder?«

Ja? »Eh … ja, vielleicht.«

»So wie das mit den Schlaftabletten?«

»Eh … richtig, ja.«

Mum und Dad bestanden darauf, mit dem jungen Dave zu sprechen, aber nach der Besprechung waren sie noch verwirrter als vorher. »Du musst es langsamer angehen«, sagte Mum zweifelnd. »Nimm dir Zeit, den Duft der Rosen wahrzunehmen, versuch, jedem Stress aus dem Weg zu gehen.«

Bronagh besuchte mich nur einmal. »Hier gehörst du nicht her«, sagte sie. »Das ist nicht die Helen Walsh, die ich kenne. Du bist nicht auf einer geschlossenen Abteilung, oder? Warum gehst du dann nicht nach Hause?« Und schon war sie wieder weg.

Sie hatte recht: Ich war nicht auf einer geschlossenen Abteilung und konnte mich jederzeit selbst entlassen. Und weiß der Himmel, ich wollte raus, ich fand es in der Klinik abscheulich – an einem Tag sahen wir uns in der Gruppe dieselbe Episode von *EastEnders* dreimal hintereinander an, und außer mir schien das niemand zu bemerken –, aber ich dachte, ich hätte irgendwas noch nicht begriffen. Ich versuchte rauszubekommen, wie die Klinik funktionierte. Menschen wurden völlig gebrochen eingeliefert, und wenn sie entlassen wurden, ging es ihnen besser. Worin bestand das Geheimnis?

Ich versuchte es also. Ich versuchte es damit, den ganzen Tag im Bett zu bleiben, ich versuchte, stundenlang fernzusehen, ich lieh mir Camillas Hanteln – sie gab sie mir nur sehr widerstrebend –, rannte im Klinikgarten umher, beugte und streckte die Arme. Irgendwann versuchte ich es sogar mit Werken. Ich baute einen Nistkasten. Alle bauten Nistkästen.

Ich fragte Dave immer wieder: »Wie lange dauert es, bis es mir besser geht?« Und er wich mir aus und sagte: »Solange Sie hier sind, sind Sie in Sicherheit.«

»Aber ich fühle mich nicht sicher, ich habe Angst, ich fürchte mich.«

»Haben Sie es schon mit Yoga versucht? Haben Sie mal bei einem der Entspannungskurse mitgemacht?«

»Ah, Dave ...«

Nach zwei Wochen sagte ich: »Dave, es tut mir leid, aber ich muss einen richtigen Arzt sprechen. Jemand, der älter ist und mehr Erfahrung hat.«

»Ich bin ein richtiger Arzt«, sagte er, »aber ich werde mit meinen Kollegen sprechen.«

Ein paar Stunden später wurde die Tür von einer Frau aufgestoßen, die meine Akte in der Hand hielt. »Ich bin Dr. Drusilla Carr.« Sie wirkte gereizt und unkonzentriert. »Dr. Kilty sagt, Sie möchten einen Arzt sprechen, der älter und erfahrener ist. Das bin ich mit Sicherheit, ich arbeite seit zweiundzwanzig Jahren in der Psychiatrie.« Das rasselte sie runter, ohne mich anzusehen, während sie immer weiter in meiner Akte blätterte. »Dr. Kilty ist ein sehr fähiger Arzt. Der Therapieplan, den er für Sie aufgestellt hat, ist genau so, wie ich ihn auch gemacht hätte. Ich habe keine Änderungen vorzuschlagen.«

»Könnten Sie mir nicht eine Elektroschocktherapie geben?«

Erst jetzt sah sie mich an. Sie schien konsterniert.

»Elektrokonvulsive Therapie gilt als letzte Option. Sie wird – manchmal, nur manchmal – in Fällen von Schizophrenie, extrem manischen Zuständen und chronischer katatonischer Depression angewendet, die gegen medikamentöse Behandlung resistent ist.«

»Meine Depression ist gegen Medikamente resistent«, sagte ich. »Die Tabletten haben meinen Selbstmordversuch nicht verhindert.«

»Sie sind erst seit vier Monaten in ärztlicher Behandlung«, sagte sie fast verächtlich. »Ich spreche von Menschen, die seit *Jahren* unter Depressionen leiden.«

Jahre! Allmächtiger! Jahre hiervon würde ich niemals aushalten. Konnte man das überhaupt?

»Außerdem hat die EKT viele Nebenwirkungen, insbesondere Gedächtnisverlust.« Ohne eine Spur von Ironie sagte sie: »Das können Sie vergessen.«

»Ich soll es vergessen?«

»Wir machen weiter mit den Tabletten. Es ist noch zu früh.«

Irgendwann akzeptierte ich, dass die Klinik nicht die Antwort war. Niemand hatte Schuld daran. Schuld waren allein meine Unwissenheit und meine zu hohen Erwartungen. »Wunderheilungen« gab es nicht.

Eine psychiatrische Klinik war einfach nur ein Aufbewahrungsort für zerbrechliche Menschen und – wenigstens für mich – eine Möglichkeit, in Sicherheit zu sein, sollte ich jemals wieder erwägen, mich umzubringen.

Ich wartete drei Wochen und vier Tage – bis ich meinen Nistkasten fertig hatte –, dann verließ ich die Klinik ebenso ratlos wie an dem Tag, als ich sie betreten hatte.

Ich fühlte mich nicht besser oder geheilt oder sicher, aber wenigstens konnte ich mir im Fernsehen wieder ansehen, was ich wollte. Ich vermutete, dass ich wahrscheinlich nicht noch einmal versuchen würde, mich umzubringen. Ich hatte das Gefühl, eine Botschaft aus dem All empfangen zu haben, obwohl ich an solche Sachen nicht glaubte.

Dave schien zu bedauern, dass ich ging. »Denken Sie daran, Sie können jederzeit wiederkommen«, sagte er. »Wir sind immer für Sie da.«

»Danke«, sagte ich und dachte, dass ich in einem ziemlich erbärmlichen Zustand sein müsste, bevor ich mich dazu entscheiden würde.

Man muss mir schon zugutehalten, dass ich, als ich wieder draußen in der Welt war, so gut wie alles tat, was die anderen vorschlugen, um meinen Zustand zu verbessern. Ich nahm meine Antidepressiva, ich ging einmal in der Woche zu Antonia Kelly, mittwochs und freitags machte ich Zumba, ich nahm an einem Yoga-Kurs teil – schreckliche Leute, diese Yoga-Typen, so erfüllt von sich selbst, so »spirituell« – ich probierte es mit Homöopathie und kaufte mir Daves Lieblings-CD *The Wonder of Now*, womit ich nichts anfangen konnte. Die Botschaft der CD war im Grunde die, dass es völlig irrelevant war, ob man schreckliche Schmerzen litt, denn es gab nur das Jetzt. Aber ich verstand nicht, wie das unerträgliche Schmerzen erträglich machte. Unerträgliche Schmerzen sind, wie das Wort sagt, unerträglich. War es nicht eigentlich viel schlimmer, wenn es im Jetzt geschah? Eine Weile lang war ich so wütend darüber, dass ich überlegte, eine eigene CD auf den Markt zu bringen: *Vierzehn ausgezeichnete Methoden, das Jetzt zu vermeiden.* Leider fielen mir nur zwei ein:

1. exzessives Trinken,
2. die Einnahme starker Beruhigungsmittel.

Mit Bedauern gab ich mein Vorhaben auf, doch dann heiterte ich mich damit auf, die *Wonder of Now*-CD mit solcher Wucht in den Mülleimer zu feuern, dass die Plastikhülle zerbarst.

Ich fing wieder an zu arbeiten, hielt mich aber von den Aufgaben, die Stress erzeugten, fern und entwickelte meine eigenen Heilmethoden. Ich machte Reiki, ich versuchte die Emotionale Freiheitstherapie, ich ging zu sechs Sitzungen Kognitiver Verhaltenstherapie (kompletter Schwachsinn), und auf diese Weise probierte ich eine Sackgasse nach der anderen, suchte nach der Lösung und wurde immer wieder enttäuscht. Aber die Zeit verging, und nach einer Weile fühlte ich mich normaler. Ich wusste, dass ich nicht so war wie früher, ich war weniger widerstandsfähig, weniger optimistisch, vielleicht würde ich nie wieder wie früher sein, vielleicht war die Person, die ich gewesen war, für immer verschwunden. Aber ein Jahr nach meinem Selbstmordversuch sagte Dr. Waterbury, ich könne versuchen, ohne die Antidepressiva auszukommen. Und wieder einen Monat später entließ Antonia Kelly mich in die Lüfte.

Sonntag

47

Das Piepen einer eingehenden Nachricht weckte mich. Wo war ich? Ich lag auf dem Fußboden von Waynes Wohnzimmer, auf der Seite. Ich nahm mein Telefon. Es war 9.37 Uhr morgens.

Warum lag ich zusammengerollt auf der Seite? Warum erlaubte ich mir dieses unprofessionelle Verhalten? Weil, wie ich mit vorsichtigem Fühlen feststellte, an meinem Hinterkopf eine riesige Beule war.

Aua. Eine zweite auf der Stirn. Und eine dritte am Knie.

Als es mir nach dem Angriff am Abend zuvor endlich gelungen war, mich aufzurichten, war ich zu Waynes Haus gehumpelt – mein linkes Knie hatte ich mir beim Sturz verletzt. Ich hatte die Tür aufgeschlossen und war ins Badezimmer gegangen, um meine Wunden zu versorgen. Im Badezimmerschrank fand ich Pflaster und Wundsalbe. »Wayne, es tut mir leid«, entschuldigte ich mich vor den leeren Wänden. »Dass ich mich so einschleiche und deine Erste-Hilfe-Sachen stehle, aber es ist alles in dem Bemühen, dich zu finden.«

Ich war mir vorsichtig mit den Fingerspitzen durch die Haare auf meinem Hinterkopf gefahren und hatte versucht, das Ausmaß des Schadens einzuschätzen. Ich erspürte eine Beule, aber es fühlte sich nicht so an, als wäre die Haut aufgeplatzt, und ich hatte auch kein Blut an meinen Fingerspitzen.

An der Stirn war es schlimmer: Sie war rot und geschwollen, und die Haut war aufgeschürft. Aber nachdem ich das Blut abgewaschen hatte, sah es nicht so aus, als müsste die Wunde genäht werden.

Ich trug eine Schicht Wundsalbe auf, wünschte mir im selben Moment, ich hätte es nicht getan, denn mit der Benutzung einer antibakteriellen Salbe verringerte sich die Chance, dass mein Kopf wegen Wundbrand amputiert werden müsste, andererseits hört man nicht oft von Wundbrand am Kopf. Ich klebte keine Pflaster auf die Wunden, weil Wayne nur bunte Kinderpflaster hatte – was vermutlich mit einem seiner Neffen zu tun hatte –, und das verbot mir mein Stolz. Aber ich nahm vier von seinen Nurofen. Und eine von den Stilnox.

Das hätte ich nicht tun sollen. Das war *wirklich* Diebstahl. Schlaftabletten waren nicht so leicht zu bekommen, und ich hatte zwölf in meiner Handtasche, aber so war das, ich hatte keine Rechtfertigung für meine Handlung. Dann – warum genau, weiß ich nicht, vielleicht, um die Schande wegzuwaschen, vielleicht, weil ich schon am Waschbecken stand – putzte ich mir die Zähne. Warum nicht, dachte ich, *carpe diem* und all das.

Ich fühlte mich erstaunlich wackelig auf den Beinen und stützte mich auf dem Weg nach unten an der Wand ab.

Artie hatte eine Nachricht geschickt und gefragt, ob alles in Ordnung sei, ich schrieb zurück, alles sei bestens, obwohl das nicht der Fall war, dann ließ ich mich vorsichtig auf dem Fußboden nieder und hoffte, ich hätte eine Gehirnerschütterung und würde sterben.

Während ich darauf wartete, dass das Blut mein Hirn überfluten würde, überlegte ich, wer mich überfallen haben könnte.

Konnte es Walter Wolcott gewesen sein? Zugetraut hätte ich es ihm, aber ich vermutete, dass er zu alt und zu träge war und gar nicht so schnell rennen konnte.

Oder John Joseph? Aber warum sollte er mich überfallen? Bloß weil er mich nicht leiden konnte? Auch ihm hätte ich es zugetraut, aber hätte er vom Sendestudio so schnell hier sein können, um mich abzupassen?

Und wo ich schon darüber nachdachte: Warum mochte John Joseph mich eigentlich nicht? Viele Menschen mochten mich nicht, aber John Joseph und ich hatten uns doch anfangs ganz gut verstanden, oder? Was hatte ich getan, dass er seine Meinung geändert hatte? War es wichtig? Mir nicht, das war klar, es war mir sogar vollkommen gleichgültig, ob er mich mochte, aber hatte es etwas mit Wayne zu tun?

Und wo ich schon bei Wayne war: Es bestand durchaus die Möglichkeit, dass er selbst mich überfallen hatte. Aber ich mochte Wayne. Ich konnte nicht wirklich glauben, dass er der Typ war, der einem ihm wohlgesinnten Menschen den Schädel einschlug.

Konnte es Gloria gewesen sein?

Digby?

... Birdie Salaman?

... dunkle Mächte, die Harry Gilliam zuzuordnen waren?

... Cecily, das Huhn ...? Nein ... das war tot ...

... der Geheimnisvolle Schläger von Old Dublin Town? Die Schlaftablette begann ihr bösartiges Wunder zu wirken, und ich wurde in einen hässlichen, unruhigen Schlaf gezogen.

Und jetzt war ich wieder wach und war nicht an Gehirnerschütterung gestorben – eine herbe Enttäuschung –, und jemand hatte mir eine Nachricht geschickt. Mit trübem Blick las ich sie. Sie war von Terry O'Dowd. Wer war das? Ach ja, der nette Mann aus Leitrim, der Dockers Haustür reparieren wollte. Er schrieb, die Tür sei wieder in Ordnung und das Tor auch, und er verlangte einen geradezu lachhaft geringen Preis dafür. Ich nahm mir fest vor, sollte ich heute nur eine einzige Sache schaffen, dann die, dass ich mir von Mum einen Scheck für ihn geben lassen würde.

Es war Zeit für mein Antidepressivum. Ich schluckte die Tablette ohne Wasser runter. Wirke, flehte ich. Wirke!

Ich merkte, dass ich etwas essen musste. Ich hatte seit ... seit wann eigentlich? ... nichts Anständiges gegessen. Seit den Cheerios gestern. Ich beschloss, zu der Tankstelle um die Ecke zu gehen und eine neue Packung zu kaufen. Die frische Luft würde mir guttun und vielleicht das merkwürdige Gefühl vertreiben.

Bevor ich losging, prüfte ich mein Aussehen in Waynes Badezimmerspiegel. Was für ein Schock! Auf meiner Stirn war ein Muster aus blauen Flecken und getrocknetem Blut, und mein rechtes Auge war leicht blutunterlaufen. Mit den Fingernägeln kratzte ich so viel Schorf wie möglich ab und holte dann meine Handtasche. Zeit, das schwere Geschütz aufzufahren: mein *Clinique Advanced Concealer* kam zum Einsatz. Ich trug ihn sanft auf und strich immer wieder über die Stelle, um den Schaden zu kaschieren, und am Schluss sah es ganz manierlich aus.

Dann kämmte ich mir die Haare, und auch das war sehr hilfreich. Die Ponyfransen bedeckten die Stirn, und solange sie nicht hochwehten, sah man mir die Verletzung nicht an. Haarspray, das war es, was ich jetzt brauchte. Eine Durchsuchung von Waynes Pflegeartikeln erbrachte jedoch nichts. Ungünstig für mich, aber ich achtete ihn dafür. Haargel, besonders die lackharte Sorte, konnten auch Männer benutzen, aber Haarspray rückte sie zu sehr in die Nähe von umständlichen älteren Damen.

Plötzlich wurde mir bewusst, dass ich große Schmerzen hatte. Mein ganzer Schädel – hinten, vorn, Augenhöhlen, Zähne – pochte vor Schmerzen, so schlimm, dass ich am liebsten gekotzt hätte. Der Schmerz war schon die ganze Zeit da, seit ich aufgewacht war, aber ich hatte bis jetzt gebraucht, um ihn wahrzunehmen. Als ich vor Waynes Badezimmerschrank stand, schien es das Leichteste von der Welt, noch vier Nurofen zu nehmen. Aber kaum hatte ich sie geschluckt, da schämte ich mich schon. Das hier war nicht recht. Ich überschritt eine Linie. Ich hatte sie schon gestern Abend überschritten, als ich mir eine seiner Schlaftabletten genommen hatte. Das war richtig schlimm. So schlimm, dass ich jetzt nicht darüber nachdenken wollte.

Mein Handy piepste, eine Nachricht ging ein. Sie war von Artie, der mich daran erinnerte, dass er am Nachmittag das Haus für sich hatte. Ich schrieb zurück, da ich wieder an dem Fall arbeitete, wüsste ich nicht, ob ich kommen könnte, aber er solle mir sofort Bescheid geben, wenn alle drei Kinder weg waren.

Draußen war der Morgen schrecklich hell, und ich fühlte mich merkwürdig. Ich durchwühlte meine Handtasche, bis ich eine Sonnenbrille und eine Baseballkappe fand, die mich vor der grässlichen Helligkeit schützten. Ich spürte kaum, dass meine Füße auf dem Boden aufsetzten. Das konnte von dem Schlag auf den Kopf kommen. Oder von dem kaputten Knie. Oder es lag einfach an mir.

Ich ging weiter auf meinen unempfindlichen Füßen, und als ich zu der Tankstelle kam, sah ich die Überschrift auf der Zeitung. In riesigen schwarzen Buchstaben sprangen die Wörter mich über mehrere Meter hinweg an:

BEKOMMT ZEEZAH EIN BABY?

Ich hätte beinahe laut gelacht. Artie hatte recht gehabt.

Ich eilte auf den Zeitungsstand vor dem Geschäft zu. Ein anderes Boulevardblatt titelte:

IST ZEEZAH SCHWANGER?

Daneben war ein verschwommenes Foto von ihr. Offensichtlich hatte sie etwas kleines Rundes gegessen, denn ihr Bauch zeigte eine winzig kleine Wölbung, und das galt als Beweis dafür, dass sie schwanger war. Anscheinend war die ausführliche Story auf den Seiten vier bis sieben zu lesen.

Ein kurzer Überblick über die anderen Zeitungen – außer den Boulevardblättern – ergab, dass sie alle etwas über die Laddz drin hatten. Jay Parker hatte seine Arbeit gut gemacht.

Ich nahm einen Arm voller Zeitungen und ging in den Laden. Man konnte Haarspray und Nurofen kaufen, aber nichts Essbares, außer Cheerios. Was war nur los mit der Welt?

48

Als ich wieder in Waynes Haus war, breitete ich die Zeitungen auf dem Wohnzimmerboden aus und verschlang die Informationen über die Laddz. Dass Zeezah schwanger war, hatte ein »Sprecher« der Laddz (ich vermutete, Jay Parker) dementiert, aber das hinderte die Zeitungen nicht zu spekulieren, dass Zeezah in der zehnten Woche war. Auf einer halben Zeitungsseite kam ein »Schwangerschaftsexperte« zu Wort, der dem Leser erzählte, wie Zeezah sich möglicherweise fühlte – morgendliche Übelkeit war wahrscheinlich. Nein, wirklich! Vielleicht war sie schneller müde als sonst. Er gab Tipps zur Ernährung – reichlich frisches Obst und Gemüse, mindestens zweimal in der Woche Fleisch, und die Empfehlung, zusätzlich Kalzium zu nehmen. Körperliche Ertüchtigung wurde empfohlen – Yoga, zum Beispiel, und forsche Spaziergänge. Außerdem gab es jede Menge Berichte über Zeezahs Heirat mit John Joseph und noch mehr über die bevorstehenden Auftritte.

Wie Artie vorausgesehen hatte, gab es auch Berichte über die anderen Laddz. Ein Bericht über einen »Hausbesuch« bei Frankie, Myrna und den Zwillingen, nur dass das »Zuhause« offensichtlich ein Hotel war, denn man sah einen großen, hellen, sauberen und aufgeräumten Raum, nicht die abschreckende, windelübersäte Höhle, in der ich gewesen war.

Es gab ein Interview über den »Wert der Familie« mit Roger St Leger und seiner ältesten Tochter, einer Achtzehnjährigen, die davon träumte, Schauspielerin zu werden. »Mit Dads Freundinnen verstehe ich mich super«, wurde sie zitiert, »besonders, weil sie meistens zuerst meine Freundinnen waren!«

Es gab sogar eine Fotoserie mit Wayne, aufgenommen, bevor er sich abgesetzt hatte. Er war in demselben Wohnzimmer zu sehen, in dem ich gerade saß, und sah – vielleicht war ich die Einzige, die das bemerkte? – ein bisschen traurig aus.

Ich rief Artie an, und wir lachten gemeinsam über die ausführliche Laddz-Berichterstattung.

Ich beschloss, den Angriff des Geheimnisvollen Schlägers von Old Dublin Town nicht zu erwähnen. Ich wusste selbst nicht, was ich davon halten sollte, und wollte nicht zu viel darüber nachdenken, weil ich Angst bekommen könnte, und dann müsste ich aufhören. Aber ich musste weitermachen.

Als ich gestern zu dem Entschluss gekommen war, nicht länger nach Wayne zu suchen, hatte ich keinen Zweifel daran, dass er in Sicherheit war und ich ihn einfach in Ruhe lassen sollte. Jetzt fischte ich im Trüben, alles war völlig undurchsichtig. Ich wusste nicht, ob ich, weil ich manipuliert worden war, nach einem unglücklichen Mann suchte, der nicht gefunden werden wollte. Oder ob ich einen guten Menschen vor einer schlechten Situation bewahrte. In jedem Fall war ich auf Waynes Seite.

»Ist bei dir … alles in Ordnung?«, fragte Artie.

Ich zögerte. Was meinte er? Verhielt ich mich ungewöhnlich? Artie wusste von meiner früheren Depression und meinem Klinikaufenthalt – ich hatte ihm gleich zu Anfang unserer Beziehung davon erzählt. Aber so, als würde ich ihm erzählen, dass ich mal die Treppe runtergefallen war und mir das Knie verrenkt hatte: wie von einer einmaligen Angelegenheit in ferner Vergangenheit, von einem außergewöhnlichen Vorkommnis, das sich niemals wiederholen würde.

Jetzt gerade wollte ich nicht darüber sprechen, dass ich mich so seltsam fühlte. Ich wusste nicht, warum, ich wollte es einfach nicht, deshalb sagte ich: »Mir geht es bestens.«

»Hast du viel zu tun?«, fragte Artie.

»Eigentlich schon. Aber schick mir eine Nachricht, sobald die Kinder weg sind, und dann sehen wir, was sich machen lässt.«

Ich beendete das Gespräch. Ich sollte wirklich in die Gänge kommen. Die Zeit lief, nicht nur kam der Mittwochabend näher, sondern ich musste auch meinen Vorsprung vor Walter Wolcott wahren. Aus beruflichem Stolz konnte ich es nicht zulassen, dass ein Schwachkopf wie er mir zuvorkam. Aber das konnte passieren. Er war stur und geduldig. In seinem wenig schmeichelhaften beigefarbenen Regenmantel würde er, wenn nötig, jede einzelne Frühstückspension in Irland aufsuchen. Und möglicherweise würde er Wayne auf diese Weise finden. Möglicherweise. Und ich? Ich musste auf geniale Einfälle hoffen, aber auf die konnte man sich nicht verlassen.

Ich rief Mum an und erklärte ihr, dass ich einen Scheck für einen Mann in Leitrim brauchte.

»Warum in Leitrim?«, fragte sie.

»Das ist jetzt nicht wichtig. Kannst du mir einen Scheck ausstellen, wenn ich vorbeikomme und dir das Geld gebe?«

»Natürlich. Hör mal«, sagte sie, und vor Aufregung senkte sich ihre Stimme zu einem Flüstern herab, »hast du sie gestern gesehen?«

Ich brauchte gar nicht zu fragen, wen sie meinte. Es war wirklich komisch, wie viele Leute sich *Saturday Night In* ansahen, obwohl die wenigsten es offen zugaben.

»Und heute Morgen in den Zeitungen schreiben sie, sie ist schwanger.« Aus Mums Stimme troff tiefe Verachtung.

»Glaubst du das denn nicht?«

»Natürlich glaube ich das nicht! Mich würde es nicht überraschen, wenn sie ein Mann wäre. Wie Lady Gaga. Sie hält uns alle zum Narren. Der arme John Joseph.« Mum seufzte. »Er hätte sich ein nettes irisches Mädchen nehmen können, stattdessen hat er jetzt einen arabischen *Kerl*. Hör mal, das mit dem Konzert nächsten Mittwoch geht klar, oder? Besorg uns mindestens sechs Karten, sie wollen alle mitkommen, Claire und die ganze Familie, nach der Show gestern Abend. Ich weiß, dass deine Sache mit Jay Parker vorbei ist, aber das machst du, ja?«

»Meine Sache mit Jay Parker ist übrigens nicht vorbei.«

»Wusste ich es doch!«

»Nicht so. Hör auf, dauernd davon zu reden. Ich meine, ich arbeite noch für ihn. Ich habe also zu tun. Und ich kümmere mich um diese blöden Karten, und nachher komme ich vorbei und hole mir den Scheck für den Mann in Leitrim.«

Ich legte auf. Ich wollte Jay Parker nicht um die Karten für das Laddz-Konzert bitten, so weit konnte ich mich einfach nicht erniedrigen, aber ich wusste nicht, wie ich sie ohne funktionierende Kreditkarte kaufen sollte. Wahrscheinlich konnte ich persönlich zu einer Vorverkaufsstelle gehen und sie bar bezahlen, aber die Karten waren teuer, und ich hatte sehr, sehr wenig Geld.

In mir rangen Stolz und Armut miteinander, bis mir klar wurde, dass ich Jay einfach fragen musste. Um dieses demütigende Gespräch ein bisschen länger aufzuschieben, fuhr ich zum MusicDrome, und zu meiner Überraschung (von der äußerst beunruhigenden Sorte) waren alle Karten für Mittwochabend verkauft. Ich versuchte Donnerstagabend – das Gleiche. Und Freitagabend auch. Alle drei Laddz-Konzerte waren ausverkauft! Fünfzehntausend Plätze pro Abend, das waren fünfundvierzigtausend Karten. Wie das? Was war geschehen? Und so schnell? Erst gestern Abend hatte ich mir mit Artie die Verkaufszahlen angesehen, und sie waren kläglich gewesen.

Ich rief sofort Jay Parker an.

Er war außer sich, flippte fast aus. »Das ist die Publicity. Die Sache nimmt richtig Fahrt auf. Das wird riesig! Wir haben jetzt schon ein viertes Konzert in Dublin gebucht. Und ein Weihnachtsalbum. Und wir haben Anfragen aus dem Vereinigten Königreich.« Plötzlich wurde er hysterisch. »Also, wo ist Wayne? Wir brauchen Wayne!«

»Ich tue, was ich kann.« Ich wurde selbst schon ein bisschen hysterisch bei dem Gedanken, dass fünfundvierzigtausend Menschen sich darauf freuten, am Mittwoch, Donnerstag und Freitag Wayne Diffney für sie singen zu hören und tanzen zu sehen. »Hör mal, ich brauche Karten. Nicht für mich«, sagte ich schnell. »Mir geht das am Arsch vorbei. Aber für Mammy Walsh, deine gute Freundin, und alle ihre Freundinnen. Mindestens sechs. Wenn möglich Mittwochabend. Du hast doch bestimmt welche für Freunde und Familie zurückbehalten.«

»Wenn du Wayne findest, kannst du eine Loge haben.«

»Vielen …« Ich brach ab. Ich würde mich erst bedanken, wenn ich genau wusste, was er mir da anbot. Es gab schließlich auch kleine Logen. »Was meinst du genau? Eine Loge? Wie viele Leute passen da rein?«

»Zwölf. Da passen zwölf Leute rein. Und man kriegt Erdnüsse gratis.«

Bestimmt gab es da einen Haken, irgendeine Bedingung. Wenn man mit Jay Parker zu tun hatte, musste man wie ein Schachspieler agieren. Man musste ihm immer ein paar raffinierte Züge voraus sein.

»Sag mal, Parker, wer hat mich eigentlich gestern Abend überfallen?«

»Was?«

»Ach, jetzt komm.«

»Wovon redest du, Helen?«

»Gestern Abend, als ich wieder in Mercy Close war, hat mir jemand eins über den Schädel gezogen.«

»Womit?«

»Könnte ein Nudelholz gewesen sein. Eins von diesen modernen weißen, die wie ein Schlagstock aussehen.«

»Bist du verletzt?«

Ich platzte heraus: »Was denkst du wohl?«

»Ich bin sofort da.« Er brach das Gespräch abrupt ab.

Ich starrte auf mein Telefon. Bei dem Gedanken an die vielen Menschen, die alle hundert Euro geblecht hatten, um die Laddz zu sehen, wurde mir vor Angst ganz schwindelig. Das Gefühl meiner Verantwortung und die Last der Erwartungen waren so überwältigend, dass ich einen Moment dachte, ich würde den Verstand verlieren.

Mit zitternden Fingern schrieb ich je eine SMS an Sharkey und eine an den Telefonmann und bat sie dringend, mir die Informationen über Waynes finanzielle Situation und seine Telefonkontakte zukommen zu lassen. Ich wusste ja, dass Sharkey und der Telefonmann nicht faul rumsaßen und Videospiele spielten, nur um mich auf die Folter zu spannen. Die Informationen über Wayne zu beschaffen war hochgradig illegal und folglich eine heikle Angelegenheit. Ich wusste nicht genau, wie das vor sich ging, aber vermutlich mussten Zahlungen an Kontaktpersonen geleistet werden, und diese Kontaktpersonen mussten auf eine Gelegenheit warten, bis sie Waynes Daten knacken und ihre eigenen Spuren verwischen konnten.

Ich wusste, dass meine Bitte die Sache nicht unbedingt beschleunigen würde.

Trotzdem, fragen konnte ja nicht schaden.

Dann ging ich nach oben in Waynes Büro, starrte auf den Computer und beschloss, Birdie als Passwort einzugeben. Ich war überzeugt, dass es eine realistische Möglichkeit war – der Name hatte sechs Buchstaben, und sie war wichtig für Wayne, wenn man nach dem Foto ging, das in seinem Gästezimmer stand. Ich tippte die Buchstaben, und nach zwei kaum auszuhaltenden Sekunden erschien auf dem Monitor: »Ungültiges Passwort«. Von panischer Angst getrieben und ohne den Schlag wirklich verarbeitet zu haben, gab ich DOCKER ein. Zu meinem Entsetzen kam wieder »Ungültiges Passwort«. Mist. Mist, Mist, Mist. Verdammter Mist.

Ich hatte meine drei Versuche verpulvert. Ich hatte Gloria, Birdie und Docker eingegeben, und keins war das richtige Passwort. Ich hatte keinen weiteren Versuch mehr.

Gut. Ich würde auf der Stelle rausgehen und durch die Straßen fahren, und sobald ich einen Jungen fand, der so aussah, als könnte er mit einem Rechner umgehen, würde ich ihn mir schnappen und an Waynes Computer anketten, bis er ihn geknackt hatte. Adrenalin rauschte durch meine Adern, ich musste etwas tun, *irgendetwas*.

Beruhige dich, sagte ich mir, es ist nur ein Auftrag. Es geht hier nicht um Leben und Tod – so hoffte ich wenigstens –, sondern nur um einen Job. Ich rief mir ins Gedächtnis zurück, dass skrupellose Experten bereits daran arbeiteten, die relevanten Daten zu beschaffen, und in ein, zwei Tagen würde ich diese Informationen in der Hand haben. Ich brauchte also keinen Teenager zu entführen.

Langsam beruhigte sich mein Atem, und die Wogen der Angst ebbten ab.

Ich wählte Waynes Handynummer. Das hatte ich regelmäßig getan, und sein Telefon war immer abgeschaltet gewesen. Wo immer er war, auch wenn er freiwillig verschwunden war – und ich wusste wirklich nicht, ob das tatsächlich der Fall war –, musste er es doch zwischendurch mal anschalten, um seine Nachrichten abzurufen. Aber bisher hatte ich nie diesen Zeitpunkt erwischt. Und ich hatte ihm auch nie eine Nachricht hinterlassen, aber diesmal tat ich es. »Wayne, ich heiße Helen, und ich bin auf Ihrer Seite. Sie können mir vertrauen. Bitte rufen Sie mich an.«

Vielleicht rief er ja an. Vielleicht. Es waren schon merkwürdigere Dinge passiert.

Ich ging nach unten, und als ich zur Haustür kam, traf ich zu meiner Überraschung (von der schockierenden Sorte) auf Jay Parker. Mir sträubten sich in Besitzermanier die Nackenhaare, bis mir einfiel, dass das Haus ja gar nicht mir gehörte.

Er war blass und wirkte schockiert.

»Zeig mir, wo«, sagte er.

»Was? Ach, meine Verletzungen.« In meiner Panik hatte ich sie ganz vergessen. Ich ging vom Flur in die Küche, wo das Licht besser war. Ich hob den Pony an und zeigte meine geschwollene, verschrammte Stirn.

»Herr im Himmel.« Er schien entsetzt. »Wieso ist dein Gesicht so zugerichtet, wenn du einen Schlag auf den Hinterkopf bekommen hast?«

»Weil ich durch den Schlag hingefallen und mit der Stirn auf dem Asphalt gelandet bin.«

»So heftig war es?« Er war außer sich.

Ich sah ihn genau an. »Was? Hast du jemandem gesagt, er soll mir einen Schlag versetzen, aber nicht so heftig?«

»Ich habe keine Ahnung, wer das gemacht hat. Ich habe keine Ahnung, was hier los ist!«

Einen Moment lang dachte ich, ihm würden Tränen aus den Augen kullern. Er kam näher zu mir und beugte sein Gesicht zu meinem.

»Was machst du?«, fragte ich.

»Ich heile es mit einem Kuss.«

Einen kurzen, winzigen Moment lang berührten seine Lippen die aufgeschürfte Haut auf meiner Stirn, und es war wie Balsam. Ich ließ die Erleichterung durch mich hindurchströmen, doch dann hatte ich mich wieder im Griff und schob ihn von mir.

»Entschuldigung!«, sagte er.

Ich blitzte ihn an. Sein Gesicht war immer noch ganz nah an meinem, seine Augen waren dunkel und bekümmert, und ich bekam einen Moment lang keine Luft.

Ich spürte die alte Anziehung. Ich musste an die guten Zeiten denken, die wir gehabt hatten, wie unkompliziert die Dinge zwischen uns gewesen waren. Er streckte die Arme aus und wollte mich an sich ziehen.

»Nein!«

Er erstarrte, und ich wich vor ihm zurück, aus seinem Kraftfeld, bis genügend Abstand zwischen uns war. Wachsam betrachteten wir uns aus sicherer Entfernung.

»Entschuldige«, sagte er wieder. »Es ist nur ...« Er machte eine hilflose Bewegung mit der Hand. »Das ist schlimm. Was ist hier los? Wayne ist verschwunden. Jemand hat dich überfallen ...«

»Und du warst es wirklich nicht?«

»Wie kannst du nur fragen?« Und im Brustton der Überzeugung sagte er: »Ich würde dir nie, niemals wehtun.«

Ja, gut, aber er hatte mir doch wehgetan, oder?

»Warum bist du überhaupt mit diesem alten Typen zusammen?«, rief er. »Ich habe gehört, er hat sogar Kinder. Das ist doch nicht dein Stil! Niemals!«

»He! Du kennst ihn nicht.«

»Aber ich kenne dich, Helen«, sagte Jay. »Wir sind uns ähnlich, du und ich. Ich werde nie wieder jemanden wie dich kennenlernen, und du lernst nie mehr einen wie mich kennen. Wir passen perfekt zusammen.«

»Meinst du?«

»Du siehst doch, wie wir wieder zusammengekommen sind.«

»Das ist doch bloß, weil du mich angeheuert hast.«

»Dann hast du aufgegeben – und jetzt bist du zurück! Es hat keinen Zweck, dagegen anzugehen, wir sind füreinander bestimmt.«

»Glaubst du wirklich?«

Ich meine, füreinander *bestimmt?*

Der Blickkontakt wurde so intensiv, dass ich für einen Moment die Augen schloss, um ihn zu unterbrechen. Ich zog mich in mein Inneres zurück, um mich wieder auf das zu konzentrieren, was wichtig war: den Auftrag.

Ich machte die Augen wieder auf. »Ist Zeezah wirklich schwanger?«, fragte ich.

»Nein. Aber so sind wir auf zwei Titelseiten.«

»Fantastisch. Deine Mutter muss stolz auf dich sein. Hast du mein Geld?«

Er zog ein Bündel Scheine hervor und hielt es mir hin. »Zweihundert Euro. Tut mir leid, aber ...«

Ich machte einen Schritt vor und nahm das Geld, dann zog ich mich schnell wieder in meine Sicherheitszone zurück. »Ich weiß, mehr haben sie dir bei der Bank nicht gegeben. Sag mal, was ist das eigentlich für eine Geschichte mit dir und Harry Gilliam?«

Ich beobachtete ihn oh-so-genau. Wenn es je eine Möglichkeit für ihn gegeben hätte, seine Aufrichtigkeit unter Beweis zu stellen, dann jetzt.

Er schüttelte den Kopf. »Ich schwöre dir, ich kenne Harry Gilliam nicht.«

Ich war durch und durch enttäuscht. Vielleicht sagte er die Wahrheit. Vielleicht auch nicht. Unmöglich, es zu wissen.

»Das wollte ich dir geben.« Jay zog ein Blatt aus seiner Tasche. »Das ist ein Vertrag. Ich beteilige dich am Kartenumsatz.«

»Wovon redest du?«

»Was ich gerade gesagt habe. Du bekommst einen Anteil von dem Kartenverkauf am Mittwoch, Donnerstag und Freitag, und von allen anderen Konzerten, die folgen.«

»Soll das ein lächerlicher Versuch sein, mir mein Honorar vorzuenthalten? Das kannst du vergessen.«

»Du hast mir nicht zugehört. Das ist zusätzlich zu deinem Honorar.«

»Diese Entscheidung kannst du gar nicht treffen«, sagte ich voller Verachtung. »Da haben die Werbefuzzis und John Joseph und weiß der Himmel wer noch sicher ein Wörtchen mitzureden.«

»Haben sie nicht, weil ich dir einen Anteil von meinem Anteil gebe. Das ist eine Sache zwischen dir und mir. Wenn du Wayne findest, gebe ich dir zwanzig Prozent von meinem Anteil.«

»Du bist also doch beteiligt!«

Er seufzte. »Ja.«

»Wer noch?«

Er schüttelte den Kopf. »Darum geht es hier nicht.«

»Wie hoch ist deine Beteiligung?«

»Drei Prozent.«

Ich prustete verächtlich angesichts der Geringfügigkeit seines Anteils. »Und das ist wahrscheinlich netto, oder? Du bietest mir also zwanzig Prozent von einer dreiprozentigen Beteiligung? Unter fünfzig Prozent kann ich unmöglich gehen.«

»Ach, Helen«, sagte er. »Ich gebe dir dreißig. Dreißig Prozent ist das Äußerste.«

»Fünfzig Prozent«, sagte ich wieder. Dies war keine ernsthafte Verhandlung, der Vertrag war sowieso wertlos. Nichts, das Jay Parkers Unterschrift trug, war etwas wert. Er würde immer eine Möglichkeit finden, sich aus etwas herauszuwinden und seiner Verantwortung auszuweichen. »Fünfunddreißig«, sagte er.

»Vierzig, und ich bin einverstanden.« Mich langweilte das Spiel inzwischen.

»Also gut.« Jay schrieb etwas in den »Vertrag«. »Vierzig, hier.« Er gab mir das zerdrückte Blatt, das ich achtlos in meine Handtasche stopfte. Ich hatte es im gleichen Moment vergessen.

Er sah mich verstört an. »Hast du das nicht begriffen?«, fragte er. »Wenn du Wayne findest und die Auftritte stattfinden, ist das eine ganz schöne Stange Geld.«

»In die Tonne«, sagte ich. »Eine schöne Stange Geld. Sag das nie wieder, wenn ich in Hörweite bin.«

Kurz darauf klingelte mein Handy, und ich kramte es hervor. »Mrs. Diffney?«

»Spreche ich mit Helen Walsh?« Sie klang, als sei sie den Tränen nah. »Es tut mir leid, Sie zu belästigen, aber ich wollte hören, ob Sie irgendetwas erfahren haben ...«

»Leider nein.« Gerade hatte ich noch überlegt, ob ich nach Clonakilty fahren sollte, jetzt fand ich, dass ich es lassen konnte. »Und bei Ihnen ist er bestimmt nicht?«

»Wenn er es doch wäre.« Ihre Stimme klang sehr angespannt.

»Wenn ich etwas erfahre, sage ich Ihnen sofort Bescheid.«

49

Nach dem Gespräch aß ich zwölf Handvoll Cheerios und fühlte mich plötzlich imstande, die undankbarste aller Aufgaben anzugehen, nämlich die Befragung der nutzlosen, dummen Nachbarn. Wollte man es positiv sehen, dann war jetzt ein guter Zeitpunkt dafür. Sonntagnachmittags hingen die Leute oft zu Hause rum. Die Leute, die das Glück hatten, ein Zuhause zu haben, versteht sich.

Mit frisch aufgefülltem Zuckerspiegel fing ich bei der Nummer drei an, dem Haus links von Waynes. Am Freitag war niemand an die Tür gekommen, aber jetzt machte ein Mann in einem rot karierten Hemd auf. Er war jünger als ich, ich hätte ihn auf fünfundzwanzig geschätzt und fragte mich im Stillen, wie er sich dieses schöne Haus in Mercy Close leisten konnte. Genauso ist es auch, wenn eine Beziehung in die Brüche gegangen ist: Eine Weile lang sieht man, wohin man auch blickt, nichts als glückliche Paare. Der Verlust meiner Wohnung hatte mich so stark getroffen, dass die Welt voller Menschen schien, die in schönen Häusern wohnten, lässig in rot karierten Hemden rumgingen und sich nicht im Geringsten bewusst waren, welch riesiges Glück sie hatten.

Ich stellte mich vor, erklärte aber nicht zu viel, sagte nur, dass ich mich für ein paar Sachen im Zusammenhang mit Wayne interessierte, und obwohl der Mann mein blutunterlaufenes Auge merkwürdig musterte und mich nicht in sein Haus bat, schien er doch freundlich und bereit, mir zu helfen. Er lehnte sich an den Türpfosten – immer ein gutes Zeichen, dass jemand Zeit zum Plaudern hat. Mir war das schon oft aufgefallen: Wenn jemand einfach in der Tür stehen bleibt, ist meine Arbeit um einiges schwieriger.

Vielleicht wohnt der rot karierte Typ ja mit acht anderen jungen Männern in dem Haus, dachte ich. Vielleicht kann er es sich deshalb leisten, dort zu wohnen. Aber als ich ihn danach fragte, sagte er, er wohne allein. Wie macht er das?, fragte ich mich. *Wie?*

Ich zwang mich, meine Aufmerksamkeit auf die Aufgabe zu lenken, aber Himmel, war das eine Anstrengung!

»Ist Ihnen in letzter Zeit irgendetwas Ungewöhnliches aufgefallen?«, fragte ich ihn.

»Zum Beispiel?«

»Zum Beispiel ...« Ich sollte vielleicht mal die Gloria-Frage verfolgen. »Zum Beispiel, hatte Wayne manchmal Damenbesuch?«

»Ja«, sagte er. »Eine habe ich gesehen.«

»Wirklich?«

»Ja, klein, zierlich, lange dunkle Haare. Jeans und orangefarbene Sportschuhe ...« Sein Blick blieb an meinen Schuhen hängen, und seine Stimme wurde leiser. »Kann sein, dass Sie das waren.«

Ich unterdrückte einen Seufzer. »Wann haben Sie diese Frau gesehen? Letzten Monat? Letzte Woche?«

»Heute Morgen. Vor ein, zwei Stunden. Sie kam aus Waynes Haus.«

»Das war tatsächlich ich. Irgendwelche anderen fremden Frauen in letzter Zeit?«

»Ja.«

»Ehrlich?«

Unter meinem aufgeregten Blick schien er zu schrumpfen. »Nein. Ich weiß nicht, warum ich das gesagt habe. Ich wollte Sie nicht enttäuschen. Entschuldigung.«

»Macht nichts, so was passiert dauernd, trotzdem vielen Dank. Also nichts Ungewöhnliches?«

»Nein.«

»Noch eine Frage: Gehört Ihnen dieses Haus, oder haben Sie es nur gemietet?«

»Eh ... was hat das mit Wayne zu tun?«

»Nichts, gar nichts«, versicherte ich ihm rasch. »Reine Neugier.«

»Ich habe es gemietet«, sagte er.

Ich fühlte mich gleich ein bisschen besser, er hatte also keine Hypothek, die er abbezahlen musste. Ich war also nicht unbedingt eine Niete.

Ich machte mit meiner Befragung weiter. Bei Nummer zwei kam ein Exemplar Aktives Altern an die Tür, eine Frau ähnlich wie die, mit der ich am Freitag gesprochen hatte. Und ähnlich wie die Frau vom Freitag behauptete auch diese, viel zu beschäftigt zu sein, um irgendwas zu bemerken, und schickte mich schroff und unmissverständlich weg.

In Nummer eins wohnte ein junges Mädchen, Studentin am University College Dublin, die ihr Bankkonto bei ihren Eltern hatte. Sie wand sich hin und her, konnte mir nicht in die Augen sehen, lutschte an ihren Haarspitzen und schien außerstande zu sein, etwas anderes zu sagen als: »Also, ehm ...« Sie war nicht absichtlich abweisend, sie war einfach jung, und ich begriff, dass sie jedes Mal, wenn sie einen Menschen über zwanzig vor sich hatte, buchstäblich erblindete. Es war ein neurologisches Phänomen, es passierte allen Teenagern. Trotzdem, ich ärgerte mich so sehr über sie, dass ich sie umgehend in die Tonne befördern wollte. Ich würde sie auf der Tonnenliste unter *The Wonder of Now*, Milchtrinkern und dem Wort *Vino* einordnen, aber über Schnee, Hunden, der Stimme von Fozzy Bear, Arzthelferinnen, Friseurinnen und dem Geruch gebratener Eier.

Die Dinge, die in die Tonne kamen, unterlagen keiner festen Rangordnung, und ich machte mir einen Spaß daraus, sie immer mal wieder umzuordnen.

Ich überquerte die Straße und fuhr mit meiner Befragung fort. In Nummer zwölf wohnte der Mann über fünfzig, bei dem eine Schraube locker war und dem Haare aus den Ohren wuchsen und der irrigerweise behauptet hatte, er habe eine Freundin, weshalb ich beschloss, einen großen Bogen um sein Haus zu machen.

Das galt auch für Nummer elf, die Familie mit dem Haarglätter, und Nummer zehn, die erste Frau aus der Kategorie Aktives Altern.

In Nummer neun wohnte ebenfalls eine Frau von dieser Sorte! Was war nur mit der Welt los? Kein Wunder, dass die Wirtschaft am Boden lag, wenn wir all diesen Menschen Rente zahlen mussten. Und da sie sich alle fit hielten und Flora-Margarine aßen, würden sie bestimmt hundertdreißig Jahre alt werden.

Diese Frau war nicht ganz so forsch wie die anderen beiden ihrer Art in Mercy Close, sie war ein bisschen herzlicher und verständnisvoller, aber trotzdem komplett unbrauchbar. Sie habe Wayne so gut wie nie gesehen, sagte sie. Bridgespielen sei eine zeitintensive Beschäftigung. »Außerdem«, fuhr sie fort, »verbringe ich die halbe Woche in Waterford bei meinem Freund.« Wenigstens hatte ich aus der Begegnung mit dem haarigen Mann am Freitag gelernt, nicht herauszuplatzen mit: »Was? Sie haben einen Freund? Aber Sie sind doch mindestens siebenundachtzig!«

Weiter ging's zum nächsten Haus, inzwischen war ich wieder ziemlich entmutigt, der Zuckerschub von den Cheerios ließ nach, und ein Adrenalinstoß wollte sich nicht einstellen. Niemand hatte mir eine Auskunft gegeben, mit der ich etwas anfangen konnte.

Bei Nummer acht wurde die Tür aufgerissen, bevor ich den Finger vom Klingelknopf genommen hatte.

Es war ein Mann. Gewissermaßen. Er hatte ein irgendwie neutrales Aussehen, und ich stellte mir vor, dass seine Genitalregion wie bei Barbies Ken aus Plastik und ohne Pimmel geformt war. Er trug Freizeitklamotten, aber sie sahen steif und neu aus.

»Ja?«, bellte er mich an. Er würde sich an keinen Türpfosten lehnen. O nein. Das war einer, der aufrecht stehen blieb.

Ich sagte meinen Vers auf. »Ich heiße Helen Walsh, ich bin eine Freundin von Wayne Diffney und …«

»Damit will ich nichts zu tun haben«, sagte er.

»Warum nicht?«

»Ich will einfach nichts damit zu tun haben. Aber nicht, dass Sie das erwähnen.«

»Wunderbar«, sagte ich und reagierte super entspannt auf seine Nervosität, nur um ihn auf die Palme zu bringen. »Wohnt hier noch jemand anders, mit dem ich vielleicht sprechen könnte?«

»Nein«, bellte er. »Und er will auch nichts damit zu tun haben.«

Wie interessant! Ich vermutete eine geschlechtslose homosexuelle Beziehung. Ich hätte gewettet, sie besaßen solche Kämme, mit denen man Knötchen von Kaschmirpullis entfernt, und komplizierte Schuhputzutensilien mit zweierlei Bürsten, mit denen sie ihre schwarzen Lederschuhe auf Hochglanz brachten.

Ich hatte den starken Verdacht, dass dieser Typ irgendwas mit Juristerei zu tun hatte, und beschloss, das zu prüfen. »Welche Farbe hat der Himmel?«, fragte ich.

Er streckte den Kopf zur Tür raus und sah ihn sich genau an. »Das lässt sich bei aller Unvoreingenommenheit nicht eindeutig feststellen«, sagte er.

Irgendwie hatte er recht, das musste man ihm lassen. Der Himmel war blau, konnte sich aber in den nächsten fünf Sekunden zu grau wandeln – schließlich waren wir in Irland.

»Vielen Dank für Ihre Hilfe«, sagte ich.

»Ich habe Ihnen nicht geholfen«, sagte er schnell. Ich sah regelrecht, wie ihm diese Wörter durch den Kopf rasten: »Jeder Rat, den Sie möglicherweise erteilt haben und der zu einer Handlung geführt hat, birgt das Risiko, dass Sie gerichtlich belangt werden können …«

»Ah, jetzt entspannen Sie sich mal«, sagte ich im Weggehen. Ich wusste, dass er keine Informationen über Wayne verbarg. In solchen Sachen entwickelt man ein Gespür. Er wollte sich einfach nur keinen Ärger einhandeln.

Als ich vom Gehweg durch das Gartentor von Nummer sieben ging, stellten sich mir plötzlich die Nackenhaare auf. Ich drehte mich um und sah Cain und Daisy in ihrem Vorgarten auf der anderen Straßenseite, die mich schweigend beobachteten.

»Weg!«, rief ich und wedelte mit den Armen, in der Hoffnung, sie zu vertreiben. »Hört auf, mich anzustarren.«

»Es tut uns leid, dass wir Ihnen am Freitag Angst gemacht haben«, rief Daisy.

»Können wir uns einen Moment unterhalten?«, fragte Cain.

»Nein! Macht, dass ihr wegkommt! Verschwindet!«

Entschlossen kehrte ich ihnen den Rücken und klingelte bei Nummer sieben. Niemand machte auf.

»Da wohnt keiner«, rief Cain von der anderen Straßenseite herüber.

Ich beachtete ihn nicht und drückte wieder auf die Klingel.

»Die sind schon vor Monaten weggezogen«, rief Daisy.

Wieder drückte ich auf die Klingel. Ich würde diese beiden Verrückten gar nicht beachten. Gleichwohl konnte ich nicht umhin zu bemerken, dass der kleine Vorgarten von Nummer sieben mit gelbem Löwenzahn überwuchert war und über dem Haus eine Atmosphäre von Verlassenheit hing. Ich war mir ganz sicher, dass die Leute, die in dem Haus gewohnt hatten, mit ihren Hypothekenzahlungen nicht hinterhergekommen waren. So wie ich. Wer würde jetzt in meine Wohnung ziehen, jetzt, da sie wieder der Bank gehörte? Würde jemand einziehen? Der Gedanke, dass sie leer stand, war fast noch unerträglicher als die Vorstellung, dass jemand dort wohnte und glücklich war.

Ich klingelte noch einmal, obwohl ich inzwischen auch überzeugt war, dass das Haus leer stand.

»Das hat keinen Sinn«, rief Cain. »Da ist niemand.«

Ich drehte mich um. »Ihr sollt mir nicht helfen«, rief ich ihm zu. »Ich will eure Hilfe nicht.«

Es war noch ein Haus in Mercy Close übrig, das zwischen Waynes und dem von Cain und Daisy, die Nummer fünf. Mit erhobenem Kopf und in dem Bewusstsein, dass Cain und Daisy jede meiner Bewegungen beobachteten, ging ich darauf zu.

»Da wohnt Nicholas«, sagte Daisy. »Aber der ist übers Wochenende zum Surfen nach Sligo gefahren.«

Ich klingelte und ignorierte die beiden.

»Er kommt heute Abend zurück«, sagte Cain. »Oder morgen. Er ist ein Freund von uns, ein guter Typ.« Das war verschlüsselt für: Er kauft uns Stoff ab.

Niemand kam zur Tür. Ich klingelte wieder.

»Wir können ihm sagen, er soll sich bei Ihnen melden, wenn er wieder zurück ist. Wir können ihm sagen, er soll Sie *jetzt* anrufen.«

Die Tür blieb fest verschlossen. Ich hatte keinerlei Vertrauen in das, was die beiden Übergeschnappten sagten, trotzdem war es offensichtlich, dass in Nummer fünf niemand zu Hause war. Ich würde es später wieder versuchen.

»Wir können Ihnen helfen«, bot Cain an.

Tief in Gedanken versunken ging ich wieder in Waynes Haus. Bisher hatte ich mit neun von Waynes zehn Nachbarn gesprochen. Ich rief mir jedes einzelne Gespräch ins Gedächtnis zurück. Hatte ich irgendeine Schwingung nicht bemerkt? War irgendetwas merkwürdig gewesen? Verdächtig?

Nichts, ich musste mir eingestehen, dass es absolut nichts gegeben hatte.

50

Mein Handy gab ein kleines, klägliches Piepen von sich, wie ein Vogel, der darauf wartet, gefüttert zu werden – der Akku war fast leer. Wie konnte mir das passieren? Ein panikartiges Herumkramen in meiner sehr vollen Handtasche ergab, dass ich mein Ladegerät nicht dabeihatte, wahrscheinlich hatte ich es im Haus meiner Eltern liegen lassen. Anfängerfehler! Schnell suchte ich meine Sachen zusammen, verließ Waynes Haus und stieg ins Auto. Ohne Telefon konnte ich unmöglich existieren.

Und wer kam mir entgegen, als ich gerade losfuhr? Walter Wolcott in seinem Auto! Bullig im hellen Regenmantel und weit über das Lenkrad gebeugt, füllte er den ganzen Fahrerraum aus. Kein Zweifel, er wollte die Nachbarn befragen. Fast hätte ich laut gelacht. Sie werden ihn in Stücke reißen. Besonders die Frauen von der Aktiv-Altern-Liga. Was sie an Geduld aufbieten konnten, hatten sie bereits bei mir aufgebraucht. Und vielleicht würden Cain und Daisy bei ihm denselben Trick anwenden wie bei mir und ihn gegen seinen Willen festhalten. Das hoffte ich jedenfalls.

Wolcott war so konzentriert auf die vor ihm liegende Aufgabe, dass er mich nicht bemerkte. Und das wollte ein Privatdetektiv sein!

Wieder überlegte ich, ob er es vielleicht war, der mich überfallen hatte. War ihm so was zuzutrauen?

Schwer, sein Alter zu schätzen. Siebenundfünfzig, vielleicht. Oder dreiundsechzig. So in dem Dreh. Dick. Dabei kompakt. Ich war ihm schon einmal begegnet – unter welchen Umständen, ist mir komplett entfallen –, aber wir waren zusammen bei einem Ereignis (vielleicht einer Hochzeit?), und ganz unerwartet entpuppte er sich als ziemlich guter Tänzer. Leichtfüßig, trotz seiner gedrungenen Gestalt, steuerte er seine Tanzpartnerin, vermutlich seine Frau, auf altmodische, selbstbewusste und fast übermütige Weise über die Tanzfläche.

Kurz darauf kündigte das Piepen meines Handys eine eingehende Nachricht an. Im Fahren nahm ich es in die Hand: Der Bewegungsmelder von Waynes Haus war ausgelöst worden. Wayne war nach Hause gekommen! Das Adrenalin strömte in großen Schüben in meine Blutbahnen, dass ich schon befürchtete, mein Kopf würde platzen – doch dann wurde mir das Herz schwer wie ein Stein, denn ich begriff, dass es wahrscheinlich Walter Wolcott war.

Ich hatte das Gefühl ... als wäre es eine Übertretung. Als hätte er sich Zutritt zu meinem Zuhause verschafft.

Mit dem kaum noch funktionierenden Handy rief ich Jay Parker an. »Hat Walter Wolcott einen Schlüssel zu Waynes Haus?«

»John Jospeh hat ihm einen gegeben.«

Als wollte es seine ganze Abscheu ausdrücken, gab mein Handy genau in dem Moment seinen Geist auf.

Bei meinen Eltern erwarteten mich schon Margaret und Claire. Mum hatte sie angerufen. Nachdem ich mein Ladegerät gefunden und eingeschaltet hatte, ließ ich ihre schockierten Aufschreie angesichts der Schrammen und Wunden an meinem Kopf über mich ergehen, ergab mich ihrem Drängen zu duschen und mir die Haare zu waschen, und brachte Mum dazu, mir den Scheck für Terry O'Dowd auszustellen und in einen frankierten Umschlag zu stecken.

»Leitrim«, sagte sie verwundert. »Ich glaube nicht, dass ich jemals einem Menschen aus Leitrim begegnet bin. Du, Claire?«

»Nein.«

»Du, Margaret?«

»Nein.«

»Du, Hel...«

»Nein!«

»Ich glaube, du solltest ins Krankenhaus zur Notaufnahme gehen und mal deinen Kopf untersuchen lassen«, sagte Margaret.

»Den Kopf untersuchen lassen«, wiederholte Claire und prustete vor Lachen. »Das würde auch nichts nützen. Wie fühlst du dich denn heute, Helen? Irgendwelche verrückten Anwandlungen, dich ins Meer zu stürzen?«

Stimmt, ja, richtig.

Das letzte Mal, als es mir nicht gut ging, ich deprimiert war und mich umbringen wollte, konnten die Reaktionen meiner Freunde und Verwandten in verschiedene Kategorien eingeordnet werden:

Die »Lass uns drüber lachen«-Kandidaten: Claire war ihre Anführerin. Sie hofften, wenn sie Witze über meinen Geisteszustand machten, wäre das Problem leichter zu handhaben. Am häufigsten sagten sie: »Irgendwelche verrückten Anwandlungen, dich ins Meer zu stürzen?«

Die Depressionsleugner: Sie argumentierten, weil es so etwas wie Depression gar nicht gebe, könnte ich auch keine Beschwerden haben. Früher einmal hatte ich selbst zu dieser Kategorie gehört. Eine Untergruppe der Leugner forderte, dass man sich nicht so anstellen solle. Am häufigsten sagten sie: »Welche Gründe hast *du* denn, deprimiert zu sein?«

Die fortwährend um sich selbst Kreisenden: Sie jammerten, ich dürfte mich nicht umbringen, weil sie ohne mich nicht leben konnten. Häufig war ich es, die sie trösten musste. Meine Schwester Anna und ihr Freund Angelo flogen dreitausend Meilen von New York nach Irland, damit ich ihnen die Tränen trocknen konnte. Am häufigsten sagten sie: »Weißt du eigentlich, wie viele Menschen dich lieben?«

Die Drückeberger: Erstaunlich viele Leute riefen mich nicht mehr an. Bei den meisten war es mir egal, aber es gab ein oder zwei, da machte es mir etwas aus. Sie hatten einfach Angst und befürchteten, das, was ich hatte, würde sich auf sie übertragen. Am häufigsten sagten sie: »Ich fühle mich so hilflos … oje, ist es schon so spät?« Bronagh führte diese Kategorie an – obwohl ich das damals, weil es mir einfach zu sehr wehtat, nicht zugeben konnte.

Die Wellness-Advokaten: Solche also, die alternative Heilmethoden anpriesen. Davon gab es Hunderte – sie ermunterten mich zu Reiki, Yoga, Homöopathie, Bibelstudien, Sufi-Tanz, kaltem Duschen, Meditation, Hypnose, Klosteraufenthalten, Saunakuren, Filzarbeiten, Fasten, Engelsuche oder zum ausschließlichen Verzehr von blauen Nahrungsmitteln. Jeder konnte eine Geschichte erzählen, dass die von ihm empfohlene Methode die Tante, den Vorgesetzten, den Geliebten, die Nachbarin geheilt hatte. Am schlimmsten war meine Schwester Rachel – sie verfolgte mich regelrecht. Nicht ein Tag verging, ohne dass sie mir einen Link zu einer neuen Heilmethode schickte. Darauf folgte prompt ein Anruf, weil sie sich vergewissern wollte, dass ich auch wirklich einen Termin gemacht hatte. (Und ich war so verzweifelt, dass ich etliche ihrer Tipps befolgte.) Am häufigsten sagten Wellness-Advokaten: »Der kann Wunder vollbringen.« Und dann: »Deshalb ist er so teuer. Wunder gibt es nicht umsonst.«

Oft befruchteten die Gruppen sich untereinander. Manchmal taten sich die aus der Gruppe »Lass uns drüber lachen« mit den Depressionsleugnern zusammen und erklärten mir, dass man eine Depression kraft seines Verstandes überwinden kann. Man *beschließt* einfach, dass es einem besser geht. (Wie man das auch bei einem Emphysem machen würde.)

Oder jemand aus der Gruppe der um sich selbst Kreisenden rief jemanden aus der Wellness-Gruppe an und klagte unter Tränen über meinen Egoismus, worauf der Gesprächspartner ihm beipflichtete und als Beispiel erzählte, ich hätte mich geweigert, zweitausend Euro für ein Saunawochenende in Wicklow auszugeben.

Oder einer der Drückeberger schlich sich herein, um einen verstohlenen Blick auf mich zu werfen, und tat sich dann mit einem Depressionsleugner zu einem Doppelangriff zusammen, bei dem beide erklärten, dem Anschein nach gehe es mir doch gut. Und das war bei Weitem das Schlimmste, das man mir antun konnte, denn ich klang wie ein Jammerlappen und voll des Selbstmitleids, wenn ich protestierte: »Aber mir geht es nicht gut, ich fühle mich wirklich hundeelend.«

Nicht einer der Menschen, die mich liebten, verstand, wie ich mich fühlte. Sie hatten keine Ahnung, und ich machte ihnen keinen Vorwurf, denn bevor ich mich so fühlte, hatte ich selbst auch keine Ahnung.

»Nein, Claire, mir geht es bestens, keine verrückte Anwandlung, mich ins Meer zu stürzen.«

Während mein Handy sich auflud, verspürte ich plötzlich eine große Erschöpfung. Mir fiel nicht ein einziger vernünftiger Schritt ein, der mir helfen würde, Wayne zu finden, und ich beschloss, einfach mal eine Pause zu machen. Ich schrieb Artie eine Nachricht:

Sind die Kinder weg?

Binnen Sekunden antwortete er.

Bella noch hier. Melde mich, wenn sie geht.

Unterdessen gab es im Haus meiner Eltern haufenweise Zeitungen und Süßigkeiten.

»Können wir ein paar Kekse bekommen?«, fragte ich.

»Hol ihr ein paar Kekse«, sagte Mum zu Margaret.

»Welche mit Schokolade«, rief ich ihr hinterher.

Wir aßen also Schokoladenkekse und blätterten die Unmengen von Zeitungen durch und kommentierten höhnisch die Nachricht von Zeezahs »Schwangerschaft«. Niemand glaubte der Meldung, selbst Margaret nicht, dabei ist sie einer der gutgläubigsten Menschen, die ich kenne.

»Wie sollte sie denn schwanger sein?«, sagte Mum. »Wo sie doch ein Mann ist? Und nicht mal eine Gebärmutter hat?«

»Genau!«, sagte ich, obwohl ich mir ziemlich sicher war, dass Zeezah eine Frau war.

»Und dieses Lügengespinst!« Mum hielt die Zeitung hoch, in der Frankie Delapp in seinem Zuhause vorgestellt wurde. »Das ist nicht sein Zuhause, das ist die Suite im Merrion, die sie immer für diese Fotostrecken benutzen. Die habe ich wer weiß wie oft schon gesehen. Billy Ormond hat behauptet, dies sei sein Zuhause. Amanda Taylor hat behauptet, dies sei ihr Zuhause. Wie oft habe ich schon diesen ›Eichentisch, an dem zwanzig Leute Platz haben‹ gesehen?«

»Was ist mit dem Haus von Wayne Diffney?«, fragte Margaret. »Ist das auch ein Hotel?«

Mum warf einen Blick auf die Fotos. »Das ist echt. In keinem Hotel haben sie solche komischen Farben.«

Himmel, es war verdammt schwer, nahezu unmöglich, nicht damit herauszuplatzen, wie gut ich Waynes Haus kannte.

»Sieht merkwürdig aus«, sagte Mum bei genauerer Betrachtung der Abbildungen von Waynes ach so schönem Haus. »Hier, Helen«, sagte sie und sah mich argwöhnisch an, »so etwas könnte dir doch gefallen.«

»Ehm … meinst du wirklich?«

»Wayne Diffney, irgendwie sieht er …« Mum betrachtete die Bilder eingehend.

»Was?«

»Er sieht sanftmütig aus.«

»So sanftmütig nun auch nicht«, sagte Claire, die eine Zeitschrift vor der Nase hatte. »Weißt du nicht mehr, wie er Bono damals mit einem Schlagholz eins übergezogen hat?«

Das stimmte. Das hatte ich vergessen. Es war Jahre her, aber damals betrachteten die Menschen Wayne ein paar Wochen lang als ihren Helden. In Irland war Bono eine ikonische Gestalt, und wer es wagte, ihn zu *schlagen*, aufs *Knie*, mit einem *Schlagholz* … Also … das hatte alle möglichen Tabus gebrochen. So als würde man vor dem Papst einen roten Slip schwenken. Das verdiente Respekt.

Ich musste gestehen, Wayne Diffney hatte etwas Faszinierendes für mich. Sein Haus war in außergewöhnlichen, fast herausfordernden Farben dekoriert. Er kaufte keine Milch. Er hatte Bono angegriffen. Und nachdem ihm seine Frau Hailey weggelaufen war, hatte er es als kleiner David mit den beiden Goliaths, Bono und Shocko O'Shaughnessy, aufgenommen in dem Versuch, sie zurückzugewinnen. (Das hatte zwar nicht geklappt, aber volle Punktzahl für den Versuch.) Er war leidenschaftlich, impulsiv, romantisch. Wenigstens war er das damals gewesen, und ich war mir ziemlich sicher, dass davon noch etwas übrig war.

Und dann die Bücher auf seinem Nachttisch … er hatte den *Koran*. Klar, viele Intellektuelle lasen den Koran, um die Denkweise von Selbstmordattentätern mit Handtüchern auf dem Kopf zu verstehen. Außerdem machte Wayne die meisten seiner Geschäfte in Ländern, wo es nützlich sein konnte, wenn man das von den siebzig Rosinen im Paradies und solche Sachen wusste ...

Mein Handy piepte und teilte mir mit, dass es vollständig aufgeladen war. Ich nahm es und hielt es zärtlich in der Hand. Vielleicht hatte ich eine etwas zu enge Bindung zu meinem Telefon. Wenige Sekunden später kam eine Nachricht von Artie.

Alle weg, alle. Komm sofort!

Ich zögerte einen Moment lang. Bestimmt gab es etwas, das ich tun konnte, um Wayne zu finden. Aber diese Gelegenheit, mit Artie allein zu sein, war zu selten und zu kostbar, die konnte ich nicht ungenutzt verstreichen lassen.

»Gut!« Rasch sammelte ich meine Sachen ein. »Ich gehe. Danke für die Kekse.«

»Nicht, dass du dich ins Meer stürzt«, ermahnte Claire mich munter.

»Hahaha«, antwortete ich.

51

Er wartete auf mich. Er saß auf der untersten Treppenstufe, und als ich zur Haustür hereinkam, stand er auf, nahm mich in die Arme und küsste mich. Ich fuhr ihm mit den Fingern durch die Nackenhaare und ließ die Hand dann vorn an seinem Körper entlanggleiten, bis hinunter zu seinen Lenden. Er hatte einen Ständer.

»Wo sind sie?«, fragte ich.

»Weg.« Er zog den Reißverschluss meiner Jeans auf. »Alle weg. Sprich nicht von ihnen. Ich will vergessen, dass es sie gibt.«

»Wann kommen sie zurück?«

»Ganz lange nicht.«

»Ich habe schon im Auto angefangen, mich auszuziehen. Als ich an einer roten Ampel halten musste, habe ich mir Schuhe und Socken ausgezogen, damit wir die Jeans schneller runterbekommen.«

»Du bist eine erstaunliche Frau.«

Ich machte Knopf und Reißverschluss seiner Jeans auf, glitt mit der Hand unter das Gummi seiner Unterhose und legte meine Hand um die babyweiche Haut seiner Erektion. »Oh, mein Gott«, sagte er. »Mach das noch einmal.«

»Nein. Du musst warten.«

»Oh, bist du grausam.« Er nahm mein Gesicht in die Hände, strich meine Haare aus der Stirn und wollte mich wieder küssen, als er erstarrte. »Herr im Himmel! Was ist mit dir passiert?«

»Nichts. Ich meine, jemand hat mich überfallen und geschlagen, aber es ist alles in Ordnung. Mach weiter.«

»Du siehst nicht aus, als wäre alles in Ordnung.« Und schon erschlaffte seine Erektion.

»Es ist in Ordnung, Artie, es geht mir gut«, sagte ich flehentlich und zog ihn die Treppe nach oben zu seinem Schlafzimmer. »Ich schwöre dir, es sieht schlimmer aus, als es ist, wir können später darüber sprechen, hör bitte jetzt nicht auf. Ich ziehe mich aus.« Oben angekommen ließ ich meine Jeans zu Boden gleiten. »Sieh her, Artie, ich ziehe mir den Slip aus.«

»Aber du bist verletzt«, sagte er. »Wir können jetzt nicht weitermachen.«

Ich nahm sein Gesicht in die Hände, sah ihn mit festem Blick an und sagte streng: »Ich sage dir, Artie, wenn wir jetzt aufhören, sterbe ich. Und dich bringe ich auch um.«

»Na gut.«

Endlich waren wir in seinem Schlafzimmer, bei seinem großen weißen Bett, und wir ließen uns darauffallen und kosteten die Freiheit aus, so laut zu sein, wie wir wollten. Ich streifte mir mit den Füßen den Slip ab und ließ ihn quer durchs Zimmer fliegen, dann zog ich mir das T-Shirt über den Kopf und hakte den Büstenhalter auf. Auch Artie war im nächsten Moment nackt, und ich zog ihn zu mir und spürte mit unbeschreiblicher Wonne seine Haut auf meiner.

Ich konnte nicht still halten, ich wollte ihn ganz fühlen. Ich schob mich auf ihn und presste meinen Bauch und meine Brust gegen ihn. Wäre es möglich gewesen, in seine Haut hineinzukriechen, hätte ich das getan. »Dein Geruch«, sagte ich. »Köstlich.« Ich drückte mein Gesicht in seine Schamhaare, wo der Artie-Geruch am intensivsten war, atmete tief ein und dachte: Wenn man das in eine Flasche abfüllen könnte …

Ich schloss meinen Mund um seinen Schwanz, fuhr mit einer Hand unter seine Eier und hielt mit der anderen seinen Ständer. Langsam kam ich in einen Rhythmus, meine Zunge umkreiste seine Spitze, mit der Hand schob ich ihn mir tief in den Mund, und ich hörte, wie Arties Atem rauer wurde.

Ich sah zu ihm auf. Seine Kiefer waren angespannt, und er sah mich so intensiv an, dass man denken konnte, er hatte Angst.

»Nein«, sagte er und hob meinen Kopf.

»Nein?«

»Dann ist es zu schnell vorbei. Und«, sagte er mit einem gerissenen Leuchten in seinen Augen, »es soll ganz lange dauern.«

Ohne Vorwarnung warf er mich auf den Bauch und drückte mich mit dem Unterarm aufs Bett. »Kriegst du Luft?«, fragte er.

»Ja.«

»Das haben wir gleich.«

Mit quälerischer Langsamkeit küsste er die Rückseiten meiner Knie, die Innenseite meiner Oberschenkel, meinen Po. Es war so erregend, dass ich ihn schließlich anflehte: »Bitte, Artie.«

»Was hast du gesagt?«, flüsterte er, und sein Atem war heiß an meinem Ohr, während er mich aufs Bett gedrückt hielt.

»Bitte, Artie«, sagte ich.

»Bitte, Artie – was?«

»Bitte, Artie, fick mich.«

»Ich soll dich ficken?«

»Ja, bitte fick mich.«

Von hinten legte er seine Schwanzspitze an meine Öffnung. »So?«, fragte er.

»Mehr«, bat ich.

Er drang etwas weiter ein. »So?«

»Mehr.« Ich heulte fast vor Frustration.

»So?« Und er stieß in mich hinein, ganz tief, und füllte mich aus.

»O ja, danke.« Die Erleichterung währte nur kurz. Er musste damit weitermachen.

»Noch einmal«, sagte ich. »Noch einmal. Schnell.«

Er stützte sich auf die Ellbogen, als wollte er Liegestütze machen, und bewegte sich vor und zurück, nicht zu sanft, beinahe ein bisschen grob, wie ich es mochte, schneller und schneller, bis die kleinen Kreise der Lust in mir explodierten und ich ins Kissen stöhnte.

Er gab mir ein paar Minuten, um wieder zu Atem zu kommen. »Jetzt bin ich an der Reihe«, sagte er dann mit einem lustvollen Glitzern.

Er legte sich auf den Rücken, und ich hockte mich auf ihn und legte die Handflächen auf seinen Bauch, die Innenseiten meiner Hände waren von der Berührung wie elektrisiert. »Ich spüre deine Bauchmuskeln«, sagte ich. »Das muss vom Laufen und von den ganzen Sit-ups kommen. Ich kann alles genau fühlen.« Eine Linie Haare, die dunkler waren als sein übriges Haar, verlief vom Bauchnabel zu seinen Schamhaaren, und ich strich langsam an ihr entlang, fast ein wenig verwundert.

Ich ließ mich auf ihn herab, er hielt meinen Po in den Händen, ich bewegte mich auf ihm. Wir sahen uns an, und ich kam damit klar, ich konnte die Intimität aushalten, wenigstens solange ich voller Leidenschaft war, und es ging mir ein bisschen besser, weil ich wusste, dass ich kein totaler Freak war.

Er wartete, bis ich ein zweites Mal kam, dann gab er alle Zurückhaltung auf, bebte und stöhnte, schrie beinahe. Normalerweise war er ein so beherrschter Mann, so diskret in seinem Beruf, so umsichtig mit seinen Kindern, und ihn so wild und losgelöst von allem zu sehen war aufregend.

Er zog mich an sich und war im nächsten Moment eingeschlafen. Als er zehn Minuten später aufwachte, war er ein bisschen verwirrt und benommen.

»Kaffee?«, fragte ich. »Ich würde sogar nach unten gehen und dir einen machen, so sehr mag ich dich.«

»Obwohl du warme Getränke nicht magst.« Er gähnte.

»Was?«

»Das war mit das Erste, was du zu mir gesagt hast, damals in meinem Büro. ›Ich halte nicht viel von warmen Getränken.‹«

»Und was hast du da gedacht?« Wir hatten dieses Gespräch schon unzählige Male geführt, aber ich mochte es immer wieder.

»Ich dachte, du bist die interessanteste Frau, die ich bisher kennengelernt hatte.«

»Und? Möchtest du, dass ich dir einen Kaffee mache? Mein Angebot steht.«

»Nein, ich mache später einen, ich will dich jetzt noch nicht gehen lassen.«

»Kannst du deinen Laptop holen? Er steht auf dem Fußboden.«

Er streckte sich danach und wäre fast aus dem Bett gefallen, brachte aber den Laptop triumphierend hoch. Ich musste gar nicht sagen, was ich wollte. Ich wollte den Booker-Preis-Gewinner mit seinen Frauenhaaren auf YouTube sehen.

Schläfrig und entspannt sahen wir uns mehrere Interviews mit dem Mann an und lachten über seine Haare. Dann sahen wir uns Hunde an, die einen Tanz vorführten, und Katzen, die »Stille Nacht, Heilige Nacht« miauten, dann Pferde, die eine Szene aus *Goodfellas* nachspielten, schließlich noch einmal den Schriftsteller mit den irren Haaren.

Mir schien es, als wären wir lange nicht mehr so entspannt zusammen gewesen. Wegen seiner Arbeit und seiner Kinder war es bestimmt zwei Wochen her, und in einem plötzlichen Aufflackern von Verärgerung sagte ich: »Wenn wir das doch nur immer machen könnten, wenn wir wollen.«

Nach einer langen Pause sagte Artie: »Ja …«

Ich wartete auf mehr, aber als nichts weiter kam, fragte ich: »Mehr hast du dazu nicht zu sagen? ›Ja …‹?«

»Ja. Ich habe ›Ja …‹ gesagt, weil ich damit meinte, ja, es wäre schön, wenn wir das immer machen könnten.«

Irgendwie fand ich die Antwort unbefriedigend.

Lange lagen wir schweigend nebeneinander, und es war nicht mehr ganz so harmonisch.

Dann sagte er: »Also.« Er klang plötzlich ganz anders, geschäftlich. »Wer ist Jay Parker?«

»Der Manager der Laddz.«

»Wer ist er?«

Ein Schuldgefühl – vielleicht war es auch Angst – durchfuhr mich, es war, als könnte Artie mir in die Seele blicken, als wüsste er, dass Jay Parker mich vor ein paar Stunden geküsst hatte, dass ich mir das einen Moment lang sogar gewünscht hatte. Ich drehte mich so, dass ich Artie ins Gesicht sehen konnte. »Er ist niemand.«

»Er ist nicht niemand.« Arties Ton war fast kalt, und ich schämte mich und kam mir dumm vor, weil ich versucht hatte, ihn zum Narren zu halten.

Ich wartete einen Moment, bevor ich sprach. »Ich hatte eine Affäre mit ihm. Nur kurz, drei Monate. Das ging vor einem Jahr zu Ende, und es war kein gutes Ende. Irgendwann erzähle ich es dir, aber nicht jetzt.«

»Wann dann?«

»Weiß ich noch nicht.«

»Gut.«

»Was heißt gut?«

»Heißt das, du willst auch nicht darüber sprechen, dass du deine Wohnung verloren hast?«

Darüber wollte ich *ganz bestimmt* nicht sprechen.

»Hör zu, Helen, vielleicht sollten wir …«, sagte Artie.

In dem Moment klingelte es an der Tür. Artie erstarrte. »Wir beachten es gar nicht«, sagte er. »Wahrscheinlich sind das irgendwelche armen Kerle, die uns einen neuen Vertrag fürs Kabelfernsehen andrehen wollen.«

»Vielleicht sollten wir was?«, fragte ich.

Dann hörten wir, wie die Haustür geöffnet wurde und jemand – wahrscheinlich Bella – weinte.

»Mist«, zischte ich, sprang aus dem Bett und suchte meine Sachen zusammen. »Das ist Bella.«

Wenn Bella vermutete, dass wir manchmal nachts zusammen schliefen, war das eine Sache, aber uns mitten am Tag zusammen im Bett zu entdecken, war eine ganz andere.

»Dad«, weinte Bella.

»Mr. Devlin«, rief eine Männerstimme. »Sind Sie zu Hause?«

Artie zog sich an, und auf sein Gesicht trat eine gewisse Härte. Überdruss. Als fragte er sich, ob es das alles wert sei.

Bella war vom Baum gefallen. Der Vater ihrer Freundin hatte sie nach Hause gebracht. »Es ist nichts passiert«, sagte er. »Nichts ist gebrochen. Vielleicht hat sie morgen ein paar blaue Flecken, aber sie hat sich sehr erschrocken.«

Ich blieb oben und lauschte. Ich wollte nicht runtergehen und vorgestellt werden. Mit meinem geschundenen Gesicht wäre das nicht gut. Überhaupt war es nicht gut: Ich war nicht Bellas Mutter, ich war nicht Arties Frau. Wie würde Artie mich und meine unordentliche Bekleidung einem völlig Fremden erklären? Es wäre nur zu offensichtlich, was wir getrieben hatten.

Ich beschloss, nicht zu bleiben. Außerdem hatte ich zu tun. Ich war mir nicht ganz im Klaren, was genau ich tun sollte, aber es fühlte sich nicht richtig an hierzubleiben. Ich sagte Bella schnell Hallo, verabschiedete mich knapp von Artie, dann setzte ich mich in mein Auto und fuhr los.

52

Ich wollte nicht wieder zu Waynes Haus fahren, falls Walter Wolcott noch da war, also fuhr ich eine Weile ziellos umher. Bis mir auffiel, dass meine vermeintliche Ziellosigkeit doch ein Ziel hatte: Ich fuhr Richtung Norden, nach Skerries, zu Birdie Salaman.

Von Zeezah kam eine Nachricht. Jay hatte ihr von dem Überfall auf mich erzählt. Sie äußerte ihr Mitgefühl und drückte ihre Sorge in dem Vorschlag aus, dass ich mit der Suche nach Wayne aufhören solle, wenn ich mich dadurch in Gefahr brächte. Mein Misstrauen war sofort geweckt.

Dank der sprechenden Landkarte fand ich Birdies Haus mit Leichtigkeit. Es war ein kleines neues schachtelartiges Haus in einer Siedlung von kleinen neuen schachtelartigen Häusern, aber irgendwie wirkte das von Birdie hübsch und freundlich. Die gelbe Haustür schien frisch gestrichen, und rechts und links davon hingen zwei Ampeln mit üppig blühenden Sommerpflanzen.

Noch bevor ich das Auto abgestellt hatte, sagte mir mein Instinkt, dass sie nicht da sein würde. Ihr Auto war nirgendwo zu sehen. (Über eine nur ganz geringfügig illegale Fahrzeug-Registrierungssuche hatte ich herausbekommen, dass sie einen gelben Mini fuhr. Ein Auto, das meine Zustimmung fand, obwohl es streng genommen nicht schwarz war.)

Ich stieg trotzdem aus und klingelte an ihrer Tür. Wie erwartet machte niemand auf; das Haus strahlte Stille aus. Ich wagte einen raschen Blick durch das Fenster in ihr Wohnzimmer. Sehr schöner Holzfußboden, *sehr* schön. Eine Sitzgarnitur, nicht von derselben hohen Qualität wie der Fußboden. Nicht schrecklich oder so, einfach nur *na ja*. Offenbar war ihr ganzes Budget für den Fußboden draufgegangen. Trotzdem, der allgemeine Eindruck war angenehm. Eine Lichterkette war um einen Spiegel drapiert, und im Zimmer verteilt standen strotzende Grünpflanzen in hübschen gepunkteten Übertöpfen.

Möglichst unauffällig und in der Hoffnung, nicht die Aufmerksamkeit von Birdies Nachbarn zu wecken, ging ich am Haus entlang nach hinten. Die Küchenfenster waren hoch, wie das oft der Fall ist, und ich musste in die Luft springen, um hineinsehen zu können. Alles von Ikea. Weiße Einbauschränke. Nicht über die Maßen schön, aber keine Katastrophe.

Ich machte wieder einen Satz und erspähte einen ovalen Esstisch mit Holzfurnier und vier gelbe Stühle – offensichtlich war Gelb eine von Birdies Lieblingsfarben, und im Farbenspektrum gesehen war Gelb keine schlechte Farbe –, und über einem hing eine gepunktete Schürze.

Bei einem dritten Luftsprung sah ich ein Keramikgefäß für Kekse auf einem Bord und an der Wand ein Ölbild von einem Muffin. Nicht mein Geschmack, aber ich hatte schon Schlimmeres in Häusern gesehen, *viel* Schlimmeres.

Ich fand, ich hatte genug Luftsprünge gemacht. Mein verletztes Knie vertrug nicht mehr, außerdem gab es nichts Interessantes zu sehen.

Ich hätte gern gewusst, wie es oben im Haus war. Hatte sie den mädchenhaften Stil noch weiter vorangetrieben? Hatte ihr Bett einen rosa Musselinhimmel? Oder schätzte ich sie ganz falsch ein? War ihr Schlafzimmer kühl und elegant und erwachsen?

Ich hätte es wirklich gern gewusst, aber um es herauszufinden, müsste ich in ihr Haus einbrechen, und an einem Sonntagnachmittag in einer Vorortsiedlung, wo ich im Blickfeld von ein paar Jungen war, die auf der Wiese mit Streichhölzern hantierten (was ist nur los mit den elfjährigen Jungen, dass sie so gern Dinge anzünden?), würde man mich entdecken. Birdies Haus machte mich neugierig, aber nicht so neugierig, dass ich riskieren wollte, verhaftet zu werden – das bringt es vielleicht auf den Punkt.

Bevor ich ging, schrieb ich Birdie ein Briefchen und erklärte, ich wollte nur mal »vorbeischauen« und habe sie, sehr zu meinem Bedauern, nicht angetroffen, aber wenn sie sich mit mir unterhalten wolle, würde ich mich darüber freuen, und wenn sie mir sagen könnte – obwohl dadurch vielleicht alte Wunden aufgerissen würden –, wo ich Gloria finden könnte, wäre ich ihr sehr dankbar, und hier war meine Nummer.

Meine Hoffnung, damit etwas zu erreichen, war nicht sehr groß, aber wer nicht wagt, der nicht gewinnt, richtig?

Ich setzte mich wieder ins Auto und ließ den Kopf gegen die Kopfstütze sinken. Drinnen pochte es, und ich war erschöpft. Es kostete ganz schön viel Energie, einen Ausbruch von Depression zu überleben. Mir war klar, dass es aussah, als würde ich nur durch die Gegend kurven und so gut wie gar nichts tun, aber die inneren Qualen brachten mich fast um.

Ich nahm vier Schmerztabletten und schloss die Augen. Ich dachte an eine Freundin meiner Mutter, die Brustkrebs hatte. In ihrer Familie gab es keine Vorgeschichte mit Krebs, sie rauchte nicht, sie hatte weder eine Hormonbehandlung gemacht noch unter Dauerstress gelebt noch an der »Operation Wüstensturm« teilgenommen, noch traf irgendein anderer Grund zu, der gewöhnlich als *mögliche* Ursache für Krebs erwähnt wird, um dem Kranken Schuldgefühle und Angst zu machen. Selbst in einem hyperkritischen Universum konnte man nicht behaupten, sie habe die Krankheit »nur sich selbst zuzuschreiben«. Jedenfalls, sie machte eine Chemotherapie, wovon ihr speiübel wurde und die Haare ausfielen, auch die Wimpern, und sie war so schwach, dass sie sich nicht einmal mehr *Come Dine with Me* ansehen konnte. Nach der Chemotherapie bekam sie Bestrahlung, was ihre Brust so stark verbrannte, dass sie nachts nicht einmal ein Laken auf der Haut ertrug, und sie so sehr schwächte, dass sie in ihrem Wohnzimmer über den Boden kriechen – buchstäblich kriechen – musste. Dann wuchs ihr Haar nach – anders, als es vorher war, nicht lockig, sondern glatt. Das war vor zwanzig Jahren. Sie lebt heute noch. Es geht ihr gut. Sie spielt Bridge. Sogar ganz ordentlich. Vor Kurzem hat sie einen Gutschein für zwei Übernachtungen in einem Drei-Sterne-Hotel in Limerick gewonnen. (Mum war Zweite und hat nur eine Dose Kekse bekommen. Was sie ganz schön geärgert hat.)

Dann fiel mir eine andere Frau ein, eine Freundin meiner Schwester Claire. Auch sie hatte Brustkrebs. Wie bei Mums Freundin gab es auch in ihrer Familie keine Vorgeschichte, sie rauchte nicht, sie hatte weder eine Hormonbehandlung gemacht noch unter Dauerstress gelebt noch an der »Operation Wüstensturm« teilgenommen, noch traf irgendein anderer Grund zu, der gewöhnlich als *mögliche* Ursache für Krebs erwähnt wird, um dem Kranken Schuldgefühle und Angst zu machen. Selbst in einem hyperkritischen Universum konnte man nicht behaupten, sie habe die Krankheit »nur sich selbst zuzuschreiben«. Jedenfalls, sie machte eine Chemotherapie, wovon ihr speiübel wurde und die Haare ausfielen, auch die Wimpern, und sie war so schwach, dass sie sich nicht einmal mehr *Countdown* ansehen konnte. Nach der Chemotherapie bekam sie Bestrahlung, was ihre Brust so stark verbrannte, dass sie nachts nicht einmal ein Laken auf der Haut ertrug, und sie so sehr schwächte, dass sie in ihrem Wohnzimmer über den Boden kriechen – buchstäblich kriechen – musste.

Diese Frau – sie hieß Selina – versuchte auch ein paar New-Age-Heilmethoden, zusätzlich zu der konventionellen Behandlung. Sie kämpfte, könnte man sagen, an mehreren Fronten gleichzeitig. Sie war eine große Befürworterin von positivem Denken, sie wollte »den Krebs besiegen«. Sie machte Yoga, Einläufe mit Kaffee, Visualisierungen. Sie gab ein Vermögen, das sie nicht hatte, für einen Betrüger in Peru aus, der versprach, ihren Krebs mit seinen Beschwörungen wegzuzaubern. Und was soll ich sagen? Sie ist gestorben. Sie war vierunddreißig. Sie hatte drei Kinder. Eine Weile später begegnete ich ihrer Mutter im Blackrock-Einkaufszentrum, wo sie sich, wahnsinnig vor Trauer, durch die Gänge schleppte. Sie erkannte mich vage als jemanden, der ihre Tochter gekannt hatte, und sah mir mit wildem Blick in die Augen, war aber gleichzeitig völlig abwesend. »Selina hat wie eine Löwin gekämpft«, sagte sie und packte meinen Arm so fest, dass es wehtat. »Sie hat wie eine Löwin um ihr Leben gekämpft.«

Aber sie war gestorben.

Und das meine ich. Menschen werden krank, und manchmal werden sie wieder gesund, und manchmal nicht. Und es ist völlig unerheblich, ob es sich bei der Krankheit um Krebs oder eine Depression handelt. Manchmal wirken die Medikamente, manchmal nicht. Manchmal wirken sie eine Zeit lang und dann nicht mehr. Manchmal wirken die alternativen Methoden und manchmal nicht. Und dann fragt man sich, ob die Behandlung überhaupt etwas bewirkt, ob eine Krankheit nicht wie ein Sturm ist, der sich austoben muss, und am Ende ist man entweder lebendig, oder man ist tot.

Herr im Himmel, da war ja Walter Wolcott!

Sprang aus dem Auto, pochte an Birdies Haustür, linste durch die Fenster. Feinfühlig wie ein Trampeltier.

Ich sah, wie er das Abflussrohr musterte und offenkundig überlegte, ob er daran hochklettern konnte, um einen Blick in die Schlafzimmerfenster zu werfen.

»Das hält Ihr Gewicht nicht aus«, rief ich. »Sie machen nur das Haus kaputt.«

Er starrte mich an, und ich winkte ihm fröhlich zu und fuhr los.

Weiter ging es nach Norden. Irgendwie wanderten meine Gedanken zu Antonia Kelly, meiner Therapeutin.

Sie war ganz anders, als ich erwartet hatte. Sie verlangte nicht, dass ich mich auf eine Couch legte, und fragte mich auch nicht über meine Kindheit oder meine Träume aus. Sie gab auch nicht jede Frage, die ich ihr stellte, wieder zurück, indem sie mich fragte, wie *ich* das sah.

Sie war etwas, was sie nicht hätte sein sollen: meine Freundin. Meine einzige Freundin, um ehrlich zu sein. Sie war der einzige Mensch, dem gegenüber ich schonungslos ehrlich sein konnte, und sie verurteilte mich nie.

Sie fragte mich zum Beispiel: »Wie geht es Ihnen, Helen?« Und ich antwortete: »Ich habe überlegt, ob ich das Brotmesser nehmen und mir damit den Bauch aufschlitzen soll. Wenn ich meine Eingeweide rausholen könnte, würden diese Gefühle vielleicht weggehen.«

Weder brach sie in Tränen aus, noch sagte sie, ich müsse stark sein. Sie sagte auch nicht, sie würde es nicht aushalten, wenn ich stürbe. Und sie rief nicht eine meiner Schwestern an, um zu erzählen, dass ich ein egoistischer Jammerlappen sei und mich in Selbstmitleid suhle.

Ich musste sie nicht vor meinen schrecklichen Gefühlen beschützen. Sie kannte das alles, nichts konnte sie schockieren.

Am Anfang unserer »Beziehung« saß ich einmal in ihrem Wartezimmer und nahm ein Buch aus ihrem Regal. Es blätterte sich von selbst auf, und ein Satz sprang mir ins Auge: »Viele Therapeuten werden in ihrem Berufsleben die Erfahrung machen, dass ein Klient Selbstmord begeht.«

Ich wusste, dass es bei Antonia Kelly der Fall war. Dass sie einen Klienten durch Selbstmord verloren hatte, meine ich. Und ich dachte: Sehr gut, dann weiß sie ja, womit sie es hier zu tun hat.

Sie brachte mich nicht in Ordnung. Sie lieferte mir keine Erklärung für meinen Wunsch zu sterben. Aber sie schaffte das geradezu Unmögliche in ihrem Verhältnis zu mir, den Spagat zwischen Distanz und Mitgefühl. Was die Distanz anging – ich bedeutete ihr nichts, ich war ein Niemand für sie. Zweimal in der Woche hatte ich eine Stunde, in der die schrecklichen Gedanken, die in meinem Kopf herumwirbelten wie Wäsche in der Trommel, langsamer wurden und ich sie durch meinen Mund äußern und mit meinen Ohren hören konnte, und ich musste mir keine Sorgen darüber machen, welche Wirkung das auf sie hatte.

Und zugleich wusste ich, dass ich ihr wichtig war. Ich wusste nicht, was sie selbst an schlimmen Dingen durchgemacht hatte – ich hatte danach gefragt, aber natürlich hat sie nichts erzählt; auch über ihren schönen schwarzen Audi TT, den ich zufällig draußen auf der Einfahrt gesehen hatte, sagte sie nichts –, aber ich wusste, dass sie andere Klienten in ähnlich zermarterter Verfassung gesehen hatte. Ich war nicht allein. Ich war nicht die Einzige.

Obwohl ich sie bezahlte und obwohl ich nicht die Einzelheiten erfuhr, die man normalerweise über einen Menschen erfährt, dem man sich nahe fühlte – ob sie einen Freund hatte oder Kinder oder ob Eis ihr an den Zähnen wehtat oder ob sie Irische Setter mochte –, war sie eine echte Freundin. Sie blieb beharrlich an meiner Seite, durch den steinigen, rauchschwarzen Albtraum hindurch. Sie konnte nicht verhindern, dass ich stolperte und hinfiel, sie hatte nichts gegen meinen Schmerz, aber sie ermutigte mich weiterzugehen.

Ohne zu übertreiben – sie war es, die mir das Weiterleben möglich machte.

Ich überlegte, ob ich sie anrufen und bitten sollte, sich mit mir zu treffen. Aber etwas hinderte mich daran. Mein Stolz, stellte ich fest. Ich war so stolz gewesen, nach einem Jahr Therapie als geheilt zu gelten und entlassen zu werden. Als wir uns verabschiedeten, hatte sie zu mir gesagt, ihre Tür stehe immer offen, und ich hatte fröhlich geantwortet, das sei eine gute Nachricht. Aber das war nicht ernst gemeint, denn ich war überzeugt, ich sei dauerhaft geheilt. Und der Gedanke, wieder zu ihr zu gehen, in ihr Behandlungszimmer, mit meinem zerquälten Kopf, kam mir wie ein schreckliches Scheitern vor. Ganz die falsche Sichtweise, wie sie mir zweifellos gesagt hätte: Eine Therapie ist eine Beziehung, in die sich die meisten Menschen mehrmals in ihrem Leben begeben.

Versunken in diesen Gedanken, kam ich fast bis nach Belfast, fuhr auf der Umgehungsstraße einmal um Belfast herum und dann wieder zurück Richtung Süden. Als ich die ersten Vororte Dublins erreichte, war es fast Mitternacht. Ich hielt noch einmal bei Birdie Salaman, aber immer noch deutete nichts auf ihre Anwesenheit hin. Ihre Vorhänge waren nicht zugezogen, nichts hatte sich verändert.

Wo war sie also? Hatte ihre Abwesenheit etwas zu bedeuten? Hatte sie etwas mit Waynes zu tun?

Oder war sie nur übers Wochenende weggefahren, um Freunde zu besuchen – vielleicht sogar einen neuen Liebhaber? Ich meine, warum nicht? Warum sollte ich nicht das annehmen, was am wenigsten ominös war?

Immer noch im Unklaren darüber, was ich von alldem halten sollte, fuhr ich wieder zu Waynes Haus und ging hinein. Von innen schloss ich doppelt ab und legte die Kette vor, ich wollte nicht, dass Walter Wolcott unangekündigt hereinplatzte. Ich hatte jedes Recht, hier zu sein. Ich … ja, doch, ich *arbeitete* hier.

Außerdem war er wahrscheinlich zweihundertdreißig Kilometer weit weg, in der Einöde von North Antrim, wo er gerade die Inhaberin der Frühstückspension Hyacinth aufweckte und zu wissen begehrte, ob Wayne unter einer ihrer pfirsichfarbenen Steppdecken schlummerte. Walter Wolcott ging gründlich vor. Das musste man ihm lassen – gründlich war er.

Von Artie war ein Anruf eingegangen, aber keine Nachricht. Ich rief zurück, aber die Mailbox schaltete sich sofort ein. Wahrscheinlich war es zu spät, und er war schon zu Bett gegangen. Aber der Nachmittag hatte etwas gereizt, fast feindselig geendet, und ich hätte die Sache gern mit ihm geglättet. Ich hinterließ ihm eine freundliche Nachricht und drückte meine Hoffnung aus, dass mit Bella alles wieder in Ordnung war. Aber irgendwie war mir unbehaglich, und ich nahm eine Schlaftablette. Diesmal eine von meinen eigenen.

Ich nützte Wayne gar nichts, wenn ich unausgeschlafen war. Mein Verstand musste wach sein, denn am Morgen würde etwas geschehen. Ich spürte das. Ich fühlte es herannahen. Und so war es auch. Am frühen Morgen erhielt ich eine Mail.

Montag

53

Sehr früh – um 6.47 Uhr, um genau zu sein – wachte ich auf Waynes Fußboden auf. Ich hatte mir den Luxus eines Kissens für meinen schmerzenden Kopf genehmigt, mir allerdings keine weiteren Freiheiten herausgenommen.

Eine Intuition hatte mich aus meinem chemisch erzeugten Schlummer geholt. Ich nahm mein Handy, und als ich sah, dass ein E-Mail-Bericht von Sharkey eingegangen war, dem Hacker von Finanzdaten, mit Einzelheiten aller Transaktionen auf Waynes Kreditkarten und auf seinem Bankkonto, war ich plötzlich hellwach und zitterte vor Erregung. Gleich würde ich sehen, wo Wayne sich in den letzten vier Tagen aufgehalten hatte, was er gekauft und wie viel Geld er abgehoben hatte. Mir lief praktisch der Speichel im Mund zusammen.

Sharkey schrieb, die Angaben seien komplett für die Zeit bis gestern zwölf Uhr nachts, und was in den letzten sieben Stunden passiert war, sei nicht in dem Bericht enthalten, aber das reichte mir. Ich brauchte nur die Angaben für die letzten vier Tage.

Doch was für ein Schock war es, als ich sah, dass es keine Transaktionen auf Waynes Kreditkarten gegeben hatte, keine einzige. Sharkey hatte akribisch jede Transaktion der letzten zwei Monate aufgeführt, aber ab Mittwochabend war nichts mehr passiert.

Ich starrte auf das Display meines Handys und scrollte

rauf und runter, weil ich dachte, ich hätte etwas übersehen, aber nein, es hatte sich nichts bewegt.

Gut, bei zwei seiner Kreditkarten war er ans Limit gegangen, die hätte er also nicht benutzen können, aber er hatte eine dritte Karte, auf der noch reichlich Spielraum war, und er hatte eine Karte fürs Girokonto.

Die letzte Buchung war der Kauf einer Pizza um 21.36 Uhr am Mittwochabend, seitdem hatte er keine seiner drei Kreditkarten benutzt, er hatte nicht mit der Girokarte eingekauft, und er hatte nicht einen Cent am Geldautomaten abgehoben.

Man konnte denken, er sei von der Kante der Erdplatte gefallen.

Ich war vor Schock wie versteinert. Mein Verstand erstarrt.

Die nächste große Frage war, ob in den Tagen vor Waynes Verschwinden eine größere Summe von seinem Konto abgehoben worden war. Auch das war nicht der Fall. Am Sonntag vor einer Woche hatte er einhundert Euro abgehoben, aber das war im normalen Rahmen, das war das Muster, er hob alle paar Tage hundert Euro ab, offenbar sein Taschengeld.

Wo war er also, dass er kein Geld brauchte? Und wie war er dahin gekommen? Man kann kein Auto mieten, man kann kein Hotelzimmer bezahlen, man kann nicht essen gehen, man kann *gar nichts* machen, ohne eine Karte zu benutzen.

Einen Moment hatte ich das Gefühl, so wie am Anfang, dass Wayne tot war. Ich hatte es *gespürt.* Damals dachte ich, ich würde das, was sich in meinem Kopf abspielte, mit Waynes Geisteszustand verwechseln, aber jetzt, angesichts der unbenutzten Karten, fühlte er sich tot an. Alles so weiß, so unbenutzt – das sah mir sehr nach Tod aus.

Ich spürte einen scharfen Stich von etwas Schrecklichem in meinem Gedärm. Ich machte die Augen zu, machte sie wieder auf und starrte auf die zarte Haut an der Innenseite meines Handgelenks, auf das blaue Aderngeflecht.

Nein. Ich musste etwas übersehen haben. War es möglich, dass Wayne eine heimliche Kreditkarte hatte? Aber das würde bedeuten, dass er alle Unterlagen dazu vernichtet hatte, und das ging eigentlich zu weit. Zu weit, um plausibel zu sein.

Und wie sah es mit Sharkeys Informationen aus? Konnte man sich darauf verlassen? Unbedingt. Nicht nur hatte er (es konnte natürlich auch eine »sie« sein) einen unerschütterlichen Ruf, sondern er hatte auch haufenweise Informationen mitgeliefert, die ich gegen die Unterlagen in Waynes Büro abgleichen konnte. Er hatte Waynes Hypothekenzahlungen und Belege über seine laufenden Kosten und Daueraufträge der letzten beiden Monate aufgelistet, jeweils für die korrekten Beträge und Daten. Er hatte sogar eine Lastschrift für Waynes Krankenversicherung aufgeführt, und ich *wusste* von dieser Zahlung, weil Jay Parker den Umschlag mit der Empfangsbestätigung, der in der Post war, aufgemacht hatte.

Was war hier also los? War Wayne doch in eine heikle Sache verstrickt? Harry Gilliams Anruf, der mir Angst gemacht hatte, deutete in diese Richtung. Aber Wayne schien irgendwie nicht der Typ dafür.

Und wenn er doch freiwillig verschwunden war? Tatsache ist aber, dass niemand verschwindet, nicht richtig, jedenfalls. Irgendeiner weiß immer, wo die Person ist. Irgendeiner, irgendwo – vielleicht die nicht auffindbare Gloria – half Wayne.

Ich versuchte mich zu erinnern, was die Nachbarn gesagt hatten, als ich sie bat, nur nach ihrem Gefühl zu gehen. In dem, was die Menschen sagen, ist immer ein Körnchen Wahrheit, auch wenn sie es selbst nicht wissen. Wahrscheinlich wusste ich längst, wo Wayne war. Ich hatte alle Informationen. Ich wusste nur nicht, was relevant war und was nicht.

Aber mit einem scharfen Stich von Angst wurde mir bewusst, dass ich abbaute, dass mein Geisteszustand sich verschlechterte. Meine Batterien wurden schwächer, und ich musste Wayne finden, bevor ich völlig am Ende war.

Stimmte es also, dass er in einem Camper in Connemara herumfuhr und sich die Ginsterbüsche ansah, wie Frankie gesagt hatte? Wenn ja, dann viel Glück. Connemara war groß, es gab eine Menge Ginster dort, und ich sah mich dieser Aufgabe nicht gewachsen. Jay Parker hatte gesagt, Wayne sei bei einem Pasteten-Wettessen in North Tipperary, aber bei Google sah ich sofort, dass es so etwas gar nicht gab.

Nachdem Roger St Leger aufgehört hatte, dummes Zeug zu reden, hatte er gesagt, dass Wayne zu Hause sei und sich unter seinem Bett versteckt habe. Und was hatte Zeezah noch gesagt? Irgendeine hingeworfene Bemerkung, dass Wayne bei seinen Eltern sei und sich ein paar Streicheleinheiten holte.

Mir wurde etwas klar: Auch wenn die anderen noch so oft sagten, Wayne würde sich nicht an einem offensichtlichen Ort verstecken, auch wenn Mrs. Diffney mich mit tränenerstickter Stimme anrief – ich hatte *gesehen*, wie liebevoll seine Familie war, und wenn er wirklich in Not war, dann würde er sich in ihren Schutz begeben.

Und noch etwas wurde mir klar: Hör auf Zeezah.

Dann dachte ich: Hatte sie Roger St Leger wirklich an die Eier gelangt? Hatte sie das wirklich gemacht?

Clonakilty war dreihundert Kilometer entfernt, ich hatte eine lange Fahrt vor mir, bei der ich Tom Dunne im Radio hören würde. Einen Augenblick lang konnte ich glauben, dass es einen gnädigen Gott gab. Ich mochte Tom Dunne. Ich mochte ihn richtig gern. Ich war in echter Gefahr, ein Tom-Dunne-Fan zu werden.

Bevor ich aufbrach, betrachtete ich meine Verletzungen in Waynes Badezimmerspiegel. Mein linkes Auge war nicht mehr so stark blutunterlaufen, aber meine Stirn sah schlimmer aus – die Prellung fing an, sich dunkellila zu verfärben –, und ich kämmte meinen Pony wieder darüber. Auf den ersten Blick würde man nicht sehen, dass ich eine große Wunde auf der Stirn hatte. Zum Glück. Ich war im Begriff, Menschen der Mittelschicht aufzusuchen, und die hielten nicht viel von Menschen, die aussahen, als gerieten sie öfter mal in ein Handgemenge.

Ich wollte Artie anrufen, aber dazu war es noch zu früh. Wahrscheinlich würde er sich bald bei mir melden, aber auch Jay Parker rief bestimmt bald an, um sich das Neueste berichten zu lassen, und ich würde es nicht über mich bringen, ihm von den nicht vorhandenen Transaktionen auf Waynes Kreditkartenkonten zu berichten, deshalb stellte ich mein Telefon auf leise.

Ich aß mehrere Handvoll Cheerios, schluckte mein wunderbares Antidepressivum, spülte es mit einem ausgiebigen Zug aus einer Flasche Cola light runter und setzte mich ins Auto. Ich fuhr los in dem Wissen, dass Tom Dunnes Sendung gleich begann, und ich war zuversichtlich, dass ich es durch den Tag schaffen würde.

54

Danke, sprechende Landkarte. Sie hatte die Eltern Diffney für mich ausfindig gemacht, nichts leichter als das. Ein frei stehender Bungalow. Ein schöner alter Garten. Riesengroße Rosen. Carol im Vorgarten in geblümtem Rock und Clogs. Mit Gartenhandschuhen. Gartenschere. Ein Kniepolster, wenn man beim Unkrautzupfen in die Knie gehen muss. (Kann man im Katalog bestellen.) Damit ist alles gesagt, man kann sich ein Bild machen.

Als ich näher kam, stand sie auf. War es nur meine Fantasie, oder war sie auf der Hut? Eine Frau, die etwas zu verbergen hatte, nämlich einen erwachsenen Mann unter dem Bett in ihrem Gästezimmer?

Ich stellte mich vor.

»Das dachte ich mir schon. Haben Sie Neuigkeiten?«, fragte sie angespannt.

»Noch nicht.«

»Im ersten Moment dachte ich, Sie würden mir etwas … Schreckliches mitteilen.«

»Können wir im Haus darüber sprechen?«, fragte ich.

»Meinetwegen.« Sie nahm mich mit in die Küche. Hübsch, hell, freundlich, so wie ich es mir vorgestellt hatte. Ein Ständer, an den man Becher hängen konnte, ein Gewürzregal, Fotos von den Enkeln, an einer Korkpinnwand ein Brief mit der Erinnerung an den Brustkrebs-Vorsorgetermin. Nichts, was auf Wayne hindeutete.

»Ist Mr. Diffney in der Nähe?«, fragte ich.

»Er ist zur Arbeit gegangen.«

Damit hatte ich nicht gerechnet – dass ein alter Mensch eine Arbeitsstelle hatte.

»Möchten Sie eine Tasse Tee?«, fragte Carol.

Lieber hätte ich mir die Augäpfel angezündet, aber ich kannte die Regeln. »Sehr gern, danke. Gern stark.«

Ich sah zu, während sie mit dem Wasserkocher und so weiter zugange war.

»Haben Sie von Wayne gehört?«, fragte ich.

Überrascht sah sie mich an. »Nein. Wenn ja, hätte ich Ihnen Bescheid gegeben, oder John Joseph.«

»Wo ist er dann?«

»Wenn ich das wüsste.«

Log sie? Mit ihrer sanften Dauerwelle und ihrer Wohlerzogenheit konnte ich mir nicht vorstellen, dass sie nicht grundehrlich war. Eindeutig ein Fall von Voreingenommenheit meinerseits. Hätte sie eine Dose Bier auf der Anrichte stehen gehabt und Zigarettenasche auf der Trainingshose, hätte ich sie bestimmt anders eingeschätzt.

»Erzählen Sie mir, was Sie wissen. Wann haben Sie das letzte Mal mit ihm gesprochen?«

»Mittwoch, irgendwann am frühen Nachmittag.«

»Wie kam er Ihnen vor?«

»Als hätte er viel zu tun, mit den Proben. Ein bisschen gestresst, aber das ist ja normal.«

»Hat er das früher manchmal gemacht? Einfach so verschwinden?«

»Nein. Nie.«

»Sollten Sie nicht die Polizei einschalten?«

»Aber John Joseph hat gesagt, die Polizei interessiere sich nicht dafür.«

»Vielleicht sollten Sie es trotzdem versuchen.«

Sie senkte den Blick auf die gelb-weiß karierte Tischdecke. »Ich weiß nicht. Ich muss mit Waynes Dad sprechen.« Sie klang wieder, als wäre sie den Tränen nah.

Mit ihren goldenen Ohrringen und dem Becher mit der Aufschrift »Die beste Oma der Welt« sah Carol Diffney aus, als könnte sie kein Wässerchen trüben. Aber konnte man es wissen? Mutterliebe und so – eine Mutter würde doch alles tun, um ihren Kindern zu helfen, oder?

»Ist es möglich, dass Wayne in kriminelle Machenschaften verwickelt ist?«, fragte ich.

»Auf gar keinen Fall!« Darin schwang ihre Mittelschichtsempörung: »Mein Sohn doch nicht!«

»Gut. Aber möchten Sie nicht, dass er gefunden wird? Machen Sie sich denn keine Sorgen um ihn? Immerhin ist er seit vier Tagen verschwunden.«

Nach langem Schweigen sah sie mich an. »Wayne ist ein guter Junge, ein ehrlicher Mann. Wir, seine Familie, wir wissen, dass er am Mittwoch auf der Bühne stehen wird. Wir wissen, dass er seine Freunde nicht im Stich lassen wird.«

Ich griff ihre Worte auf. »*Woher* wissen Sie das? Hat er Ihnen das gesagt?«

»Nein. Wir wissen es, weil wir ihn kennen. Er lässt seine Freunde nicht im Stich.«

»Verstehe ...« Leugnete sie die Tatsachen, oder sprach sie die Wahrheit?

»Ich weiß, dass Sie dafür bezahlt werden, ihn zu finden, aber wenn Sie ihn beschuldigen, in kriminelle Machenschaften verwickelt zu sein, dann möchte ich Sie bitten: Lassen Sie Wayne in Ruhe.«

Lassen Sie Wayne in Ruhe. Das waren genau die Worte, die der Schläger von Old Dublin Town zu mir gesagt hatte. Und diese Frau hier, diese freundliche Hausfrau, hatte bestimmt ein Nudelholz, eins von diesen modernen weißen, die ein bisschen wie ein Schlagstock aussahen.

»Sie waren das!« Ich zeigte mit dem Finger auf sie. »Sie haben mich geschlagen!« Ich schob mir die Haare aus der Stirn und zeigte meine Verletzung in ihrer ganzen dunkellila Pracht. »Da – das haben Sie gemacht!«

»Aber ... ich bitte Sie!« Sie war so entsetzt, dass ich dachte, sie würde gleich ohnmächtig. »Ich habe in meinem Leben niemanden geschlagen. Außer den Kindern, als sie klein waren, und damals war das ja üblich. Jetzt kommt man gleich wegen Kindesmisshandlung ins Gerede, aber damals galt ein kleiner Klaps hin und wieder als ganz normal.«

»Aber derjenige, der mich geschlagen hat, hat genau das Gleiche gesagt: ›Lassen Sie Wayne in Ruhe.‹«

Mit unsicherer Stimme sagte sie: »Ich kann Ihnen versichern, dass ich das nicht war.«

Ich war nicht vollständig überzeugt. Ich sah sie durchdringend an, sie wand sich unter meinem Blick, brach aber nicht ein, also versuchte ich es anders. »Wer ist Gloria?«

»Gloria?« Carols Stimme zitterte. »Ich habe ihn nie von einer Gloria sprechen hören.«

»Mir scheint es aber doch so.«

»Nein, bestimmt nicht.«

»Sagen Sie mir bitte, wo Wayne ist.«

»Ich weiß nicht, wo er ist. Das ist die Wahrheit. Bitte stellen Sie mir keine Fragen mehr«, sagte sie leise und würdevoll. »Ich wäre Ihnen dankbar, wenn Sie jetzt gehen würden.«

»Mrs. Diffney?« Ich war unentschlossen – sollte ich sie respektvoll als Mrs. Diffney anreden oder vertraulich mit ihrem Vornamen, Carol, und entschied mich für beides. »Mrs. Diffney, Carol, wenn ich Sie so nennen darf? Es ist noch ein anderer auf der Suche nach Wayne, ein anderer

Privatdetektiv. Ein Mann, und er ist nicht nett, nicht so wie ich. Er wird Wayne finden und bloßstellen. Wenn ich ihn als Erste finde, kann ich ihm vielleicht helfen.«

Aber Carol gab nicht nach. Falls sie etwas wusste, konnte ich es nicht erspüren, und das war ein seltsames und befremdliches Gefühl. Wieder bat sie mich zu gehen.

Unsere Konfrontation wurde von einem Geräusch an der Haustür und einer Frauenstimme unterbrochen, die sagte: »Mum, ich bin's, ich kam gerade vorbei. Wem gehört denn der schwarze Wagen draußen?«

Eine Frau, die ich von dem Video von Carols fünfundsechzigstem Geburtstag erkannte, wurde in die Küche geweht. Es war Waynes Schwester Connie. Als Rowan mit der Kamera ins Zimmer kam, saß sie mit Waynes Schwägerin Vicky bei Rotwein und einem intimen Gespräch zusammen und sagte gerade etwas Vertrauliches über eine Freundin, so ähnlich wie: »Sie kann sich zwischen den beiden nicht entscheiden.«

»Hallo.« Carol umarmte Connie und zeigte dann auf mich. »Diese junge Frau hier ist Helen Walsh, sie sucht Wayne.«

Zu mir sagte sie: »Das ist Connie, Waynes Schwester. Sie wohnt ganz in der Nähe.«

Connies Blick glitt nervös über meine Stirn, und ich strich mir schnell den Pony darüber, sodass der Schaden verdeckt war.

»Schön, dass wir uns kennenlernen, Connie«, sagte ich. »Sie wissen nicht zufällig, wo Wayne ist?«

Sie schüttelte den Kopf.

»Ich habe gerade zu Ihrer Mutter gesagt, dass noch jemand auf der Suche nach ihm ist, ein ehemaliger Polizist, und der ist kein bisschen nett, nicht so wie ich. Für Wayne wäre es besser, er würde von mir gefunden statt von dem anderen. Wenn Sie also irgendwas erfahren, könnten Sie mir vielleicht Bescheid sagen.«

Ich gab ihr meine Karte, und sie betrachtete die vielen ausgestrichenen Nummern. »Und für wen arbeiten Sie, Helen Walsh? Wer bezahlt Sie?« Diese Connie war ein ganz anderes Kaliber als ihre Mutter.

»Jay Parker, der Manager der Laddz. Und vermutlich auch John Joseph.«

»John Joseph?«

»Ja.«

»Haben Sie die Zeitungen gestern gesehen, die Berichte über ihn und Zeezah? So verliebt, die beiden. Und jetzt kommt auch noch Nachwuchs ... da muss ihr Glück ja komplett sein.«

Diese Connie war durchaus höflich. Sie klang nicht herablassend, nicht wie zum Beispiel Roger St Leger, und trotzdem war unterschwellig etwas zu spüren. Als würde sie mir eine kodierte Nachricht übermitteln.

Vorsichtig sagte ich: »Wollen Sie damit vielleicht andeuten, Zeezah sei gar nicht schwanger? Na ja, das wussten wir doch längst.« Ich bemühte mich, eine Verbindung zu ihr herzustellen, und versuchte es mit Humor. »Meine Mum sagt, sie ist ein Mann. Wie Lady Gaga.«

»Oh, der Meinung bin ich absolut nicht«, sagte sie, und ich starrte sie an. Sie deutete versteckt etwas an, und meine Neuronen waren nicht genug auf Draht, um die Information aufzugreifen.

»Und was glauben *Sie?*«

»Nichts. Nur dass ihr Glück vollständig sein muss, jetzt, da sie Nachwuchs erwarten.«

Ich gab auf. Mein armer ausgelutschter Verstand war nicht imstande, den Subtext zu entschlüsseln.

»Ich bringe Sie zur Tür«, sagte Connie.

O nein! Nachdem ich den ganzen Weg hergekommen war, würde ich mich nicht so leicht wieder rauswerfen lassen.

»Ich habe eine lange Fahrt vor mir. Dürfte ich vielleicht Ihre Toilette benutzen?«

Carol und Connie wechselten Blicke. Mir die Erlaubnis zu geben war ihnen unbehaglich, aber sie waren zu höflich, um sie mir zu verweigern. Das Badezimmer lag am anderen Ende des Bungalows, und Connie ging mit mir den Flur entlang. Ich sah in jedes Zimmer hinein, an dem wir vorbeikamen – Wohnzimmer, Esszimmer, Arbeitszimmer, Schlafzimmer mit Doppelbett, Schlafzimmer mit Einzelbett –, aber ich sah nichts, rein gar nichts, keinen Schuh, keine Tube Haargel, als Hinweis darauf, dass Wayne im Haus war.

Vor dem Badezimmer kamen wir an einem weiteren Schlafzimmer vorbei. Die Tür stand halb offen, und was ich erblickte, sah wie ein Männerzimmer aus: zwei Einzelbetten, Poster mit was Rotem an der Wand (hatte wahrscheinlich mit Fußball zu tun). Bevor Connie sich besinnen konnte, hatte ich die Tür aufgestoßen und mich auf den Fußboden geworfen, um unter den Betten nachzusehen.

Nichts. Nicht mal Wollmäuse.

Connie zerrte mich blitzschnell wieder auf die Füße. Wütend sagte sie: »Ich habe doch *gesagt*, er ist nicht hier.« Dann wiederholte sie: »Ich habe es Ihnen *gesagt*.«

Aber *was* hatte sie gesagt? Was hatte ich nicht mitgekriegt?

»Das Ganze ist für meine Mutter schon schwierig genug, ohne dass solche wie Sie an der Tür auftauchen«, zischte sie.

»Aber ich versuche zu helfen. Ich versuche ihn zu finden.«

»Aber Sie haben ihn noch nicht gefunden. Wir vergehen vor Sorge, und Sie kommen hier an und machen uns Angst mit dem Gerede über ehemalige Polizisten. Auf solche wie Sie können wir verzichten.«

»Sagen Sie mir bitte, was Sie mir sagen wollten«, flehte ich sie an. »Es tut mir leid, dass ich so schwer von Begriff bin, ich kann nichts dafür, normalerweise stelle ich mich nicht so dämlich …«

Sie schob mich zur Badezimmertür. »Gehen Sie aufs Klo«, sagte sie, »und lassen Sie meine Familie in Ruhe.«

Ich fuhr los und gab der sprechenden Landkarte die Anweisung, Connies Haus zu finden. Es war ganz in der Nähe, in einer großen Siedlung aus Doppelhaushälften.

Ich parkte vor dem Haus und betrachtete es. Es sah extrem still aus, als könnte unmöglich jemand darin atmen. Trotzdem, ich würde mich draußen gründlich umsehen und vielleicht einen Weg ins Haus finden.

Da bemerkte ich, dass hinter mir ein Auto anhielt.

Herr im Himmel! Es war Connie, und sie war außer sich!

»Kommen Sie«, schrie sie, sprang aus dem Auto und kramte ihre Schlüssel aus der Handtasche. »Kommen Sie herein! Bewundern Sie mein Haus in seinem ganzen verlotterten Zustand.«

Das konnte ich kaum ablehnen, aber da Connie mich so freizügig einlud – obwohl, das war kaum das richtige Wort –, bestand sicherlich nicht die geringste Möglichkeit, dass Wayne da war. Sie stieß die Haustür auf und sagte: »Der Flur, wie Sie sehen.« Überall lagen Schuhe und Jacken und Spielsachen herum, und es roch unangenehm nach heranwachsenden Jungen.

»Das ist das Wohnzimmer«, sagte sie. »Gehen Sie nur. Sehen Sie ihn irgendwo? Am besten, Sie legen sich auf den Fußboden und sehen unter dem Sofa nach.«

»Nein, ist schon …«

»Machen Sie schon!«, befahl sie wutschnaubend. »Auf den Fußboden!«

Ich legte mich auf den Boden. Es schien mir das Sicherste.

Sie führte mich durch die unaufgeräumte Küche, das noch weniger aufgeräumte Fernsehzimmer, die Waschküche, und machte überall Schranktüren und Schubladen auf. Sie ging mit mir sogar in den Garten und bestand darauf, dass ich im Schuppen nachsah. Ich verabscheute Gartenschuppen mit ihrem seltsamen Modergeruch und all den kaputten Fahrrädern und alten Farbdosen.

»Jetzt wieder ins Haus. Wir gehen nach oben«, sagte sie. Sie ging mir voraus in vier unaufgeräumte Schlafzimmer und forderte mich auf, die Schränke genau zu inspizieren und unter jedem Bett nachzusehen. Sie ging ins Badezimmer und zog den Duschvorhang mit solcher Wucht zurück, dass ich befürchtete, sie würde die Vorhangstange aus der Wandaufhängung reißen.

»Danke«, sagte ich und bewegte mich vorsichtig zur Treppe. »Er ist nicht da. Es tut mir leid, dass ich Ihnen solchen Ärger gemacht habe.«

»Ah, aber wir sind noch nicht fertig«, sagte sie. »Vergessen Sie nicht den Dachboden.« Bevor ich wusste, wie mir geschah, hatte sie einen Stock herbeigeholt und zog damit eine Klappe in der Decke auf, von der eine Leiter herabgelassen wurde. »Hier ist eine Taschenlampe«, sagte sie. »Gehen Sie nur, sehen Sie sich gründlich um.«

Widerstrebend tat ich es. Ich bin auch nicht scharf auf Dachböden, schon gar nicht, seit Seán Moncrieff einmal in seiner Radioshow erzählt hatte, dass sich auf seinem eine Fledermausfamilie eingenistet hat.

»Finden Sie was?«, rief Connie zu mir nach oben, als ich in dem trüben Licht herumstolperte. »Eine Matratze vielleicht? Eine Kerze und Streichhölzer und ein zerlesenes Exemplar von *Die Brüder Karamasow?*« Meine Güte, war sie sarkastisch.

Ich kletterte runter, und kaum hatte ich den Fuß auf den Boden gesetzt, trat Connie wutentbrannt gegen die Trittleiter, sodass sie wieder zusammenfuhr und in dem Loch in der Decke verschwand.

»Müssen Sie noch einmal aufs Klo?«, fragte sie. »Schließlich ist es eine lange Fahrt zurück nach Dublin.«

Nach meinem enttäuschenden Besuch bei Waynes Familie trat ich meine trübsinnige Rückfahrt an. In meinem Kopf pochten die Schmerzen, die Tom-Dunne-Show war vorbei, die von Seán Moncrieff kam erst später. Gerade lief die *Lunchtime Show*, die ich nicht mochte. Darin ging es immer um die Wirtschaft und den allgemeinen Niedergang. »Blablabla – Banken – Blablabla – Rezession – Blablabla.«

Ich war am Tiefpunkt angekommen. Wahrhaftig am absoluten Tiefpunkt.

55

Nachdem ich zwanzig Minuten gefahren war, wurde mir in einem Anfall von Panik geradezu schwindelig: Es war Montagnachmittag – wie konnte es schon Montagnachmittag sein? –, das erste Laddz-Konzert sollte in etwas mehr als achtundvierzig Stunden beginnen, und Wayne war und blieb sehr, sehr verschwunden. Alle Wege, die ich erforscht hatte, waren Sackgassen gewesen; mir blieb nur noch das Ergebnis der Telefondaten, und die waren immer noch nicht eingegangen.

Ich musste am Straßenrand anhalten und dem Telefonmann eine weitere flehentliche E-Mail schicken, mit der Bitte um Auskunft, wann ich mit seinem Bericht rechnen konnte.

Ich fürchtete mich, die eingegangenen Anrufe zu überprüfen – vierundzwanzig insgesamt –, denn ich wusste, dass Jay Parker den ganzen Tag über versucht hatte, mich zu erreichen. Ich hätte zu gerne alle gelöscht, aber ich musste mir eine Nachricht nach der anderen ansehen, falls Artie angerufen hatte. Das hatte er getan, gegen elf Uhr, aber er hatte keine Nachricht hinterlassen. Ich rief ihn an, und seine Mailbox schaltete sich ein.

Während der Fahrt zurück nach Dublin fiel mir ein, dass ich unbedingt bei Birdie Salaman anrufen sollte. Falls sie auch verschwunden war, so wie Wayne. Himmel, das fehlte mir noch!

Ich stellte mein Handy auf Lautsprecher – immer an die Sicherheit denken, so bin ich – und wählte die Nummer von Brown Bags Please.

Die Mutter mit einer Vorliebe für Cornetto nahm ab: »Brown Bags Please.«

»Kann ich bitte Birdie Salaman sprechen?«

»Ich stelle durch.« Nicht: Wen soll ich melden? Nicht: Worum geht es? So *un*professionell.

Nach einem Klicken sagte eine angenehme, mädchenhafte Stimme: »Birdie Salaman am Apparat. Was kann ich für Sie tun?«

Gut. Wenn sie zur Arbeit gekommen war, dann war alles in Ordnung. Ich brannte darauf, sie zu fragen, wo sie den gestrigen Tag und Abend verbracht hatte, aber ich legte ohne ein Wort auf.

Im nächsten Moment klingelte es bei mir. Bella war dran.

»Helen? Hier ist Bella Devlin.«

»Ich weiß, Süße, ich kann das auf meinem Handy sehen, du brauchst dich nicht jedes Mal vorzustellen. Wie geht es dir nach deinem Sturz gestern? Hast du viele blaue Flecken?«

»Es geht mir gut. Ich hatte nur einen bösen Schock, mehr nicht. Ich rufe an, weil ich dir etwas Schönes erzählen möchte. Gestern Abend, als Mum hier war ...«

»Vonnie war gestern schon wieder da?« Die Worte waren draußen, bevor ich mich zurückhalten konnte. Nicht richtig, das vor Bella zu sagen, nicht cool. Aber Vonnie war an den letzten ... wie vielen Abenden? ... vier Abenden in Arties Haus gewesen. Jeden Abend seit Donnerstag. Und eigentlich müsste sie mal wieder die Kinder zu sich nehmen, oder?

»Ja.« Nachdenklich sagte Bella: »Wahrscheinlich ist sie jetzt einsam, weil Steffan und sie sich getrennt haben.«

»Sie haben sich getrennt? Wann?« Und warum hatte mir das niemand gesagt?

Der Ansatz eines Gefühls, so klein, dass ich es nicht identifizieren konnte, machte sich in mir bemerkbar.

»Ich weiß nicht, wann das war. Ich glaube, vor Kurzem. Mum hat es erst gestern erzählt. Aber ich habe schon eine Weile eine Leere in ihr gespürt. Kann ich dir meine schöne Geschichte erzählen?«

»Entschuldige, Bella, erzähl sie, bitte.«

»Mum und ich haben im Wandschrank einen perfekten rosa Schlafanzug gefunden. Er war noch eingepackt. Wir glauben, jemand hat ihn Iona geschenkt, aber du weißt ja«, Bellas Ton wurde etwas hochnäsig. »Iona war nie ein rosa Mädchen.«

Ich hatte keine Ahnung, woher Bella die Idee hatte, dass *ich* ein rosa Mädchen sei. Wahrscheinlich war es reines Wunschdenken.

»Und das Beste ist, Helen, der Schlafanzug ist für Fünfzehn- bis Sechzehnjährige, er wird dir also passen! Du kannst ihn anziehen, wenn wir unsere Pyjama-Party machen.«

»Fantastisch!«, sagte ich, und die Anstrengung, angemessene Begeisterung in meine Stimme zu legen, brachte mich beinah um. »Ich bin gerade im Auto, Süße, ich muss aufhören. Aber vielen Dank, dass du mir das erzählt hast! Und wir sehen uns bald!«

Den ganzen Weg zurück fuhr ich schneller als erlaubt und kam um halb vier in Dublin an. Einen Moment überlegte ich, ob ich bei Dr. Waterbury um einen Termin bitten sollte, aber wozu? Er hatte mir Antidepressiva gegeben, eine ziemlich hohe Dosis, mehr konnte er nicht für mich tun. Ich mochte Dr. Waterbury. Er konnte nichts dafür, dass er so nutzlos war. Das galt ja für alle Ärzte. Die Leute schienen das nicht zu bemerken, aber so war es. Was sie konnten, konnte ich auch. Es war doch alles nur ein einziges großes Ratespiel – versuchen wir es mit diesen Tabletten, vielleicht bewirken sie etwas, wenn nicht, versuchen wir es mit einem anderen Mittel, und wenn wir alle Medikamente durchprobiert und keine Besserung erzielt haben, geben wir dem Patienten die Schuld.

Nein, zum Arzt zu gehen würde nichts nützen. Stattdessen fuhr ich nach Mercy Close, in der Hoffnung, dass Nicholas, der letzte Nachbar, den ich noch befragen musste, zu Hause war. Ich hatte Glück. Er war vor seinem Haus und lud Sachen aus seinem Jeep-ähnlichen Auto. Auf dem Dach war ein Surfbrett.

Ich stellte mich vor, blieb aber vage und sagte, ich würde mich um ein paar Sachen für Wayne kümmern, ob wir uns unterhalten könnten.

»Haben Sie gut abgepasst«, sagte er. »Zehn Minuten früher, und Sie hätten mich nicht angetroffen. Ich komme gerade aus Sligo zurück.«

Er war keiner von diesen jungen Surferidioten, wie ich ihn mir nach dem, was Cain und Daisy gesagt hatten, vorgestellt hatte, sondern ein Mann Ende vierzig, die Haut von roten Äderchen durchzogen und wettergegerbt, das Haar struppig und ergrauend.

Ich sah, wie er meine verletzte Stirn musterte, aber ich brauchte mir keine Sorgen zu machen. Typen wie er interessierten sich nicht fürs Aussehen. (Bestimmt nicht für sein eigenes.)

»Ich brauche noch ein paar Minuten«, sagte er. »Ich möchte die Sachen schnell ins Haus bringen.«

»Kann ich Ihnen irgendwie helfen?«, fragte ich. Ich bot natürlich nicht wirklich meine Hilfe an, aber ich wusste, wie man so tat, als wäre man normal.

Zu meiner Überraschung (von der unbequemen Sorte) sagte er: »Sie können das tragen«, und gab mir einen Taucheranzug. Einen *nassen* Taucheranzug. »Bringen Sie den bitte in den Garten hinter dem Haus und werfen Sie ihn über die Wäscheleine, zum Trocknen.«

Ich ging durchs Haus und guckte mich genau um – jede Menge Kiefernholz mit Astlöchern und unbequeme Möbel. Mehrere Futons. Offenkundig interessierte Nicholas sich nicht für Inneneinrichtungen. Was für eine Verschwendung von einem guten Haus.

Nicholas kam mit dem Surfbrett hinter mir her. Er ging barfuß. Wahrscheinlich, weil er keinen Sand ins Haus tragen wollte, was ja lobenswert war, das Problem war nur, dass ich nackte Männerfüße nicht ausstehen konnte, sie erinnerten mich an Wurzelgemüse, an schlimm verformte Petersilienwurzeln, zum Beispiel. Wenn Männer mit nackten Füßen um mich waren, konnte ich mich nicht konzentrieren. Im Bett war das was anderes, im Bett war es kein Problem, aber im normalen Leben machte es mich nervös, und ich hätte am liebsten ausgerufen: »Ziehen Sie sich doch um Himmels willen Socken an!«

Als sein ganzer Kram ausgeladen war, zog er sich Birkenstock-Sandalen an (in die Tonne damit! Aber wie!) und führte mich für unser Gespräch, sehr zu meinem Verdruss, in seinen Garten hinter dem Haus. Ich fand diese Freiluftmenschen nicht ärgerlich genug, um sie auf meine Tonnenliste zu setzen, ich hatte einfach nur keine Verbindung zu ihnen.

Nicholas hatte besondere Holzliegestühle mit Fußrasten; offensichtlich verbrachte er viel Zeit im Garten. Er lehnte sich zurück und schloss die Augen. »Ahh, tut das gut, die Sonne auf dem Gesicht.«

Ich probierte es für fünf Sekunden, aus reiner Höflichkeit. Dann machte ich die Augen wieder auf, setzte mich aufrecht hin und sagte: »Wie gut kennen Sie Wayne?«

»Wir haben uns nur normal gegrüßt und gelegentlich ein paar Worte gewechselt.«

»Mehr nicht? Sie sind doch Nachbarn.«

»Ja, aber ich bin viel weg, im Westen. Surfen, Wandern, Klettern. Und Wayne ist auch viel unterwegs, beruflich. Obwohl, eigentlich komisch.« Er lachte leise, um zu unterstreichen, wie komisch. »Ich hatte keine Ahnung, dass ich neben einem Superstar wohne. Dass Wayne früher bei den Laddz war, wusste ich natürlich. Aber seit Samstagabend und dem Gerede, dass die Band wieder zusammenkommt, spielen alle verrückt. Es wird über nichts anderes geredet. Die Leute finden es toll, dass ich sein Nachbar bin. Sogar solche, die mit dieser Boygroup-Geschichte nichts am Hut haben. Wer hätte je geahnt, dass ihnen so viel Zuneigung entgegengebracht wird?«

»Ich weiß, was Sie meinen. Selbst meine Schwester Claire will zu dem Konzert gehen, dabei ist sie *überhaupt* nicht der Typ dazu.«

»Es soll ja sogar zusätzliche Konzerte geben ...«

»Mehrere?«, fragte ich in einem Anflug von Panik. »Wirklich? Ich dachte, die Rede sei nur von *einem* zusätzlichen Konzert.«

»Nein, nein«, sagte er. »Gerade haben sie im Radio darüber gesprochen. Ich habe es auf der Fahrt gehört. Es werden acht zusätzliche Konzerte angesetzt. Allein in Irland. Und weitere sind in England geplant. Und eine DVD zu Weihnachten. Ein echter Neubeginn für alle. Himmel«, sagte er nachdenklich. »Vielleicht gehe ich sogar selbst zu einem der Konzerte. Mal sehen, vielleicht kann Wayne mir Freikarten besorgen. Würde er bestimmt. Guter Typ.«

Mir wurde wieder bewusst, wie viel davon abhing, dass Wayne zurückkam, was mich schrecklich nervös machte, und ich beschloss, das Gespräch auf Gloria zu bringen.

»Das ist vielleicht eine etwas heikle Frage, aber hatte Wayne in letzter Zeit Damenbesuch?«

»Ja.«

»Ja?«

»In den letzten ... ich weiß nicht genau, wie lange ... schon eine ganze Weile, ein paar Monate auf jeden Fall ... ist öfter eine junge Frau zu ihm gekommen.«

»Können Sie sie beschreiben?« Ich wagte kaum zu atmen, so viel Hoffnung legte ich in seine Antwort.

Er dachte nach. »Eigentlich nicht«, sagte er. »Jetzt fällt mir ein, dass sie immer eine Sonnenbrille trug. Und eine Baseballkappe. Aber es war ja auch oft sonnig, den Frühling und Sommer über, warum also nicht?«

Da sieht man es, diese Freilufttypen wussten solche Dinge über das Wetter; an mir gingen sie völlig vorbei.

»War sie klein?«, fragte ich. »Groß? Dick? Dünn?«

»Ich weiß nicht. Mittel.«

Mittel. Tolle Hilfe! Aber ich hätte auch keine Hilfe von Nicholas erwarten sollen, er war eben einfach nicht der Typ, der auf Äußerlichkeiten achtete.

Ich zeigte ihm das Bild von Birdie. »Ist das die Frau?«

»Nein. Das ist seine frühere Freundin. Ich weiß keine Einzelheiten, aber sie haben sich schon vor Jahren getrennt.«

»Und in was für einem Auto ist die geheimnisvolle Frau gekommen?«

Er schüttelte den Kopf. »Kein Auto. Wenn sie eins hatte, hat sie es nicht in Mercy Close geparkt. Kann sein, dass sie mit der DART gekommen ist.«

»Sie waren nicht zufällig am Mittwochabend oder Donnerstagmorgen hier, oder?«, fragte ich.

Er dachte kurz nach. »Am Mittwochabend war ich hier, am Donnerstag bin ich früh losgefahren, ans Meer.«

»Ist Ihnen am Mittwochabend etwas Besonderes aufgefallen?«

Ich wartete auf die Rückfrage: »Wie, was Besonderes?«, aber zu meiner Überraschung (von der erstaunlichen Sorte) sagte er: »Ja. Ich habe laute Stimmen in Waynes Haus gehört. Er und jemand anders, wahrscheinlich eine Frau, haben sich gestritten.«

»Meinen Sie das im Ernst?«

»Ja.«

Oh, mein Gott! »Haben Sie verstanden, was gesprochen wurde?«

Er schüttelte bedauernd den Kopf. »Ich hatte überlegt, ob ich rübergehen sollte, aber nach einer Weile hörte es auf. Ich war erleichtert, wenn ich ehrlich sein soll. Es ist nicht toll, sich in das Privatleben anderer einzumischen. Wenn Leute sich anschreien wollen, soll man sie lassen, richtig?«

»Sicher, da haben Sie recht, klar.« Das hier war nicht der Zeitpunkt für eine Diskussion über die Sozialregeln in der Gesellschaft. »Aber Sie sind sich sicher, dass es Wayne und die geheimnisvolle Frau waren?«

»Mit Bestimmtheit kann ich es nicht sagen. Aber möglich ist es.«

»Gut, ich stelle die Frage noch einmal anders. Sie sind sich sicher, dass es Wayne war?«

Nicholas dachte nach. »Ja, doch. Seine Stimme kenne ich.«

»Und das andere war auf jeden Fall eine Frau?«

Weiteres Nachdenken. Zusammenkneifen der Augen in seinem wetterfaltigen Gesicht. »Ja.«

»Und Sie haben nicht gehört, was gesprochen wurde?« Ich flehte ihn nahezu an. »Selbst ein einzelnes Wort könnte hilfreich sein.«

Wieder schüttelte er den Kopf. »Nichts. Tut mir leid. Mehr kann ich nicht für Sie tun. Möchten Sie vielleicht eine Tasse Brennnesseltee?«

»Nein.«

Eine Sekunde zu spät fügte ich hinzu: »Danke. Aber nein, danke.«

Als ich aus Nicholas' Haus kam, standen plötzlich Cain und Daisy auf der Straße, als wären sie aus ihren Gräbern auferstanden, und bewegten sich wie zwei Zombies auf mich zu. »Helen«, riefen sie. »Helen.« Aber ich sprang in mein Auto und fuhr mit quietschenden Reifen davon. Herr im Himmel!

56

Als mir klar wurde, dass mein nächstes Ziel der Music-Drome sein sollte, setzte die Panik wieder mit aller Macht ein. Wenn Wayne sich eine Pause gegönnt hatte, war die jetzt lang genug gewesen. Er müsste längst zurück sein. Und wenn in mir schon Panik aufstieg, wie mochte es da Jay und John Joseph und den anderen erst gehen?

Ich stellte mein Handy wieder auf laut und stieg ins Auto. Zwei Minuten später klingelte es. Nummer unterdrückt, aber ich ging trotzdem dran. In diesem späten Stadium durfte ich nichts verpassen.

Eine Frauenstimme sagte: »Ist das Helen Walsh?«

»Wer möchte das wissen?«, fragte ich vorsichtig.

»Ich bin Birdie Salaman.«

Großer Gott!

»Ja, hier ist Helen«, sagte ich und hätte mich vor Aufregung beinahe verschluckt.

»Ich möchte mit Ihnen über Gloria sprechen.« Sie klang entschlossen, fast aggressiv.

»Einen Moment, ich muss eben ...« Verzweifelt hielt ich Ausschau nach einem geeigneten Platz zum Halten. Ich konnte kaum glauben, dass sie sich endlich gemeldet hatte. Da sieht man es wieder – manchmal hat es doch sein Gutes, wenn man jemanden nicht in Ruhe lässt.

Ich blieb an einer Bushaltestelle stehen. Sollte ein Bus kommen, müsste der eben woanders halten.

»Reden Sie, Birdie«, sagte ich fast atemlos vor Aufregung. »Ich bin ganz Ohr.«

»Nein, nicht am Telefon. Kommen Sie in mein Büro.«

Ich fädelte mich wieder in den Verkehr und fuhr direkt zu Birdies Büro. Ich hielt vor der Tür, rannte am Empfangstisch vorbei, winkte der mürrischen Mutter kurz zu, sagte im Vorbeigehen: »Birdie erwartet mich«, und eilte in Birdies Büro.

Birdie trug ein Nachmittagskleid im Fünzigerjahre-Stil, das mit schwarzen Kirschen bedruckt war. Außer einem dicken Strang, den sie oben auf dem Kopf zu einer »Victory Roll« gedreht hatte, trug sie ihr langes Haar offen. Außerdem hatte sie leuchtend roten Lippenstift aufgetragen. Man muss schon sagen, sie sah sehr, sehr schick aus.

Sie hob den Blick. Dass sie mich mit Freundlichkeit überschüttet hätte, konnte man wahrlich nicht sagen.

»Bitte. Setzen Sie sich.« Sie zeigte mit ihrem Kugelschreiber auf den Stuhl gegenüber ihrem Schreibtisch, und ich ließ mich darauf nieder.

»Was ist mit Ihrer Stirn passiert?«, fragte sie.

»Ah.« Ich betastete die Wunde mit der Hand. »Jemand hat mich überfallen.«

»Wer? Walter Wolcott, der Trottel?«

»Eh … kann sein. Sie kennen ihn also?«

»Er stand heute Morgen um halb acht vor meiner Haustür und wollte sich mit mir unterhalten. Aufdringlich ist kaum das richtige Wort.« Sie machte eine wegwerfende Handbewegung. »Aber ich möchte mit Ihnen nicht über ihn sprechen. Ich möchte über Gloria sprechen. Also, wer ist sie?«

Ziemlich verblüfft sagte ich: »Warum fragen Sie mich das?«

»Es sollte mir gleichgültig sein«, sagte sie, »aber es macht mich ganz verrückt, und ich will wissen, wer sie ist.«

»Ich habe keine Ahnung. Sie haben gesagt, Sie würden sie kennen. *Sie* haben *mich* angerufen.«

Sie sah mich verärgert an. »Ich habe nicht gesagt, dass ich sie kenne. Ich hatte nie von ihr gehört, bis Sie letzten Freitag hier aufgekreuzt sind und gefragt haben, wo sie zu finden sei. Ich dachte, sie ist Waynes Neue.«

Zögernd sagte ich: »Ist sie nicht die Frau, für die Wayne sich von Ihnen getrennt hat?«

»Nein.« Sie klang empört und verwirrt. »Wayne hatte sich wegen Zeezah von mir getrennt.«

»*Wie bitte?* Wayne und Zeezah? *Zeezah?* Und *Wayne?*«

»Ich dachte, das wüssten Sie.«

»Woher sollte ich das wissen? Ich hatte keine Ahnung«, sagte ich schwach. »Und wann war das? Vor Kurzem erst?«

»Ich weiß nicht das genaue *Datum*, ab dem er mich betrogen hat.« Sie klang ein bisschen bitter. »Aber ich vermute, dass er und sie sich letzten Oktober oder November zusammengetan haben.«

»Was genau ist passiert?« Ich war erstaunt. Wie vor den Kopf geschlagen. Brannte darauf, mehr zu erfahren. »Erzählen Sie es mir?«

Plötzlich füllten sich ihre Augen mit Tränen. »Wayne und ich waren richtig glücklich zusammen.«

»Ich weiß. Das konnte ich auf dem Foto sehen.«

»Das hätten Sie sich nicht ansehen dürfen. Es ist privat.«

»Ich weiß, und es tut mir sehr, sehr leid.« Ich durfte sie nicht noch mehr gegen mich aufbringen, als ich es schon getan hatte. »Aber er ist verschwunden, er ist seit letztem Donnerstag verschwunden, und ich tue alles, um ihn zu finden, und es tut mir leid, dass ich Ihnen zu nahe getreten bin, aber gerade wollten Sie mir von sich und Wayne erzählen, und wie verliebt Sie waren ...«

Ungeduldig wischte sie sich die Tränen weg. »Wir waren seit ungefähr anderthalb Jahren zusammen. Er war viel unterwegs – in der Türkei, in Ägypten und im Libanon – aus beruflichen Gründen, aber wir kamen damit gut klar. Dann hat er Zeezah getroffen. Und gegen ihren Arsch hatte ich keine Chance.«

»Aber Ihr Po sieht auch ganz niedlich aus«, sagte ich.

»Nein.« Sie schüttelte düster den Kopf. »Zeezahs Arsch ist Weltklasse. Was den anging, konnte ich nicht mithalten. Und in jeder anderen Hinsicht auch nicht«, fuhr sie fort. »Wayne sah ihr Talent, ihr Potenzial, alles. Er hat sich so heftig in sie verliebt, dass er plötzlich auf die Idee kam, ihre Karriere außerhalb des Nahen Osten fördern zu wollen.«

»Das war John Josephs Idee.«

»Zuerst war es Waynes Idee.«

»Wirklich? Meinen Sie das ernst? Wann war denn das alles?«

»Ich glaube, es fing letzten Oktober an. Jedes Mal wenn er mich anrief, redete er davon, er war ganz aus dem Häuschen. Im November bin ich zu ihm nach Istanbul geflogen und habe sie kennengelernt, und Wayne konnte es nicht verbergen, obwohl sie angeblich nur Kollegen waren.«

»Und dann … was ist dann passiert? Sie haben mit ihm Schluss gemacht? Oder er mit Ihnen?«

»Er hat Schluss gemacht«, sagte sie mit beträchtlicher Bitterkeit in der Stimme. »Ich hatte gehofft, wir würden wieder zusammenfinden. Wir haben richtig gut zusammengepasst. Aber er war … wie soll ich sagen? … ja, einfach *verrückt* nach ihr.«

»Aber das war erst letzten Oktober oder November? Wie ist es dann möglich«, ich zählte an meinen Fingern nach, »dass John Joseph Hartley sie vier Monate später, im März, nach Irland importiert und geheiratet hat?«

»Als Wayne mit John Joseph seine Pläne für Zeezah besprach, hat der ihm alles gestohlen: die Idee, den Protegé, wenn man es so nennen will, und die Frau.«

»Himmel«, sagte ich und musste einen Moment warten, um diese gewichtigen Nachrichten einsinken zu lassen. »Himmel«, sagte ich noch einmal. »Und das ganze Theater – dass John Joseph keine Ahnung hatte, wen er vor sich hatte, als er Zeezah kennenlernte, nämlich einen Weltstar? Und dass er sie bei der Geburtstagsfeier einer Freundin singen gehört hat?« Kein Wunder, dass Roger St Leger so sarkastisch gewesen war. »Das ist alles erfunden?«

»*Genau.* Haben Sie am Samstag ihren Auftritt bei Maurice McNice gesehen? Ich weiß nicht, warum ich mir das angetan habe, ich würde mir normalerweise lieber die Augäpfel ausstechen, als diesen Quatsch anzusehen, aber ich habe ein bisschen rumgeschaltet, und plötzlich saßen sie da. Ich hätte kotzen können. Alles *gelogen.*«

Mir fiel plötzlich ein, welches Theater John Joseph gemacht hatte, als ich ihn um Birdies Telefonnummer gebeten hatte, und wie er so tat, als wüsste er nicht, wo Birdie wohnte oder arbeitete.

»Kein Wunder, dass John Joseph nicht wollte, dass wir miteinander reden«, sagte ich.

»Kein Wunder, das stimmt. Schätzchen.«

»Schätzchen?«, sagte ich. Dann verstand ich. »Ach so, Schätzchen. Hat er Sie also auch Schätzchen genannt?«

»Natürlich hat er das, Schätzchen. Ist John Joseph nicht ein arrogantes Arschloch erster Güte, Schätzchen?«

»Doch, das ist er, Schätzchen. Er hat mir gesagt, er wüsste nicht, wo Sie wohnen, Schätzchen.«

»Wirklich, Schätzchen, er lügt wie gedruckt! Er ist ganz oft bei mir gewesen.«

»Er hat gesagt, er wüsste nicht, wo Sie arbeiten, Schätzchen.«

»Natürlich weiß er, wo ich arbeite.«

»Schätzchen. Sie haben vergessen, Schätzchen zu sagen.«

»Natürlich weiß er, wo ich arbeite, Schätzchen.«

Wir sagten bestimmt noch zwanzigmal »Schätzchen« und lächelten uns plötzlich an.

Nachdem die *Entente cordiale* zwischen uns geschlossen war, sagte ich: »Ich verstehe, warum John Joseph und Zeezah die Geschichte, dass Zeezah vorher mit Wayne zusammen war, nicht öffentlich machen wollten.«

»Genau. Sie lässt sich in Irland sowieso nur schwer vermarkten, wo alle Mütter John Joseph lieben, und sie ist Muslimin. Obwohl es heißt, sie will *konvertieren.*«

»Aber warum hat Zeezah Wayne gegen John Joseph eingetauscht? Für mich hört es sich so an, dass Wayne der wesentlich Nettere von beiden ist. Liegt es daran, dass John Joseph mehr Geld und lauter Aston Martins hatte?«

»Wahrscheinlich. Ich weiß nicht, ob sie Wayne etwas vorgemacht hat, aber sie hat gesagt, sie sei hin- und hergerissen, sie hätte sich zwischen den beiden nicht entscheiden können.«

Sie konnte sich zwischen den beiden nicht entscheiden.

Wo hatte ich das erst kürzlich gehört?

Vielleicht würde es mir wieder einfallen.

»Aber anscheinend hat sie sich am Ende doch entschieden, denn sie hat John Joseph geheiratet«, sagte ich. »Allerdings ziemlich überstürzt.«

»Zeezah brauchte einen irischen Pass, um hier arbeiten zu können, deshalb haben die beiden geheiratet. Aber vielleicht lieben sie sich auch.«

»Es sieht ganz so aus«, sagte ich, »wenn man sie zusammen sieht. Wissen Sie was?« Ich hatte plötzlich das Bedürfnis, ihr etwas Tröstliches zu sagen. »Sie sind Wayne immer noch wichtig. Er hat richtige Schuldgefühle gehabt.«

»Warum sagen Sie das?«, fragte sie.

»Ich konnte es spüren«, sagte ich zu meiner eigenen Überraschung. »Wirklich. Manche Leute sagen zwar, ich habe keine Empathie. Aber vielleicht stimmt das gar nicht. Ich gebe zu, dass ich nur wenig *Mitgefühl* habe, aber das ist reiner Selbstschutz. Und es ist eine Tatsache, dass Wayne Ihr Bild in seinem Gästezimmer stehen hat. Das Zimmer, ich schwöre es Ihnen, Birdie, ist so traurig. Wirklich sehr traurig. Er war kein glücklicher Betrüger, oder?«

»Warum sprechen Sie von ihm in der Vergangenheit?«

Ich überlegte. »Ich weiß es nicht. Darf ich Sie fragen, wann Sie das letzte Mal mit Wayne gesprochen haben?

Wenn es noch nicht lange her ist, vielleicht in den letzten Tagen, möchte ich Sie bitten, mir das zu sagen.«

Sie schüttelte den Kopf. »Ich habe seit März nicht mehr mit ihm gesprochen. Nicht seit das mit Zeezah und John Joseph und der überraschenden Hochzeit bekannt wurde.«

Ich sah sie unverwandt an. Von Frau zu Frau.

»Hören Sie auf damit«, sagte sie. »Ich sage Ihnen die Wahrheit. Ich hatte ihn angerufen, und er war völlig durch den Wind, und ich dachte, wenn ich ihm Zeit gebe … ich weiß, das klingt lächerlich, aber Wayne und ich waren wirklich verliebt. Ich habe geglaubt, das mit Zeezah sei einfach nur eine wilde Eskapade, und das, was wir hatten, sei echt und gut gewesen, und früher oder später würde er Vernunft annehmen. Dann kamen Sie daher und haben von einer Gloria geredet, und ich wollte einfach wissen, was das mit ihr auf sich hat.«

»Tatsache ist«, sagte ich, »dass ich keine Ahnung habe. Ich weiß nur, dass sie die Letzte war, die auf dem Festnetzanschluss eine Nachricht hinterlassen hat, bevor er verschwunden ist. Aber vielleicht ist sie ganz ohne Bedeutung.«

»Sie muss eine Bedeutung haben.«

Vielleicht aber nicht. Vielleicht war sie eine Telefonverkäuferin und wollte Wayne bewegen, den Stromlieferanten zu wechseln. Diese munteren Sprüche von wegen: »Ich habe gute Nachrichten!« So reden die doch alle.

Aber dann hatte sie gesagt, sie würde Wayne auf seinem Handy anrufen, und eine Telefonverkäuferin hätte die Nummer nicht. Ich kam nicht vor und nicht zurück. Ich wusste wirklich nicht, was ich denken sollte.

»Erzählen Sie mir doch, wo Sie gestern waren«, sagte ich. »Ich wollte Sie besuchen, aber Sie waren nicht zu Hause.«

»Gott, Sie sind eine echte Schnüfflerin.« Aber sie sagte es freundlich. »Ich war bei meinem Freund in Wexford. Aber das geht Sie …«

»… gar nichts an, ich weiß. Entschuldigung.« Dann sagte ich: »Noch eins, Birdie. Mir ist aufgefallen, dass Sie noch ein wenig bitter wegen der Sache mit Wayne sind. Vielleicht kann ich Ihnen helfen.«

»Wie?« Sie sah so hoffnungsvoll und hübsch aus, dass mir richtig auffiel, wie angestrengt sie den Rest der Zeit gewesen war.

»Ich mache etwas, das ich Tonnenliste nenne.«

»Tonnenliste?« Sie wirkte interessiert.

»Es ist eine Liste von Dingen, die ich nicht leiden kann und deshalb am liebsten in die Tonne hauen würde. Ich behalte sie im Kopf, aber man kann es natürlich auch aufschreiben, wenn man das besser findet. Sie könnten sich ein hübsches Moleskin-Notizbuch und einen guten Kugelschreiber zulegen. Oder Sie könnten Karteikarten benutzen und die Reihenfolge immer wieder ändern. Natürlich steht Wayne an oberster Stelle. Oder eher Zeezah. Aber auch andere Personen oder Dinge, gegen die Sie einen Groll haben, können auf die Liste kommen. Zum Beispiel kann ich das Klicken, mit dem Leute ihren Aktenkoffer aufmachen, nicht ertragen. Oder den Geruch von Salatgurken. Oder David Camerons Stimme. Die kommen dann manchmal ganz nach oben.«

»Ah, vielen Dank für den Tipp.« Sie schien tatsächlich dankbar, wenn auch leicht verwirrt. Und ich hatte einer leidenden Seele Hilfe angeboten, sodass wir beide etwas von der Begegnung hatten.

57

Es ließ sich nicht länger aufschieben, ich musste unbedingt zum MusicDrome, ich hatte alles andere getan, und Jay Parker hatte mir ungefähr neununddreißig Mails geschickt.

Als ich das Gebäude betrat, sandte ich ein Stoßgebet zum Himmel, Wayne möge auf der Bühne sein, mit rasiertem Kopf und Speckrolle am Bauch, und mit den anderen Laddz die Tanzschritte ausführen. Dass er wieder da und alles wieder in Ordnung wäre, außer dass er vielleicht ein bisschen zusätzlich proben müsste.

Doch von Wayne keine Spur. Unter den grellen Scheinwerfern konnte ich Frankie und Roger und Zeezah sehen … und dann packte mich jemand wie ein Leopard, der vom Baum runterspringt. »Wo ist er?«, zischte eine Stimme. »Wo ist er, verdammt noch mal?«

John Joseph.

Jay ging dazwischen, und nach kurzem Gerangel schob er John Joseph von mir weg. »Herrgott, jetzt mal mit der Ruhe«, sagte er offensichtlich beunruhigt.

John Joseph war völlig außer sich. Er war schweißüberströmt, die Haare standen ihm zu Berge. »Hast du ihn gefunden? Ist er wieder da?«

»Noch nicht«, sagte ich schwach.

»Du musst ihn finden. Du musst ihn einfach finden.« Ich hatte nie jemanden so verzweifelt gesehen.

»Geh bitte etwas zurück«, sagte ich. Ich musste ihm die negative Nachricht mit den Kreditkarten erzählen und hatte keine Lust auf einen weiteren Angriff.

So knapp wie möglich berichtete ich, was ich wusste, und beobachtete, wie John Joseph die Information aufnahm.

»Das kann nicht stimmen«, sagte er. Dann fing er plötzlich an zu brüllen: »Das kann so nicht *stimmen!*«

»Beruhige dich, um Himmels willen«, sagte ich. »Es stimmt. Aber wir warten noch auf die Telefondaten. Außerdem verfolge ich noch andere Spuren. Und außerdem hast du Walter Wolcott beauftragt.«

»*Wann* kommen die Telefondaten?«

»Wahrscheinlich morgen.«

»Wir brauchen sie heute. Wir brauchen sie *jetzt.*«

So ging das nicht, aber ich glaubte nicht, dass John Joseph eine Erklärung verstehen würde, deshalb sagte ich: »Ich habe meine Kontaktperson informiert, aber ich schicke eine weitere Mail, damit sie weiß, wie dringend es ist.«

»Wir bezahlen extra.«

»Gut, bestens, ich gebe das weiter.«

Ich musste hier weg. Ich wusste nicht, wohin ich wollte oder was ich tun würde, aber hier konnte ich nicht bleiben.

Ich warf einen Blick zu Zeezah hinüber. Sie biss sich auf die volle Unterlippe und sah ziemlich unglücklich aus – das konnte man verstehen. Allein die Vorstellung, man wäre mit diesem wutschnaubenden John Joseph verheiratet! Sie hätte bei Wayne bleiben sollen. Gerade stahl sie sich seitlich davon, hinter die Bühne, und ich beschloss, ihr zu folgen. Wo immer sie hinwollte musste es besser sein als hier.

Ich schlich hinter ihr her. Sie ging jetzt schneller, eilte den kahlen Flur entlang und kam zu einer Art offenem Bürobereich, wo ein paar Schreibtische und Stühle standen. Plötzlich griff sie nach einem Papierkorb, beugte sich darüber und übergab sich. Vermutlich hatte sie die Damentoilette gesucht und es nicht mehr geschafft. Und sie glaubte sich unbeobachtet.

Sie würgte drei- oder viermal und spuckte dann schwach. Ich ließ ihr Zeit, ein Taschentuch zu finden und sich den Mund abzuwischen, bevor ich mich bemerkbar machte.

»Zeezah?«

»H-Helen!«

»Du bist also doch schwanger!«

»Ja.« Sie richtete sich auf und sah mir in die Augen.

»Warum hat der Sprecher der Laddz es geleugnet?«

»Weil man das gegenüber den Medien so macht. Man lässt sie im Ungewissen.«

»Keiner von uns hat geglaubt, dass du wirklich schwanger bist. Wir dachten alle, es sei eine PR-Aktion. Meine Mum sagt, in Wirklichkeit bist du ein Mann.«

»Ah«, sagte sie mit einem kleinen Lächeln. »Aber du hast selbst gesehen, dass ich kein Mann bin. Hast du ein Pfefferminz?«

»Ich weiß was Besseres. Ich kann dir eine nagelneue Zahnbürste und Zahnpasta geben.« Ich fing an, in meiner Handtasche zu kramen.

»Danke.« Sie nahm mein spontanes Geschenk entgegen. »Aber selbst beim Zähneputzen habe ich den Wunsch, mich zu übergeben.«

»Mein Beileid. Es muss schwer sein, diesen ganzen Mist hier auszuhalten, wenn einem so übel ist. Deshalb hast du bei dem Grillfest nichts getrunken? Ich dachte, das hätte damit zu tun, dass du Muslimin bist.«

»Du hast dich gefragt, warum ich nichts getrunken habe? Ha!« Sie hatte sich erholt. »Ich habe nichts getrunken, weil ich nie trinke.« Sie fuhr mit der Hand an ihrem bemerkenswerten kleinen Körper auf und ab. »Glaubst du, ich sehe so gut aus, weil ich einen guten Stoffwechsel habe und einundzwanzig Jahre alt bin? Vierundzwanzig, um ehrlich zu sein, aber das bleibt unser Geheimnis. Nein, Helen Walsh, ich sehe so aus, weil ich mir nie gestatte, mehr als neunhundert Kalorien am Tag zu mir zu nehmen. Und von den neunhundert Kalorien bin ich nicht bereit, auch nur eine für Bier zu verschwenden.«

»Neunhundert Kalorien am Tag?« Das reichte kaum für einen Apfel, oder? »Auch jetzt, in der Schwangerschaft? Solltest du da nicht für zwei essen?«

Sie schüttelte bekümmert den Kopf. »Kalziumzusatz, das muss ausreichen. Ich muss eine halbe Stunde nach der Geburt wieder in meine gelben Jeans Größe vierunddreißig passen und zu einem Fototermin gehen. Ich bin ein Star. Ich habe Verantwortung.«

Eigentlich war sie furchtbar komisch.

»Wie weit bist du denn?«, fragte ich.

»Dreizehnte Woche.«

»Na, dann ... herzlichen Glückwunsch.« Das sagte man doch normalerweise, wenn jemand schwanger war, oder?

»Danke. Und jetzt muss ich mich sammeln. Obwohl noch nicht feststeht, ob das Konzert überhaupt zustande kommt, besteht Jay Parker darauf, dass ich einem gewissen Seán Moncrieff ein Interview gebe. Kennst du ihn?«

»Ja. Ich mag Seán Moncrieff sehr gern.«

»Und wenn ich mich im Taxi auf dem Weg übergeben muss?«

»Warte mal einen Moment, ich hole mir schnell zweihundert Euro von Jay Parker, dann fahre ich dich hin.«

Das sagte ich nicht nur aus Freundlichkeit. Ich musste ihr eine bestimmte Frage stellen.

Ich wartete, bis wir losgefahren waren. Man sagt, schwierige Gespräche sollten im Auto stattfinden, damit es keine Möglichkeit zu Blickkontakt gibt und schwierige Pausen von den Verkehrsgeräuschen überspielt werden können.

»Zeezah ... neulich ... an dem Tag, als die Schwanenkostüme ankamen? Ich hätte schwören können, dass ich gesehen habe, wie du Roger an die Eier gelangt hast. In letzter Zeit habe ich Schwierigkeiten mit meinem Kopf, und ich wäre dir sehr dankbar, wenn du mir bestätigen könntest, dass ich mir das nicht eingebildet habe.«

»Gelangt?«

»Gelangt.«

»An die Eier?«

»An die Eier.«

»Du stellst mir diese Frage?« Zeezah sah mich mit einem listigen Lächeln von der Seite her an. »Und ich sage dir, ein kleiner Flirt gibt einem Menschen ein gutes Gefühl ... Und, wie ihr Iren sagt, es schadet nicht. Oder?«

58

Ich setzte Zeezah beim Sender ab.

»Kommst du nicht mit rein?«, fragte sie.

»Nein, ich habe noch ein paar Dinge zu erledigen.«

»Ist gut.«

Aber als sie gegangen war, bedauerte ich meine Entscheidung. Immer wenn ich den Fehler machte und anfing nachzudenken, dachte ich über das Sterben nach. Die Zwangsläufigkeit fühlte sich diesmal viel unvermeidlicher an. Ich saß im Auto, schloss die Augen und überlegte, ob ich Antonia Kelly anrufen sollte. Der Mittwoch kam auf mich zugerast, und was auch geschah, ob Wayne zurückkam oder nicht, Tatsache war, dass für mich nach dem Mittwoch nichts als Leere kam.

Mein Kopf tat weh. Ich machte die Augen auf und betrachtete die zarte Haut an der Innenseite meiner Handgelenke, die dünnen blauen Adern. Es würde wehtun, das war klar, und ich hatte Angst, dass der Schmerz ein Hindernis sein könnte.

Aber in meinem Gedächtnis flackerte ein Bild der Betäubungscreme auf, die ich gekauft hatte, nachdem ich mir die Beine mit Laser hatte enthaaren lassen. Ich hatte noch eine Tube übrig, und wenn ich die Handgelenke dick damit einrieb, vielleicht eine Stunde vorher, dann würde es nicht so sehr wehtun. Vielleicht gar nicht.

Ich rief mich zur Ordnung. Ich sollte so was nicht denken.

Es machte mir richtig Angst, dass ich nie sauber in eine Diagnose von »Depression« hineingepasst hatte, sodass ich keine Ahnung hatte, in welche Richtung sich die Dinge entwickeln würden. Bei anderen Menschen, deren Depressionen nach dem Schulbuch verliefen, verlangsamte sich alles immer weiter, bis es schließlich völlig zum Erliegen kam. Sie wurden gefühllos, sie erstarrten. Oder es ging in die andere Richtung, sie bekamen schreckliche Angstzustände, hatten Atembeschwerden und konnten weder essen noch schlafen noch eine Minute still sein. Ich hatte von beidem etwas, ziemlich viel sogar. Aber dazu kamen noch alle möglichen anderen Sachen, wie das Gefühl, auf einem anderen Planeten gelandet zu sein. Oder der Trost, den ich aus Naturkatastrophen schöpfte. Oder meine Abscheu vor Licht. Oder das Gefühl, dass meine Seele an eine offene Flamme gehalten würde.

Ich glaubte nicht, dass ich das noch einmal aushalten konnte. Diesmal war es eher noch schlimmer, weil ich geglaubt hatte, geheilt zu sein. Es war deshalb schlimmer, weil ich wusste, wie grauenhaft es werden konnte. Und es war schlimmer, einfach weil es schlimmer war.

Ich suchte mein Handy – davon wurde mir immer ein bisschen besser –, entdeckte aber dann, dass ich es schon in der Hand hielt. Vielleicht sollte ich mir ein zweites zulegen. Und als ich es betrachtete, fing es an zu klingeln. Es war Harry Gilliam. Angst schnürte mir meine Eingeweide zusammen. Das war doch seltsam: Ich dachte über das Sterben nach, ich entzog mich dem Leben, der Welt, und manches schien mir völlig bedeutungslos und ohne jede Macht über mich. Aber andererseits gab es Gefühle und Situationen, die extrem verstärkt waren. Meine Angst vor Harry Gilliam, zum Beispiel.

Auf keinen Fall wollte ich mit ihm sprechen. Ich müsste ihm sagen, dass ich mit Wayne nicht weitergekommen war, und davor fürchtete ich mich schrecklich.

Aber noch während ich darüber nachdachte, wurde mir klar, dass ich keine Wahl hatte, denn wenn Harry Gilliam mit mir sprechen wollte, musste ich mit ihm sprechen.

Ich wartete, dass das Klingeln aufhörte. Aber, ich wusste es doch, es fing im nächsten Moment wieder an. Widerstrebend ging ich dran. »Hallo.«

»Machen Sie das nicht wieder, Helen«, sagte er.

»Was?«

»Wenn ich anrufe, dann gehen Sie gefälligst dran«, sagte er.

»Ist gut.« Ich seufzte. Was sollte ich es leugnen? Er durchschaute mich.

»Ich bin ein viel beschäftigter Mann, ich habe keine Zeit für solche Spiele.«

»Entschuldigung.«

»Welche Neuigkeiten haben Sie für mich?«

»Ich verfolge verschiedene Spuren.«

»Er wird also am Mittwoch auf der Bühne stehen?«

»Ja.«

Pause. Dann sagte er mit kalter, drohender Stimme: »Sie halten mich nicht zum Narren, oder?«

»Nein«, sagte ich.

»Nein?«

»Doch. Ja, doch. Ich sage, was Sie hören wollen, weil ich Angst vor Ihnen habe. Aber Sie könnten uns beiden helfen.«

»Und wie sollte ich das tun?«

»Sie wissen Dinge, die Sie mir nicht sagen.«

»Ich? Woher sollte ich irgendetwas wissen? Ich trainiere nur meine Hühner.«

Ich gab auf. »Natürlich, natürlich, und wie geht es mit den Hühnern?«

»Viel zu tun.«

»Tatsächlich.«

»Ich habe ein neues Huhn. Ich setze große Hoffnung darauf. Lassen Sie mich nicht im Stich, Helen.«

Er legte auf.

Ich brauchte mehrere Minuten, um mich von dem Gespräch zu erholen. Ich saß im Auto, das Telefon in der Hand, und wartete darauf, dass die schrecklichen Gefühle sich verflüchtigten. Als sie endlich wieder erträglich waren, blickte ich voller Hoffnung auf mein Telefon und bemerkte erfreut, dass eine neue Mail eingegangen war. Meine Dankbarkeit stieg ins Unermessliche, als ich sah, dass sie von dem Telefonmann stammte – die Aufschlüsselung von Waynes Telefondaten! Das war der Schlüssel zu allem. Wayne war praktisch schon gefunden.

Dann las ich die Mail und musste sehr an mich halten, um vor Verzweiflung nicht laut aufzuheulen. Es war nur der vorläufige Bericht, eine Antwort auf meine panische Nachfrage, die ich vor Kurzem geschickt hatte. Genaue Angaben würde er morgen schicken. Was mir der Telefonmann aber jetzt schon sagen konnte, war, dass Waynes Handy am Donnerstag um 12.03 Uhr abgeschaltet und seitdem nicht wieder angeschaltet worden war.

Entsetzt starrte ich auf das Display. Das war schlecht, extrem schlecht.

Ich rechnete nach – knapp drei oder vier Minuten, nachdem Wayne von Digby abgeholt worden war, hatte er sein Handy abgeschaltet. Oder hatte jemand anders es für ihn getan?

Das war viel ominöser als die Tatsache, dass Wayne seine Kreditkarten nicht benutzt hatte. Wer kann ohne sein Telefon überleben? Ich nicht. So einfach war das.

Vielleicht hatte Wayne das auch gar nicht überlebt …?

Zeezahs Stimme aus dem Radio lenkte mich von diesem schrecklichen Gedanken ab. Ich stellte das Radio lauter. War vielleicht ganz gut, zuzuhören.

Seán Moncrieff fragte sie nach ihrer Schwangerschaft, und sie gab zu – wobei sie sich recht zierte –, dass sie, ja doch, dass sie schwanger sei.

»Wissen Sie schon, ob es ein Mädchen oder ein Junge wird?«, fragte er.

Diese Art von flauschigem Interview war unter Seáns Würde, das musste ich ehrlich sagen. Meistens konnte er neben den besten Köpfen im Land bestehen und noch das abgehobenste Thema zugänglich und interessant erscheinen lassen.

»Nein, wir sind uns einig, dass wir das Geschlecht unseres Kindes nicht vorher wissen wollen.«

»Hauptsache, es ist gesund?« Ich hätte schwören können, dass in Seáns Stimme ein Hauch von Ironie mitschwang.

»Richtig. Hauptsache, es ist gesund.«

»Dann haben Sie sich auch noch nicht für einen Namen entschieden?«

»Doch, das schon.« Zeezah lachte bezaubernd. »Wenn es ein Junge ist, nennen wir ihn Romeo, ist es ein Mädchen, dann heißt es Roma.«

»Ist der Grund dafür der, dass das Baby in Rom gezeugt wurde?« Seán entging aber auch nichts.

»Ja.« Wieder ein bezauberndes Lachen. »Auf unserer Hochzeitsreise.«

Moment mal. Rom?

Rom?

Ach so. *Rom.*

59

Einen Moment lang überlegte ich, nicht anzurufen und stattdessen, zum zweiten Mal an diesem Tag, den ganzen Weg nach County Cork zu fahren und sie direkt zu konfrontieren, aber die Zeit war knapp, weshalb ich mich – rückblickend vielleicht ein Fehler – für die schnellere Variante entschied.

Sie war sofort am Apparat. »Hallo.« Sie klang ungeduldig, ziemlich stachelig.

»›Sie kann sich zwischen den beiden nicht entscheiden‹?«, war mein Eröffnungszug.

»Wie bitte?«

»Bitte entschuldigen Sie, Connie. Helen Walsh hier. Wir sind uns heute Vormittag begegnet, und Sie haben mir freundlicherweise Ihr Haus gezeigt. Ich stelle die Frage noch einmal, diesmal anders. Ich frage nach Zeezah, ja? Sie konnte sich nicht zwischen Ihrem Bruder Wayne und John Joseph Hartley entscheiden? Hatte mit beiden gleichzeitig was? Auch nachdem sie geheiratet hatte? Sagen Sie einfach Ja oder Nein.«

Nach einer Pause sagte sie – viel schuldbewusster, als ich es von ihr erwartet hätte –: »Ich hätte nichts sagen sollen. Aber mir ist es unerträglich, was diese kleine manipulative *Schlampe* mit meinem Bruder gemacht hat. Mir war richtig schlecht von der Show, die sie bei Maurice McNice abgezogen hat. Ich weiß gar nicht, warum ich mir das angesehen habe. Ich sehe die Sendung sonst nie.«

»Sie und Wayne stehen sich sehr nahe?«

»Wir sind seine Familie. Wir lieben ihn. Er vertraut uns – mir und seinem Bruder. Was haben Sie inzwischen herausgefunden?«

»Ich habe etwas gehört, was Sie auf dem Video vom fünfundsechzigsten Geburtstag Ihrer Mutter gesagt haben. Sie sprachen mit Ihrer Schwägerin. Sie sprachen über eine Frau und haben gesagt, ich zitiere: ›Konnte sich zwischen den beiden nicht entscheiden.‹ Mir ist gerade klar geworden, dass Sie von Zeezah sprachen und dass die beiden Männer, zwischen denen sie sich nicht entscheiden konnte, Wayne und John Joseph waren.«

»Okay …«

»Und jetzt ist Zeezah schwanger, und gerade hat sie im Radio verkündet, ihr Baby sei in Rom gezeugt worden …«

»Wie kann sie das mit Sicherheit wissen?«

»Das weiß ich nicht. Aber ich weiß, dass ich am Donnerstagabend Waynes Haus durchsucht und in seinem Nachttisch ein Feuerzeug mit dem Kolosseum drauf gefunden habe. Natürlich, es ist gut möglich, dass Zeezah ihm das als Souvenir mitgebracht hat – bitte, fallen Sie nicht gleich über mich her. War nur ein Scherz. Oder dass Wayne in die Flitterwochen reingeplatzt ist ...«

»Er ist nicht ›reingeplatzt‹«, sagte Connie erbost. »Sie hat ihn gequält. Hat ihn Tag und Nacht angerufen. Hat erzählt, sie hätte John Joseph nicht heiraten sollen, das sei ein schrecklicher Fehler gewesen und sie müsse Wayne unbedingt sehen. Daraufhin ist er nach Rom geflogen. Aber dann konnte sie sich immer noch nicht entscheiden. Und hat sich bis jetzt nicht entschieden, soweit ich weiß.«

»Wayne könnte also der Vater ihres Babys sein?«

»Könnte.«

»Und das weiß er auch?«

»Natürlich weiß er das. Wie würde ich es sonst wissen? Aber John Joseph könnte auch der Vater sein. Zumindest hat Zeezah Wayne gegenüber niemals behauptet, sie und John Joseph würden es nicht tun. Wayne weiß seit Langem, dass Zeezah zwischen ihm und John Joseph hin- und herpendelt.«

»Weiß John Joseph das auch?«

Ein schwerer Seufzer. »Ich glaube schon.«

Großer Gott. Was bedeutete das? John Joseph kam mir nicht vor wie jemand, der sich leichten Herzens damit abfand, dass seine Frau von einem Mann, der für ihn arbeitete, schwanger war. Aber glaubte ich wirklich, dass John Joseph imstande war ... also ... dass er Wayne *umbringen* würde?

Andererseits, jemand hatte mich überfallen. Jemand hatte keine Angst, Gewalt anzuwenden.

Dann fiel mir John Josephs völlig unbeherrschter Angstanfall früher am Nachmittag ein. Wie passte das zusammen mit der Vorstellung, dass er Wayne Gewalt angetan hatte? Oder hatte er nur so getan als ob? Möglich war es, denn normalerweise war er ziemlich beherrscht.

»Es tut mir leid, dass ich Ihre Andeutungen heute Morgen nicht verstanden habe, als Sie über die Nachrichten in den Zeitungen von gestern sprachen und über Zeezahs Schwangerschaft, mit der das Glück der beiden komplett sei«, sagte ich. »Ich bin normalerweise nicht so schwer von Begriff. Schade, dass Sie es mir nicht klar und deutlich gesagt haben, dann hätten wir viel Zeit gespart.«

Es trat eine Pause ein, dann sagte Connie: »Ich weiß nicht, ob ich überhaupt etwas hätte sagen sollen. Aber es hat mich so wütend gemacht.« Nach einer weiteren Pause sagte sie: »Natürlich weiß ich nicht mit Sicherheit, wer der Vater ist. Aber ich dachte, da Sie Privatdetektivin sind, könnten Sie Dinge aufdecken, die sonst keiner herausfindet. Dass Sie vielleicht Unterlagen von Zeezahs Arzt einsehen können, das Ergebnis eines DNA-Tests oder so.«

»Einen DNA-Test kann man erst machen, wenn das Baby geboren ist.«

»Ach.«

Ich wünschte mir sehr, ich wäre wieder nach Clonakilty gefahren und hätte mit Connie persönlich gesprochen. Sie stand Wayne so nahe, dass die richtige Frage das Geheimnis vielleicht enthüllt hätte.

Meine nächsten Worte wägte ich sorgfältig ab. »Connie, ich mache mir Sorgen um Wayne. Große Sorgen. Sein Handy ist seit Donnerstag abgeschaltet, er hat seine Kreditkarten nicht benutzt.«

»Mist.« Ihre Stimme klang wacklig. »Wir machen uns auch Sorgen. Wir sind krank vor Sorge. Und dann ist dieser Mann gekommen, der, vor dem Sie uns gewarnt haben.«

»Walter Wolcott! Was haben Sie ihm erzählt?«

»Nichts. Er war furchtbar. Er hat Mum angeschrien.«

»Meinen Sie, wir sollten Waynes Verschwinden der Polizei melden?«

»Ich weiß nicht. Die ganze Sache mit Zeezah ist so abscheulich, wenn das rauskommt, wie sieht er dann aus …«

»Aber wenn er in Not ist?«

»Ich weiß nicht.« Sie klang zutiefst unglücklich. »Ich muss mit Mum und Dad sprechen. Können Sie mir Zeit bis morgen geben?«

»Connie, es ist wirklich wichtig, dass Sie mir alles sagen, was Sie wissen.«

»Das habe ich getan.«

»Haben Sie Wayne mal von einer Frau namens Gloria sprechen hören?«

»Nein, nie.«

Ich schluckte einen Seufzer hinunter, dann unternahm ich einen weiteren Versuch. »Connie, wissen Sie, wo Wayne in diesem Moment ist?«

»Ganz ehrlich? Nein.«

Verrückt, aber ich glaubte ihr.

60

Ich schaffte es nicht, Jay und John Joseph persönlich von dem niederschmetternden Ergebnis der Telefonabfrage zu berichten, deshalb schickte ich Jay eine feige Nachricht und fuhr zurück nach Mercy Close.

Als ich mein Auto abstellte, tauchten die Köpfe von Cain und Daisy an ihrem Wohnzimmerfenster auf, und zwei Sekunden später waren sie auf der Straße und hielten auf mich zu. Aber ich hatte keine Angst mehr vor ihnen. Ich wusste, was sie mir erzählen wollten, was sie mir schon seit Tagen erzählen wollten.

»Können wir bitte mit Ihnen sprechen?«, fragte Cain. »Wir haben Informationen für Sie.«

»Und wir wollen auch kein Geld oder so«, sagte Daisy.

»Dann los«, sagte ich.

»Sollten wir dazu nicht lieber ins Haus gehen?«, fragte Cain und warf verstohlene Blicke über beide Schultern. »Ein dicker Typ im Regenmantel ist hier rumgeschlichen und hat lauter Fragen über Wayne gestellt.«

Aber ich wollte nicht wieder in Cains und Daisys trauriges Haus gehen, wo die Tapete mich vielleicht wieder ansprang. Und mit Sicherheit würde ich sie nicht mit in Waynes schönes Haus nehmen. Das war meins.

»Ach nein, hier ist es doch gut.« Ich lehnte mich an mein Auto und deutete mit einer Handbewegung an, dass sie es sich ähnlich bequem machen sollten.

»Wir haben dem Typ im Regenmantel nichts erzählt«, sagte Cain. »Wir haben das für Sie aufgehoben.«

»Dafür bin ich Ihnen dankbar«, sagte ich.

»Was ist mit Ihrer Stirn passiert?«, fragte Daisy.

»Jemand hat mich niedergeschlagen.«

»Wer? Der mit dem Regenmantel?«

»Ich weiß nicht. Es war übrigens gleich da vorne.« Ich zeigte auf die Stelle, wo ich vornüber auf die Straße gestürzt war. »Am Samstagabend. Kurz vor elf. Sie haben nichts gesehen, oder?«

»Ah, nein …«, sagte Cain. »Denn abends … da genehmigen wir uns immer … ein paar Joints. Dann können wir besser schlafen. Um elf waren wir schon ziemlich zu. Tut mir leid. Wollen Sie hören, was wir Ihnen zu sagen haben?«

»Ja, bitte, schießen Sie los.«

»Okay.« Er wippte auf den Fußballen, als machte er sich für einen Hundert-Meter-Lauf bereit. »Oder möchtest du es erzählen, Daisy?«

»Nein, erzähl du, Cain.«

»Na gut. Es ist echt was Großes, Helen. Sind Sie bereit?«

»Ich hoffe doch.« Ich gab mir große Mühe, beeindruckt zu klingen.

»Also gut. Wayne hat Besuch von einer Frau gehabt, seit, was soll ich sagen, Ewigkeiten. Seit Monaten. Und zwar von Zeezah!«

»Was? Erzählen Sie weiter!«

»Ja! Wir haben sie an dem Tag erkannt, als Sie alle zu uns ins Haus gekommen sind. Ich meine, wir wussten, wie sie aussah, wir haben sie ja im Fernsehen und so gesehen, aber als wir sie vor uns sahen, wurde uns klar, dass es dieselbe Frau ist, die immer zu Wayne gekommen war.«

»Sie trug immer Baseballkappe und Sonnenbrille«, sagte Daisy. »Und hatte immer weite Sachen an. Große T-Shirts, weite Trainingshosen …«

»Um ihren Arsch zu verstecken«, sagte Cain.

»Ja, ihr Markenzeichen«, sagte Daisy mit neidvoller Stimme. »Der verrät sie sofort. Den *musste* sie verstecken.«

»Das ist eine umwerfende Information«, sagte ich. »Ich brauche einen Moment, um sie zu verdauen.«

»Sie brauchen keine Angst zu haben, wir erzählen es keinem anderen«, sagte Cain. »Wir kommen uns immer noch ganz schlecht vor, weil wir Ihnen neulich solche Angst gemacht haben.«

»Wir wollten uns dafür entschuldigen«, sagte Daisy. »Wir wollten Ihnen gern helfen.«

»Dafür bin ich Ihnen sehr dankbar«, sagte ich feierlich. »Sie haben mir wirklich sehr geholfen.«

Also, eigentlich war es keine Hilfe, aber es schadete nicht, nett zu sein, oder?

Zurück in Waynes schönem Haus ging ich sofort nach oben. Ich musste mir seine Nachttischschublade noch einmal vornehmen. Obwohl Connie mir bestätigt hatte, dass Wayne in Zeezahs und John Josephs Flitterwochen geplatzt war, hatte ich das Bedürfnis, noch einmal persönlich das Feuerzeug in Augenschein zu nehmen, von dem meine – offen gestanden – geniale Gedankenkette ausgegangen war. Und da lag es. Zwischen all den anderen Objekten, die sich üblicherweise in einer Nachttischschublade befinden, lag das weiße Feuerzeug mit einem Bild vom Kolosseum darauf. Ich nahm es heraus und hielt es in der Hand. Ich knipste es sogar an. Ja, es war echt. Es war echt, und ich war genial. Gab es hier noch anderes, das mir die Dinge erhellen konnte?

Münzen, alte Kassenzettel, undichte Kugelschreiber, Gummibänder, alte Batterien, Adapter, eine Tube Bonjela-Gel und ein paar Tablettenpackungen: Gaviscon, Clarityn, Cymbalta.

Das Bonjela-Gel war für Entzündungen in der Mundhöhle, das Gaviscon gegen Magenverstimmung, das Clarityn gegen

Heuschnupfen und das Cymbalta – ich hatte es selbst eine Zeit lang genommen – war gegen Depressionen.

Ich hätte den Medikamenten schon beim ersten Mal, als ich den Inhalt der Schublade untersucht hatte, mehr Aufmerksamkeit schenken sollen.

Armer Wayne.

Dass der Koran auf seinem Nachttisch lag, ergab jetzt einen Sinn. Sogar die CD *The Wonder of Now*. Bei seinen komplizierten Lebensumständen musste es sehr schwer für ihn gewesen sein, zur Ruhe zu kommen.

Auch andere Dinge ergaben jetzt einen Sinn. Ich hatte gewusst, dass John Joseph log, als er sagte, Wayne habe keine Freundin. Nur hatte ich angenommen, Waynes Freundin sei die mysteriöse Gloria. Wie hätte ich auch ahnen sollten, dass es stattdessen die Frau von John Joseph war?

Und das Gleiche bei Zeezah. Als ich sie nach Gloria fragte, hatte sie merkwürdig reagiert. Weil sie ... eifersüchtig war. Vielleicht nicht richtig eifersüchtig, aber doch ein Gefühl in der Richtung. Sie erhob Besitzansprüche. Oder sie war misstrauisch. Sie wusste, dass Wayne verrückt nach ihr war, also fragte sie sich, was es mit dieser Gloria auf sich hatte.

Das war immer noch eine gute Frage: Was hat es mit dieser Gloria auf sich? Wie gern ich das gewusst hätte!

Ich ging in Waynes Büro, weil ich hoffte, mir würde in der Umgebung all dieser Aktenordner voller Informationen per Osmose eine Erleuchtung kommen. Ich fragte mich, ob ich die Ordner aus dem Regal nehmen und mir noch einmal Waynes Unterlagen ansehen sollte, in der Hoffnung, dass mir etwas, das ich beim ersten Mal übersehen hatte, ins Auge springen und alles verändern würde. Aber stattdessen ließ ich mich auf den Fußboden gleiten, setzte mich mit dem Rücken an die Tür und erlaubte meinen Gedanken, in eine andere Richtung zu wandern.

So viele Einzelheiten waren zu berücksichtigen. Weil ich Rechtshänderin war, musste ich zuerst das linke Handgelenk nehmen. Außerdem musste das Badewasser – diese Information hatte ich aus dem Internet, und sie war ganz wichtig – sehr heiß sein, was irgendwas mit der Temperatur zu tun hatte, bei der Blut gerinnt.

So ermüdend, all diese Feinheiten zu klären, aber es musste sein. Es war eine komplizierte Angelegenheit mit unterschiedlichen Aspekten – wie ein Banküberfall. Jeder Schritt musste sorgfältig geplant werden.

Mein Handy klingelte ein paarmal, aber ich sah nicht einmal hin. Ich war so vertieft in meine Überlegungen, dass ich das schwache kratzende Geräusch kaum wahrnahm. Als das zweite Geräusch einsetzte, identifizierte ich das erste als das Drehen eines Schlüssels im Schloss von Waynes Haustür. Bildete ich mir das ein?

Oder war gerade jemand ins Haus gekommen? Ich war mir fast sicher, dass ich im Flur Schritte gehört hatte. Es war *möglich*, dass jemand ins Haus kam, denn ich hatte vergessen, die Kette vorzulegen, als ich reingekommen war. Dann ertönte ein Piepen – und mein Herz wäre beinahe aus meinem Brustkorb gesprungen. Es war die Nachricht, dass eine Bewegung in Waynes Flur registriert worden war.

Adrenalin rauschte durch meine Adern. Ich bildete mir nichts ein. Es war wirklich jemand im Haus. Ich hockte am Boden und versuchte herauszubekommen, was unten vor sich ging.

War es dieser Trottel Wolcott?

War es der Geheimnisvolle Schläger von Old Dublin Town?

War es ... *Wayne?* War er endlich zurückgekommen?

Ich schwebte zwischen Erregung und Angst. Jemand hatte mir am Samstagabend Verletzungen zugefügt. Jemand hatte gesagt, ich solle Wayne in Ruhe lassen, und ich hatte das nicht befolgt. War dieser Mensch gekommen, wollte er mich wieder angreifen? Würde er mir gleich die Knochen brechen? Und wie fühlte ich mich bei dem Gedanken?

Ich war friedlich. Hatte Hoffnung. Wenn alles gut ging, würde er mich umbringen. Und wenn nicht, stünde mir vielleicht ein längerer Krankenhausaufenthalt bevor, den Kopf zugedröhnt mit Morphium. Etwas an der Vorstellung, dass emotionaler Schmerz in physischen Schmerz umgewandelt wurde, erschien mir plötzlich sehr reizvoll.

Die Person kam nach oben. Sie ging in Waynes Schlafzimmer. Und wieder raus und ins Gästezimmer. Das nächste war das Badezimmer, und ich stand auf, damit die Person reinkommen konnte.

Die Tür wurde mit Kraft aufgestoßen, und Zeezah kam hereingestürmt.

Sie schrie, als sie mich sah, und sprach aufgeregt in einer fremden Sprache. Ich hörte mehrmals das Wort »Allah« heraus, und obwohl dies eine hochdramatische Situation war, erfreute ich mich einen Moment lang an meiner offensichtlichen Sprachbegabung.

Endlich wechselte Zeezah ins Englische. »Helen! Helen Walsh!« Sie keuchte und legte sich die Hand auf die Brust. »Du hast mich so erschreckt. Was machst du hier?«

»Ich arbeite. Und du?«

»Ich suche Wayne.«

»... und du hast tatsächlich gedacht, er würde hier, in seinem Haus, sitzen, während das halbe Land ihn draußen sucht?«

»Ich bin so verzweifelt. Wir sind alle verzweifelt. Verzweifelte Menschen tun dumme, sinnlose Dinge, weil sie einfach *irgendetwas* tun müssen.« Jetzt weinte sie.

»Was würdest du sagen, wenn ich die Mutmaßung äußerte, John Joseph habe sich ... also ... Waynes entledigt?«

»John Joseph hat Wayne nichts angetan. Das kann ich dir versichern. Er braucht Wayne dringender, als du dir vorstellen kannst. Wir haben kein Geld, Helen Walsh, kein Geld. John Joseph ist ... wie sagt man? John Joseph steht das Wasser bis zum Hals.«

»Du hast mir nie von dir und Wayne erzählt«, sagte ich.

»Du hast mich nie gefragt.«

Ganz schön frech, das Fräulein. Sie hatte sich ziemlich schnell berappelt.

»Wann hast du Wayne zum letzten Mal gesehen?«, fragte ich.

»Am Mittwochabend. Ich war hier, in seinem Haus.«

»Habt ihr euch gestritten?«

Sie nickte.

Das war also das Streitgespräch, das Nicholas, der Surfer-Nachbar, gehört hatte.

»Er hat gesagt, ich müsste mich zwischen ihm und John Joseph entscheiden. Er hat gesagt, er will mich, selbst wenn John Joseph der Vater meines Babys ist, aber ich müsste mich entscheiden. Ich habe gesagt, das kann ich nicht. Ich liebe Wayne, aber ich habe kein Label mehr. Ich habe einen Vertrag bei John Joseph. Aber der hat kein Geld. Er hat erst Geld, wenn diese ...«, sie machte eine Pause und wollte anscheinend das Wort mal ausprobieren, »Scheißkonzerte stattgefunden haben. Aber ohne Wayne werden sie nicht stattfinden. Ich sitze also ... in der Scheiße. Wir alle sitzen in der Scheiße. Wir alle.« Wie als nachträglichen

Gedanken fügte sie hinzu: »Aber wenigstens haben wir ein gutes Wort, mit dem wir unsere Situation beschreiben können.«

Ich war es leid, diese Frage zu stellen, aber hier war sie: »Zeezah, wo, glaubst du, ist Wayne jetzt?«

»Ich glaube, er ist bei seiner Familie. Er mag seine tyrannische Schwester Connie.«

Offenbar keine große Liebe zwischen den beiden.

»Er ist nicht bei seiner Familie«, sagte ich.

»Bedauerlicherweise habe ich keine anderen Ideen, Helen Walsh. Ich werde jetzt gehen. Ich gehe in das Zuhause, wo ich wahrscheinlich nicht viel länger wohnen werde, und versuche, meinen Mann zu beruhigen. Zu diesem Zweck werde ich mir von Roger St Leger eine Xanax geben lassen.«

61

Es war ein langer, ereignisreicher Tag gewesen, sodass ich noch keine Zeit gehabt hatte, mit Artie zu sprechen. Er hatte angerufen, aber keine Nachricht hinterlassen. Ich hatte zurückgerufen, aber er hatte die Mailbox angeschaltet, also schrieb ich eine kurze Nachricht, um zu sagen, dass alles in Ordnung sei und er mich jederzeit anrufen könne.

Dann suchte ich Antonia Kellys Telefonnummer auf meinem Handy, starrte sie lange an und überlegte, ob ich sie wirklich wählen sollte. Was, wenn sie abnahm? Was würde ich ihr sagen? Sie wüsste, dass ich nicht zum Plaudern anrief.

Mein Finger schwebte ewig über der Taste, und plötzlich drückte er darauf.

»Antonia Kelly.« Einen Moment glaubte ich, sie sei dran, dann merkte ich, dass es ihr Anrufbeantworter war. Sie hatte eine sehr schöne Stimme, die Stimme einer Frau mit einem schwarzen Auto und einem ausgezeichneten Geschmack bei Halstüchern. »Bitte hinterlassen Sie Ihren Namen und Ihre Telefonnummer, und ich rufe Sie so schnell wie möglich zurück.«

Leg auf, leg auf, leg auf …

»Antonia … eh, Helen hier, Helen Walsh. Könnten Sie mich bitte irgendwann anrufen …?«

Ich schaltete ab. Wer weiß, wann sie zurückrufen würde. Die Nummer, die ich hatte, war die von ihrem Handy, aber ich nahm an, dass es nicht ihr Privattelefon war und sie es abschaltete, wenn sie die Praxis verließ. Wahrscheinlich hörte sie meine Nachricht nicht vor morgen früh.

Ich hatte für den Anruf alle meine Kraft zusammennehmen müssen, und die Enttäuschung, nicht mit ihr sprechen zu können, riss einen riesigen Abgrund in mir auf.

Um meine Gefühle in Schach zu halten, ging ich nach unten und sah mir Waynes riesige CD-Sammlung an, weil ich vage hoffte, irgendeinen nützlichen Hinweis zu finden, was aber nicht der Fall war. Also schaltete ich sein SkyPlus an. Zu meiner Überraschung (von der enttäuschenden Sorte) mochte er Sendungen mit Fernsehköchen – Jamie Oliver, Hairy Bikers, Nigel Slater und Konsorten. Nichts für mich. Ich ging die Liste durch, nichts erregte meine Aufmerksamkeit, bis ich auf *Bored to Death* stieß, eine ausgezeichnete Comedy-Serie um einen Privatdetektiv in Brooklyn. Ich sah mir eine Folge an, obwohl ich sie schon kannte, und wollte gerade mit der nächsten Folge anfangen, als mir bewusst wurde, dass es so aussehen könnte, als täte ich das hier nur zu meinem Vergnügen. Also zwang ich mich, damit aufzuhören.

Ich sah nach, ob Artie zurückgerufen hatte, was nicht der Fall war. Inzwischen war es schon fast Mitternacht. Das war ein bisschen seltsam, denn normalerweise telefonierten wir mehrere Male am Tag miteinander, und heute hatten wir nicht ein einziges Mal miteinander gesprochen. Ich hatte immer noch das Gefühl, dass das unbefriedigende offene Ende von gestern zwischen uns stand, aber ich konnte jetzt nichts tun, es war zu spät, also nahm ich eine Schlaftablette und machte es mir mit einem Kissen unter dem Kopf auf dem Fußboden in Waynes Wohnzimmer bequem.

Ich fiel in einen unguten Schlaf, und mein letzter bewusster Gedanke war: Morgen kommst du nach Hause, Wayne.

Irgendwann wachte ich schlagartig und mit mörderischen Kopfschmerzen auf. Es wurde bereits langsam hell, aber als ich auf meinem Handy nachsah, war es erst 3.24 Uhr. Mein Gott. So ging es meistens: Die Schlaftabletten wirkten die ersten paar Nächte prima, dann ließ die Wirkung von Tag zu Tag mehr nach.

Es war zu früh, um in diesen Dienstagmorgen zu starten. Ich konnte es nicht ertragen. Ich hielt das nicht aus. Ich musste etwas tun.

Ich konnte noch eine Tablette nehmen – was ich allerdings besser bleiben lassen sollte –, oder ich konnte mir die nächste Folge von *Bored to Death* ansehen, oder ich konnte zu Artie fahren. Da hätte ich den Trost seines Körpers, seiner Wärme, seines guten, männlichen Geruchs.

Die Entscheidung war gefallen, ich stand auf, schluckte meine letzten Schmerztabletten und fuhr durch die leeren

Straßen. Nur wenige Häuser von Arties entfernt fand ich einen Parkplatz.

Leise schloss ich die Tür auf und ging auf Zehenspitzen die Treppe rauf. Das perlgraue Morgenlicht drang schon durch die Ritzen. Als ich oben ankam, wäre ich beinahe mit einer Person zusammengestoßen: Vonnie!

Ich starrte sie mit offenem Mund an. Dies war ein Moment, in dem ich nicht in der Lage war, einen der lockeren Sprüche zu bringen, die wir einander sonst zuwarfen. Sie konnte es auch nicht. In dem grauen Licht sah sie so schockiert aus, wie ich mich fühlte.

Sie trug ein winziges Hemdchen und eine Yoga-Hose, was sowohl ihre Tageskleidung als auch ihr Schlafanzug sein konnte.

»In wessen Zimmer schläfst du?«, fragte ich.

»In niemandes«, sagte sie.

»Das ist auch gut so«, sagte ich und klang forscher, als ich mich fühlte.

Lautlos schlich sie die Treppe runter, und ich ging den Flur entlang. Vor Arties Zimmertür blieb ich stehen. Ich stand dort unendlich lange wie gelähmt, ich hatte Angst, in sein Zimmer zu gehen und dort vielleicht Hinweise darauf zu entdecken, dass Vonnie bei ihm gewesen war.

Es erschien mir sicherer, wieder zu gehen. Also fuhr ich zu Waynes Haus zurück und nahm noch eine Schlaftablette – es nicht zu tun war einfach unmöglich.

Dienstag

62

Um 10.37 Uhr wachte ich auf Waynes Wohnzimmerboden auf. Ich hatte zwei Nachrichten von Artie mit der Bitte um Rückruf, aber ich rief ihn nicht an. Außerdem ungefähr achtzig Nachrichten von Jay Parker, und den rief ich auch nicht an. Ich trank von meiner Cola light und schluckte meine Tabletten, hatte aber keine Lust auf die Cheerios, sondern setzte mich gleich ins Auto und fuhr zu einer Eisenwarenhandlung in einem kleinen Einkaufszentrum in Booterstown.

»Ich hätte gern ein Stanley-Messer.«

»Ein Stanley-Messer, aha«, sagte der Mann hinter der Theke. »Wir haben verschiedene Modelle, ich kann sie Ihnen mal zeigen.«

Ich habe noch nie ein Geschäft mit so viel Zeug gesehen. Es gab Nägel und Schrauben und Scharniere und Schlüssel und zahllose seltsame kleine Dinge aus Metall. Millionen und Abermillionen davon, und alle in Millionen und Abermillionen unterschiedlichen Größen. Ich hätte meinen Einkauf lieber anonym und privat gehalten, aber ich konnte die Messer nicht finden, und als ich die Regale danach absuchte, sprangen mich gruselige Dinge an – Kettensägen, elektrische Bohrer, Dulux-Farbtafeln. Ein ganz entsetzliches Geschäft.

Irgendwann gab ich es auf und ging zu dem Mann an der Theke. Er nahm sich meines Wunsches mit Begeisterung an. Offenkundig ein Mensch, der seinen Beruf gern ausübte.

»Das ist das einfachste Modell.« Er zeigte mir einen kurzen, dicken Cutter mit einer abgeschrägten Klinge. »Es hat nur eine Klinge, aber man kann welche nachkaufen.«

»Aha.«

»Dieses Modell ist etwas raffinierter. Es hat drei Klingen in einer. Sehen Sie diesen kleinen Knopf hier?« Ich beugte mich vor, um besser sehen zu können. »Wenn Sie den drücken, kriegen Sie die längere Klinge. So. Noch einmal drücken, und Sie haben eine noch längere Klinge.«

»Aha.«

»Und dieses hier ... dieses hat sogar einen eigenen Karton.« Er holte einen kleinen Holzkasten hervor und öffnete ihn mit schwungvoller Geste. »Teurer, versteht sich, aber dafür bekommt man auch was.«

In dem Moment meldete sich ein anderer Mann in dem Laden, offensichtlich ein Kunde, zu Wort. »Lassen Sie sich von ihm nichts aufschwatzen«, sagte er in einem Ton, der humorvoll klingen sollte und es irgendwie doch nicht war. »Ich bin Heimwerker, es gibt nichts über Heimwerken, was ich nicht weiß, und ich sage Ihnen, das einfachste Modell ist absolut ausreichend.«

»Wirklich?«

»Wofür brauchen Sie das Messer eigentlich?«, fragte der Verkäufer.

»Eh ... zum Schneiden.«

»Verstehe.« Ein bisschen ernüchtert zeigte er auf das einfache Messer. »Schneiden können Sie damit auf jeden Fall.«

»Dann nehme ich das.«

»Möchten Sie eine Ersatzklinge dazu?«

»Ja.« Eine würde hoffentlich reichen, aber es wäre zu dumm, wenn das Projekt an mieser Planung scheiterte.

»Das sind dann fünf Euro.«

Ich war schockiert, wie billig es war.

Der Mann wickelte das Messer sorgfältig in Luftpolsterfolie ein. »Nicht, dass Sie sich versehentlich die Hand abschneiden.«

»Nein, das wäre furchtbar.« Ich gab ihm den Schein und ging wieder zu meinem Auto.

Ich saß lange im Auto und dachte nach. Eins war klar: Ich konnte es nicht im Haus meiner Eltern tun. Die Bilder wären für sie zu schrecklich. Sie würden das Badezimmer nie wieder benutzen können. Ich müsste es in einem Hotel tun, und ich hatte mir auch schon eins ausgesucht. Ein grauer, brutaler Klotz von einem Gebäude in Ballsbridge, der extrem abweisend wirkte. Man konnte kaum glauben, dass es ein Hotel war, so düster sah es aus. Bronagh und ich hatten es immer als den Ort bezeichnet, wo man hingehen würde, um sich umzubringen.

Aber was war mit den Leuten, die in den Zimmern sauber machten? Meistens waren es junge Mädchen. Zweifellos würde dieses Mädchen nur den Mindestlohn bekommen, und sie kam bestimmt aus einem anderen Land, war also weit weg von Freunden und Familie. Wahrscheinlich aus Polen. Ich beschloss, dass sie Magda hieß.

Zimmermädchen zu sein war immer ein beschissener Job. Die Mädchen wurden gerne als verfügbarer Teil der Zimmereinrichtung betrachtet, besonders von Geschäftsleuten, die »versehentlich« das Badetuch fallen ließen und ihr Geschlecht, das die Form einer Petersilienwurzel hatte, enthüllten. Ich wollte Magda auf jeden Fall vor einem lebenslangen Trauma, das durch den Anblick meiner Leiche in der Badewanne ausgelöst würde, bewahren. Es durfte nicht sein, dass die Erleichterung, die mein Ableben für mich selbst bedeutete, vom Universum als Gelegenheit benutzt würde, meinen Horror auf einen anderen Menschen zu übertragen, so als lebten wir in einer Art höllischem Staffellauf.

Ich sann auf Wege aus dem Dilemma. Natürlich würde ich die Badezimmertür von innen verriegeln, aber vielleicht könnte sie trotzdem reinkommen. Am sichersten war es vielleicht, ein Warnschild zu schreiben und mit Tesafilm an die Tür zu kleben. »STOPP«, würde ich schreiben, in großen schwarzen Buchstaben. Ich überlegte, was »Stopp« auf Polnisch hieß. Müsste ich bei Google nachsehen. Ich würde also schreiben:

STOPP!
KOMMEN SIE BITTE NICHT HEREIN.
ICH HABE MICH UMGEBRACHT.
SIE KRIEGEN DAVON EIN TRAUMA.

Vielleicht sollte ich die Schilder auf Englisch und Polnisch schreiben. Und ich würde Geld hinlegen, für die Spezialreinigung des Badezimmers.

Ich blickte aus dem Autofenster, und als wäre es ein Zeichen des Himmels, entdeckte ich wenige Meter von der Eisenwarenhandlung entfernt einen Schreibwarenladen.

Ich ging hinein und kaufte Tesafilm, einen dicken Marker und eine Packung DIN-A4-Papier – eintausend Blatt war die kleinste Packung, die sie hatten. Als ich wieder im Auto saß, steckte ich das Messer zu den anderen Dingen in meine Tragetüte, die ich auf dem Schoß festhielt. Sie hatte ein angenehmes Gewicht, und ich musste an die Tasche denken, die eine Schwangere fürs Krankenhaus packt, wenn sie zur Entbindung geht.

Jetzt brauchte ich nur noch die Betäubungscreme, die im Haus meiner Eltern war, dann hätte ich alles beisammen.

63

In einem seltsamen Anfall von Selbstbestrafung fuhr ich zum MusicDrome, wo das übliche Chaos herrschte. Dutzende von Menschen liefen zielstrebig auf der Bühne umher, John Joseph, Roger, Frankie und Jay wurden von dem Choreografen angeleitet, der ihnen im Stakkatoton Anweisungen zurief: »… zwei, drei, *Drehung*. Und *rückwärts*. Und *Schritt*. Und *Schritt*. Und *Drehung*. Und *Stopp*. Und *Shimmy*. Lächeln, John Joseph, kommen Sie, ein kleines Lächeln.«

Es sah gar nicht schlecht aus. Sie bewegten sich geschmeidig und leichtfüßig, sie waren wendig und witzig, sie gaben sich richtig Mühe.

Spielten herum, während Rom brannte.

Als sie mich erblickten, blieben alle vier auf der Stelle stehen und sahen mich an, wie aufgeschreckte Rehe, jämmerlich, hoffnungsvoll. Ich schüttelte den Kopf. »Keine Neuigkeiten.«

Ich rechnete fast damit, dass John Joseph sich wieder auf mich stürzen würde, aber er nickte nur. Anscheinend hatte er sich abgefunden – nicht ungewöhnlich für Menschen, die vor einer Katastrophe standen. Vielleicht empfing er Trost aus seinem katholischen Glauben. Dann hätte ich beinahe angesichts meiner eigenen Naivität gelacht. Es war natürlich die Xanax von Roger St Leger, die verhinderte, dass er mir mit Schaum vor dem Mund das Gesicht zerkratzte.

Jay löste sich aus der Gruppe. Jemand warf ihm ein Handtuch zu, mit dem er sich den Schweiß vom Gesicht wischte. Er kam zu mir. Das weiße Hemd klebte an seinem schmalen Oberkörper. »Helen, sag mal, was meinst du? Du hast sie am Samstag in den Schwanenkostümen gesehen. Sollen wir sie behalten oder nicht?«

»Keine Schwanenkostüme«, sagte ich. »Macht es schlicht.«

»Helen sagt, keine Schwanenkostüme«, rief er den Männern zu.

»Dann machen wir damit weiter«, sagte John Joseph und grinste mich triumphierend an. Offensichtlich hatte die Xanax seine Stimmung nicht verbessert, ekliger Typ.

Jay sagte leise zu mir: »Wir machen es ohne, die sind wirklich das Letzte.« Er steckte die Hand in die Hosentasche, zog ein Bündel Geldscheine hervor und gab es mir. Eine schwarze Haarsträhne, glänzend vor Schweiß, fiel ihm in die Stirn.

»Also«, sagte er, »keine Neuigkeiten von dem Telefonmann?«

»Noch nicht. Später. Hat Wolcott irgendwas herausbekommen?«

Jay schüttelte den Kopf. Er sah krank aus.

»Was ist, wenn der Telefonmann auch nicht helfen kann?«, fragte ich. »Wie lange machst du hiermit weiter? Wann brichst du die Proben ab?«

»Meinst du wirklich, du findest ihn nicht?«

Ich gestattete mir, es auszusprechen: »Ich glaube wirklich, ich finde ihn nicht. Ich suche weiter, aber …«

»Und glaubst du wirklich, dass er nicht auftaucht? Dass er uns sitzenlässt?«

»Vielleicht hat er keine andere Möglichkeit.«

»Was meinst du damit?«

»Das weiß ich auch nicht.« Und ich wollte nicht darüber nachdenken. »Was machst du dann?«

Er antwortete nicht. Nach einer Weile sagte er: »Wir warten bis morgen früh, zehn Uhr. Wenn er bis dahin nicht zurück ist, gebe ich eine Pressemeldung raus und sage das Konzert ab. Alle bekommen ihr Geld für die Eintrittskarten zurück. Die Sponsoren werden vor Wut schäumen. Anwälte werden ins Spiel gebracht. Rechtlich wird es sehr unerfreulich. Finanziell auch.«

»Für wen?«

Er deutete mit dem Kopf über die Schulter. »Für die drei. Und, komischerweise, für Wayne. Und für mich.«

»Sie könnten nicht einfach zu dritt auftreten?«

»Nein. Wir haben natürlich darüber gesprochen, aber ...«

»Die Fans würden auf die Barrikaden gehen.«

»Nicht nur das, aber alle vier Laddz haben den Vertrag unterschrieben. Rechtlich sind sie verpflichtet, das Konzert zu viert zu machen. Entweder das oder nichts.«

»Schade«, sagte ich. »Denn sonst könntest du einspringen. Du kannst richtig gut tanzen.«

»Oh ... findest du?«

»Das weißt du selbst. Du bist ein guter Tänzer, das habe ich immer gesagt. Trotz der vielen anderen Dinge, die du auch noch bist.«

Ein Flackern von etwas Grässlichem huschte über sein Gesicht. »Helen? Kann ich mit dir allein sprechen?«

Nein, dachte ich. »Meinetwegen«, sagte ich.

Er ging von der Bühne, ich hinter ihm her, durch den langen Betonflur. Er machte eine Tür auf, und ich ging hinter ihm in das Zimmer, einen sehr kleinen Umkleideraum. Er schloss die Tür fest hinter uns.

»Wir müssen miteinander reden«, sagte er.

»Aha … okay.«

»Ich weiß, ich habe es schon einmal gesagt, ich habe es hunderttausendmal gesagt, aber ich möchte dir noch einmal sagen, wie leid es mir tut«, sagte er. »Wie leid es mir tut für den Kummer, den ich dir bereitet habe. Es tut mir leid wegen Bronagh.«

Ich schluckte hart. »Bronagh war meine beste Freundin«, sagte ich. »Du hättest das nicht tun dürfen.«

»Ich werde es bis zu meinem Tode bereuen«, sagte er. »Aber ich flehe dich an, bitte versteh, dass sie es vorgeschlagen haben, *sie* sind zu mir gekommen und haben mich bedrängt.«

»Du hast sie betrogen …«

»Das stimmt nicht.«

Gut, dann hatte er sie eben nicht betrogen.

Aber er hatte sie kaputt gemacht.

Und er hatte uns kaputt gemacht.

»Ich habe Nein gesagt«, sagte er. »Aber sie wollten es unbedingt. Besonders Blake.«

Das mochte stimmen, überlegte ich. Blake war hinter dem Geld her, in seinen Augen standen ganz schnell Euro-Zeichen. Er hielt sich für einen Unternehmer, das war ja auch einer der Gründe, warum er und Jay sich so gut verstanden hatten. Einer der vielen Gründe, warum wir vier so gut miteinander ausgekommen waren.

»Wir haben uns so gut verstanden«, sagte ich. »Zu viert.«

Das stimmte. Wir hatten uns prächtig verstanden, Bronagh und Blake und Jay und ich. Wir verbrachten viel Zeit miteinander, machten die Stadt unsicher, hatten unser Vergnügen. Bis Bronagh und Blake in eine von Jays Geschäftsideen investierten. Etwas, das der Rezession zu widerstehen versprach, in gewisser Weise war es sogar eine Investition, etwas, das durch die Rezession erst ins Laufen kam, obwohl ich die Feinheiten der Geschichte nicht durchschaute.

Es wurde von einer Bank unterstützt, in einer Zeit, als Banken überhaupt nichts unterstützten. Und dann passierte das, womit niemand gerechnet hatte: Die grundsolide dänische Mutterbank ging in die Knie und brach zusammen, desgleichen Jays junges Unternehmen, und Bronagh und Blake verloren ihr gesamtes Kapital. Sie hatten sich Geld geliehen, um die Investition machen zu können – man nannte das Hebelwirkung –, sodass nicht nur alle ihre Ersparnisse weg waren, sondern sie darüber hinaus plötzlich Tausende und Abertausende von Pfund schuldeten. So viele Tausende, dass ich sie anflehte, mir nicht die Summe zu nennen. Für sie war es ein Albtraum, und sie gaben mir die Schuld, weil ich sie mit Jay bekannt gemacht hatte.

Sie haben mir nie verziehen. Und ich war so tief gekränkt, weil Jay meine Freunde ruiniert hatte, dass ich ihm wiederum nicht verzieh.

Unsere Vierergruppe brach auseinander. Bronagh und Blake sprachen nicht mehr mit mir, und ich sprach nicht mehr mit Jay. Das war jetzt ein Jahr her.

»Aber ich habe nichts gemacht, was unehrlich war, wie du mir immer unterstellst«, sagte Jay. »Ich bin kein Betrüger. Es war eine solide Geschäftsidee. Sie hatte die Unterstützung einer Bank mit ausgezeichnetem Ruf, keiner konnte ahnen, dass sie zusammenbrechen würde.«

Ich schloss die Augen. Dann seufzte ich und ließ endlich den kleinen harten Klumpen los, nämlich meine Überzeugung, dass Jay Parker ein Betrüger war.

Und Bronagh und Blake waren keine Dummköpfe, sie hatten sich sehenden Auges auf das Projekt mit Jay Parker eingelassen.

Da war noch etwas anderes, das ich mir ebenfalls klarmachen konnte, wo ich schon den harten Fakten ins Gesicht sah: Bronagh und ich waren nicht mehr beste Freundinnen, wie ich es immer gedacht hatte. Früher, ja – bevor sie Blake geheiratet hatte, da waren wir unzertrennlich. Aber als ich sechs Monate später meine erste Depression bekam, war sie nicht wirklich für mich da. In der Klinik hat sie mich nur einmal besucht. Ich hatte es ihr nachgesehen mit der Begründung, sie sei frisch verheiratet und praktisch noch in den Flitterwochen.

Aber vielleicht war es in der Zeit meiner Krankheit, dass unsere Freundschaft einen ernsten Knacks bekam: Ich hatte sie so sehr geängstigt, als ich krank wurde und danach nie mehr ganz die war, die ich vorher gewesen war.

»Verzeih mir bitte«, sagte Jay.

Ein seltsamer Friede senkte sich auf mich. »Ich verzeihe dir«, sagte ich. »Ich verzeihe dir von Herzen.«

Hoffnung flackerte in ihm auf. »Vielleicht können wir ja …«

»Nein«, sagte ich sanft. »Schlag dir das aus dem Kopf. Es gibt keinen Weg zurück.«

»Das mit deinem neuen Freund? Ist das ernst?«

»Hmmm«, sagte ich. Wozu jetzt die Einzelheiten erörtern? Das friedliche Gefühl war schlagartig wieder verschwunden. Aber schon bald wäre auch das nicht mehr wichtig.

64

Ich hatte eine Nachricht von Artie mit der Bitte, ihn anzurufen, aber ich rief nicht an. Würde ich ihn anrufen, müssten wir über die Tatsache sprechen, dass, während ich die Nächte auf dem Wohnzimmerfußboden von Wayne Diffneys Haus verbrachte, seine ehemalige Frau in seinem Haus geschlafen hatte. Vielleicht sogar in seinem Bett. Höchstwahrscheinlich in seinem Bett, wenn man bedenkt, wie schockiert sie bei unserer Begegnung war.

Ich traf eine Entscheidung: Ich würde die Sache mit Wayne zu Ende bringen. Als Rückhalt hatte ich meine kleine Ausrüstung, meinen Fallschirm. Aber solange, bis Jay Parker am nächsten Vormittag die Pressemeldung rausbrachte und das Konzert absagte, würde ich nach Wayne suchen. Und dann war ich weg.

Gewissenhaft machte ich also weiter und verfolgte die kargen Spuren, die noch blieben. Ich wählte die Nummer von Waynes Schwester Connie, und der Anrufbeantworter schaltete sich sofort ein. Vielleicht war das paranoid, aber ich argwöhnte, dass sie mich mied. Dann rief ich Digby an, den potenziellen Taxifahrer, aber auch da meldete sich nur der Anrufbeantworter.

Wollte denn niemand mit mir sprechen?

Ich beschloss, Harry Gilliam anzurufen, mich seiner Barmherzigkeit zu überlassen, und zu meiner Überraschung ging er dran.

»Was ist?« Ganz schön schroff.

»Ich muss mit Ihnen sprechen«, sagte ich.

»Ich habe zu tun.« Richtig, im Hintergrund war Gackern und Glucken hören. »Ich bereite mein neues Huhn für einen Kampf vor.«

»Können wir am Telefon sprechen?« Ich wusste, dass er darauf nicht eingehen würde. »Oder soll ich zu Ihrem Übungsplatz kommen?«

Einen Moment lang war er still. »Kommt nicht infrage, dass Sie meine Hennen sehen. Ich treffe Sie in einer halben Stunde in meinem Büro.«

Er war weg, bevor ich sagen konnte, dass ich seine Hühner gar nicht sehen wollte. Ich mochte Hühner nicht. Sie hatten komische Augen. So knopfartig.

Wie üblich war Harry bei Corky's ganz hinten im Raum, ein Glas Milch auf dem Tisch vor sich.

Ich zwängte mich in die Nische.

»Möchten Sie etwas trinken, Helen?«, fragte er.

»Ja«, sagte ich und war von meiner aufmüpfigen Haltung selbst überrascht. »Ich nehme einen Orgasmus auf dem Fahrrad.« Gibt's natürlich nicht, klar.

Er machte eine Geste zu dem Barkeeper und sah mich dann genauer an. »Was ist mit Ihrer Stirn passiert?«

»Knutschfleck«, sagte ich.

Mein Schädel drohte zu bersten, aber ich bemerkte es kaum noch ... und ... Moment mal ... was war das mit seiner Miene? Sollte das ein ... *Grinsen* sein?

Ich neigte fragend den Kopf. »Was?«

»Na ja ...« Er grinste tatsächlich! Er saß da und grinste!

»Waren ... Sie das?«

»Nicht ich *persönlich*«, sagte er, und das selbstgefällige Grinsen breitete sich weiter über sein Gesicht aus. Es war das erste Mal, dass ich ihn lächeln sah.

»Nicht Sie *persönlich?*«, bohrte ich. »Aber ...?«

»Einer meiner Mitarbeiter.«

»Auf Ihre Bitte?«

»Auf meine Anweisung«, korrigierte er ein bisschen borstig. Harry Gilliam äußerte keine Bitten, er gab Anweisungen.

»Aber ... warum?«

»Sie kriegten kalte Füße, und ich wollte, dass Sie weiter nach Wayne suchen, und wenn man möchte, dass Helen Walsh etwas tut, dann ist es am besten, man rät ihr davon ab.«

»Sie hätten mich ernstlich verletzen können!«

»Keineswegs!« Er wehrte meinen Einwand lässig ab. »Mein Mitarbeiter ist ein Künstler. Er weiß eine Situation aufs Feinste einzuschätzen. Und ...«, er unterbrach sich und kicherte, dass es mir kalt den Rücken runterlief, »... wenn man bedenkt, dass er einen Gewehrkolben benutzt hat, hätte es auch viel schlimmer ausgehen können.«

Sprachlos starrte ich ihn an. Eine Vielfalt von Gefühlen – Empörung, Schock, Ungläubigkeit, Rachegelüste – zog durch mich hindurch, und dann fühlte ich plötzlich nichts mehr. Wen kümmert's? Was geschehen ist, ist geschehen, kommen wir zum Wesentlichen. »Und wo ist Wayne? Sie wissen etwas, und das sollten Sie mir jetzt erzählen. Nach diesem Angriff schulden Sie mir das.«

Plötzlich war die Luft aus ihm raus, traurig nahm er einen Schluck von seiner Milch. »Ich habe nicht die leiseste Ahnung, wo Wayne ist.«

»Aber ...« Ich verstand das nicht. »Was soll das dann? Welches Interesse haben Sie an der Sache?«

»Ich habe ... investiert«, gestand er, fast schüchtern.

»Sie? Sie haben Ihr Geld in die Laddz-Konzerte gesteckt? Ein Gangster wie Sie?«

»Die Zeiten ändern sich, Helen. Die Zeiten ändern sich. Für einen gewöhnlichen, anständigen Geschäftsmann wie mich ist es nicht mehr so leicht. Ich muss diversifizieren.«

»Sie wissen also nichts, was mir nützen könnte?« Ich starrte ihn an, und mir kam die Erkenntnis, dass Harry Gilliam so verzweifelt und ahnungslos war wie alle anderen auch. Nur ein bisschen finsterer.

»Kopf hoch, Helen«, sagte er. »Sie müssen weitersuchen und ihn finden. Sorgen Sie dafür, dass Wayne Diffney morgen Abend auf der Bühne steht.«

»Was sonst?«

»Sonst werde ich sehr böse.«

Ich grinste ihn hämisch an. Morgen Abend wäre ich nicht mehr da, und er könnte so böse sein, wie er wollte. Er war offenbar verstört von meiner Reaktion und fragte: »Was grinsen Sie so?«

»Wiedersehen, Harry.«

Als ich zu meinem Auto kam, entdeckte ich zu meinem höchsten Erstaunen einen großen Ochsen im beigefarbenen Regenmantel, der auf dem Gehweg herumtrottete. Walter Wolcott! Mit vor Konzentration gerunzelter Stirn las er die Namen der Geschäfte, offenkundig auf der Suche nach einem ganz bestimmten Laden. Ich beobachtete, wie er vorbeitapste – er bemerkte mich nicht –, und als er das kaputte Neonschild mit dem Namenszug Corky's sah, stieß er die Tür mit seiner fleischigen Hand auf und marschierte rein. Ich konnte natürlich nicht wissen, ob er da einen Termin hatte oder ob er auf gut Glück gekommen war. Aus seinem ziellosen Gebaren schloss ich allerdings, dass Letzteres der Fall war. Trotzdem, irgendwie hatte er eine Verbindung zwischen Wayne und Harry Gilliam hergestellt, und das beeindruckte mich. Vielleicht schaffte er es ja, Wayne zu finden.

Vielleicht schaffte er es, und ich nicht.

Welche Schande. Ja, gut, ich plante zwar, aus dem Leben zu scheiden, aber beruflichen Stolz hatte ich trotzdem.

Ich ging zum Auto, in Gedanken noch ganz mit Wayne beschäftigt, und als mein Handy klingelte und ich Antonia Kellys Nummer sah, wusste ich im ersten Moment nicht, wer das war. Dann fiel es mir ein.

»Helen? Sie würden gern mit mir reden?«

»Hallo, Antonia. Ich meine, wenn es Ihnen passt. Ich weiß, Sie haben viel zu tun …«

»Ist es dringend, Helen?«

Ich dachte an meinen Besuch in der Eisenwarenhandlung. »Nein.« Ich hatte meinen Plan und würde ihn nicht aufgeben. Am Abend zuvor hätte Antonia mich vielleicht noch retten können, aber jetzt hatte ich einen anderen Weg eingeschlagen, und der gefiel mir. »Ich hätte nicht anrufen sollen. Es war nur einen Moment lag …«

»Wie schlimm ist es, Helen?«

»Nicht besonders schlimm. Tut mir leid, dass ich Sie belästige.«

»Helen«, sagte sie sanft, »Sie vergessen, dass ich Sie kenne. Ich habe nie jemanden gekannt, der so eigenständig ist wie Sie. Sie hätten mich nicht angerufen, wenn Sie nicht verzweifelt gewesen wären.«

Und, das muss ich sagen, damit hatte sie mich. Sie *kannte* mich. Jemand kannte mich. Ich war nicht vollkommen allein.

»Denken Sie an Selbstmord?«, fragte sie.

»Ja.«

»Haben Sie dem Impuls nach gehandelt?«

»Ich habe mir ein Stanley-Messer gekauft. Und andere Sachen. Ich mache es morgen.«

»Wo sind Sie jetzt?«

»In meinem Auto. Ich stehe in der Gardiner Street.«

»Haben Sie das Messer bei sich?«

»Ja.«

»Sehen Sie in der Nähe einen Mülleimer? Sprechen Sie mit mir, Helen. Können Sie einen Mülleimer sehen? Sehen Sie sich um.«

»Ja, da ist einer.«

»Gut, jetzt steigen Sie aus dem Auto und werfen das Messer in den Mülleimer.«

Gehorsam nahm ich die Tüte vom Boden und stieg aus. Es war so schön, dass jemand anders eine Zeit lang die Entscheidungen für mich traf.

»Da steht ›Nur Plastik‹ drauf«, sagte ich.

»Ich glaube, in diesem Fall können wir eine Ausnahme machen.«

Ich warf die ganze Ausrüstung – die Tüte mit dem Messer und dem Tesafilm und dem Papier und dem Marker – in den Mülleimer. »Okay, ich habe es gemacht.«

»Gut, setzen Sie sich wieder ins Auto.«

Ich setzte mich ins Auto und zog die Tür zu.

»Damit hätten wir das unmittelbare Problem aus der Welt geschafft«, sagte sie. »Aber natürlich hindert niemand Sie daran, ein neues Messer zu kaufen. Meinen Sie, Sie schaffen den Rest des Tages, ohne das zu tun?«

»Also, ich hatte sowieso vor, es erst morgen zu tun, deshalb denke ich, das geht.«

»Gibt es jemanden, mit dem Sie den heutigen Abend verbringen können? Jemand, bei dem Sie sich sicher fühlen?«

Ich musste darüber nachdenken. Ich konnte in Waynes Haus gehen. Da fühlte ich mich sicher. Wahrscheinlich war es nicht ganz das, was Antonia im Sinn hatte, aber ich sagte: »Ja.«

»Wir haben mehrere Möglichkeiten. Leider bin ich heute nicht im Lande, aber morgen Nachmittag komme ich zurück. Dann können wir uns treffen. Oder würden Sie die Möglichkeit erwägen – ich weiß, dass Sie es schrecklich fanden –, wieder in die Kli…«

Ich ließ sie nicht ausreden. »Ich denke darüber nach.«

»Sie sind sehr stark«, sagte sie. »Viel stärker und viel mutiger, als Sie selbst glauben.«

»Meinen Sie?«

»Aber ja.«

Ich war fast verärgert, dass sie das sagte, denn jetzt hatte ich das Gefühl, ich müsste ihr Vertrauen in mich rechtfertigen. Ich durfte sie nicht enttäuschen.

Nachdem sie aufgelegt hatte, saß ich sehr, sehr lange in meinem Auto. Ich hatte ein Gefühl von … nicht Frieden, es war nicht so angenehm wie Frieden, eher von Schicksalsergebenheit. Der Impuls, meinem Leben ein Ende zu bereiten, war verschwunden, vorerst wenigstens. Er konnte zurückkommen, letztes Mal war er auch zurückgekommen, aber jetzt fühlte es sich so an, als ob ich den viel schwierigeren Weg gehen musste: Ich musste es durchstehen. Ich würde dasselbe tun wie letztes Mal: Jede Menge Tabletten nehmen, zweimal in der Woche zu Antonia gehen, Yoga machen, vielleicht joggen, nur blaue Nahrungsmittel essen, vielleicht in die Klinik gehen, um die Selbstmordgedanken in Schach zu halten. Ich konnte wieder einen Nistkasten basteln.

Mein Handy klingelte. Es war wieder Artie.

Ich konnte das Gespräch mit ihm vermeiden. Warum sollte ich mir etwas so Schmerzliches antun? Aber – lag es daran, dass ich Unerledigtes nicht mochte? – ich ging dran.

»Ich muss dich sehen«, sagte er.

»Das dachte ich mir.«

»Wir können das nicht am Telefon besprechen.« Er klang, als sei er in arger Bedrängnis. »Ich muss dich sehen.«

Ich gab auf ganzer Linie nach. Dann wäre auch das erledigt. »Wann? Jetzt?«

»Jetzt wäre gut. Ich bin im Büro.«

»Okay. In zwanzig Minuten bin ich bei dir.«

65

Während der Fahrt fing ich an zu weinen. Erst ganz passiv – die Tränen flossen mir still über das Gesicht, ohne dass ich etwas tat. Dann, als Brocken von Trauer losbrachen und abrupt in meine Kehle aufstiegen, wurde mein Schluchzen heftiger, bis es sich zu einem lauten Keuchen entwickelt hatte. Als ich vor einer roten Ampel halten musste, legte ich für einen Moment den Kopf aufs Lenkrad und gab mich dem krampfartigen Weinen hin. Dann bemerkte ich, dass jemand mich beobachtete – ein junger Mann im Auto neben mir. Er kurbelte das Seitenfenster am Beifahrersitz runter. Seine Miene war besorgt, und ich las die Worte von seinen Lippen ab: »Alles in Ordnung?«

Ich wischte mir mit dem Arm übers Gesicht und nickte: Ja. Ja, bestens, danke, alles in Ordnung.

Artie wartete an der Doppeltür vor seiner Büroetage auf mich. Er sah wie ein Mensch aus, der schreckliche Qualen litt. Sein Blick streifte über mein tränennasses Gesicht, aber er sagte nichts.

Ich wollte zu seinem gläsernen Büro gehen, aber er hielt mich zurück. »Nein, nicht da rein. Zu öffentlich.«

»Wohin?«

Er brachte mich in ein spezielles Büro, eins ohne Fenster. »Sollen wir uns setzen?«

Ich nickte, stumm vor Kummer, und ließ mich auf einen der unbequemen Bürostühle sinken. Artie setzte sich mir gegenüber.

»Ich habe lange darüber nachgedacht«, sagte er.

Daran zweifelte ich nicht.

»Ich würde es lieber nicht tun«, sagte er.

»Dann lass es«, sagte ich.

»Dazu ist es zu spät«, sagte er. »Es ist schon passiert. Kein Weg zurück. Der Schaden ist angerichtet. Es war eine extrem schwere Entscheidung. Ich fühle mich hin- und hergerissen. Aber ...« Er verstummte und sah unglücklich in die Zimmerecke, seine Ellbogen auf die Knie gestützt, die Hand über den Mund gelegt.

Ich hielt es nicht länger aus. »Sag es einfach.«

»Also gut.« Er richtete den Blick auf mich. »Ich habe mir den Vertrag angesehen. Eine Kopie konnte ich nicht machen, versteht sich. Wenn bekannt würde, dass ich ihn mir angesehen habe ... Jedenfalls, der Punkt ist der: John Joseph Hartley steckt bis zum Hals drin.«

»Wo drin?«

Artie sah mich überrascht an. »Er hat in die Laddz-Konzerte investiert. Und er hat keine Versicherung. Er konnte sich keine leisten. Wenn die Konzerte nicht stattfinden, ist er erledigt. Für ihn ist es überlebenswichtig, dass Wayne zurückkommt.«

Es dauerte ein paar Sekunden, bis ich sprechen konnte. Die Information über John Joseph war nützlich – wenn auch keine echte Enthüllung –, aber das war nicht der Grund, warum ich nicht sprechen konnte. Es war, dass Artie ein solches Risiko für mich eingegangen war. »Du hast mich in dieses grässliche Zimmer gebracht, um mir das zu sagen? Dass du für mich einen Privatvertrag eingesehen und damit deine Laufbahn aufs Spiel gesetzt hast?«

»Das ist noch nicht alles.«

Ja, dachte ich's mir doch.

»Dein Freund Jay Parker steckt auch in der Sache drin.«

»Mein Freund?«

»Ja, dein Freund.«

»Er ist nicht mein Freund.«

Artie sah mich schweigend an. »Nein?« Artie war nicht dumm. »Ich hatte ... befürchtet, es sei zwischen euch noch nicht endgültig vorbei.«

Ich schüttelte den Kopf. »Da ist nichts mehr. Die Sache zwischen mir und Jay Parker ist ganz und gar ...« Wie konnte ich es am besten ausdrücken? »... *vorbei.*«

»Das ... erleichtert mich.« So viel Unterschwelliges zwischen Artie und mir. Wir benahmen uns eben doch wie in einem Jane-Austen-Roman, wie meine Mum immer sagte.

»Noch etwas.«

»Sag ...«

»Harry Gilliam hat auch investiert. Er versteckt sich hinter einer Holding. Alles raffiniert und hässlich, aber die Einzelheiten interessieren jetzt nicht. Wichtig ist, dass er gefährlich ist, Helen. Es steht mir nicht zu, dir zu sagen, was du zu tun hast, aber du solltest dich wirklich von ihm fernhalten.«

»Okay. Mach ich. Weiter …?«

»Weiter, was?«

»Das war alles, was du mir sagen wolltest?«

Er schien etwas überrascht. »Eh … ja. Gibt es denn noch etwas anderes?«

»Ich dachte, du hast mich herbestellt, um mit mir Schluss zu machen.«

Er sah mich lange und durchdringend an. »Warum sollte ich das tun?«, fragte er sanft. »Ich liebe dich doch.«

66

Wirklich?« Himmel. Damit hatte ich nicht gerechnet. Er sah mich wachsam an, denn jetzt war ich an der Reihe.

Und mit einem Mal war es so leicht. »Ich liebe dich auch.«

»Ja? Wirklich?«

»Ja. Wirklich.«

»Herr im Himmel.« Er schien vor Erleichterung in sich zusammenzusacken. Dann breitete sich langsam ein Lächeln über sein Gesicht aus. Mein Gott, er war so schön.

»Da ist nur eins …«, sagte ich.

»Vonnie. Ich weiß«, sagte er ernst. »Ich habe mit ihr gesprochen. Das muss aufhören, dass sie kommt und geht, als würde sie noch in dem Haus wohnen. Und ich habe mit den Kindern gesprochen, ich habe ihnen gesagt, dass ich dich liebe, wir können also aufhören, so zu tun, als würden wir nicht zusammen schlafen. Und wir können uns öfter sehen.«

»Das meinte ich nicht. Obwohl – und du weißt, dass ich deine Kinder wirklich gern mag –, ein bisschen mehr Zeit für uns könnten wir brauchen. Aber was ich dir sagen möchte, ist, es geht mir nicht so gut. Ich meine, im Kopf.«

»Das ist mir aufgefallen.«

»Ehrlich?«

»Ich liebe dich. Natürlich ist es mir aufgefallen. Du hast aufgehört zu essen. Du schläfst nicht richtig. Ich wollte mit dir darüber sprechen, aber du hast dich dermaßen abgeschottet ...«

»Ist es der Geruch?«, platzte ich heraus. »Stinke ich? Ich habe versucht zu duschen, aber jemand muss mir ein bisschen dabei helfen ...«

»Du riechst ganz wunderbar. Was ich sagen will: Wie kann ich dir helfen?«

»Das weiß ich nicht«, gestand ich. »Ich weiß nicht, ob du mir helfen kannst. Es ist wie auf einer schrecklichen Achterbahn. Ich weiß nicht, wohin es mich führt, und ich weiß nicht, wie viel schlimmer es noch wird. Ich habe mit der Frau gesprochen, die mir schon einmal geholfen hat. Vielleicht – wenn du es einfach mit mir zusammen aushältst.«

»Ich halte es mit dir aus.«

»Auch wenn ich ins Krankenhaus muss? Ich meine, in eine psychiatrische Klinik.«

»Auch wenn du ins Krankenhaus musst. Jede Art von Krankenhaus.«

»Warum bist du so freundlich zu mir?«

»Wie ich schon sagte, ich ... ich bin dir sehr gewogen.«

Das brachte mich zum Lachen. »Jetzt muss ich aber gehen.«

Er stand schnell auf. »Musst du wirklich gehen?« Er klang besorgt.

»Ich muss diese Sache mit Wayne zu Ende bringen. Ich mache bis morgen früh um zehn weiter. Dann geht die Pressemeldung raus, dass die Konzerte abgesagt werden. Danach kümmere ich mich um die ... um meine ... um alles andere, Klinik und das alles.«

»Ich weiß nicht ...«

»Wirklich, Artie. Es ist in Ordnung. Ich mache nichts ... Dummes. Ich hatte daran gedacht, aber irgendwie hat es sich erledigt.«

»Und wohin gehst du jetzt?«

»Wieder in Waynes Haus, denke ich. Ich weiß nicht, was ich sonst tun soll. Es ist alles ein bisschen ... als würde es nicht wirklich passieren. Aber ich gehe trotzdem dahin.«

Ich war gerade in Waynes Haus angekommen, als John Joseph Hartley anrief. Das hatten wir noch nie! Er hielt sich nicht mit Höflichkeiten auf. »Sind die Telefondaten gekommen?«

»Nein.«

»Was für Scheißidioten hast du darauf angesetzt?«

»Na, na«, sagte ich. »Wie sprichst du denn? Wo du doch so fromm bist.«

»Wenn sie ankommen«, sagte er, »dann zeig sie Walter Wolcott.«

»Klar.« So weit kam es noch! Ich würde lügen und sagen, sie seien nicht gekommen.

»Und du kannst nicht lügen und sagen, sie sind nicht gekommen. Jay Parker hat für die Informationen bezahlt, von Rechts wegen gehören sie ihm, nicht dir.«

Na gut. Dann würde ich den Bericht so bearbeiten, dass Walter Wolcott nur das sah, was sowieso offensichtlich war.

»Du musst Walter Wolcott den *vollständigen* Bericht schicken.«

»Das geht nicht«, sagte ich. »Ich muss meine Quelle schützen.«

»Halt mich nicht für blöd. Ich weiß, dass du die Informationen schicken kannst, ohne die Quelle zu zeigen.«

»In Ordnung. Sie sind ja sowieso noch nicht da.«

Ich wartete darauf, dass John Joseph losbrüllen und drohen und promptes Handeln verlangen würde, aber er sagte nichts. Ich glaube, wir wussten alle, dass es zu spät war.

Und dann, keine zehn Minuten später, kamen die Daten!

Tonnenweise Informationen. Herr im Himmel, war das aufregend. Während die Daten auf meinem kleinen Display abspulten, überlegte ich, ob ich zu Mum fahren sollte, um sie auf einen richtigen Computer runterzuladen, wo ich sie besser lesen könnte, aber ich war viel zu aufgeregt. Ich hatte keine Geduld und wusste nicht, ob ich mit der nötigen Umsicht fahren würde.

Der Telefonmann hatte ein *vollständiges Transkript* aller Textnachrichten geschickt, die Wayne in dem Monat vor seinem Verschwinden bekommen hatte. Es waren buchstäblich Tausende, und die Wechselgespräche zwischen ihm und Zeezah zu lesen war spannender als jede Seifenoper. Daneben gab es Hunderte anderer Nachrichten – Abmachungen, kurze Grüße und jede Menge unwichtiges Zeug:

Was ist mit der Schürze?

Haha! Wer hat meinen Käse gegessen?

Bin gerade dabei! Kaum zu glauben!

Mary Poppins dreht sich im Grabe um!

Heilige Mutter Maria, lol.

Ich musste mich auf das Wesentliche konzentrieren, denn wirklich wichtig war die Nummer, von der Gloria angerufen hatte. Es war eine Nummer in Dublin, und die ersten drei Ziffern deuteten darauf hin, dass es in der Gegend von Clonskeagh oder Dundrum war.

Ich wählte die Nummer und bekam eine automatische Ansage: »Der Teilnehmer an Apparat sechs-vier-sieben-eins ist zurzeit nicht am Platz.« Dann kam eine andere automatische Ansage: »Das Büro ist jetzt geschlossen. Sie erreichen uns täglich zwischen zehn und achtzehn Uhr.«

Wie bitte? Wie spät war es denn? Ich sah auf die Uhr an meinem Handy, es war schon Viertel nach sechs. Wohin war nur der Tag verschwunden?

Na gut. Im Grunde war alles bestens. Ich würde einfach eine Rückwärtssuche starten und die Nummer eingeben, worauf ich umgehend Glorias vollen Namen mit Adresse bekommen würde. Das tat ich … aber nichts geschah.

Jetzt hatte ich ein Problem, ein echtes Problem: Telefongesellschaften verkaufen oft ganze Gruppen von Nummern an Unternehmen, die sie unter einer Dachnummer bündeln. So können die Firmen ihr Telefonsystem nach eigenen Bedürfnissen einrichten und interne Anschlüsse mit einer Privatleitung vergeben. Da konnte auch eine raffinierte Rückwärtssuche, wie ich sie machen wollte, nichts erbringen. Die einzige Nummer, bei der ein Firmenname angezeigt wird, ist die ursprüngliche Dachnummer, die zentrale

Nummer, von der alle anderen abgezweigt werden. Wenn ich die herausbekommen konnte, würde ich wenigstens wissen, von was für einem Unternehmen Gloria angerufen hatte. Vielleicht hatte Wayne an dem Morgen, als er verschwand, ein neues Telefon gekauft …? Welche weiterreichende Bedeutung hatte das? Das konnte ich noch nicht überblicken.

Ich nahm die ersten drei Ziffern von Glorias Nummer und hängte vier Nullen an – das war oft das Format der Dachnummern. Aber es fand sich keine Zugehörigkeit. Ich versuchte es mit einer anderen Nummer – die ersten drei Zahlen, dann eine Eins und dreimal die Null. Wieder keine Zugehörigkeit. Ich versuchte es weiter, mit zwei-null-null-null. Drei-null-null-null, bis neun-null-null-null. Nichts. Das Einzige, was ich über die Nummer, von der Gloria angerufen hatte, mit Sicherheit sagen konnte, war, dass sie zu einer großen Organisation gehörte.

Dann näherte ich mich dem Problem aus der anderen Richtung: Vielleicht hatte Wayne bei Gloria angerufen, und sie hatte zurückgerufen. Und so war es: Am Donnerstagmorgen um 9.17 Uhr hatte Wayne von seinem Handy aus eine Nummer angerufen, deren erste drei Stellen mit Glorias Nummer übereinstimmten. Die letzten vier Stellen unterschieden sich, aber ich war *überzeugt*, dass es dieselbe Firma war. Ich wählte die Nummer und hatte wieder die automatische Ansage, dass das Büro geschlossen sei und am nächsten Morgen um zehn wieder öffnen würde. Auch hier erbrachte die Rückwärtssuche – wie ich erwartet hatte – nichts. Stundenlang probierte ich herum, ohne Erfolg.

Irgendwann rief John Joseph an. »Sind die Daten angekommen? Die vom Telefon?«

»Ja, aber sie bringen nichts. Also, es sind haufenweise Daten, aber sie helfen uns nicht weiter.«

»Das glaube ich nicht.«

»Ah …«

»Schick sie an Walter Wolcott.«

»Okay.«

Ich würde sie ihm schicken. Morgen.

Mittwoch

67

Ich wurde um 7.01 Uhr vom Klingeln meines Handys geweckt. Es war Mum. Sie rief mich sehr selten an. Jemand musste gestorben sein.

»Mum?«

»Helen. Wo bist du?« Ihre Stimme klang, als brannte sie darauf, mit aufregenden Nachrichten rauszuplatzen.

»In der Nähe.«

»Du musst sofort herkommen.«

»Warum? Ist jemand gestorben?«

»Nein.« Sie klang irgendwie seltsam. »Nein, das nicht. Aber du musst sofort zu uns kommen.«

»Hast du Ärger?« Plötzlich hatte ich die Vorstellung, dass einer von Harry Gilliams »Mitarbeitern« ihr ein Messer an die Kehle hielt.

»Kannst du bitte einmal das tun, worum deine Mutter dich bittet, nämlich dich ins Auto setzen und herkommen?«

»Soll ich die Geschwindigkeitsbegrenzung überschreiten?«

»Ja, natürlich.« Dann fügte sie hinzu: »Aber lass dich nicht erwischen. Und wenn doch, dann sag, es ist ein Notfall.«

Ein Notfall. Das war doch beruhigend. »Mum! Erzähl es mir!«

»Jemand ist hier, der dich sehen möchte.«

Wayne. Oh, Gott sei Dank. Endlich war er aus der Versenkung aufgetaucht, gerade noch rechtzeitig.

»Ist es ein Mann?«, fragte ich, um ganz sicher zu sein.

»Ja.«

»Ist er zwischen dreißig und vierzig?«

»Ja.«

»Ist er aus der Unterhaltungsbranche?«

»Für so was ist jetzt keine Zeit, Helen.«

»Ist gut. Bin schon auf dem Weg.«

Ich fuhr wie eine Verrückte, aber das hätte ich in jedem Fall getan. Ich glaube nicht an Geschwindigkeitsbegrenzungen. Wenigstens nicht auf richtigen Straßen. Innerhalb einer Siedlung, klar. Wo Kinder leben, bin ich bereit, nein, sogar erfreut, mit zehn Meilen pro Stunde zu fahren. Will ich meine verdrehte Psyche etwa auch noch mit Schuldgefühlen beladen, weil ich ein Kind überfahren habe? Mit Sicherheit nicht. Aber auf einer richtigen Straße, an einem der seltenen Tage, wenn Dublin nicht im Verkehrsstau erstickt, sollte es mir erlaubt sein, bei angemessener Geschwindigkeit zu fahren.

Ein mir nicht bekanntes Auto parkte vor dem Haus meiner Eltern. Eins von diesen emissionsarmen Dingern. Das allein hätte ein Hinweis auf die Identität des Besuchers sein können.

Mum machte die Tür auf, bevor ich meinen Schlüssel rausholen konnte. Ihr Gesicht sah merkwürdig aus. Als hätte sie eine Vision gehabt und wüsste nicht recht, was sie davon halten sollte. Als wäre ihr die Heilige Jungfrau erschienen.

Sie nahm mich am Arm und führte mich ins Haus.

»Was ist hier los?«, fragte ich.

»Er ist hier drin«, sagte sie. Sie schob mich in Richtung Wohnzimmer, der »guten Stube«, wollte aber offenbar nicht mit reinkommen. »Geh rein.«

»Kommst du nicht mit?«

Wollte sie sich tatsächlich ein Drama entgehen lassen? Das war sonst gar nicht ihre Art.

»Ich kann nicht«, sagte sie. »Mein Kreislauf hält das nicht aus. Ich fürchte, ich könnte einen Schlaganfall bekommen. Dein Vater musste sich wieder ins Bett legen. Sein Blutdruck ist in die Höhe geschossen. Wir haben beide einen Betablocker genommen.«

»Aha, okay.«

Ich machte die Tür auf und ging ins Zimmer. Auf dem Sessel mit dem geblümten Polster, neben sich eine von Mums guten Tassen mit Tee, saß … nicht Wayne.

Sondern Docker.

Einer der berühmtesten, attraktivsten, charismatischsten Männer auf unserem Planeten. Es war so unpassend, so unerwartet, so surreal, dass mein Körper eine Ohnmacht erwog, gleichzeitig aber wusste, dass das nicht dramatisch genug war. Ich wurde mir plötzlich jeder meiner Zellen bewusst, jedes einzelnen Funkens Energie, der wild durch meinen Körper jagte. Ich bitte um Nachsicht für diese unfeine Bemerkung, aber meine normalerweise einwandfrei funktionierenden Schließmuskeln drohten einen Moment lang zu versagen.

»Helen? Helen Walsh?« Er schoss hoch, sein strahlendes Charisma breitete sich im ganzen Zimmer aus. Er streckte mir die Hand entgegen. »Ich bin Docker.«

»Ich weiß«, sagte ich schwach und blickte in sein sonnengebräuntes, außerordentlich berühmtes Gesicht.

»Entschuldigen Sie, dass ich einfach so reinplatze, Ihre Mail wurde mir weitergeleitet, und ich war in der Nähe. Ich war in England …«

»Ich weiß. Es war in den Nachrichten …«

»Und ein Freund von mir wollte nach Dublin fliegen, da habe ich mich von ihm mitnehmen lassen.«

Einen Satz wie diesen, so angefüllt mit Andeutungen, hatte ich in meinem Leben noch nicht gehört. Dockers »Freund« war offensichtlich Bono, und anscheinend kamen auch Privatflugzeuge vor.

»Mir ist ein bisschen …«

»Ja, kommen Sie, setzen Sie sich.« Er führte mich zum Sofa.

»Würden Sie sich neben mich setzen?«, fragte ich ihn. »Damit ich später sagen kann, ich hätte mit Docker auf dem Sofa gesessen.«

»Klar.«

»Entschuldigen Sie bitte«, sagte ich in einer heftigen Anwandlung von Aufrichtigkeit. »Für Sie muss es schrecklich sein, wenn die Menschen in Ihrer Gegenwart immer in Schockstarre verfallen.«

»Das ist nicht so schlimm«, sagte er. »Nach einer Weile vergeht das. Sie gewöhnen sich an mich.«

»Woher wussten Sie, wo ich wohne?«

»Ich habe mich durchgefragt.«

»Im Ernst?« So einfach war das. Wie es wohl war, über solche Verbindungen zu verfügen?

»Und wo ist er?«, fragte ich.

»Wayne? Ich weiß es nicht. Ich habe keine Ahnung.«

»Wie meinen Sie das?«

»Ich habe Wayne lange nicht gesehen. Seit Jahren nicht mehr. Auch nicht mit ihm gesprochen.«

»Aber Sie schicken ihm jedes Jahr im Mai fünftausend Dollar.«

»Tue ich das?«

»Ja. Über Ihre Firma. Ein Dauerauftrag. Für den Refrain von ›Windmill Girl‹.«

Er starrte mich an. »Das hatte ich ganz vergessen. Aber Sie haben recht.«

Ich starrte zurück. Wie es wohl wäre, so reich zu sein, dass man es nicht mal bemerkt, wenn fünftausend Dollar vom Konto runtergehen?

»Und … Wenn Sie nicht wissen, wo Wayne ist, warum sind Sie dann gekommen? Und warum so früh?«

»Ist es früh?«

»Eh … ja. Es ist halb acht.«

»Entschuldigung. Ich verstehe. Aber ich war die ganze Nacht auf, und vielleicht bin ich noch auf syrische Zeit eingestellt. … Sie wissen, wie das ist.«

»Nein, ganz und gar nicht.« Ich betrachtete ihn mit ernsthafter Bewunderung. Diese Kosmopoliten! »Aber noch mal: Wenn Sie nicht wissen, wo Wayne ist, warum sind Sie dann gekommen?«

»Ich möchte helfen. Wayne war sehr gut zu mir. Ich bin ihm verpflichtet. Ich hatte immer ein bisschen … Sie verstehen … Für mich ist alles so gut gelaufen.«

Was er sagte, stimmte absolut. »Von weißen Anzügen und synchronisiertem Tanzen haben Sie sich meilenweit entfernt.«

»Aber es wird immer ein Teil von mir sein.«

»Das müssen Sie sagen, ich weiß«, sagte ich. »Aber meinen Sie das auch?«

Er schien verdutzt. »Na ja … es ist sehr lange her. Aber es hat Spaß gemacht. Gelegentlich, vielleicht einmal im Jahr, träume ich davon, von dem Singen und Tanzen, von den alten Auftritten. Damals war das Leben einfach.«

Ich lächelte ihm unter halb geschlossenen Augenlidern euphorisch zu. Ich war in einen seltsamen, abgehobenen Zustand geraten. Der Schock, kein Zweifel.

»Das erste Konzert findet heute Abend statt«, sagte ich. »Die anderen drei Bandmitglieder sind dringend auf das Geld angewiesen. Falls Sie also etwas wissen, falls Sie Wayne irgendwie schützen wollen, dann wäre jetzt ein guter Zeitpunkt, ihn uns zu übergeben.«

»Ich habe wirklich keine Ahnung, wo er ist«, sagte er. »Ich habe seit über zehn Jahren weder mit ihm noch mit den anderen Laddz gesprochen. Aber ich gebe Ihnen meine private Handynummer, Helen.«

»Danke.« Ich war ein bisschen ernüchtert. Ich war nicht blöd. Ich wusste, dass die Nummer, die er mir geben würde, eine sogenannte »Privatnummer« war, die er Tausenden von Menschen gab. Docker selbst würde nie am Telefon sein, immer nur einer seiner Sklaven.

»Nein, im Ernst«, sagte er, als er meine Reaktion gedeutet hatte. »Ich meine, meine echte Privatnummer, nicht die Nummer, die ich den meisten Menschen gebe.«

Docker bestand darauf, dass ich sie in mein Handy tippte, dann musste ich ihn anrufen. Und tatsächlich klingelte das Handy in der Brusttasche seines T-Shirts. Er holte es hervor und sagte: »Hallo, Helen.« Er bedachte mich mit einem Lächeln, für das er berühmt war, und sofort brach mir der Schweiß auf der Stirn aus.

»Sehen Sie«, sagte Docker. »Es gibt mich wirklich.«

»Oh, mein Gott«, flüsterte ich mir zu. »Ich habe Dockers private Telefonnummer.«

»Und ich habe Ihre Nummer«, sagte er fröhlich. »Jeder hat die Nummer des anderen.« Als wäre es ein Austausch unter Gleichen.

»Gut«, sagte er, und seine Körpersprache deutete an, dass meine Audienz mit ihm gleich zu Ende war. »Wenn ich irgendwie in der Sache mit Wayne behilflich sein kann, rufen Sie mich an, und ich bin augenblicklich zur Stelle.«

»Was haben Sie jetzt vor?«, fragte ich. »Fliegen Sie wieder nach L. A.?«

»Morgen. Heute Nachmittag treffe ich ein paar Freunde in Dublin, morgen fliege ich nach L. A. Sollte ich in der Zwischenzeit irgendetwas von Wayne hören, setze ich mich sofort mit Ihnen in Verbindung.«

»Docker«, sagte ich, »sind Sie ein guter Mensch?«

»Wie bitte?« Er schien verblüfft.

»Sind Sie ein guter Mensch, Docker? Ich weiß, dass Sie dauernd Gutes tun. Aber besteht das nur darin, dass Sie und Ihre berühmten Freunde um die Welt fliegen, exotische Orte aufsuchen und sich von den Menschen anhimmeln lassen? Oder würden Sie für jemanden auch eine Anstrengung unternehmen?«

»Ich bin ein guter Mensch. Ich würde für jemanden eine Anstrengung unternehmen.« Er lachte. »Was soll ich sonst sagen?«

»Es ist ein Geschenk, wenn man jemandem helfen kann, richtig, Docker?«

Plötzlich änderte sich seine Haltung, und er wurde wachsam. Er argwöhnte, dass ich irgendetwas mit ihm vorhatte. Damit lag er richtig.

»Das ist es«, sagte er halbwegs resigniert. »Ein Geschenk.«

»Und man bekommt mehr zurück, als man gibt, richtig?«

»Richtig«, sagte er trocken.

»Wunderbar. Jetzt, da wir das geklärt haben, kann ich Ihnen auch sagen, dass Sie eine Sache tun müssen. Sie müssen nach Leitrim fahren.«

»… Okay.«

»Sagen Sie Ihren Nachmittag mit Freunden in Dublin ab und rufen Sie diese Nummer an. Es ist die Nummer von einem Mann namens Terry O'Dowd. Er hat die Tür an Ihrem Haus praktisch umsonst repariert, und ich habe ihm versprochen, sollte ich je Gelegenheit haben, mit Ihnen zu sprechen, dann würde ich Sie bitten, ihn und die Leute in Leitrim zu besuchen.«

»... Okay.«

»Nichts Besonderes, einfach Tee und Sandwiches in Ihrem Haus, eine offene Einladung. Man muss nicht bis ans Ende der Welt reisen, um Menschen zu helfen, Docker. Zurzeit ist die Moral in diesem armen Land ziemlich am Ende, die Leute haben es nicht leicht, und wenn Sie nach Leitrim fahren, wird das der Höhepunkt des Jahres für die Menschen dort sein. Sie würden wirklich ...« Ich wollte nicht sarkastisch klingen, wirklich nicht. »Sie würden *etwas bewirken.*«

68

Mum kam auf Zehenspitzen die Treppe runter. »Ist er weg?«

»Ja.«

»War er wirklich da? Ist das alles wirklich geschehen?«

»Ja.«

»Das war eins der schlimmsten Erlebnisse in meinem ganzen Leben. Davon werde ich mich niemals erholen.«

»Ich mich auch nicht. Ich glaube, ich lege mich ein bisschen hin.«

Ich fühlte mich höchst sonderbar, stieg langsam nach oben und kroch ins Bett, ohne mich vorher auszuziehen.

Ich musste die Zeit irgendwie rumkriegen, bis das Büro, das Wayne am Morgen seines Verschwindens angerufen hatte, um zehn Uhr wieder aufmachte. Und wenn es, was ich vermutete, eine Telefongesellschaft war, dann würde ich Jay Parker anrufen und ihm nahelegen, alle drei Konzerte abzusagen.

Ich schloss die Augen, verfiel für zwei Stunden in einen seltsamen Schwebezustand, und kam um fünf vor zehn wieder zu mir.

Langsam richtete ich mich auf und stellte die Füße auf den Boden. Ich beschloss, dass ich zuallererst meine Tablette nehmen würde. Ich holte die Packung aus dem inneren Reißverschlussfach meiner Handtasche, wo ich sie immer sicher und leicht erreichbar verstaute, und aus lauter Dankbarkeit, dass sie da war, hätte ich sie beinahe geküsst. Ich dachte an die Cymbalta in Waynes Nachttischschublade und die Stilnox in seinem Badezimmerschrank, und dass er sich einfach locker abgesetzt hatte – wohin auch immer –, ohne sie mitzunehmen. Zurzeit konnte ich nirgendwo hingehen, ohne meine Tabletten bei mir zu haben – allein der Gedanke, ohne sie zu sein, war entsetzlich.

Und in dem Moment, aus heiterem Himmel, hatte ich eine meiner seltenen, aber brillanten Eingebungen: Ich wusste, wo Wayne Diffney war.

Ich rief Artie an: »Ich möchte dich um einen Gefallen bitten«, sagte ich.

Dann wählte ich eine andere Nummer, und Docker antwortete nach dem vierten Klingeln. »Helen?«

Es war furchtbar laut, ich konnte ihn kaum verstehen. »Docker? Gott, was ist das für ein Lärm? Wo sind Sie?«

»Im Moment über Roscommon. Ich bin in einem Hubschrauber. In fünfzehn Minuten landen wir bei meinem Haus in Leitrim.«

Ein Hubschrauber. Wenn das kein Glücksfall war!

»Ich habe mit Ihrem Freund gesprochen, Terry O'Dowd«, brüllte er, um sich durch das Motorengeräusch verständlich zu machen. »Netter Kerl. Es ist alles vorbereitet. Vom Hotel im Ort kann ich mir dreihundert Tassen und Untertassen leihen und ein paar Teemaschinen. Terry kümmert sich um Sandwiches und Kuchen, er kennt da jemanden. Seine Frau und ihre Freundinnen sind schon im Haus und machen ein bisschen sauber. Die Einladung ist über den Lokalsender rausgegangen.«

Es tat gut, all das zu hören. Aber es sollte noch besser werden für Docker und seine Altruismussucht. »Hören Sie, Docker, ich habe eine fantastische Neuigkeit für Sie.«

»Und das wäre?« Trotz des Geratters konnte ich einen Anflug von Beklommenheit in seiner Stimme hören.

»Heute werden Sie noch eine weitere Gelegenheit haben, etwas Positives zu bewirken.«

»Aha … Und wie?«

Ich musste meine Erklärung und die Anweisungen laut brüllen, aber Docker hörte jedes Wort und verstand genau.

Dann schickte ich Waynes Telefondaten an Walter Wolcott, denn die waren jetzt nicht mehr wichtig.

69

Alle sagten, es sehe wie ein Hotel aus, aber das stimmte nicht. Es sah wie ein Krankenhaus aus. Ein schönes, zugegeben, aber es war trotzdem zweifelsfrei ein Krankenhaus. Es gab Fenster, die das Tageslicht hereinließen, aber die Betten waren eindeutig Krankenhausbetten, schmal und höhenverstellbar, mit Metallstreben als Kopfteil. Und die Funktion der schrecklichen, leise gleitenden Vorhänge zwischen den Betten, die einen abschirmten, wenn der Arzt kam und einen am Hintern untersuchte, ließ sich nicht vertuschen.

In Sankt Teresa gab es Stationen, die verriegelt wurden und wo höchste Sicherheitsvorkehrungen galten und man mit klirrenden Schlüsseln rein- oder rausgelassen wurde, aber wenn man zur Frühlingsblüten-Station wollte, wohin ich mich begab, fuhr man einfach mit dem Aufzug in die dritte Etage und ging rein.

Wenn sich die Aufzugtüren öffneten, führte ein langer, holzgetäfelter Flur – wahrscheinlich aus Walnussholz – zum Schwesternzimmer. Vom Flur gingen zu beiden Seiten Zimmer ab, in denen jeweils zwei Betten standen. Voller entsetzlicher Neugier starrte ich in jedes Zimmer, an dem ich vorbeikam. Manche waren leer und hell, und die Betten waren ordentlich gemacht. In anderen waren die Vorhänge vor den Fenstern zugezogen, und unter blauen Krankenhausdecken zeichneten sich gekrümmte Formen ab, mit dem Rücken zur Tür. Ich ging den Flur entlang, schwang meine Tasche und versuchte, möglichst lässig zu wirken. Ich musterte jeden, dem ich begegnete, aber niemand beachtete mich. Ich konnte schließlich irgendeine Besucherin sein.

Ich kam zum Schwesternzimmer. Sehr schön war es, mit dem geschwungenen Holztisch, wie der Verkaufstisch in einer Boutique. Ich ging weiter, an der offen gestalteten Sitzgruppe vorbei, an der Küche vorbei, am Raucherzimmer vorbei und ins Fernsehzimmer.

Im Fernsehzimmer saß ein Mann. Er war allein und hockte regungslos vor einem Schachbrett. Ich blieb an der Tür stehen, und er sah auf, plötzlich alarmiert.

Ich sagte: »Hallo, Wayne.«

70

Er sprang auf. »Was?« Seine Stimme klang panikerfüllt.

»Alles okay«, sagte ich schnell. »Alles in Ordnung. Regen Sie sich nicht auf, rufen Sie nicht die Schwester, ich erkläre Ihnen alles.«

»Wer sind Sie?«

»Ich bin Helen, ich bin niemand, ich bin nicht wichtig.«

»John Joseph? Jay?«

»Hören Sie ...«

»Ich komme nicht zurück. Ich mache bei den Konzerten nicht mit, ich stelle mich nicht ...«

»Sie müssen gar nichts tun. Ich war nicht hier, ich habe Sie nie gesehen.«

»Was also ...?«

»Sie müssen nur ein einziges Telefongespräch führen. Ich wähle sogar die Nummer für Sie.«

»Ich spreche mit niemandem.« Er gestikulierte wild, zeigte auf das Zimmer, auf seine Hose mit Gummizug, seinen rasierten Kopf. »Ich bin in einer *psychiatrischen Klinik*. Ich bin *selbstmordgefährdet*. Sehen Sie mich an.«

»Wayne, Sie müssen das tun. Jemand anders ist Ihnen auf der Spur. Er hat Ihre Verbindungsdaten, und es wird nicht lange dauern, bis er herausfindet, wo Sie sind. Ihm ist es egal, dass es Ihnen nicht gut geht. Er wird John Joseph sagen, wo Sie sind. John Joseph ist völlig am Ende, er wäre zu allem fähig. Notfalls würde er Sie in einem Korb durch den Wäscheschlucker rausschmuggeln. Irgendwie würden Sie auf der Bühne landen, und Sie würden in einem weißen Anzug stecken und die alten Songs spielen, und Sie müssten Ihr ganzes Herz hineinlegen, weil John Joseph jemanden bestellt hat, der in den Kulissen steht und den Revolver auf Sie gerichtet hat.«

Vielleicht hatte ich ein bisschen zu dick aufgetragen. Aber vielleicht auch nicht.

Wayne sah mich stumm an. Er sah aus, als würde er jeden Moment anfangen zu weinen.

»Es tut mir wirklich leid«, sagte ich. Auch ich hatte das Gefühl, weinen zu müssen.

»Okay. Was muss ich tun?«

Ich nahm mein Handy und tippte eine Nummer ein. Ich wartete, bis am anderen Ende abgenommen wurde. »Wayne möchte Sie sprechen«, sagte ich.

Ich gab Wayne mein Telefon, und nach einem kurzen Gespräch gab er es mir zurück.

»Alles geklärt?«, fragte ich.

»Alles geklärt.«

»Jetzt muss ich Sie nur noch bitten, hier zu unterschreiben, dass Sie einverstanden sind.«

Er überflog den einfachen Vertrag, den Artie für mich aufgesetzt hatte, und unterschrieb.

»Bevor ich verschwinde, können Sie mir bitte ein paar Details bestätigen? Keiner wird je davon erfahren. Selbst meine Mutter nicht. Es ist nur eine Frage von persönlichem Stolz.«

»Mal sehen«, sagte er zurückhaltend.

»Sie haben Zeezah in Istanbul kennengelernt? Sie haben sich verliebt, und Birdie hat es herausgefunden ...«

Er stöhnte. »Ich habe ihr sehr wehgetan. Das hatte sie nicht verdient.«

»Lassen wir das«, sagte ich schnell. Ich wollte ihn nicht in einem Morast von Schuldgefühlen verlieren. »Weiter. John Joseph trifft Zeezah und spannt sie Ihnen aus. Er will derjenige sein, der sie unter Vertrag nimmt und heiratet. Und Zeezah ist so jung und so ... eh ...« Wie sollte ich ihre ungeheure Oberflächlichkeit diskret andeuten? »... so jung und kommt zu dem Schluss, dass John Joseph besser für sie ist. Sie heiraten also, und er importiert sie nach Irland. Aber Zeezah lässt Sie nicht in Ruhe, richtig? Sogar in ihren Flitterwochen gesteht sie Ihnen, sie habe mit der Heirat einen schrecklichen Fehler begangen. Daraufhin sind Sie sogar nach Rom geflogen. Aber Zeezah ist bei John Joseph geblieben. Alle kommen nach Irland zurück, und Zeezah und Sie treffen sich weiter. So wie es aussieht, sind Sie ein anständiger Typ. Der Betrug nagt an Ihnen. Jeden Tag sind Sie mit John Joseph bei den Proben zusammen, und es wird Ihnen alles zu viel – die Schuldgefühle, die Wut. Außerdem neigen Sie zu Depressionen. Liege ich einigermaßen richtig?«

»Ganz richtig.«

»Dann hören Sie, dass Zeezah schwanger ist. Es besteht die gute Chance, dass Sie der Vater sind. Möglicherweise weckt das Erinnerungen an die schreckliche Zeit, als Ihre Frau schwanger war und herauskam, dass Shocko O'Shaughnessy der Vater war. Sie sind sehr … unglücklich. Oder, um es mit Ihrem Wort zu sagen, Sie sind selbstmordgefährdet. Deshalb rufen Sie am Donnerstagmorgen Ihren Arzt an, Ihren …« Ich hustete diskret, ich wollte nicht andeuten, dass er verrückt war, schließlich war ich selbst ja auch nicht ganz richtig im Kopf. »… Ihren Psychiater, und der rät Ihnen hierherzukommen, in diese Klinik, und obwohl ein Bett so schwer zu bekommen ist wie eine Parklücke am Heiligabend, verspricht er, alle Hebel in Bewegung zu setzen, und dass jemand sich umgehend mit Ihnen in Verbindung setzen würde, sobald es eine gute Nachricht gebe. Sie werden angerufen, das Krankenhaus schickt einen Fahrer, der Sie abholt – Digby, es ist doch Digby, oder?«

Er nickte.

»Sie werfen ein paar Sachen in eine Tasche, Medikamente brauchen Sie nicht einzupacken, davon gibt es hier reichlich. Digby fährt vor, Sie kommen aus dem Haus, verstauen Ihre Tasche im Kofferraum und laufen noch einmal zurück ins Haus, um etwas zu holen, was genau, weiß ich nicht …« Dann, in einem Moment der Erleuchtung, wusste ich es plötzlich. »Ihre Gitarre, stimmt's?«

»Stimmt.« Er war offenkundig beeindruckt. Ich auch, um ehrlich zu sein.

»Digby fährt Sie zum Krankenhaus, und da sind Sie.«

»Genau so ist es gewesen.«

»Und was ist das Passwort für Ihren Computer?«

»Raten Sie doch.« Konnte sein, dass er lächelte.

Plötzlich kam ich mir furchtbar dumm vor. Ich wusste es. Sie hatte es mir selbst gesagt. »Doch nicht etwa … Zeezah, oder?«

»Natürlich Zeezah.«

Am ersten Abend, als ich sie in der mittelalterlichen Ritterhalle kennengelernt hatte, war es ihre Idee gewesen, dass Zeezah das Passwort sein könnte, und ich hatte angenommen, es sei ein Fall von Egomanie. Sie hatte es nicht gewusst, nicht wirklich gewusst (sonst hätte sie es mir gesagt, denn ihr war es ebenso wichtig wie den anderen, dass Wayne gefunden wurde), sie meinte es eher als Scherz. Aber, wie ich immer wieder gesagt habe, in allem, was die Menschen sagen, ist ein Körnchen Wahrheit, auch wenn sie es selbst nicht wissen.

»Und der Code der Alarmanlage? Null-acht-null-neun?«

»Mein Geburtstag«, sagte er. »Achter September.«

Ich runzelte die Stirn. »Es heißt immer, man solle nicht das Geburtsdatum nehmen, es sei zu offensichtlich.« Ich brach ab. War vielleicht keine gute Idee, seinen Ängsten neue Nahrung zu geben. Schnell wechselte ich das Thema und sagte: »Ich bewundere Ihr Haus.«

»Dann sind Sie die Einzige. Alle anderen sagen, es sei richtig deprimierend. Sie haben was gegen die Farben.«

»Das ist nicht Ihr Ernst! Das sind Holy-Basil-Farben. Sie sind fantastisch!«

Plötzlich fügte sich alles zusammen. Was sagte es über einen Mann aus, der sein Schlafzimmer in *Schorf*, *Schimmel* und *Gemetzel* streicht? Dass er an Melancholie leidet, oder? Kein Wunder, dass ich mich in seinem Haus so wohlgefühlt hatte.

»Noch eins«, sagte ich. »Was weiß Ihre Familie? Ihre Mutter, Connie?«

»Alles.«

»Dass Sie hier sind?«

»Natürlich. Sie sind meine Familie.«

»Auch Ihr Bruder in Upstate New York?«

»Ja.«

»Aber Ihre Mutter hat mich am Sonntag angerufen und gefragt, ob ich Sie gefunden hätte.«

Er nickte. »Sie war hier bei mir, als sie angerufen hat. Sie fand, wir würden Sie am ehesten von uns fernhalten, wenn sie alle so taten, als ob sie keine Ahnung hätten und sich riesige Sorgen machten.«

Mann! »Sie hat nur so getan? Sie hat gespielt?«

»Sie hat es meinetwegen getan.«

»Also … ich zolle allen meine Bewunderung.« Die milde Mrs. Diffney, die kratzbürstige Connie, selbst der Bruder Richard – gemeinsam hatten sie es hervorragend geschafft, Wayne zu beschützen.

Ich musste los.

»Wayne«, sagte ich, »ich hoffe sehr, dass es Ihnen bald besser geht. Nehmen Sie die Tabletten, machen Sie alles so, wie die Ärzte es sagen, obwohl ziemlich viel Mist dabei ist, besonders das mit der Kognitiven Verhaltenstherapie. Und Yoga. Und …« Aber ich gebot mir Einhalt. Wer weiß, vielleicht tat Yoga ihm ja gut. »Lassen Sie sich Zeit, kommen Sie erst wieder raus, wenn es Ihnen besser geht.«

»Wollen Sie schon gehen?« Jetzt, da ich im Begriff war, mich zu verabschieden, schien er mich plötzlich dabehalten zu wollen.

»Ich gehe, ja. Aber vorher muss ich noch jemandem Guten Tag sagen.«

Die Anmeldung war im Erdgeschoss. In einem anderen Leben war ich schon einmal da gewesen. Obwohl ich mich kaum daran erinnern konnte, so schlimm war mein Zustand, als ich damals hier ankam.

Ich klopfte leise an die Tür und trat ein. Drinnen saßen drei Personen, zwei Frauen und ein Mann. Die Frauen saßen an Computern, der Mann stand bei einem Aktenschrank.

»Ich suche eine Gloria«, sagte ich.

»Das bin ich.«

Sie entsprach nicht im Entferntesten dem Bild, das ich von ihr im Kopf hatte. Ich hatte sie mir blond vorgestellt. Mit blauen Augen und einem Kopf voller munterer Locken. Aber sie war klein und dunkel.

»Ich heiße Helen Walsh«, sagte ich. »Ich bin mit Wayne Diffney befreundet. Er ist auf der Station Frühlingsblüten.«

Sie nickte. Sie wusste, wer Wayne war.

»Ich wollte Ihnen gern danken«, sagte ich.

»Wofür?«

»Weil Sie ihm so schnell ein Bett besorgt haben. Ich weiß, dass er am Ende war, und ich weiß, wie schwer es ist, auf die Schnelle hier ein Bett zu bekommen. Ihr Anruf war seine Rettung.«

Sie errötete vor Freude. »Ah«, sagte sie verlegen. »Wir geben uns alle Mühe zu helfen, wenn jemand in einer schwierigen Situation ist. Aber«, fügte sie rasch hinzu, »wir dürfen nicht über die Patienten sprechen.«

71

»Himmelherrgott, hör doch mal auf, so zu *schubsen!*«

»Ich schubse doch gar nicht, ich will nur auch was sehen.«

»Immer mit der Ruhe, okay?«, sagte Artie.

»Sie haben gut reden«, sagte Mum heftig. »Sie sind eins fünfundachtzig.«

Mum, Claire, Kate, Margaret, Bella, Iona, Bruno, Vonnie, sogar Dad drängelten sich an der Brüstung unserer Loge im MusicDrome, jeder darauf aus, den Platz mit der besten Sicht auf die Bühne zu bekommen.

Jay Parker hatte nicht gelogen – er hatte mir wirklich eine Loge für zwölf Personen reserviert, und es gab tatsächlich Erdnüsse für alle.

Aber die Aufregung übertrug sich auf uns alle. Die Atmosphäre in der Halle – das Publikum bestand fast ausschließlich aus Frauen und schwulen Männern – war elektrisierend. Anfangs waren alle fünfzehntausend Zuschauer in spontaner Freundschaft verbunden gewesen, vereint unter dem Schirm der Liebe für die Laddz, aber die überschäumende Freude drohte in Gereiztheit umzukippen.

»Es ist Viertel nach neun«, sagte Bruno zu mir. Er war ganz plötzlich mein bester Freund geworden, eine Freundschaft, die in dem Moment begann, als er hörte, dass ich ihm eine Freikarte für das Konzert besorgen konnte. »Sie sollten vor einer Viertelstunde anfangen!«

»Vor einer Viertelstunde!« Kates Unterlippe fing an zu zittern. Die Verwandlung war erstaunlich – innerhalb weniger Stunden war Kate von einem mutterzerfleischenden Monster zu einem tränenseligen Teenager mutiert.

»Sie fangen gleich an«, sagte ich.

»Und wenn nicht?« Bella brach in Tränen aus. »Wenn sie nicht auf die Bühne kommen?«

»Sie kommen bestimmt. Ganz bestimmt.« Vonnie und Iona nahmen Bella in ihre Mitte und trösteten sie, und Mum nutzte geschickt den Moment, sich an Vonnies Platz zu schieben. Dann drehte sie sich zu mir um mit einem Lächeln, das sagte: »Geschieht ihr recht.«

Die Nerven der Menschen waren vor Erwartung zum Zerreißen gespannt, das spürte ich. Viel mehr würden sie nicht aushalten.

Ohne jede Warnung gingen die Lichter aus, die Halle wurde in tiefste Dunkelheit getaucht, und das Kreischen, ohnehin schon ohrenbetäubend, wurde noch lauter, so laut, dass man denken könnte, fünfzehntausend Wölfe hätten sich gerade ihre Pfoten in einer Falle eingeklemmt.

»Jetzt kommen sie.« Claire bohrte sich die Fingerknöchel in die Wange. »Herr im Himmel. Herr im Himmel.«

Kate trampelte auf der Stelle, das war der Adrenalinrausch.

»Mir wird schlecht«, sagte Mum. »Im Ernst. IM ERNST.«

Der tiefe, klagende Ton eines Cellos ertönte durch die Lautsprecher. Die Böden, die Wände, die Decke – alles schien mit dem Ton zu vibrieren. Das Kreischen wurde noch intensiver, ein einzelner Scheinwerfer schaltete sich an, und in den Lichtkegel trat … John Joseph.

»JOHN JOSEPH, JOHN JOSPEH, JOHN JOSEPH!« Mum brüllte und kreischte und wedelte mit den Armen in der Luft. »WIR SIND HIER. WIR SIND HIER. WIR SIND HIER!«

John Joseph, in einem schlicht geschnittenen schwarzen Anzug, stand mit gesenktem Kopf und rührte sich nicht.

Der tiefe, dumpfe Celloton hielt an, und nach einigen Sekunden, während die Menschen die Luft anhielten, ohne es zu merken, ging ein zweiter Scheinwerfer an, und in den Lichtkegel trat … Frankie.

»FRANKIE! FRANKIE! FRANKIE!«

In den Reihen unter uns weinten die Menschen hemmungslos.

Frankie nahm dieselbe Haltung an wie John Joseph, auch er stand still wie eine Statue, den Kopf gesenkt.

»Wer ist der Nächste? Wer ist der Nächste? Wer ist der Nächste?«

Die Zuschauer verstummten, nur noch das Cello war zu hören, und es wurde so still in der Halle, dass ich tatsächlich das Klicken hörte, als der nächste Scheinwerfer angeschaltet wurde. Und in den Lichtkegel trat … Roger.

»Das ist ROGER.« Die Menschen brüllten sich das gegenseitig zu. »ROGAAAIIIRR. ROGAAAIIIRR.«

Auch Roger stand mit gesenktem Kopf still da. Allmählich verebbte das Gebrüll, und während das Cello weiter die dumpfen Töne spielte, baute sich eine schier unerträgliche Spannung auf.

Als das Klicken des Scheinwerfers endlich kam, atmeten alle Zuschauer gemeinsam auf. »JETZT KOMMT WAYNEWAYNEWAYNE!«

Und in den Lichtkegel trat … Docker.

Das Kreischen wurde vor Verwirrung leiser. »Das ist gar nicht Wayne. Das ist gar nicht Wayne. Das ist gar nicht Wayne.«

Und dann, als die Menschen begriffen, was geschah, stieg das Kreischen wieder an und wurde noch lauter und schriller.

Mum drehte sich zu mir um und brüllte mir ins Gesicht: »Es ist Docker. Es ist Docker. Es ist Docker, VERDAMMT.« Sie hatte den Mund so weit aufgerissen, dass ich ihre Mandeln sehen konnte.

Einen winzigen Moment lang dachten die Zuschauer: »Sie sind alle wieder zusammen, alle FÜNF.«

Dann gingen alle Scheinwerfer an, bunte, blendende Farben, die Musik explodierte in ohrenbetäubender Lautstärke, und die vier Männer spielten »Indian Summer«, ein munteres, schnelles Stück und einer der größten Laddz-Hits.

Plötzlich fingen alle an zu tanzen. Blaue und rosa Laserstrahlen strichen über das Publikum, die Atmosphäre war wie verwandelt, fast war es wie ein religiöses Erlebnis. Alles war dermaßen überwältigend, dass niemand der Tatsache, dass Wayne nicht da war, dafür aber Docker, weiter Beachtung zu schenken schien.

Nach »Indian Summer« ging es weiter mit »Throb«, auch das eine Tanznummer, dann kam »Heaven's Door«. Wahrscheinlich war ich von fünfzehntausend Zuschauern die Einzige, die bemerkte, dass Docker nicht so elegant tanzte wie die anderen, dass er eine Winzigkeit hinterher war und manchmal eine Drehung vergaß. Aber nie vergaß er zu lächeln, das musste man ihm lassen.

Nach der vierten Tanznummer machten sie eine Pause.

»Hallo, Dublin!«

»Wie ihr seht, kann Wayne heute Abend nicht dabei sein«, sagte John Joseph.

»Er lässt alle herzlich grüßen«, sagte Roger.

»Und ich hoffe, ich bin ein würdiger Ersatz«, sagte Docker. »Das nächste Stück ist für Wayne.«

Sechs Monate später

Auf dem Parkplatz hinter dem Gemeindesaal herrschte geschäftiges Treiben. Weihnachtsbäume wurden in Maschendraht eingewickelt und in Kofferräume geladen, Geld wechselte in raschem Tempo von einer Hand zur anderen.

Die Halle selbst war mit Lametta geschmückt, das büschelweise mit Klebeband an den Wänden befestigt war. Weihnachtslieder erklangen, aber zum Glück waren die Lautsprecher so alt und knisterten so laut, dass man die Musik kaum hören konnte.

Es gab die üblichen Stände mit ihren verlockenden Waren. Ich blieb bei der Tombola stehen, staunte über die Erbärmlichkeit der Preise – eine kleine Flasche Sprite light, eine Schachtel Panadol, eine Dose Kidneybohnen – und kaufte ein paar Lose. Warum auch nicht?

Die Frau an dem Tisch mit den Strickwaren saß auf einem hohen Stuhl und hatte ihr Reich fest im Blick. Sie strickte mit geballter, kaum unterdrückter Wut, und zornige Funken schienen mit jedem Klicken von ihren Nadeln zu springen. Vor ihr lag eine Reihe dunkelroter, vermutlich kratziger Sturmhauben, fast sah es aus, als würde sie eine Revolution planen. »Ja?«, fuhr sie mich an.

»Haben Sie etwas für ein Baby?«

»Junge oder Mädchen?«

»Mädchen.«

»Wie wär's mit so einer Mütze?«

Ich ging weiter. Neu – und offenkundig sehr beliebt – war in diesem Jahr ein Stand mit Dingen, die aus Filz gefertigt waren.

Vielleicht war die Strickfrau deshalb so wütend? Ich schob mich nach vorn und fand ein paar winzige rosa Babystiefel. Perfekt. Nur dass einer wesentlich größer war als der andere.

»Fünf Euro«, sagte die Frau hinter dem Tisch.

»Aber … sie sind unterschiedlich groß.«

»Ein Geschenk?«

»Ja.«

»Dann zählt die Geste. Fünf Euro.«

»Könnten Sie sie als Geschenk einpacken?«

»Nein. Was glauben Sie denn, wo wir sind? Bei Barneys?«

»Was wissen Sie denn über Barneys?«

»Oh, ich kenne mich aus.« Sie zwinkerte mir zu und stopfte meinen Fünf-Euro-Schein in ihre bereits prall gefüllte Geldtasche.

»Was ist das da?«, fragte ich.

»Orangenmarmeladentorte.«

»Soll das ein Witz sein?« Eine entsetzliche Idee. »Haben Sie auch … *normalen* Kuchen?«

»Dieser leckere Kaffee-Walnuss-Rührkuchen vielleicht?«

»Kaffee?«, sagte ich. »Und Walnuss? Ich bekomme Besuch. Ich habe …« Ich brauchte einen Moment, um das neue Wort auszuprobieren. »*Gäste.* Ich möchte sie willkommen heißen, nicht beleidigen. Was ist das da?« Ich zeigte auf einen schiefen braunen Würfel.

»Kalter Hund.«

»Perfekt, den nehme ich.«

»Vielleicht noch ein paar Muffins?«

»Ich?«, sagte ich von oben herab. »Sehe ich etwa aus wie eine, die Muffins isst?«

»Sehen Sie sich doch mal an, Ihr kleines Gesicht«, sagte sie. »Und so schick in dem Mantel und den hohen

Schuhen, und was für eine hübsche Handtasche. Ist die neu?«

»Ja …«, sagte ich schwach, aber sie gehörte nicht mir, sondern Claire, und ich hatte sie mir »geborgt«.

»Um ehrlich zu sein«, sagte sie, »Sie sind das Muffin-Klischee schlechthin. Wie aus dem Bilderbuch.«

»Das stimmt nicht«, sagte ich ernsthaft. »Das bin ich nicht. Trotzdem, ich nehme ein Dutzend davon.«

Ich *musste* einfach, schon aus Tradition, den Trödelstand aufsuchen. Wohlwollend sah ich mir die Auslage an: drei Rubbelkarten (schon abgerubbelt), ein einzelner silberfarbener Sportschuh (Größe 39), eine Broschüre für den Stannah-Treppenlift, eine Blumenvase mit Sprung, eine halb volle Flasche Chanel N° 5, die irgendwie so aussah, als hätte jemand daraus getrunken.

Die Frau hinter dem Tisch – eine andere als im letzten Jahr, da war ich mir ziemlich sicher – war so verschreckt, dass sie mich nicht einmal ansah.

»Was haben Sie bloß angestellt?«, fragte ich sie voller Mitgefühl. »Dass Sie hier mit diesem Ramsch sitzen müssen?«

Sie sah überrascht auf und brauchte einen Moment, um ihre Stimme zu aktivieren. Offenbar hatte den ganzen Morgen niemand mit ihr geredet. »Ich … eh … also … Die Vorsitzende des Komitees hat das bestimmt, und ihr widerspricht man nicht.« Sie lachte bitter auf. »Meine Hyazinthen sind vor ihren aufgegangen, zwei Wochen früher.«

»Das ist der Grund?«

Sie nickte. »Seitdem ist mein Leben die Hölle auf Erden. Ich erwäge ernsthaft, ob ich aus der katholischen Kirche austreten soll. Ich habe mich schon mit anderen Religionen befasst. Vielleicht gehe ich zu den Zoroastriern, die scheinen ganz nett zu sein. Oder zu den Scientologen, Tom Cruise finde ich toll.«

Ich fuhr nach Hause, machte die Tür zu meinem marineblauen Flur auf, und ein Gefühl von Dankbarkeit durchströmte mich. Meine wunderbare Wohnung. Ist es nicht lächerlich, dass man etwas erst verlieren muss, um es richtig würdigen zu können? Welcher kranke Geist legt die Regeln in dieser seltsamen Welt fest, in der wir leben?

Und so war es passiert: Es war an einem Dienstagmorgen im Juli, ungefähr einen Monat nach den Laddz-Konzerten. Am Ende gab es doch nur vier – die drei ursprünglich geplanten und, wegen anhaltender Nachfrage, ein viertes. Inzwischen hatte Docker seinen Beitrag geleistet und seine Schuld Wayne gegenüber abgetragen und musste sich um irgendwelche unterbezahlten Bauern in Ecuador kümmern. Dass Wayne auftreten würde, war völlig ausgeschlossen.

Aber alle hatten gewonnen. Alle hatten an den Konzerten verdient: die Promoter, Harry Gilliam, Jay Parker und die Laddz. (Docker hatte, was niemanden überraschte, keinen Cent von seiner Gage behalten, sondern sie vollständig an Wayne abgetreten.)

Dann erlebten die alten Laddz-Einspielungen einen Aufschwung und fanden reißenden Absatz, der lange, lange anhielt. Eine DVD von dem ersten Konzert kam rechtzeitig zum Weihnachtsgeschäft heraus und war weltweit ein Riesenerfolg.

Und so kam es, dass ich an einem Dienstagmorgen in dem »Büro« von Mum und Dad saß und sogar arbeitete. Ungefähr eine Woche zuvor war ich aus Sankt Teresa entlassen worden, und kurz darauf erhielt ich eine Mail von einem amerikanischen Staatsbürger irischer Abstammung, der mich bat, seinen Stammbaum zu erstellen. So etwas hatte ich früher schon gemacht, der neue Kunde hatte meine Nummer sogar von demjenigen bekommen, der mich damals beauftragt hatte. Es war eine öde Arbeit und bedeutete, dass ich viele Gänge in die staubigen Nischen des Standesamts machen musste, aber eine öde Arbeit war in dem Moment genau das Richtige für mich.

Plötzlich kam Mum ins Zimmer gestürmt, ihr Ausdruck war besorgt. »Jay Parker ist hier.«

»Was?«

Seit ich Docker dazu überredet hatte, bei den Konzerten für Wayne einzuspringen, hatte ich ihn nicht mehr gesehen und auch nichts von ihm gehört.

»Was will er?« Aufregung konnte ich überhaupt nicht gebrauchen. Gerade jetzt, wo ich wieder in normale Bahnen kam, wo ich mich wieder einigermaßen wie ich selbst zu fühlen begann.

»Ich sage ihm, er soll wieder gehen, ja?«

»Ja.«

»Nur eine Minute.« Das war seine Stimme, die von unten heraufrief.

»Ach, zum Teufel!«, sagte ich. »Also gut, dann komm hoch, aber fass dich kurz.«

»Soll ich bleiben?«, fragte Mum.

»Nein, nein, ist schon in Ordnung.«

Vorsichtig kam Jay ins Zimmer. »Ich wollte dir das geben.« Mit Schwung setzte er einen schwarzen Müllsack vor mir ab. »Schau rein.«

Ich wagte einen Blick. Der Sack schien kleine Papierbündel zu enthalten. Ganz viele Bündel, jedes mit einem Gummiband drum herum. Sah fast aus wie Geldscheine.

»Was ist das?«, fragte ich.

»Ungefähr dreißigtausend.«

»Dreißigtausend was?«

»Dreißigtausend Euro.«

Nach einem langen, langen Schweigen sagte ich: »Parker, was wird hier gespielt?«

»Das ist dein Anteil.«

Welcher Anteil? Wovon sprach er?

»Ich meine, das ist das, was du von dem Kartenverkauf für die Laddz-Konzerte bekommst. Weißt du noch? Der Vertrag, den du unterschrieben hast?«

Ich hatte nur eine sehr schwache Erinnerung, dass Parker mir mitten bei der Suche nach Wayne ein zerdrücktes Blatt Papier gegeben hatte, auf dem er zusagte, mir einen Prozentsatz von einem Prozentsatz zu geben, wenn die Konzerte stattfanden. Ich hatte es nicht ernst genommen, denn nicht nur bezweifelte ich damals, dass ich Wayne überhaupt finden würde, sondern ich war fest davon überzeugt, dass man Parker keinesfalls trauen konnte.

Ich griff in den Sack, holte ein Bündel Fünfzig-Euro-Scheine heraus und hielt es in der Hand. »Sind die echt?«

Jay lachte. »Natürlich sind die echt.«

»Nicht gefälscht?«

»Nein.«

»Oder gestohlen?«

»Nein.«

»Wo ist dann der Haken?«

»Es gibt keinen Haken.«

»Du kommst einfach hier reinspaziert und gibst mir einen Müllsack mit dreißigtausend Euro und schwörst, es ist echtes Geld, und du willst keine Gegenleistung und ... gehst wieder?«

»So ist es.«

Und genau das tat er.

Ich wusste nicht, was ich damit anfangen sollte, also stopfte ich den Sack unter mein Bett. Hin und wieder holte ich ihn hervor, betastete die Geldbündel und steckte sie wieder weg. Er dauerte ungefähr vier Tage, bis ich begriff – ernstlich *begriff* –, dass es Geld war. Und dass ich es ausgeben konnte.

Mein erster Gedanke war: Halstücher. Für dreißigtausend Euro konnte man eine Menge Halstücher kaufen.

Aber dann hatte ich eine andere Idee … Ich hatte ja noch den Schlüssel zu meiner Wohnung.

Ich bezweifelte, dass ich reinkommen würde. Ich war mir ziemlich sicher, dass jemand anders dort wohnte. Auf jeden Fall rechnete ich damit, dass die Bank das Schloss ausgewechselt hatte.

Aber als ich zu meiner Wohnung kam, fand ich alles unverändert – so wie ich es verlassen hatte. Der Grund dafür? Landauf, landab kamen Tausende von Menschen mit ihren Rückzahlungen nicht hinterher, und der Betrag, den ich schuldete, war vergleichsweise gering, sodass niemand sich bisher um die Angelegenheit gekümmert hatte.

Ich rief bei der Hypothekenbank an und fragte, ob ich, wenn ich einen ordentlichen Batzen zurückzahlte, wieder in meine Wohnung ziehen dürfte. Ich war überzeugt, sie würden mir sagen, kommt nicht infrage – man weiß ja, wie Bürokraten so sind –, aber sie wussten nicht einmal, dass ich ausgezogen war.

Ich fing also vorsichtig an – immer mit dem unterschwelligen Gefühl, etwas Unerlaubtes zu tun –, meine Kleider wieder in den Schrank zu hängen. Dann bezahlte ich die

Stromrechnung und die Anschlussgebühr. Als Nächstes überwies ich die überfälligen Gebühren für die Müllabfuhr. Ich ließ das Kabelfernsehen wieder anschließen. Die Sache kam langsam in Schwung, ich telefonierte mit der Kreditkartengesellschaft und klärte meine Angelegenheiten. Ich schaffte es sogar, mein Mutter-Oberin-Bett zurückzubekommen. Ich kaufte mir eine neue Couch und Stühle und löste den Rest meiner Möbel aus dem Lagerhaus hinter dem Flughafen aus.

Die ganze Zeit wartete ich darauf, dass irgendetwas mir Einhalt gebieten würde, dass jemand rechtliche Einwände geltend machte, aber nichts dergleichen geschah. Trotzdem dauerte es lange, bevor ich mich sicher fühlte, bis ich wieder das Gefühl hatte, die Wohnung gehörte wahrhaftig mir und ich gehörte in die Wohnung.

Ich arrangierte die Muffins auf einem Teller, schnitt den Kalten Hund in Scheiben und riss das Zellophan von einer Packung Teebeutel. Meine Güte, hatte ich es je für möglich gehalten, dass ich eines Tages Gäste zum Tee haben würde?

Es klingelte. Da waren sie schon!

Ich machte die Tür auf.

»Hi, Helen.«

»Wayne.« Wir waren noch etwas befangen miteinander. »Komm rein.«

Wayne gab mir einen höflichen Kuss auf die Wange.

Ich wandte mich der Frau neben ihm zu. »Sieh dich an, meine Teure! Schon wieder in Jeans Größe vierunddreißig!«

»Achtunddreißig«, sagte Zeezah, »aber ich bin auf dem Weg.« Sie hielt mir das Bündel in ihren Armen hin. »Das ist Aaminah. Ist sie nicht süß?«

Ich betrachtete das Baby. Ich tat so, als wäre ich überwältigt von seiner Schönheit, aber eigentlich versuchte ich festzustellen, ob es Wayne oder John Joseph ähnelte. Man konnte es unmöglich sagen. Das Baby sah einfach aus wie ein Neugeborenes, verschrumpelt und komisch.

»Sie ist sehr süß. Herzlichen Glückwunsch!« Denn das sagte man zu Leuten, die gerade ein Kind bekommen haben, oder?

Meine Güte, was war das für ein Theater gewesen in den letzten sechs Monaten! Kaum waren die vier Laddz-Konzerte vorbei, verließ Zeezah John Joseph und ging zurück zu Wayne. Kurz darauf wurde Wayne aus der Klinik entlassen. (Unsere Aufenthalte überschnitten sich für ein paar Tage, er vollendete gerade seinen Nistkasten, als ich mit der Arbeit an meinem begann.)

Natürlich hatten sich die Medien über das Liebesdreieck hergemacht, deshalb *flohen* Wayne und Zeezah außer Landes. (So formulierte es die Boulevardpresse.) In Wahrheit fuhren die beiden ganz normal zum Flughafen in Dublin und flogen mit Aer Lingus nach Heathrow, wechselten dort das Terminal, warteten wie alle anderen Mitbürger ein paar Stunden auf den Weiterflug, kauften Sonnenbrillen bei Sunglasses Hut, weil ihnen nichts anderes einfiel, und flogen dann mit Air Turkey nach Istanbul, wo sie sich eine Wohnung mieteten.

In der Zeit dort streckte Zeezah wieder die Fühler nach ihrer alten Plattenfirma aus – oh, was für ein Ausdruck, in die Tonne damit! –, mit John Joseph wurde eine Vereinbarung getroffen, die Zeezah von ihren Verpflichtungen ihm gegenüber entband, und sie nahm die Arbeit an einem neuen Album auf. Für das nächste Jahr war eine große Tournee geplant.

Vor fünf Tagen hatte Zeezah in einem exklusiven Krankenhaus in Istanbul ihr Baby bekommen – natürliche Geburt nach drei Stunden Wehen, keine Betäubungsspritze, keine Schmerzmittel. Dafür musste man sie bewundern. Wenn das Kind älter war, würde man sicher einen DNA-Test machen, um den »biologischen Vater« (in die Tonne) zu ermitteln, aber das ging nur die Betroffenen etwas an, sie würden schon damit klarkommen.

Vor zwei Tagen waren Zeezah und Wayne nach Cork geflogen, um Aaminah den Diffneys vorzuführen, und Wayne hatte angerufen und gefragt, ob sie mit dem Baby auch bei mir vorbeikommen dürften. Anscheinend glaubte er, ich hätte maßgeblich zu ihrem Glück beigetragen.

Ich war überrascht und gerührt, obwohl es bedeutete, dass ich mir eine Teekanne borgen musste.

»Kommt rein«, sagte ich. »Kommt rein. Ich …« Ich hielt inne. War es zu glauben, dass ich diese Worte wirklich sagen würde? »… setze dann mal Wasser auf.«

Wayne sah sich in meinem Wohnzimmer um und lachte. »Jetzt verstehe ich, warum dir mein Haus so gut gefallen hat«, sagte er.

»Was wird damit?«, fragte ich ein bisschen wehmütig.

»Ist verkauft. Musste erst die Zimmer neu streichen. Der Makler sagte, so wie es war könnte er es unmöglich losbringen.«

Das Haus in Mercy Close, so wie ich es kannte, gab es also nicht mehr. So war das eben, die Dinge veränderten sich.

Ich goss Tee in die Tassen und reichte die Muffins herum, und wir verbrachten eine angenehme Stunde zusammen. Zeezah war wie immer, lebensprühend und leutselig. Wayne war stiller. Jay Parker hatte recht, als er sagte, Wayne sei ein bisschen intensiv. Aber ich mochte ihn. Zwischen uns bestand eine echte Verbindung, als hätten sich sein und mein Leben für einen Moment gekreuzt, damit wir einander retten konnten.

»Wie geht es dir jetzt?«, fragte ich. »Ich meine, was das Verrücktsein angeht.«

»Gut«, sagte er. »Und dir?«

»Auch gut, ja. Es hat ein bisschen gedauert, aber ich habe mich lange nicht mehr so gut gefühlt. Ich glaube, ich werde nie wieder so sein wie vor dem ersten Mal, nicht mehr so robust oder so zuversichtlich. Aber das ist okay.«

»Genau. Zu warten, dass es einem ›besser‹ geht, ist zwecklos. Man muss lernen, damit zu leben.«

»Stimmt. Das hast du sehr gut gesagt. Und welche Glückspillen nimmst du zurzeit?«

Er atmete tief ein, und wir führten ein munteres und anregendes Gespräch über psychotrope Substanzen, die positive Wirkung verschiedener Kombinationen und ihre üblen Nebenwirkungen. Wunderbar, einen Seelenverwandten zu treffen.

Zeezah verdrehte die Augen. »Ihr seid wie … wie Eisenbahnfanatiker. Ihr habt dasselbe Hobby.«

»Ich habe festgestellt, dass Laufen hilft, zusätzlich zu den Tabletten.«

»Geht mir genauso.« Das war gelogen, aber ich mochte ihn so sehr, dass ich ihm in jedem Punkt zustimmen wollte. »Kuchen ist auch gut. Und ich habe eine wunderbare Therapeutin. Sie fährt einen Audi TT, einen schwarzen. Ich tanze Zumba übers Internet – Mann, das ist ganz schön schwer. Und ich mache lauter verrückte Sachen. Eine Woche habe ich nur rote Sachen gegessen.«

»Hat das geholfen?«

»Was meinst du?«

Er lachte. »Hast du es mal mit *The Wonder of Now* versucht?«

»Ja, habe ich. Der letzte Scheiß.«

»So ist es. Lachyoga?«

»Ja! Vor Peinlichkeit ist mir der *Schweiß* ausgebrochen. Stell dir das mal vor!«

»Mein Gott, so ging es mir auch. Chinesische Kräutermedizin?«

»Hat gar nichts bewirkt. Bei dir?«

»Nichts.«

Ach, wir hatten es schön, wirklich schön, aber dann fing Aaminah an zu weinen, und Zeezah sagte, sie müssten gehen.

»Ihr fliegt wieder nach Istanbul?«, fragte ich.

»Ja«, sagte Wayne. »Aber wir bleiben in Verbindung.«

Ich wusste, dass er das ernst meinte.

Und so zogen sie von dannen, ein glückliches kleines Trio, und obwohl Zeezahs Trennung von John Joseph und ihre Rückkehr zu Wayne die dramatischste Veränderung der letzten sechs Monate war, war es keinesfalls die einzige.

Frankie Delapp und Myrna kauften in Stillorgan, einem respektablen Vorort, ein großes Haus mit fünf Schlafzimmern. Frankie moderiert immer noch die Sendung *A Cup of Tea and a Chat*, aber seit die Zwillinge nachts durchschlafen, sieht er viel weniger mitgenommen aus.

Roger St Leger hat seit den Konzerten bestimmt vierzehn Freundinnen gehabt. Und vierzehn Leben zerstört, aber wer bin ich, dass ich ihn verurteile? Er ist, wer er ist. Wir sind alle die, die wir sind.

John Joseph verschwand unmittelbar nach den Konzerten nach Kairo, und seitdem hat man nichts mehr von ihm gehört. Wahrscheinlich ist er wieder in seinem alten Geschäft tätig und produziert Künstler im Nahen Osten.

Cain und Daisy haben ihr Haus verkauft und sind nach Australien ausgewandert, und ich glaube, da werden sie glücklich sein. Die passenden Haare dafür hatten sie schon.

In Birdie Salamans Leben gibt es einen neuen Mann, er heißt Dennis. Sie sagte, es sei erst der Anfang, fühle sich aber richtig gut an.

Jay Parker hat mit den Laddz-Konzerten ein kleines Vermögen verdient – nicht nur hatte er, nachdem er mir meinen Anteil ausgezahlt hatte, seinen eigenen Anteil an den Kartenverkäufen, sondern er verdiente noch dazu am Merchandising. Er war der Einzige, der in diesem Bereich eine Investition riskiert hatte, sodass auch der Gewinn allein ihm zufiel – und der war so groß wie ein Lottogewinn und veränderte sein Leben.

Seit dem Tag, an dem er mit dem Müllsack voller Geldscheine aufgekreuzt war, habe ich ihn nicht mehr gesehen, aber wir haben einmal miteinander telefoniert. Er erzählte, er habe sich mit Bronagh und Blake getroffen und ihnen so viel Geld gegeben, dass sie aus ihrer finanziellen Misere rauskommen konnten.

Bronagh und ich haben uns nicht wieder angenähert. Ich glaube, wir wissen beide, dass wir nicht wieder befreundet sein können – es ist einfach zu viel geschehen. Aber es tut gut zu wissen, dass mit ihr und Blake alles in Ordnung ist.

Docker ist regelmäßig in den Nachrichten und kämpft im Namen der Unterdrückten, wo immer er sie aufspürt. Sein neuestes Steckenpferd ist das Thema Abholzen des Regenwalds im Amazonasgebiet, was in meinen Augen eine ziemlich abgedroschene Geschichte ist. Ich vermute, er findet keine neuen Projekte und dreht deshalb eine Wiederholungsrunde.

Von Harry Gilliam habe ich nichts mehr gehört, und so kann es meinetwegen auch bleiben.

Maurice McNice macht munter weiter.

Es klingelte an meiner Tür. Neue Gäste.

Ich machte auf, vor der Tür stand Bruno Devlin in Begleitung zweier junger Herren.

»Helen«, sagte er mit ernster Miene, nahm meine Hände und küsste mich auf die Wange.

In den letzten sechs Monaten hatte Bruno seinen Stil einer radikalen Erneuerung unterzogen. Kein Neonazi-Look mehr. Jetzt arbeitete er an einer Kreuzung von *Wiedersehen mit Brideshead* und James Joyce: das Haar ordentlich gekämmt und mit Mittelscheitel, Tweedhosen, Hemd und Krawatte und V-Pullover, langer dunkler Mantel, in dessen Tasche ein uraltes braunes Buch steckte. (Er hatte es in einem Basar für zehn Cent gekauft, und manchmal warf er sich auf eine Couch, kreuzte die Füße in den Lederschuhen und gab vor, darin zu lesen.) Er trug eine runde Brille mit Fensterglas und einen weichen Wollschal.

Mascara benutzte er immer noch.

Er stellte mich seinen beiden Freunden vor: »Master Robin Peabody und Master Zak Pollock.«

Feierlich schüttelten mir die beiden Jungen, deren Aufzug mit dem von Bruno fast identisch war, die Hand.

»Darf ich euch Tee anbieten?«, fragte ich.

»Danke, aber nein, danke«, sagte Master Pollock. »Wir wollen Ihnen nicht die Zeit stehlen. Wir sind sehr erfreut über die Gelegenheit, uns einmal Ihre Wohnung anzusehen. Bruno sagt, sie sei außerordentlich hübsch.«

»Bitte, meine Herren«, sagte ich. »Seht euch gerne um.«

Und das taten sie. Sie schienen etwas überrascht, dass die Wohnung so klein war, würdigten aber mein Bett, meine Pfauenmuster-Vorhänge und meine Farbskala.

»Sie haben einen exquisiten Geschmack, Miss Walsh«, sagte einer der Klone.

»Habe ich euch doch gesagt«, sagte Bruno erfreut und klang plötzlich wie der vierzehnjährige Junge, der er war. »Habe ich euch nicht erzählt, wie toll sie ist? Ich meine, wie *vortrefflich.*«

»Wirklich, sehr ansprechend«, pflichtete einer der Klone ihm bei.

»Dies hier ist ein exzellentes Bild«, sagte der andere Klon, der vor einem meiner Pferde-Ölbilder stand. »Ausgezeichnete Pinselführung. Die Erhabenheit des Tieres ist auf profunde Weise eingefangen.«

»Großartig!«, sagte ich und klatschte in die Hände, was das internationale Zeichen für »Macht euch vom Acker!« ist. Ich hatte genug von den drei Phrasendreschern. »Danke, dass ihr vorbeigekommen seid. Ich freue mich jetzt schon auf unsere nächste Begegnung.«

Ich schob sie zur Tür, und bevor ich sie draußen hatte, sagte Bruno leise zu mir: »Wenn du mal bei Dad einziehst, kann ich dann hier wohnen?«

»Wir werden sehen.« Bella hatte sich auch schon dafür angemeldet, und sie mochte ich lieber.

Als die Jungen die Treppe runter verschwanden, tauchten bereits meine nächsten Besucher auf: Bella, Iona und Vonnie. Sie waren gekommen, um meinen Weihnachtsbaum zu schmücken. Wie ein Überfallkommando machten sie sich an die Arbeit und verteilten mit rosa Glitzerzeug besprühte Kiefernzapfen, handbemalte Papierengel, silberfarbene Tonsterne, die sie in einem Töpferkurs gemacht hatten, und Lichterketten über den Baum. Als sie fertig waren und meinen Baum schöner herausgeputzt hatten, als ich es je könnte, auch wenn ich hundert Leben hätte, überredete ich sie zu Muffins, aber sie blieben nicht lange. Grenzen. Wir alle hatten das mit den Grenzen jetzt begriffen.

Und dann kam der letzte Besucher an diesem Abend, er brachte zwei Pizzen und einen Becher Eis. Er stellte die Sachen in die Küche und sagte: »Ich habe eine Überraschung für dich.« Artie gab mir einen USB-Stick.

»Was ist das?«

»Politi Tromsø.«

Eine norwegische Krimiserie, für die ich mich den ganzen Herbst über begeistert hatte. Als sie endete, war ich am Boden zerstört. »Aber ich habe die Serie schon gesehen. Das weißt du auch.« Ich hatte kaum von etwas anderem gesprochen.

»Aber nicht die zweite Staffel.«

»Die zweite Staffel fängt erst im April an.«

»Ich habe sie jetzt schon.«

»Wie das?« Ich starrte ihn verwundert an.

»Eh … illegal, aus China.«

»O Gott, du bist großartig. Können wir sie sehen? Ich meine, jetzt? Können wir jetzt sofort Pizza und Eis essen und uns *Politi Tromsø* ansehen?«

Er lachte. »Natürlich.«

»Du machst das mit der Technik, und ich kümmere mich ums Essen.« Ich eilte in die Küche, schnitt die Pizza in Stücke und verteilte sie auf zwei Teller. Im Wohnzimmer klingelte das Telefon.

»Soll ich drangehen?«, fragte Artie. »Nummer unterdrückt.«

»Ach ja, warum nicht.« Ich fühlte mich wild und ausgelassen.

Nach einem kurzen Gespräch kam Artie in die Küche. »Hast du heute Lose gekauft?«

»Ja.«

»Deine Nummer wurde gezogen.«

»Ach du liebe Zeit! Was habe ich denn gewonnen?«

»Eine Dose Kidneybohnen.«

»Meinst du das im Ernst?« Plötzlich stiegen mir vor Glück die Tränen in die Augen.

Besser konnte der Tag nicht werden.

DANKSAGUNG

Glücksfall wäre nie geschrieben worden, wenn Annemarie Scanlon sich nicht jahrelang für Wayne Diffney starkgemacht und mir immer wieder erklärt hätte, dass er sein eigenes Buch haben sollte. Danke, AM!

Meine große Dankbarkeit gilt Louise Moore, der besten Lektorin der Welt, für ihre Klarsicht, Energie, Loyalität und Geduld. Ich danke Celine Kelly für das sensible, einfühlsame und intelligente Lektorat und Clare Parkinson für ihre bis ins kleinste Detail genauen und aufmerksamen Korrekturen. Ein millionenfaches Dankeschön geht an Liz Smith, weil sie *Glücksfall* mit solcher Hingabe, harter Arbeit und Brillanz gefördert und unterstützt hat. Durch ihre Mitarbeit ist das Buch unvergleichlich viel besser geworden. Mein Dank geht auch an alle Mitarbeiter beim Verlag Michael Joseph für die liebevolle und sorgfältige Arbeit an meinen Büchern. Ich bin dafür sehr dankbar.

Meinem Agenten, dem wahrhaft großartigen Jonathan Lloyd, danke ich für die Beharrlichkeit und den Schwung, mit dem er mich vertritt. Auch allen Mitarbeitern bei Curtis Brown danke ich für die unermüdliche Begeisterung, mit der sie mein Werk in die Welt tragen. Ich habe großes Glück mit ihnen.

Dank geht an all diejenigen, die *Glücksfall* während der Entstehung gelesen haben und mich mit ihrer Begeisterung, Ermutigung sowie ihren Anregungen und Fragen bei der Stange gehalten haben: Jenny Boland, Suzie Dillon, Caron

Freeborn, Gwen Hollingsworth, Ella Griffin, Cathy Kelly, Caitriona Keyes, Ljiljana Keyes, Mammy Keyes, Rita-Anne Keyes, Shirley Baines und Kate Thompson. Ich danke Kitten Turley für die Anregung zu Bellas Fragebogen. Es gelingt mir nie, allen meine Dankbarkeit auszusprechen, und wenn ich jemanden vergessen habe, so tut es mir sehr leid!

Mehrere Privatdetektive haben mir bei der Beschreibung von Helens Tätigkeit geholfen. Sie waren unglaublich großzügig mit ihrer Zeit und ihren Informationen und haben mir Einblick in die Welt ihrer Berufsgeheimnisse gewährt. Wegen der besonderen Arbeit, der sie nachgehen, haben sie um Anonymität gebeten. So sage ich einfach nur, dass ich ihnen sehr, sehr dankbar bin. Eventuelle Fehler sind allein meine Schuld.

Danke, AK. Sie weiß, warum.

Bei der Entstehung dieses Buches hat es immer wieder Unterbrechungen und Neuanfänge gegeben. Für seine Beständigkeit, seinen Mut, seine Geduld und Begeisterung danke ich Tony. Ich danke ihm, dass er an meiner Seite war, dass er recherchiert und über die lustigen Stellen gelacht hat, und am meisten danke ich ihm dafür, dass er Vertrauen in mich hatte, als ich keins hatte. Ohne ihn wäre dieses Buch niemals geschrieben worden. Und das ist die Wahrheit.

Werkverzeichnis der im Heyne Verlag von Marian Keyes erschienenen Titel

© Holger Jacoby

Über die Autorin

Werkverzeichnis

› Bonusmaterial

HEYNE ‹

Die Autorin

Marian Keyes wurde 1963 als ältestes von fünf Kindern im irischen Limerick geboren. Sie wuchs in Dublin auf, wo sie auch Jura studierte. 1986 siedelte sie nach London über, hielt sich mit Gelegenheitsjobs über Wasser und machte einen Abschluss in Buchprüfung. 1993 begann sie zu schreiben, und als sie ihre Kurzgeschichten an einen Verlag schickte, behauptete sie, ihr erster Roman sei teilweise fertig. Als sich der Verlag interessiert zeigte, musste sie den Roman tatsächlich schreiben: So entstand *Wassermelone*. Dieser Roman wurde ebenso wie alle folgenden zum internationalen Bestseller. Marian Keyes lebt mit ihrem Ehemann in Dublin.

Pressestimmen

»Die Königin des modernen Frauenromans!« *Hello*

»Eine einzigartige Erzählerin, die ihren Bestsellerstatus voll und ganz verdient hat.« *Irish Independent*

»Marian Keyes ist einfach eine Klasse für sich! Was sie aufs Papier zaubert, wie sie den Leser zum Lachen, Träumen und Leiden bringt – mit so vielen guten Romanen! –, das ist in diesem Genre schon einmalig. Wer gern moderne Frauenliteratur liest, kommt an Marian Keyes nicht vorbei.« *Bild*

»Erfrischend, überraschend und nie um einen Witz verlegen: Marian Keyes kennt die Frauen.« *Für Sie*

Werkverzeichnis

1. Die Romane um die Walsh-Familie

Wenn das Leben aus den Fugen gerät, hilft nur noch die chaotische Familie Walsh

Wassermelone

Bis zu dem Tag, an dem ihre Tochter zur Welt kam, war Claires Leben eitel Sonnenschein (glaubt sie). Jetzt ist sie eine verlassene Mutter mit einem ständig schreienden Säugling und sieht dazu noch aus wie eine Wassermelone in Stiefeln (findet sie). Verzweifelt flüchtet sie zurück ins elterliche Heim und durchleidet dort die notwendigen Phasen der Trennung mit einer Intensität, die Außenstehende zum Wahnsinn treiben kann (behauptet ihre Familie). Doch die Zeit heilt alle Wunden, und als Ehemann James plötzlich wieder vor der Tür steht, erwartet ihn eine Überraschung …

Rachel im Wunderland

Rachel hat ein Problem, aber keines, das sie sonderlich interessiert. Viel spannender sind schließlich das Großstadtleben, die vielen Partys und Luke, ihr neuer Freund. Dass sie nach einer heißen Nacht mit einer Überdosis Drogen im Krankenhaus landet, ist nicht mehr als ein peinlicher Unfall – denkt Rachel. Luke und ihre Dubliner Familie sehen das allerdings anders und schicken sie zur Erholung auf eine Gesundheitsfarm. Eine Reise mit vielen Überraschungen. Denn in »The Cloisters« gibt es keine Sauna, kein Fitness-Studio, keinen Whirlpool – aber vielleicht eine Lösung für Rachels Problem …

Auszeit für Engel

Eine Schachtel Schokotrüffel ist schuld daran, dass Maggie Walsh plötzlich vor den Trümmern ihrer Ehe steht. Als sie dann auch noch ihren Job verliert, lässt sie kurz entschlossen alles hinter sich. Bei ihrer Freundin Emily in Hollywood entdeckt sie, angeregt durch Sonne, Glamour und zahlreiche Martini-Cocktails, was das Leben sonst noch zu bieten hat.

Erdbeermond

Anna, die vierte der Walsh-Töchter, lässt sich nach einem schlimmen Autounfall im Kreise ihrer liebenswert-chaotischen Familie aufpäppeln. Vorsichtig tastet sie sich in ihr früheres Leben in New York zurück – in einem anrührenden und zugleich urkomischen Par-Force-Ritt durch die Verrücktheiten des Alltags. Doch es gelingt ihr nicht recht. Denn davor muss sie sich noch dem großen Geheimnis in ihrer Vergangenheit stellen. Eine erschütternde Enthüllung, zwei Geburten, eine merkwürdige Hochzeit und ein kleines Wunder später ist sie schon fast am Ziel …

Glücksfall

Für Helen Walsh kommt es knüppeldick: Sie ist so knapp bei Kasse, dass sie ihre Wohnung räumen und wieder bei ihren Eltern, den berüchtigten Walshs, einziehen muss. So deprimiert, dass sie statt Möwen schon Aasgeier über der Tankstelle kreisen sieht. Und so verzweifelt, dass sie einen beruflichen Auftrag ihres attraktiven Exfreundes annimmt. Doch dann erweist sich der Job, der als Höllenfahrt beginnt, unerwartet als Glücksfall …

2. Einzelromane

Lucy Sullivan wird heiraten

Mit absoluter Zielsicherheit gerät Lucy immer wieder an den Falschen. Auch der neue Lover scheint wieder ein absoluter Fehlgriff zu sein, obwohl doch eine Wahrsagerin ihr eine baldige Heirat prophezeit hat. Sollte sie sich geirrt haben? Aber manchmal liegt das Glück zum Greifen nah …

Pusteblume

Seit Kindertagen sind Tara, Katherine und Fintan eng befreundet. Mittlerweile haben sie die dreißig überschritten und teilen immer noch Freud und Leid. Während Tara dringend geheiratet werden möchte, hat Katherine mit Männern nichts am Hut. Dann erkrankt Fintan plötzlich schwer, und alle Lebensentwürfe erscheinen in neuem Licht.

Sushi für Anfänger

Lisa kann es nicht fassen. Anstatt in den aufregenden Wirbel New Yorks wird sie ins nasskalte Dublin geschickt, um dort eine Stelle als Chefredakteurin anzutreten. Wie soll sie dort, wo man ihrer Meinung nach weder von Mode noch von Lifestyle etwas versteht, ein erfolgreiches Frauenmagazin aufbauen? Lisa nimmt die Herausforderung an. Sie ist fest entschlossen, es den irischen Provinzlern so richtig zu zeigen. Doch bald merkt sie, dass sie ihre neuen Kollegen gewaltig unterschätzt hat.

Neue Schuhe zum Dessert

Für Gemma Hogan kommt es knüppeldick: Ihr Vater lacht sich eine junge Geliebte an, und Gemma muss sich um ihre verzweifelte Mutter kümmern. Dabei hat sie selbst gerade erst ihre große Liebe verloren – ausgerechnet an ihre beste Freundin. In E-Mails an ihre Freundin Susan schreibt Gemma sich den Frust von der Seele. Doch dann leitet Susan die Briefe an eine Literaturagentin weiter, und plötzlich eröffnen sich ganz neue Möglichkeiten.

Märchenprinz

Lola scheint sich den Traummann gesichert zu haben: Paddy de Courcy ist charmant, mächtig und unglaublich gut aussehend. Und er gibt seine Verlobung bekannt! Nur leider mit einer anderen …

Lola ist am Boden zerstört. Sie zieht sich an die wilde irische Westküste zurück und trauert ausgiebig. Dann wird sie unvermutet von der Journalistin Grace aufgestöbert. Auch ihr wurde von Paddy übel mitgespielt. Sie braucht dringend Lolas Hilfe. Und konfrontiert sie mit einer schrecklichen Wahrheit.

Der hellste Stern am Himmel

Die Emotionen kochen hoch in der Dubliner Star Street 66: Katie aus dem dritten Stock glaubt nicht mehr so recht an ihre Beziehung zum BlackBerry-süchtigen Conall. Dafür geht ihr der attraktive Gärtner vom ersten Stock nicht mehr aus dem Sinn. Und auch Conall beginnt, sich für eine andere Hausbewohnerin zu interessieren … Matt und Maeve aus dem Erdgeschoss gelten unterdessen als das perfekte Liebespaar, doch dann holt die Vergangenheit sie ein. Die Ereignisse spitzen sich zu, und was als heiterer Liebesreigen begann, droht in der Katastrophe zu enden.

3. Kolumnenbände/Stories

Unter der Decke

»Wenn ich den Leuten erzähle, dass ich Schriftstellerin bin, stellen sie sich automatisch vor, mein Leben sei eine endlose Karussellfahrt, bestehend aus Limousinen, Fernsehauftritten, Hairstyling, hingebungsvollen Fans, hartnäckigen Verehrern und all dem Glitzerwelt-Brimborium, das einer öffentlichen Person zuteil wird«, schreibt Marian Keyes, und: »Es ist an der Zeit, Klartext zu reden«. Das tut sie denn auch: Sie berichtet über all die Widrigkeiten und Freuden des Alltags, über Fahrstunden, Familienfeiern, Ferien mit Freund und andere Feuerproben. Über Schuhe, verlorenes Gepäck und endlose Diäten. Denn letztendlich ist Marian wie Sie und ich.

Pralinen im Bett

Bereits in ihrem Bestseller »Unter der Decke« gab Marian Keyes wunderbar witzige Einblicke in ihr Leben. Nun setzt sie nach und verrät alles über ihre ganz große Liebe – Prada –, über die irische Luftgitarrenmeisterschaft, die Tücken eines Urlaubs mit der Großfamilie Keyes, die bizarre Schönheit des Weihnachtsbingo und vieles mehr! Gleichzeitig legt sie erstmals auf Deutsch sämtliche sieben Kurzgeschichten vor, die sie je geschrieben hat.

4. Diverses

Glück ist backbar

Wie kommt die Bestsellerautorin Marian Keyes zum Backen? Während einer schweren persönlichen Krise entdeckt sie diese ganz neue, ungeahnte Leidenschaft, die ihr hilft, neuen Lebensmut zu finden. In diesem zauberhaften Backbuch präsentiert sie erstmals ihre Lieblingsrezepte: Chocolate Cheesecake Cupcakes, Pistazien-Macarons oder Mom's Apple Tart. Alle Rezepte sind auch für Anfänger leicht nachzubacken und machen garantiert glücklich.